本书为国家社科基金重大项目"《歌德全集》翻译"（批准号 14ZDB090）的阶段性成果

卫茂平 主编

歌 德 全 集
JOHANN WOLFGANG GOETHE
SÄMTLICHE WERKE.
BRIEFE, TAGEBÜCHER UND GESPRÄCHE

从法兰克福到魏玛
1764—1775

◇ 28 ◇

郑 霞 陈虹嫣 殷 瑜 译

图书在版编目(CIP)数据

歌德全集.28卷,书信、日记及谈话:1764-1775/卫茂平总主编;
郑霞,陈虹嫣,殷瑜译.—上海:上海外语教育出版社,2019
ISBN 978-7-5446-5605-4

Ⅰ.①歌… Ⅱ.①卫… ②郑… ③陈… ④殷…
Ⅲ.①歌德(Goethe,Johann Wolfgang Von 1749-1832)—全集
Ⅳ.①I516.14

中国版本图书馆 CIP 数据核字(2018)第 283562 号

出版发行：**上海外语教育出版社**
（上海外国语大学内） 邮编：200083
电　　话：021-65425300（总机）
电子邮箱：bookinfo@sflep.com.cn
网　　址：http://www.sflep.com
项目负责：陈　懋
责任编辑：陈　懋
特约编辑：糜佳乐
封面设计：周蓉蓉

印　　刷：上海中华商务联合印刷有限公司
开　　本：890×1240　1/32　印张 26.875　字数 648千字
版　　次：2019年4月第1版　2019年4月第1次印刷
印　　数：1 100 册

书　　号：ISBN 978-7-5446-5605-4 / I
定　　价：88.00 元
本版图书如有印装质量问题，可向本社调换
质量服务热线：4008-213-263　电子邮箱：editorial@sflep.com

汉译《歌德全集》主编序言

卫茂平

歌德(Johann Wolfgang Goethe,1749-1832)是德国文学史、思想史及精神史之俊才,也是欧洲乃至世界文坛巨擘。他还是自然研究者、文艺理论家和国务活动家,并对此留文遗墨,显名于世。

德国产生过众多文化伟人,但歌德显然是德国面对世界的第一骄傲,一如莎士比亚于英国。他在本土受到厚待,在中国亦同。撇开李凤苞(1834-1887)《使德日记》中提及"果次"(歌德)不论,首先以著作对他示出无比热情的,该是晚清名人辜鸿铭。他1898年由上海别发洋行出版的《论语》英译(*The Discourses and Sayings of Confucius*),副标题即是《引用歌德和其他西方作家的话注释的一种新的特别翻译》(*A New Special Translation, Illustrated with Quotations from Goethe and Other Writers*),颇有以德人歌德注中国孔子之势。另外,他1901年的《尊王篇》和1905年的《春秋大义》,同样频引歌德。到了1914年1月,中国第一部汉译德国诗歌选集、应时(应溥泉)的《德诗汉译》由浙江印刷公司印出,收有歌德叙事谣曲《鬼王》。同年6月,上海文明书局推出《马君武诗稿》,含歌德译作两篇:《少年维特之烦恼》选段《阿明临海岸哭女诗》和《威廉·迈斯特的学习年代》中的《米丽容歌》。此后,影响更大的是郭沫若所译《少年维特之烦恼》(上海泰东图书局1922年版)。此书首版后不仅重印数十次,而且引出众多重译,比如有黄鲁不(上海创造社1928年版)、罗牧(上海北新书局1931年版)、傅绍光(上海世界书局1931年版)、达观生(上海世界书局1932年版)、钱天佑(上海启明书局1936年版)、杨逸声(上海大通图书社1938年版)等译本。紧随其后的是郭沫若译《浮士德》第一部(上海创造社1928版)。它带出周学普《浮士德》汉译全本(上海商务印书馆1935年版)。郭沫若的全译本随后跟进（群益出版社1947年版）。总之，在从20世纪初至1949年的五十年间，不少歌德代表作被译汉语，比如《史推拉》(1925)、《克拉维歌》(1926)、《哀格蒙特》(1929)、《铁手骑士葛兹》(1935)、《诗与真》(1936)以及《赫尔曼和窦绿苔》(1937)。据本人粗略统计，其中至少有中长篇小说及自传四部、剧本七部、诗歌上百首、诗集三部，另有一些短篇故事和童话。

新中国成立之后，尤其是20世纪80年代初以来，歌德作品汉译风光无限，很难在此细述。以《浮士德》为例。这部大作之重译在20世纪下半叶至少有五部，它们分别是董问樵（复旦大学出版社1982年版）、钱春绮（上海译文出版社1989年版）、樊修章（译林出版社1993年版）、绿原（人民文学出版社1994年版）、杨武能（安徽文艺出版社1998年版）的译本。进入21世纪，《浮士德》重译势头未减，仅本人所收就有陆钰明（长江文艺出版社2012年版）、潘子立（天津人民出版社2013年版）、马晓路（安徽师范大学出版社2013年版）和曹玉桀（北京联合出版公司2015年版）的同名译本。

而《少年维特之（的）烦恼》，自20世纪80年代初以来，复译愈炽。翻检个人所藏，已见有不同译本约二十种，译者分别为侯浚吉、杨武能、胡其鼎、黄甲年和马惠建、劳人、丁锡鹏、韩耀成、仲健和郑信、江雄、王凡、梁定祥、张佩芬、冀湘、成皇、贺松柏和李钥、徐帮学、王荫祺和杨悦等等。拙译《青年维特之烦恼》（北岳文艺出版社1996年版）属异名同书。

1999年，当德国学界隆重纪念歌德250周年诞辰之时，我国歌德汉译出版，达其大盛。京沪等地共有三部歌德文集，不约而同，联袂而出。它们分别是：人民文学出版社的10卷本《歌德文集》、上海译文出版社的6卷本《歌德文集》以及河北教育出版社的14卷本《歌德文集》。

人民文学出版社版《歌德文集》，第1卷收《浮士德》，第2卷收《威廉·麦斯特的学习时代》，第3卷收《威廉·麦斯特的漫游时代》，第4卷和第5卷收《诗与真》（上、下），第6卷收《少年维特的烦恼》与《亲和力》，第7卷收《铁手葛茨·封·贝利欣根》等剧作四部，第8卷收诗歌两百余首，第9卷收叙述诗，内含《叙事谣曲》《赫尔曼和多罗泰》与《莱涅克狐》等三部，第10卷含歌德"论文学与艺术"的相关论述约六十篇。

上海译文出版社的《歌德文集》，为该出版社已出单行本之汇集，书名分别是《浮士德》《威廉·麦斯特》《少年维特的烦恼——歌德中短篇小说选》《歌德诗集》《亲合力》《歌德戏剧三种》（含《克拉维戈》《丝苔拉》和《哀格蒙特》）。

河北教育出版社的《歌德文集》，分为第1卷《诗歌》，第2卷《诗剧》（收《浮士德》），第3卷《长诗》（含《列那狐》、《赫尔曼和多罗泰苔》），第4卷《小说》（收《少年维特的烦恼》与《亲合力》），第5卷《小说》（收《威廉·迈斯特的学习时代》），第6卷《小说》（收《威廉·迈斯特的漫游时代》），第7卷《戏剧》（收《情人的脾气》《铁手葛茨·封·贝利欣根》《克拉维戈》和《丝苔拉》等包括残篇在内的十二个剧本），第8卷《戏剧》（收《哀格蒙特》《伊菲格尼》《托尔夸托·塔索》与《私生女》等剧本），第9卷与第10卷同为《自传》（分别收《诗与真》的上、下两部），第11卷为《游记》（收《意大利游记》），第12卷题为《文论》（下分"艺术评论篇""文学评论篇""铭言与反思"，收文近六十篇），第13与第14卷同为《书信》，共收歌德书信数百封。

三地三套文集，如约而至，争奇斗艳，在我国歌德汉译史上，可谓赫赫可碑。但细细查检，仍见如下现实：重译居多，新译殊乏。纵观歌德全部作品，其大量的日记、书信和各类文牍，直至今天，依旧少有汉译；遑论其有些作品的原始版本或者异文；而对其自然科学领域著述的译介,依然乏善可陈。这种局部的复译不断和整体的残缺不全,既造成我们歌德阅读、理解与研究方面的巨大障碍,也有碍中国作为善于吸收世界优秀文明成果的文化大国地位。

其实早在近百年前,田汉、宗白华、郭沫若合著《三叶集》(亚东图书馆1920年版),已提建议:"我们似乎可以多于纠集些同志来,组织个'歌德研究会',先把他所有的一切名著杰作……和盘翻译介绍出来……"遗憾的是,此愿至今未成现实。笔者曾在这三套《歌德文集》出版前后,援引上文,难抑感叹:"我们何时能够克服商业主义带来的浮躁,走出浪费人力物力的反复重译的怪圈,向中国读书界奉上一部中国的'歌德全集',让读者一窥歌德作品的全貌,并了却80年前文坛巨擘们的夙愿?"①

此愿不孤。之后十年,偶见同调类似表述:"最近在中国可以确定一种清晰趋势,总是聚焦于诸如《维特》和《浮士德》这样为数不多的作品,而它们早已为人熟知。难道我们不该终于思考一下,是否有必要去关注一下其他的、在中国一直还不为众人所知的歌德作品吗?与含有143卷的原文歌德全集相比,即使那至今规模最大的14卷汉语歌德文集,也仅是掉上一块烫石的一滴水珠。究竟还需要几代中国人,来完成这个巨大的使命?"②由此可见,歌德全集的汉译,越来越成为中德文学及文化交流过程中的学术召唤,并成为改革开放时代中国日耳曼学研究的具体要求。汉译《歌德全集》,若隐若现,有呼之欲出之势。

---

① 卫茂平:《歌德译介在中国——为纪念歌德二百五十年诞辰而作》。载:《文汇读书周报》1999年10月2号。
② 顾正祥编著:《歌德汉译研究总目》(1878-2008),中央编译出版社2009年版,第XIX页。原文为德语,由笔者译出。

完成这个使命,先得选定翻译蓝本。歌德十分珍视己作,身前就关注全集编纂。首部 13 卷的《歌德全集》1806 至 1810 年出版。① 第二部 20 卷的《歌德全集》,1815 至 1819 年刊行。② 他在晚年投入大量精力,从官方争取到当时未获广泛认知的作家版权,于迟暮之年,推出《歌德全集——完整的作者最后审定版》40 卷。③ 歌德身后,前秘书艾克曼和挚友里默尔,承其未竟,编就《歌德遗著》20 卷,作为上及"作者最后审定版"的 41 至 60 卷,同由歌德"御用"的科塔出版社出齐。④

规模更大的歌德全集,即所谓魏玛版《歌德全集》,由伯劳出版社 1887 至 1919 年发行。⑤ 它分四个部分:一、作品集 55 卷(63 册);二、自然科学文集 13 卷(14 册);三、日记 15 卷(16 册);四、书信 50 卷(按每年 1 卷编成,所以卷帙浩繁)。凡 133 卷(143 册)。

其实,歌德的各类著作包括书信等众多文字,即使在上及魏玛版全集中,也非全备无缺。另外,随着歌德作品发掘和研究的深入,新有成果,不断现身。所以,魏玛版之后,到了 20 世纪,歌德作品集或全集的出版,依旧代起不迭。主要有三:

---

① Goethes Werke, 13 Bde., Tübingen: J. G. Cotta, 1806 – 1810.
② Goethes Werke, 20 Bde., Stuttgart und Tübingen: J. G. Cotta, 1815 – 1819.
③ Goethes Werke. Vollständige Ausgabe letzter Hand, 40 Bde., Stuttgart und Tübingen: J. G. Cotta, 1827 – 1830.
④ Goethes Werke. Vollständige Ausgabe letzter Hand, Bde. 41 – 60, hg. v. Johann Peter Eckermann und Friedrich Wilhelm Riemer, Stuttgart und Tübingen: J. G. Cotta, 1832 – 1842.
⑤ Goethes Werke, 4 Abteilungen, 133 Bde., Weimar: Verlag Hermann Böhlau, 1887 – 1919.

一是汉堡版《歌德文集》,①按作品体裁分类编排,辑有歌德的主要作品,未录歌德日记、书信和文牍等,计14卷,是歌德作品选集,每卷均有评述。自1964年出齐后,历经多次修订,较新的有1981年慕尼黑版。

二是慕尼黑版《歌德全集》,②按作家创作年代的时间顺序编制,实际也是辑录歌德主体作品的文集,兼收部分书信,每卷均有评注。共计21卷(33册),1985至1998年刊印。

三是法兰克福版《歌德全集》40卷(44册)。正文39卷1985至1999年排印。③它显然与歌德亲自主持的最后一部全集形成呼应,同为"40卷",但在辑录规模和笺注水准上,远非昔日全集可比。

法兰克福版《歌德全集》,被誉为20世纪(目录卷出版于21世纪)最完善的歌德版本,亦即代表目前歌德全集编制的最高水平。它既是德国日耳曼学人及出版界匠心经营、与时俱进的成果,也是歌德全集出版史上承前启后的新碑,并有以下亮点:

第一,它对歌德文字收录相当完整,囊括了歌德不同体裁的文学作品,以及美学、哲学、自然科学等方面的文字,还有书信、日记、自传、游记、谈话录和翻译作品以及从政期间所产生的相关公文,集成正文,几近3万页,规模可谓庞大,内容更臻完备。

第二,作品或文本按体裁划分,同时又按照编年体编排,并收录

---

① Johann Wolfgang Goethe: Werke. Hamburger Ausgabe in 14 Bde., Hamburg, 1948 – 1964.

② Johann Wolfgang Goethe: Sämtliche Werke nach Epochen seines Schaffens. Münchener Ausgabe. München und Wien, 1985 – 1998.

③ Johann Wolfgang Goethe: Sämtliche Werke. 40 Bde., Frankfurt /Main: Deutscher Klassiker Verlag, 1985 – 1999. 第40卷即目录卷2013年改在柏林问世: Das Register zum Gesamtwerk von Johann Wolfgang Goethe, Berlin: Deutscher Klassiker Verlag, 2013.

重要作品的初版或异版,以此进一步全面呈现歌德的创作思想与生命历程。

第三,邀请德国文学研究专家五十余人,倾力二十余年,对歌德的各类文字,进行详尽评述与注解,提供众多辨证。仅笺注规模就达两万多页,实为歌德研究集大成者。

第四,它有目录卷上、下两册,置于卷末,以约 1555 页的篇幅,提供本《全集》所涉人名(包括写信人和收信人以及谈话对象的人名)、地名、作品名(包括诗歌题目及无题诗歌首行)的完整索引,给出其在本《全集》中的卷数和页码,所涉条目数逾百万,可为查检全集各种内容提供便利。

由此可见,将它选为本翻译项目的底本,既能最终推出一部汉语版《歌德全集》,让汉语读者有机会目睹歌德作为诗人、文学家、国务活动家和自然科学研究者的全貌,也可打造兼具学术性的评注版《歌德全集》汉译本,让我们的歌德研究同时跨上一个台阶。

2006 年初,笔者有幸获得这套法兰克福版《歌德全集》(德国博世基金会赠,2005 年 12 月 10 日由德寄出)。本该更早启动译事,了却已有心愿。只因歌德作品卷帙浩繁,规模庞大,内容复杂,涉及面广。兹事体大,让人踌躇。直到 2014 年,一则躬逢昌达的学术环境,二则得到同仁领导的大力托举,才鼓勇气,正式提出翻译歌德全集的建议。它当年就被国家社会科学基金重大项目(第二批)招标选题库采纳,显然获得学界同人高度认可。

最初想法,是仅做翻译。但考虑到国家社会科学基金重大项目通常涉及研究,所以起先提交的题目,含歌德翻译研究内容:"《歌德全集》翻译与歌德作品汉译研究"。有兄弟院校同行,见此招标,参与竞争。后经有关方面协调平衡，此题被分为"歌德翻译"和"歌德研究"两个独立项目，并在2014年11月同获立项。我们回到原点，专事翻译；竞标同行也有斩获，专事研究。结果可说各得其所，皆大欢喜。

本项目由本人作为首席专家，在上海外国语大学、北京大学和北京外国语大学多位同仁的热情帮助下，尤其在上外党委书记姜锋博士等党政领导的大力支持下，于2014年8月24日填表申请，2014年11月5日由"全国哲学社会科学规划办公室"作为"2014年国家社科基金重大项目（第二批）"批准立项。最终题目改为："《歌德全集》翻译"。项目批准号14ZDB090。

这部汉译《歌德全集》，将法兰克福版《歌德全集》作为蓝本，最终分为五个子课题：

一、歌德诗歌与格言（共4卷：卷1、卷2、卷3、卷13）。负责人：王炳钧。

二、歌德戏剧与叙事作品及翻译（共9卷：卷4、卷5、卷6、卷7、卷8、卷9、卷10、卷11、卷12）。负责人：谷裕。

三、歌德自传、游记、谈话录与文牍（共7卷：卷14、卷15－1/15－2、卷16、卷17、卷26、卷27、卷39）。负责人：李昌珂。

四、歌德书信、日记及谈话（共11卷：卷28、卷29、卷30、卷31、卷32、卷33、卷34、卷35、卷36、卷37、卷38）。负责人：卫茂平（兼）。

五、歌德美学与自然科学作品（共8卷：卷18、卷19、卷20、卷21、卷22、卷23－1/23－2、卷24、卷25）。负责人：谢建文。

另加索引卷（卷40－1/40－2：人名、地名、作品名）。负责人：卫茂平（兼）。

统计分析表明：法兰克福版《歌德全集》正文达29972页，汉译可能将达20000千字。与此同时，全集由德国相关领域的权威专家对每一卷进行详尽严谨的注解与评述,共达 21790 页,汉字约有 13000 千字。这部分内容,不会被逐字逐句地译成汉语,而会被作为译本注释和作品解读时的重要参考资料,得以使用。加上译文之外的这些添加内容,这部汉语版歌德全集,其总字数可能达到 30000 千字左右。

截至目前,共有一百多位国内外日耳曼学人参与翻译,另有多位各领域的学者、专家等协助工作。整个项目组人员分别来自京、沪等地和德国的约四十家国内外大学与科研机构。而各位译者,大多是中国的德语教师,其中不乏年逾八旬的前辈名宿,也有三十上下的青年学子。至少在我国德语圈内,可谓老少咸集,群贤毕至。在时代飚进、人趋实惠的当下,有众多同道集聚一起,为这样一项理想主义色彩浓厚的事业出力,作为主持者,倍感信念之力、同道厚爱。每每思之,感喟无穷。谨借此序,深致谢意!

德汉两种语言,在语法、词汇、句法以及对事物的称谓和命名上,差异巨大。两个民族的文化道统,更是有别。加上歌德的文字距今久远,译者之路,榛莽密布,崎岖难行。虽歌德作品汉译非生荒之地,其主作大多已有汉译。但是,相对原语的唯一、永恒和不可改变性,翻译本质上只是某时某刻的选择性结果,都是暂时的,不具终极意义。对研究者来说,旧译本可能更有魅力,因为它蕴含这一代人的审美趣味和文学眼光。而对一般读者来讲,也许符合此时此刻语言发展的译语最为合适。遑论研究新见时常问世,甄别旧译,融合新知,成为必须。而对本项目而言,它其实还面对大量在汉语语境内尚处尘封湮没状态的歌德文字。也就是说,我们所做,绝非集丛拾残、辑佚补缺之事,而常为开启新篇、起例发凡之举。这让译事更加步履维艰。所以本全集的翻译,舛误不当之处,或许难免。也会有个别古奥之词,因目前无法移译,而不得不留存原文,以请明教,开启柴塞。还望读者见谅。

该项目的一大困难,在于逾百名译者之间人名、地名、作品名、标题以及诗歌标题的译文统一。外语中同一读音常可对应不同汉字,而歌德作品及作品人物等的已有译名,往往各不相同。因此,译事第一步是翻译法兰克福版《歌德全集》索引卷(包含全集中所有人名、地名、作品名以及诗歌标题或诗歌首行的索引),以此为基础,确保本全集中各种译名尽量做到统一、规范。这里既有"萧规曹随"的做法,比如"Goethe"依旧是"歌德";也有"不循旧习"的例子,比如"Lotte"不再是旧译"绿蒂"而是"洛特"。

我们计划,用五至十年时间完成这部《歌德全集》的翻译和出版工作。全力支持该项目实施的上海外语教育出版社,已在2016年8月19日上海书展上首发法兰克福版《歌德全集》德文影印版,为本全集助力开道。

德谚有言:Aller Anfang ist schwer. 汉语是:万事开头难。现在,第8、28和36卷组成的第一批译作终于竣事,拟先行推出。这意味着汉译《歌德全集》的实现,不再杳渺。"开头"之难,即将成为过去。

另有德谚云:Ende gut, alles gut. 汉译为:结果好,一切好。就此而言,开端远非全部,结果决定一切。如此说来,"革命尚未成功,同志仍须努力"。

2017年12月于上海外国语大学

从法兰克福到魏玛
书信、日记及谈话

1764 年 5 月 23 日至 1775 年 10 月 30 日

Von Frankfurt nach Weimar
Briefe，Tagebücher und Gespräche

vom 23．Mai 1764 bis
30．Oktober 1775

目 录

主编序言

书信、日记及谈话(1764年5月23日至1775年10月30日)

1764年
法兰克福
1764年5月至1765年9月

1　歌德致 L.伊森堡·封·布里
　　1764年5月23日 / 3

2　歌德致 L.伊森堡·封·布里
　　1764年6月2日 / 6

3　歌德致 L.伊森堡·封·布里
　　1764年7月6日 / 8

1765年

4　歌德致胞妹
　　1765年6月21日 / 13

莱比锡
1765年10月至1768年8月

5　歌德致胞妹
　　1765年10月12/13日 / 16

6　歌德致胞妹
　　1765年10月18日 / 21

7　歌德致 J. J.里泽
　　1765年10月20/21日 / 23

8　歌德致 J. J.里泽
　　1765年10月30日至11月8日 / 26

9　歌德致胞妹
　　1765年12月6日/7日 / 31

10　歌德致胞妹
　　1765年12月12日至23日 / 42

1766年

11　歌德致胞妹
　　1765年12月31日至1766年1月18日 / 49

12　歌德致胞妹
　　1766年3月14日 / 54

13　歌德致 J. J.里泽
　　1766年4月28日 / 59

14　歌德致胞妹
　　1766年3月30日至5月31日 / 63

15　歌德致 A.特拉普
　　1766年6月2日 / 74

16　歌德致 A.特拉普
　　1766年10月1日 / 77

17　歌德致 F. M.穆尔斯
　　1766年10月1日 / 79

18　歌德致贝里施
　　1766年10月8日? 81

19　歌德致贝里施
　　1766年10月10日,或11日 / 83

20	歌德致贝里施 1766 年 10 月 12 日 / 84	33	歌德致贝里施 莱比锡,1767 年 11 月 7 日 / 152
21	歌德致贝里施 1766 年 10 月 12 日 / 86	34	歌德致贝里施 1767 年 11 月 10 日至 14 日 / 154
22	歌德致胞妹 1766 年 9 月 27 日至 10 月 18 日 / 87	35	歌德致贝里施 1767 年 11 月 20 日至 21 日 / 165
		36	歌德致贝里施 莱比锡,1767 年 11 月 27 日 / 168

1767 年

		37	歌德致贝里施 莱比锡,1767 年 12 月 4 日 / 171
23	歌德致胞妹 1767 年 5 月 11 日至 15 日 / 105	38	歌德致贝里施 莱比锡,1767 年 12 月 15 日 / 174
24	歌德致胞妹 1767 年 8 月 / 119	39	歌德致贝里施 莱比锡,1767 年 12 月 22 日(?) / 175
25	歌德致胞妹 1767 年 8 月 / 121		

1768 年

26	歌德致贝里施 1767 年 10 月初 / 123	40	歌德致贝里施 1768 年 3 月 / 179
27	歌德致贝里施 1767 年 10 月 7 日,或 9 日 / 125	41	歌德致贝里施 1768 年 4 月 26 日 / 181
28	歌德致贝里施 1767 年 10 月 13 日 / 128	42	歌德致贝里施 1768 年 5 月 / 183
29	歌德致胞妹 1767 年 10 月 12 日至 14 日 / 130		

法兰克福
1768 年 9 月至 1770 年 3 月

30	歌德致贝里施 1767 年 10 月 16 日至 17 日 / 140		
31	歌德致贝里施 莱比锡,1767 年 10 月 24 日 / 144	43	歌德致朗格尔 1768 年 9 月 8 日 / 186
32	歌德致贝里施 1767 年 11 月 2/3 日 / 二 / 147	44	歌德致 A. F. 厄泽尔

	1768 年 9 月 13 日 / 189
45	歌德致小凯特·舍恩科普夫 1768 年 9 月 / 191
46	歌德致舍恩科普夫全家 1768 年 10 月 1 日 / 192
47	歌德致小凯特·舍恩科普夫 法兰克福，1768 年 11 月 1 日 / 194
48	歌德致弗里德里克·厄泽尔 法兰克福，1768 年 11 月 6 日 / 197
49	歌德致 A. F. 厄泽尔 法兰克福，1768 年 11 月 9 日 / 206
50	歌德致朗格尔 1768 年 11 月 9 日 / 209
51	歌德致 A. F. 厄泽尔 法兰克福，1768 年 11 月 24 日 / 211
52	歌德致朗格尔 法兰克福，1768 年 11 月 24 日 / 213
53	歌德致小凯特·舍恩科普夫 法兰克福，1768 年 12 月 30 日 / 216

1769 年

54	歌德的妹妹致卡塔琳娜·法布里丘斯 1769 年 1 月 13 日 / 221

55	歌德致朗格尔 法兰克福，1769 年 1 月 17 日 / 222
56	歌德致小凯特·舍恩科普夫 法兰克福，1769 年 1 月 31 日 / 225
57	歌德致弗里德里克·厄泽尔 1769 年 2 月 13 日 / 228
58	歌德致 A. F. 厄泽尔 法兰克福，1769 年 2 月 14 日 / 239
59	歌德致弗里德里克·厄泽尔 法兰克福，1769 年 4 月 8 日 / 242
60	歌德致小凯特·舍恩科普夫 法兰克福，1769 年 6 月 1 日 / 245
61	歌德致小凯特·舍恩科普夫 法兰克福，1769 年 8 月 26 日 / 248
62	歌德致 G. 布赖特科普夫 1769 年 8 月？ / 250
63	歌德致朗格尔 1769 年 10 月中旬（？）/ 252
64	歌德致朗格尔 1769 年 11 月 30 日 / 253
65	歌德致小凯特·舍恩科普夫 法兰克福，1769 年 12 月 12 日 / 257

1770 年

66	歌德致小凯特·舍恩科普夫

	法兰克福,1770 年 1 月 23 日 / 263		克莱滕贝格(草稿)(1770 年)8 月 26 日 / 325
67	歌德致 Chr. G. 赫尔曼 1770 年 2 月 6 日 / 266	77	歌德致 J. L. 黑茨勒(草稿)(1770 年)9 月 28 日 / 328
68	歌德致 Ph. E. 赖希 法兰克福,1770 年 2 月 20 日 / 268	78	歌德致 J. C. 恩格尔巴赫(草稿)1770 年 9 月 30 日 / 329
69	歌德日志 1770 年 1 月至 3 月 / 270	79	歌德致卡塔琳娜·法布里丘斯?(草稿)(1770 年)10 月 14 日 / 330

斯特拉斯堡
1770 年 4 月至 1771 年 8 月

70	歌德致 J. Chr. 林普雷希特 1770 年 4 月 13 日至 19 日 / 304	80	歌德致弗里德里克·布里翁(草稿)斯特拉斯堡,(1770 年)10 月 15 日 / 332
71	歌德致朗格尔 1770 年 4 月 29 日至 5 月 11 日 / 307		**1771 年**
72	歌德致卡塔琳娜·法布里丘斯?(草稿)萨尔布吕肯,(1770 年)6 月 27 日 / 312	81	歌德致安娜·玛格丽塔·特克斯托尔(草稿)1771 年 2 月 / 337
73	歌德致小黑茨勒(草稿)(1770 年)7 月 14 日 / 315	82	歌德致赫尔德 1771 年春或夏 / 339
74a	歌德致 A. 特拉普(草稿)1770 年 7 月? / 318	83	歌德致 J. D. 扎尔茨曼 1771 年 5 月 17 日? / 341
74b	歌德致 A. 特拉普(草稿)(1770 年)7 月 28 日 / 321	84	歌德致 J. D. 扎尔茨曼 1771 年 5 月 29 日 / 342
75	歌德致小黑茨勒(草稿)(1770 年)8 月 24 日 / 323	85	歌德致 J. D. 扎尔茨曼 1771 年 6 月 5 日 / 344
76	歌德致苏珊娜·卡塔琳娜·封·	86	歌德致 J. D. 扎尔茨曼 1771 年 6 月 12 日? / 345
		87	歌德致 J. D. 扎尔茨曼 1771 年 6 月 19 日? / 346
		88	E. 施特贝尔致 F. D. 林

	(1772年7月4日/5日)1771年7月/8月 / 348		1771年11月28日 / 371
89	E.施特贝尔致F. D.林(1772年8月7日)1771年7月/8月 / 349	101	歌德致J. D.扎尔茨曼1771年12月 / 373
90	F.莱尔泽(1798年11月30日)1771年7月/8月 / 350	102	歌德日志1771年8月至12月 / 374
91	J. U.梅茨格致F. D.林1771年8月7日 / 351		**1772年**
92	歌德致朗格尔斯特拉斯堡,1771年8月8日 / 352	103	歌德致赫尔德1772年年初 / 381
		104	歌德致J. D.扎尔茨曼1772年2月3日 / 384
93	歌德日志1770年秋至1771年8月 / 353	105	歌德致J. H.荣格1772年2月3日 / 386
	法兰克福**1771年8月至1772年5月**		**韦茨拉尔****1772年5月至9月**
94	歌德致法兰克福的陪审法庭1771年8月28日 / 358	106	歌德致赫尔德约1772年7月10日 / 388
95	歌德致J. G.勒德雷尔1771年9月21日 / 360	107	歌德致凯斯特纳1772年8月8日 / 393
96	歌德致赫尔德1771年9月 / 362	108	歌德致凯斯特纳1772年9月6日 / 394
97	歌德致赫尔德1771年9月 / 364	109	歌德致凯斯特纳1772年9月10日 / 395
98	歌德致J. D.扎尔茨曼1771年10月 / 369	110	歌德致夏洛特·布夫1772年9月10日 / 396
99	歌德致赫尔德1771年10月? / 370	111	歌德致夏洛特·布夫1772年9月11日 / 397
100	歌德致J. D.扎尔茨曼	112	凯斯特纳致A.封·亨宁斯(草稿)

1772年秋 / 398

法兰克福
1772年9月至1774年7月

113　歌德致凯斯特纳
　　　1772年9月 / 402

114　歌德致凯斯特纳
　　　1772年9月25日至26日 / 403

115　歌德致凯斯特纳
　　　1772年10月初 / 405

116　歌德致凯斯特纳
　　　1772年10月6日 / 406

117　歌德致夏洛特·布夫
　　　1772年10月8日 / 407

118　歌德致凯斯特纳
　　　1772年10月10日 / 408

119　歌德致凯斯特纳
　　　1772年10月21日 / 409

120　歌德致凯斯特纳
　　　1772年10月27日 / 410

121　歌德致凯斯特纳
　　　1772年11月初 / 411

122　歌德致凯斯特纳
　　　1772年11月10日 / 412

123　歌德致凯斯特纳
　　　1772年11月13日 / 414

124　歌德致凯斯特纳
　　　1772年11月14日 / 415

125　歌德致凯斯特纳
　　　1772年11月19日 / 416

126　歌德致索菲·封·拉洛施
　　　约1772年11月20日 / 417

127　歌德致凯斯特纳
　　　1772年11月28日 / 419

128　歌德致凯斯特纳
　　　1772年12月6日 / 420

129　歌德致赫尔德
　　　1772年12月7日 / 421

130　歌德致凯斯特纳
　　　1772年12月11日 / 423

131　歌德致凯斯特纳
　　　1772年12月15日 / 424

132　歌德致凯斯特纳
　　　约1772年12月20日 / 426

133　歌德致凯斯特纳
　　　1772年12月25日 / 427

134　歌德致凯斯特纳
　　　约1772年12月29日 / 431

135　歌德致莫里茨姊妹？
　　　1772年或1773年年初 / 432

136　歌德致凯斯特纳
　　　1772年？/1773年？ / 433

1773年

137　歌德致凯斯特纳
　　　1773年1月15日？ / 437

138　歌德致凯斯特纳
　　　1773年1月17日 / 439

| 139 | 歌德致凯斯特纳
1773年1月 / 440 | 154 | 歌德致凯斯特纳
1773年3月底 / 463 |

| 140 | 歌德致凯斯特纳
1773年1月19日 / 443 | 155 | 歌德致默尔克
1773年3月/4月 / 465 |

| 141 | 歌德致索菲·封·拉洛施
1773年1月19日 / 444 | 156 | 歌德致凯斯特纳
约1773年4月6日 / 467 |

| 142 | 歌德致凯斯特纳
1773年1月26日 / 446 | 157 | 歌德致约翰娜·法尔默
1773年4月9日 / 468 |

| 143 | 歌德致凯斯特纳
1773年1月28日 / 448 | 158 | 歌德致凯斯特纳
1773年4月10日 / 469 |

| 144 | 歌德致凯斯特纳
1773年2月5日 / 450 | 159 | 歌德致凯斯特纳
1773年4月11日 / 471 |

| 145 | 歌德致凯斯特纳
1773年2月6日 / 451 | 160 | 歌德致H.布夫
1773年4月 / 472 |

| 146 | 歌德致凯斯特纳
1773年2月11日 / 452 | 161 | 歌德致凯斯特纳
1773年4月14日 / 473 |

| 147 | 歌德致凯斯特纳
1773年2月22日 / 453 | 162 | 歌德致凯斯特纳
1773年4月15日 / 475 |

| 148 | 歌德致凯斯特纳
1773年2月25日 / 454 | 163 | 歌德致H.布夫
1773年4月 / 477 |

| 149 | 歌德致J.D.扎尔茨曼
1773年3月6日 / 455 | 164 | 歌德致凯斯特纳
1773年4月21日 / 478 |

| 150 | 歌德致凯斯特纳
1773年3月15日 / 459 | 165 | 歌德致凯斯特纳
1773年4月25日 / 479 |

| 151 | 歌德致H.布夫
1773年3月15日 / 460 | 166 | 歌德致凯斯特纳
1773年5月4日 / 480 |

| 152 | 歌德致约翰娜·法尔默
1773年3月 / 461 | 167 | 歌德致F.赫普夫纳
1773年5月7日 / 481 |

| 153 | 歌德致凯斯特纳
1773年3月 / 462 | 168 | 歌德致凯斯特纳
约1773年5月8日 / 482 |

169	歌德致凯斯特纳 1773 年 5 月 / 483	184	歌德致凯斯特纳 1773 年 8 月初至 21 日 / 499
170	歌德致凯斯特纳 1773 年 5 月 / 484	185	歌德致贝蒂·雅各比 约1773 年 9 月 10 日 / 501
171	歌德致索菲·封·拉洛施 1773 年 5 月 12 日 / 485	186	歌德致凯斯特纳 1773 年 9 月 15 日 / 502
172	歌德致 Chr. G. 赫尔曼 1773 年 5 月 15 日 / 486	187	歌德致 H. 布夫 1773 年 10 月 / 506
173	歌德致凯斯特纳 1773 年 5 月 / 487	188	歌德致 H. 布夫 1773 年 10 月 / 507
174	歌德致 H. 布夫 1773 年 6 月初 / 488	189	歌德致 J. D. 扎尔茨曼 约 1773 年 10 月 / 508
175	歌德致 H. 布夫 约 1773 年 6 月 12 日 / 489	190	歌德致索菲·封·拉洛施 1773 年 10 月 12 日 / 509
176	歌德致凯斯特纳 约 1773 年 6 月 12 日 / 490	191	歌德致 H. Chr. 博伊 1773 年 10 月 16 日 / 510
177	歌德致 F. W. 戈特 1773 年 6 月 / 491	192	歌德致约翰娜·法尔默 1773 年 10 月 18 日 / 511
178	歌德致 N. L. 德玛尔 1773 年 6 月 / 493	193	歌德致格斯滕贝格 1773 年 10 月 18 日 / 513
179	歌德致 H. Chr. 博伊 1773 年 7 月 10 日 / 494	194	歌德致朗格尔 1773 年 10 月 27 日 / 515
180	歌德致索菲·封·拉洛施 1773 年 7 月 11 日 / 495	195	歌德致夏洛特·凯斯特纳(娘家姓布夫) 1773 年 10 月 31 日 / 517
181	歌德致 H. 布夫 1773 年 7 月中旬 / 496	196	歌德致约翰娜·法尔默 1773 年 10 月 31 日 / 518
182	歌德致凯斯特纳 1773 年 7 月中旬 / 497	197	歌德致 J. G. 勒德雷尔 1773 年秋？/ 519
183	歌德致 H. 布夫 1773 年 7 月下半月 / 498	198	歌德致贝蒂·雅各比

	1773 年 11 月 3 日 / 520
199	歌德致贝蒂·雅各比 1773 年 11 月 7 日至 16 日 / 521
200	歌德致拉瓦特尔 1773 年 11 月上半月 / 523
201	歌德致 H. Chr. 博伊 1773 年 11 月上半月 / 524
202	歌德致拉瓦特尔 1773 年 11 月下半月 / 525
203	歌德致约翰娜·法尔默 1773 年 11 月 17 日 / 526
204	歌德致约翰娜·法尔默 1773 年 11 月 23 日 / 527
205	歌德致贝蒂·雅各比 1773 年 11 月底 / 528
206	歌德致约翰娜·法尔默 1773 年 11 月 29 日 / 529
207	歌德致 J. G. 施特歇 1773 年 12 月 4 日 / 531
208	歌德致约翰娜·法尔默 1773 年 12 月 / 533
209	歌德致 H. 布夫 1773 年 12 月 / 534
210	歌德致 H. 布夫 1773 年 12 月 / 535
211	歌德致 H. 布夫 1773 年 12 月 / 536
212	歌德致 H. 布夫 1773 年 12 月 / 537
213	歌德致卡罗利妮·布夫 1773 年 12 月 / 538
214	歌德致贝蒂·雅各比 1773 年 12 月 / 539
215	歌德致凯斯特纳 1773 年 12 月 25 日 / 540
216	歌德致 H. 布夫 1773 年 12 月 25 日? / 543
217	歌德致拉瓦特尔 1773 年 12 月 25 日或 31 日 / 544
218	歌德致贝蒂·雅各比 1773 年 12 月 31 日 / 545

1774 年

219	歌德致约翰娜·法尔默 1774 年 1 月 2 日 / 549
220	歌德致 J. F. 封·弗莱施拜恩 1774 年 1 月 3 日 / 550
221	歌德致 H. Chr. 博伊 法兰克福,1774 年 1 月 8 日 / 552
222	歌德致 H. 布夫 1774 年 1 月 13 日 / 553
223	歌德致索菲·封·拉洛施 1774 年 1 月 21 日 / 554
224	歌德致索菲·封·拉洛施 1774 年 1 月 30 日? / 555
225	歌德致贝蒂·雅各比 1774 年 2 月初 / 556
226	歌德致毕尔格

	1774年2月12日 / 558	241	约翰娜·法尔默致 F. H. 雅各比 1774年5月初 / 578
227	歌德致索菲·封·拉洛施 1774年2月中旬 / 559	242	歌德致索菲·封·拉洛施 1774年5月7日或8日 / 583
228	歌德致约翰娜·法尔默 1774年2月底 / 560	243	歌德致凯斯特纳 1774年5月11日 / 584
229	歌德致索菲·封·拉洛施 1774年3月 / 561	244	歌德致拉瓦特尔 1774年5月20日 / 585
230	歌德致凯斯特纳 1774年3月 / 563	245	歌德致索菲·封·拉洛施 1774年5月末 / 587
231	歌德致夏洛特·凯斯特纳（娘家姓布夫） 1774年3月 / 565	246	歌德致克洛卜施托克 1774年5月28日 / 589
232	歌德致索菲·封·拉洛施 1774年3月 / 566	247	歌德致 F. 赫普夫纳 1774年6月初 / 590
233	歌德致约翰娜·法尔默 1774年3月 / 567	248	歌德致凯斯特纳 1774年6月初 / 591
234	歌德致朗格尔 1774年3月6日? / 568	249	歌德致 H. Chr. 博伊 1774年6月4日 / 592
235	歌德致凯斯特纳 1774年3月? / 569	250	歌德致索菲·封·拉洛施 1774年6月上半月 / 593
236	歌德致 F. 赫普夫纳 1774年4月初 / 570	251	歌德致索菲·封·拉洛施 1774年6月上半月 / 594
237	歌德致 J. J. 比约恩斯托尔 1774年4月9日或13日 / 571	252	歌德致夏洛特·凯斯特纳（娘家姓布夫） 1774年6月16日 / 595
238	歌德致 H. 布夫 1774年4月? / 572	253	歌德致索菲·封·拉洛施 1774年6月16日 / 597
239	歌德致拉瓦特尔和 J. K. 普芬宁厄 1774年4月26日 / 573	254	歌德致索菲·封·拉洛施 1774年6月下半月 / 598
240	歌德致拉瓦特尔 1774年春 / 577	255	歌德致 H. Chr. 博伊

	1774年6月22日 / 599	268	歌德致索菲·封·拉洛施
256	歌德致索菲·封·拉洛施		1774年7月31日 / 621
	1774年6月底 / 600	269	歌德致索菲·封·拉洛施
257	歌德致约翰娜·法尔默?		1774年8月上半月 / 622
	1774年6月? / 601		
258	歌德致G. F. E.舍恩博恩		**法兰克福**
	1774年6月1日至7月4日 / 602		**1774年8月至1775年5月**
259	拉瓦特尔	270	歌德致F. H.雅各比
	1774年6月28日 / 610		1774年8月13日至14日 / 624
260	歌德致拉瓦特尔	271	歌德致拉瓦特尔
	约1774年7月4日 / 611		1774年8月中旬 / 626
261	歌德致索菲·封·拉洛施	272	歌德致J. G.施特歇
	1774年6月16日和7月15日之间 / 612		1774年8月16日 / 627
262	歌德致J. G.施特歇	273	歌德致索菲·封·拉洛施
	1774年7月12日 / 613		约1774年8月20日 / 628
		274	歌德致F. H.雅各比
	莱茵河之旅		1774年8月21日 / 629
	1774年7月至8月	275	歌德致拉瓦特尔
			1774年8月下半月? / 632
263	歌德致安娜·拉瓦特尔	276	歌德致索菲·封·拉洛施
	1774年7月18日 / 616		1774年8月24日和28日 / 633
264	歌德致索菲·封·拉洛施	277	歌德致夏洛特·凯斯特纳(娘家姓布夫)
	1774年7月19日 / 617		1774年8月26日至31日 / 634
265	歌德致J. L.帕萨旺	278	歌德致约翰娜·法尔默
	约1774年7月20日 / 618		1774年8月底 / 637
266	歌德致贝蒂·雅各比	279	歌德致F. H.雅各比
	1774年7月21日 / 619		1774年8月31日 / 638
267	歌德致贝蒂·雅各比	280	歌德致H.布夫
	1774年7月25日 / 620		1774年8月31日 / 639

281	歌德致索菲·封·拉洛施 1774 年 9 月 15 日 / 640		1774 年 11 月 20 日 / 656
282	歌德致索菲·封·拉洛施 1774 年 9 月 15 日 / 641	296	歌德致凯斯特纳 1774 年 11 月 21 日 / 658
283	歌德致索菲·封·拉洛施 1774 年 9 月 19 日 / 642	297	歌德致拉瓦特尔 1774 年 11 月下半月 / 661
284	歌德致凯斯特纳 1774 年 9 月 23 日 / 643	298	歌德致 H. P. 施洛瑟 1774 年 11 月底 / 662
285	歌德致夏洛特·凯斯特纳（娘家姓布夫） 1774 年 9 月 23 日 / 644	299	歌德致 J. G. 雅各比 1774 年 12 月 1 日 / 663
286	歌德致拉瓦特尔 1774 年 9 月 24 日 / 645	300	歌德致默尔克 1774 年 12 月 4 日 / 664
287	歌德致约翰娜·法尔默 1774 年 9 月底 / 646	301	歌德致默尔克 1774 年 12 月 5 日 / 666
288	歌德致索菲·封·拉洛施 1774 年 10 月初 / 647	302	歌德致 J. D. 扎尔茨曼 1774 年 12 月 5 日 / 668
289	歌德致凯斯特纳夫妇 1774 年 10 月 / 648	303	歌德致索菲·封·拉洛施 1774 年 12 月初 / 669
290	歌德致约翰娜·法尔默 1774 年 10 月 / 650	304	歌德致拉瓦特尔 1774 年 12 月上半月 / 670
291	歌德致索菲·封·拉洛施 1774 年 10 月 21 日 / 651	305	歌德致亨丽埃特·封·克内贝尔 1774 年 12 月 13 日 / 672
292	歌德致约翰娜·法尔默 1774 年 11 月初 / 653	306	歌德致 H. 布夫 1774 年 12 月下半月 / 674
293	歌德致 J. L. 伯克曼 1774 年 11 月 14 日至 15 日 / 654	307	歌德致索菲·封·拉洛施 1774 年 12 月 22 日 / 675
294	歌德致约翰娜·法尔默 1774 年 11 月 15 日 / 655	308	歌德致 H. Chr. 博伊 1774 年 12 月 23 日 / 677
295	歌德致索菲·封·拉洛施	309	克内贝尔致贝尔图赫（1774 年 12 月 11 日至 16 日） 1774 年 12 月 23 日 / 678

310	歌德致 H. P. 施洛瑟 1774 年 12 月 26 日 / 680	323	歌德致 J. G. 雅各比 1775 年 1 月 28 日 / 696
311	歌德致克内贝尔 1774 年 12 月 28 日 / 681	324	歌德致奥古斯特·楚·施托尔贝格 女伯爵 约1775 年 1 月 18 日至 30 日 / 698
312	歌德致珍妮·封·福格茨（娘家姓 默泽） 1774 年 12 月 28 日 / 683	325	歌德致 Ph. E. 赖希 1775 年 1 月 30 日 / 700
313	歌德致 H. P. 施洛瑟 1773 年？1774 年？/ 684	326	歌德致默尔克 约 1775 年 1 月 / 701

1775 年

		327	歌德致贝蒂·雅各比 1775 年 2 月 6 日 / 702
314	歌德致 Ph. E. 赖希 1775 年 1 月 2 日 / 687	328	歌德致约翰娜·法尔默 1775 年 2 月 6 日或 7 日 / 703
315	歌德致索菲·封·拉洛施 1775 年 1 月 3 日 / 688	329	歌德致约翰娜·法尔默 约1775 年 2 月 10 日至 12 日 / 704
316	歌德致 H. 布夫 1775 年 1 月 9 日 / 689	330	歌德致奥古斯特·楚·施托尔贝格 女伯爵 1775 年 2 月 13 日 / 705
317	歌德致克内贝尔 1775 年 1 月 13 日 / 690	331	歌德致 Ph. E. 赖希 法兰克福,1775 年 2 月 14 日 / 707
318	歌德致 Ph. E. 赖希 法兰克福,1775 年 1 月 17 日 / 691	332	歌德致毕尔格 1775 年 2 月 17 日 / 709
319	歌德致索菲·封·拉洛施 1775 年 1 月 18 日 / 692	333	歌德致默尔克 1775 年 2 月 / 710
320	歌德致赫尔德夫妇 1775 年 1 月 18 日 / 693	334	歌德致索菲·封·拉洛施 1775 年 2 月 17 日 / 711
321	歌德致 Ph. E. 赖希 1775 年 1 月 23 日 / 694	335	歌德致索菲·封·拉洛施 1775 年 2 月或 3 月上半月 / 712
322	歌德致 Ph. E. 赖希 法兰克福,1775 年 1 月 27 日 / 695	336	歌德致约翰娜·法尔默 1775 年 3 月初 / 713

337	歌德致约翰娜·法尔默 1775 年 3 月 / 714		1775 年 3 月 25 日 / 729
338	歌德致约翰娜·法尔默 1775 年 3 月 5 日 / 715	351	歌德致 Ph. E. 赖希 1775 年 3 月 28 日 / 730
339	歌德致约翰娜·法尔默 1775 年 3 月 6 日 / 716	352	歌德致索菲·封·拉洛施 1775 年 3 月 28 日 / 731
340	歌德致默尔克 1775 年 3 月 7 日 / 717	353	歌德致约翰娜·法尔默 1775 年 3 月底？/ 732
341	歌德致奥古斯特·楚· 施托尔贝格女伯爵 奥芬巴赫，1775 年 3 月 7 日至法兰克福，3 月 10 日 / 718	354	歌德致约翰娜·法尔默 1775 年 3 月 30 日 / 733
		355	歌德致 Ph. E. 赖希 1775 年 3 月 31 日 / 734
342	歌德致 Ph. E. 赖希 1775 年 3 月 14 日 / 721	356	歌德致赫尔德 1775 年 4 月 1 日 / 735
343	歌德致索菲·封·拉洛施 1775 年 3 月 15 日 / 722	357	歌德致 Ph. E. 赖希 约 1775 年 4 月 1 日 / 736
344	歌德致约翰娜·法尔默 1775 年 3 月 / 723	358	歌德致约翰娜·法尔默 1775 年 4 月初 / 737
345	歌德致索菲·封·拉洛施 1775 年 3 月 21 日 / 724	359	歌德致约翰娜·法尔默 1775 年 4 月初 / 738
346	歌德致 F. H. 雅各比 1775 年 3 月 21 日 / 725	360	歌德致拉瓦特尔 约 1775 年 4 月上半月 / 739
347	歌德致 F. H. 雅各比 1775 年 3 月 / 726	361	歌德致约翰娜·法尔默 约 1775 年 4 月上半月 / 740
348	歌德致 Ph. E. 赖希 1775 年 3 月 24 日 / 727	362	歌德致 F. H. 雅各比 1775 年 4 月 / 741
349	歌德致奥古斯特·楚·施托尔贝格 女伯爵 1775 年 3 月 19 日至 25 日 / 728	363	歌德致克内贝尔 1775 年 4 月 14 日 / 742
350	歌德致赫尔德	364	歌德致克洛卜施托克 1775 年 4 月 15 日 / 743

365	歌德致约翰娜·法尔默 1775 年 4 月 / 744
366	歌德致 Ph. E. 赖希 1775 年 4 月 19 日 / 745
367	歌德致约翰娜·法尔默 1775 年 4 月 23 日 / 746
368	歌德致奥古斯特·楚·施托尔贝格女伯爵 1775 年 4 月 15 日和 26 日 / 747
369	歌德致拉埃尔·德·奥维列 1775 年 4 月？/ 748
370	歌德致 J. G. 齐默尔曼 1775 年 5 月 3 日 / 749
371	歌德致亨丽埃特·封·克内贝尔 1775 年 5 月 3 日 / 750
372	歌德致 Ph. E. 赖希 1775 年 5 月 11 日 / 751
373	歌德致赫尔德 约 1775 年 5 月 12 日 / 752
374	歌德致索菲·封·拉洛施 1775 年 5 月 13 日 / 754

瑞士之行
1775 年 5 月至 7 月

375	歌德致约翰娜·法尔默 曼海姆,1775 年 5 月 16 日 / 756
376	歌德致约翰娜·法尔默 斯特拉斯堡,1775 年 5 月 24 日和 26 日 / 757
377	歌德致克内贝尔
	埃门丁根,1775 年 6 月 4 日 / 758
378	歌德致约翰娜·法尔默 埃门丁根,1775 年 6 月 5 日 / 759
379	歌德致约翰娜·法尔默 沙夫豪森,1775 年 6 月 7 日 / 760
380	歌德致索菲·封·拉洛施 苏黎世,1775 年 6 月 12 日 / 761
381	歌德致夏洛特·凯斯特纳(娘家姓布夫) 1775 年 6 月 19 日 / 762
382	歌德的旅行日记 1775 年 6 月 15 日至 21 日 / 763

法兰克福
1775 年 7 月至 10 月

383	歌德致索菲·封·拉洛施 1775 年 7 月 26 日/27 日 / 770
384	歌德致奥古斯特·楚·施托尔贝格女伯爵 1775 年 7 月 25 日至 31 日 / 771
385	歌德致拉瓦特尔 1775 年 7 月 31 日 / 773
386	歌德致索菲·封·拉洛施 1775 年 8 月 1 日 / 777
387	歌德致克内贝尔 1775 年 8 月 1 日 / 778
388	歌德致奥古斯特·楚·施托尔贝格女伯爵 奥芬巴赫,1775 年 8 月 3 日 / 779
389	歌德致拉瓦特尔

	奥芬巴赫,1775 年 8 月 3 日/4 日 / 783		1775 年 9 月 28 日 / 809
390	歌德致默尔克 约 1775 年 8 月 8 日 / 786	402	歌德致 F. L. 及 Chr. 楚·施托尔贝 格伯爵 1775 年 10 月 4 日 / 811
391	歌德致 H. 布夫 1775 年 8 月 9 日 / 787	403	歌德致默尔克 1775 年 10 月 7 日 / 812
392	歌德致约翰娜·法尔默 1775 年 8 月 / 788	404	歌德致索菲·封·拉洛施 1775 年 10 月 11 日 / 813
393	歌德致拉埃尔·德·奥维列 1775 年 8 月？/ 789	405	歌德致克内贝尔 1775 年 10 月中旬以后 / 815
394	歌德致安娜·露易丝·卡尔施 1775 年 8 月 17 日至 28 日 / 790	406	歌德致毕尔格 1775 年 10 月 18 日 / 816
395	歌德致 Ph. E. 赖希 1775 年 8 月 29 日 / 792	407	歌德致 F. L. 楚·施托尔贝格伯爵 （草稿） (1775 年)10 月 26 日夜 / 818
396	歌德致德·奥维列夫妇 1775 年 9 月 3 日？/ 793	408	歌德致 Ph. E. 赖希 约 1775 年 10 月 28 日 / 819
397	歌德致拉瓦特尔 1775 年 9 月 9 日 / 798	409	歌德致奥古斯特·楚·施托尔贝格 女伯爵 法兰克福,1775 年 9 月 20 日至魏 玛,11 月 22 日 / 821
398	歌德致约翰娜·法尔默 1775 年 9 月 11 日？/ 801		
399	歌德致奥古斯特·楚·施托尔贝格 女伯爵 1775 年 9 月 14 日至 19 日 / 802	410	歌德的旅途日记 1775 年 10 月 30 日 / 823
400	歌德致约翰娜·法尔默 1775 年 9 月下半月 / 808		**译后记** / 826
401	歌德致拉瓦特尔		**编后记** / 829

1764 年

法兰克福
1764 年 5 月至 1765 年 9 月

1. 歌德致 L. 伊森堡·封·布里①

1764年5月23日　星期三

高贵的、
尤为尊敬的先生：

　　阁下将感到惊讶，一个素昧平生的人竟然冒昧向您提出请求。然而，对所有那些知晓您的功绩的人，您理应不会感到惊讶。因为，您也许知道，您的品性即便在比我所居住的更为偏远的地方也能赢得人心。

　　您可由我的开场白看出，眼下我一心想与您结识，直至您了解清

---

① 留存下来的最早的歌德书信是时年十四岁的歌德写给"菲兰德里亚田园社"（Arkadische Gesellschaft zu Phylandria）的申请信。该社团位于美因河畔奥芬巴赫附近的诺伊霍夫。歌德在信里请求准予加入该社团。起初，这是一个由出身典型市民家庭的热情而善感的青年男女组成的文学协会兼秘密道德同盟（geheimer Tugendbund）。1764/65年间，该社团在布里的影响下变身为共济会的一个分会，直到1771年解散。1762年，自身不过十六岁的恩斯特·卡尔·路德维希·伊森堡·封·布里接管了该社团。此人后来在黑森当过军官，还尝试过文学创作，但并不成功。歌德也许想在这个协会里为其早年小试身手的文学创作寻找第一个公开亮相和与人交流的场所。他希望通过信里提到的那个亚历克西斯结识布里。布里在协会里的名字叫阿尔贡·米厄蒂尔（Argon Myrtill）。所有的会员都以取自文艺复兴时期文学作品的人名作为自己在协会内部的称呼，那个亚历克西斯的真名是弗里德里希·卡尔·施魏策尔，他是该协会负责法兰克福事务的考官和监事。布里给歌德回了信。布里在那封留存下来的回信的草稿中先以自谦的语气客套地对歌德给予他的赞誉作出了回应，接着又以开诚布公的口吻答复歌德的入社请求，表明鉴于他俩对彼此尚一无所知，为谨慎起见，歌德应按照协会的规定先向亚历克西斯提交入社申请信息。布里请求歌德谅解他的谨慎，并以约翰·埃利亚斯·施莱格尔笔下的那个谨小慎微的人物封·阿布格伦德先生（Herr von Abgrund）自喻。最后，布里礼节性地表达了与歌德结识的愿望。与此同时，他给卡尔·施魏策尔写信打听歌德的情况，施魏策尔于5月29日答复他说，歌德仗着是自己（即施魏策尔）的朋友，就缠着他要求加入协会已经好长时间了，但由于歌德品行不端，被他回绝了，而且，令施魏策尔倍感惊讶的是，歌德竟然背着他给布里写了信。施魏策尔奉劝布里不要与歌德为伍。

楚我是否有资格成为您的朋友,是否能加入您的协会。

　　请您别见怪,请原谅我的大胆之举吧。我是不得已而为之,因为,虽然我愿意继续沉默并在内心对您的伟大品性尊崇备至,正如我迄今所为,但是这么做会使我感到无比压抑。在我那些认识您的朋友当中,没有哪一个愿意赐予我这一无法估量的幸运。或许,也有些小小的妒忌在作祟。不过,我刚刚想到了那个最好的原因:您不希望结交一个具有我这样缺点的人,以免为此而承担责任。尊贵的阁下,您兴许明白,当人们试图走近一位自己所崇拜的人物时,总喜欢将自己的缺点掩盖起来。不过,我和拉贝纳笔下的那个求爱者①一样,倒要先说一说我自己的缺点:虽然我知道,我的啰嗦会让您觉得无聊,但没办法,您早晚得知道,不是在认识您之前,就是在认识您之后。我的一大缺点是,性子有点儿烈。您肯定知道暴脾气是怎么回事,不过,没有哪个人比我更不爱记仇。此外,我惯于发号施令,不过,要是没什么可让我指手画脚的,我也会任其自然。虽则如此,我却很想服从那种由您的真知灼见所引领的令人满怀期待的统治。就在这封信的开头,您会发现我的第三个缺点,那就是我居然以如此熟络的语气给您写信,就好像我与您有了一百年的交情似的,但有什么办法呢,我就是没法改掉这个坏习惯。我希望,您那不拘小节、不囿于礼俗的智慧能原谅我的这一举动,同时,请您务必相信,我绝不会疏忽了对您应有的尊敬。

　　我还想到一点,我还有一个与前文提到的那名男子同样的缺点,

---

① 在戈特利布·威廉·拉贝纳(1714 - 1771)的《讽刺作品》(1751 - 1755)的第三部分——《讽刺的信》中,有一个给恋爱者的建议:"写情书应摒弃一贯以来的唉声叹气、热火烈焰以及伪装的阿谀奉承,而应真挚、坦诚地承认自身的缺点。"在《一个正派但固执的求爱者与一位女子的情书》里,那个求爱者正是如此坦陈自身的缺点,并由此赢得了恋人的芳心。

那就是我很没有耐心，不喜欢长时间处于不确定之中。我请求您尽快作出决定。

这些是最大的缺点。您敏锐的目光还会在我身上发现数以百计的小毛病，不过，我希望，它们不致令我遭到您的嫌恶，相反，所有这些都将于我有利，我的缺点以及我的努力都将向您表明，我是，并将永远是

   法兰克福　　　　　　高贵的、尤为尊敬的阁下您
   1764 年　　　　　　　　最忠心耿耿的仆人
   5 月 23 日　　　　　　　约翰·沃尔夫冈·歌德

又及：要是您担心我的年龄，那么敬请放心，我告诉您，我与**亚历克西斯**①的年龄相仿。我对他很有意见，他之前总是一天又一天地敷衍我，迟迟不把我介绍给您。倘若您愿意像我所希望并热切恳求的那样以一封复信赐予我荣幸，那么，就有劳您在**通讯地址**里写上我的名字。② 我住在大希尔施格拉本街。再见。

---

① 弗里德里希·卡尔·施魏策尔。
② 原文此处用 Vorname 一词，指姓氏前的名字；不带姓氏的称呼给人以亲近感。

2. 歌德致 L. 伊森堡·封·布里

1764 年 6 月 2 日　星期六

阁下：

　　我要存起我全部的欣喜与全部的愉悦，直至我有幸见到您，因为我的笔无法表达这欢喜的心情。您对我真是太好了，您这么快就让我看到了加入贵社①的希望，而我原本以为这一幸运离我是那么遥远。为此，我非常感激您。

　　亚历克西斯是我最要好的朋友之一。他可以给您讲足够多的切身体会。我要求他坦陈所有可能的实情。他不该遗漏我的任何一个缺点，当然，对我的优点也不能闭口不谈。不过，尽管如此，我还是要劳驾您亲自对我进行考核，要知道亚历克西斯再怎么聪明，也总还有些东西，一些可能令您不快的东西，是他所无法识破的。我很像一条变色龙。我的亚历克西斯还没能从各个方面把我看个透，这该怪他吗？关于这个话题，就不再多说了。

　　您爱怎么否认就怎么否认，这么做其实很快就暴露了您自己。您否认自身的完美品性，而恰恰在这一刻，从您的行为中闪现出了完美品性的光辉。您的谨慎值得称颂。根本谈不上您以此轻侮我，您的谨慎反倒令我高兴，并且兴许还会有利于我的名声。谁若是以为贵社是随便哪个人无需接受调查而只需报名就能加入的话，那么他无疑是最大的傻瓜。这对我而言难道是种荣幸？哦，不！相反，要是您经过挑选、考核，还有调查之后接纳了我，这将给我带来莫大的愉悦。您自比那位封·阿布格伦德先生，②可这个比喻是错误的，而且是大错特错。您仔细打量一下这个人物，再把您自身置于其对面，您会发现两者具有全然不符的特征。他把并不神秘的事弄得神秘兮

---

① 布里领导的"菲兰德里亚田园社"。
② Herr von Abgrund，为约翰·埃利亚斯·施莱格尔所作喜剧《神秘男子》(*Der Geheimnißvolle*)(1747)中的标题人物。

兮，且疑神疑鬼到了无以复加的地步，而您的怀疑则是正当的。我想举一个例子来证明您的谨慎没有丝毫夸张之处。

咱们城里有许多傻瓜，对此您想必也是清楚的。假设其中一个想加入贵社，他恳请家庭教师代为写信一封，而且要写得极其漂亮。家庭教师照办了，接着这位年轻的先生署上自己的大名。由此，您领略了他的学识，不加调查就接纳了他，而当您将他仔细看个分明，就会发现，贵社非但并未增加一名饱学之士，反而多出了一个牛头。这么做是不负责任的！而我也正有可能就是这么一个牛头。由此看来，您的谨慎无疑是切合实际的。

这封信我打算就此搁笔，只是还要写下最明确无疑的保证：我是，并且永远是

法兰克福 　　　　　　　　　　　　　　　阁下
1764 年 　　　　　　　　　　　　　　　最忠诚的仆人
6 月 2 日 　　　　　　　　　　　　　　约翰·沃尔夫冈·歌德①

---

① 1764 年 6 月 26 日，布里写信回复歌德，复信语气照例客套。布里称因忙于应酬，迟复为歉。他告诉歌德，据施魏策尔提供的信息，他认为歌德有资格入社，只是先要上报情况，等待批准，而至于确切日期，他说不准。

3. 歌德致 L. 伊森堡·封·布里

1764 年 7 月 6 日　星期五

　　我非常感谢我的朋友，①他对您说了对我如此有利的看法。要是您见过我后仍能保留这一看法的话，我将感到非常高兴。我非常担心，我的外表——可是，有什么必要闲扯自己呢？您自会见到我的。不过，我希望在我被吸收入社前就能与您见面。可是，鉴于您近期不大可能光临本地，且我去您府上拜会更是没有可能，于是，便想起来问您，是否可以指定一个于咱俩而言居中的地方，以便会晤相商。不知您认为这么做是否妥当？这不过是个小小的建议，阁下可随己所愿加以采纳或拒绝。

　　眼下，我打算静候贵社对我的裁决。只是，我请求您，若您的事务允许，请偶尔给我写上几行，让我开心一番。即便您没什么好写，就写写您的身体状况也是好的，这始终是令人感到愉快的事。

阁下
最忠心耿耿的
仆人

法兰克福，1764 年 7 月 6 日　　　　　　J. W. 歌德②

---

① 弗里德里希·卡尔·施魏策尔。
② 1764 年 7 月，布里就已决定不吸纳歌德入社，这可由他于 1764 年 7 月 16 日写给一个名叫约翰·安德烈的奥芬巴赫人的信中看出。布里在信中写道："他很想加入咱们的协会。他一心要加入，为此费了很大的劲儿。我对这小子有了进一步的了解，而且提供情况的是些可靠的人。[……]我了解到，此人品行不羁，有很多缺点，令人反感，我不想在此详述。"此前，施魏策尔于 1764 年 7 月 10 日致信布里，告诉他歌德跑去奥芬巴赫找了安德烈，他担心不知情的安德烈会为歌德的言辞所动。施魏策尔还告诉布里，歌德对安德烈说布里不日将前往奥芬巴赫，届时他将与其会面。施魏策尔请求布里速与安德烈通气。安德烈在 1764 年 7 月 18 日写给布里的一封信里通报了歌德到访奥芬巴赫一事。安德烈说，歌德去他那里坐了一刻钟左右，转达了亚历克西斯（即施魏策尔）对他的问候，后经亚历克西斯确认，转达问候之事是歌德杜撰的。交谈中，歌德说起在好友亚历克西斯那里看过安德烈的轻歌剧——可能是安

德烈的第一部歌唱剧(Singspiel)《陶匠》(Der Töpfer)——,并对此剧赞誉有加。他们还交流了对法兰克福上演的剧作的看法,安德烈并不全然赞同歌德的观点,并且认为歌德乳臭未干,没资格对艺术品头论足。总之,安德烈对这个稚气未脱、夸夸其谈的毛头小子无甚好感。此外,安德烈还告诉布里说,他和歌德只字未提协会之事。布里紧接着又于1764年7月20日给施魏策尔写了一封信,告诉他自己之前已给安德烈写过信通了气,提醒他少跟歌德啰嗦,而安德烈确实也没跟歌德谈任何有关协会的事。布里在信中明确表示,歌德不可以加入他们的协会,他认为歌德纠缠不休实是可恶。同时,布里还为自己没有直截了当拒绝歌德的做法进行辩解,认为倘若他这么做,会招致歌德这个奸诈小人的恶意,由此会给协会造成不良后果,因此他决计以毒攻毒,以诡计来对付惯耍诡计的歌德。布里最后又于1764年9月1日写过一信,说道:"歌德先生默不作声,我倒也希望他再也不要写信来了。要是他厚着脸皮再给我写信的话,我已决定绝不回复。"

1765 年

4. 歌德致胞妹①

1765年6月21日　星期五

威斯巴登

亲爱的妹妹：

　　为了使你不至于以为，我在一个人山人海、寻欢作乐的浴场②已将你全然遗忘，我打算在这封短信里告诉你几桩我遇到的稀奇事。你能想象吗，我们这儿遍地是——蛇，因为这些丑陋的坏家伙，我们屋后的花园变得很不安全。自从我来到此地，已经有四条蛇被打死了。就在今天，我来讲给你听，今天早晨，我正和几个来疗养的客人站在露台上，看见那边草丛里弯弯扭扭过来这么一个东西，亮闪闪的眼睛盯着我们，吐着信子，昂着头越爬越近。我们立刻随手抓起身边的石头朝它扔过去，它挨了好几下，"咝咝咝"地逃跑了。我跳下露台，从墙上扒下一块大石头，朝它扔去。蛇被砸死了，我们接着把它收拾了，蛇被挂了起来，估计有两码③长。前不久，我们还在森林里迷了路，不得不在灌木丛里钻了两个小时。我们的眼前一会儿出现一块黑乎乎的岩石，一会儿又出现一片黑漆漆的丛林，哪儿都找不到出路。要不是一个好心的仙女在一棵棵树上绑上鹦鹉尾巴——我们的近视眼还以为那是麦秆扎成的扫把哩——给我们指路的话，我们肯定会迷失在黑夜里的。就这样，我们幸运地走出了森林。收到你6月19日的来信，我很高兴。所附之信即刻差人给爸爸④送去。再见。

---

① 歌德从其母的遗物中找到了这些写给科尔内利娅的信。他在撰写《诗与真》时用到了这些信。
② 威斯巴登温泉浴场，是德国一处著名的疗养浴场。
③ 原文为 Elle，是一种旧的长度单位，约 55 - 85 厘米。
④ 1765年6月中旬，歌德与其父约翰·卡斯帕·歌德一起去了威斯巴登（参见《诗与真补遗》）。不过，歌德撰写此信时，其父可能已先行离开。

请代我亲吻迈克斯纳小姐的手。①

   威斯巴登,1765 年 6 月 21 日   歌德

---

① 沙里塔斯·迈克斯纳,科尔内利娅的女友,沃尔姆斯人。她的一位叔伯,办公厅主任莫里茨,自 1762 年始居住在歌德父母家的二楼;她另有一位叔伯名叫约翰·弗里德里希·莫里茨,是公使馆参赞,她常去看望他。

莱比锡
1765 年 10 月至 1768 年 8 月

5. 歌德致胞妹

1765 年 10 月 12／13 日　星期六／星期日

1765 年 10 月 12 日

亲爱的小妹：

假如我不愿意像你想念我一样也惦念着你，这是说不过去的；也就是说，要是我停止给你写信的话，这将是自亚当的子孙上大学以来一个大学生所做的最大的不合情理之事。

"要是荷兰国王见我这般姿态，他会说什么呢？"封·布拉马尔巴斯先生①大喊道。② 我恨不得也要大声喊道：要是小妹你见到此刻房间里的我，你会说什么呢？你会惊讶地喊道：太整洁了！太整洁了，哥哥！——看！——你睁开眼睛看看！——这里是我的床！那里是我的书！那边的一张桌子收拾得干干净净，你的梳妆台怎么也比不上。还有——不过——的确，这是两码事。我正思考来着。你们小姑娘家不一样，比不得**我们诗人**，看不到那么远。反正，你得相信我说的，我这儿的一切都相当整洁，而且是诗人所说的整洁。好了，不多说了！

我这儿有一件博览会的礼物要寄给你。——"非常感谢！"——"竭诚为您效劳，③您别客气。"——请代我亲吻小施米德尔和小伦克尔。可爱的孩子们！也请代我向什托库姆家的三个姑娘致以最美好的问候。同样也请你问候林克莱夫小姐。布雷维利尔小姐还

---

① Herr von Bramarbas。
② 这两句引文语出霍尔贝格的喜剧《布拉马尔巴斯或爱吹牛的军官》，该剧发表在戈特舍德创办的刊物《德国剧坛》(*Deutsche Schaubühne*)（第 3 卷，莱比锡，1741）中。这同一引文的英语译文也出现在另一封歌德致胞妹的信中（1766 年 10 月 12 日）。
③ 这一常常伴随一个鞠躬姿势的客套用语的原文为 Gehorsamer Diener，直译为"顺从的仆人"；在歌德与其胞妹或友人的通信中，不时出现这一用语，常流露出调侃的语气。

认得你吗？① 姑娘们的事就说这些。哦不，还有一点。我在此地未能识得一个姑娘，真叫个荣幸，感谢老天爷！连狗蛇都不如。②

年轻貌美的妇人③——可是，这跟你有什么关系呢？罢了！罢了！罢了！不说姑娘们的事了。

想起一桩笑死人的事！——哈哈哈！——大笑！——克劳斯先生④交给我一封写给此地一位商人的信！——我去转交。我发现那个男人和他的全家都严守清规戒律！——黑白两色。女人们戴着遮着额头的小头巾！在一旁斜觑着。哎哟，小妹，我差点儿一阵狂笑。轻声细气，彬彬有礼地说了几句话，他们就把我打发走了。我像是去了趟寺庙。再见。

歌德

---

① 亨丽埃特·施米德尔、莉塞特·伦克尔（歌德的马术老师卡尔·安布罗修斯·伦克尔之女）、卡罗利妮和莉塞特·封·什托库姆（原是姊妹三人，第三个名字不详）以及林克莱夫和布雷维利尔等人皆为歌德与其妹青少年时期在法兰克福的女友。
② 原文为 Cane pejus et angue turpius，意为"比狗和蛇还糟"，语出古罗马诗人贺拉斯的《书札》（第 1 卷），turpius（"更可耻的"）一词系歌德所加。
③ 原文此处仅为一个大写的字母 W，可能代指 Weiber（女子）。
④ 约翰·安德烈亚斯·克劳斯，法兰克福的一位神父。

10月13日

哈哈哈！小妹，你真傻。笑死我了。莱涅克狐，①哈哈！我读整部英雄诗歌时都没有像读到你说狐狸罗斯特时这么笑过，还有驯马师，他的兄弟。② 说真的，我是不会写悲剧的。伏尔泰要是知道他的作品会被演成这副样子，谁知道会怎样！——啦啦啦啦啦啦！要是罗斯特的头发着了火！哈哈！那场景就会像当年在乡下上演《扎伊尔》一样。一道光射下来，奥罗斯曼的头巾就着火了。谁知那块做头巾的丝绸手帕是一个女演员的，只见她跳将起来，一把扯下苏丹的头巾灭起火来！——可是——哈哈！我快笑得不行了！哈哈！——

附言，致父亲。

朗格参事先生③我只见过唯一的一次。他看起来像个顽固的怪人，却并不粗鲁。她则是天底下最温文尔雅的夫人。

我与弗兰克博士④谈过了。他的表情，他的面容，他的行为，他的思想，全都是正直磊落的。世上最好的男子。我在此地获得了许多知识。他讲的不少东西，我真希望不是从这么一张纯净的嘴巴里听来的。对许多东西的真实性，倘若我可以，我很想质疑一番。⑤ 大学！——官

---

① 源自低地德语的日耳曼英雄诗歌《莱涅克狐》，1752年由戈特舍德译成高地德语。
② 封·罗斯特因为一头红发而得了"莱涅克狐"这个诨名。他与其弟一起在法兰克福出演了伏尔泰的悲剧《扎伊尔》(1732)。罗斯特在这一出由业余爱好者担纲的剧中扮演女主角，其弟则扮演扎伊尔的兄弟内雷斯坦(Nérestan)。这出戏据说演砸了。据另一种说法，罗斯特是与卡尔·弗朗茨·伦克尔，即歌德的马术教练的儿子一起出演的。
③ 约翰·戈特利布·朗格。
④ 海因里希·戈特洛布·弗兰克。
⑤ "我在此地获得了许多知识[……]我很想质疑一番"，这一段文字的原文为拉丁文。

廷！——最好对此一无了解。① ——给屈斯特纳②的信已收到并已转交。我得到了殷勤的接待。您若见到舍夫·奥伦施拉格尔，③请务必向他表示感谢，是他让我去见伯梅教授④的。对此，我无以回报。⑤ 我好像在信里写到过那场飓风，⑥那是一场闻所未闻的风暴。

此地，飓风掀掉了棚屋的顶。伯梅教授的夫人⑦也关心着我的生活起居。施莱费尔，⑧真是太可怕了。这上乘的好纸，我得省着点儿用，数量不多，我就用差一些的。

我会给老校长⑨写信的。对我来说，这不是难事。现在，我除了用功学习拉丁文，别的什么都不干。——还有一桩事！您没法相信，出入于一位教授身边是何等美事。当我看到他们中的一些人物是那么光彩熠熠时，我感到无比神往。没有什么比他们更富光芒、更具尊严、更为荣耀的了。他们的声望和他们的名誉令我目眩神迷，以致我一心渴求拥有一位教授的荣誉。再见。保重。⑩

小妹：

请转告阿姨，⑪我会尽快给她写信的。另外，请代我用你的小脑

---

① "最好对此一无了解"一句的原文为拉丁文。
② 约翰·海因里希·屈斯特纳。
③ 约翰·丹尼尔·封·奥伦施拉格尔。
④ 约翰·戈特洛布·伯梅。
⑤ "对此，我无以回报"一句原文为拉丁文。
⑥ 发生于1765年10月5日。
⑦ 玛丽·罗西娜·伯梅。歌德在莱比锡求学期间是伯梅教授家的座上客。
⑧ 可能指约翰·G.施莱费尔。
⑨ 约翰·格奥尔格·阿尔布雷希特。
⑩ "没有什么比他们[……]保重"，这一段文字的原文为拉丁文。
⑪ 安娜·克里斯蒂娜·特克斯托尔。

瓜所能想到的最美的话语问候亲爱的迈克斯纳小姐。①"我哥哥让我问候您"这样的话说了等于没说。发挥你的创造力,你肯定会有好主意的。尽快给我回信,小天使。不过,别再写什么狐狸呀、驯马师之类了,我会笑破肚皮的。想一想,要是这个现在还能十分严肃地将自己称作是你亲爱的哥哥的人就这么笑死了,那该是多么遗憾的事呀!

你亲爱的哥哥
歌德

---

① 沙里塔斯·迈克斯纳。

6. 歌德致胞妹①

1765 年 10 月 18 日　星期五

妹妹,我亲爱的妹妹:

　　我正在回复你 10 月 15 日的来信。请你相信,我的天使,我在这里过得很好,我很满足,别无所求。我还从来没有像住到此地后的这段时间以来吃得这么好过,我吃了很多野鸡、山鹑、田鹬、云雀、鱼,德语叫"鳟鱼"。比如说在路德维希教授②家的餐桌上。有时还会上葡萄。六十只云雀卖两个塔勒。③ 梅泽堡牌啤酒我不爱喝。苦得就像死神掉进了酒坛子。④ 我在这里还没尝过葡萄酒哩。那些惨淡的戏剧演出⑤令人叹惜。穆尔斯!⑥ 晚上好,兄弟,⑦穿着丝绒上装,佩着你的勋章! 哦,好一个风流倜傥的人物。再见,亲爱的。我的天使,请代我问候所有的女友。再见。

10 月 18 日
歌德

又及:

　　赖希⑧跟福施塔特⑨推荐的那个书商是亲戚。我给霍恩⑩或其

---

① 此信原文为法语。
② 克里斯蒂安·戈特利布·路德维希,是宫廷参事、医学教授;歌德曾在他家用过午餐。
③ Reichstaler(帝国塔勒)为旧时在德国流通的一种银币。
④ 另参见 1770 年 8 月 26 日歌德致苏珊娜·卡塔琳娜·封·克莱滕贝格的信。
⑤ 指上一封信中提及的在法兰克福由一群业余爱好者进行的戏剧演出。
⑥ 卡尔·路德维希·穆尔斯是歌德青年时代在法兰克福的友人,与其兄弟弗里德里希·马克西米利安·穆尔斯、里泽以及霍恩同属一个朋友圈。
⑦ 可能指约翰·卡斯帕·施奈德。
⑧ 莱比锡书商菲利普·伊拉斯谟·赖希的一位亲戚。
⑨ 法兰克福的一位商人。
⑩ 约翰·亚当·霍恩是歌德在法兰克福青年时代的友人。此人也打算去莱比锡读大学。

他人写信讲这座城里的高物价时,我知道该怎么把话说得委婉些,同时,我也不会隐瞒实情,当然,只有他们要我说时,我才会说出真相。至于那个 d,你说得没错。我是按着拉丁文 Francorum Vadum 写成了 d。① 你明白了吧。我的女房东②要我问候你和咱们的父母。

---

① 歌德可能在地址里把法兰克福写成了 Franckfurd(而非 Franckfurt),其中 furd 系受了拉丁文 vadum 的影响。
② 即约翰娜·伊丽莎白·施特劳贝。

7. 歌德致 J. J. 里泽①

1765 年 10 月 20 /21 日　星期日 /星期一

莱比锡,1765 年 10 月 20 日,早晨 6 点

里泽:你好!

21 日,傍晚 5 点

里泽:晚上好!

昨天我正要坐下来和你们聊上片刻,偏巧来了一封霍恩②的信,我只得放下这页刚起了头的信纸。今天,我也没法和你们多聊。我要去剧院。我们这儿的剧院相当漂亮。不过!我犹豫不定!我该和你们待在一起,还是去看戏呢?

——我不知道!快决定!我就来掷色子吧!可是我没有色子!——我走了!再见!——

哦不,等一下!我想留下来。明天我又没法写信,我得去学校,去拜访,晚上还要去做客。所以,我打算现在写信。告诉我你们过得如何。你们是否会不时地想起我?你们的教授们怎样?③ 还有其他等等情况。我在这儿过得——过得——我自己也说不大清楚过得怎么样。不过,差不多——

　　　　就像枝头摇摆的鸟儿,
　　　　在最美的林间,呼吸着自由,
　　　　尽情享受轻柔的欢悦,
　　　　扇着翅,在林间,
　　　　在丛中,歌唱飞跃。

行了,你们不妨想象绿色枝头的一只欢天喜地的小鸟,这就是我的生活写照。今天我开始听课了。是些什么课?——这还用问吗?

---

① 约翰·雅各布·里泽是歌德在法兰克福青年时代的友人。里泽将歌德写给他的绝大部分的书信都焚毁了,只有为数不多的几封信得以存世。
② 约翰·亚当·霍恩。
③ 里泽当时在马尔堡读法学。

无非是《帝国法》《法学史》《学说汇纂》①以及关于《法典》最初七条及最后七条条款的内部讲座。不需要更多,其余的反正都会忘记。竭诚为您效劳!② 算了,咱们还是别说这些了吧。——说正经的,我今天听了两堂课,一堂是伯梅③教授的"国家史",另一堂是埃内斯蒂④讲授的"西塞罗的《论演说家》"。⑤ 不是吗,这才刚刚开始。下个星期开始"哲学与数学"课程。⑥——

戈特舍德⑦我还没见到。他又结婚了。⑧ 一位中校小姐。这事你们知道。她十九岁,他六十五岁。她身高4英尺,他7英尺。她瘦得像条鲱鱼,他胖得像口麻袋。——我在此地显得很有派

---

① 《学说汇纂》(又名《法学汇编》,*Digesta* 或 *Pandectae*),是《民法大全》(*Corpus Juris Civilis*) 的第二部分,共 50 卷。
② 原文为 Gehorsamer Diener,此处当为歌德与朋友的玩笑用语,意指歌德在自己的想象中应朋友的要求作出了上述详尽的答复。
③ 约翰·戈特洛布·伯梅。
④ 约翰·奥古斯特·埃内斯蒂,1742 年起任莱比锡大学语文学及修辞学教授,1759 年起任莱比锡大学神学教授。歌德正是他的缘故才选择了莱比锡大学。埃内斯蒂注释、出版了许多希腊文及拉丁文作家的著作,对新约语文学 (neutestamentliche Philologie) 的发展起到了重要的作用。参见《诗与真》。
⑤ 马库斯·图留斯·西塞罗(公元前 106—前 43 年),古罗马思想家、政治家。
⑥ 歌德所听的这门课程由约翰·海因里希·温克勒所授。参见《诗与真》。
⑦ 约翰·克里斯托夫·戈特舍德自 1724 年起任莱比锡大学讲师,1730 年任诗学副教授,自 1734 年起任逻辑学与形而上学正教授。戈特舍德是沃尔夫哲学的重要传播者之一,同时主要因为撰写了《为德国人而作的批判的创作艺术》(*Critische Dichtkunst vor die Deutschen*,1730)一著而成为德国的一大文学权威,直到二十年之后才丧失了其无可争议的地位。歌德赴莱比锡时,格勒特受追捧的程度已超越了戈特舍德。参见《诗与真》。
⑧ 戈特舍德在其妻露易丝·阿德尔贡德于 1762 年亡故后,于 1765 年 8 月 1 日另娶苏珊娜·埃内斯蒂娜·卡塔琳娜·诺伊内斯为妻。

头!——不过,眼下我还不是纨绔之徒。① 我也不会成为纨绔之徒。——想要勤奋,我得有技巧。最近,社团、音乐会、戏剧、宴会、晚餐、兜风等,各种活动多得不得了。真叫个有滋有味啊!不过,开销也很大,花钱如流水。可恨我的钱袋对此最有体会了。快停下!救命啊!快来阻止呀!你没看见钱还在飞吗?那儿有两枚金路易。快来帮忙!那儿有一枚。天哪!又飞走好几枚。这里的格罗申银币和你们那儿②的十字币差不多。——不过,在这儿过日子还是很实惠的。周围到处有集市。我会精打细算过日子的。我希望一年有300个塔勒,说什么300个,有200个塔勒就够花了。顺便说一句,那些已经花得没了影的钱是不计算在内的。我吃的是山珍海味。来见识一下我们的菜谱:鸡、鹅、火鸡、鸭、山鹑、田鹨、松鸡、鳟鱼、兔子、野兽肉、狗鱼、雉鸡、牡蛎等。天天如此。没有什么牛肉、小牛肉、羊肉这些粗糙的肉,我都不记得这些肉是什么味道了。而且,这些美味还不贵,一点儿也不贵。——我发现,信纸快要写满了,而上面却还没有诗句,我原本打算写的。下一回再写吧。告诉克尔,③我会给他写信的。我听霍恩说,你们抱怨没什么漂亮的姑娘。④ 就听他说说我对你们的评价吧。

歌德

---

① 衣着考究、风度翩翩是当时莱比锡大学生追求的理想形象。
② 指德国西南部。
③ 可能指伊萨克·克尔。
④ 原文此处为拉丁文。

8. 歌德致 J. J. 里泽

1765 年 10 月 30 日　星期三至 11 月 8 日　星期五

莱比锡，1765 年 10 月 30 日

亲爱的里泽：

你们 27 日的来信刚刚送达，我读得开心极了。要是你们不是以"您啊您的"这么见外的语气使我确信你们爱我，且因为我远在他乡而感到遗憾的话，我会感到更加满意。我的耳朵可受不了这种语气，尤其受不了我最要好的朋友们这么说，我是不会这么说的。霍恩也是这个样子，我和他吵了一架。我差点儿也想和你们吵上一架。不过算了！不说了！你们别再这么写就好了。——

我在这儿过得相当舒心。这一点你们可以在附信①里看到。这封附信已经写了好久，要不是霍恩忘了把你们的地址写给我，它早就到你们手里了。对马尔堡②的描写太好玩了。

那个悲剧演得最好的姑娘③我再也没见过。要是你们在动身前没能了解到她对《伯沙撒》一剧④的看法的话，我的命运就还是悬而未决的。这个剧本写得差不多了，第五幕已经完成。为抑扬格五音步。⑤

---

① 即前一封信 7。
② 里泽在马尔堡上大学。
③ 可能指一个此前与法兰克福的一群业余爱好者一起演出戏剧的姑娘。
④ 歌德创作的这部悲剧没有留存下来，他于 1767 年将其焚毁了。关于此剧，在 1765 年 12 月 7 日歌德致科尔内利娅的信中有零星的片段留存。此剧内容在《威廉·迈斯特的戏剧使命》中稍稍提及。
⑤ 从该剧的第五幕开始，歌德以抑扬格五音步无韵诗取代了作为巴洛克悲剧规范的亚历山大体。莎士比亚是运用无韵诗体的典范。"这正是，妹妹/那个英国人所使用的格律"，歌德在 1765 年 12 月 7 日致科尔内利娅的信中如此写道。约翰·埃利亚斯·施莱格尔在翻译英国剧作家康格里夫的《悼亡的新娘》(1748) 时即使用了无韵诗体。克里斯蒂安·费利克斯·魏瑟在《德国戏剧文论》(Beitrag zum deutschen Theater) (1764) 第 3 卷的前言中为这一诗体进行了辩护，他写道："我们最优秀的艺术评判者早该鼓舞德国作家如此创作了。"魏瑟本人也在其悲剧《底比斯的解放》中使用了无韵诗体。然而，无韵诗体最终得以作为德国悲剧的标准诗体而生发深远影响则是凭借了莱辛的《智者纳旦》一剧 (1779)。

这诗体,令那姑娘很是满意,
我唯独,朋友,愿讨她的欢心。
这诗体,被伟大的施莱格尔本人
以及大多数评论家奉为
最恰当、最适宜的悲剧文体。
这诗体,令大多数人反感,
他们的耳朵仍习惯于
六音步的亚历山大体。朋友!
正是这诗体,我选择它以结束
我的悲剧。可我又何必唠叨。
我的诗句想必不时
又会叫你觉得刺耳,好吧,我的朋友,
我就给你讲点儿好听的。
我见到了格勒特,①还有戈特舍德,
我这就将他们如实地形容给你听。

---

① 克里斯蒂安·费希特戈特·格勒特出身传道士家庭,早年在莱比锡读神学与哲学,起初加入了戈特舍德的圈子,后通过参与编撰《不来梅文稿》(*Bremer Beiträge*)逐渐脱离了戈特舍德的门派。早在18世纪40年代,格勒特就通过其创作的法国感伤喜剧风格的作品、脍炙人口的长篇感伤小说《瑞典伯爵夫人封·G的一生》(1747/48)以及大获成功的《寓言与故事》(1746/48)而声名远播。1751年,格勒特成为诗学、雄辩术和伦理学教授,并由此成为莱比锡大学的新一代掌门人。除了讲座大课外,格勒特还开设了德语及拉丁语的旨在文体训练的写作实践课,尤其着重于书信体的习练。歌德也修读了这门写作课。格勒特要求表达方式呈现出一种自然的文雅。这一点即体现出他超乎那个时代的现代性。在格勒特那里,文体学与伦理学是密切相关的。参见《诗与真》。

戈特舍德，一个彪形大汉，①好似古代
那个诞生于迦特非利士地的，走下以拉谷
令以色列人惊惶的人种的族裔。②
是的，他就是这般模样，他的身量，
他自己说过，有足足6巴黎尺。③
要是我想准确地描述此人，我就得打个比方
来向你形容他的身形；可这么做是白费劲。
亲爱的，即使你遍游各国，
从日出走到日落，
你也找不到一个与戈特舍德相仿之人。
我苦思良久，终于想出了办法
来为你将他描述，不过，亲爱的，你可别笑我。
谁既长了颗人头却又连着个马脖，
就不会无端遭受弗拉库斯④的嘲笑。
我且再往科布勒⑤这位朋友硕大的脚上
安上奥古斯特⑥魁梧的身躯、宽厚的肩膀，

---

① 此处，歌德模仿了魏瑟所作《赶时髦的诗人》(*Die Poeten nach der Mode*)（1751）中的英雄诗《歌利亚》的开头几行讽刺诗："一个身躯庞大，孔武有力的长腿巨人，/难以置信，高达12个巴黎尺/在那边，在迦特，他的父母称其为歌利亚，/生就了好出风头、大胆鲁莽的非利士人的强盗天性，/他们，就像蝗虫，遭到覆没倒在以拉谷。"
② 参见《约书亚记》第11章、《撒母耳记上》第17章及《撒母耳记下》第21章。
③ 1巴黎尺大约相当于0.32米。
④ 即贺拉斯（Quintus Horatius Flaccus）。
⑤ 约翰·巴尔塔萨·科布勒。
⑥ 此处歌德作注云："这人你认得吧？那个胖胖的扫烟囱的。"

还有强健的罗兰①那粗壮的胳膊和手掌,
此外,再把哭丧着脸的罗斯特②那颗臃肿的脑袋加上,
这下,我大概要被笑话了吧?不要笑,我的朋友们。③
这就是那个高大男子的真实外形,
我唯有通过举例才能加以说明。
好了,亲爱的朋友,把我描绘的各个部位组装,
相信我,你的眼前就会出现戈特舍德的模样。
我看着站在讲台上的那个庞大的男人,
我听着他说话,我必须向你承认,
他的讲座很好,流畅的言谈
好似清溪一条。不过,他像巨人一般,
站在高高的椅子上。要是有谁不认得他,
也会马上知道他是何人,因他常常自吹自夸。
他津津乐道于自己的珍藏,
这一样,那一样,夸说它们代价高昂。

还有许多别的东西,好了,我的朋友,
我得停笔了。你知道的,他有个老婆。他又结婚了,这头老倔羊!整个莱比锡城都瞧不起他。没有人和他来往。
另外,你听说了没有?宫廷参事④抱怨哥廷根的姑娘太少了。

---

① 约翰·尼古劳斯·罗兰。
② 罗斯特兄弟的父亲;俩兄弟中有一个绰号叫"狐狸"(参见1765年10月13日歌德致科尔内利娅信)。此处歌德作注云:"你也许还记得'狐狸'的父亲吧?"
③ "谁既长了颗人头却又连着个马脖,[……]不要笑,我的朋友们。"此段原文为拉丁文。这几行讽刺诗句有几分贺拉斯《诗艺》的味道。
④ 此为卡尔·路德维希·穆尔斯的诨名。

他要姑娘做什么呢?

    为了运用修辞讲究文采,
    并按最新的方式像许布纳①一样去爱,
    看前置的句式②能否感化铁石心肠,
    看遵循爱的规则能否达成愿望,
    看模仿、讽刺和换义
    是否具有诺伊基希③那同义叠用的魅力,
    看他是否能以唱乌尔佛④的声音,
    以科菲努斯⑤的诗句,征服美人的心,
    看是否——信纸已满,我须停笔,
    请向贵城的姑娘,还有克尔⑥致意。

  1765 年 11 月 8 日   歌德

---

① 约翰·许布纳出过一本诗歌与修辞规则示例集《诗学手册》(*Poetisches Handbuch*)(1696)。
② 与下文的"模仿""换义""同义叠用"皆为修辞手法。
③ 约翰·本雅明·诺伊基希的早期创作尚完全属于巴洛克晚期的第二西里西亚学派。该学派的诗歌因流于修辞矫饰之弊而与追求"简朴"和"自然"的理想相悖,在 18 世纪被贴上了风格浮华的标签。
④ 乌尔佛(Ulfo)是约翰·埃利亚斯·施莱格尔所作悲剧《卡努特》(*Canut*)(1747)里的角色。
⑤ 戈特洛布·齐格蒙德·科菲努斯,莱比锡的一名法学家,以"阿马兰特"(Amaranthes)为笔名创作了骑士文学作品《诗学试验》(*Proben der Poesie*)(1710)。
⑥ 伊萨克·克尔。

9. 歌德致胞妹

1765年12月6日/7日　星期五/星期六

莱比锡,1765年12月6日

于你生日前夕①

小姑娘:

　　现在我正好有兴致和你聊聊天,正是这番兴致促使我给你写信。妹妹,我把我迫切需要的时间赠与你部分,你该为此感到骄傲。为我给予你的这份荣幸弯腰鞠躬吧,腰弯一点,再弯一点,我喜欢看到你乖乖的样子,再弯下来一点!好了!忠顺的仆人。②你大概在笑话我好大的口气吧,小傻瓜?你只管笑吧。我们做学问的人看待③——什么?你是说10个塔勒对吗?不是,我们做学问的人把你们姑娘家视作——呃,视作单子。④说实话,自从我学到一颗阳光里飘浮的尘埃可以被分解成数千颗微粒后,从那以后,我想说,我为自己曾经和一个也许并不知道有那些个小东西能在针尖上跳小步舞曲的姑娘交往而感到羞愧。好了,不说了。不过,你看到了,我多么有哥哥的样子,我乐意回复你傻里傻气的来信。你们几个在一块儿玩的想必都还好吧?替我问候可爱的姑娘们!——哦,该死!我自相矛盾了。你看出来了吧,妹妹,单子的事儿我并不是当真的。替我问候比斯曼⑤先生和蒂姆⑥先生。告诉阿姨,⑦我期待着她的来信。你

---

① 原文此句为法语。
② 原文为 Gehorsamer Diener;此处歌德"高高在上"地要求妹妹对他慷慨馈赠宝贵时间表示感谢,想象着妹妹在自己的要求下深深地鞠躬,显得十分恭顺的样子。
③ 原文此处为 achten 一词,有"注意""重视""尊重""看待"等义,与数词"八"(acht)音近;歌德在此存心与妹妹玩笑逗乐。
④ "单子"(Monade)为莱布尼茨《单子论》中的概念。
⑤ 约翰·安德烈亚斯·比斯曼。
⑥ 约翰·海因里希·蒂姆。
⑦ 安娜·克里斯蒂娜·特克斯托尔。

读《葛兰狄森》①读傻了。我找不到马蒂·H②说了些什么。不过,你得记住,你不能再看小说了,除非是那些我允许的。这件事我考虑过了,我认为这是我的错,我不该把我对那些小说的想法告诉你。我打算就此写一篇小文章,并尽早把它寄给你们。不过,别怕,《葛兰狄森》《克拉丽莎》,还有《帕美勒》③也许会是例外。在阅读的过程中不该少了有益的消遣,我要专门为此给爸爸写封信。——什么?!得把字写得像你一样漂漂亮亮的?!你能读到我写的一个字母,你就得感谢老天爷了。你倒是什么事儿都没有,可以坐下来精描细写,我可是什么事儿都得飞快地完成。你要我写一写同我一起搭伙的人,我打算动笔写一下,不过现在只能开个头。路德维希博士④是我们的房东,五十岁上下,饱经沧桑。生意的繁忙并未使他那像二十岁的小伙子所拥有的欢快减少分毫。他是个放浪不羁的人,说到姑娘们,甚是津津乐道。其人极其随和、乐善好施,正因他喜好与人交往,他租下了一幢挺大的房子,供许多教员及其他一些小人物居住。这也正是他张罗搭伙的缘由。莫鲁斯教员,⑤教神学的,一个彬彬有礼、聪明

---

① 英国作家塞缪尔·理查森创作的感伤主义家庭伦理小说《查尔斯·葛兰狄森爵士》(1753)。
② 上述小说《葛兰狄森》中没有相关内容。
③ 英国小说家理查森创作的三部书信体小说:《查尔斯·葛兰狄森爵士》《克拉丽莎》(1747)及《帕美勒》(1740)。歌德后来就这几部小说写道:"理查森的小说就已引起了市民阶层对一种更为温良之品行的关注。小说《克拉丽莎》以一种残酷的方式解析了女性失足所必然招致的严酷后果。"(参见《诗与真》)也许正是理查森小说那感伤的、合乎道德的语调促使歌德引导科尔内利娅接触这些作品,而至于他看似自相矛盾地禁止妹妹阅读小说("你不能再看小说了"),则体现了当时的时代观念,因为其时小说(Roman)尚属一种未获广泛认可的文学体裁。
④ 克里斯蒂安·戈特利布·路德维希。
⑤ 塞缪尔·弗里德里希·莫鲁斯。

伶俐的年轻人,话很少,神情始终很友善。赫尔曼教员,①学医的,他的邻座,同样也不善辞令,却总是一副闷闷不乐的表情,不过除此之外倒是个美男子,我有意把你许配给他。喏,这就是他的肖像,绝无美化。身高大约4又1/4英尺。来说说他的脸。同别人的脸一样也长着眼睛、鼻子,诸如此类,只是这五官的组合,啊,那就很迷人了。低垂的双眉掩映着幽深的黑眸;鼻子谈不上特别漂亮,只因两颊凹陷而显得高挺;嘴唇撅起,嘴上和下巴上长着毛剌拉碴的黑胡子;整张脸还明显地泛着红。他的游历没有使他变得明智。他逃避世界,因为这世界不愿按照他的意志行事。其他人以后再谈吧。

妹妹,差人去找施魏策尔,②那本《P伯爵》③还在他那儿呢。再打听一下,勒佩尔④先生要举行婚礼一事是否属实。邻居马克西米利安⑤给我来信了。非常感谢你的提醒。

你尽可以常常来信,因为你有的是时间,把城里发生的所有不寻常的事全都告诉我。

答复11月21日的来信

你想从我这儿学什么呢?你难道想知道坠落的物体有不同的加速度,还是16的平方根等于4?这些东西对你有什么用呢?不,我想教你一些更好的。我们这么做,妹妹,你把信写在一张折叠的纸上,我在旁边写上答复和评语。不过,你可别让爸爸帮你的忙,要不然就

---

① 此人情况不明;与1767年在莱比锡获得博士学位的克里斯蒂安·戈特弗里德·赫尔曼并非同一人。
② 弗里德里希·卡尔·施魏策尔。
③ 约翰·戈特洛布·本雅明·普法伊尔所作长篇小说《P伯爵的故事》(1755)。
④ 约翰·克里斯蒂安·勒佩尔。
⑤ 弗里德里希·马克西米利安·穆尔斯。

没意思了。我想看看你写得怎样。现在我就来开个头。记住，你怎么说就怎么写，①这样你就能写出一封好的信来。

对你来信的评改。

你会得到一份副本的。

denn ich sehe 与后面的 *so* 不相关。*Abzwecken* 不是书信用语。你平时是这么说的吗？*Weil du an viel hohe Dinge denckst*（因为你思考许多高深的东西），（它）自然也变得更为开阔，其中 *werdenden*（正变得）这个分词不很贴切，不妨改为 *die bald weitläufiger werden wird*（它不久将变得更为开阔）。*Zu Ohren bringen* 就算是个常用的说法，其表达的思想也是不准确的。*Indem* 一词不好。*Verlauten will* 是客套的公文措辞。*Als* 也好不到哪里去。*Durchleben* 是诗的语言。最好把 *giebt man sich Mühe* 写成 *Man giebt sich Mühe*（费力去做）。*subsistiren* 不是德语。不妨把 *Herbst*（秋天）改为 *Weinlese*（采摘葡萄）。把 *Exequien*（葬礼）一词写成德语！*Castr. dol.* 最好写成 *Trauer Gerüste*。*beschauen* 一词不常用。*Daß dir bald p.* 你为什么省略了助动词？*hätte, mit der Zeit hinwissen* 最好写成：*weil ihnen die Zeit lange wird*（因为他们觉得时光漫漫，百无聊赖）。*Alschon* 是客套的公文。*Veranstaltung* 一词不好。*gesonnen ist* 最好写成 *will*（打算）。*zu Ende gebracht* 最好写成 *geendigt*（结束）。*angewandelt* 改为 *angekommen*（来到）。

---

① 此处，歌德遵循的是格勒特的准则："写信时，我只是像说话那样去写而已。"（《关于良好的书信品味的实践论述》，*Praktische Abhandlung von dem guten Geschmack in Briefen*）歌德在莱比锡时期的书信风格也深受这一准则的影响。格勒特要求思想须自然、简单、准确、清晰，表达须明确，语言须灵活，认为书信应当是对好的交谈的一种自然的模仿。

12 月 7 日

现在我来回复。

你得在来信里给我详细写一下赖内克①家的那桩事。

> 假如把她送进修道院,
> 并用纱巾蒙住她的脸,
> 这也许对她有好处,
> 新服饰令她重现魅力,
> 在那里她终生孤寂,
> 她倒也喜欢独处。②

你问我对弗雷蒙③太太的看法。我认为她的丈夫没什么用,她也是。

> 现时的结局为往日加冕,
> 失足过一次,再次跌倒也就难免。
> 孩子,那葬礼确实华美,
> 谁会无视牧师们的才智聪慧。
> 他,节俭得常常忘了自己是谁,

---

① 弗里德里希·路德维希·封·赖内克是驻法兰克福的萨克森及波兰枢密军事咨议,他的独女与他们家的一位朋友私奔了,赖内克将诱拐者告上法庭,要求严厉惩处。然而,形式主义成风的法院未能快速且强硬地满足他的复仇欲望,赖内克遂与其闹了个不可开交,于是,就有了没完没了的交易,没完没了的诉讼(参见《诗与真》)。歌德在信中此处指的可能就是这一场风波。

② 这首短小的讽刺诗很可能是针对赖内克的女儿所写。

③ 安娜·玛格丽塔·弗雷蒙,娘家姓林登费尔斯,出生于法兰克福一户市民家庭,与咖啡馆老板路易·纪尧姆·弗雷蒙成婚。后者经营的咖啡馆位于法兰克福尤恩霍夫街(Junghof)。随着法国的入侵,这样的咖啡馆也在法兰克福成为时尚。弗雷蒙太太为其亡夫操办了一场豪华葬礼,由圣莱昂哈德修道院的修士们承办。科尔内利娅很可能在信中将此事告诉了兄长。

吃的是硬邦邦的蛋,喝的是白开水,
　　他有一套理论,
　　说那王公贵胄之尊
　　全凭银子多钱袋沉。
　　他的钱是省下的,而非凭空得来,
　　空洞的奢华不会令他愉快,
　　谁要想在他死后大肆挥霍,
　　他会在坟墓里辗转难卧。

　　戏剧!好吧,也许不会比最近上演的《扎伊尔》①高明到哪里去。不过,你尽管常给我写写这些事。我来回答你的傻问题。我生了几回气。不过,还不至于大发雷霆。圆号还是圆号,这里没有更夫的号角。
　　现在写一写我的《伯沙撒》。
　　最后一幕也和其他几幕一样
　　写得差不多了。不过,你要知道:
　　我是以此处这样的诗体
　　写就了第五幕。这正是,妹妹,
　　那个英国人②所使用的格律,当他
　　穿着高底鞋③在悲剧里行走之时。
　　此刻我静立着,思考那些错误,
　　频繁的错误,常见得就像

---

① 指在法兰克福由一些戏剧爱好者们上演的伏尔泰的《扎伊尔》一剧。见前文。
② 指莎士比亚。
③ 此词原文 coturn,原指希腊悲剧中演员穿的高底鞋,此处指悲剧所使用的高雅语言。

此地的大学生一样。我思考着,
我要纠正错误。也许我会给你寄一些
这剧作的内容,还有我写的
其他一些诗篇。现在该说再见了。
代我问候母亲,对她说,请她原谅
我从未让你转达对她的问候,告诉她,
她明白这话,——我尊敬她。告诉她,
我做孩子的,心里充满着爱意,
从未忘却本分。希望
在我自身冷却之前,
这爱意温热尚存。

对《伯沙撒》的诗意阐释尝试
菲拉特。① 第一幕第一场。

什么? 当好运转向我们一方,
把待捉拿的敌人送进我们的罗网,
怎么,大王,此时你竟怀疑我们的计谋无法实现?
它将送给伯沙撒死神,而给你带来冠冕。
不,就在今日,今日那国王必死,
这是充满死亡的一天,是欢天喜地的伟大日子,
今天是示沙克②的节日,我向其奉献怒火满腔,

---

① 此人是征服了巴比伦的波斯居鲁士大帝的谋士。下文是菲拉特对居鲁士说的话。
② "示沙克"原是巴比伦的别名(参见《旧约·耶利米书》第 25、51 章),后也用以称呼巴比伦酒神。

为他而流的不再是美酒,而是热气腾腾的血浆,
国王和官廷上下也许还在饱饮佳酿,
我们随后要在他的血泊中满足渴望。
午夜何时才会将暴君笼罩,
摇着他疲倦的灵魂躺进甜梦的怀抱;
到那时,我们的剑将在夜色里穿行、劈砍,
穿过冥暗把死神带到国王身畔。
到那时,城门将向居鲁士开敞,
你将凭我们的拳头登基做巴比伦的王。
到那时,那害怕暴君的奴仆,
将会被你,他所崇拜的王,赦免奴役的劳苦,
放大胆,别害怕,他末日已临,
千万只拳头为捍卫你而握紧[……]

今天是你的生日,我本该写诗向你祝贺,可是没时间了,也没地方写了。你越来越大了,也该变得越来越聪明。祝好!

答复12月6日的来信

你竟然说这话!……

给我详细讲讲姑娘们举办的那场音乐会。再讲讲他们演的戏,那出悲剧,以及诸如此类的事。我偶尔会去看戏。我真希望能带你一起去。我去看了你最喜欢的《伦敦商人》。看这出剧的大部分时间我在打哈欠,不过结尾的时候我流泪了。此外,还看了《萨拉小姐》《扎伊尔》《瑟尼》《赶时髦的诗人》①及《威尼斯得免

---

① *Die Poeten nach der Mode*。

于难》等。① 他们这儿有个演员,叫布吕克纳,②和贝尔萨克③差不多,还有一个女演员,叫施塔克,④跟德·罗斯内⑤夫人相仿。近日我看了《伪君子》,⑥棒极了! 当时我想起一个家伙来,看起来就像剧中人。你猜猜是谁。那家伙贼眉鼠眼的! 哈哈哈! 天下流氓一个样。我现在想说点儿别的,是我认为对你而言最为必要的,关于你现在的阅读消遣。你已不再是孩子了,所以,你不该纯粹为了娱乐而读书,也该为了增进理智、增强意志而读书。去请求爸爸为此花点儿时间在你身上,这时间他会给你的。你该先读一读《观众》。⑦ 可以请奥默·特克斯托尔先生⑧设法为你从市图书馆弄到这本书。你要用心

---

① 此处,歌德提及的几部戏剧分别为:乔治·威廉·利洛的《乔治·巴恩韦尔或伦敦商人》(1731)、戈特霍尔德·埃夫莱姆·莱辛的《萨拉·桑普森小姐》(1755)、伏尔泰的《扎伊尔》(1732)、德·格拉菲尼夫人的《瑟尼》(1751)、克里斯蒂安·费利克斯·魏瑟的《赶时髦的诗人》(1751)以及托马斯·奥特韦的《威尼斯得免于难》(或《阴谋穿帮》)(1682)。
② 约翰·戈特弗里德·布吕克纳,科赫剧团(die Kochsche Gesellschaft)的演员。
③ 德·贝尔萨克,是法兰克福法国剧院的演员兼经理。
④ 约翰娜·克里斯蒂安娜·施塔克。
⑤ 贝尔萨克法国剧院的女演员。关于这几位演员,可参见《诗与真》。
⑥ 法国剧作家莫里哀的喜剧名作。
⑦ 指由戈特舍德夫人翻译的道德周刊《观众》(The Spectator)(1711 – 1712)。这一刊物由约瑟夫·艾迪生(Joseph Addison)和理查德·斯蒂尔爵士(Sir Richard Steele)出版发行,后来也成为18世纪流行于德国的道德周刊的范本。这本产生于英国市民阶层清教徒对贵族阶层道德礼教之抗拒态度的刊物,在德国宣扬理性主义及虔信的感伤主义的时代思想,以教化,尤以对市民阶级进行道德教育为宗旨。这份杂志包含关于青少年教育、妇女教育及品味培养的文章,另有实用的生活指南、关于道德修养与宗教思考以及进行美学探讨的文章。歌德在《诗与真补遗》中对《观众》这份杂志作出了如此评价:"有经验、有学识、有教养的名流想以一种流行的形式将他们所认可的真理传播到世间。由此必然产生巨大的影响。"
⑧ 歌德的舅舅约翰·约斯特·特克斯托尔。

去读。你会发现这书里有许多好东西。只有我也得学会读你。不是么?你会觉得我这么说很奇怪。我了解你,我知道你是怎样以及为什么而读书的。听着,你必须这么去做。读完一本再拿一本,挨着顺序,仔仔细细地从头读到尾,哪怕你不喜欢那本书,那也得读。你得强迫自己(我再说一遍:如果你要我关心你的话,你就必须照我说的去做,读书的时候别光顾着找乐子)。你读完一本书后,就把它合上,接着要就此书进行一番思考。起初,你会觉得这么做很难,不过不久之后就会变得容易起来,这和写东西是一个道理。快抓紧时间开始这么做吧。写信告诉我你觉得《观众》这本杂志怎样,告诉我你对各册的想法。我会时不时地找几本出来,并研究一下你对它们的评价。比起你读20部长篇小说来,这么做更好,对你更有用处。在此,我完全禁止你读小说,《葛兰狄森》是唯一的例外,这部小说你还可以再读几遍,但不可以浮光掠影地读,而应该边读边思考。此外,你还可以读德·博蒙夫人的两本杂志,①它们非常好(第三本《青年女性杂志》,不要读)。同样也出自博蒙夫人笔下的《蒙捷夫人书信》也值得一读。《蒙塔古夫人书信》同样也值得一读。意大利语的有《牧师菲多》,②不过有些地方挺难懂的,可以让爸爸给你讲解一下。另外还有西塞罗的《书信集》。这本书爸爸有的。你要是读得懂塔索的《耶路撒冷的解放》,③那也可以读。你还可以读一部分《女性研究》,④读整本书对你来说也许太长了些。读每本书的时候都该留意其中的语言、事物以及用以陈述事物的表达。记住这一点,读西塞罗的书信时,你得

---

① 勒普兰斯·德·博蒙夫人的《儿童杂志,一位圣贤女家庭教师和她最杰出的学生们的对话》(1757)及《青少年杂志》(1760)。
② 为乔瓦尼·巴蒂斯塔·瓜里尼创作的牧歌式戏剧,亦译作《忠实的牧羊人》。
③ 托尔夸托·塔索的《耶路撒冷的解放》(1575)。
④ 为乔瓦尼·尼科洛·班迪耶拉所著。

把那些表达找出来。其他的意大利语的书你爱读什么就读什么,不过薄伽丘的《十日谈》不要读。法语的可以读《普林尼信札》。① 我打算给你做一份莫里哀喜剧的节选。这次就到此为止吧。对我的这些打算爸爸会感到满意的。你看到了吧,我是为了我和你两个人在上大学。我把空余的时间用来关心你,你要报答我,听从我。还有一件事。也让可爱的伦克尔姑娘②分享你读的书。我的劳作同样也是为了她。你把《观众》读给她听,问问她有什么感想,写信告诉我。把她的其他想法也告诉我,她的所有的思想,我想关心她。我实在太喜欢你们了。你看,我在夜里给你们写信。不过我没有听见更夫的号角。已经12点了。还有,除了和你通信以外,我还打算开始和你们俩通信并尽力使你们多多获益。你是有这个时间的。你们也该喜欢我,并且天天都盼着:"哦,但愿他早日来到我们身边。"再见。

歌德

---

① 《小普林尼致图拉真信札及颂歌》。
② 莉塞特·伦克尔。

10. 歌德致胞妹

1765年12月12日　星期四至23日　星期一

12月12日,晚上8点

亲爱的妹妹:

今天是外祖父①的生日,你想必正坐着大快朵颐,而此时我这个可怜的人却只能满足于一个小鹅翅和一个小面包。不过,我打算给你写信,好让自己开心。

各种各样的问题:施特尔瓦格②怎么样?乡代表大人还没有帮他忙,让他当上村里的牧师吗?这是个美差,适合他。

　　谁得了这份差事,就可以打发日子,
　　能和地主喝酒,还能亲吻妻子;
　　星期天布道,吃个酒足饭饱,
　　而星期五斋戒——如果他想要;
　　为教会和女王干杯,解说各种消息,
　　和教堂司事谈论教堂里的长椅,
　　衷心将新的馈赠祈求,
　　对于斯威夫特博士,不住摇头。③

另外,莫尔特先生④是否又去了法兰克福,在施泰茨⑤家?如果是的话,就请人告诉他,我们之前在夜里12点途经爱森纳赫,很遗憾我没能去看他。因此,我现在向他问安。他是个非常拘礼的人,这么

---

① 约翰·沃尔夫冈·特克斯托尔。
② 约翰·康拉德·施特尔瓦格。
③ 这几行诗原文为英语,系歌德由英国诗人亚历山大·蒲柏的诗歌《一个乡村牧师的幸福生活》及《芙丽涅》中摘录而来。歌德父亲的藏书里有英文版《蒲柏全集》。
④ 约翰·克里斯蒂安·莫尔特。
⑤ 卡尔·丹尼尔·施泰茨,法兰克福商人。

做会让他高兴的。米勒先生①怎么样？宫廷参事莫里茨②怎么样？他还是那么疙疙瘩瘩难伺候吗？你已很久没有那位可爱的姑娘③的音讯了吗？

　　现在我要委托你一桩事。附信里有一首写给外祖父的贺岁诗。④ 元旦那天把信揣在身边，等到晚上大家聚在一起的时候就把信拿出来，但是不要过早拿出来，而且，如果你办得到的话，要让奥默·特克斯托尔先生⑤把信大声念出来。到时候，你得留意所有人的情绪变化，并把这一切如实地写信告诉我。不过，要是事先把信拆开了，就肯定没有人会感兴趣了。

　　再说说莱比锡的各种事情。现在的莱比锡可被称作"桑树之城"，这里到处都种着这样的树和灌木丛，尽管曾经遭到普鲁士人的大肆破坏，⑥现在又重新栽种，不计其数。这儿有一个美术学院，位于普莱森堡，有三个房间，布置得相当精美。厄泽尔先生⑦精于绘画和铜版画，他是学院的监事，封·哈格多恩先生⑧是学院的总监。我再说得详细些。那些园林真是壮观，我从未见过与此相仿的。我说

---

① 关于此人的确切身份，研究者说法不一。有人猜测这是歌德在法兰克福青少年时代的一位友人，此人也在科尔内利娅的日记里被提及；有人认为此人是沙里塔斯·迈克斯纳的一位亲戚或朋友；还有人则认为此人即是发生了格蕾琴风波后被聘用的监管者及家庭教师。
② 约翰·弗里德里希·莫里茨。
③ 可能指沙里塔斯·迈克斯纳。
④ 此诗未得留存。
⑤ 约翰·约斯特·特克斯托尔。
⑥ "七年战争"时期，普鲁士人对莱比锡城多有毁损。
⑦ 亚当·弗里德里希·厄泽尔。
⑧ 克里斯蒂安·路德维希·封·哈格多恩。

不定会给你寄一张阿佩尔①园林入口的景观图,很有一番皇家林苑的气派。我初次去那里时,仿佛置身极乐之地。你可以告诉爸爸,我还剩多少金路易。不过,你得先把数目算出来。你好好听着。假如我手头的金路易数目翻一倍,再加上我现有数目一半的三分之一,再加上我现有数目的六分之三,那么我就有一百个金路易了。结果很容易算出来的。我要到新年博览会时才能拿到裤子。我的假期很少。博览会期间,大部分课程继续进行。我常常去看望伯梅教授的夫人,②她对我非常好,我在他们家吃过不下六顿饭了。从她和她丈夫那儿我了解到许多有关格勒特③的详细情况。星期天我在宫廷参事朗格④家,在那里用了晚餐。他是个令人难以忍受的蠢蛋。用餐时,我的女伴是林克夫人。⑤ 她是朗格参事的亲戚,十分美貌,嫁了头蠢驴。其言谈举止十分优雅。恶毒的世人在背后议论她:

　　她举止优雅,满腹经纶,
　　无论是意大利人还是荷兰人,
　　是西班牙人还是法国人,都来到她这里,
　　她对所有人都表现得彬彬有礼,
　　一会儿说意大利语"是,先生",一会儿说德语"是,我的先生",
　　一会儿又说法语"请,先生"。

---

① 此为莱比锡商人海因里希·弗里德里希·英诺森·阿佩尔的私家园林,坐落在城西,邻近普莱森堡,是一座扇形的法式风格园林。歌德对这座园林多有赞誉。
② 玛丽·罗西娜·伯梅。
③ 克里斯蒂安·费希特戈特·格勒特。
④ 约翰·戈特利布·朗格。
⑤ 莱比锡"狮子药铺"老板之子约翰·海因里希·林克的妻子。

可是,我不相信这些话。

告诉爸爸,我在此地见过《自然与艺术景观》①的第二册,让他派人去拉斯佩②那里取书。

---

① 《四语种(德语、拉丁语、法语及意大利语)自然与艺术景观》。
② 约翰·奥古斯特·拉斯佩。

12月23日

我刚收到你们的来信。这是什么？多么高兴。我一下就看到了一个错误！把 *dafür* 写成了 *davor*。那部悲剧是伏尔泰写的，名叫《穆罕默德或宗教狂热》。① 不，妹妹，你别参加演出，这不合适。什么？你没有时间?! 你这么不勤奋，我要教育你。博蒙夫人在最近一期的杂志②里十分清晰地表明了她的宗教原则。如果真想有所获益，就得坐定了好好读。真不知道你在想什么。格勒特推荐我们读最初的几期。不要读《十日谈》，别教皇长教皇短的。③ 看来，爸爸得亲自从中挑选一些故事出来。

我在此地不得不花上6个格罗申给爸爸寄去了上一封信。施洛瑟博士先生④的信是怎么回事？我给他写了信，寄信花了4个格罗申，却没收到他的回信。祝爸爸、妈妈和你节日愉快。

快给我回信，要比之前写得多。你瞧，我不是也给你写了三页半信纸吗？我的时间没你多，你可以把字写小一点嘛。

---

① 伏尔泰此剧完成于1741年，发表于1742年。不清楚歌德究竟出于何因阻止妹妹参加这一戏剧的业余演出，也许是因为他讨厌剧中那个无恶不作、欺世盗名的先知角色。这一角色以神的名义诱使一名无辜者沦为杀人犯，并玩世不恭地向人供认其行为的卑劣动因。1742年，在枢机主教弗勒里所施压力之下，伏尔泰不得不收回这部宗教批判剧作。此外，歌德也有可能不喜欢剧中那名年轻女奴帕尔米耶的角色。在剧中，这名女子同时为穆罕默德及杀害穆罕默德的凶手赛德所爱，最终她用被证明是其哥哥的赛德的枪自杀身亡。
② 指博蒙夫人创办的《青年女性杂志》。
③ 也许科尔内利娅因歌德禁止她读薄伽丘的《十日谈》而反驳说："教皇们也读薄伽丘。"
④ 约翰·格奥尔格·施洛瑟。

1766 年

11. 歌德致胞妹

1765 年 12 月 31 日　星期二至 1766 年 1 月 18 日　星期六

莱比锡,1765 年 12 月 31 日
亲爱的妹妹!
　　我给你写信,以此勤奋地结束这一年。
　　我们这儿冷极了,雪很美,雪橇道很棒。请转告代理先生,①昨天我乘车去城门一带逛了一圈,喝了酒,为他祈祝健康。我还写了《酒神颂》,②可是你们还看不到。

---

① 约翰·卡斯帕·施奈德。
② 未得留存。

1766 年 1 月 2 日(星期四)

　　这儿冷极了,零下 13 列氏度,跟 40 年那会儿差不多。今年此地(含城区及郊区)出生 961 人,死亡 1 048 人。① ~~写信告诉我你们那里的数字~~。② 我已经知道了。

　　有机会的话,希望可以把《新摘》③和《不可见者》④给我寄来。要设法把第一种杂志的第 10 期和第二种杂志的第 30 期弄到手,我缺这两本,除此之外,第一种杂志直到第 37 期,第二种杂志直到第 43 期我都有。

---

① 这些数据是歌德从《1765 年商贸之城莱比锡的结婚、受洗及死亡人口公告名册》里摘录的。
② 原文此处文字又被歌德划掉了。
③《国外最佳周刊与月刊新摘》。
④《不可见者,一份道德周刊》。

1月17日(星期五)

我收到了你的来信。伟大的英格兰女子,这个你不懂,意思是:为女王和教会干杯,讲解报纸上的新闻,和教堂司事谈论教堂里的长椅。①

顺便插一句,博什②是个傻瓜。插入语结束。

我的讽刺③能击中原型,我感到非常高兴,尤其因为我确信,我在描绘这些肖像时,眼前所见就是人的天性及普遍的过失,而绝非像他人可能猜想的那样,有什么特定的人物。

对喜爱滑雪这类娱乐活动的人来说,此地的雪橇太昂贵了。这个冬天有过几次大型的交游,大家一起出游,和咱们那儿的情况差不多。唯一不同的是,大伙儿从来不待在城里,而是坐车去一些村庄,这儿周围有许许多多那样的村落。你是个好孩子,我看见了,你正在学习怎么表达,不过,此外我还想了解你是否也懂得阅读严肃的书籍。关于那些我推荐你阅读的书,我压根儿什么也没听你提起,我很想听听这方面的情况。读着爸爸那封信的结尾,我从头到脚浑身颤栗。老天有眼,谁会相信民众的声音就是真理的声音啊!尽管如此,对于这场婚姻,④我却不能说出我的观点,既不说坏话,也不说好话。我迫不及待地想要了解这起风波的哪怕是最微小的细节,并准备借此良机充分展现我诗人的禀赋。

---

① 参见1765年12月12日歌德写给科尔内利娅的信,其中歌德摘录了英国诗人亚历山大·蒲柏的诗《芙丽涅》。
② 大卫·封·博什。
③ 可能指那首1765年12月12日歌德致科尔内利娅信中所附的、赠与外祖父的贺岁诗。此诗未得留存。
④ 指约翰·约斯特·特克斯托尔与十五岁的玛丽亚·玛格达莱娜·默勒成婚,两人于1766年2月17日举办婚礼。

那道算术题你解对了,不过,你说可以运用比例法求解,你这就露出了马脚。我由此看得一清二楚,蒂姆先生①为此尽了力。就这样吧,时间不早了。你听,市政厅的钟敲了两下,11点半了。猫们发疯似的吼叫着,它们是除了我以外附近这一带唯一还醒着的生物,为什么还要继续像它们一样呢?再见,我要上床了。咱们明天见。②

---

① 约翰·海因里希·蒂姆。
② 原文段落"我的讽刺能击中原型,[……]咱们明天见。"为法语。

1月18日　星期六①

　　我给爸爸的信里忘了写一些事，你可以把这些事讲给他听。此地有一位叫韦尔克的参事，②我拜访了他。查理七世③加冕礼举行期间，他在法兰克福，时任神圣罗马帝国的军需官。他对爸爸有印象，但很粗略，不清晰。如果爸爸能写信告知一些细节的话，这会叫我感到高兴。简短说一说你的书信风格。你的书信风格一点儿也不令我讨厌，除了一些小错误外。比如，开头那一段要是这么写就更好了："我们当然大快朵颐了，不过席间我们也想到了你，并且为你的健康干了杯。"要知道，*dabey* 和 *indem* 这两个词不是十分自然。重复使用 *bekommen* 这个动词不是很恰当。在 *gar schön zu lehren* 这几个词后面你写一个逗号就可以了，随后再这么往下写：*dafür sie ihm nicht genug dancken können*。*daher* 一词听起来太过明确了。关于博什那一段写得太矫揉造作了。你注意了，别再把德语词拼写成法语，并且不要使用外来词。不要说 Figure、Charge，而要说 Aufsehen、④Amt。其他错误，比如名词小写而形容词开头字母却大写的情况，我就略过不谈了。再见，早日给我回信，多写一点儿。你也瞧见了，我是很乐意给你回信的。

　　　　1766年1月18日　　　　　　　　　　　　　歌德

---

① 此信原文为法语。
② 沃尔夫冈·格奥尔格·韦尔克。
③ 1742年，查理七世在法兰克福加冕为神圣罗马帝国皇帝。
④ 书信手稿此处字迹模糊。据上下文推断，此处当为 Aussehen（意为"外貌"）一词。

12. 歌德致胞妹

1766年3月14日　星期五①

亲爱的妹妹：

你们，你们姑娘家似乎具有某种神秘的魅力，凭着它，你们随心所欲地将我们俘获。至于这一魅力是来自我们对你们性别的兴趣，还是源于在你们觉得有必要时惯会伪装的媚态，于我而言是无关紧要的。总之，有好多回我都感觉到这一魅力，就在我给你写下这几行信文时，我依然能感觉得到。我原本打算在这封信里用一种可能会令你惧怕的方式进行责备。对此，我口袋里揣着充分的理由，两个，三个，四个，都是正当的理由，只消其中的一个就足以把你骂得够呛。不过，你在信中写道，要请求我的原谅，这下好了，我所有的理由全都烟消云散了。我坐了下来，不写"我很生气"，而是写"我爱你，我原谅你"。

你写的婚宴报道很成功，不过，你还没领会如何以我所希望的，同时也是我相信凭你的机灵你能够做到的，一种既生动又精确的方式来描述所有的情状。尽管如此，我必须对你写信的速度表示赞赏。赞赏之余，我还要请求你把报道继续写下去。我的请求会让你相信，我一点儿也不讨厌你的书写方式。换个话题吧！我真是可怜，只因我的那些关乎你的阅读的请求对你全然无效。不过，你倒不必害怕今后会听到我对你的指责，因为我将来写信时，会把这桩毫无用处的事排除在外。只是这一次我还必须再说几句，作为对你信中一处文字的答复，你写道，是那场宴席以及相关的各种琐事妨碍了你的阅读。要是你这么说的话，我的妹妹，你就给自己造成了某种假象，而具有这种假象的人是没有权利请求原谅的。也许，你的良心会对你作出你理应遭受的谴责。咱们还是不说这个话题了。我会把我的一些想法告诉你，这些想法有时真令我感到高兴。

---

① 此信原文为法语。

虚荣几乎是少女之心的永恒主宰。它令外在华丽的虚伪光泽赏心悦目，却令精神修养的真实光辉黯然失色，并由此腐蚀她们。

这些姑娘，岂不是些奇特的生灵？别人对她们说："咱们去参加聚会吧，我的小姐！"——"参加聚会？"——"是的！"——"去那儿我会碰到好多熟人吧？"——"毫无疑问！"——"也会碰到陌生人吧？"——"那是再自然不过的啦！"……她先是一脸严肃。——她在想什么呢？在想和人家说些什么来消遣？——不是！——在想她要说些什么以博得他人的赏识？——根本不是！——那她究竟在想什么呢？要知道这个是再容易不过的了。只需留意她接下来会做些什么。看，她立刻就扑向了衣橱！你们瞧见她的目光飞快地掠过那些衣物了吗？你们听到她在喃喃自语了吗？她在说什么？——"我不要穿这条裙子，S小姐有一条漂亮得多的。那这条怎样？不行，很丑。那条呢？对了，这将是最漂亮的裙子。不过，我还得先把它改一改。"——只管等着吧，一直等到下午2点！她梳好了头发，虽说到5点还有很多时间，可是，整个下午却不得不在梳妆打扮中荒废了。瞧瞧那几百个小盒子，看那里面会冒出些什么来。花束、轮状皱领、头巾、扇子、首饰以及许许多多此类玩意儿。她挑了又扔，缝了又拆，扎了又扯。最终，只见她顶着一个哥特式的脑袋，头上的饰物五花八门，叫人疑心她缠了一块穆斯林的包头巾。至于她为别的芝麻绿豆大的事操的心，我就不说了。终于，她认为收拾好了，因为镜子里她的妆容再也看不出有任何瑕疵。她毫无准备地来到社交场，因为她直到踏进了沙龙才考虑该说怎样的一番开场白。于是，你们将会看到，她不仅笨拙地作出恭敬的姿态，还流露出更为愚钝的神情，说着更为蠢笨的客套言辞。你们将会听见，她战战兢兢、含糊不清地说道："谨遵君命而来，深表崇敬。"她这么说着，却没发觉，她说的是天底下最愚蠢的话。宾客纷纷落座，大家开始谈天说地。这时，她面临着两大完全不同的险境。她不是像一尊雕塑那样粘在座位上纹丝不动,一言不发,就是扯些蠢话令人不悦。造成这两种错误的原因不外乎是她对自己的精神修养毫不费心,在准备参加社交的时候她没想到这一点,在独处闺房的时候她也没想到这一点。就此,我会在下文将我的观点略作阐发。——"难道她所做的还不够吗?"兴许有人会对我这么说,"她掌握多种语言,能读会写,还要她怎样?"——"是的,没错",我会这么回答,"可是,这么多的知识于她何益?哪怕她拥有比现有的更渊博的知识,只要始终是僵死的知识,没有内在见解,没有任何体悟,于她又何益之有?如果她读书时不作思考,该如何读以致用,那么她读的所有那些书又有何用?如果她写文章时不能把读过的书与自己的思想趣味高雅地结合在一起,那么她写文章又有何用?"——"可是,她缺乏这些能力,是什么原因呢?"也许有人会问。——"这是再容易理解不过的了。她没有凭借她所掌握的语言去读那些外国人写的有品位的书籍,她力图拓展却并非力图学以致用的,纯粹是死板的机械知识而已。""无论如何,她读的可都是德语和法语书籍。""很好!可是,她读书为的是什么?她手里拿的又是些什么书?"——我敢断言,对她来说,读书是一种舒服的打发时间的方式,这样的消遣一无成效,转瞬即逝,一如为此而花费的时光一去不返。这一点从她爱读的那些书上也能看出来。尽是些小故事、小说、小册子,轻松的笔调。她是出于好奇而读书,而当好奇成了阅读的因由,这不是什么好兆头。好奇心要得到满足,而一当好奇心得到了满足,就不会再有为心灵和精神寻找养料的迫切需求了。这么一个姑娘,尽管天资聪颖,却虚掷大好光阴以消遣,而将自己的心灵与精神遗落在本可被她驱逐的黑暗之中,对她难道不该感到恼怒吗?对此你有什么想法,我的妹妹?在你的女伴中肯定也有这样的姑娘。倘若有人问你,如何能使她们改变,你会怎样作答?我倒是可以告诉你我的看法,不过,我已经唠叨太多了,把别的事都给忘了,也忘了这封信马上该结尾了。我们来说说布雷维利尔小姐吧!我发现,她信守承诺,我也因此比以往还要更高看她一眼。你知道她一直以来都是我的朋友,你也知道我很欣赏她,当她说她和我的感受十分相近时,我将此视为一种荣幸。在我们相识期间,她展现出了非常讨人喜欢的性格,还有其他一切美好的品性,并且在我离家时她答应我会始终爱你,会引荐你出入大的社交场所——这所有的一切都叫我无法相信,你的抱怨,你对她对待你的态度的指责,是有理有据的。很高兴,我原先对她的好印象并没有欺骗我。从她现在的言谈举止中你会发现,她依然是那个我们曾经那么欣赏的布雷维利尔小姐。你瞧,我的妹妹,仓促评判是有危险的,会使人成为一个不公正的法官。借此机会,我请你向布雷维利尔小姐和那个大交际圈的朋友们以及所有相熟的人转达我的问候。——我恰好在谈论女性这一话题,因此,我还打算说上几句,关于我们那位可爱的、我十分喜欢的小女友。我希望,我的妹妹能在更有益于心灵和精神的书籍上倾注比以往更多的热情,与此同时,我的这一愿望也是为了亲爱的伦克尔①考虑。倘若能得人精心栽培,以最优秀的、格调高雅的宗教和道德书籍引导其卓荦的思想和高贵的情感不断升华,她那令人着迷的天分将使人充满期待。你在最近的某封信里告诉我,你和她一起在读戈麦斯夫人的信札,这给了我一线希望。我表扬你,如果你能继续实现我的心愿,我将感到无与伦比地高兴。望来信时能经常写一写我的那个小女孩以及你自己就某些事物所作的思考,我也会及时补充我自己的想法。相信我吧,亲爱的,我牢牢地牵挂着你们。女孩子实在是美妙的造物,我无法坐视她们中的任何一个堕落,因此,我希望,她们能因我而

40

---

① 莉塞特·伦克尔。

从善。如今，人们为改进学校而煞费苦心，为什么就没有人想到女子学校呢？对此，你有什么想法？我曾想过，待我回到家乡之后，就去当一所女子学校的负责人。这并没有人们猜想的那么糟。无论如何，对于我的家乡而言，这要比我做个律师更有好处。不过，得要当心，可别把像我那亲爱的伦克尔那么漂亮的女孩子送到我的学校来，否则我这个教育者就会落入扮演阿莫尔①的险境了。

  看着这么多已经被我涂写得满满的信纸，我忍不住要对你略加责备，而你理当受此指责。你写的信总是那么短，我能看出来，你始终还是把写信当作一桩任务。我很忙，可我的信却写得很长。我这么做是为了叫自己开心。也请你这么做，假如你不能每次都是亲笔写信，我能谅解的。是什么阻挠你让那位字写得又快又漂亮的文书②把你的想法听写下来？我期盼着一封理想的信，长长的，措辞准确的，写满了各种芝麻绿豆的事儿。下一次博览会期间，可以让霍恩③把信捎来。这会儿，我已不知不觉写到结尾了。要不是这一页已写满的话，我还会再多写一点。再见。请向亲爱的双亲转达我最崇敬的问候。再见。

    莱比锡
    1766 年 3 月 14 日   歌德

---

① 此处原文为法语 l'amour Precepteur，影射了迪沃尔（Duvaure）的《伪学者》（又名《家庭教师》）(*Le faux savant, ou l'amour précepteur*)（巴黎，1749）一作。在这部作品里，情人卢西多尔伪装成家庭教师，由此得以接近露西尔。
② J. A. 沃尔夫，歌德父亲手下的文书。
③ 1766 年复活节期间，歌德青年时代的友人霍恩也进了莱比锡大学。

13. 歌德致 J. J. 里泽

1766 年 4 月 28 日　星期一

亲爱的里泽：

很久没给你们写信了。请你们原谅。不要问是什么原因！反正不是因为事务繁忙。你们在马尔堡过得很惬意，我在此地也一样。孤单，孤单，非常孤单。最好的里泽啊，这孤单似乎将一种哀愁铸进了我的灵魂。

> 我唯一的喜乐，
> 就是远离众人，
> 卧于溪边树侧，
> 想念我爱的人。

即便这样的时刻我很开心，我依然十分渴念与人欢聚。我叹息着渴望我的朋友们，渴望我的姑娘们，而当我觉得这叹息徒劳无功，

> 我的心就充满忧愁，
> 我的眼就蒙上荫翳，
> 此刻溪流奔涌浪起，
> 不复初时潺潺温柔。
> 枝头没了鸣唱，
> 绿树已干枯，
> 往日和风舒爽，
> 已化作北风狂怒，
> 将那落花卷了去。
> 逃离，颤抖着身躯，
> 我躲向残垣断壁，
> 寻觅孤独的悲戚。

不过，我多么高兴啊，非常高兴，霍恩的到来使我摆脱了部分忧郁。我的变化之大令他惊讶。

> 他要把原因探明,
> 盯着我的脸沉吟微笑。
> 可他又如何能弄清,
> 原因何在我自己也不知晓。

你们在来信中提到了盖尔。① 莫非那个老实人以为,这儿的讲堂里坐着一百个智者不成?没错,他以前在莱比锡待过。不过,不是吗,他的课堂是多么冷清啊。

我得说点儿我自己的事情了。

> 与往日全然有别的愿望,
> 亲爱的朋友,现在我胸中升起。
> 你知道,我过去多么喜爱诗歌艺术,
> 我是怀着巨大的仇恨,
> 去追随那些
> 只知献身于法及法之圣物的人,
> 而没有向着缪斯温柔的诱惑,
> 敞开耳朵,伸出双手,
> 满怀渴望。你是知道的啊,我的朋友,
> 我曾深信(这肯定是没道理的),
> 缪斯垂青于我,常赐予我
> 一首歌。虽说往日我的琴弦也曾奏响
> 一些自豪的歌,那歌却非由缪斯,
> 也非由阿波罗串联而成。虽说

---

① 此人情况不详。有可能指的是克里斯蒂安·戈特利布·盖泽尔。盖泽尔最初在莱比锡读法学,后来在厄泽尔的影响下转而从事铜版雕刻,并在厄泽尔开办的美术学校任教。

我那相信神灵们降临
至我内心深处的自豪曾以为,
由大师之手所造就之物
并不比产生于我手之物更完美。
当时我感觉不到,我并未被
赋予翅膀,奋力向上。
或许,神灵之手
也永远不会赋予我羽翼。然而,
我一度相信,我已拥有羽翼,我能飞翔。
只是我刚来到此地,迷雾很快
就从我眼前消散,我见识了
那些大人物的声名,我才知道
赢得声名意味着什么。
这时我才明白,我那看似
高昂的飞翔,不过是
尘埃里的蠕虫在挣扎,它见那鹰隼
振翅向阳,便生起向上的渴望。
它挺起身,又蜷起身子,
胆颤心惊绷紧每根神经,
却依然在尘土里。然而,风骤起,
卷起尘土飞旋,蠕虫
也随之飞旋。它自觉
高伟无比,与苍鹰无异,欢呼着,
已然眩晕迷醉。谁知,风猛然
屏息。尘土飘坠,
蠕虫亦随之坠落。它又匍匐如初。

一通胡言乱语,你们别见怪。再见。我的信交由霍恩保管。请代为问候克尔。① 给我来信。日后多修几门课。霍恩计划修五门,我要修六门。再见。可别染上学究习气。爱我。祝你们安康。再见。

莱比锡 歌德
1766 年 4 月 28 日

---

① 伊萨克·克尔。

14. 歌德致胞妹

1766年3月30日　星期日至5月31日　星期六

1766年复活节第一日晚上

　　我亲爱的妹妹，
　　10点钟了，
　　此刻我们似乎看见世界在摇摆。
　　一小时前是9点；
　　一小时后是11点。
　　我们正是这样一小时，一小时地成熟，成熟，
　　也在一小时，一小时地朽腐，朽腐。①

　我是不是个古怪的人？我本想告诉你现在是10点钟，却不由想起了莎士比亚的这几句诗，我就把它们写到了纸上。时间虽然有点儿晚了，我却打算再和你聊一会儿。

　想必这复活节的第一天你们大家相聚在外祖父家中，过得非常悠闲自在吧。你们想必也感受到那种与相识相知的人共处时的欢愉了吧。我呢，我也没有错失消遣的良机，只是，我的娱乐方式与你们的迥然相异。我独自一人，置身于美轮美奂的园林。② 时而漫步于宽阔、幽暗的林荫道，尽管树木在冬天掉了叶子，阳光却仍无法穿透；时而坐在一尊用以装点一道常绿游廊的雕像脚下；时而驻足而立，在那一瞬间眼前同时出现六条林荫大道的入口，却望不见任何一条的尽头。就在这样的情形中，我度过了我的下午。我说不清是何缘故，独自信步游走让我觉得无比舒心。我的精神在梦幻中陶醉，

　　发现树木能说话，溪流蕴文章，
　　石头会讲道，万物皆有美好。③

---

① 这段引文出自莎士比亚的喜剧《皆大欢喜》的第二幕第七场。
② 指前文提及的阿佩尔园林。
③ 这段引文出自莎士比亚的喜剧《皆大欢喜》的第二幕第一场。

可是，我的妹妹，虽说我喜欢这样沉郁、寂寥的消遣，可若是置身于音乐会上常见的那些装扮考究、卷着发、挂满饰带的聒噪的人群中，我也丝毫不会觉得不舒服。当然，这种情况下，我会进行思考。我的妹妹，这些萨克森姑娘都是什么样的人物啊！在她们当中，有些人傻乎乎的，大多数都不怎么聪明，却个个都会卖弄风情。也许，我冤枉了她们中的一些人。不过，也没关系，我认为我的判断总体上是对的。有无例外？哦，那就得像第欧根尼一样打着灯笼去找了！① ——我们的那些女士所犯的最大的错误之一是，她们说的太多，知道的却不多。

——可以因沉默被非难，
绝不因谈论被责罚——②

一位伟大的作家③如此说道。"可是，姑娘们，"或许某位先生会对我说，"生来就不是为了谈论什么重要的事情，她们所说的一切都没有意义；不过，比起一个一言不发的姑娘，我倒更喜欢一个说废话的姑娘。"对这么一位彬彬有礼，对你们女同胞的态度如此和善，且敢于在二十名女士的圈子里掷地有声地说出其观点的男士，你有何看法？来吧，又轮到你们了，我的萨克森女士们。你们精心呵护自己的外表，却并未由此变得更美。夸张的举止，夸张的姿态，以及夸张的打扮方式，这一切都与一种自然的着装和举手投足的方式相去甚远，反倒更得不到良好品味的赞赏。我倒是乐意原谅她们的全部错误，倘若这一切没有因卖弄风情，因这一在女子身上所能发现的最大、最可悲的愚蠢而变得忍无可忍的话。在此地，这种凭借对一个有思想、有

---

① 第欧根尼，古希腊哲学家，犬儒学派代表人物。传说他整天提着一盏灯笼在雅典街头寻找诚实的人。
② 这段引文出自莎士比亚的喜剧《终成眷属》的第一幕第一场。
③ 指莎士比亚。

尊严的女子而言有失体面的手段以博取欢心的愿望十分盛行,叫人感觉好像身处巴黎似的。女性普遍都喜爱那些诉诸感官的事物,她们视美貌及其他所有外在形象为其所能达致的最大收获,因此,当她们竭尽可能谋求这样的收获时,又有谁会感到奇怪呢?我们意志薄弱的男性欣赏她们,更显意志薄弱的是,还因此而追随她们。——再见。

46　　5月11日　星期日

　　我的法语长篇大论①被一桩紧急的事务打断了,看来要等到下一回再写完了。我想,这正合你意吧。让我把这么做的原因告诉你:父亲在勒普顿②的来信里附言说,他想看看我写英语是不是像勒普顿写德语那样好。这我说不清,不过,要是勒普顿写得比我好,也不足为奇。如果我在英国也像他在德国待那么长时间的话,我会对成千上万的教书先生嗤之以鼻。我们聊一会儿吧,妹妹,这样父亲或许可以就此作出判断。勒普顿是个好小伙,从他的信中可以看出他是个开朗、聪明的伙伴。他的信写得既风趣又有分寸,体现了对其先生的尊敬,值得称赞。不过,我们可以看到,他对我们的语言的精美之处还不是十分熟悉。撇开这点不谈,他写得不错。至于眼下我的英语口语取得了什么进步,可以说,情况很理想。我的朋友博恩,③还有他的老师和我见面时总是只说英语。通过那样的交谈,我能学到许多东西。不过,这位亲爱的朋友到福格特兰山区④的格赖茨⑤接种疫苗去了。愿上帝保佑他病愈,健康归来。

　　再说几句关于我自己的话。妹妹,我是个傻男孩。你是知道的,我又何必重提?我的灵魂有了些许转变。我不再是法兰克福的那个爱嚷嚷的大嗓门了,我不再喊叫,暴怒! 我现在很温顺,很温顺。哈,你不相信! 我常常会忧郁满怀。我不知道是什么原因。每当这样的时候,我会盯着每一个人看,神情俨然猫头鹰;我会去林子里、河边上走一走,看缤纷的雏菊、蓝色的紫罗兰,倾听夜莺、云雀、乌鸦、寒鸦和布谷。随后,就有一片黑暗袭来,将我的灵魂笼罩,那黑暗就像十月的浓雾一般难以

---

① 指上文用法语所写的信文,此处以下原文为英语。
② 哈里·勒普顿。
③ 雅各布·海因里希·博恩。
④ 介于法兰肯森林、菲希特尔山脉与埃尔茨山脉之间的山地。
⑤ 位于图林根,是当时一个热门的天花疫苗接种站。

穿透。霍恩常常享有陪伴我的殊荣,我和他肩并肩同游林园。男人间的亲密无间!好可怕!不过,你好好听我说!在这样的心境中,我作英语诗——比勒普顿多了一门技艺——,能叫石头也动容流泪的英语诗。马上就让你读上几句。妹妹,你想一想,你是个多么幸运的姑娘啊,你有一个会作英文诗的哥哥。但愿你不要因此而自傲。

    诗一首
   论我之不自信
    为施洛瑟博士①而作

  你知道,你的朋友幸福地走在
   鲜花盛开的路上;

---

① 约翰·格奥尔格·施洛瑟。《诗与真》中有这么一段关于此人的文字:"我的同乡约翰·格奥尔格·施洛瑟在勤奋、努力地完成了大学学业之后,在美因河畔的法兰克福开始了普通的律师生涯。但是,出于某些原因,仅仅是他那孜孜以求的上进心和探索普遍真理的精神就令其无法安于现状。后来,他毫不犹豫地接受了驻守特雷普托的路德维希·封·符腾堡公爵的机要秘书一职,因为这位侯爷是一位志向远大的人物,志在以一种高贵、独立的方式使自身、他周遭的人以及全体获得启蒙、改善,并为追求更为崇高的目标而将其团结起来。[……]这个高贵的、志趣高尚的年轻人(施洛瑟),追求道德的至纯,他原本很可能会因为某种枯燥的严厉而使人敬而远之,若不是一种美好的、罕见的文学修养,若不是他所拥有的语言知识以及他那擅长以作诗为文来表达思想情感的才能吸引了众人并使得与他的相处变得容易的话。[……]在一定程度上,他是我的反面,也许这正是维系我们之间长久友谊的原因。[……]他勤勉地研究那些英国人,蒲柏虽不是他的榜样,却是他关注的对象。为了反驳这位诗人的《人论》一作,施洛瑟以同样的形式和节律创作了一首诗,旨在赋予基督教以凌驾于那种自然神论的胜利。此外,他还从身边保存的大量的文稿中拿出用各种语言写成的诗歌或散文给我看,这些文字在召唤我去模仿的同时,却也一再令我深感不安。不过,我很快就知道该干点什么以摆脱困扰。我写德语、法语、英语和意大利语的诗歌给他,从我们之间那些意义非凡、极富教益的谈话中汲取诗歌创作的素材。"

你知道,上天的手仁慈慷慨,
　　领着他迎向金色时光。

可是,啊! 一个残酷的敌人
　　摧毁了这所有的赐福;
当我忧伤愁闷,
　　幸福便飞逝全无。

此时怀疑的浓雾弥漫我心间,
　　幽暗深重;
我省视自身,却找不见
　　丝毫价值的影踪。

当友人温柔地伸出双臂,
　　热切地跑来要把我亲吻;
我想,我不配享有这份欣喜,
　　这欣喜像吻温暖我身。

啊! 若我的姑娘吻了我,如我所渴慕,
　　且对我说"我爱你",
我会想——温柔的姑娘,请把我宽恕——
　　她是虚情假意。

她美貌如仙女下凡,
　　不会爱上坏脾气的男孩。
哦,朋友,若我能将此念头驱散,

金色的日子便会到来。

还有个想法令我深感不幸，
　　就像死亡和黑夜：
我哼唱的旋律太难听，
　　当诗人的梦想要破灭。

九缪斯祭坛前，
　　我敬献悲伤的香；
把写诗的心愿祈念，
　　哦，姐妹们，请让我歌唱。

若我的祈祷她们听不见，
　　我就断了低诉的琴弦喋喋；
此时一颗泪滚落自我的眼，
　　将祭拜的香火滴灭。

于是，朋友，我将主宰命运的上天诅咒，
　　我飞身离开祭坛；
高声呼喊，朝着我的朋友，
　　愿你们比我幸福美满。①

这些诗句难道不美吗，妹妹？哦，美！毫无疑问。②

---

① 这首诗是歌德与施洛瑟所通信函的一部分，但相关书信遗失不存。1826年2月16日，歌德也许想起了此诗，对爱克曼说："就在最近，我得到了一首早年间写下的英文诗，我在诗里抱怨缺乏诗歌题材。"
② 此句原文为意大利语。

5月14日(星期三)①

妹妹,我时常感到心情愉快。非常愉快!这样的时候,我就去拜访漂亮的妇人和姑娘。嘘!别跟父亲提起这些。——可父亲为什么就不该知道这些呢?对一名青年男子而言,与规矩、正派的年轻女士们交往与相处,是大有教益的。由于害怕令她们讨厌,我们会远离诸多无节制的行为。外表的种种诱惑,也正因此对年轻人而言是危险的。你瞧,妹妹,眼下我的生活就是这样:所有那些我无法在我的上级,也就是上帝和我的父母面前作出辩解的事,我都尽量不去做;我会继续努力使自己博得大多数人的喜爱,智者也好,愚人也罢,大人物也好,小人物也罢,我勤奋,我快乐,我感到幸运。再见。

① 原信由英语写成。

5月28日(星期三)①

在我洋洋洒洒地用法语又用英语说了一通之后,还剩下两页纸,我要用它们来答复你的来信。看到这么一封长长的、字斟句酌的漂亮来信,我感到非常高兴。写这么一封信对一个与你同龄的姑娘来说是很高的要求,可是,这对我的妹妹来说却还不够。我原本期待收到一封写得更天真、更活泼的信。你的来信——我并非什么语言鉴定行家——写得合乎语法规范,这是我对此所能说的全部。信中只有少数几处错误,不过,其中的亮点也是屈指可数。信里有一些美妙的灵感,这是真的,不过你往往太刻意,使得一切看起来都像是事先考虑好了的似的。——讲正题。——尽管我对信中讲阅读情况的那一段总体上并没有什么要说的,我还是要就这句话——**我无法改变**——做一评论。之所以这么说,是因为错误地表达了自己的想法。每一个有能力思考,能区分好坏的人,都能做到有所取舍,因为他是个拥有自由意志的生命。倘若一个人作恶成性,不是因为他不能,而是因为他不愿转而向善;否则,他就是一架机器。因此,我希望你能把那句话改成下面这样的说法:我不愿意改变自己。——皮塔瓦尔②不适合你阅读,仅仅是些详细的报道,没有道德评价,不带任何情感。他肯定会让你感到无聊的。——我不想评价塔索③和他的功绩。说起塔索的诗歌,布瓦洛④这位优秀的批评家称

---

① 原信大部分由法语写成,间或插入英语。
② 法国法学家兼作家弗朗索瓦·加约·德·皮塔瓦尔出版过一部刑事案件集,题名为《有名的和引人关注的诉讼案件》(*Causes celebres et interessantes*)。歌德父亲的藏书里有一版,题名为《有名的案件或离奇的诉讼》(*Causes celebres oder Erzählungen sonderbarer Rechtshändel*)(第 1-9 部分,莱比锡,1747-1767)。
③ 托尔夸托·塔索。
④ 法国文艺理论家尼古拉·布瓦洛的古典主义诗学著作《诗艺》在当时对歌德深有影响。

之为"塔索的浮华"。①

不过,我们不妨认为,他其实要好于现在这个样子,所有那些美妙之处在仔细、审慎、精准,但同时又是乏力、贫瘠且终究是糟糕的翻译②中丧失殆尽。

你不如读读布瓦洛,读他的《读经台》,③布瓦洛的所有作品都可以读,这个人可以培养我们的品位,这是我们绝对没法指望从一个塔索那里能得到的东西。

不过我在想,我这是白费唇舌。你反正只想读你的小说。好吧,你就读吧。我不负责。我对《克拉丽莎》没什么反对意见。

现如今,你交际应酬已自在些了,这令我感到放心。

请代我问候布雷维利尔小姐,④告诉她,我已读了她向我极力推荐的《罗塞尔侯爵信札》。⑤ 告诉她,这些书信甚是合我的口味,写得相当漂亮。你可以读一读这部小说,并把它讲给我亲爱的伦克尔听。这是博蒙夫人写的。请问候什托库姆家的小姐们,你若给沙里塔斯写信,也请代我问候她。千万遍地问候亲爱的伦克尔,来信常给我写写她的情况。你的信里凡是写到这个奇妙的女孩的地方,总是最令人愉快的。我真希望能够亲吻她,哪怕只吻一次也好。——请代我吻她。——沙里塔斯,亲爱的沙里塔斯!我为她感到难过。她在法兰克福的时候,始终身处炼狱。那个参赞!⑥ 让他上绞架!他是个

---

① 语出布瓦洛的《讽刺诗》,第9卷(1668)。歌德接受了布瓦洛的这一评价,与戈特舍德及格勒特的观点一致。
② 歌德父亲的藏书中有一册《约翰·弗里德里希·科普:诗意的翻译尝试——塔索的英雄史诗〈戈特弗里德或耶路撒冷的解放〉》(莱比锡,1744)。
③ 布瓦洛的仿英雄诗体作品,问世于1674年。
④ 玛丽亚·玛格达莱娜·布雷维利尔。
⑤ 一部1764年匿名出版于巴黎的书信体小说,作者为安妮-露易丝·德利·德·博蒙。
⑥ 公使馆参赞约翰·弗里德里希·莫里茨,沙里塔斯在法兰克福逗留期间住在他家。

傻瓜。要是他有个漂亮的老婆,也和他一起升天吧!哈哈,到那时我便会大笑,就像鹦鹉见了吹风笛的人那样。① 我真羡慕米勒。② 哦,我是多么爱你们啊,你们这些可爱的人儿。哎,要是你们再优秀一点就好了。可话又说回来,我们男子也不是什么天使。咱们就这么相安无事吧。

贝特曼小姐③在此地给人的印象平平。下一次再详细说她。——关于施洛瑟博士和咱们阿姨④的事,我不予置评。

滴啦哩啦哩!
我们歌唱,歌唱爱情不专一!
滴啦哩啦哩!

请将所附的短信转交普法伊尔先生,⑤我问候他并感谢他热心修改我的那些胡言乱语。再见。这会儿,我刚收到施洛瑟博士的一封信。他在信中描述特雷普托的语气并不十分客气,而他素来对他的那位爵爷⑥以及他现在的职位还是非常满意的。

莱比锡　　　　　　　　　　　　　　　　　　　　　歌德
1766 年 5 月 31 日

---

① 原文中"让他上绞架![……]到那时我便会大笑,就像鹦鹉见了吹风笛的人那样。"这几句是英语;其中"像鹦鹉笑话吹风笛的人"一句出自莎士比亚喜剧《威尼斯商人》第一幕第一场。
② 可能指当时歌德家聘请的家庭教师;另参见 1765 年 12 月 12 日歌德致科尔内利娅信及相关注释。
③ 卡塔琳娜·伊丽莎白·贝特曼。
④ 安娜·克里斯蒂娜·特克斯托尔,她与施洛瑟之间似乎存在过友谊。
⑤ 利奥波德·海因里希·普法伊尔,歌德父亲的秘书。老歌德请他修改儿子从莱比锡写给科尔内利娅的法语书信。
⑥ 指弗里德里希·欧根·封·维滕贝格亲王,镇守在特雷普托(波莫瑞)的普鲁士将军;施洛瑟任其秘书。参见《诗与真》。

15. 歌德致 A. 特拉普①

1766年6月2日　星期一②

我亲爱的特拉普：

您很善于引导人们回归他们曾一度远离的义务，您迫使他们这么做，以一种叫他们无从察觉您是在迫使他们的方式。

您懂我的意思吗，亲爱的朋友？您笑了，因为我洞察了您的意图，而正是您的微笑允许我心存希望，希望您能原谅我所犯下的过错，原谅我来到莱比锡之后这么长的时间里还没有给您写过信。究其原因，在于懒惰，而非由于健忘。我怎么可能忘了沃尔姆斯这座如此可爱的城市和那亲切的居民呢？哦，您深知沃尔姆斯令我倾心。您了解我对美丽的沙里塔斯的满腔热情，以致您认为这正是我给您写信的最强烈的动因，因为您通过霍恩给了我甜美的希冀，我可以获悉与您那可爱的侄女有关的消息。您的提议对我还有更多的意义，要知道由于那个可恶的米勒③我被全然抛弃了。

米勒！这个流氓令我愤恨。
他不再是那个与我依依惜别的友人，
不再是曾经爱我，给软弱的我以鼓舞的朋友，
与我分享快乐，又为我驱赶忧愁。
如今一切全都变了，他嘲笑我的叹息，
把我的欢乐变成阴郁的忧戚。
每一次他来信告诉我好消息，
却总要附加一条令我痛苦的信息；

---

① 沃尔姆斯的奥古斯丁·特拉普是歌德青年时代的友人，此人是沙里塔斯·迈克斯纳的亲戚。歌德前往莱比锡之前，沙里塔斯正在法兰克福。
② 此信以法语写成。
③ 此处也许还是指那个"监管者"（见1765年12月12日歌德致科尔内利娅信），即歌德在法兰克福时的家庭教师；也有可能指沙里塔斯·迈克斯纳的一位来自劳特布伦（黑森）的乐师朋友约翰·卡斯帕·米勒。

每一次他都狡猾地捉弄我，
把他给予我的快乐重又剥夺。
这个残忍的家伙！他了解我那敏感、柔弱的心灵，
他明白如何才能使我的内心充满安宁；
他清楚地知道，一个朋友就算帮不上忙，
也能给予我们宽慰，假如他对我们寄予同情。
他这么做了吗？哦，没有！我的痛苦无法衡量。
我很软弱，这是事实。恋爱的人又如何坚强？
可他却一心想要我不幸至极，
还笑着对我说：哈，你有了情敌。
即便他没有再次声明，对此我是一清二楚，
每个见过她的人都为她着迷，每个认识她的人都心生爱慕。
可是，非得要唤起这种可怕的想法，
认为一个情敌比我更配得上这个女孩吗？
好吧！如果我配不上她，我会努力使自己与她相称。
让卑劣的名誉见鬼去吧！爱情是我的女主人。
从今我只听命于她，唯有她才能将我引领，
通过她我将到达幸福的峰顶。
待我孜孜不懈攀上科学的高地，
我会回去，亲爱的朋友，重见故里，
若故乡有意成全我的幸福，
任由那些批评者傲慢，我不会却步。

然而，到那时还需您出手相援。
请您让这个迂腐的道德家畅所欲言。
请给我来信！我深爱的那个女孩怎样？

52

她还记得我吗？还是已将我遗忘？
啊，不管什么事，令我欢欣也好，叫我颓丧也罢，请别隐瞒。
哪怕是她亲手刺来匕首，我也心甘情愿。
请给我来信，您将成为我温柔之心的知音，
而她则是我所爱之人。①

             我亲爱的特拉普
            我是倾心仰慕您的
莱比锡，1766 年 6 月 2 日   歌德

---

① 沙里塔斯·迈克斯纳也许将此诗解读为歌德愿与其缔结婚约的承诺，而歌德则在此后（10 月 1 日）致特拉普的另一封信中回避了这样的许诺。

16. 歌德致 A. 特拉普①

1766 年 10 月 1 日　星期三

先生,我亲爱的朋友:

　　您把我搞糊涂了! 莫非您本人就是先前羡慕我得到了所爱之人②关注的那个竞争对手? 您就是那个因为我与您追求着同样的幸福而时常感到痛苦万分的人吗? 是您在今天向我和盘托出了这件最令我渴望,也最令我始料未及,令我喜出望外的事吗?

　　这么说来,她看到了我的信,她没有恼怒于这颗狂放不羁的心和这份灼热的爱,还有我那强烈的情感,她甚至希望能拥有那一行行痛苦的文字。哎呀,您为什么不把信给她呢? 您不用征求我的意见。您怎么会认为我不会深深着迷于我那封信的好运,不会因为它由我所爱之人的双手保存而欣喜万分? 您又怎么会认为我会拒绝这一使我的诗行如此贴近于她的幸福,就像我热切地希望自己也能在她近旁一样? 您把信给她吧,不过请您告诉她,我希望她能把信留在身边是何用意。我是希望她在读那一行行信文时,能不时想起那位不幸的朋友,他爱她,却未曾收获他那爱情的果实,他祝愿她过上最幸福的生活,却从未奢望能有幸为她的幸福做出哪怕是微乎其微的贡献。倘若不是她如此大度地接纳了我的情感,我是断然没有胆量如此热

---

① 此信以法语写成。写此信时,歌德已结识了小凯特·舍恩科普夫。在这封信中,歌德婉转地表明自己已断了追求沙里塔斯·迈克斯纳的念头。特拉普,沙里塔斯的远亲,同样也打消了追求沙里塔斯的念头,如附于信 16 之上留存下来的一封草稿所表明的那样:"不,不,我温柔的朋友,不是别人蒙骗了您就是您自己蒙骗了自己。我怎么可能是您的竞争对手? 您让我深受委屈,莫非您忘记了当初我说过的话,在一个周日晚上,十点钟,在一条林荫大道的路口? 我要让您回想起来。当时我对您说,她应该得到比我所能给予她的更大的幸福。我要回去待一段时间。我会把您的信给她,并告诉她让她保存此信的目的是什么。我在此地大概待到月底,请让我知晓您的近况以表明您的友谊。[⋯⋯]法兰克福,10 月 4 日。"

② 沙里塔斯·迈克斯纳。

烈地表白内心的。您告诉了我这么多她的友善之举！她真的经常想起我吗？请您告诉她——可是，您又能对她说些什么呢？什么是她还不知道的呢？她懂我的心。请让我继续做她的以及您的朋友。再见啦。

  莱比锡
  1766 年 10 月 1 日   歌德

17. 歌德致 F. M. 穆尔斯①

1766 年 10 月 1 日　星期三

歌德祝友人穆尔斯万事如意。②

我亲爱的穆尔斯:

　　我终于给你写信了。我身处的混乱境况将会为我长时间以来的犹豫不决、不知所措开脱罪责。我最终决定向你揭示一切,而霍恩把这事揽到了自己身上,他给你去了信,③他这么做,我倒未必很喜欢。好吧,你什么都知道了。想必,你已从中看出,你的歌德还不至于像你所以为的那样罪不可赦吧。像个哲学家那样去思考,你必须这样去思考,倘若你想在世间生活幸福的话,既然如此,那么我的爱情又

---

① 弗里德里希•马克西米利安•穆尔斯。
② 此处信中原文为拉丁文。
③ 自 1766 年复活节起,歌德的朋友约翰•亚当•霍恩就读于莱比锡大学。在此人与穆尔斯的通信中,常提及歌德在莱比锡的情况。如 1766 年 8 月 12 日霍恩在写给穆尔斯的信中称歌德始终还是个骄傲的空想家,但与其往日在法兰克福的形象相比,已发生了很大的变化。比如,霍恩认为歌德的着装尽管考究,却很古怪;最令霍恩感到不解,甚至引起其嘲讽的是歌德居然会爱上一个在他看来爱卖弄风情又乏味透顶的女子。霍恩认为歌德愚蠢,作为歌德的好友,他珍视彼此的友谊,所以他感到痛惜,却劝说无效,感到与歌德越发不能融洽相处了。霍恩给穆尔斯写信,希望通过后者向歌德转达自己的看法,劝歌德别再执迷不悟。有意思的是,从 1766 年 10 月 3 日霍恩致穆尔斯的另一封信里可以看出,情况发生了变化。在此信中,霍恩表露出了恍然大悟的欣喜,因为他已从歌德处亲耳获悉,原先对其颇无好感的那位女子并非歌德真正的心上人,狡猾的歌德只是为了掩人耳目才向她献殷勤,而歌德真正所爱的是小凯特•舍恩科普夫,一个令霍恩本人也十分动心的姑娘。所以,歌德与霍恩依然是一对亲密无间的好友,霍恩常常暗中陪同歌德探望舍恩科普夫,并在信中向穆尔斯坦诚,假如不是好友歌德已经爱上了这个姑娘,他自己也会爱上她的。霍恩在信中如实写出了歌德的矛盾心理,称歌德这个在他看来越发具有哲学家、道德家气质的年轻人,无望地爱着纯洁、完美的舍恩科普夫,霍恩对好友那无辜却无望的爱情充满同情,他理解歌德的痛苦。他也愿为歌德保守秘密。这两封信可参见海因里希•帕尔曼主编:《约翰•亚当•霍恩,歌德青年时代的友人》(莱比锡,1908)一著。

有何值得斥责的地方呢？何为门第？门第是人们发明的一种虚荣的色彩，为的是把它也抹在那些配不上的人身上。同样，在一个有思想的人眼里，拥有钱财也是一种可怜的优点。我爱上了一个姑娘，①既没地位又无财产，而我却平生第一次感到了由真正的爱情带来的幸福。我不必将我那姑娘对我的亲近归功于情人们的那些小小的可怜的把戏，我完全是凭着自己的品性，完全是凭着自己的心赢得了她。我不需要通过礼物来得到她，我对自己曾经想方设法以财物去博得一位W姓女子②的欢心投以鄙夷的目光。我的舍恩科普夫以其卓越的心灵保证永远不会离弃我，除非万不得已，被迫彼此分离。好穆尔斯啊，你一旦结识了这位优秀的姑娘，你就会原谅我犯傻爱上了她。是的，她配得上最可贵的幸福，我祝愿她，却从不曾奢望能为此做出些微贡献。再见。我还要给你的兄弟③写信，是疏忽而非骄傲叫我把他给忘了。最后，我还须以友谊的名义要求你履行最神圣的沉默义务。别让任何人知道这件事，任何人，无一例外。你想象得出，否则会发生什么糟糕的事情。再见。

莱比锡，1766年10月1日　　　　　　　　　　　　　歌德

---

① 安娜·卡塔琳娜·舍恩科普夫。
② 无法查证此人。
③ 威廉·卡尔·路德维希·穆尔斯。

18. 歌德致贝里施①

1766年10月8日 星期三？②

写自我的小姑娘③的书桌！

她离开了，我亲爱的，我好心的贝里施，她和她的母亲，还有她将来的未婚夫去了剧院，此人千方百计献殷勤，想讨她的欢心。可以看到一些很有意思的事，值得一个行家进行仔细观察：（在这一边）我们看到一个人，他想方设法讨人欢心，点子很多，诸事周到，始终费心费力，却毫无所获，为了得到一个吻，他愿意给穷人两个金路易，却一个吻也别想得到；（而在另一边）可以看到，我不动声色地坐在角落里，不向她献任何殷勤，不对她说一句恭维话，被另一人视为不懂得生活的傻瓜，而最终我们看到，礼物又如何被送给了傻瓜，为了这些礼物另一个人甚至不惜前往罗马。——她走的时候，我原本想同时离开，而她为了阻止我这么做就把她的书桌钥匙给了我，并准许我在那里随心所欲地做些什么或写些什么。她边走边对我说："您留在这里，等我回来，您总有些古怪的念头，把它们写下来吧，写成诗也好，散文也罢，随您的便。爸爸那儿我会应付的，我会跟他说您为什么会待在楼上，如果他想知道实情的话，就该让他知道。"她还给我留下了两个苹果，正是我的情敌赠送的礼物。我把苹果吃了，味道好极了。

我不知道还有什么比给你写信并亲自把信给你送去更好的办法来利用这段时间。愿上帝让你的伯爵④赶快离开，要知道，我很想念你，你将使我的幸福与喜悦变得完满。可是，那些该死的课又开始

---

① 恩斯特·沃尔夫冈·贝里施。歌德于莱比锡读书期间，此人是年轻的林德瑙伯爵的家庭教师。歌德在舍恩科普夫家结识了他。1818年，歌德从贝里施的遗物中得到了他写给后者的若干书信（参见1818年1月12日的歌德日记）。此信以法语写成。
② 有研究者认为，此信写于1766年10月5日，星期日。
③ 小凯特·舍恩科普夫。
④ 卡尔·海因里希·奥古斯特·封·林德瑙伯爵。

了。好吧,不管怎样,我们会见面的,我要把冬天的时间平均分成三份,你,我的小姑娘,还有我的学业,各占其一。我是多么幸福啊!但愿你也幸福!德累斯顿①情况怎样?爱情和友谊都被博览会②打断了。再见。我写得太潦草了。我要停笔了。我要把信送到你那里去,我的小姑娘从剧院回来时我要回到写字台旁。

---

① 贝里施在莱比锡秋季博览会期间去了德累斯顿,看望生活在那里的兄弟们。
② 指莱比锡秋季博览会。在此期间,小凯特·舍恩科普夫要帮助父亲料理生意。

19. 歌德致贝里施①

1766年10月10日　星期五,或11日　星期六

要是能在你启程②前再与你说上一回话,我会感到非常愉快。我会一直待到3点,——在老地方,要是你能去那里,将会给我们带来极大的快乐;3点到4点之间,你能在我家找到我。见面时,我就能把我的维吉尔给你了,这是我的一个同伴③装订的。再见,我的朋友,我有很多事情要告诉你。新近发生的一桩事与我写的小说有关联,真叫个错综复杂;假如我不告诉你,你是绝不可能猜到的,不过,你懂的,关于谈情说爱的事。

---

① 此信以法语写成。
② 指贝里施动身前往德累斯顿。
③ 可能指霍恩,也可能是歌德在莱比锡"火球"旅店(Feuerkugel)居住时的邻居利姆普赖希特。

20. 歌德致贝里施①

1766年10月12日　星期日

你好，我亲爱的！

　　我的小姑娘叫我食言了，她使出驾驭我的全部力量，阻挠我去享用你为我准备的晚餐。对此，我完全无计可施。不过，她已为此酬谢了我，并且她还将为此向我支付报酬。我知道，要是我将那天晚上的情形向你稍作解释，你会宽宏大量地很快原谅我的。那天，我从你那里径直返回住所，以便赶快把一些小事处理完。出乎我的意料，我发现了一则我们秘密联络的消息，要我尽快去她那里。我急忙赶去，发现她一个人在家，家人全都被新上演的剧目吸引到剧院去了。真是老天有眼啊，发现能与心爱之人独处，四个小时，真是喜出望外！四个小时过去了，我俩谁也没有察觉。我得知，她的母亲已经原谅了我，这位好心的夫人终于厌倦了另一个人没完没了地向她的女儿献媚，转而将愤怒的矛头朝向了他。这四个小时令我感到多么幸福啊！

　　　　多么欢乐，上帝啊！好似燃烧的火，
　　　　高洁的火，永不会堕落。
　　　　多么快活！我搂着我的姑娘，
　　　　她那起伏的胸脯温暖着我的胸膛！
　　　　绵绵不绝的吻自她唇间流涌，
　　　　坚定的品德显现于虔诚相拥。
　　　　从未感受过的陶醉使我入了神，
　　　　我唤道：我的姑娘，她应道：我最爱的人！
　　　　爱情和美德使我心炽灼，
　　　　它喊道：快来，天使们！快来看，请别妒忌我。

　　我如此心醉神迷，你会感到有点儿好笑。你爱怎么笑就怎么笑吧。还有让你笑话的呢，这不，整封信除了写爱情别的什么都没写。

---

① 此信以法语写成，信中诗歌原文为英语。

你就原谅我吧,你想想,咱还从来没有这么喋喋不休过,咱这心就像泛滥了似的。再见。我会抓紧时间在这八天里给你写几封信的,倘若我这蹩脚的字迹还能叫你满意的话。

1766 年 10 月 12 日 歌德

21. 歌德致贝里施①

1766 年 10 月 12 日　星期日

5 点

　　真令人愉快，马拉邮车②恪尽职守，叫人毫无抱怨的理由。你才刚把一封信寄走，嗖的一下，回信就来了。为了让马儿整天都好好地跑着，我又一次坐下来写上几笔，向你致以问候。——还有，我在你的来信中看到一句话，说诉讼以一切形式展开。我！承受得了任何非法的火焰。③呸！你还不快来乞求我的原谅，必须极恭顺的！极恭顺的！该死的！——不过，这也许根本就不是你的错？肯定是这么回事，这是我的错！我下次与你见面时，你得把那张便笺拿给我看。比起伏尔泰，恋爱中的男子并非一个更为忠实的历史书写者。我们要销毁那张便笺。

　　你尽管拿那位可怜的英语诗人取乐吧，随你的便。我不知道当时是什么奇怪的念头促使我写的诗，令我深陷其中，难以自拔。可是，既然你愿意原谅正派之人犯下的错误，为何就不该原谅我写了几句拙劣的诗呢？

　　也许，把我的一些趣闻轶事穿插到你那本册子④的头几页里去倒也不赖。倘若你哪天来了兴致，想凭借这么一部作品永垂不朽，我请求你别忘了我。你这么做，我会很开心，因为你很难找到一个像我这样爱笑话自己的错误，以此自娱自乐的人。

歌德

---

① 此信以法语写成。
② "马拉邮车"实为玩笑之言，因为歌德是亲自或差人把信给贝里施送去的。
③ 可能与前一封信中的诗歌相关，参见其中的诗句"好似燃烧的火"云云。
④ 歌德建议贝里施把他与小凯特·舍恩科普夫之间的一些爱情故事纳入贝氏打算创作的一部作品。由此可见，歌德似乎从一开始就把自己与小凯特的恋爱当作一部"爱情小说"来加以体验。

22. 歌德致胞妹①

1766年9月27日　星期六至10月18日　星期六

莱比锡,1766年9月27日

你好,我的小学者!

　　你的确担得起这个称号,因为你的来信令人惊异。我不知道该说些什么。一封信写了半打纸,充满了美好的感情,丰富的思想,聪慧的灵感,若不是我知道你是个非常正派的基督徒,你是不可能剽窃的话,我差点就以为是吕桑小姐②写的。我希望,我这般真心诚意作出的这份肯定你的学识与天分的鉴定,能平息你那由我的草率评价③激起的怒火。其实,我并非全然无理,只是你误会了我,这可不是我的过错。我只是想说,你的来信里有许多地方叫人读起来感觉很自然,很舒服,受了一个你肯定认识的"某人"的启发。我猜想的大抵就是这样。你竟然冷嘲热讽!我受得了,因为我确信,眼下我没有高傲的毛病。自从来莱比锡,我明白了一个道理,一个人必须具备很多能耐,才能真正成为一个有能耐的人。同样,我也已摆脱了自以为是个诗人的愚蠢想法,我几乎不再写诗了,除了有时候会用诗句来装饰一下给朋友们写的信,而我的那些朋友出于其一贯的善意对我的诗作欣赏有加。倘使我有个美人的话,丘比特也许就会让我唱得更多、更好了吧。你随后就男女两性不同的任务分工开始了长篇大论。对此,我不置可否,因为我没有给你由头进行这番说教。你知道我是什么观点。我不是要求你脱离你的领域,而是希望你在讲述你的那些小小的故事时能自在、开心、欢快一些。——我们就此打住吧。还有一句话!如果你想读那种很轻松的探讨女孩教育的文章,可以到《德·罗塞尔侯爵信札》里去找,第2卷,信103。

---

① 此信以法语写成。
② 玛格丽特·德·吕桑,长篇小说及历史著作作者。
③ 参见前文歌德于1766年5月28日致科尔内利娅的信;歌德在这封信中对妹妹的来信进行了评价。

来吧,我们来说说意大利语的问题。

你还记得,有一天,国王,我的父亲——

我隐约记得——我记不得了。①

好吧,要是你想不起来了,我来告诉你。曾经有段时间,我专注于学习意大利语的读写。这门语言我略懂一二,我学过一些词汇和一丁点儿的句法,就这些。尽管如此,我很快就能拼拼凑凑地写出一封信或者一首诗。我构思了喜歌剧《被绑架的新娘》,②还有其他的一些。不过,由于我读了太多的诗歌,我没怎么好好写过散文,于是,那些我不得不为父亲写的信,自然就很难合他的口味了。常常他刚打算为了几个词而取笑我,我就忍不住发起脾气来,把我写的纸全烧了。就是从那时候起,我就再也下不了决心以"Signor"③一词开头来写信了。我在此地几次试图重新学习意大利语。可是,我会的太少了,没法自学。我没有词典,既不懂成语,也不懂语法。于是,我索性就把意大利语放下了,以便一心学习法语和英语。除非有一位有能耐的老师指导,否则我不会再学意大利语了。

至于我那伤感的情绪,其实并没有我所描写的那么强烈。我的描写中时常会有些相当诗意的、夸大其词的表述。至于我的这张脸,想必不至于那么骇人,因为——这话只能咱俩私底下说——这儿还是有几个漂亮的姑娘乐于见到我的。

你为莱比锡的女士们辩护,你要是对着一个对她们持全盘鄙视态度的人这么做是有道理的,可你的哥哥不是这样的一个人。的确,此地的教育不管用,培养不了端淑的品行,这里的绝大多数年轻女士

---

① 也许是一段引文,但出处不明。

② La sposa rapita,这一歌剧脚本未得留存。歌德有可能是受到1764年在法兰克福演出的一个意大利轻歌剧团的启发而萌生了创作念头。

③ 意大利语"先生"一词。

既没有原则又没有品位。不过,此地还是有姑娘值得尊重与爱慕的。你也许乐意与这些姑娘交谈,我的小学者,尽管就学识而言她们比不上你,但她们的善良与美德却丝毫不逊色。

　　老天啊,你现在多有学问呀!我将来不再指点你该如何读书了,你懂的比我多。你称我为一个博卡利尼,①此人我迄今闻所未闻,而且你评价其他人的语气真的很严厉。尽管如此,我还得评论几句。你想说皮塔瓦尔的书富有教益。好吧,我承认这一点,可是,你并不是一个他所能教导的人,他能施以教导的是一个对所读的材料、所讲述的事情进行思考,并由此使自己获益的人。讲讲塔索。从来就没有人想要否认他的功绩,他是个非常伟大的天才。可是,这个人却要把荷马笔下的英雄与阿马迪斯②的巫师和魔法联系起来,由此写下了一首十分蒙昧、怪诞的诗,我们只有以万分的谨慎,以极其犀利的洞察来读这首诗,才不至于染上一种恶劣的趣味。这个人,人们甚至对他的错误也很是欣赏。此处,我们不妨摘录一段布瓦洛《诗艺》里的文字!

　　　　"在此,我绝对无意对他提起诉讼。
　　　　然而,无论我们这个世纪如何评说他的声名,
　　　　倘若他那智慧的主人公,热衷于祈祷,
　　　　除了使魔鬼恢复理智而别无所事;
　　　　倘若雷诺、阿尔冈、唐克雷德和他的情妇③
　　　　没有使那悲伤的主题变得欢快、轻松,
　　　　意大利就不会因他的书而驰名。"

---

① 特拉扬·博卡利尼(Traiano Boccalini,1556-1613),意大利讽刺作家。
② 为16世纪一系列骑士冒险小说的主人公。
③ 这些都是塔索的史诗《耶路撒冷的解放》里的人物。

61　　　抱歉,妹妹,我对布瓦洛是如此倾心,关于法国文学我所知晓的一丁点儿知识正要归功于他。此人可忠诚地全程陪伴你阅读法语文学。

恰好说到书,我就说一说读忒勒玛科斯①这本书吧。假如我能拥有这么一本的话,我会感到非常高兴。不过,我得当心,不能根据这本书来形成我的法语文风。我很清楚,这是人们给那些法语学习者的第一本书;我也知道,这几乎是个普遍的习俗;尽管如此,我还是敢说这么做是错的。我会把理由讲给你听。不过,我完全无意由此而否认忒勒玛科斯的任何功绩,相反,我的观点会抬高他,而非贬低他。我称他是无与伦比的,但却过于伟大,学生们真该把书撕了。这个忒勒玛科斯是怎么回事呢?这是一首叙事诗,其风格即便写成了散文体也绝对是诗意的,充斥着隐喻、转喻、诗画。比如你是否会建议别人去学弥尔顿和扬的英语,塔索和阿里奥斯托②的意大利语,格斯纳③和克洛卜施托克的德语呢?假如我们凭借一本通篇皆为壮美、高雅文风的书籍来培养自己的品位的话,我们又能指望形成哪种自然、寻常的文风呢?我对由此而产生的错误十分了解。这本书的美令人眼花缭乱,于是,想要模仿,可我们不是费奈隆,不可能准确地、恰到好处地去模仿。我们养成了一种矫饰的语言习惯,有时会变得十分可笑。我不妨自己来举个例子。一个年轻人要是爱上了这样一种语言,就会不屑于任何一种自然的说话方式,他的脑袋会因浮华而膨胀,他会在草地上——哪怕只是博恩海姆④的草地上——撒满堇菜花、紫罗兰,把草地比作——因为他总是少了比喻不行——一块

---

① 《忒勒玛科斯的冒险》(1699),弗朗索瓦·德·费奈隆所著。
② 意大利诗人,史诗《疯狂的罗兰》(1516)的作者。
③ 萨洛蒙·格斯纳。
④ 邻近法兰克福。

绿色的地毯，上面编织着缤纷的色彩；他会让小溪潺潺低语流过卵石，并赋予溪水以水晶般明澈的荣耀，他还要用芦苇给溪岸镶边，并且那芦苇不住地为那因遭受长着羊蹄的神胁迫而逃亡丛林的水泽仙女哀叹；他会感到，当他开始描绘一片森林时，那永恒的橡树和温柔的榆树洒下的阴影仿佛一片神圣的夜色笼罩四周，这夜色令凡人颤栗，也令柔情脉脉的牧羊人和多愁善感的牧羊女感到了阳光下所感受不到的欢愉。啊，多么令人愉悦的语言！你瞧，我的妹妹，根据忒勒玛科斯而形成的风格，无论是什么样子，有多糟糕呀！倘使有人说：不该以这种方式去模仿他，我就会问：好吧，那又该以何种方式呢？当我开始由一本书来学习一种语言，我希望这本书能教我这种语言中的惯用语、成语，我可以以此为范。我怎么可能以一本语言完全诗化的书为依据，与此同时却不沾染上矫揉造作的语言习气呢？我觉得，我在这样的一种阅读中看到了致使年轻人不善于写信这一普遍问题的原因是没错的，因为当他们的脑袋里充斥着稀奇古怪的词句与表达时，他们就没有能力谈说那些日复一日发生的、极为寻常的事物。

  语言教师的另一个错误是，他们还会给他们的学生达西埃夫人的《泰伦提乌斯》。① 这本书会培养出一种与前一种截然相反却同样值得指摘的文风。一切看上去都很滑稽，而且似乎不作一番插科打诨的长篇大论就根本没法乞求一位大人物的恩典似的。关于这个话题，我已经说了很多了，但我并不认为该说的全都说完了，因为这实在是个过于根深蒂固的偏见，仅凭轻微的力量是没法将其根除的。

---

① 安妮·勒费弗尔·达西埃所著《泰伦提乌斯喜剧》(1688)。

10月12日　星期日①

　　法语写得够多了。我们来写写英语吧！要是你这般夸赞我,妹妹,我会骄傲的。的确,我的英语水平十分有限,不过,我会竭尽全力去提高的。你要是仔细读我写的信,可能会发现许多的错误,但愿你能原谅。你标明的为数不多的那几处错误,是粗心大意造成的。我以前在许多英语书信里都看到过 *Adieu*（再见）这个词,所以我也采用了这个词。

　　接下来,我要讲一个很有吸引力的话题。讲讲姑娘们！是的,妹妹,讲讲女孩子的事。先给你讲一讲那些讲起来并不让我觉得怎么高兴的姑娘,然后再说说那些我很喜欢的女孩。荣列头款头条的是贝特曼小姐。你们,我亲爱的父亲和你,正等着我将她在此地逗留的情况详加描述,对此,我却没法向你详细报道。我见过她四到五次,每一次她都像只蠢鹅。你不妨想象她在巴黎,在那里她照样还是一只蠢鹅。要是在音乐会上遇见她,就好比在看演戏。啊哈！那个皮埃罗,被一群小丑和花蝴蝶簇拥着。真是愚蠢透顶的一幕,即便拿最滑稽的喜剧来与此交换,我也不愿意。我大笑。我的胸口就像雄鸡在打鸣。② 音乐会结束后,夫人和小姐去了阿佩尔园林,被我碰见了。我深深地鞠了一躬,她们点头致意。就这些。她们那由伯爵、男爵、贵胄、博士等等组成的气派的随从阵容令那些没有见惯这等华丽的女士们扭歪了头。不过,有一回我去见贝特曼夫人时,她显得很有教养。这就是我所知道的全部。贝特曼小姐的那些女伴们都是中等姿色,而至于她的才智,我从未见识过。

---

① 此信除末段文字外以英语写成,末段信文中使用了德语及法语。
② 这句引文出自莎士比亚的喜剧《皆大欢喜》第二幕第七场。

阿姨小姐①——我正好在写姑娘嘛——有幸紧挨着贝特曼小姐获得一席。愿上天保佑我们！自从我离家以来，咱们家出了多少荒唐事啊！妹妹，你得留神，下一个就轮到你了！那一位②娶了个傻女人当老婆，一个明智的人，就像拉贝纳所说的那样；而这一位③则爱上了那个黑黑的、可怕的马尔斯。④哦，她早晚会请求维纳斯原谅的！我原先把他当作抵御爱情的一剂解药，而她竟然爱上了他！去他的！——那个丑鬼！啊哈！这对我倒是个安慰，即便我不是阿多尼斯，⑤也总有个姑娘会爱上我的。如果她爱的是施洛瑟博士，我倒也原谅她了，可事实竟是如此！真叫我大跌眼镜。——荷兰国王会怎么说呢？⑥——不过，妹妹，咱们还是别谴责他人了。我有足够的胆量去袒护她。想一想她所受的教育，妹妹，然后再去谴责她，倘若你有胆量的话。一个缺乏天资的女孩子，在父母与姐妹们的身边度过了年少时光。他们全都是值得尊敬的人，却不懂得该如何为了一个女子的幸福来塑造她的心灵。为了使她聪明，他们聘请了作文老师和算术老师，另有人负责教理问答，以培养其良好品行。这都是些人生道路上一般的引路人。至于读好书的机会，她是没有的，她也没有兴趣去寻找好的书籍。她所享受的并非精神的愉悦，她的乐园存在于肉体的粗俗的享乐之中，跳舞啊，聚会啊，诸如此类。她也从来没有学会如何使自己成为自己的伙伴，不懂得如何使自己获得精神上的享受。最后，

---

① 安娜·克里斯蒂娜·特克斯托尔。她于1767年5月5日嫁给了G. H. 舒勒。此人后来晋升为上校，并担任法兰克福警备区司令官。
② 指歌德的舅舅约翰·约斯特·特克斯托尔。
③ 指歌德的阿姨安娜·克里斯蒂娜·特克斯托尔。
④ 此处"马尔斯"（罗马神话中的战神）与其后的"维纳斯"（罗马神话中的美神和爱神）两词为文字游戏。
⑤ 希腊神话中的美少年，深受阿芙洛狄忒女神的宠爱。
⑥ 参见前文信5中的类似语句及相应注释。

她也不是一个品行端庄的姑娘,她也不可能是这么一个姑娘。

她爱上了那个她每天都见得到的男人,一个——这倒也与她自身的愚蠢相符——能花上半天工夫胡扯各种鸡毛蒜皮和城里的流言蜚语之类的男人,我们是否可以归咎于她?那男人就凭着这些手段令她满心欢喜,这可是一个聪明的男人办不到的事情。而一个男人既已博得一位姑娘的欢心,并有机会常常见到她,倘若他还没法赢得她的爱情的话,那么这个男人就是全世界最大的傻瓜了。我非常期待听到这个离奇故事的结局。顺便写一笔,施洛瑟博士已不再惦念她,他在他那荒凉的特雷普托过着一种——按他信中的说法——麻木不仁的生活。我与他保持着英语通信。

接下来,我的先生们,请允许我们进入第二章节,再来简短地讲一讲好姑娘。① 听你这么说来,小伦克尔②也犯了大多数女孩子的错误。好吧,我们得有耐心,并希望她很快就能悔悟过来,就像我的妹妹一样幡然醒悟。代我问候她。向布雷维利尔小姐转达我恭敬的问候,并告诉她,倘若她继续将我视为朋友,这将令我无比高兴。告诉其他所有我以前认识的姑娘们,我永远甘当她们的仆人。特别要请你代我亲吻小施米德尔。③ 请来信告知萨拉赞小姐④的情况。霍恩始终还爱着她,他甚至觉得在此地爱上了一个与她十分相似的姑娘。⑤不过,由于时间关系,接下去的内容我得在明天的课上继续了。⑥

---

① 此句滑稽地模仿了讲台授课风格。
② 莉塞特·伦克尔。
③ 亨丽埃特·施米德尔。
④ 约翰娜·菲利皮娜·萨拉赞,此人是霍恩在法兰克福少年时代的友人。
⑤ 特奥多拉·索菲·康斯坦斯·布赖特科普夫。
⑥ 此句显然又一次滑稽地模仿了讲台授课风格。

10月13日(星期一)①

讽刺小调
为普法伊尔先生②而作

叫语法给我滚开!
蠢蛋先生曾这么说过。
假如勒普瓦特万和他的兄弟
勒佩普里耶尔③愿意为我效劳,
他们就该让我清静。

这些傻瓜们的规则,
他们乱写的愚蠢规则,
充其量对学校有利,
可以用来训练
可怜的学生们的肩膀和脑袋。

当夫人,那位语法女神
听到了这番言论,
她便愤怒地对我作出宣判,
一道极其严厉的宣判,

---

① 此信以法语写成。
② 歌德的父亲让普法伊尔修改歌德用法语写给他妹妹的信。普法伊尔仔细修改了信12,列出了一份错误目录,并用法语写了如下的评论:"倘若这番修改意见令作者满意,以后不妨再考虑得周密些,以维护语言教师以此见长的语法之严密性。"这首讽刺小调即歌德对此作出的回应。
③ 此二人(Le Poitevin, Le Peplier)是18世纪两本法语语法书的作者。

几乎令我痛哭不止。

说什么你的文章错误百出,
你的诗句毫不动人,
说什么你的文风贫瘠,
你为之献殷勤的美女
会把你耻笑。

女神那高高在上的神甫,
普法伊尔!快,来帮帮我,
免得我那至爱之人,
万一她要为你的女神报仇,
迫使我终了此生。

66 去,给那位女士
送去我欠她的甜言蜜语,
还有我忏悔的灵魂。
告诉她,我感到羞愧,
因为我曾憎恨她。

要是她宽恕了我,
就请问问她,以我的名义,
我最好该怎么做,
才能与她建立起
最牢固的联系。

我把这首疯狂的小诗又读了一遍之后发现，我的请求有些含糊不清，难以理解，叫人没法一下子就明白我其实是想问问他我该如何尽快提高我的法语水平。我亲爱的父亲对这样的韵律是不会满意的，不过，他应该考虑到讽刺小调就是这个样子的。

致封·霍夫曼少将先生①
悼其亡妻

> 死神，自冥府升起，
> 要让天地
> 感到他盛怒的威力，
> 他灭绝凡尘众生，挥起战争之鞭；
> 他兴奋狂喜，
> 看田地尽被血淹，
> 血海里，
> 那不幸之人，
> 被雷霆击倒，
> 碾成尘。
> 终了，
> 当谋杀与屠戮的火焰
> 不再燃烧，
> 死神颤抖气恼，
> 他看见

---

① 弗里德里希·克里斯蒂安·封·霍夫曼的妻子安娜·玛丽亚，娘家姓特克斯托尔，于1766年9月14日亡故。霍夫曼及其妻是科尔内利娅的教父教母。

人安居泰然,
不再似原先那般
遭杀戮,千千万万。
我们要,
死神说道,
把他们的幸福夺走。
我曾对成千上万的人下手,
现在要对那堪比万千之众的一个出击。
死神说罢,
便看见一户户人家,
围着墓穴而立,
悲恸哀泣,
哀悼一位父亲,品德高尚,
哀悼一个儿子,他是国家的希望,
哀悼另一些人,
他们本可以活得更长。
满眼都是不幸的人!
这恶魔可恨,
战利品令他心满意足,
他下了冥府,
给宇宙的敌人们
带去他的狂喜。
你的妻子遭此厄运的打击,
她的故去,
令家人悲郁。
好在这于她并不可惧,

> 因为她虽在此失去了世界和你，
> 却在那上天找到了天国和爱女。

我迫不及待地希望听到这首小诗大获成功的消息，并期待获悉亲爱的父亲命我完成此诗的原因。普法伊尔先生想必很想知道我在这些小小的作品里模仿了哪位诗人，可我却说不出来，因为，尽管我很乐意相信有一些这样的法语诗人，我却回想不起来曾经读过他们的作品。

我已动笔将因克尔和雅里科的素材①创作成戏剧，不过，在此过程中我遭遇的困难超乎预料，我不指望能把这部作品完成。

我计划创作一部悲剧《法老的继位者》，②为此而大获赞赏。人家催我赶紧着手去写，我却下不了决心。

我希望，给封·霍夫曼先生的那首诗能先誊写在一张朴朴素素的纸上，不要有其他什么标题，然后给他寄去。

几天前，③兰施泰特城门旁的新剧院落成了，④华丽又典雅。剧院由几位私人出资建造，地皮是官廷赠送的。剧院落成的首场演出剧目是《赫尔曼》，⑤这是施莱格尔的一部悲剧。

---

① 这是18世纪为人所热衷的异域素材，格勒特、格斯纳、普费弗尔及博德默尔等人都采用过这一素材。这个故事最早在《观众》(1711)杂志里被提及，讲的是一个名叫因克尔(Ynkle)的心肠冷酷的欧洲人把他的救命恩人，一个名叫雅里科(Jariko)的印第安姑娘卖给奴隶贩子的故事。歌德处理这一素材的文字没有留存下来。
② 关于这部歌德计划创作的悲剧也未有任何资料留存。
③ 原信从这一段开始直至结尾以德语写成。
④ 落成于1766年10月10日。
⑤ 约翰·埃利亚斯·施莱格尔于1743年发表在由戈特舍德创办的刊物《德国剧坛》上的剧作。

在此之前没几天,有一幢同样也是新的,却完全不同的建筑竣工了,就是那座归正会教堂。教堂相当朴素,却十分美观。教堂里的管风琴很好,最为引人瞩目。

这次博览会期间,我和小霍克尔①交谈过,他肯定地对我说,半年前他来过几次,要来看我,却从来没在我的住处碰到过我。

这次博览会,我意外地遇见了弗里策·霍夫曼。②正当我们经过朗格③的展位时,突然,一个胖胖的、相当敦实的、不过看上去又有点儿呆头呆脑的人朝我们走了过来。他走到霍恩跟前,我惊奇地打量着他,终于认出了几分特征,我大声喊了起来:"弗里策!原来是你啊!"——他在此地没待多长时间,因此我们没能看到他表现出一个同乡该有的礼节,尽管我们有一天晚上带他一起去吃了饭。不过,那次聚餐时,他谁都没正眼瞧一下,也没吭声,于是,就被我们圈内的一些人当成了哲学家,又被另一些人当成了傻瓜。兴许他在柏林已被修理过了,只怕是被修理得过了头,因为我认为如今在整个欧洲都找不到像普鲁士国王的京城那样堕落的地方了。④

我开始对莱比锡人,还有莱比锡,觉得相当不满了。那些我原本能成为其座上宾的人对我已不再恩宠有加,而造成这一局面的原因是我听从了父亲的建议,不愿玩乐。这么一来,别人就把我当作圈子里多余的人,跟我没什么好往来的。前不久,我甚至差点儿就因为这

---

① 弗里德里希·恩斯特·霍克尔。
② 约翰·弗里德里希·霍夫曼。
③ 弗里策·霍夫曼的舅舅朗格生活在柏林,有可能参加了莱比锡博览会,在奥尔巴赫斯霍夫(Auerbachshof,莱比锡的一处商贸集散地)有一个摊位。
④ 歌德在《诗与真》中提到,在莱比锡期间,他对腓特烈大帝及普鲁士的态度时有犹疑。

个而惹得宫廷参事夫人①不满。整整半年来,除了伯梅家和朗格家②外,再也没有谁邀请过我。

还有一个原因可以解释为什么偌大个天地竟容不得我。相比于我们的那些彬彬有礼的绅士和淑女,我对"美"的品位略高,见识略丰,我常常会忍不住在大庭广众之下指出他们那些评判的贫乏之处。

虽则如此,我还是尽可能开心、平静地过我的日子。我有一个朋友,是林德瑙伯爵的家庭教师,③出于同样的原因,他也像我一样被众人疏远。我们俩惺惺相惜,与世隔绝地坐在伯爵名下的奥尔巴赫斯霍夫,④就像置身于一座城堡。不过,我们并非厌世的哲学家,我们一起嘲笑莱比锡人,要是哪天我们出其不意地从我们的城堡突围出去,给他们以强有力的一击,他们可就要倒霉了!再见!

  莱比锡,   歌德
  1766年10月18日

其他一些我现在还来不及写的事情或尚未答复的内容随后会由一个年轻人⑤转交,他预计星期天出发,出门八天。

---

① 玛丽·罗西娜·伯梅。
② 可能指雅各布·朗格或宫廷参事约翰·戈特利布·朗格。
③ 恩斯特·沃尔夫冈·贝里施。
④ 奥尔巴赫斯霍夫(Auerbachshof)是属于林德瑙伯爵的一处地产,建成于16世纪,贝里施就住在这里。当时,此地是一处商贸集散地。莱比锡交易会期间,那里设有货物摊位。歌德常与其友人在奥尔巴赫斯酒窖(Auerbachskeller)聚会。
⑤ 所指何人不详。

1767 年

23. 歌德致胞妹

1767年5月11日　星期一至15日　星期五

莱比锡,1767年5月11日

最亲爱的妹妹:

　　我很惭愧地给你写信,从方方面面来讲都很惭愧,就在弗莱舍尔①到达此地的一小时之后,我打算在没有把我原本早就该给你写的一切写下来之前绝不停笔。你或许以为我没有借口可以申辩。妹妹,我有理由,倘若你把你的善良也作为砝码加到天平上去的话,我的理由就足以抵消你可能施加于我的全部指责。不过,妹妹,请不要指责,一个温柔的女孩子不应该责骂,况且你写来的每一行字都证明你有一颗温柔的心。现在你就听一听我的辩解之词吧。你不妨想象一下,有这么一个人,他恰巧在太阳给我们带来晚春的时节摆脱了一场讨厌的疾病,也摆脱了他的工作。我当时的喜悦之情你只能感受到一半,要知道,我是躺在病榻上看着大自然和我自己一起振作起来的,我忘记了周遭的一切,直到喉咙沙哑、脸颊肿胀迫使我不得不待在家里为止。还没等我解脱出来,我就受人委托去担当一名无足轻重的辩论对手。② 不过,这个任务对我而言却是很关键,我必须极为慎重地做好准备,以免在初入学界公开亮相时失足。这事已经结束了。你的来信将那不时潜伏于我手中的小小的懒惰消除殆尽,我愿意如你所愿地答复你所有的提问。我希望,你读完这封信后能与我彻底言归于好。

　　我完全被你的信、你的字迹和你的思考方式征服了。③ 从中我

---

① 法兰克福的书商及出版商约翰·格奥尔格·弗莱舍尔,歌德于1765年与此人一同前往莱比锡。此次,弗莱舍尔从法兰克福捎来了一封信,信中要求歌德勤与家人通信。
② 歌德的朋友克里斯蒂安·戈特弗里德·赫尔曼于1767年在莱比锡获得博士学位,歌德在其法学辩论会上担当辩论对手。赫尔曼日后曾任莱比锡市长。
③ 原信从此段开始以法语写成。

看到的不再是一个小女孩,那只乌鸦,①我的妹妹,我的学生,从中我看到了一个成熟的头脑,一个里科博尼,②一个我不熟悉的人,一位能令我自己有所受益的作家。哦,我的妹妹,以后别再写这样的信了,否则我会无言以对。别以为我是在奉承;在我读完这一书信形式的交谈后,我情不自禁流露出的这种热情洋溢的语调是源自我内心的真情实感。看见妹妹这般大有长进,我的心获得了许久不曾感受到的喜悦,充盈而真实。

倘若我对你的才能有充分的了解,我就绝不会拿吕桑小姐③来与你作比较。她是个写故事的好手,一个吸引人的谈天者,可是她缺少你所拥有的那种令我欣赏的情感。保持下去,继续,我的妹妹,你那单纯的心灵、那无比的正直,还有你的天真,将胜过你的兄长对世事的探究,胜过他的学识和他的褒贬。实话对你说,我便是使出全部的技艺,也不能像你一样浑然天成地描写一个类似的场景。感谢上帝,我的妹妹,莱比锡没能给我任何一个堪与你相比的姑娘。听听那些我多少对其有所了解的姑娘们的品性,由你自己来作评判吧。

布赖特科普夫小姐④自幼在书堆里长大,读了很多书,很少因此而沾沾自喜。她天性伶俐,加上那些书籍的引导,写出来的东西相当漂亮,不过,却叫人觉得有明显的死记硬背的痕迹,因为她缺少你所拥有的那种令我欣赏的朴质的风格。我很喜欢她的自然不拘。她对我很友善,虽然我难得与她见面,但是,在她身边我感到无尽的惬意。

---

① 此处歌德有意将妹妹科尔内利娅(Cornelia)的名字写成了法语的 Corneille 一词;Corneille 有"乌鸦"之义,同时也是法国作家皮埃尔·高乃依(Pierre Corneille)的名字。
② 玛丽·让娜·德·里科博尼。
③ 参见1766年9月27日歌德致科尔内利娅的信。
④ 康斯坦斯·布赖特科普夫。

她的女伴塔厄内特小姐是个大美人,头脑敏锐、犀利,品性也很出色。其言谈极具淑女风范,谈吐很有魅力。可是,无论她怎么博人好感,别人总有些怕她,并不爱她。

比起所有这些在世的美人,我更欣赏伯梅参事夫人,①虽然她已去世,那么可亲的人。我来给你描述一下她的品性,尽管不尽详细。她心胸宽广,为人正直,待人极为温和,本性柔韧,即便是面对那些该对她恭敬顺从的人,也是如此。尽管长期抱恙在身,她也极少发脾气。她像母亲一般热切地关注着我身上的问题,不时督促我改正不当之处。起初,她这么做时还是很含蓄的,不过,当她发现我视此为理所当然,乐于接受她的指正后,就对我直言不讳了。她看到我毫不迟疑地改正了她所指摘出的毛病就非常开心,她还亲切地唤我为她听话的乖儿子。的确,对她的提醒与建议,我总是言听计从。只是我讨厌玩乐这一点,伤了她的心。

她的朋友封·普洛托夫人②是一位上了年纪的女士,和我说起话来像个家庭教师,而不像一位朋友。我喜欢她的坦率,她从没学过如何伪装自己。她的口头禅是"别这么做,你们这样有失体统"或"别再这样了"等等。伯梅夫人的亡故也使我断了与这位夫人的联系。

在与我交往频繁的人当中,小舍恩科普夫是不该被遗忘的。她是一个非常出色的姑娘,心地正直,又单纯可爱,尽管她所受的教育与其说好,毋宁说严格。在衣着方面,她是我的经管人,因为她对此很在行,而且乐意在这方面尽力帮助我,我也因此特别喜欢她。我的妹妹,这些姑娘我都很喜欢,我真的很可笑,不是吗?可是,她们是那么地心地善良,谁又能抗拒得了呢?她们的美貌并不叫我动心;事实

---

① 玛丽·罗西娜·伯梅于1767年2月17日去世。
② 威廉敏娜·埃内斯蒂娜·封·普洛托。

上,所有我与其交往的女孩都是善良胜于漂亮。我原本还可以再谈一谈那几位屈斯特纳女士,①不过,她们都是些蠢物,我很不乐意谈论她们。我交往的对象也就到此为止了,尽管人数有限,对我而言却足够了。我觉得,但凡与一个有头脑的姑娘聊天,总是最令人愉快的。我喜欢她们所有人,却并未对其中任何一位心有所属,她们对我都满怀善意,没有哪个爱上我,这正是我想要的结果,对此我很满足。

你有一个做法,②我的妹妹,在你被夸赞了一大通之后,我必须要加以批评,那就是你在霍恩那桩事情上③表现出来的轻率。我在信里对你说,他对失去了萨拉赞倒也并非十分地忧伤,而且我还开玩笑地补充说,他在此地已找到了弥补损失的机会。你把这些全都当了真,不过,这个我倒还能原谅你。可是,你随后跑去把这事讲给一个并非守口如瓶的女友,而是一个愚蠢的、自以为是的、爱嚼舌头的姑娘听,而她又觉得有义务把这事弄个满城风雨;而且,你那么煞有介事地讲给她听,以至于她要打探那位姑娘的名字。不,好妹妹,请原谅我必须明确地对你说,你这么做是极不明智的,在这种时候我都认不出我那聪明的妹妹来了。我把友谊看得高于一切,倘若现在其他人也像你似的把这事当了真,并因此对他横加指责,那么除了我还有谁该为这一不幸承担责任呢?你们这些好姑娘啊,我们要比你们想象的来得聪明。我们在这里过得无比舒心自在,却不得不变成傻瓜对你们俯首听命,要知道,没有比为你们效劳更累人的奴役了。

我责备了你,你可别生气,这是你自己的错。接下来说点儿开心

---

① 指商人约翰·海因里希·屈斯特纳的几个女儿。
② 原信从此段开始以德语写成。
③ 见1766年10月12日致科尔内利娅信。

的事,说说我写的诗。①

你们喜欢我的诗,我很开心,不过,我原本期待着你会详细地写一写你喜欢哪些又不喜欢哪些,要知道,你对我的智慧的嘲讽很不合适。我必须向你坦陈,我更愿意接受一个姑娘的品评,而不是一个批评家的评判。此处正可以让我把全部的理由搬出来给你看,正是这些原因阻止我把写的东西拿给格勒特看。这也是对弗莱舍尔捎来的那封信②里的第六条内容的答复。

因我全无骄矜之心,我可以信赖我内心的信念,它对我说我具备一些诗人的禀赋,并且通过勤奋我有可能成为一个诗人。我十岁开始写诗,当时自以为写得很不赖;现在我十七了,觉得那些诗很差劲。不过,话又说回来,我毕竟长大了七岁,写诗也有了七年的长进。倘若有人在62年对我的《约瑟夫》③作出了和如今我自己对此所作的同样的评价的话,那我当时必定会深受打击,以致再也不会碰笔杆子了。

去年,读了克洛迪乌斯④针对我写的婚礼诗作出的尖锐批评后,我完全丧失了勇气。我花了半年的时间才恢复过来,才又得以奉姑娘们之命写了几首诗歌。自11月以来,我顶多写了十五首诗,都不

---

① 歌德给科尔内利娅寄去了《睡神赋》(*An den Schlaf*)的初稿,另有一首《祖国颂》(*Ode auf das Vaterland*)未得留存。
② 即前文所及的由弗莱舍尔从法兰克福为歌德捎来的家书,信中提醒歌德要常与家中通信。
③ 据《诗与真》中的记载,这是一首圣经题材的散文体叙事诗,未得留存。
④ 克里斯蒂安·奥古斯特·克洛迪乌斯是莱比锡的哲学教授,同时也是位诗人,歌德修过他开设的文体练习课程。克洛迪乌斯曾很不留情面地批评了歌德为他的舅舅约翰·约斯特·特克斯托尔的婚礼(1766年2月17日)而作的即兴诗。参见《诗与真》。

是什么特别了得的重要作品，其中没有哪一首我可以拿去给格勒特看，因为我了解他现在对诗歌的想法。可是，倘若人家让我去，我就会有才思，就能成为诗人；而倘若没人提点我，我就没有才思，所有的批评也就全然无济于事。我的朋友①对格勒特十分了解，每当我给他看一首诗，他常常会说：他若把这诗拿去给格勒特看，不知道格勒特会如何为他大唱赞歌呢。我不知道这是否足以成为人家免除我给格勒特展示作品机会的理由，若果真如此，那我打算借他人之手拿点儿东西给他看看。他若公开发难，我会好好听着，并会写信告知详情。

莎士比亚的《罗密欧与朱丽叶》

爱是烟缕，由悲叹的雾生起，
是纯净的，一簇火，闪烁在恋人的眼里，
是苦恼的，一片海，滋养是恋人的泪滴；
爱还是什么？是幽秘的痴癫，
是讨厌的怨恨，也是持久的甘甜。②

阿姨小姐③的故事令我感到惊讶，我说不出对此有什么想法，因为我什么也想不出来。莫非是上帝希望，这种仅仅由爱情促成的婚姻比起另一种因纯粹的志趣而结合的婚姻来得幸福吧。对新婚夫妇的幸福生活，我并不看好。之所以这么认为，是出于一些我现在没法

---

① 恩斯特·沃尔夫冈·贝里施。
② 原信中此段英语引文出自莎士比亚的悲剧《罗密欧与朱丽叶》第一幕第一场。
③ 安娜·克里斯蒂娜·特克斯托尔。

解释，却很少欺骗我的原因。我对善良、年迈的外祖父深感同情。对一位智者而言，被迫同意年轻人的愚蠢胡闹，真是莫大的悲哀。我担心，因为这桩荒唐事，因为这种状况所造成的不可避免的分裂，已经使咱们家陷入了混乱。哦，我痛恨这种分裂！①

你渴望了解我写的那些悲剧的情况，对此，我必须告诉你，到目前为止，我还只是处于规划阶段，因为我觉得对我这尚且过于单薄的肩膀而言，实施这些计划是不可能的。我的《伯沙撒》②已经完成，不过，我对此作的评价和我对其他几部庞大作品的评价一样，它们都是我这个软弱无力的侏儒写出来的。《法老的继位者》包含许多悲剧构思，主题是天使击杀埃及的长子。③ 要是这个剧本字迹清晰，你辨认得了，或者霍恩能把它誊写下来的话，我倒是愿意给你寄去。我还是给你寄一些其他的作品吧，不过，我不希望这些作品被公之于众，你可以拿给好朋友看看，只是，别让任何人得到副本。那首挽歌哀悼的是贝里施的兄弟，④此人生前是黑森菲利普斯塔尔的行政专员。《缪孔》⑤的构架不错，不过，还可以演绎得更好。你说，我的妹妹，别人读了我写的诗会不会以为我深陷爱河呀？不管怎么说，那些诗句充满了柔情。没错，那些姑娘我全都爱，尽管我常常可能会唱：⑥

　　　　　被冷静的智者包围，
　　　　　我却歌唱爱情的火热；
　　　　　我歌唱葡萄汁的甜美，

---

① 原信此段以英语写成。下一段开始以德语写成。
② 参见 1765 年 10 月 30 日歌德致里泽信。
③ 参见《旧约·出埃及记》，第 12 章。
④ 于 1767 年 3 月 25 日去世。
⑤ *Mykon*，未得留存。
⑥ 从前文"你说，我的妹妹……"至此，原信为法语。

　　　　　　　一边却常把清水来喝。①

　　一个诗人是不可以体会到真正的爱情的,②在他的诗歌里他要么刻画理想的、完美的女子,要么如其所是地描绘丑恶的姑娘;若非如此,他就会——假如他恋爱了——描绘他的心上人,就像泽卡茨③在本该画公主的地方却画了他的妻子那样。

　　　　　在爱情里,缪斯的宠儿
　　　　　是一颗星星,人类情感的望远镜
　　　　　徒劳地由这底下搜寻它的身影。
　　　　　它的领域超越任何智识,
　　　　　想象令人深深震撼,一如真实,
　　　　　这感受令我们盈溢幸福,
　　　　　爱情本身才是我们倾心所慕。
　　　　　幻想之物因此有权获得尊崇,
　　　　　我们只愿为想象燃烧烈火熊熊。

　　　　　是的,我们热爱幻想乐此不疲,
　　　　　就像平凡之人在现实里碰到好运气。
　　　　　现实若是一成不变的老面目,

---

① 这几句诗是 C. F. 魏瑟的《打油诗》(*Scherzhafte Lieder*)中相应诗句的变体,原诗译文如下:"被武器与仇恨包围,/我将柔情与安宁讴歌;/我歌唱葡萄汁的甜美,/却常把清水来喝。"
② 原信从此段开始以法语写成。
③ 约翰·康拉德·泽卡茨,达姆施塔特的宫廷画师。关于此人,《诗与真》中有如下文字:"他娶了个矮矮胖胖的、心眼儿挺好却不怎么招人喜欢的人做老婆;他老婆除了自己以外大概不允许他另找模特儿,所以,也就画不出什么令人满意的东西来。"

> 就会令人不甚满足。
> 不过,空中有一日千变的伊丽丝;①
> 我的心上人也会由牧羊女变成水泽仙子,
> 褐发变金发,姑娘变寡妇,卖俏变矜持,
> 并且,你尽可以相信,她无比忠实。②

我会设法让弗莱舍尔先生给你捎一些书去,你夏天可以读。其中有长篇小说,可读来消遣;有道德书籍,可读来修身;还有祷告书,可读以改过从善。由此你也许能看出,我的妹妹,我实在不应该遭到你的讥刺数落——"离开的时间越长,你似乎越想把我们遗忘",你上一封来信就是以这种语气开头和结尾的。

让我的母亲读一读下面的诗句:

致我的母亲③

> 虽然我没有问候,虽然我没有写信,
> 你也许觉得时间太久,但请别让怀疑
> 进入你心,似乎儿子的温情,
> 我亏欠你的温情,已逃离了我的心。
> 不,就像那河中深沉的岩石
> 永远抛锚固守,
> 不移寸步,尽管浪潮

---

① 希腊神话中的彩虹女神。
② 原信中这两段法语诗化用了法国戏剧家皮隆(1689 - 1773)的喜剧《诗狂》(*Métromanie*)里的文字。
③ 原信中此诗以德语写成。

时而狂暴,时而轻柔,
流过它,淹没它,
对你的温情也丝毫
未从我心中逃走,尽管生活的洪流
时而狂暴地,由痛苦鞭笞着,冲过我心,
时而又安详地,由喜悦爱抚着,
覆盖它,我的心克服阻挠,
昂起头朝向太阳,四周反射的光芒
将它映照,它的每一瞥目光
都向你表明,儿子对你崇敬至深。

  妹妹,我给你寄一份由我的朋友贝里施热心誊写的诗歌抄本。你会发现其中有一首诗,题目叫《恋爱中的人》,①那首《祖国颂》②由于遭到了非议,就被排除在集子之外了。

  另外,我把修改过的《睡神赋》③也给你寄去。按照此诗原来的韵律谱曲感觉很别扭,于是我就改动了节拍,但本质上没有丝毫变化。写信告诉我,这两稿中的哪一稿更符合你的趣味。

  写给沙里塔斯小姐的颂歌④已经完成,只是还没来得及誊写,否则你将会在这本集子里看到。音乐出自洪格尔先生⑤之手,这是一

---

① Die Liebenden;此诗在诗集《安妮特》(Annette)中的题目为《情人们》(Die Liebhaber)。
② 未得留存。
③《睡神赋》的第一稿已散佚;收入诗集《安妮特》中的是第三稿。
④ 这首写给沙里塔斯的颂歌出自科尔内利娅的朋友圈,歌德对此诗进行了修改,并请莱比锡的朋友为此诗谱了曲。
⑤ 戈特利布•戈特瓦尔德•洪格尔。

名法学专业的学生,也是一位有才华的音乐家。布赖特科普夫先生①写温婉之作欠缺才情。我修改了这首颂歌的歌词,其中有些文思很出彩,我把它们保留了下来,总体上没什么改变。我想悄悄问一句,这歌词是谁写的?如果没搞错的话,我在其中看到了女性思想的痕迹。

我还剩四页信纸可写,可是我快筋疲力尽了。不过,咱们还是试着把它们写满吧。

写一写塔索和布瓦洛吧。看到你勇气十足地为前者辩护,我感到很高兴。这么做很好,我的妹妹,他是个伟人。我原先给你写过几行布瓦洛反对塔索的诗,在此,作为回应,写上一些反对布瓦洛,同时支持塔索的诗行:

> 他为我们示范,何为真挚的虔诚、
> 质朴的伟大、严厉的智慧
> 以及临危不惧的勇敢,
> 何为与己为敌的盲目愤怒,
> 和那热切渴望纵身投入
> 令其既怕又爱的享乐的青春,
> 还有那使人摆脱纵乐的美德。
>
> 可是,这个布瓦洛,一名激情洋溢的判官,
> 也是一位高明的立法者。
> 他坚韧不拔、持之以恒,
> 战胜了顽固不化的自然;
> 在荒凉的不毛之地,

---

① 伯恩哈德·苔奥多·布赖特科普夫。

以后来者的脚步犁出一条肥沃的垄沟；
他的诗冷峻，却平滑、娴熟，
是人造的，简单且轻巧，
像一条又纯又软的金带子，
由拉丝模拉制得光滑平整。

持续的练习有什么做不到？
缺少火热，缺少激昂，缺少丰盈，
布瓦洛仿造着，也许有人会说，他在发明，
就像一面镜子，他模仿了一切。
然而，人造之物还从未能描绘热忱，
唯有情感才是灵魂的馈赠，
精湛的技艺从未能将其模仿。
我听见，布瓦洛那温顺的嗓音
迎合着所有声调，一个善于发明的逢迎者，
一个中规中矩的画家，轻松愉快，精巧的嘲讽，
即便强颜欢笑，也显得轻轻松松；
然而，我却看不出布瓦洛敏于感受：
从未有哪句诗源自他的心。

79 　　我的妹妹，这就是聪明的马蒙泰尔①在写给诗人们的信中对这些伟大人物的观点。我认为他的评价是公允的，实事求是的。我想，就我的观点所作的这一番解释将会使我与塔索，还有你重归于好。

---

① 歌德摘引了让-弗朗索瓦·马蒙泰尔(1723 - 1799)所作的《致诗人的信——论研究的魅力》(*Épître aux poètes sur les charmes de l'étude*)中的诗句。

睡神赋

你用你的罂粟
迫使众神合眼,
还常让乞丐做君主,
把羊倌带到姑娘身边,
听我说,今日我不要你
将梦锦编织,
亲爱的,我要你
干一份最重大的差事。

我坐在心上人身边,
她眉眼欢情流露,
艳羡的绸衣难掩
胸脯急剧起伏;
多少次近在咫尺,
渴求的唇几可触吻,
怎奈那母亲端坐在此,
哎,我不得不作罢遗恨。

今晚我又去找她,
哦,你快进屋来。
抖动翅膀,把罂粟撒下,
那母亲便会瞌睡难耐。
灯光将苍白黯然,
姑娘散发着爱的暖意,

　　　　　恬静沉入我的臂弯，
　　　　　就像妈妈落进你的怀里。

　　好了，妹妹，你说说，你更喜欢哪一稿？是这一稿，还是第一稿？你很快就会收到为这首诗谱的曲子了。

　　现在我得结束这封长信了，因为巴赫①马上就要来取包裹了。我希望，这下你总该与我和解了吧，这信写得也确实很可观了，该符合你的要求了吧。要是你近期不会给我来信，那至少得给我寄些你最近写的文章，我非常喜欢读。代我问候小伦克尔，告诉她别读我的《阿米尼》，②我也不希望布雷维利尔小姐拿了这个剧本去演，因为它毫无价值。另外，我在这儿给你寄上一部尚未完成的牧歌剧，③这个你们可以读一读，不过得还给我。再见。

　　1767 年 5 月 15 日

---

① 约翰·塞巴斯蒂安·巴赫，卡尔·菲利普·埃马努埃尔·巴赫之子，是厄泽尔家的一位朋友。
② Amine，歌德当初留在法兰克福的一部牧歌剧，已散佚。
③ 指《恋人的脾气》(Die Laune des Verliebten)一剧。

24. 歌德致胞妹①

1767年8月②

我的小乖乖：③

我是不会告诉你你的来信叫我有多开心的；我的沉默将向你表明，我实在是太高兴了，高兴得无法向你表达我的喜悦。

我写这封信并不是为了答复你的来信。我给你当早餐的只是些碎块，倘若它们不够你当午餐的话。

在我诗意的想象中，法布里丘斯小姐④比真人更美貌，更聪慧，她将成为我未来的安妮特⑤或者我的缪斯，这两个词是同样的意思。

说起我的诗歌，妹妹——如果你继续对我这般大加夸赞的话，我以后就光说诗，别的什么都不说了——，贝里施新出了一版集子，⑥将是迄今所见最好的一版。你知道的，我以往每年8月份都会将当年所写的作品汇编成一本四开的500页篇幅的集子。为了不抛弃这一良好的习惯，大诗歌委员会成员⑦坐到一起，朗读自从我在迷人的普莱瑟河畔流连忘返以来所有出自我笔下的诗作。

委员会作出了决议：除了其中的十二首作品外，其余的全都该打入箱底，永久幽禁。而那十二首，该将它们以世所未见的极致华美书写在50页八开的纸上，标题为"安妮特"。希腊人给希罗多德的九

---

① 原信以法语写成。
② 这一日期是歌德的父亲加上去的；此封写给科尔内利娅的信原本附在歌德写给其父的信之后。
③ 原文为"Mon petit bon, bon"。其中"bon""bon"分作两词，意为"好的"；若合写成"bonbon"一词，则意为"糖果"。可视作语带双关。
④ 安娜·卡塔琳娜·法布里丘斯，沃尔姆斯人，是科尔内利娅的女友，1767年春夏时节在法兰克福逗留。
⑤ 此处，歌德在家人面前对自己与安娜·卡塔琳娜·舍恩科普夫（与前文提及的安娜·卡塔琳娜·法布里丘斯同名）的交往加以掩饰。
⑥ 指诗集《安妮特》。
⑦ 该委员会成员包括歌德、贝里施，或许还有博恩、霍恩及赫尔曼。

本书取了九位缪斯的名字，那又怎样？柏拉图给他那本论灵魂不死的对话录取名为"斐多"，那又怎样？他的这位朋友斐多与这本对话录的关系并不比安妮特与我这本诗集的关系多多少。

我会随信寄上一页纸，因上面有个地方写错了就作废了，你看了这页纸就想象得出这本书有多精美了。这本选集里的诗歌你只知道五首，①分别为《齐布利斯》《莱德》②《皮格马利翁》《睡神赋》及《挽歌》。要是你继续乖乖听话，改天你就会得到其余七首，它们值得一读。顺便说一句，我根本就无意要别人像你爱我一样爱这位诗人，因为我还不至于那么高傲自大地以为人人都对我的诗感兴趣。

一个还算不错的诗人是幸运的，哪怕他一度隐姓埋名，而当他现身时，读者依然会夸赞他。可是，名声虽令人愉快，却也能夺走安宁，而失去了安宁又谈何愉快呢？我必须收尾了，我的妹妹。我涂写得太糟糕了，就算是魔鬼的爪子也不会比我写得更差。不过，我的信虽写得不长，你要读完的话也得读很久，这会令你感到愉快的。再见了，晚安。

我出奇地兴奋，对此，你的来信功劳不小。我的身体状况很好。健康是多么美妙的事！上帝赐予我健康，魔鬼休想把它夺走！再见，我的妹妹！人人都说，我消瘦的脸又渐渐饱满起来了。这令我喜出望外，不过，假如德·伊岑海姆夫人③能立下一份于我有利的遗嘱并尽快一命呜呼的话，我会更开心的。我会因此对她感激不尽。我的小家伙，你看到了吧，你哥哥疯了。就这样吧。

---

① 实为六首，因为歌德已在此前的 5 月 11 日至 15 日的信中把《情人们》一诗寄给了科尔内利娅。
② 此两首诗的原题为 Ziblis 和 Lyde。
③ 不知其详。

25. 歌德致胞妹①

1767 年 8 月

写给我的妹妹。

是的，皮皮，②你说得对！我叫你"糖果"③是罪过的。即便我还能为自己略作辩解，我也甘拜下风，以便节约时间。"皮皮"想来该是个更好、更确切的名字。那好吧，皮皮，没法不叫"皮皮"，咱们现在说正经的。我喜欢你给我的信写的评语，我发现你对语法驾轻就熟，而且你能如此到位地评价荒诞与讽刺的准则，令我感到欣喜。

我给你寄一张擦笔画的头像，④我所有的画都是这么画出来的，因为我对如何画阴影还不是很有把握，轮廓凸显得过于分明。我画得很勤，希望能在这一艰深的艺术领域有所进步。目前，我正在照着石膏模型练习画头像。

父亲向我推荐了一个叫赖因哈德⑤的，此人写过关于人体比例的文章。还从来没有花过这等冤枉钱。请父亲不要读这个笨蛋的东西。他的文章和他的版画全都很蹩脚。不妨给你举上一例，这仅仅是此人身上万千分之一的愚蠢：他说，因为男子的比例是世上最完美的比例，由此便可得出结论，即偏离了这一完美比例的女子是世上最丑陋的造物，而人们仅仅是出于错误才将女子称为美。尽管所有人，从亚当一直到我，向来都深信不疑，这世上再没什么比女子的形体更美丽的事物了，这是每一天都能轻而易举加以证实的事。由此可以得出结论，这位认为女子丑陋的博士是个呆瓜，该送他去疯

---

① 原信以法语写成。这封信也是附在歌德寄给其父的某封已散佚的信中的，日期"1767 年 8 月"为歌德的父亲所加。
② 原文为"Pipi"，此处音译，可作"叽叽""啾啾"等鸣叫声解。
③ 参见前信 24 开头的称谓及相关注释。
④ 此图散佚不存。
⑤ 克里斯蒂安·托比亚斯·埃夫莱姆·赖因哈德，著有《人体及人体各部位的尺寸》(Ausmessung des menschlichen Körpers und der Teile desselben)一作。

人院。

你说你要看一看那本50页（你说成了500页）的精美的书，①你的请求已提交委员会，②委员会尚未作出决定，因为有人赞成，有人反对。也许下一次于20日（星期天）召开的三人会议上会作出决议。

风景写生画你还得再等等，我还没能干到这种程度。我已开始创作一幅油画，等画完后给你看。

至于赫尔曼博士，他已当上了这里的市议员。这就叫人往高处走。

我要就此打住了，没时间了，接下去我只给你再画几幅小型的头像。

---

① 指《安妮特》。
② 参见前信24。

26. 歌德致贝里施

1767 年 10 月初

　　我必须以书面的方式跟你说些事,因为要是我口头跟你说,我怕你会嘲讽我。得让你知道这件事。我就长话短说了。我要知道你的想法,你的建议,你比我有经验,而且在这桩事上也不会感情用事。楼下的空房搬进来两个人。① 你或许见过他们。不过这无关紧要。其中一个有点儿年纪了,另一个岁数小点儿的似乎可与我匹敌,你懂我的意思。不过,我倒并没有因此而心烦意乱。他们除了午餐搭伙,晚餐也是包的,每天晚上都会在一起吃饭。这就有点儿讨厌了,不过还不止这些。你不妨想象一下,我的姑娘②一个劲地请求我,别叫这些变化对我的言行和内心产生任何影响。她一边热烈地爱抚着我,一边恳求我不要充满妒意地折磨她,她向我发誓永远属于我,而恋爱中的人有什么话不会当真?可是,她又能发誓保证什么呢?她能发誓说永远像现在这个模样?她能发誓说她的心将不再跳动?不过,我愿意相信,她能。

　　只是,假设——没什么好假设的,听起来好像我不愿意说出口似的。——今天——一瞥投向情郎的目光能叫他飞上天,不过,那美人也能很快叫她的情郎落下地来,她只消把目光转向另一个人。好一句警言。你务必原谅我这么说,我脑袋里一片混乱。今天,我站着和她说话,她摆弄着帽子上的饰带。就在这时,那个年轻点儿的走了进来,问她母亲要一副塔罗牌。她妈妈就朝桌子走来,只见她女儿抬起手来揉眼睛,就像眼睛里进了什么东西似的。这可把我气疯了。你想想看,我就像个傻子。好吧,接着往下听。我熟悉我那姑娘的这个动作。每当她要在母亲面前隐藏自己的脸红或迷乱时她都会这么做,这样就可以巧妙地抬起手挡住脸了。她难道不正应该这么做来

---

① 不知其详。
② 指小凯特·舍恩科普夫。

欺骗自己的恋人，蒙蔽自己的母亲吗？我心里的猜疑是八九不离十了。假设这是真的，那么——我害怕听到你的回答，怕得发抖——我该如何原谅她？是的，原谅她，我愿意。给我说些为她辩护的理由吧，别说反对她的。你将会——够了——情人的目光比主的目光更敏锐，却也往往过于敏锐。你就整桩事给我出出主意吧，再就刚刚讲的这件事给我点安慰吧。只是请别嘲笑我，哪怕我该遭人嘲笑。

27. 歌德致贝里施

1767 年 10 月 7 日　星期三,或 9 日　星期五

婚礼诗①
致我的朋友

在卧房,远离庆典,
坐着忠于你的阿莫尔,②他警醒提防,
不让来客们的诡计阴险
动摇了你的婚床。
他等着你。火炬的微光
将他周身映照,
金火燃烧,香气飘扬,
在房里欢喜地飞旋袅袅。

你的心跳得多么厉害,当钟声敲响,
将宾朋的喧闹驱赶!
那美艳的嘴唇令你多么渴望,
它马上就会满足你所有的心愿。
你走开了,祝福的人群散离;
啊,还有谁像这般幸福!
那母亲在哭泣,她的严厉
很想把你阻拦,却再也无权做主。

此刻你踏入圣地,

---

① 此诗在经过局部改动后被收入《新歌集》(*Neue Lieder*)。至于贝里施当时是否正在考虑婚事,抑或歌德在此是否只是模仿阿那克里翁风格进行诗歌创作,均无从考证。
② 爱神;下文的"捣蛋鬼"也当指阿莫尔。

为使你的幸福圆满；
火焰在阿莫尔的手里
变成静谧的小夜灯一盏。
新娘宽衣,那捣蛋鬼飞快帮忙,
却再快也快不过你,
他又朝你们望了一望,
最终识趣地将双眼紧闭。

从这首小诗的文思及手法来看,你想必很容易就猜得出它的作者。我把它寄给你,是要听听你的意见。我觉得这首诗写得还是挺不错的。

您得空就给我写点儿什么吧,我想,您现在大概有的是时间吧,①尽管有人可能会在奥尔巴赫斯霍夫②的嘈杂中宣称那里可没有无所事事的闲人。

还没有什么形迹可疑的人走进哈勒城门来。您那儿其他情况怎样?

我在想:"我今晚去,请求去他那里做客,如果他没那么早吃饭的话。"不过,我可不喜欢这样。

博恩先生今天在大学图书馆出足了风头。他脚蹬靴子,头戴宽边软帽,神气极了。封·瓦茨多夫先生③的夏装也是光彩夺目。这两位绅士毕恭毕敬地迎候在他们的选帝侯殿下④的必经之地。两人完

---

① 贝里施当时可能已经辞去担任封·林德瑙伯爵家庭教师的差事。
② 贝里施的住所;参见前信 22。
③ 海因里希·马克西米利安·弗里德里希·封·瓦茨多夫,莱比锡的一名大学生。
④ 弗里德里希·奥古斯特三世,萨克森选帝侯,于 10 月 3 日驾临莱比锡,后于 10 月 7 日、9 日和 13 日前往莱比锡大学图书馆听讲座。据此可推断歌德写下此信的日期。

美地鞠躬致意,很荣幸地丝毫没有引起高贵的领主的注意,随后整个学界也获得了同一殊荣。

我的女孩子①要我代为问候他。② 我的情敌们终究也会把自己送进疯人院的。祝旅途幸运。克雷贝尔③是个好人,他是真的关心你。他今天说,是不是有这种可能,即此时让一只公羊——也就是说一个硕士或其他诸如此类的人——撞进树篱,我们只需先掉转架在以撒脖子上的刀,那只羊随后就会付出皮毛的代价。④

我想,我已经跟您说了很多了,不过,却还没有全部说完。今天我去见了厄泽尔。⑤ 他希望我在领主⑥来的那天上美术学院去。会在哪一天呢?你无从知晓。他把那些大厅装饰得就像纽伦堡的玩偶厨房。

再见!假如今晚8点半前我没有收到这封急信的答复,我就会亲自前往。

---

① 小凯特·舍恩科普夫。
② 可能指前信26所及的引发歌德妒意的新来的年轻房客。
③ 戈特利布·弗里德里希·克雷贝尔。
④ 参见《旧约·创世记》第22章。神要考验亚伯拉罕,要他将自己的儿子以撒献为燔祭。正当亚伯拉罕拿刀要杀他的儿子时,天使阻止了他。此时,亚伯拉罕发现有一只公羊双角缠绕在树丛里,他就取了那只公羊来献祭。原信中此处内容也许可以这么理解,即有人阴谋策划,意欲取代贝里施作为林德瑙伯爵家庭教师的位置。
⑤ 亚当·弗里德里希·厄泽尔。
⑥ 选帝侯弗里德里希·奥古斯特三世。

28. 歌德致贝里施

1767年10月13日 星期二

再来这么一夜,像今夜这样的,贝里施,我纵有万般罪孽,也不会下地狱。想来你一觉睡得很安稳,可一个炉火中烧的恋人却做不到。他豪饮香槟,以使血液达到适宜的热度并引燃无限的想象!起初我睡不着,在床上翻来覆去,又跳将起来飞步疾走,后来就累得睡了过去。可是,也不知睡了多久,就开始做胡梦,梦见一个个长长的人,帽子上插着羽毛,抽着烟斗,玩杂耍,变戏法,就这么又醒了过来,诅咒着梦里的一切。接下来倒是太平了个把小时,做了些美梦。寻常的神情,门上的暗号,擦肩而过时的接吻。突然,见鬼,她把我塞进了一个口袋!真的是变戏法一样!兴许有人会在彼得城门口①施魔法把豚鼠装进口袋,而把像我这样的一个大活人塞进去,那可是闻所未闻的事。可是,我越觉着离谱,越感到这是真的。我在口袋里沉思,照着莎士比亚作诗的格调悲吟了一通讽喻。后来,似乎觉得我已经逃脱了,逃离了她,不过,并没有逃出口袋,我正希望获得自由,就醒了。那个该死的口袋留在了我的脑袋里。就在这时,我突然想起,我再也见不到你了②——要知道我原先已下定决心不再见你,却还是犹豫不决——,刹那间,我感觉到,只怪我没花6个芬尼把我的小姑娘从魔鬼的利爪下赎出来,一阵突如其来的高烧,我的脑袋晕乎乎的。我把床铺扯得一团糟,吃下了一小片手帕,后来就在我寝宫的废墟上一直睡到了八点。这真可以说是临刑前的最后一餐,愿魔鬼赐福与你们。其他的我觉得都还容易消化,除了要

---

① 位于莱比锡。
② 贝里施于10月13日动身前往德绍,去担任弗里德里希·弗朗茨·封·德绍公爵的私生子,即封·瓦尔德泽伯爵的家庭教师。

的那些戏法，为此，他们①尽可以在魔鬼那里以我的名义获得酬谢。尽管去做吧，贝里施，为我，也为你复仇。我要变得明智，也就是说，作为一个情人要沉静。新入手一把枪，今年博览会期间我开始收藏手枪。要知道，光是绷着脸生闷气或大吵大闹帮不了我任何忙！你很清楚，她会说出哪些能把人的嘴堵住的话来。要是她来上这么一通，那原告就会像个傻瓜似的呆呆站着，够他受的。无论如何，你得把昨天对我说的话全都说给她听，明确告诉她，在你看来，她对我的爱情和她与你的友情一样，都不过如此。她会受不了的，因为她知道你对我是很有影响力的。顺便问一下，你打算什么时候去那里？②我不会去，冷落上几天没什么坏处，要是她后天就此抱怨的话，我就推说是天公不作美。

　　好吧，多保重，别在烂泥潭里丢了性命。要是你动身前还想见我一面，那就五六点钟的时候来吧。不过，提醒一下，去那里③把事办完再来。

　　到时候你会拿到《安妮特》。④ 这是个遭了魔咒的姑娘。那个口袋！口袋！

---

① 原文此处是大写的人称代词"Sie"，似乎当为"您"或"你们"（复数尊称）之意，但由上下文意推断，此处未必指称阅信人贝里施，且此信中其他多处都以明确的第二人称"你"称呼贝里施，故将此处译为小写人称代词"sie"所指代的"他们"（第三人称复数）。译本所据的歌德书信文稿里出现"Sie"和"sie"大小写混淆致使所指不确的情况不在少数。
② 指去布吕尔大街(der Brühl)的舍恩科普夫家。不过，贝里施并没有当面向小凯特告别。
③ 仍指舍恩科普夫家。
④ 指诗集《安妮特》。

29. 歌德致胞妹

1767年10月12日 星期一至14日 星期三

我的妹妹：

今天已是结算周①的周一了，而我却还没有动笔给你写信。整个交易会期间的十月份天气糟糕透顶，原本倒是很适合孵化出信啊、诗啊以及其他一些不幸产物的，要不是那些皇亲国戚，②哪怕路上再泥泞也要叫人跑断腿的话。一会儿命人在图书馆开个讲座，人家得去听；一会儿又去参观美术学院，人家也还必须作为名誉成员到场。就这样，日复一日，一个个上午和下午就过去了，却不知去了哪里。幸亏我在博览会前就把亲爱的父亲交代的大部分任务完成了，否则我肯定要欠下一大堆债了。

毫无疑问，妹妹，你理应得到一封长长的信。今天早晨，我把你今年写给我的所有的信都仔细读了一遍。我发觉，我真的应该深感惭愧。今天的课我也不打算去听了，我要和你聊聊，尽管今天格勒特也会去讲课。首先，我必须谈一谈你写的稿子，我之前对此默不作声，这么做是有点失礼的。我必须要称赞你，同时我认为，倘若能使你的想象力，你观察事物的方式以及你的叙述方式改变一下方向的话——不过，不必全然改变，你就会思考并写出许多美好的东西来。这话要说起来就太长了，我一时没法解释清楚。耐心等着，等我回到你们身边，我要给你上上课，讲讲这个问题，还要给你上其他科目的课。这些内容是我专门为你，还有为数不多的几个女孩子搜集的。我暂时只能告诉你这些。我觉得，你对大多数事物的想法还是十分混乱的。虽说你的感觉很细腻，就像每一个与你相仿的女子一样，但这样的感觉过于浅显，不够深邃。此外，你有时会说一些令我摸不着头脑的话，凭着我对女孩子的全部了解，我不明白一个姑娘家怎么会

---

① 莱比锡博览会的最后一周，在这一周内要完成商品交易支付。
② 指萨克森选帝侯弗里德里希·奥古斯特三世一行。

说出那样的话。还有,我发现,各种各样的读物已明显破坏了你对各种事物的鉴赏力,你现在的品位就像大多数女子的品位一样花里胡哨,就像小丑穿的裙子。因此,我要求你在咱们还得继续分开的一年时间里尽量少阅读,多动笔写写;就写信,别的什么也别写。如果有可能,就实实在在地给我写信,继续提高语言能力,学习料理家务,还要学习厨艺。要消遣的话,还可以好好练练钢琴。你要知道,一个要做我的学生的女孩子必须拥有这些才能(语言能力除外,语言是你的强项)。此外,我要求你不断提高舞技和学会打各种常见的牌,并懂得如何有品位地着装打扮。你也许觉得这简直太奇怪了,这最后的几点要求居然出自像我这么一个严苛的道德家之口,况且我自己正缺乏这三种本领。① 你且不要有什么顾虑,只管去学就是了,你会体会到用处与好处的。不过,这些话我必须现在就对你说清楚:我所要求的不仅仅是你对这些(尤其是跳舞和打牌这两件事)不能有丝毫的迷恋,相反应该避而远之,同时也要求你又要精于此道。待我回家时,你若已全然按照我的规定去做了的话,那么我就用我的脑袋担保,不出一年,你将成为不仅是法兰克福,而且也是全国最通情达理、最乖巧懂事、最讨人喜欢、最可亲可爱的姑娘。要知道,这话我私底下跟你说,在你们那里,外界的那些愚蠢思想仍然根深蒂固。这难道不是一个美好的诺言吗?是的,妹妹,这是一个我能够并乐意遵守的诺言。你说说,就算我在此地求学除了进行这样一桩伟业之外别无所成,我是否也可算得一个伟大的人物?在这期间,我给此地的女孩们上课,进行各种各样的尝试,有时候行得通,有时候行不通。我对布赖特科普夫小姐②几乎已彻底放弃了,她读的书太多了,已无可救

---

① 指前文所及之"跳舞""打牌""着装"三样。
② 康斯坦斯·布赖特科普夫。

药。别笑话这听起来怪怪的理论,看似自相矛盾的话正是最妙的真谛,而如今世道之所以堕落恰恰就在于人们无视这些真理。它们是建立在这个最值得尊崇的真理之上的,即:越讲究礼俗,人就越堕落。① 倘若你,我猜想,不能完全领悟这些道理,那就把它们当作真理加以接受,以后会给你好好讲一讲的。我不会在信里与你探讨这些,这样的话题是很难写的。你也许会想,我是个固执己见的人,容不得他人的反驳!这看法也许是对的,当我自认为有理的时候,我常常是这样。哦,不,见鬼,我跑题了。还是回到你的稿子上来。我对鲁斯先生的故事②远没有像对你的第一个作品③那样感到满意。什么原因呢?没错!我知道,原因就在于这是一个光秃秃的、不带感情的故事,我显然已动足了脑力,却还是不太能理解。最后,我还有个愿望忍不住要说出来,我希望你在没有把你的那些打算寄给我的小作品誊写清楚、准备寄出前,先不要拿去给亲爱的父亲看;而等他看过之后,你得请他说出他的意见,你再随信附上他的意见寄给我,并写上标题:我亲爱的父亲的观点及其修改。要你这么做是因为,我现在没有一次收到的东西是完全由你自己写的。有时,我觉得好笑,我发现,一个单纯的好姑娘居然进行着只有一个目光深邃、阅历丰富的男子才会进行的那种思考。这一点有待详细论述。余下的话题,咱们今天下午续谈。

两点钟。

我刚吃了饭回来,从我的小女主人④那里带回了她对你的问候和感谢,还有给你的那些绣花图案,她是最后一个保管这些图案,同

---

① 此句原文为法语。有研究者认为,这与卢梭的理念契合。
② Mr Ruse,也许是科尔内利娅写的一个作品。
③ 所谓"第一个作品"无法确证,有可能指前信 23 中所提及的书信体谈话录。
④ 小凯特·舍恩科普夫。

时也是保管时间最长的人,可把它们派了大用场。我曾暗示过她,总可以出于感激而为我缝制几个硬袖口吧。咱们就拭目以待,看看她会怎么做吧。她是个相当好的姑娘,我很爱她。她最大的优点在于有一颗善良的心,一颗没有因为读书过多而迷惘的心,是个可塑之才。我会因她而脸上生光。她已学会写一些大体过得去的信了,有时写得还挺漂亮,但是,书写规范方面却不见长进。话又说回来,要一个萨克森女子注意书写规范实在是大可不必。在这一点上,我要夸赞我的妹妹。那么,我就把绣花图案给你寄回去,并向你表达最诚挚的谢意,感谢你给了我为姑娘们效劳的机会。她们大家都很欣赏你的那些有板有眼的图案。

现在来谈谈我此前完成的作品吧。看来,你对那部牧歌剧①挺感兴趣。令我十分高兴的是,不仅是你,还有我的批评者们都喜欢这个剧本,尽管你们大家都发现了其中遍布的错误。你在6月26日的来信中写了你对此剧的看法,你的观点表明你的感受力非常值得称道。你给予我的褒奖里包含了——你自己并没有意识到这一点——对我当初寄给你的那部作品里存在的主要错误的批评。你在提到阿米尼的时候说:"说实话,我的哥哥,你把她塑造得过于温柔了。"好极了!正是阿米尼性格中的这一主要问题破坏了整部作品。她过于温柔,过于善良,或者更确切地说,过于单纯,过于宽厚,使得作品读起来令人昏昏欲睡。我已纠正了这个错误,在温柔之余,我又赋予她一丝火热的激情,一种对欢愉的向往,这就使她变得更吸引人了。不过,她与艾格伦②的形象并不混淆,因为这两个人物之间的细微差别还是能觉察得出的。

---

① 指《恋人的脾气》。
② "艾格伦"(Eglen)与"阿米尼"(Amine)均为前述牧歌剧中的人物。

这个剧已花费了我八个月的时间,却还不打算完工。我不会将所有的情境作两遍、三遍的反复加工,因为我可以期待,随着时间的推移这将成为一部小小的佳作,因为这是对自然的精细模仿,①而一个剧作家必须认识到这正是其首要职责。这个剧总共有九到十场,现在的篇幅已是你当初得到的那个版本的两倍。当我以为要结束的时候,其实才刚刚开始——除此之外,这半年来我根本就没写过别的东西,处于一种休息状态,应当向所有年轻的作家建议这样一种状态。我所能展示的无非是些小玩意儿,几首颂歌,我不愿拿它们来烦扰你。我偶尔会写写牧歌,②大多是写我的姑娘和朋友们的天真纯朴。比如这首:

真朋友③

你得走开,今后逃避你那美人的亲吻,
有一天朋友对我说道。她有诱人的形貌,
明丽的容颜,还有怡人的谈笑,
她眼眸深邃,腰肢曼妙,
会轻易迷惑了你的神魂;
快逃离这位美人的危险的爱!
不过,为了向你表明我爱你爱得深沉,
我要叫你彻底死心不再回来,
而让我自己去做她的情人。

---

① 与布瓦洛、戈特舍德所主张的对理想化的大自然进行模仿的观念相通。
② 仿希腊诗人阿那克里翁风格的抒情诗。
③ 此诗原文为法语。

你要是见到布雷维利尔，①就告诉他，要是他能把我的那部牧歌剧②扔进火堆，会大快我心的；或者，他可以把剧本交给你，再由你一把火处置了它。作为补偿，一当我手头的这个剧本完成，他就会得到一份相当精美的抄本，他之后想怎么演就怎么演。我所做的一大明智之举是当时尽可能地把那些如今也许会糟蹋我名声的玩意儿从法兰克福带走了。不过，并非所有的东西都带走了，《阿米尼》和《地狱之行》③就被留了下来，而且已经给我招惹了一些不痛快。前一部作品被好心人搬上戏台，却叫人看了他们自己和我的笑话；后一部作品又叫人给我登在了那本该死的周刊上，更有甚者，还写上了 J. W. G. 的名字。我简直快气疯了。

我生怕你们会把我的《安妮特》④抄了去，否则，我倒是很乐意把这个集子给你们寄过去。要知道，即便是这么一本我精心修饰、润色过的小册子，我也不愿与任何人多作交流。到现在为止，这本小书有过十二名男性读者和两名女性读者，我的读者群仅此而已。我讨厌喧哗。

伯沙撒、⑤伊萨贝尔、露特、泽利马等，⑥都唯有一把火才能赎清

---

① 可能指那位叫布雷维利尔的法国女友家的一个兄弟。
② 指歌德留在法兰克福的《阿米尼》一剧。
③ 指《关于耶稣基督地狱之行的诗学思考。由 J. W. G. 应人之求写就》（ *Poetische Gedanken über die Höllenfahrt Jesu Christi. Auf Verlangen entworfen von J. W. G.* ）一作，作于 1764－1765 年间。1766 年，该作被刊登在法兰克福的一份名为《可见之人》（*Die Sichtbaren*）的周刊上。
④ 诗集《安妮特》由贝里施于 1767 年 8 月手抄而成。
⑤ 参见前信 8、9 及信 23。
⑥ Belsatzer、Isabel、Ruth 及 Selima，均为歌德写的几部圣经题材的剧作中的人物。这几部剧作未得留存。

其青年时期的罪过。还有约瑟夫,①由于他一生做了很多祷告,同样也被扔进了火堆。我曾一度打算把约瑟夫一作寄到孤儿院给博加茨基,②他有可能会出版它。这是一本教人修身悟道的书,那个约瑟夫除了祈祷别无所事。在我们这儿,能写出这么一部虔诚之作的孩子,其单纯常会遭人笑话。不过,我不能过多地说是"孩子",约瑟夫问世还不足四年。

---

① 参见前信 23。
② 卡尔·海因里希·封·博加茨基,虔信主义者。歌德知道此人写过一本题为《其宝藏在天国的上帝之子的金色宝匣》(*Das güldene Schatzkästlein der Kinder Gottes, deren Schatz im Himmel ist*)(1718)的书,伯梅参事夫人对此书爱不释手。博加茨基自 1746 年始住在哈勒市的法兰克孤儿院,直至 1754 年去世。参见《诗与真》。

星期二,早晨八点
　　要是我今天写得像昨天那么多,那我明天差不多就没啥好写了。不过,我想,今天写不了那么多。老实说,今天早上我兴致很好,尽管贝里施今晚就要离开了。① 他终于摆脱了那份愚蠢的差事,被聘去做德绍公爵私生子的家庭教师了。我祝他好运。

---

① 前往德绍。

星期三,早晨

我打算今天尽量把这封信写完。我已经写了很多了,但还没有达到预定的量。现在,我想给你写一点我眼下的生活方式。非常富于哲学意味的生活方式。我已全然弃绝了听音乐会、看喜剧、骑马以及出游等念头,远离了所有要人干这干那的年轻人之间的交游。这对我的钱袋子有很大的益处。平日里,我出门去吃饭,吃完饭就回家,冬天和阴雨天也照样如此。每逢星期天,我会在4点钟前往布赖特科普夫家,在那里一直待到8点。那一家子都乐于见到我,我清楚这一点,也正是因此而前往,随后又返回家中,就这么周而复始。有时,我会去拜访赫尔曼,①只要其公务许可,他也很喜欢我。遇上好天气,我会出城,走上整整一英里地到一处狩猎小屋,喝牛奶,吃面包,赶在傍晚前再返城。这些就是我日常生活的全部记录,但愿还能这样持续一整年。要知道,我费了好大的劲儿才做到由我自己来决定我的处境。我的健康状况却并不完全取决于我。我的生活很节制,这也许是个问题。可是,此地的安静医生和愉快医生②的诊所门庭若市,我迄今未能得到他们的治疗。我只有一时兴起才会心情愉快,就像四月里的天气,而且我总能以十成的把握打赌说,第二天傍晚定会有一场讨厌的风吹来云雨。我钻研的那些学问有时也令我变得愚钝。这半年来,《学说汇纂》把我的记忆力折磨得够呛,说实话,我没记住什么特别的东西,而我们的讲师又把这些内容清理得干干净净,他已经讲到第21卷了。这算是快的,要知道,另一位老师在米迦勒节那天③还在讲第13卷。但愿先生们明白其余的内容该怎么

---

① 其时,克里斯蒂安·戈特弗里德·赫尔曼已当上市议员。
② 原文为"Docktor Quiet"及"Docktor Merrymän",此拟人化手段意在表明"安静"和"愉快"是治病良医。
③ 即9月29日,基督教节日,纪念天使长米迦勒。

办。我读《法学原理》①和《法学史》的情况也是这样。那些傻瓜在讲头一卷时在你耳边喋喋不休,令人作呕;等讲到最后几卷时却又一无所知了。之所以这样,是因为这些先生们起初对那些作者是有所研究的,可是,研究并不深入。比如《法学史》,我们讲到第二次布匿战争②为止。由此,你就能想象得出那么一位法学家的全部学识了。我心灰意懒,我一无所知。你要是看不懂我写的这一部分内容,就拿去给父亲读一读,他也会像我一样感到难受的。两页纸快写满了,不过,我还有些话要对你说。等我有空,说不定再附录几笔。

  莱比锡
  1767 年 10 月 14 日

---

① 《民法大全》的第一部分。
② 公元前 218 年—前 201 年,又称第二次迦太基战争。罗马共和国和迦太基(布匿)帝国之间三次战争中的第二次战争,以罗马人取得地中海西部的霸权而告终。

30. 歌德致贝里施

1767 年 10 月 16 日　星期五至 17 日　星期六

莱比锡,1767 年 10 月 16 日

天晓得,我真蠢,蠢极了,蠢得根本不知道自己有多蠢。难道你以为,我大概猜想着你已经离开了吗?这话我可压根儿没对自己说过。虽然我不再去我原本日日逗留的奥尔巴赫斯霍夫,①而且这可能会使我的境况发生一种明显的变化,但是,在我看来,这情形就像是我恰恰这会儿不打算去,或者你恰恰这会儿没法接见我似的;而且我觉得,就算我今天去不了,明天再去该是不会遭到拒绝的。我就这么一天天地拖着,一会儿去一趟罗森塔尔,一会儿又去瓦伦②走一遭。昨天在瓦伦,实不相瞒,我差点儿淹死。后来,我还去见了我的小姑娘,③演了几幕哥尔多尼的《恋爱之人》④来消遣,这个剧本你在那里不妨一读,可陶冶一下情操。我今天又演砸了,因为一根可恶的牙签,本不值得为此费神。不过,为情势所迫,眼下是处处碰壁,这不,一根牙签就够我受的了。天赋真是美妙的东西。后来,我复又心平气和,把你的信交给了她。不过,说实话,纯粹是因为那封信的缘故,否则我是绝不会消气的。我把信给了她,她读了信,没明白是什么意思,和我一样。说实话,信里写到的"端庄"及"从未亲吻"等处,在我看来好比天书。唯独向来十分单纯的霍恩自称懂得其意,说这是一篇爱情的告白。无论如何,我可不想绞尽脑汁苦思冥想,因为我母亲说过,这么做很疼的。

另外,我和我的姑娘在厨房门口简短地交谈了几句,看起来谈得很不错。她说,要是我给你写信的话,我得告诉你,当时外出不在家不是她的过错,这是第一点;第二点,她要感谢你的不辞而别,因为,

---

① 贝里施在莱比锡的住处;另见前信 22、27。
② Waren,莱比锡郊外的一个村庄。
③ 小凯特•舍恩科普夫。
④ 意大利剧作家卡罗•哥尔多尼(Carlo Goldoni,1707 - 1793)创作的一部喜剧。

否则她肯定会哭的,要知道她喜欢你。说这话的时候,她握住我的双手,眼里含着泪水,那眼泪其实是为了你的离别而流的。她的话到此说完了。我接着说道,那信里要回复的内容可不止这些;她说信里的内容可由我自己答复,实在不行,也可以由你自己来回答,因为你想必是知道她的想法的。她觉得"尤物"的说法很好笑,同时,她非常感谢你让她思考为什么会有这么多人爱上她这个问题。她说,她明白了,你是她所知道的最令人景仰的哲学家之一。此外,你同意把写给你朋友的信拿给她看,你的这番信任令她感到愉快。随后,她又说了那句老话:可恨当时外出不在家,但这不是她的过错。就这些,到此为止。奥古斯特小姐①怎么样?今天我想到了她,蓦然就想到了。我就想,你得去问问她过得怎样。从今往后还会给我来信吗?见鬼!整整四个星期以来,我们把这位好姑娘完全抛到了脑后。倘若有哪个姑娘值得叫人惦念,那么她就是这样一个。你要记住这一点。她要是来的话,我会爱上她,这事就这么定了;倘若我做不到,咱们也来个假戏真做,这肯定很美妙。晚安,我已醉得像头野兽了。②

---

① 贝里施的女友,是邻近莱比锡的奥伊伦堡的牧师之女,住在德累斯顿。
② 有学者指出,由歌德的字迹判断,看不出醉酒的迹象。

莱比锡,1767 年 10 月 17 日

还有时间,我正好可以再给你写一封信,赶在今天寄走。

昨天我像个十足的傻瓜,从我写的信里能看出这一点。莫非,我今天变聪明了?我不知道。你本来可以一直瞒着我们,不说你去那里去得太早了,这么说对我们而言于事无补,只会叫我们生气,霍恩尤其感到恼火,他脑袋里不住地想着你竟然没有去那户人家。① 顺便提一下那家的事,那位朗格尔先生②在城门口遇到了那对母女,他当时正和伯爵在一起,她们一下子就知道了他是谁。据说,朗格尔先生仔细打量了她们,还好几次回头朝我的姑娘张望。那母亲是过来人,她由此推想这是爱慕之情的自然流露;至于那女儿,她并不为此多费思量,而是将此归因于自己的魅力,自从读了你的信,她对自己的魅力很有信心。不过,她兴许真的拥有她自以为的美貌——这一点是其幻想的真实之处——,她深谙该如何在我面前施展其全部的迷人之处,这个小魔女,她牢牢地抓住了我,抓得越来越紧,她似乎利用了一次次有利的时机,不断地钻进我心深处。可是,你听听,你的心里怎样?要是不该让我想破脑袋的话,就请你把话再说得清楚些。我不会把你的信给任何人看,我会把它撕碎,尽管我还从未撕过你的哪怕是一张小小的便条,你倒是告诉我这究竟是什么意思。也许,这事可能所有人都看得明白,唯独我,唯独了解你的或至少自认为了解你的我,对此没法作出解释。我真的绞尽脑汁想破了头,除了得出你爱她的结论外,一无所获。可这又不大可能。随它去吧!你模棱两可。我不同情你,因为我不了解充分的情况;我也不觉得好笑,因为

---

① 指小凯特·舍恩科普夫家。
② 恩斯特·苫奥多·朗格尔,此人继贝里施之后成为莱比锡封·林德瑙伯爵的家庭教师,后与歌德结交。

我不会幸灾乐祸。不过,我觉得,我恰恰因此而更爱你和她了,我越发无限深情地爱着你们,温柔地,自豪地,同时也能解释这是怎么回事,而至于你究竟是怎么了,我却解释不了。

我去找过厄泽尔了,代你向他辞了行,并向他介绍了朗格尔。他问我是否还会去伯爵处,听我回答说不去时,他就劝我应该去。于是,我告诉他,是一些家庭状况①明确禁止继续与这一家族交往。听闻此言,他表示无法理解,我就搪塞说等下一回拜访他的时候我一定告诉他此事的详情。明天我打算去找博恩,②向他请教手帕的事,并转达你的事务。

星期一开始上关于"权力"的课程了,我现在满脑子愚蠢的念头,我得用功学习了。不过,不该忘了我的牧歌剧,③你很快就会收到这个剧本,你要认不得它了,它已经大大变了样。我计划写一部新的罗密欧,因为魏瑟的那个版本④我一点儿也不爱读;愿上帝保佑打算实施这一计划的人。

　　　　没有哪个学生会以
　　　　这么难的一部作品初次登台亮相的。⑤

感谢老天,我在各方面始终还是个学生。再见。愿上帝赐福与您。我写了很多;实际上,却并不是很多。

---

① 封·林德瑙伯爵的父亲禁止朗格尔与歌德交往。
② 可能指雅各布·海因里希·封·博恩。
③ 指《恋人的脾气》。
④ 由 C. F. 魏瑟改编的莎士比亚的《罗密欧与朱丽叶》一剧,于 1767 年 5 月 6 日在莱比锡上演;这一改编剧本发表在 1767 年《德国戏剧论文集》的第 5 卷中。
⑤ 原文为法语,援引自布瓦洛的《诗艺》。

31. 歌德致贝里施

莱比锡，1767 年 10 月 24 日（星期六）

昨天收到你的信，此为回复。不过，就算没有收到信，我也是会写的；你要知道，每个周六的七点都会给你寄出一封信，雷打不动。

你的来信很好，因为信写得很长，按这个标准来看，我的这封信是算不得好的，我今天没有写信的心情。

凭我这受限的理解力原本很难猜透的关于爱和恋爱的事情，如今我已明白了个大概。这可真是一种糟糕的内心分裂。虽然我不能说，假如我的姑娘对某个第三者怀有这种崇高的爱慕之心，会是令我十分开心的事，但是，一位伟大的诗人说过：

一颗爱着一个人的心，是不会仇恨任何人的。①

您觉得这个说法如何？其中是否真的包含一些真谛？不过，特别要说明的是，这是阿米尼说的，她对自己下了这样的结论。

由于我那糊涂的笔迹，你误将"罗密欧"（Romeo）一词看成了"小说"（Roman）。② 是的，我尊敬的批评家，不知天高地厚的我计划创作一部在我看来比魏瑟那部更好的《罗密欧与朱丽叶》。不过，要说明一下，这是咱俩私下里说的话。倘使我大肆声张，便会狂傲得遭人诅咒了。

昨天，那个美术学院的里希特③突发奇想，给我画起了袖珍像。他对我的气质把握得相当到位，但愿他接下来别画砸了。我们想把这东西做得漂亮一点，想赋予它一些历史内涵，就是说要让米歇尔公爵④

---

① 这句引文出自歌德自己的剧作《恋人的脾气》。
② 参看前一封信中的相关内容。
③ 约翰·阿尔布雷希特·里希特。
④ 约翰·克里斯蒂安·克吕格尔创作的喜剧《米歇尔公爵》；该剧于 1757 年问世于法兰克福。歌德与小凯特·舍恩科普夫一起演过《米歇尔公爵》一剧中的男女主角。

在说"哎呀,你来得可真是巧啊!"①的时候把它展示出来。之后,我若把画像送给我的姑娘,便可博取欢心。你觉得怎样?倘若已获认可,是否可以大胆地对安妮特这么做呢?顺便说一下,既然我提到这个名字,而且我觉得,这个名字会给我们提供很多写信的素材,因此,我必须就此详加补充。R先生②有幸遭到她长期的戏弄,因为他明摆着把自己算作是她的追求者之一。她在这样的事情上有种怪脾气,她之前对那个少尉,包括对这位R先生,都很好,直到他们流露出爱慕之情,便告吹了。看起来,她就是喜欢把他们的脑袋扭来拧去的。她对我也不见得好,只不过是换种方式叫我领教她的威力罢了。

奥古斯特,③是的,我没爱上她就好了。可是,见鬼,我却是那么地爱她。她的那张傻傻的纸条——"请您包涵一个于您而言全然陌生之人的冒昧吧"——就藏在我的珍宝盒里,与其他最美好的便条放在一起。要是让我的姑娘知道了,天哪!我的脑袋就不得安生了。

今天我去了美术学院,伯爵先生④和朗格尔先生也去了。他俩貌似关系很好。我情绪不佳,一声不吭,所以教授⑤同朗格尔说得多。他打算开始画画。他问候我,恭维我,还说了些什么,我一下子记不得那么多;不过,我说过了,我没法作太多的回应。

因为遇到了一些困难,我感到闷闷不乐,教授今天就对我说:"您该对您的绘画感到满意才是,并非每个人画起来都像您这么轻松的,

---

① 此句引文原文为 Ey ja! Du kämst mir eben;实为反话,意指对方来得不是时候。
② 彼得·弗里德里希·吕登,雷瓦尔人,在莱比锡上大学。
③ 贝里施的女友,见前信30。
④ 封·林德瑙伯爵。
⑤ 指亚当·弗里德里希·厄泽尔。

会画出名堂来的。"这是极大的夸赞,令我十分开心。这个冬天我打算再学点儿东西,待到3月份我会寄一些画作去德累斯顿,①也给你寄一些。晚安。周六再叙。

---

① 第二年的二月底三月初,歌德去了德累斯顿。

32. 歌德致贝里施

1767年11月2/3日　星期一/二

莱比锡，1767年11月2日

　　星期六你没有收到信，你也许会觉得奇怪。倘若没有重要的原因，我是肯定不会不给你写信的；而正是由于一个重要的原因，一个与摔断脖子差不多的性命攸关的原因。长话短说吧，是因为我从马上跌了下来，或者说得更符合实情一些，是因为我这个十分拙劣的骑手骑的马脱缰了，我把自己从马上摔了下来，以免被马拖着走或发生其他坠马的情况。在这一节①里，我的大脑形态是不定型的，错乱的，且是不连贯的。获得一份巨大的始料未及的幸运是一件叫人昏昏然的事。我觉得，我并没有把脖子摔断的这份幸运使我的脑袋晕乎乎的。不过，感谢上帝，我没有伤到自己，因为你兴许猜得到，我是不会把磕破的下巴、摔裂的嘴唇以及一只震伤的眼睛算作什么大不了的损伤的。只要我的姑娘对这张破了相的脸没什么意见，那就不成问题。要是你想听人把这个故事讲得滑稽一些，可以让霍恩讲给你听。不过，最搞笑的是，霍恩才是最初受到最大惊吓的那一个。

　　这是一封悲伤的信，与我的那些喜怒无常、疯疯癫癫的信相比，语气很是忧惧。正是如此。一面旋转的风信旗②转个不停，虽说一段时间以来由于大多刮北风而转动得少了，却依然仿佛这世界意欲脱离这季节而去似的——上帝该明白我的心。

　　我心爱的人③要我问候你，我一如既往地爱着她，她也如此爱着我吗？我姑且这么认为。我遵照你的规定十分节制，就像一个担惊

---

① 此处原文为 Paragraf 一词，为"条款""章节"之义。有研究者猜测也许当为 Paragraphie 一词，意为（因头部受损而产生的）书写错乱。
② 歌德常以"风信旗"自比；另见歌德于1771年5月29日及6月12日写给扎尔茨曼的信。
③ 指小凯特·舍恩科普夫。

受怕的年轻人在遇到某些突发状况时遵照医嘱似的。自从该死的、吃过手帕甜点①的那一晚以来,我没在她家度过一个晚上。

我就这么几乎没有姑娘,几乎没有朋友地过着日子,惨兮兮的,差一步就惨透了。

爱情是悲叹,不过,任何悲叹都会成为快感,倘使我们通过哀诉来减缓其令我们的心感到害怕、压抑而又刺痛的感受,且将此转变为一种轻柔的搔痒;啊,当一个朋友听见了我们的悲诉,看见了我们的眼泪,并将那令我们深受其苦的东西俨然上帝一般拿走,且以同情疗愈我们的伤口时,没有什么能比爱情的悲叹带来更多的快感;便是挠抓一道初愈的伤口也会带来快感。可是,与一个精神困苦的病人遭遇一位无情的朋友相比,没有哪个病人会因为一个情感麻木的医生的冷酷——因其寡言少语——而更感惧怕。一种退避的嫌恶是最危险的,且它不得不退避,因为害怕而退避;当病人渴望握住一只温暖、柔和的手时,得到的却是一只冷冷的、冷冷的手。哦,这是讽喻。当真实不被允许或不愿意走最近的那条道时,想象力便乐于在那广阔而神秘的图像原野上随处漫游,在那里寻找表达。你明白我的意思。再来几句格言,你就会完全明白我的意思了。忠诚并非对于朋友的唯一要求。否则,为何朋友如此稀少?找到一个忠诚的朋友意味着找到了一个诚实的人;而诚实的人是有的,任凭厌世者如何评说。然而,情感,却并非伟大、善良之准则的作品,对此,未有一人超越众人进行过深入的思考。情感并非一颗善良之心的成果,一颗心虽可能有正直之感,却依然可能是冷酷的。谁向一颗冷酷的心倾诉温热的悲苦,谁就是个傻瓜,就像一个在溪边对着芦苇怨诉的情人,那芦苇并不为他叹息,却讥其以嘘声。

---

① 见前信28所述梦境。

你看到了,这就是我的想法,但愿奥尔巴赫斯霍夫并不冷清。曾经,它是避难所;现在,我不得不逃往"火球",①而你是知道的,在奥尔巴赫斯霍夫我从未真正有过家的感觉。

---

① 奥尔巴赫斯霍夫(Auerbachshof)及"火球"(Feuerkugel)旅店分别是贝里施与歌德在莱比锡的住处名。

11月3日,晨

今天,我期待收到你的信,果然就收到了。很好,你过得很自在,仿佛在天堂。不过,我担心那个男孩①的血统。有一些与生俱来的冥顽是任何教育、任何善良都无法感化的。不过,那么一位女子②是可以令魔鬼脱胎换骨而变为天使的。有她支持你,你尽可以满怀期待。我可不想当什么亲王;那王爷想必偶尔会感到羞愧吧,当他看着他的夫人,就会陷入沉思,追忆往昔。"哦,我永远不想被人从你的怀里拽走,我真希望自己做得了主,去回绝那并非因为爱情而是因为利益而缔结的可怕婚约。哦,我多么痛恨我未来的妻子,我的心痛恨拆散我与你的一切。她兴许是个好人,别人兴许会赋予她各种德行,随他们的便,可她不是你,我的幸福只系于你一人。我会娶她,我必须娶她,可是,她得不到我的心,什么都夺不走这颗属于你的心,谁都夺不走,任她是谁,哪怕是天使。"就在几年前,躺在情人③怀里的亲王就是这么说的。要是他没这么说,那就当我是个可怜、懵懂的学生娃;要是他说过这样的话,那我绝对不想成为他。对那么一位女子竟然说出这等话来,真叫人气愤。若是我,我会认为自己不配待在天堂,不配拥有我的夏娃,我会在那第一棵树上上吊,即便那是棵生命之树。

这几日我想起你之前写信说没法弄到一架钢琴的事,我来想想办法。明天我去布赖特科普夫家,他们那儿常有钢琴发货,我去问问

---

① 指贝里施当时所教的学生安东·约翰·格奥尔格·封·瓦尔德泽伯爵,这是利奥波德·弗里德里希·弗兰茨·封·安哈尔特-德绍公爵(1740 - 1817)的私生子。封·安哈尔特-德绍公爵于1767年迎娶了一位普鲁士公主。

② 指前述封·安哈尔特-德绍公爵的夫人露易丝·亨丽埃特·威廉敏娜,她认养了公爵的私生子。

③ 可能指前述封·瓦尔德泽伯爵的生母,即后来的封·尼曲茨(Nietschütz)夫人。

那么个箱子要花多少钱,去哪里定做最好,以及最好该如何运送。应该常有马车夫去德绍那一带的吧。

  我的这张摔破的脸使我滞留家中,否则你也就收不到这么长的信了。我还有很多话要对你说,要是写得没这么慢就好了。

  朗格尔先生也在学院画画,也许他是个好人,因为你是这么认为的,而且你喜欢他。我不知道,现在我的心是否已对一切新的情谊全然封闭,还是说,反正不管怎样,他就是成不了我的朋友。他并没有得罪我,而我却容不得他。"这是什么原因呢?"小姑娘弗里策①问道。她也不愿意把手伸给他,和我一样,她也不明白这是什么道理。我不妨猜一猜,也许是因为:假如你喜欢那位前任,你就绝不会喜欢他的继任者,取而代之无论怎么说都意味着一种驱逐。

  你要笑话我写的信了,满纸的格言警句。我拿自己没办法,我有很多好的想法,除了对你说,在其他任何地方都派不上用场。假如我是作家,那我就会节约一些,以便日后把这些想法浪掷给读者。

  安妮特②和霍恩向你问好,他俩都盼望着你的来信。至于谁有获得来信的优先权,这就取决于你了。星期六你有望再收到我的一封信,因为这一封是为上周六补写的。你不必总是那么详细地回复我,我会谅解的。等什么时候你安顿下来了,你也就可以好好写写信了。尼古拉斯学校现任的三级教员许布施曼③向你送上迟到的祝愿,他因没能在临行前为你祝福而深感遗憾。

---

① 歌德在莱比锡结识的一位姑娘,不知其详。后信33中另有一处提及此人。
② 指小凯特·舍恩科普夫。
③ 约翰·尼古拉斯·许布施曼。

33. 歌德致贝里施

莱比锡，1767年11月7日(星期六)

已经6点了，而邮车7点就要出发，可是，我必须给你写信。最亲爱的人，今天是周六，要是我不写信的话，你也许会以为我那一跤跌得不轻，但实际情况没那么严重。我已经完全恢复了，我不希望会有什么隐秘的后遗症。假使我们把一只钟摔到地上，它往往不是立刻就停止不走的，说不定过了半年我们发现钟走得不准，却不知道是什么原因造成的，而且——这是些令人悲伤的想法，我绝不应该，而且现在是最不应该有这些想法的，因为我刚得到了最大的幸福而来，那是一种一个与我、与我们心有灵犀的人所能企盼的最大的幸福。是的，贝里施，我与我的耶蒂①静静地单独厮磨了半小时，这样的幸福我现在偶尔能享受得到，以前却从来未曾享受过。现在正触碰着信纸给你写信的这只手，这只幸运的手刚将她搂紧在我胸前。哦，贝里施，那些亲吻含着毒！它们为何要那般甜蜜？你瞧，这一幸福我要归功于你！你！归功于你的建议和你的打击！那美妙的时刻啊！与它相比，那成百上千个别别扭扭、死气沉沉、闷闷不乐的夜晚又算得了什么呢？为着这一刻我欠你的情，我不知道除了你还有谁能让我更乐意亏欠他人情。愿上帝赐福于你！我常为你祈祷，当我置身天堂；当她将我搂入怀中，我便到了天堂。我常对自己说：倘若现在她是你的，是否除了死神之外再无人能与你争夺她，再无人能拒绝给予你她的拥抱？我要把我的所感所思全都告诉你——当我临终时，我要祈求上帝，别将她赐予我。假使曾有哪个祈祷被听闻的话，那便是这一个，且这愿望的实现需要——呸，这是个丑陋而又渎神的念头，一个意在排挤这一祈祷的念头。置身于幸福就是这般情形，与幸福相随时，就很少能与我主相伴。

你瞧，我变得严肃了。我常常这样。关于我的精神状况，我有很

---

① Jetty，即小凯特·舍恩科普夫。

多话要写信告诉你,只是现在不行,时间太仓促了。接下来写点别的。阿芬那留斯先生①在一封来信中念起了你,并要我转告你。我去了小弗里策家,她变得十分内向。很文静,很端庄。我敢打赌,要是我再多露几次面的话,她会退而求其次地爱上我的。她正经得要命,百分百地正经。她再也不把小脖子露出来了,无时无刻不穿着紧身胸衣,这叫我觉得好笑极了。星期天,她有时独自一人在家。十四天的准备等来这么一个星期天,本该将那一派正经从那城堡驱逐了去,即便有那么十位工程师花了十个这样半年的时间对那座城堡进行了加固。说真的,阿芬那留斯让她有了转变,这话我得背着他说。要是我可以不受惩戒,要是住在布吕尔街的那家人②听闻风声后也不会备下一些钉子和绳子的话,我倒要接手魔鬼的风流韵事,彻底坏了那桩好事。贝里施,你熟悉我的这种口气吗?这是一个踌躇满志的年轻男子的口气。这竟然是我的口气!真是滑稽。不过,用不着发誓,我也敢诱骗一个女孩——应该说,就像魔鬼一样。③ 好了,先生,这就是对您的这名最好学、最勤奋的学生所能期待的全部。

  我把信通读了一遍,发现此信的结尾非常出彩。我没时间再写一页了。晚安。

---

① B. Chr. 阿芬那留斯,哥达人,是莱比锡的一名大学生。
② 指舍恩科普夫家。
③ 此处及前述书信内容隐约显露出《浮士德初稿》(*Urfaust*)最初的萌芽。后来,当歌德身患重病返回法兰克福后,在虔信派思想的影响下,他势必认识到当时已销声匿迹的贝里施恰是一个魔鬼般的兴风作浪者。

34. 歌德致贝里施

1767年11月10日　星期二至14日　星期六

1767年11月10日　星期二

太好了,今天收到了你的信。你瞧,我立刻就回信了,尽管你要到星期六才会收到这封信。

晚上7点

啊,贝里施,又是那样的瞬间!你走了,这信纸与你的臂弯相比就只是一处冰冷的避难所。哦,上帝啊,上帝。——让我先冷静一下吧。贝里施,爱情真该死。哦,要是你看到我,看到这个悲苦的人,看他如何狂怒,却又不知这狂怒该冲谁而去,你会为他哀叹的。朋友,朋友!为什么我的朋友仅此一个?

8点

我的血液流淌得平静些了,我可以平静一些地和你说话了。是否理智呢?只有上帝知道。不,不理智。一个癫狂之人说话怎能理智?我正是这样的情形。若这双手戴着镣铐,我就知道该往哪里咬下去了。你过去容忍了我许多,也请容忍我这一次吧。这些胡言乱语,要是你感到害怕,那就祈祷吧,我会同意的,我自己没法祈祷。我的——哈!你瞧!又是她。要是我能找到头绪,或者头绪找到我就好了!亲爱的人啊,亲爱的人。

霍恩来过,我原本叫他来给我读一些东西,我又叫人回绝了他,他以为我卧病在床呢。在我和你说话的时候,他不可以打搅我。他是个好小伙,不过,至于说到"打搅",那他可是个好手。——千头万绪,却都不对头。哦,贝里施,贝里施,我的脑袋啊!

我削了一支笔,好让自己平复下来。看看吧,是否可以继续说下去。我的恋人!啊,她将永远是我的所爱。你瞧,贝里施,这就是我的感受,就在她令我癫狂的那一刻的感受。上帝啊,上帝,我为什么非要如此爱她？重新来一次。安妮特使得——不，不能说使得。我要静下来，要平静地把事情的来龙去脉讲给你听。

星期天，我饭后去找赫尔曼博士，①3点钟又返回舍恩科普夫家。她去了奥伯曼②家，我平生第一次真想死了算了，却无计可施，于是，我决定去布赖特科普夫家。我去了，在那儿③心神不宁地待了还不到一刻钟，我就问小姐④是否有什么关于《明娜》一剧⑤的事要我转告奥伯曼。她说没有。我坚持让她再想想。她说我可以待在那里，而我却说我要离开。最终，她被我纠缠得恼了，就给奥伯曼小姐写了张便条，交给了我，我飞快地跑了去。我原本希望这下能开开心心了。哎，她呀！她败坏了我的心情。我到了那里，奥伯曼小姐展开便条，信中内容如下："男人是何等奇怪的造物。性情多变，却不知何故。歌德先生才来一会儿，就暗示我他更喜欢您的陪伴，而非我的。他迫使我委派他一个什么差事，尽管没什么可派他去做的。虽然，我因此而十分生他的气，我却也知道，我得感谢他给我机会向您表明我始终是忠实于您的。"奥伯曼小姐看过信后对我说她不明白这信是何用意。我的姑娘读了信，她非但没有因为我的到来而奖赏我，没有因为我的柔情而感谢我，反而待我以那般的冷淡，奥伯曼小姐和她的哥哥肯定察觉到了。整个晚上以及星期一一整天她都在演出，这令我非常恼火，到了星期一晚上我就发起烧来。发烧令我忽冷忽热地苦苦

---

① 克里斯蒂安·戈特弗里德·赫尔曼。
② 约翰·威廉·奥伯曼与舍恩科普夫家同住在布吕尔街。
③ 指布赖特科普夫家，那幢房子名叫"银熊"。
④ 即康斯坦斯·布赖特科普夫。
⑤ 当时，歌德与朋友们正在布赖特科普夫家和奥伯曼家排练莱辛的《明娜·封·巴尔赫姆》(1767)一剧。歌德在剧中扮演维尔纳，霍恩扮演特尔海姆，康斯坦斯·布赖特科普夫扮演明娜。演出于1767年11月28日进行。

煎熬了一夜，又迫使我今天一整天待在家中——你说，哦，贝里施，你可别要求我冷静地讲述这一切。上帝啊！——今天晚上我差人去她家给我取点儿东西。女佣带来消息说，她①和她母亲去了剧院。我刚刚还因为发烧而冷得发抖，听了这个消息我的血全都变成了火！哈！去了剧院！她明知道这个时候她的恋人正生着病。上帝啊！这太糟了，不过，我原谅她。我不知道演的是什么剧。我又怎么会知道呢？说不定她是和那帮人一起去的剧院。和那帮人！这让我浑身战栗！我必须知道真相。——我穿好衣服，像个疯子一样朝剧院奔去。我买了一张顶层楼座的票。我走到上面。哈！一出新把戏。我的视力不好，看不清包厢里的情形。我想我快疯了，打算回家去拿望远镜。一个站在我旁边的不起眼的家伙叫我清醒了过来，我发现他有两个望远镜，于是，就极其礼貌地请求他借我一个，他借给了我。我往下看去，找到了她的包厢——哦，贝里施——。

我找到她的包厢。她坐在角落，旁边有个小女孩，谁知道是哪一个，②然后是彼得，③然后是她妈妈。——可是，接下去，好吧！她的座位后面是吕登先生，④他的姿势非常温柔。啊！想想吧，想想吧！我站在顶层！拿着一个望远镜——正看着这一切！该死的！哦，贝里施，我觉得我愤怒得脑袋都快炸裂了。上演的是《萨拉小姐》。⑤舒尔策⑥扮演萨拉小姐，可是，我什么也看不见，什么也听不见，我的眼睛在那间包厢里，我的心在晃荡。他一会儿把身子探到前面，害得

---

① 指小凯特·舍恩科普夫。
② 即后文提到的小洛特。
③ 即小凯特的弟弟彼得·亚当·舍恩科普夫。
④ 彼得·弗里德里希·吕登，莱比锡的一名大学生。
⑤ 莱辛的《萨拉·萨姆逊小姐》(1755)。
⑥ 莱比锡的戏剧演员卡罗利妮·舒尔策。

坐在她旁边的那个小姑娘什么也看不见;一会儿他又往后退;一会儿他又俯身靠向座椅对她说些什么,我咬牙切齿地旁观着。我的泪水在眼眶里打转,不过,这泪是因我专注凝视所致,今晚我还始终没能哭过。——后来,我想起了你,我向你发誓,我想起了你,于是,就想回家给你写信。就在这时,眼前的情景又牢牢抓住了我,我留下了。上帝啊,上帝!我为什么要在那一瞬间将她原谅?是的,我原谅了她。我见她待他十分冷淡,躲闪着,几乎不回应他的话,一副厌恶他的样子。我以为这一切是我亲眼所见。啊,我的望远镜可不像我的灵魂那样讨好我,是我希望看到这一切!哦,上帝,倘使我千真万确目睹了这一幕,我不正应当将此归因于她对我的爱这一终极理由吗?

钟敲响了9点,要结束了,这该死的戏。我诅咒它。接着讲。我就那么坐了一刻钟,眼前所见与我在头五分钟里所看到的一切无异。猛然间,只觉那寒热集中全部火力向我发起攻击,在那一刻我想我快死了。我把望远镜还给边上的那个人,走了。我待在屋子里——两个小时以来,和你待在一起。要是你还认得哪个像我这般有才干、①有前途、有品行,却比我更加不幸的人,就请你告诉我,我就闭口不言。整个晚上我想哭却哭不出来,我的牙齿互相掐着架,而人在咬牙切齿的时候是哭不出来的。

又换了支新笔。又有了少顷平静。哦,我的朋友。这已是第三页纸了。我可以给你写上一千页,也不觉得累。也写不完。可曾有哪个苦命人能悲叹个够?

可是,我爱她。我觉得我好像在喝她手里的毒酒。原谅我吧,朋友。我真的是发着烧在写信,寒热在一阵阵地发作。可是,你就让我写吧。我在信里发泄怒气,总比我拿头撞墙要好。

---

① 原文用词为 Vermögen,可作"能力""财产"等不同理解。

我坐在椅子上睡了一刻钟。我真的精疲力竭了。不过,今晚得把这页纸写满。我还有许多话要说。

我将如何度过今夜？想到这,我就感到害怕。而明天我又会怎么做？这个我知道。我会冷静克制,直到我踏进那屋子。① 那时,我的心就会猛烈跳动,要是听见她走路或说话的声音,我的心会跳得愈发猛烈。随后,吃完饭我便离开。要是见着她,我会流泪,我会想：愿上帝宽恕你,就像我宽恕你一样,愿上帝将所有你从我的生命里夺走的年月全都馈赠与你。我会一边这么想着,一边望着她,我会高兴起来,因为我几乎可以相信她是爱我的,随后,我便离去。明天将是这个样子,后天也是,永远如此。②

你瞧,贝里施,我曾和她一起看过一次《萨拉》。与今日的情形真是大相径庭啊。同样的场景,同样的演员,而我今天却无法忍受。啊！一切愉悦都取决于我们自身。我们是我们自己的魔鬼,我们将自己逐出我们的天堂。③

我又睡着了,我很虚弱。明天会怎样？我可怜的脑袋晕眩不止。明天,我要出门,去见她。说不定,她那对待我的不公正的冷淡已经减退。如果不是这么回事,那我能断定,明天晚上我又会发起烧来。竟然会是这样的！我已无法左右自己。前不久,我从脱缰的马上被甩落时,到底怎么了？当时,我没法让马停下,我看到死亡,至少是一

---

① 指舍恩科普夫家。
② 有研究者认为,"明天,后天,永远如此。"这一句话很可能出自卢梭的《新爱洛伊斯》(1761)；倘若如此,这便是断定歌德最初阅读卢梭著作的一个确凿的证据。此外,歌德在1772年9月11日致夏洛特·布夫一信中又一次写了这一句话。
③ 此处,可参见《维特》里的一段文字："总而言之,一切悲苦的源头隐匿于我心,一如当初所有幸福的源头。"(11月3日信)

次可怕的坠落,就在眼前。我豁了出去,把自己摔了下来。那一刻,我是有胆量的。兴许,我算不得最有胆量,我生来就只有在危急关头才会变得勇敢。可是,此刻我就身处危险的境地,却毫无胆量。上帝啊!朋友!你明白我的意思吗?① 晚安吧。我脑袋里一片混乱。哦,太阳快重新升起吧!愤懑!我真的已经不知道自己在写什么了。

---

① 此处,歌德也许起了自尽的念头。

星期三早晨

我度过了可怕的一夜。我梦见了萨拉。哦,贝里施,我平静些了,但还不是很平静。今天我会见到她。我们在奥伯曼家排练《明娜》,她会去那里。啊!要是她继续冷冰冰地对待我,我会惩罚她的!会让最可怕的妒忌折磨她。哦,不,不,我做不到。

晚上8点

昨天的此刻与现在相比是多么不同啊!我又把我写的信通读了一遍,假如我因在你面前露出了真面目而感到羞愧的话,我肯定会把信撕了的。那强烈的渴求和那同样强烈的厌恶,那癫狂和欣喜,将使你认清这个年轻人,你会对他深表同情。

昨天我经历了人间地狱,今天又经历了人间天堂——会这样持续下去,直到这人间于我既不再成为地狱,也不再变作天堂。

她去了奥伯曼家,我俩单独待了一刻钟,这足以使我们言归于好。莎士比亚说的"软弱啊,你的名字叫**女人**"①是没来由的,倒是在一个年轻小伙身上更能看清什么叫作软弱。她认识到自己做得不对,我生病她很心疼,她搂住我的脖子请求我原谅,我原谅了她所做的一切。与那一刻我已原谅了她的相比,还有什么需要我原谅的呢?

我有足够的定力向她隐瞒我在剧院里做的傻事。"你知道吗",她说,"我们昨天去了剧院,你可不要生气呀。我缩在包厢的角落里,让小洛特坐在我旁边,这样他就没法到我边上来了。他一直站在我的座位后面,不过,我尽量避免跟他说话,我与旁边包厢里的女邻座谈天,真想坐到她那边去。"——哦,贝里施,昨天我说服自己相信那是我亲眼所见的一切,此刻由她亲口告诉了我。她!搂着我的脖子。

---

① 语出《哈姆雷特》第一幕第二场。

一个瞬间的欢愉足以抵消万千个瞬间的折磨,否则谁还愿意活下去?我的恼怒已烟消云散,过往的不快成了一笔财富,回忆那经受过的苦痛也成了欢愉,这是**彻底的转变**！我全部的幸福就在我的臂弯里。那迷人的羞涩——尽管我俩亲密无间——仍时时袭扰她;那强劲的爱情违背理智的命令将她投入我的怀抱;那双眸一次次闭起,当她的唇贴上我的唇;那爱抚间歇的甜蜜微笑,那红晕,羞怯,爱意,渴念,惧怕,全都涌上双颊;她颤抖着想从我怀里脱身,她那无力的挣脱向我表明,除了**惧怕**,任何力量都无法将她拽离。贝里施,这真是极乐啊,为此,我甘愿遭受炼狱的煎熬。晚安,我的脑袋又像昨天那样晕乎乎的了,不过是由于不同的原因。今天我没有发烧;只要继续是这样的好天气,大概就不会再发烧了吧。晚安。

星期五，夜里 11 点

　　我的信俨然一部漂亮的小作品。我又把它通读了一遍，使我自己大吃一惊。我不知道此刻为何要写信。晚安。只是为了向你道声晚安。

星期六

我希望这是最后一页信了。还有几点内容，回复你的来信。

奥古斯特①还没来过信。那个好姑娘。要是她在这儿，我会安慰她，好好地安慰她。你瞧，我喜欢她，尽管我为她着想不会狂热得失去理智。好小伙，我还想再见到她。兴许她会好心等着我去德累斯顿。②要是她去了奥伊伦堡，③那我就自称是一名神学学生，去拜访那位爸爸。④啊，我可真够傻的！

我可能会把那架钢琴给你，⑤但这件事是背着我父亲干的，因此有风险。价钱的事，你是知道我的想法的，由我负责，我的姑娘或者我的朋友会去谈，肯定要得到最大的优惠。咱们的父辈和咱们的想法不一样，就算把他们打死，他们仍对老话深信不疑：做买卖讲不得交情。这种蠢话肯定是哪个掮客发明的，也可能是哪个犹太人发明的。你应该看得出，出售一件不属于我的东西时，我能做什么了吧。如果能如我所愿地把钢琴给你，就按你出的价算，而且不必急着付款。

施泰戈尔先生⑥对你很有意见，而且恨屋及乌，他由衷地希望你见鬼去，因为你的做法太不够朋友了，你竟然一走了之，竟没有在他那友情的怀抱里，与他的友谊作友好的告别。

安妮特问候你。我想，现在该停笔了，已写两页纸了。亲爱的上

---

① 奥古斯特小姐（参见前信 30、31）是邻近莱比锡的奥伊伦堡的牧师之女，她与贝里施之间的书信由歌德负责传递。
② 在前信 31 中，歌德提及赴德累斯顿的打算。
③ 邻近莱比锡。
④ 奥古斯特小姐的父亲是奥伊伦堡的牧师。
⑤ 歌德在布赖特科普夫家买得一架钢琴，又将此琴转手卖给贝里施。
⑥ 约瑟夫·克里斯蒂安·施泰戈尔，可能是莱比锡的大学生。

帝,这都写了些什么啊!我又通读了一遍,我觉得,换成任何一个陌生人写了这封信,都会让你觉得好玩,而唯独你的朋友,你会对他深表同情。的确,我是个大傻瓜,却也是个好小伙,安妮特是这么说的,你不也是这么认为的吗?

35. 歌德致贝里施

1767 年 11 月 20 日　星期五至 21 日　星期六

莱比锡，1767 年 11 月 20 日

　　喜怒无常的一晚，贝里施！我不正可以将这一晚用来给你写些什么吗？明天是发信的日子。今天，我已经犯傻了十二个小时。你的来信很好，我从中挑了些金玉良言读给霍恩听。他说，要是我总能照你说的，总能照你写的去做，我就会成为最幸福的人之一。我觉得，这个小伙子说的是真心话，可是，我却既不能听从你也不能听从他。讲讲这段时间的内心经历吧。我们经常谈到她为什么会爱上我这个问题。我们以为，在她的动机里能发现相当多的傲慢，不知你是否觉得下面的说法将证实这一点。一段时间以来，我没法在晚上见到她，她对我虽然表现得极尽温柔，且会因为我偶尔哪天下午没去而心神不宁，却一点儿也不以妒忌、猜疑来折磨我，也就是说，那爱的热烈程度较之以往已大大减退了。四个星期以来，也就是开始表演《明娜》以来，由于我经常出入奥伯曼家和布赖特科普夫家，那爱的热火便又一次猛烈迸发了。那嫉妒常常转化为愤怒，她极度地猜疑、妒忌，要是我吻了谁的手，压根不能让她知道，这使得她和我都很痛苦。确实，连日来她感到无尽的苦恼，我因为同情她，才会这般忍耐。贝里施，你说，她爱我难道不是纯粹出于傲慢吗？她喜欢看到一个像我这么高傲的人被拴在她的凳脚上。只要这个人安静地待着，她是不会持续关注他的；可一当他想要挣脱，她这才又想起他来，她的爱便又随着关注而复苏了。

星期六

信今天得寄走,我也没有写信的强烈愿望。对了,要是你看到我的那部牧歌剧,①你要认不出它来了。剩下来不到一百句,全都回炉重写了。这个剧快要杀青了。我又开始了一部新的喜剧,题目叫"美德之镜",②是一部散文体的独幕剧。

从大前天开始,《明娜·封·巴尔赫姆》一剧已在科赫剧院上演了两场,③演出很成功。我收到了家妹的一封信,我会从中摘录一些内容于近日寄给你,信里又写了一些稀奇事。

我的姑娘已与布赖特科普夫④结识,彼此都很喜欢。古怪的是布赖特科普夫向我声称她和安妮特很要好的那种方式。我来讲给你听。一天晚上,我在布赖特科普夫家,她看起来有话对我说,只是有兄弟们⑤在场不便说。我把她的兄弟们支走后,她语带困惑地开口了:"我发觉,您总是说女子的坏话,从来不说女子的好话。"我信口胡诌地为自己辩护,她却又接着说道:"这就使我以为您根本不认识什么好姑娘。只是,我确信,您还是认识几个的。"我还是以原先的口气继续说着,接着,我俩的谈话被人打断了。临走,她拉住我的手,把我拉到一边,"我要交给您一个任务,"她说道,"您愿意执行吗?——肯定很乐意——那好,就请您转告舍恩科普夫小姐,说我由衷地爱她,并且告诉她我对您很有意见,因为您从未对我说起过她是怎样一位

---

① 指《恋人的脾气》。
② *Der Tugendspiegel*,歌德创作的一部散文体的戏剧残篇。
③ 1767 年 11 月 18 日,莱辛的《明娜·封·巴尔赫姆》一剧初次在莱比锡的科赫剧院上演。自 1749 年起,海因里希·戈特弗里德·科赫的剧团在莱比锡演出。
④ 指小凯特·舍恩科普夫与康斯坦斯·布赖特科普夫两者。
⑤ 克里斯托夫·戈特洛布·布赖特科普夫与伯恩哈德·苔奥多·布赖特科普夫。

可爱的女子。"

  我就离开了。再见。不知你对此有何想法。哦,其实我还有许多话要对你说。

36. 歌德致贝里施

莱比锡，1767年11月27日（星期五）

尽管为了明天《明娜》一剧的演出我现在有很多活儿要干，我还是想给你写上一小页纸。

日子太平的时候，报纸的规模就会减小，正如交易会结束后城门口张贴的那些通告，又如一个平静的星期过后我写的这些信。这个星期可真叫个太平啊。从今往后，你收到的将统统是短信。

明天安妮特会去看演出，我的处境是否好转了呢？下个星期等待我的将是没完没了的嘲弄，因为将由奥伯曼扮演小汉娜，我扮演米歇尔。[①] 不过，在这件事上，我打算按你的教益行事。说点儿别的吧，不过，也并非是完全不同的话题，我把《美德之镜》里的一个场景寄给你。

第一场

梅利（Melly）、多多（Dodo）坐在一棵树下。夜晚。

梅利：别提她！

多多：我真想好好捉弄你一番。好吧，不妨试一试，咱们不提她，如果还是不能马上睡着的话，那我这辈子就再也不打算闭上眼睛了。

梅利：没错，好像除了她以外这世上就再也没有别的事可谈了。

多多：可谈的事倒是有，只是与我们无关。一年来，内莉（Nelly）是你全部的激情所在，也是我们谈论的主要话题，其他一切我们所能想到的话题都好比一条条终究要汇入大河的小溪。咱们做买卖的虽说常常会谈论生意，但这只是小溪之一。

梅利：还会谈论咱们的货物，两条小溪。

多多：在我们那个地方，货物属于生意。你好像是不把货物算

[①] 指上演克吕格尔的《米歇尔公爵》一剧。在这一次演出中，由奥伯曼小姐出演小汉娜。小凯特·舍恩科普夫也曾演过小汉娜这一角色。

做生意的,看看你怎样把经营的家当白白送人就知道了。

梅利：很遗憾。

多多：然而,事实就是事实,不容置辩。没有货物就没有生意,你的不幸——

梅利：朋友,还是说说你的不幸吧！倘使不算上你的不幸,我的不幸倒还可承受。你为我担保的高贵品性——

多多：并不叫我后悔,

梅利：却毁了你,逼着你和我一起逃亡,迫使你与我分担苦难,

多多：也因此使我感到快乐。

梅利：高贵的朋友。

多多：并非你想象的那么高贵。如果当初是让我离你远远的,把我赶回老家的话,那么把我也一起驱逐了又有什么好犯难的呢？

梅利：你试图为我开脱,为的是原谅我。你可以这么做,但是,那个害我们受苦的人,我永远饶不了她。

多多：你是说内莉？又说她,我可没说过这话,而且你的不幸不是内莉造成的。你操办的那些宴会,你张罗的那些舞会——

梅利：舞会我不是为了她才张罗的吗？宴会我不是为了她才操办的吗？我倾己所有,那是因为我当初爱她。

多多：瞧你说的傻话,"当初爱她",也许你是对的。内莉爱享乐,也爱你。为了长久维系这后一种爱,你就认为有必要给那前一种爱持续提供补给。你是当局者迷,没看出来你那是在自取灭亡,人财两空。当你沉醉爱河无法观察她时,我倒是常常在观察她。她心眼不坏。想到会把你毁了,她常常就败了享乐的兴致,无心消受你的挥霍铺张。

梅利：可她为何要容忍我的挥霍铺张？

多多：起初是出于轻率、欲念和傲慢,后来是好心领情,而到了

最后就成了习惯。兴许,不是那么招摇的享乐反倒会持续得更长久,也能令她更满足,令你更快乐。

梅利:你搞错了,是她少不了喧闹的快活。

多多:那是在你把喧闹的快活变得不可或缺之后。一个情人向他的恋人赠送礼物要懂得节制,就像她也应该节制地向他施以恩惠一般。吃得多,胃就撑大了。

(未完待续)①

---

① 这是歌德随信所附的亲笔录写的喜剧《美德之镜》第一场的开场内容,但此后歌德并未如信末所言给贝里施寄去下文。歌德在《情人们》一诗中(收录于诗集《安妮特》)已表现过"爱情之不可买卖"及"交易与爱情之水火不容"的主题。

37. 歌德致贝里施

莱比锡，1767年12月4日（星期五）

您听着，贝里施先生，要是您今后既要我久等，之后又只寄来那么可怜巴巴的一封短信的话，我就要采取报复行动了，我会减少周六的信件寄发，尤其是在眼下这种暴风雪的天气。我辛辛苦苦抄写了一个场景①——至少是其中的一部分——，而这位先生竟然将它与《梅东》相提并论，②真是感激不尽呐。好吧，实话告诉你，你不仅看不到这一场的剩余内容，也看不到完工后的整部作品了。假如我有小孩，而有人对我说，我的孩子看起来像这个人或那个人，要是这话不假，我就把孩子们撵出去，而要是这话不对，那我就把孩子们关起来。要是我写的情景看起来全像那个《梅东》，那我就把它们烧了，我说的是全部烧光。我的喜剧我自己留下。

离开莱比锡前，我会留下一份遗嘱，规定每年在我的生辰之日免费上演《梅东》一剧。

在此，我给你寄去我最近写的一首诗。③ 我认为写得不错，打算把它收入我的作品的第二部分。④ 听着，给你寄钢琴的同时，我会寄一套绘图工具给你，请你为我誊写我写给你的颂歌和那首婚礼小诗，还有这一首诗，写在你那儿手头还有的文稿纸上。写得漂亮些，不过，不要添加花饰，只要画些虚线就行了。装钢琴的箱子要价1.8个格罗申。记得你曾经跟我说过一些你认得的赶车人的事，把你知道的情况写信告诉我。

---

① 参见前信36所附的《美德之镜》的第一场。
② 此处可以猜想，贝里施可能以讥诮的口吻将《美德之镜》与莱比锡的哲学教授克里斯蒂安·奥古斯特·克洛迪乌斯创作的喜剧《梅东或智者的复仇》（*Medon oder die Rache des Weisen*）(1767)进行了比较。对克洛迪乌斯的这部作品，歌德曾经说过："很长一段时间之后，克洛迪乌斯的梅东异军突起，他的智慧、高贵和美德叫我们觉得可笑至极。"（参见《诗与真》）
③ 指《真正的享受》（*Der wahre Genuß*）一诗。
④ 第一部分可能指由贝里施誊写的诗集《安妮特》。

自从你离开后,我根本没干什么别的事。我的牧歌剧①完全搁了下来,尽管差不多快写完了,而且有些地方我自己还是挺满意的。

奥古斯特②怎么样?我打算把作品的第二部分题献给她,就按她的名字命名,③我真的很喜欢这个姑娘。

今天早晨,在学院里,朗格尔先生④郑重地邀请我下个星期头上去他家做客,他还要我转告你说:他会在下一个邮件寄发日给你写信,因为转达你委托的任务需要时间。

市政厅酒窖的人根本没听说过什么采尔布斯特啤酒,⑤他们也压根儿不懂什么叫好啤酒。眼下在莱比锡,顶多凑巧能找到这种啤酒,这一回我就没发现哪里有卖这种啤酒的。

给我写信说说你在德绍的情况吧。我总是给你写那么多关于我的事,而你却根本不告诉我你的事。我甚至觉得,你去了德绍后变得高不可攀了。这是很有可能的。至少我觉得,你根本不想让我在你的生命里占有一席之地,这不由使我猜想,你对我的命运也同样是漠然的。把你写给我的所有的信通览一遍,其中我只能找到很少的,或者说根本找不到关于你的情况,好像给任何一个生人你都可以这么写似的。当然,你与朗格尔的通信想必要有意思得多。对此,他尽管小心翼翼地对我守口如瓶,不过,只需一两句话就足以让我猜出许许多多来了。有时候,在同一个城里有两个朋友还真不错,你要在这个城里办事的时候,其中一个能帮你料理那些重要的事务,另一个则帮

---

① 即《恋人的脾气》。
② 即贝里施的女友。
③ 歌德给其作品的第一部分取名为"安妮特";此处,他似以玩笑的口吻说打算将作品的第二部分题献给奥古斯特。
④ 恩斯特·苔奥多·朗格尔。
⑤ 产自马格德堡地区采尔布斯特城的啤酒。

你购买采尔布斯特啤酒,也就是说,每一个朋友都有其专属领域的任务,而这当然是由每个人的能力决定的,不是么?

  要是给我的姑娘①写信,我还会再写上这么满满的一页纸。不过,对你,我打算仁慈一点儿。我生气了,这一点你可以从我写的话里看出来;至于我为什么生气,你也会明白的,或者你未必全然明白,因为连我自己也不是完全说得清楚。这会儿,我心情很糟,糟透了。换作其他任何一天,兴许我写的就不是这个样子了。这样也好。写下了的东西,就已经写下了。② 再见啦,爱我吧。

---

① 即小凯特·舍恩科普夫。
② 《新约·约翰福音》第 19 章中彼拉多说:"我所写的,我已经写上了。"

38. 歌德致贝里施

莱比锡,1767年12月15日(星期二)

这回的来信倒是很通情达理,是我从你那儿收到的第一封明智的信,我也愿意答复你,因为我心情不错,近来很是阴晴不定。我很高兴,你过得挺好,尽管可以更好,可是,又有谁的日子不可以过得更好些呢?

我拜访了朗格尔,应该说那是个不错的人。只要看他如何布置你那个房间,就能发觉你和他性格的差异。顺便说一句,他家布置得相当不错。

快6点了,这封信被我搁置得太久了,现在我得抓紧时间。

你不必急着给我回信,你可以等有了时间再回。你原本可以写一写对那首诗①的印象的,你明明知道这肯定会叫我喜欢的。不过,那个顿呼 F＊＊②必须保留,这个我没法照办。你若把它删除,未免过于谨慎了。你很快将会收到这一场剧情的下文。③

琴箱做好了,花了1.8个格罗申。布赖特科普夫④说还没必要将琴装箱,你什么时候要,就什么时候寄。

再见,入夜了。下星期再写吧。

---

① 即前信37所提及的《真正的享受》一诗。
② 此处被省略的应该是 Fürst(亲王、侯爵)一词。在后文信40中歌德写道,此处也可以替换成 Freund(朋友)一词。
③ 指《美德之镜》。
④ 约翰·戈特洛布·伊曼努埃尔·布赖特科普夫。

39. 歌德致贝里施

莱比锡，1767 年 12 月 22 日(?)(星期二)

  今天你收到的又是一封短信。不过，收到短信总比没收到信要好。第二个圣诞假日将会很精彩，因为要第二次上演《明娜》，①随后会举行舞会，全都在奥伯曼家进行。真希望你能来，这种时候总是好玩得很。朗格尔先生拜托我可能的话给他一张票子，可我弄不到票子给他，因为不需要票子。现场将会有很多观众，我们那位特尔海姆的最后一天开始了，他深爱着他的明娜，难以自拔，②愿上帝解救他。

  那架钢琴碍着我的道，快把它弄走吧。你会先收到《美德之镜》，③也许还会收到另外一部喜剧。④ 愿上帝保佑你。

---

① 歌德诸人于 1767 年 11 月 28 日第一次上演了莱辛的《明娜·封·巴尔赫姆》，同年的 12 月 26 日再次上演此剧。
② 霍恩在《明娜》一剧中扮演特尔海姆，康斯坦斯·布赖特科普夫扮演明娜。
③ 此处，歌德提及的《美德之镜》一剧的下文未得留存；可参见前信 36，其中歌德告诉贝里施会给他寄去《美德之镜》一剧的后续内容。
④ 可能指《同谋犯》(*Die Mitschuldigen*)一剧的初稿，或者指歌德对高乃依的《撒谎者》(1642)一剧的改编稿。

1768 年

40. 歌德致贝里施

1768年3月

莱比锡,1768年3月

我的信若令你有所感触,你便提笔回信,这很好;要知道,否则你肯定又要等上很久了。不过,你确实也等了很久。可是,孩子,你知道是什么原因吗?道一声美好的问候,来自你的那位医生兄弟,①以及那位小王子。② 你怎么也想不到吧,我去了德累斯顿,去了12天,参观美术馆,我去看了,该看的都看了。你的弟兄们③很不错,把我招待得很好。德累斯顿是个好地方,若允许我稍加补充,我想说,我永远都不想离开。

我费了千辛万苦去打听奥古斯特④的下落,好不容易才得知她已经离开了,真扫兴。

难道就没法打听到是谁谋划了那场愚蠢的婚事⑤吗?你和奥古斯特,真是可悲可叹啊!

安妮特⑥怎么样?哎,哎!这世上有叫安妮特的吗?原来你还是知道的啊,我还以为,你早把她给忘了,不管怎么说,整整三个月来你根本没问起过她,而我呢,也很知礼地没有写信告诉你她的任何情况。

好吧,既然你想知道我们的情况,就让你知道好了。我们比起以往更深爱着对方,尽管我俩见面的次数少了。我能克制得住不去见她,甚至我一度以为我战胜了自己,然而,比起先前我更觉愁苦了,我

---

① 克里斯蒂安·格奥尔格·沃尔夫冈·贝里施,德累斯顿的医生。
② 可能指贝里施的侄子。
③ 克里斯蒂安·格奥尔格·沃尔夫冈·贝里施(医生)和海因里希·沃尔夫冈·贝里施(法学家)。
④ 贝里施的女友。
⑤ 所指不详。
⑥ 指小凯特·舍恩科普夫。

感觉到,即便爱人不在身旁,爱情却仍然存续着。见不到她,我尚且能活着;而爱不了她,我是断然没法活下去的。我俩之间的所有不愉快,统统都是因我而起。她是天使,我却是傻子。

听我说,贝里施,我永远不能,我永远不愿离开这个姑娘,然而,我却不得不离开,我打算离开。可是,她不可以不幸福,真希望她永远像现在这般令我珍爱!贝里施!她应该获得幸福。然而,我却要如此残忍,要夺走她全部的希望。我不得不这么做。因为,谁令一位姑娘怀有希望,谁就作出了承诺。倘若她能找到一个正派的男子,倘若没有我她也能幸福地生活,我会多么欣慰啊!我知道我亏欠她什么,我的手和我所拥有的一切全都属于她,她理应拥有我所能给予她的一切。谁辜负了一位姑娘,又先于她另结新欢,谁就该遭到诅咒。决不能让她因目睹我在别人的怀里而痛苦,除非在此之前我已看到她投入了另一个怀抱而深感苦楚,而且,即便如此,我也可能会使她免于遭受这种可怕的感觉。我写得实在太语无伦次了,不过,你想来会明白的。你是了解我的。

请赶下一趟邮车把我的那本小册子《安妮特》寄过来。① 你反正用不着它,我把那些诗又改了改,还新写了几首。② 你可以把《真正的享受》一诗里那个有争议的词划掉,改作"朋友"(Freund)一词。③

那部牧歌剧④被我改得面目全非,差不多快完工了。也会给你寄去的。你要是机敏的话,很快就又会收到一封信。再见。

---

① 贝里施为歌德精心誊写了诗歌集《安妮特》,并把这一诗集带到了德绍。
② 可能指之后歌德于 5 月份寄给贝里施的几首,包括《蝴蝶》(*Der Schmetterling*)《夜》(*Die Nacht*)《致维纳斯》(*An Venus*);参见后信 42。
③ 参见前信 38。
④ 即《恋人的脾气》。

41. 歌德致贝里施

1768年4月26日(星期二)

　　好久没写信了,贝里施,好久了,不过,我始终还是原来的那个我。你瞧,我还是像原先那么爱你,还有安妮特,①我还是像原先那么爱她。我对你俩甚至爱得更深了,倘若要我据实说的话,要知道,一种激情渐趋平静后反倒会更强烈,我的一腔热情正是如此。哦,贝里施,我开始了生活! 真想把所有的一切讲给你听! 我却不能,这么做太劳神了。就跟你说说安妮特和我吧,我们分手了,现在我们很快乐。当时可真难办,不过,此刻我俨然功成名就的赫拉克勒斯,正端坐着欣赏周遭那些荣耀的战利品。开口解释前的那一刻简直太可怕了,不过,终究还是说出了口,而现在——现在我才了解什么是生活。她是最好、最可亲的姑娘,此刻我能向你发誓,我永远不会,绝不会停止对她的感念,感念我生命中的幸福,我也会不断回想之前写给你的那些信,我愿意永远这么做。贝里施,我们现在的交往极其愉快,极其亲切,就像你和她的交往一样;没有了亲昵,不再谈情说爱,却是这么自在,这么开心,贝里施,她是个天使。两年前的今天,我第一次对她说我爱她。两年了,贝里施,我仍然爱着她。我们始于爱情,终于友情。然而,我并非如此,我仍然爱着她,上帝啊,爱得很深,很深。哦,但愿你来到我的身边,给我以安慰与爱怜。我多想去找你啊,真的很想,可是,你的处境不便于朋友们的探访。你会收到一幅风景画,是我的第一件落了款的纪念品,也是我在这一艺术领域的初次尝试。日后的作品会更好,更具说服力,我希望能不断进步。

　　你会收到那部喜剧,②你要认不得它了。霍恩叫我别再改了,他担心我会把它改砸了,几乎叫他给说对了。这个剧应该还是不错的,只还差一个场景,第七场,还没写完。快把你的想法写信告诉我。听

---

① 即小凯特·舍恩科普夫。
② 指《恋人的脾气》。

着，我还有话要说。那笔原本要给我的钱你暂且留着，到米迦勒节①再说，说不定我父亲突发奇想，要把琴②运回法兰克福，你得同意我把琴再要回来。再见。

---

① 即9月29日，基督教的米迦勒节。
② 此前，歌德从布赖特科普夫处代贝里施购得钢琴一架；该琴大约于1768年年初运至贝里施处。

42. 歌德致贝里施

1768 年 5 月

给你寄上这些诗,①我没法早一点寄给你。

同时,我特此通知你,你可以留下那架钢琴。但愿这琴完好无损,能不时令你想起我。

此外,我把新作诗歌中的三首②寄给你。要是你觉得满意,就请你们那位大师③为它们谱上曲,"我傲然昂首,头顶星辰"。④ 送上安妮特的问候。霍恩越来越不像话了,我也是每况愈下。还有三个月,贝里施,然后就结束了。晚安。我不愿去想这些。

---

① 也许指歌德又将诗集《安妮特》寄给了贝里施;参见前信 40,歌德曾要求贝里施把这本集子寄还给他。
② 随信所附的三首诗分别是:《夜》《致维纳斯》和《蝴蝶》。
③ 指德绍作曲家弗里德里希·威廉·鲁斯特。
④ 引文出自贺拉斯《歌集》,第 1 卷,第 36 首;前一行诗为:"若你将我完全归入抒情诗人之列,[……]"

法兰克福
1768 年 9 月至 1770 年 3 月

43. 歌德致朗格尔

1768年9月8日　星期四

亲爱的朗格尔：

　　感谢您的来信，①更要感谢辞别之际您给予我的信任；而我唯有以同样的开诚布公和尽快的复信来回报您。我的旅途平静而愉快，并且，经此地的医生②诊断，我的病既不是由肺部也不是由气管的损伤而引发的，这样的消息会令所有爱我的人感到宽慰。不过，关于我的病情，我请您不要多讲，对那些泛泛之交只需说我正在康复即可。

　　我的心事！这是怎样的心路历程啊！要是我自己说得清，我倒乐意告诉您，可是，就连我自己也弄不明白。此刻，我的心是这般冷静，仿佛清晨由一夜安眠中醒来时的那种感觉，很宁静，没有渴望，没有痛楚，没有欢乐，也没有回忆。您瞧，朗格尔，当我回想起您的时候，就跟我回想起在音乐会或者晚宴上与其有过一面之交的某个人差不多。我知道我是爱您的，可是，我却感觉不到这一点，我必须先告诉我自己这一点。其他的一切，于我也都是这般情形。我的爱情，那场令我付出了太多、太多的代价，令我刻骨铭心的不幸恋情已被掩埋，被埋入了记忆深处，其上被覆以漠然的消遣作乐，有时我回想起来，感觉甚是无动于衷。想起您的女友C③与想起我的安妮特一样，并不令我心动。就我的状况而言，这是一种幸运，亲爱的朋友，只怕这光景不能长久，那消遣作乐将烟消云散，我那爱情的坟墓便会在我眼前裸露无遗。我的想象力会随着我的血液活跃起来，我将会成为——对此，当身处由天堂的果枝所围绕的享乐之中时，我早有预

---

① 歌德于1768年9月3日回到法兰克福后，收到朗格尔来信。
② 约翰•弗里德里希•梅茨。
③ 莱比锡的一个女孩，其名不详，是朗格尔的朋友。

见——一个坦塔罗斯。①

我的其他情况太过奇特,在我纯粹出于义务,而非因友谊之故写信的这一刻——实话告诉您,甚至连写信也叫我感到恼火——,我没法详细叙述。几乎所有的事情都如我所料。我的母亲公开声称支持教团,②我的父亲知情并赞成。我的妹妹也参加过在您朋友的前任③的家中举办的修身课,④我有可能也会参加。请您将我的信好好存着,我会把所有的一切写信告诉您。梅林⑤我没见到。《埃贝尔斯多夫赞美诗集》⑥在这个教团很受推崇,我的母亲甚至知道这个唱本里的是亨胡特兄弟会的歌曲。尽管如此,教团里的人与亨胡特兄弟会

---

① 坦塔罗斯是希腊神话里的形象,因烹杀自己的儿子邀众神赴宴而遭受惩罚。他被罚站在齐颈的水中,头顶是一棵果树。他渴了却不能喝水,因为他一低头,水面就会下降;他饿了也不能摘果子来吃,因为他一伸手,树枝就会往上弹。所以,坦塔罗斯必须忍受饥渴的折磨。
② 法兰克福的一个兄弟会教团,其虔信主义的理念与齐岑多夫伯爵所领导的亨胡特兄弟会相近。该教团的理念杂糅了虔信主义的虔诚、泛智主义、炼金术以及魔法。歌德与其母亲是经由苏珊娜·封·克莱滕贝格的引荐接触到了这一兄弟会的。至1768年年初,这一宗教社团由约翰·安德烈亚斯·克劳斯神父领导。参见《诗与真》。
③ 即克劳斯神父(此人前信5中已提及)。至于此处所提及的朗格尔的朋友,有研究者猜测,可能指法兰克福的商人约翰·海因里希·卡佩尔(1737 – 1813)。
④ 即兄弟会成员的周日聚会,在各成员家中轮流举行。
⑤ 约翰·克里斯蒂安·梅林,是上述法兰克福兄弟会的核心成员。
⑥ 一本由弗里德里希·克里斯托夫·施泰因霍费尔编纂的赞美诗歌本,于1742年被亨胡特兄弟会的埃贝尔斯多夫教团引入使用。歌德父亲的藏书里有此歌本一册。这一集子里的曲目大多为虔信派歌曲。在《一颗美丽的灵魂的自白》(Bekenntnisse einer schönen Seele)中,有关于这一歌本的一段文字如下:"在所有外在的鼓舞人心的事物完全匮乏之时,我无意间抓到了这本想来该是赞美诗的书。我惊讶地发现,里面的歌曲似乎真切地——当然,以极其独特的形式——暗示着我的感受,我为其表述的独特与纯朴所吸引。一些感情看似以一种独有的方式得到了表达,没有课本上那些死板、庸俗的术语。"

在理念上还是有很大的差异。您得写信告诉我,您在此地的朋友梅林和您那边的那位朋友米勒,①他们俩与这个庞大的兄弟会教团究竟是什么关系。现在我有足够的闲暇和机会来做一番实际考察。我需要您提供帮助,而您可以相应地在第一时间获悉我全部的发现,并得到关于此地的这个宗教小派别的详尽描述。无疑,那一天即将到来,到那时我将感谢上帝,倘若有人对我兴趣浓厚,愿意成为我的知音,为我指点迷津的话。关于着装,看起来这个教团的要求并不那么严格。

请您转告格勒宁,②说我爱他,并且有机会的话会给他去一封信。请您告诉霍恩,③10月1日前谁也别指望收到信,先给我来信的人除外。同时,请他转告布赖特科普夫,④再请人把那些诗歌⑤抄录一遍,然后把它们寄给我,看什么时候有机会。再见。9月8日。

---

① 可能指锡本比尔根人 M. 马丁·米勒。
② 格奥尔格·格勒宁。参见《诗与真》。
③ 约翰·亚当·霍恩。
④ 伯恩哈德·苔奥多·布赖特科普夫。
⑤ 指《经伯恩哈德·苔奥多·布赖特科普夫谱曲的新诗》(Neue Lieder in Melodien gesetzt von Bernhard Theodor Breitkopf)。有可能歌德没有将那些留给布赖特科普夫的诗歌的抄本从莱比锡带回法兰克福。

44. 歌德致A. F. 厄泽尔

1768年9月13日　星期二

最尊贵的教授先生：

　　我回到可爱的家乡已有十二天了，身边全是亲朋好友。他们有的对我的到来感到愉快，有的感到惊讶。所有的人都竭力取悦这个半生不熟的新来之人，他们的友好往来使他得以忍受这座与莱比锡迥然相异的、于他而言乏善可陈的城市。我们拭目以待，看他们有多大的能耐。现在我无可奉告，分心的事情太多了。新居的布置叫我忙得团团转，我的心无暇去感受我所失去的以及我在此地重又找回的东西。此次给您写信，也只是告诉您，旅途很愉快，我回到家中令全家都如愿安了心。此外，我的病情日见好转，根据此地的几位医生①的说法，我的病因不在肺部，也不在与肺部相关的部位。还有，您的那位木匠师傅②在我们这里待了几天，现已揣着举荐信，怀着尽力把事情办妥的心愿奔赴目的地了，他嘱托我向您及您的家人转达最美好的问候。这些就是此次写信的全部内容。对您为我所做的一切，我深怀感激。待到日后，一当那期待已久的平静、快乐的时光到来，我要给您写一封更长、更好的信，以表达我全部的感激之情。在此期间，请您继续给予我您的爱和友谊，它们曾使我受宠若惊，它们曾令我深受鼓舞；请您让我留在您那可敬的夫人与可爱的孩子们以及所有我的朋友们的回忆里；我特别要请您向克罗伊肖夫先生、格维努斯先生、封·哈登贝格先生、封·利芬先生、胡贝尔先生③表明我对

---

① 可能指梅茨、外科医生克里斯普及歌德家的家庭医生布格格拉夫等几位。
② 约翰·克里斯托夫·荣格，此人是厄泽尔美术学院制作模型的木匠，因正好有遗产继承事务要处理，便同歌德一起由莱比锡前往法兰克福。
③ 弗兰茨·威廉·克罗伊肖夫，莱比锡商人；弗里德里希·格维努斯，茨韦布吕肯人，1768年始在莱比锡上大学；卡尔·奥古斯特·封·哈登贝格男爵，后为普鲁士政治家，是当时与歌德一起由厄泽尔私人授课的上流人士之一；弗里德里希·格奥尔格·封·利芬，1766年至1769年间就读于莱比锡大学，也是厄泽尔的学生；米夏埃尔·胡贝尔，莱比锡的法语教授，也是歌德钦慕的铜版画收藏家。参见《诗与真》。

他们的忠诚;对我的继任者格勒宁先生,①请祝愿他在艺术之路上突飞猛进。我怀着矢志不渝的敬重之情,是

最尊贵的教授先生

美因河畔法兰克福　　　　您的最忠诚的
　1768 年 9 月 13 日　　　　**J. W.**歌德

---

① 格勒宁是歌德在厄泽尔美术学院的继任者。

45. 歌德致小凯特·舍恩科普夫

1768 年 9 月

小姐：

　　熟知剪子、刀子及拖鞋乃贵府最多之家居物品的歌德先生，在此特给您寄上一把大小适中的剪子、一把品质精良的刀以及可以做两双拖鞋的皮料。都是上等材质的好东西，经久耐用。此外，我的主人还命令它们要尽量忍耐，不过，我并不认为刀子和皮革在您身边捱的时间会比他长。您别见怪，我是怎么想就怎么说的。三年半的时间，这一点您既不能要求一只拖鞋，也不能要求一把刀，更不能要求——我就不说了——做得到，因为您对待一切臣服或不得不臣服于您之统治的事物都很残忍。您尽可以把所有的东西都撕了，砸了，到了复活节又会有新的东西供您使唤。希望您在瞧见这些不起眼的小玩意时，会时不时地记起，我的主人依然如故地忠诚于您。他本人不想给您写信，因为他不能违背绝不早于一月之首日给您寄信的誓言。在此期间，也就是说在今天和 10 月 1 日之间，他通过我极尽恭敬地向您致意，趁此机会，我也同样向您表达问候。

米歇尔，一度被称作公爵，①
不过，在失去领地之后，
成了仁主贵族田庄上
受优待的佃户

---

① 暗指歌德等人上演过的《米歇尔公爵》一剧，歌德在此剧中扮演男主角公爵，小凯特·舍恩科普夫扮演女主角小汉娜。参见前信 31。

46. 歌德致舍恩科普夫全家

1768年10月1日(星期六)

您的仆人在此问候您,舍恩科普夫先生。夫人,您好吗?晚上好,小姐。晚上好,小彼得。①

注意啦,你们得想象一下,我正从房间的小门走进来。您,舍恩科普夫先生,正坐在温暖的火炉旁的沙发上,夫人呢,正坐在写字台后面您的角落里,彼得正躺在火炉前,而小凯特要是正坐在窗户边我的座位上,那么她就得起身,给来客让座了。接下来,我就开始讲了。

我在外很久了,对吗?整整五个星期,我没见到你们,也没和你们说话,这样的事三年半来一次也没有发生过,只可惜,从今往后将会经常发生。你们也许很想知道我过得怎样。我可以给你们讲一讲。我过得一般,很一般。

对了,想来你们已原谅了我当初的不辞而别了吧。当时我就在附近,我已到了楼下门口,看见灯亮着,就走到楼梯旁。可是,我没有勇气上楼,去见那最后一面,否则我又该如何走下楼来呢?

因此,我现在做的正是我当时本该做的事。感谢你们长久以来给予我的所有的爱和友谊,对此我终生难忘。我不必请求你们念及我,会有千百次的机会叫你们想起那个人,他在三年半的时间里曾是你们家庭的一员,他也许常常令你们不快,却始终是一个好小伙,但愿你们会不时地惦念他。我倒是常常惦念你们——这个话题总令我伤感,我不想多谈了。我的旅途挺顺利,还不错。此地我碰到的人身体都好,除了我的外祖父,②虽然他中风后瘫痪的那一侧身体已大体康复,但说起话来仍有困难。我的处境跟一个疑虑着自己是否患了肺结核的人差不多,不过,情况有所好转,我的脸上又长肉了。此地既没有姑娘也没有温饱的烦忧折磨我的身心,因此,我希望日益有所

---

① 亚当·彼得·舍恩科普夫,小凯特的弟弟,生于1756年。
② 约翰·沃尔夫冈·特克斯托尔。

起色。

  小姐,您听着,我的管家①日前给您寄去了一些微不足道的小玩意,这是我分期付款买了寄给您的,您收到后觉得怎样? 其他的差事全都没忘,尽管还没有全部办完。那条围巾非常雅致,会尽快找机会寄去。若您想要一条里层那种颜色的围巾,您尽管吩咐,无论想要哪种颜色都行。那把扇子正在制作中,肉色的底子,扇面上是栩栩如生的花朵。鞋子还能穿吗? 关照一下您的鞋匠,倘若鞋子的图案已经画好,就请他在做鞋时留点儿神,可别把鞋弄坏了。回头您把鞋样寄给我,我来给您画,您要多少我就画多少,您想要什么颜色都行,这活儿不费事。至于其他的事情,时间会做出安排的。你们随时可以给我来信,只要是在 11 月 1 日前,因为到那天我会再次给你们写信,写更多的内容。我知道,亲爱的舍恩科普夫先生,您本人是不会写信的,但您可以动员一下小凯特,好让我早日听到你们的消息。要是我从那个迄今为止我日日身处其间的家中连最起码的每月一封信也收不到的话,这是不合情理的。夫人,您说呢? 你们要是不给我写信,也没关系,到了 11 月 1 日我照样会再写的。

  请代我问候奥伯曼夫人、奥伯曼先生,尤其是奥伯曼小姐,还有赖希先生②和尤尼乌斯先生。③ 此外,请问候魏德曼④小姐,并务必请求她原谅我的不辞而别。再见了,你们大家。小凯特,要是您不给我来信,您就等着瞧吧。10 月 3 日寄出。

---

① 参见前信 45。
② 书商菲利普·伊拉斯谟·赖希。
③ 书商约翰·弗里德里希·尤尼乌斯。
④ 玛丽-露易丝·魏德曼是莱比锡魏德曼-赖希书店的合伙人。

47. 歌德致小凯特·舍恩科普夫

法兰克福,1768 年 11 月 1 日(星期二)

我至爱的女友:

依然这般活泼,依然这般狡黠。这么机灵地在伪装中透露着善良,又这么无情地嘲笑一个痛苦的人,讥讽一个哀愁的人。您的来信包含了所有这些亲切的残忍,而明娜的女同乡①以前写的信可不是这样。

我感谢您这么快就回了信,这出乎我的意料。同时,我请求您今后能在惬意、欢快的时刻想起我,甚或给我写信,倘若有可能的话。于我而言,能领略您的生机,您的欢快,还有您的风趣,是一种莫大的愉悦。您风趣的笑谈时而轻率,时而尖刻,真是随心所欲。

至于我曾扮演了何种角色,对此我是再清楚不过的;而我的那些信又扮演了怎样的角色,对此我也是可以想见的。倘若回想一下此前其他人的遭遇,那么不必占卜问卦即可预知自己日后的遭遇。对此,我知足了。对已故之人②而言,未亡人及后来者在其墓地上起舞正是其司空见惯的命运。

请问,咱们的剧团③总监,咱们的校长兼家庭教师,同时也是咱们的朋友舍恩科普夫怎么样?

他是否偶尔还会念起他的第一位男演员?这么些日子以来,此人在各种喜剧和悲剧中扮演忧郁情郎的角色,那些角色很难把握,不好演,他却演得那么出色,那么自然。还没有人愿意接替我的位置吧?兴许我的那个位置也不太愿意再度被人占据吧。演米歇尔公爵您很容易就能找来十个男演员,而演唐·萨萨弗拉斯④您连一个也难

---

① 指萨克森人,此处指莱比锡的小凯特·舍恩科普夫。
② 患病期间,歌德多次自称是"已故之人";另可参见后文信 48。
③ 指歌德与朋友们组建的业余剧团。
④ Don Sassafras,这一喜剧角色人名也出现在维兰德的《新阿玛迪斯》(*Neuer Amadis*)中,不过维兰德该作是 1771 年方才问世的。此处,歌德所指可能是他与朋友们进行的戏剧演出中由他扮演的某个角色。至于究竟指的是哪一部作品,尚无定论。

找。您明白我的意思吗?

我们的好妈妈①叫您提醒我别忘了《施塔克手册》,②我不会忘的。您叫人提醒我记得格莱姆,③我什么都不会忘记的。我不在你们身边的时候也完全同在你们身边一样,总想着要去满足我所爱之人的愿望。我常常会想起府上的藏书,该尽早加以扩充,您放心吧。尽管我并非总是恪守承诺,但我所做的往往比我所承诺的要多。

您说得在理,我的女友,现在我的确因为自己对莱比锡犯下的罪过而遭受着惩罚。当初我在莱比锡能有多自在——倘若某些人有意让我觉得自在的话——,我在此地就有多么地不自在。倘若您想责备我,您就得公平些,您知道当初是什么令我不满,叫我生气,使我不痛快。那屋顶是好的,只可惜那床铺本来可以更好些,弗兰齐斯卡④如此说道。

说到咱们的弗兰齐斯卡,她怎么样?后来她跟尤斯特⑤合得来吗?我想应该合得来。只要那位中士⑥还在,她就还记得自己的承诺;而现在中士去了波斯,⑦这下就眼不见心不念啦。于是,她就给自己找了个向来不喜欢的下人,聊胜于无嘛。请您代我问候那位好

---

① 指小凯特的母亲卡塔琳娜·西比拉·舍恩科普夫。
② 由法兰克福神父约翰·弗里德里希·施塔克所著的修身书籍《好日子和坏日子里的日常手册》(*Tägliches Handbuch in guten und bösen Tagen*)(1739)。
③ 约翰·威廉·路德维希·格莱姆。
④ 语出莱辛《明娜·封·巴尔赫姆》一剧第二幕第二场。
⑤ 弗兰齐斯卡和尤斯特(Just)均为莱辛《明娜·封·巴尔赫姆》一剧中的角色;至于分别由歌德所在的业余爱好者剧团的哪一位成员扮演,不清楚。
⑥ 歌德在《明娜·封·巴尔赫姆》一剧中饰演了中士这一角色。
⑦ 参见《明娜·封·巴尔赫姆》第一幕第十二场,其中维尔纳一角说道:"我心想:但愿刽子手把你们全都带走,同保罗·维尔纳一道,向波斯进发!"

姑娘。您说,您很反感给您的那位女邻居①的特别问候,又问我留给您的是什么。瞧您问的。您拥有我全部的爱、我全部的情谊,以及最为独特的问候,且还远未及全部之千分之一。对此,您也是清楚的,尽管为了折磨您的男友或者为了寻他的开心——要知道,这两者在您那儿是一个意思——,您会佯装不知道,就像您在来信中多处所表现的那样,比如写到辞别等地方,我就当没看见。

请将此信以及——若您同意我的请求——所有我写的信都拿给您的双亲看看,如果您愿意,也可以拿给您最要好的朋友们看看,其他人就免了。我的信,正如我此前所言,写得很真诚,希望它们不会被任何可能会误解其意的人看到。我一如既往,始终是

完全属于您的

J. W. 歌德

---

① 指奥伯曼小姐,参见前信46。

48. 歌德致弗里德里克·厄泽尔①

法兰克福,1768 年 11 月 6 日(星期日)

小姐:

这么喜怒无常,像出牙的小孩,
有时窘迫,像生意人被人催债,
有时沉静,像个病人那样忧郁,
又像个门诺派信徒②规规矩矩,
也像一只驯良的羊羔,
又像一个新郎时而开心欢笑,
我就这么活着,半是病症,半是健康,
周身舒坦,唯有脖子里受着伤,
真不痛快,我的肺有时满足不了
口舌对气息的需要,
当自豪地讲起我在你们身边的时光,
以及此时此地我内心的向往。

眼下,别人试图以强力
使我重获生机、力量和勇气,
为此,我的大夫③
递给我奎宁提取物,
它们使年轻人衰弱的神经,
使眼睛和手脚,
使记性和头脑,
恢复强健,变得清醒。

---

① 此信被附于同年 11 月 9 日歌德致朗格尔一信中。
② 基督教再洗礼派(又译作"重洗派""重浸派")的分支。
③ 约翰·弗里德里希·梅茨。

我的大夫尤其关注
通过秩序来重建
为无序所破坏的事物,
并要求我将意志磨练。

"白天,夜里尤其如此,
别想任何刺激的事!"
岂能如此命令一颗绘画者的脑袋,
任何刺激都会令其陶醉喜爱。
他从我房里拿走布歇①的姑娘,
又往墙上给我挂上
一个女人残花败柳,
皱纹满面,牙齿歪倒,
出自向来冷峻的杰拉德・道②之手,
大夫还让我喝乏味的汤药,
而不是那葡萄美酒。

哦,你倒是说说,
还有什么体验比这更悲哀?
年纪轻轻,却有衰老的体态,
病病歪歪,半死不活?
这真叫人忧愁,心情糟糕,

---

① 弗朗索瓦・布歇(1703-1770),法国洛可可时期的宫廷画家。
② 杰拉德・道(1613-1675),荷兰画家,曾师从伦勃朗,以家庭风俗画和肖像画
闻名。

忧愁的痛苦我无法摆脱，
就算我有六棵幸运仙草。
全天下的钱财于我何益之有？
没有哪个病人能把人世享受。

然而，我根本不想抱怨，
因为我已将痛苦熟练承当；
愿承受病重的磨难
甚至能比德善
给予我们更多的力量；
愿灰暗的雨天变得短暂，
香脂膏药抚慰所有的伤残，
愿得同道，欣然交往。

此地在我身畔，
虽常有正派的好人往来，
我的痛苦有他们分担，
他们不时让我感到愉快，
只是我的内心少有真正的幸福，
我不知，有谁能像你，将这痛苦
灵巧地抚慰，只需一瞥目光，
心神便得安详。

我来到了你身边，一个死人走出了坟墓，①

---

① 暗指1768年七月底歌德大咯血后弗里德里克对他的照料；参见后文信57。

不久第二次死亡将第二次把他埋进土里;
只要他曾紧紧盘旋于谁的脑际,
那人无疑
将一辈子在回忆时颤栗。
我曾如何颤抖我清楚,
而你,却以你美好的禀赋,
为我把坟墓变成了花圃;
我听你讲述,多么美妙,烦恼尽抛,
你幸福的生活,多么甜蜜,多么美好,
那讨人欢喜的语调
叫我以为,我也因你拥有而拥有
那曾被苦难夺去的所有。
我欣慰地离去,还有我的旅途
也是这般令人快乐、满足。

我来到此地,发现姑娘们和以往
——还真的不大乐意这么说——没啥两样,
总之,到目前为止没有哪个打动我。
虽然我不像希布勒①先生那样,
对汉堡的佳丽进行评说,
但我也爱苦思冥想,
自从你们姑娘家把我诱惑,
我也许很难将你们忘怀,

---

① 丹尼尔·希布勒(1741-1771),汉堡诗人,在其叙事谣曲《皮格马利翁》中借爱神之口称汉堡的女子好似雕像,没有哪个艺术家能展现其美貌。

而你也许明白,我若照你们的标准去量度,
每个女孩都会轻易败下阵来。
亲爱的上帝!此地竟无一个
似你一般明理、聪颖又活泼,
还有你那和谐的音色,
如何才能传来南国?

像你我当初在花园里交谈,
还有剧院的包厢里,别有趣味,
那么清醒,又那么聪慧,
是的,这样的交谈,我可以期盼。

若我在姑娘们身边兴致勃勃,
她们俨然道德家视此为罪,
有人会说:这位先生莫非来自贝加莫?①
这么礼貌的话她们可不止说过一回。
我若表现得明智,这么做也不对,
因为没人甘愿做忠诚的仆从,
将葛兰狄森②跟随,
盲目地服从
那独裁者所有的号令,
他遭人嘲笑,无人听命。

---

① 意大利北部城市,也是意大利即兴喜剧角色哈乐根(Harlekin 或 Harlequin)的家乡;这一地区的居民被认为粗笨却不失狡黠。
② 英国作家塞缪尔·理查森所作感伤主义小说《查尔斯·葛兰狄森爵士》的主人公。

136

你们何不从善修身,
苛责己过而宽以待人,
且不着意逢迎讨好,
如此,任谁都会为你们倾倒。
啊,做你们的朋友,却对你们了解甚少,
一不留神,就爱上你们;
而与一个本地的姑娘在一起,
可真是一场无聊的游戏,
做朋友吧,她缺少理解力,
做恋人吧,她又少了绵绵情意。

由此,我确信,倘使我的脾性不那么乖张,
倘使我不放任某些欲望,
我就不会假意欢颜,
我也不会猜想,你们会常把我惦念。

是的,你定要常常想起我,
这句话我要对你说,
尤其当你去往田庄,①
在那里,我曾遭受折磨,
在那里,我曾把欢乐尽享。

不过,你不明白我的意思,就听我来解释,
我知道,你肯定会将我原谅。

---

① 厄泽尔在邻近莱比锡的多利茨近郊有一处田庄,歌德曾在那里短期休养过。

我给你的那些诗,①是财宝货真价实,
它们属于你和那个美丽的地方。

当我那可恶的姑娘②叫我受苦,
当烦闷将我逐出四壁的围堵,
我胆量十足,
冒险去找你,趁晨光未露,
在你热爱的原野上,
你常向我描绘,那原野是多么漂亮。

那一刻,我行走于你的天堂,
走过片片草地、片片林莽,
在河边,在溪畔,晨辉敷映着希望的脸,
我找寻着你,却寻不见。

于是,在烦闷、气恼的驱使下,
我在波光粼粼的河边抓捕可怜的青蛙。
我又四下疾走追猎,
时而逮着一句韵文,时而捕得一只蝴蝶。

也有一些韵文,还有一些蝴蝶,
逃脱了手掌的捕猎,

---

① 指《歌德献给弗里德里克·厄泽尔小姐的谱了曲的诗歌》。1768 年 8 月 27 日,歌德在与弗里德里克·厄泽尔分别时将这些诗歌赠与了她。
② 指小凯特·舍恩科普夫。

那伸出去的手蓦地停住,
我侧耳倾听,
从树林里传出
说话和走路的动静。

白天我把这些诗歌吟唱,
傍晚我返身回家,
拿起笔把诗歌写到纸上,
把巧的和拙的韵文全都写下。

我又常常带着越来越差的运气,
回到那片令人伤心的田地,
直到怜人的天意
又给了我一日我不曾希冀的光阴。
可那甜蜜的临终时刻我几乎未能享受,
它离坟墓实在太近。
我说的并非我当时的感受,
因为这一次这平铺直叙的诗歌,
与我的感受并不全然相合。

现在那些诗歌就在你手头,
你若去那幸福的宅屋,
就把诗歌带上,以奖赏所有
我为你而遭受的苦。
你要不时将歌儿欢快唱吟,
就在我曾痛苦吟唱的地方,

你还要念起我,且说道:在那河滨
他曾等待久长,
那可怜的人终日不如意,
美丽原野竟漠然空对!
假如此刻他来到这里,
我正好在此与他相会。

我想已到该结束的时候,
韵文写满了两页信纸,
文思终将枯竭断流。
不过你等着,待我起了兴致,
且确信你对我的宽和一如往日,
这样的信还会再有。

代我向你的兄弟①问好,
还有里希特②也请一并问候。
再见!若幸运常伴着你,似好友,
如我,你将永享至乐美妙。

歌德

---

① 卡尔·厄泽尔。
② 约翰·阿尔布雷希特·里希特,师从厄泽尔。

49. 歌德致A.F.厄泽尔①

法兰克福,1768年11月9日(星期三)

最尊敬的教授先生:

因您的木匠荣格②迟迟未来,这封我本该尽早动笔的信便被拖延了一月有余。我本打算让他捎一包信和一包小物件去莱比锡的,如今只得等别的机会了。

关于荣格的消息如果您知道的并不比我多,那您肯定会比我更着急,因为我总以为他要么给您写了信,要么就是走了另一条路回到了您那里。我希望很快就能得到消息,一个好朋友已帮忙去格雷韦勒③打听他的情况了。

我的健康状况有所起色,但仍然好不到哪里去。在随信所附的一封我斗胆写给令爱的信④里详述了这一点,其中还提到了我其他方面的情况。

眼下,艺术像以往一样几乎是我的主业,尽管我对艺术的阅读与思考要多于动手作画。因我现在要完全独立前行,我这才感到了自己的薄弱,我几乎寸步难行,教授先生,我只知道抓取那把尺子,想看看倚仗着它我能在建筑艺术和透视技法中走多远。

我对您感激不尽,最尊贵的教授先生,您为我指明了通往真与美的道路,您使我的心敏于感受。我对您的感恩之情远非言语所能道尽。我的审美品位,我的学养,我的识见,哪一样不是因您而获得?那句非同寻常的、几乎难解的话——比起人情练达的智者和批评家的讲堂,伟大的艺术家的作坊更能培育萌芽的哲人,萌芽的诗人——

---

① 这封信同样也附于11月9日歌德致朗格尔的信中。
② 即前文提及的厄泽尔美术学院的木匠约翰·克里斯托夫·荣格(参见前信44)。
③ 原文作Grehweiler,可能指Greßweiler(格雷斯韦勒),即木匠荣格前往处理继承遗产事务的地方。
④ 即歌德于1768年11月6日写给弗里德里克·厄泽尔的信。

有如灌顶醍醐,我已明了其真谛,对其深信不疑。授业固多有所成,然激励更可成就一切可能。在所有我的老师当中,除了您,还有谁曾给予我应有的关注和鼓励? 不是全然斥责,就是全然夸赞,而没有什么比这样的做法更容易抑制才能。批评后的鼓励正如雨后的阳光,是孕育果实的成长。无疑,教授先生,倘若不是您鼓起我对缪斯的热爱之情,我将陷于绝望之境。您清楚当初去到您门下的我是什么样子,而离开您的时候我又是什么样子,这其中的差别正是您的心血之作。我清楚地知道,我就像逃离火海后的比利宾克尔王子,①看到了完全不同的、超乎以往的景象;而最为重要的是,我看清了,若要有所成就,我还应该做什么。是您教导我要谦而不卑,傲而不狂。

　　您给我的教诲我述说不尽,请您原谅我这颗感恩的心向您直陈心语。与所有悲剧的主人公一样,我的澎湃激情易倾泻成长篇大论,而遭遇这激情熔岩的人可真不幸啊!

　　这个冬天,有缪斯女神作伴,能继续与朋友们笔谈,我这病弱、孤寂的日子将会是惬意的;倘若没有这一切,这日子对一个二十岁的人来说真可谓是种深深的折磨。

　　我的朋友泽卡茨②在我抵达法兰克福的数周前去世了。我对艺术的热爱,我对艺术家的感激,将向您表明我是何其悲痛。倘若税务

---

① Biribincker,系维兰德的童话《唐·西尔维欧·封·罗萨尔瓦历险记》(*Abenteuer des Don Sylvio von Rosalva*)(1764)中的人物。童话故事的主角比利宾克尔在逃脱了一场火海之后,看到了金碧辉煌的高堂华屋,这是他原先从未见过的景象。
② 约翰·康拉德·泽卡茨;也许就是此人曾对歌德的父亲说,可惜他的儿子(指歌德)命中注定成不了画家。参见《诗与真》。

官魏瑟先生①肯帮我一个忙,在《图书》②上登载一些关于泽卡茨生平与艺术创作的信息,我就把材料给您寄过去。拜托您找机会跟他商量一下。《伊德里斯》③我刚读过,下一次再谈谈我对此的想法。我的双亲问候您和您的家人,对一个令他们的儿子深深感念的男子,他们满怀爱戴与感恩之情。请您多保重。我是

  最尊贵的教授先生

您的

歌德

---

① 克里斯蒂安·费利克斯·魏瑟是莱比锡的税务员。
② 由魏瑟主编的《美好科学与自由艺术新图书》(Neue Bibliothek der schönen Wissenschaften und der freien Künste)上确实报道了泽卡茨的死讯,但那则讣告很可能并非歌德所写。
③ 指维兰德的《伊德里斯和泽尼德——一首浪漫诗》(Idris und Zenide. Ein romantisches Gedicht)(1768)。后文信51中也有提及。

50. 歌德致朗格尔①

1768年11月9日　星期三

法兰克福,1768年11月9日

　　这一次,我的挚友,应该是拜见教授②的理想时机,请您转交此信,并表达我和您对他的仰慕之情。您会知道该对他说些什么。另一封信是写给其长女③的,容我一并交给您。是的,当您复活节来时,④我索性一股脑儿把自己的公文包放在您面前,因为在我看来,这么做恰好可以证明什么样的人才是诗人的朋友:他绝不会因为一些值得称赞的诗句或者散文而心绪烦乱。我现在全靠此打发时间。我给为数不多的几位朋友写信,并收到了您的来信,它们给我带来了欢乐,偶尔也让我担心:但是,当您爱着一个人的时候,难道不是既高兴又苦恼吗?

　　大病一场之后,我的孩子,您肯定觉得自己不幸至极,对此,我感同身受。请您好好休养,摆脱病恹恹的状态,恢复您的本性,驱赶您的苦闷,逃离那只会给文人雅士带来不愉快的地方。把您的心留在那儿吧,在我的陪伴下,您不再需要用心思考,而我也不再需要。复活节的时候来吧,如果您一如既往还是那个亲切的朗格尔,那么我将尽我所能地和您一起动身去哥廷根,⑤而且您打算住多久,我就住多久。这条建议值得您考虑。不过,您在萨克森逗留期间,我将动身前往斯特拉斯堡,在那儿小住时日之后,我打算完成博士论文并周游全世界。

　　我向您——朗格尔——保证,我时不时地需要散散心,不然我会

---

① 此信原文为法语。
② 教授指亚当·弗里德里希·厄泽尔。
③ 大女儿名为弗里德里克·厄泽尔。
④ 直到1769年9月,朗格尔才前去拜访歌德。当时,朗格尔在学生——林德瑙伯爵的陪同下取道法兰克福前往洛桑。
⑤ 在前往莱比锡求学之前,歌德曾计划到哥廷根学习。

觉得头晕。有时候,我内心平静,痛苦仿佛一去不复返了,我是多么享受这幸福的间歇啊。但是它又回来了,就像发烧一样,因此我再度感觉事情变糟了。我越来越讨厌住在城里,并在权衡一个大计划:搬到乡下去住,就在这个月底。我将在那儿发现最完美的缪斯,用自己的方式消遣散心而不受诸多烦心事的叨扰,它们可憎的存在无法让我得到一丝放松。我将阅读、思考和写作。笔杆万岁! 多少信件和诗文将如春雨般飘落! 我就是用这些期盼来安慰自己的。

值此机会,请您每隔数日顺路前往探望布赖特科普夫一家,请万勿疏忽此事。您信中提及的两姐妹①——她们在我的心目中也非位居最后——值得一位品行端正的君子去结交。哦,朗格尔,这两位姑娘! 她们对待我的态度是坦诚的,而我也将如此对待她们。这两位姑娘,是的,请您和她们结交,写信告诉我您的看法,您有责任向一位理性的仰慕者说明情况。您猜得没错! 我愿意请您成为我情感历程的知情人。

亲爱的朋友,我非常愿意向您吐露更多的秘密,但似乎除此之外也无其他秘密可言了。我亏欠您的要远远多于您给予我的。您在来信中写到,您愿意做任何事来换取我的友谊。哦,请您不要再做任何事,这样我才不会觉得要偿还您更多。您是这世上第一个向我传播真正福音的人,如果上帝赐恩予我,让我成为一名信徒,那么您就是我要感谢的人,感谢您让这一切开始。愿上帝赐福于您。

我的朋友,即使您没有时间立即回复这封用法语写就的信件,它也无法阻挡您在不久之后又从我这里收到新的信息。

G.

---

① 两姐妹指苔奥多拉·索菲·康斯坦斯·布赖特科普夫和露易丝·玛丽·威廉敏娜·布赖特科普夫。

51. 歌德致A. F. 厄泽尔

法兰克福,1768年11月24日(星期四)

敬爱的教授先生:

荣格①明天就要走了,我应该浪费这次给您写信的机会吗?我嫉妒前往萨克森的所有人和东西,也嫉妒我的信;即使这样,写信去萨克森几乎是目前唯一一件让我觉得真正提得起兴趣的事情。

看到您的木匠带回去的各种宝贝玩意儿,您一定会惊诧不已的。我们都感到高兴的是除去生了场病之外,他的此次旅行是幸福圆满的,希望他在这个糟糕季节的归途也能一帆风顺,而就目前来看,极有可能如此。

真希望去莱比锡的路途不是如此艰辛,如此遥远,那我就可以给您来个突然袭击。因为我有许多话要和您说。您知道我脑子里常冒出一些想法,大多数时候我也会将它们告诉您,尽管有时候想得还不够周全,这时,您就会开导我;不过有太多事情,人们可以无所顾忌地谈论,但是要写下来,就不得不有所顾虑了。

我的那些想法——关于《伊德里斯》和《致里德尔的书信》,关于《乌戈利诺》,关于魏瑟的《慷慨互助》,关于从英文翻译过来的《论铜版画》②——口头说说固然无伤大雅,但要写下来则还不够明晰,不够准确。

这儿的展馆③虽然规模小,却数量多,展品也经过精心挑选。我

---

① 指约翰·克里斯托夫·荣格,他正准备动身返回莱比锡。下文中的木匠也是指荣格。
② 《伊德里斯》指维兰德的诗歌《伊德里斯和泽尼德》,是维兰德的书信集《致里德尔教授先生》的前言。1768年,海因里希·威廉·封·格斯滕贝格(1737-1823)的五幕悲剧《乌戈利诺》出版,同年,《德国戏剧论文集》第三辑上刊登了克里斯蒂安·费利克斯·魏瑟的喜剧《慷慨互助》(又名《友情大考验》)。此外,在伦敦发表的论文《版画漫谈》被翻译成德语(德语标题为《论铜版画》)并在法兰克福和莱比锡刊印。
③ 指法兰克福的小型艺术品博物馆,主要展出约翰·弗里德里希·埃特林和约翰内斯·埃伦赖希收集的绘画作品以及诺特纳格尔收集的铜版画。

最大的乐趣就是在里面四处看看。您教过我该如何去欣赏它们，这真是好极了。

此外，我因为艺术而备受煎熬。幸运的是，我早已习惯为了朋友而受苦。耶稣使徒、先知和诗人在他们的祖国难以受人尊敬，尤其在人们天天都能亲见他们的时代，更是如此。但我仍然不由自主地想劝告世人，要培养良好的审美能力。开始时，不要期待过高，这样，每次便能学有所获；而且通过学习人们才会知道，渊博的学识、深睿的智慧、飞跃的思维以及系统的学校知识，它们和审美能力完全不同。

这儿的女士非常喜欢一些令人咋舌的玩意，对于美的、纯真的和滑稽的东西，她们不以为然。因此，海上奇遇便备受推崇：《葛兰狄森》《欧仁妮》《战舰苦役》①等诸如此类的名字。谢天谢地，《威廉敏娜》②重印两次了，尽管我四处打听，但始终未能在任何一家女子图书馆中觅到一本。下次，我将会进一步详述这令人沮丧的状况。

要是红色和黑色粉笔都好用的话，它们就能多多为您效劳了。请代我致以亲切的问候：问候您的夫人及家人，问候我的资助人和朋友，特别是克罗伊肖夫、魏瑟、克洛迪乌斯、胡贝尔、封·哈登贝格、格维努斯和格勒宁。我的双亲代问好。我致以最高的敬意。

您最忠实的学生及仆人

歌德

---

① 《葛兰狄森》指英国作家塞缪尔·理查森(1689 - 1761)创作的书信体小说《查尔斯·葛兰狄森爵士》(1753);《欧仁妮》系法国作家皮埃尔·奥古斯丁·卡龙·德·博马舍(1732 - 1799)创作(1767);《战舰苦役》的作者为法国作家费努洛·德·法尔拜勒·德·居姆热，1767年在巴黎出版后，1768年被翻译成德语。

② 莫里茨·奥古斯特·封·蒂姆1764年出版的《威廉敏娜或已婚的书呆子》，分别在1766年和1768年重印。

52. 歌德致朗格尔

法兰克福，1768年11月24日（星期四）

亲爱的朋友：

如果我之前寄出的包裹——内含我写给您的信已平安抵达，如果我托您转交的信函没有给您带来什么麻烦，我将甚感欣慰。另外有一封信是写给格勒宁①的，您应当不用为了它而特意出门。您还打算在复活节时来吗？您要是来，那就只需写信告诉我在您身上发生的重大事件，至于细节，则无需详述，而我也会这么做。您要是不来，那我就无法帮您了，您的故事，尤其是正在发生的部分，我有必要知道，它们令我兴味盎然。

梅林②差不多是我唯一在此地有所交往的一个人，我也喜欢他。他是个正直的男人，并且相当爱慕您。在虔信派兄弟的眼中，我是一个心怀憧憬且易于感动的人，却由于深陷这世俗世界而变得摇摆不定，对此，他们真是没有看错。我亏欠您许多，朗格尔，您已经开始的事情，梅林仍在继续。对于像我这样的人，全世界的牧师都无法打动，特别是当下布道坛上的传教无非是一些空话套话，并不能传布福音，③而只有您的善意与正直才能够打动人。梅林是个好人，但他开始时有些拘谨，所以那时他还帮不上忙。朗格尔，要是您还没有皈依基督教，那您真是犯下了罪孽，因为您具备成为耶稣使徒的一切禀赋。

我当然清楚，您的讲道在我身上起到了什么作用。倾心并听从

---

① 格奥尔格·格勒宁。
② 指约翰·克里斯蒂安·梅林。
③ 歌德对教会的布道多有不满，认为教会只是干巴巴的说教。参见《诗与真》第一部第一章"姨妈"一节："教堂里传授的基督教新教教义，原本只是一种干巴巴的道德说教；布道内容缺乏真知灼见，教义既感动不了灵魂也不符合心意。因此法定的教会开始了分崩离析，产生了分离派、虔信派、亨胡特派和国内宁静派。"

宗教,与基督教福音结缘,更加敬畏上帝之言。足够了,您力所能及做的一切。显然,我所具备的一切还不足以让我成为一个信徒,而这就是眼下的任务:让我成为其中的一员。

我希望得到一个最好的结果。我热情似火的大脑,我的洞察力,我的努力,我成为作家的心愿指日可待,而现在,恕我直言,这一切却成了我改变想法的最大阻力,也是阻碍我进一步全心全意听从上帝教诲的最严峻的问题。您看,我对您坦诚相告,我身上那一点儿令人不悦的自负感有时表现得颇为严重,而且我担心,它还有愈演愈烈之势。

虔信派的兄弟让我沉迷于这个怪圈之内,并默默地宽恕我的行为,正如众天使在耶稣受难的各各他把亚巴顿也留在了他们中间。①

我去参加兄弟会的集会,的确觉得很有趣味。这就足够了,剩下的就交给上帝吧。

我写得可是不少了,一半是兴之所至,一半是无聊而为。

上周,我写了一篇收场白,是用诗体写成的独幕剧,一旦誊写好了,您就会收到它。② 知道吗,您何以招来了此等烦心事?您称赞我

---

① 亚巴顿在《新约·启示录》第 9 章第 11 节中出现,是掌管无底坑的使者的名字。这里指克洛卜施托克(1724 – 1803)创作的《救世主》中的堕天使形象,他没有被要求离开十字架,因而获得了救赎。
② 诗体独幕剧指的是歌德采用六音步抑扬格体裁创作的喜剧《同谋犯》的第一稿,1769 年歌德又在原有基础上进行了增补,1768 年完成的这一幕则成为修订后的《同谋犯》的第二幕和第三幕的内容。当时,德国社会经常把这种在主要剧目结束之后表演的独幕喜剧称为"收场白"。该初稿的誊清稿上标注的日期为 1769 年,也就是说,歌德当时并没有立即着手去办理信件中提及的抄件事宜。

翻译的《撒谎者》,①一个作家,要是您不希望读到他的作品,就不该称赞他。还望您以后谨记此点。因为如果您在复活节来的话,估计会待上八天,那您可要听听我写的"法兰克福之夜"②了。

请代我向格勒特教授致以最亲切的问候,非常感谢他的好意,我颇感受之有愧。要不是担心自己没有做过什么令他更为关注的事情,也不想成为他眼中无关紧要、甚或有点讨人嫌的人,我早就写信给他了。

G.

---

① 歌德在莱比锡逗留期间翻译了法国古典主义戏剧大师皮埃尔·高乃依(1606－1684)的著名喜剧《撒谎者》的第一幕。

② 歌德用"法兰克福之夜"暗示奥鲁斯·格利乌斯在公元175年左右为消磨在雅典的冬夜而著的杂文集《雅典之夜》,里面包括了许多失散书稿的片段以及名人的生活轶事。

53. 歌德致小凯特·舍恩科普夫

法兰克福，1768年12月30日（星期五）

我最真挚且忧心忡忡的朋友：

　　毫无疑问，您将在新年之际从霍恩①那里得到我康复的消息，而我也迫不及待地要证实这一消息。是的，亲爱的，它又过去了，以后如若您再听到诸如此类的消息——他又病倒了，您必须得保持镇定！您知道我的身体常常会出点状况，而通常八天之后，它又自行复元了；我这次病得不轻，看上去比以往都要严重，而且伴随着可怕的痛感。不幸也是好事。我在生病期间学到了很多此生我在其他地方不可能学到的东西。病痛过去了，我又充满了活力，尽管我整整三周没有迈出小室一步，也几乎没有人来探望我，除了我的医生。② 感谢上帝，他是一个和蔼可亲之人。我们人类可真是古怪：从前在快活的社交圈里，我却是病恹恹的；现在我遭世人遗弃，但却是快活的；纵然病了，我却很乐观，这也安慰了我的家人。他们根本无法自慰，更不用说来安慰我了。朋友们将要收到的《新年之歌》③是我一时头脑冲动而作，现在为了消磨时间而拿去付印。此外，我作画颇多，也进行创作，并且对自己十分满意。上帝在新的一年里将健康赐予我，他也将之赐予我们所有人，倘若我们除此之外别无所求，那么我们应该可以指望这点。如果我只能活到四月，那我也一定听从上帝的安排。到那时，我希望情况会有些好转，特别是我的身体会逐日恢复元气，因为现在大家知道我得的是什么病了。我的肺基本健康，但是胃却不太舒服。私底下，我还是希望过一种怡然自得的生活，这也使我的

---

① 约翰·亚当·霍恩。
② 当时歌德的家庭医生为约翰·弗里德里希·梅茨。
③ 指《1769年新年之歌》。此处所指的单行本已下落不明。歌德当时把印有该诗的明信片寄送给了自己的朋友，有街头说唱艺人将其抄录。明信片上写着："请他的朋友见证，他还活着，病中歌德新年敬贺。"后稍加修改后，这首诗作为开篇诗歌被收录进《新歌集》。

精神平和、乐观。一旦身体好多了，我打算去其他国家走走；多快才能再见莱比锡，则取决于您和某人。① 其间，我考虑去法国，看看法国式的生活是什么样的，同时学习法语。您可以想象，当我再来看望您时，我将会变得多么彬彬有礼。有时我又想到，尽管有美妙的计划，但我可能还是会在复活节之前死去，那么，这可真是一出命运弄人的恶作剧了。好吧，我要求在莱比锡的教堂墓地上给我立块墓碑，这样你们每年至少在施洗约翰节——我的命名日——来看看施洗约翰小人②和我的墓碑。您觉得如何？

请代我问候您的双亲，为了我们永恒的友谊；请亲吻您挚爱的女友，③感谢她对我的关心，我不久之后将给她写信。

我同情您的女邻居。④ 这难道不是完全打乱了这对恋人的计划了吗？可怜的人啊！他们现在处境极为困难，不管我们的天主是否帮助他们，他们都将不再感激他。您会亲历这一切的，尔后说：歌德可没有这么说过。结婚在今天俨然成了一件大事，两人都没有，或者，至少其中有一人没有全盘考虑过。圣人安德烈斯，⑤来吧，创造奇迹吧，要不然就会变得乱七八糟！又及：不要让其他人读这东西，除非对他有用。祝您安康，我亲爱的，不论健康还是疾病，我都

完全是您的
歌德

---

① 此处的"某人"尚不确定，据德国学者推测，可能是指克里斯蒂安·卡尔·坎内，小凯特·舍恩科普夫于1769年5月与其订婚。
② 在施洗约翰节，即每年的6月24日，人们会将施洗约翰小人置于约翰教堂前方的喷泉雕像顶上。此外，人们会在这一天带着鲜花去墓地悼念死去的亲人。
③ 指康斯坦斯·布赖特科普夫。
④ 指奥伯曼小姐。
⑤ 安德烈斯是耶稣的使徒之一。相传，在安德烈斯之夜（11月29日至30日凌晨），未婚男女会看到自己未来另一半的相貌。

1769 年

54. 歌德的妹妹致卡塔琳娜·法布里丘斯①

1769年1月13日　星期五

　　今天,我给迈克斯纳小姐②写了信。请原谅我拖延了这么久才动笔。我们上次是在莫里茨参赞③为了庆祝我的兄长身体康复而举办的宴会上聊到她的。我得向您透露一点小秘密:米勒④和我哥哥不再像从前那么要好了;他们的基本观念出现了差异,因为我哥哥的哲学思想建立在经验基础之上,而米勒则是通过研究得出哲学观点。而且,在哥哥上一次重病期间,他也表现得非常冷淡;我也逐渐开始有所领悟,他的理念可能并不适合每一个人……

　　您如果观察我哥哥的言行举止,那么您就会日益被他的观点所折服,因为其所言即其所想。

---

① 此信原文为法语。
② 指来自沃尔姆斯的安娜·卡塔琳娜·法布里丘斯,她是科尔内利娅的女友,也是她的日记体札记的写作对象。
③ 约翰·弗里德里希·莫里茨,丹麦公使馆参赞,是沙里塔斯·迈克斯纳的叔伯。
④ 可能是指来自德国黑森州劳特巴赫的音乐家约翰·卡斯帕·米勒(或者穆勒),是伯恩哈德·克雷斯佩尔的朋友,也是歌德青年时代的好友。

55. 歌德致朗格尔

法兰克福,1769年1月17日(星期二)

亲爱的朋友:

我不知道除了您之外我还应该给谁写信,能写上几行字的朋友,除了您之外,似乎没有其他人了。严格说来,我的大脑还是相当虚弱的,这封信也不会使您感到特别高兴。如果一个不幸的人依然情绪饱满,那肯定是我们无法摆脱的超自然力量在发挥作用。

我身上发生了许多事情:我忍受了煎熬,现在终于又自由了,高温净化①对我的灵魂非常有作用,我的状况也因此而有所好转,而且我的身体(如他们所断言)现在也的确可以期待有好转的迹象,因为他们发现了我患病的另一重病因。所以,我不知道在我的生命中还有什么比知道这可怕的病因更令人感到幸福的事情了。

事情有了奇妙的转机,至少表面看来如此。梅林以及其他一些兄弟会的教友们守护着我,我那忧心忡忡的父亲看到他们如此殷勤而心情大好,对他们非常友好客气。自那以来,我们的礼拜仪式也变得较为自由了。就在昨天,我们还在家里举行了聚会,一如您能想到的,极其华美,食物丰盛充裕,安排井井有条,就像一个社交聚会。一张边桌上放满了美酒、香肠、牛奶和面包,女士们则坐在桌边,手拿《埃贝尔斯多夫赞美诗集》。有一个人坐在三角钢琴前演奏,另外两个人以长笛伴奏,我们其他人则一起唱歌。我和梅林站得较靠后一些,光线因此有些晦暗。光线这么暗可不行,我说,于是点亮了我们头顶上的枝形灯架,房间里顿时明亮了许多。你看,我对梅林说道,如果圣十字教会变成了圣神教会,新耶路撒冷就会诞生了。② 我们交谈甚欢,还想到了您。除此之外,我们相处得不错,我经常去他那

---

① 指通过高温排除身体里的湿气。在虔信派宗教里,这是净化灵魂的一个重要手段。

② 参照《新约·启示录》中第21章第2节:"我又看见圣城新耶路撒冷由神那里从天而降,预备好了,就如新妇妆饰整齐,等候丈夫。"

里,和他无话不谈。

我常常怀着愉悦的心情拜读您的长信。该就寝时就去就寝,朗格尔,不然极有可能出现讨厌的、意想不到的变故。请您多保重! 各种情况皆有可能。我不想做出任何预言! 愿上帝保佑您的激情,如果这是由他的播种者撒下的种子。我的灵魂比您的要平静些,而且我还比您小十岁。① 但是只有上帝知道这在我身上会持续多少时间。如果您从前不是我现在这副模样,我也很难设想成为您那样的人。公正的上帝,要是您没有仁慈之心会怎样啊! 朗格尔,我有时候也有自己的思虑,而那是多么可怕! 我还年轻,正走在一条大路上,它肯定会把我带出迷宫的,但又有谁能向我保证:光明将永远照亮你的前程,正如现在一样,你再也不会迷失自己。忧虑啊忧虑! 信仰也越来越弱。我们对耶稣门徒彼得也很有研究,他是一个正直本分的人,就是无所畏惧。要是他能坚信上帝主宰着天空、大地和海洋,他就会毫发无损地跨越大洋,②但是怀疑使他沉入海底。您看啊,朗格尔,我们的生命真是奇怪:我最终还是被救世主抓住了,而我对他来说走得太远又太快,但他还是一把抓住了我的头发。他一定也在追赶您,我真想经历他赶上您的那一刻,但会以哪种方式发生,我说不好。有些时候,我的心态相当平和,当我内心平静从容的时候,我就能感受到从永恒之泉源源不断喷涌而出的所有善意。即使我们还要走很长的弯路,我们两个,但我们最后还是会有所改变的。

在新年来临之际,我们在牧区里互为彼此抽取箴言。我的母亲

---

① 朗格尔出生于 1743 年 8 月 24 日,也就是说,歌德其实比他小六岁。
② 暗示《圣经》中的"耶稣在海面上行走"。参见《新约·马太福音》第 14 章第 22 - 33 节,《新约·马可福音》第 6 章第 45 - 52 节以及《新约·约翰福音》第 6 章第 16 - 21 节。

为你们翻到了"阿摩司书第 9 章第 11 节",①随信告知。上帝给予你们的,请你们收好;我们为此赞美了我主耶稣。

请您尽快将随函附信交给霍恩。那些烂歌毫无价值,它们只会令我徒生烦恼。在莱比锡,痴汉们总是把东西改来又改去。② 在我看来,上帝也许不想让我成为作家了。我的才智得到的回报越来越差。如果这世界一点儿也不知道感恩,那谁还想和它共命运?请代我问候亲爱的 C 小姐,③我也喜欢上这姑娘了;要是您不想这么做,那么当您在她身边的时候,只要在心里默默地想我一次即可。又及,如果这是可能的话。

---

① 抽取圣经词句作为箴言是一种预言未来的形式。歌德的母亲抽到的是"阿摩司书第 9 章第 11 节":"到那日,我必建立大卫倒塌的帐幕,堵住其中的破口,把那破坏的建立起来,重新修造,像古时一样。"
② 也许是因为受到了虔信派信条的影响,也许是出于对朗格尔的尊重,歌德在此将自己的《新歌集》贬抑为不值一提的"烂歌"。也许是由于伯恩哈德·布赖特科普夫的建议,《新歌集》的刊印一再延后。
③ 指朗格尔的女友。

56. 歌德致小凯特·舍恩科普夫

法兰克福，1769 年 1 月 31 日（星期四）

今天或明日，哪天写信其实都一样，我只求您能了解我的情况。莱比锡肯定要比这里好。不管是您或者霍恩，还是其他人，没有一个人写信；你们可能举办了舞会，又或者在狂欢节期间设宴聚饮，而我却郁郁寡欢地待在家里。悲凉的狂欢节。十四天了，我又被牢牢地束缚在家中。今年年初，我太得意说了大话，那一点点自由又一去不复返了，到了 2 月份，我可能还得在牢笼里待上一段时间。因为上帝知道这一切什么时候会过去，因此我相当平静，我希望您也是如此。到 3 月 3 日，我在这里就要住满半年时间了，①也就是说差不多病了有半年时间，但也学到了不少东西。我想，霍恩在此期间应该也学到了许多，当我们再见面的时候，我们或许都认不出彼此了。当然，他想见我的迫切程度可能不及我的一半。一个好人要做到离开莱比锡却不吐血，是很困难的。您真是太风趣了，一位来自萨克森的军官对我说道。我和他于 8 月 28 日在瑙姆堡②共进晚餐，他说，我今天可是高高兴兴离开莱比锡的。我对他说，我们的心常常并不了解我们血液中流淌的快乐天性。您看来身体欠佳，他过了一会儿又开口说道。的确是这样，我直截了当地回答道，而且病得很重，都吐血了。吐血，他大叫道，是啊，那我就全明白了，您这是为准备离开人世迈出了一大步，您应该觉得莱比锡无关紧要才对，因为您已经无法再享受那儿的生活了。说对了，我说，对失去生命的恐惧湮灭了其他所有的痛苦。那是当然，他打断我的话说，因为生命总是居于首位，没有生命，就无享受。但是他又接着说，人们应该会轻而易举地放您走。放我？我问道，为什么。这是显而易见的，他说，站在女人的角度来看，您有手段，不会

---

① 在第 44 封信中，歌德指出，他于 1768 年 9 月 1 日抵达法兰克福。
② 在返回法兰克福的途中，歌德在瑙姆堡借宿了一晚。

不引起美丽的异性的注意。——我为了他的溢美之词而鞠躬致敬。我怎么想的就怎么说,他继续道,在我看来,您是一位卓越不凡之人,但是病了,我拿 10 个塔勒和您打赌,没有哪位姑娘拽着您的衣袖不愿放您走。我无语,他大笑。尔后他一边把手伸过桌子一边说,凭良心说话,您如果说曾经有那么一位姑娘执意挽留您,那我就输给您这 10 个塔勒。好极了,我说,上尉先生;我和他击掌,您留着这 10 个塔勒吧。您真是个行家,不要白白浪费您的钱财。妙极了,他说,从中我也可以看出,您也是个行家。上帝保佑您,当您身体康复,我要讲的这些经验会派上用场的。他开始滔滔不绝地讲他的故事,我在此就略去不讲了。我坐在那儿,心情郁闷地听着,最后我对他说,我完全糊涂了,而我的故事,我的朋友唐·萨萨弗拉斯①的故事使得我越来越相信这位上尉的哲学了。

不幸的霍恩!他总觉得自己的小腿肚有问题,现在它们真的给他带来麻烦了。在他还活蹦乱跳的时候,放他走吧。算起来,他是在莱比锡逗留的最后一个法兰克福人了,你们尽可以把他看个够,等他走了,你们就等着下一个出现在你们眼前。不过,你们可以聊以自慰的是,我很快就回来了。我的上帝啊,我现在又乐呵呵的了,即使疼痛在身。倘若连我也不再快乐,那我又该如何挺得住?差不多两个月了,②我老是被关在房中。

我的挚友,祝您安康,请代我问候您的双亲,您的闺蜜,③您要是想写信的话,就写写以前我们周日聚会的那些朋友们的近况如何。

---

① 参见前信 47 中的相关注释。
② 1768 年 12 月 7 日,歌德旧病复发,且来势凶猛。
③ 指康斯坦斯·布赖特科普夫。

求您爱我。

>   无论疾病或健康
>   　至死不渝的
>   　您的朋友歌德

57. 歌德致弗里德里克·厄泽尔

1769年2月13日　星期一

小姐：

　　它耽搁得太久了，我的回信！我难道不应该请求您的原谅吗？不，除非我被许可这么做，这么说：小姐，请您原谅，我有太多、太多的事情，也许超人还有足够的力气从日常繁杂事务中抽身而退，但我却无能为力；白天苦短，我的脑子在摩羯星座和水瓶星座的光照下变得又冷又潮，还有其他各种各样惯用的借口，都是为了不要提到自己，人是有惰性的，不得不加上这点。您看，要是我搞得这么复杂，非得说这么一大堆，那我宁愿此生再也不写信了。哦，小姐，我生来有一种我行我素的天性，它可以让我四个星期坐在床脚，另外四个星期坐在沙发椅上，仿佛被螺栓固定住了似的，要不然，就像被施了魔法一般在劈裂的大树里面①打发时间。不过这一阶段过去了，我认认真真、彻头彻尾地研究了关于知足、隐忍或者其他一些和命运相关的书籍内容，也的确在此过程中变得聪明了些。如果这封信不像是对您的来信回复而更像是一种点评，那么请您原谅我，因为我对您的来信既感到万分高兴，也有同样多的理由不能苟同您的想法。向女士致敬，但是说真的，您说的没有道理。

　　在深入讨论之前，我们有必要增进相互间的了解。假设，我对您颇为不满！现在，我要开始，从头至尾，一五一十地写清楚，就像编年史作者一样。这封信会洋洋洒洒，就像蠢人在短小易懂的文章旁边所做的注释一样长。

　　您知道，自古以来——如果您不知道，这至少不是我的错——您知道，我认为您是个非常好的姑娘，如果一名正人君子动怒了，就像

---

① 就像意大利诗人卢多维科·阿里奥斯托（1474－1553）在其代表作《疯狂的奥兰多》中塑造的艾斯多弗形象，他被施了魔法而住在一棵劈裂的大树里；另外，莎士比亚的《暴风雨》中的精灵爱丽儿也是以树为家。

维兰德一样,①她会认为自己有责任劝解他,使他与女性言归于好。万一是我弄错了,那也不是我的过错。我出入于贵府,差不多有两年的时间。而我却很少与您见面,就像深夜钻研的巫师也几乎难以听到曼德拉草发出的尖叫声。②

现在谈谈我所看到的吧。帕里斯说,教会不会对看不见的东西下断语。③ 我向您保证,我也被这句话蒙蔽了。但是说真的,像我这一类的哲学家大多随身带着一个小包,在各种时髦玩意里面就有奥德赛的草药,④如此一来,再强大的巫术也不足以伤害他们,最多像是在酩酊大醉之后,第二天醒来头昏脑胀,但是眼睛依然是明亮的。请您务必记住此点,这样我们才不会彼此误解。

您是幸运的,非常幸运;倘若不是因为我心如死灰,我想为您讲故事、唱歌,是的,我想为您这么做。最好是格斯纳笔下的世界,⑤至少我幻想如此。您有修养,懂得什么是幸福;您温柔、体贴,懂得如何欣赏美,这些对您有益,对您的同伴有益,对我却没有什么益处,而您如果想成为一位好姑娘,就应该好好待我。我是病了,但又康复了,体力刚好够我惬意地思考自己的遗愿。我在这世上游荡,像一个早衰的幽灵一般,冥冥中又来到他生前享受快乐、令他着迷的地方;那幽灵哀叹着,悄悄地靠近他的宝藏,而我则谦卑地靠近我的姑娘、我

---

① 这一句话至今仍无据可查。
② 曼德拉草的根长得很像人的身体,因此欧洲不少人相信在拔曼德拉草的时候,它会惊声尖叫,听到尖叫声的人非死即疯。
③ 德国学者推测,这可能是指弗朗索瓦·德·帕里斯的著作《关于宗教和道德的思考》或《法国宗教论纲》,两本书皆在1740年出版。
④ 在《荷马史诗》中,奥德修斯从赫尔墨斯手中得到了一个草药包,从而将那些因为被魔女喀耳克施了魔法而变成了猪的同伴解救了出来。
⑤ 指瑞士田园牧歌诗人萨洛蒙·格斯纳(1730-1788)在《田园牧歌》中描绘的理想世界。

的女伴们。我希望有人哀悼我,我们的自尊心肯定有所期待——不是爱情就是同情。冤魂,你就待在自己的墓穴里吧!任你穿着白长袍,低三下四地抱怨或诉苦,死者长已矣,而久病之人和死人也别无二致;走开,亡灵,走开,如果不想大家把你说成是讨人厌的鬼魂。使我得出这些看法的故事并不适宜放在这里讲,但如果我没记错的话,有那么一则故事我想详细讲给您听。我有一次去看望一个姑娘,我敢保证,您就是那个姑娘,她招待我时咯咯咯笑个不停,简直就要乐死了,因为一个人怎么会有如此滑稽可笑的想法,觉得自己在二十岁时会死于肺痨。她可能是对的,我想,这是挺惹人笑的,可我不觉得有那么好笑,就像藏在麻袋里的老头儿将要被殴打致死,①而围观者则差点笑岔了气。但正如世上万物都具备两面性一样,漂亮又乖巧的女孩儿总是能够轻巧地把黑的说成是白的,而我又是那么容易被人说服,所以我又满心喜欢上了这整件事情,自认为这不过都是假想罢了,况且心情愉快了,生活也就幸福了,诸如此类等等。她又告诉我,她在乡间②的生活是多么有滋有味,她们怎么玩藏猫猫的游戏,怎么打碎了罐子,怎么去钓鱼和唱歌,听得我心潮起伏,就像年轻女孩读葛兰狄森爵士的故事一般。就是这样一位先生,她想,你也想要得到这样一位先生。我多么想一起啊,只不过我的病情每况愈下。但是不管怎样,小姐,它还没有糟糕到于事无补的地步。过去数日中,③您对这个可怜的被下了判决书的人所展示的寡情,使他变得坚强起来。相信我,我毫无留恋地离开莱比锡,全都是您的错。心灵的

---

① 在莫里哀(1622-1673)创作的三幕喜剧《斯卡平的诡计》(1671年首演)中,商人热隆特因为害怕在当地寻衅滋事者的打架斗殴而躲进了一条麻袋里,却挨了仆人斯卡平的一顿揍。
② 厄泽尔一家在多利茨拥有一个大农庄。
③ 指歌德在莱比锡逗留期间。

愉悦和英雄的气质就像电一样是可以传播的,而您身上所蕴含的能量,就像发电机所储备的电火花一样多。① 明日我将与她重逢!要和被发配去橹舰服苦役的家伙告别,是绝不会含情脉脉的。好吧!这使我变得坚强,但是我并不满足。私底下说一句,伟大的心灵通常并不敏感。倘若我观察无误的话,您处事自然大方,我的离别您也没有放在心上,但对我而言却万万不是如此。我要不是担心弄脏您的白手套,我肯定会哭的;但这种谨慎是多余的,我最后才看到,那是用丝线编结而成的手套,我当真可以大哭一场,但为时已晚。好了,就到此为止吧。我离开了莱比锡,您的气息,您身上所散发出来的朝气陪伴着我。我到达此地并开始了思考,而我此前一直没有时间这么做。我四处寻觅朋友,却一无所获;想觅女伴,却找不到令我心仪的特别的姑娘,闷闷不乐中,我写了一首唯美的长诗②向您诉苦,边写边想,您是否会因此而动了恻隐之心,用一封短小的书信来安慰这位不幸的仁兄!信随后就到了!要说我受到了震动,这是真的;因为您想象不出这儿的生活有多枯燥,在这儿生活的人有多渴望愉悦的交谈;但是我并没有受到抚慰。我看得出,您认为诗歌和谎言就像亲兄弟,这位写信的先生可能是一位光明磊落之人,但也是一位感情强烈的诗人,出于偏见,灰暗之处被描写得暗影重重,而暗影则被描绘得比自然界中的阴影更加黑暗。好吧,您说得在理,我也不会辩驳。但是,除了智慧之石,您把我本不拥有的东西强加在我身上,这也实在太过分了。健康的大脑,善良的心灵,就这点而言,我乐意听从别人的劝告,愿意相信自己也拥有这些品质;但是,我依然在等待出现孜

---

① 有德国学者指出,当时德国社会对于电具备一种隐秘的好奇心理,歌德在其青年时期也不例外。
② 指本书信集中的第 48 封信。

孜以求的学生和朋友;要是发现了这类人,这类光彩夺目的人物,我将写信给您。现在,您应该也意识到了,您这么做是不对的——您给我开了药方,但是配料却都在莱比锡,而这必然会伤害了我的感情。这是极其不合理的;您让我的心灵对于辞别莱比锡变得无动于衷,您甚至希望我应该忘记它!哦,您太不了解自己和您的同乡了!在法兰克福看过《明娜》①一剧演出的人会更了解萨克森。所以,您其实是没有道理的!我又把这个故事重讲了一遍,即使我眼下并不清楚原因是什么;因为我已经写了这么多东西,弄得自己都忘记了本来要探讨的话题。不管怎样,整件事情就是这样,是对某位女士②的不带私心的、毫无偏见的回忆;我还要重复说明,善良之心也包括了怜悯;施舍穷人,喂食云雀,这还远远不是心灵敏感的最高级别。针对不幸的良药不是微笑,而是劝人放弃。饱汉不知饿汉饥,即使在那充满善意的信件里也不要加入一丝一毫的商量语气。因为您理应事前跟我讲清楚,且不要说得那么委婉,否则我会糊涂的,哪里还敢写下这些鲁莽无礼的话语。要是女人们总是了解她们的能力就好了,要是她们想去了解就好了!就像现在这种情况,已是不错了,我也会满足于她们完全不知晓我们的弱点。够了,这件事情,我写得够多了,因为我希望以后再也不碰它了。但愿我的故事对于命运女神以后将要交付于您手中的不幸之人有所帮助,您的双手越是秀气可爱,就越是使人痛苦不堪。我希望自己以后再也不拿抱怨和诉苦来烦扰您,我希望不需要获得您的怜悯,这也是我提醒您注意的地方。尽管我曾抱病,尽管病痛未去,但我依然兴致盎然,神采奕奕,经常是乐呵呵的,

---

① 戈特霍尔德·埃夫莱姆·莱辛(1729-1781)在1767年创作的著名喜剧《明娜·封·巴尔赫姆》。
② 指小凯特·舍恩科普夫。

所以不会对您让步。您要是现在来看望我的话,那我恰巧坐在一张单人扶手椅上,双脚像木乃伊似的被包裹着,一动不动地趴在桌子上给您写信呢。

顺便提一句,我在新的一年里即将完成一部滑稽戏,①它将被冠以喜剧之名尽快在莱比锡出版,因为在文艺界,滑稽戏成了走私货,就像路易十四时期的所有东西一样。

祝愿您和命运的纽带长存,我也要脚踏实地地与其好好相处;您的座右铭——得过且过——原本无可厚非,若不是它出自某个里恩古尔夫②之口,或者天知道他叫什么。二十个诗人和他一样好,或者更准确地说,为什么这么一个拥有蛮族姓名的人会有如此殊荣?私下说一句,我可不是他的什么崇拜者。我根本不认识他,但是就我所读的诗行来看,这和盖泽尔先生的画像——庄重的表情和令人敬畏的白胡须③——可一点儿也不相称;我敢担保,他平日里要看上去年轻得多。这些诗歌写得不好吗?谁又会提出这样揪心的问题!好吧,我是不知道自己可以做点什么。小姐,只要您提出要求,您将会获悉我对一切问题的看法,也恳请您告诉我您的想法,它们将成为我们彼此通信的最温馨、最坦诚的话题;但就我的经验来看,我又不免

---

① Farçe:法国中世纪奇迹剧中的滑稽插曲。这里指歌德1769年创作完成的喜剧《同谋犯》(第二版)。
② 别名为"吟唱诗人里恩古尔夫"的卡尔·弗里德里希·克雷奇曼(1738 - 1809)在1771年创作了《吟唱诗人里恩古尔夫之歌——在条顿堡被攻陷之际》(1768);同一时期,海因里希·威廉·格斯滕贝格(1737 - 1823)创作了《北欧吟唱诗人之歌》(1766),这两部作品深受克洛卜施托克的影响,是吟唱诗的重要代表作品。
③ 克里斯蒂安·戈特利布·盖泽尔是莱比锡的铜版雕刻家,是克雷奇曼的《吟唱诗人里恩古尔夫之歌》的扉页设计者。在扉页上,读者们看到一位白发老者,即诗人克雷奇曼。

心存疑虑。我在您面前无话不谈,就像在莱比锡我为数不多的几个朋友面前一样,但求您不要让其他人看见我是怎么想的。自从克洛迪乌斯①向我表明了温和友好的态度,我心中的一块大石头才坦然落地;对于闲言碎语,我总是小心提防。里恩古尔夫毫无疑问是在莱比锡,或许您认识他本人。② 我反正一无所知,因为我割断了一切联系,和一切伟大人物的联系。关于里恩古尔夫,我的看法如下,就像我对其他同类诗歌的看法一样:谢天谢地,我们身处和平,而这些战争喧嚣究竟又有何意义。要是这类诗歌里充满诗情画意、人生五味或者其他内容,那就总能从中有所受益;但是一无所获,只有沙场上连绵不绝的隆隆声,骁勇之将眼神中怒火翻滚,金色的马蹄上沾满鲜血,头盔上别着缨饰,手持长矛,处处夸大其词,永远是哈!啊!如果诗歌内容空洞,又没完没了,音节单调,这些加在一起真是让人无法忍受。把格莱姆、魏泽和格斯纳③把格莱姆、魏泽和格斯纳放在一首小诗里,多余的便令人生厌。纯粹是浪费时间、毫无用处的空话。因为作者先生未曾亲临郊野,故其倾尽全力的描写无非是翻来覆去的陈词滥调;因为战争就是战争,而战争场景早已被诗人们描写殆尽。但德国的胜利和我又有什么关系,非得让我聆听他们的欢呼声。哎!

---

① 歌德的诗歌《致蛋糕师傅亨德尔》(*An den Kuchenbäcker Händel*)令克里斯蒂安·奥古斯特·克洛迪乌斯觉得受到了人身攻击,但歌德在莱比锡逗留期间,两人应该已经冰释前嫌,因为在 1768 年 11 月 24 日的信件中,歌德还请厄泽尔代问克洛迪乌斯好。
② 歌德推测克雷奇曼应该在莱比锡,但事实上,克雷奇曼时任律师,在齐陶工作。
③ 因为这些诗人在作品中展现了普鲁士民族情怀,所以歌德在此处提及这些诗人进行类比。但是格斯纳放在此处并不完全合适,后面提到了里恩古尔夫的作品里出现了有关乡间淳朴民风的描写,则是暗指格斯纳的作品《乡下姑娘画像》,以此来揭示里恩古尔夫作品里的洛可可风格。

我自己就能做到。让我感受我未曾拥有的感觉,让我沉思我未曾思考的问题,那我将赞美你们。但没有四射的激情,只有连天的炮火和嘈杂的人声,这些一点儿用处也没有,就像假金箔似的蹩脚。随后,在里恩古尔夫的作品里出现了乡间淳朴民风的描写,诗歌场景被设置在了世外桃源,这应该还不错;但在德国的橡树下,正如在坦佩①的爱神木树下一样,没有女神诞生。细节描写最令人难以忍受的便是它的非真实性。童话故事也有它的真实之处,且必须具备此特性,否则就不是童话故事了。要是读者看到主题这么纷乱芜杂,他肯定会产生畏惧心理的。而那些先生们则认为,奇特的古装应该能让其生辉!如果剧本糟糕,演员们的美服又有什么用!如果莪相②的吟唱具有他那个时代的气息,那我乐意要一些关于其着装的评注,我会为此不遗余力;只是,如果这是当代作家绞尽脑汁旧调重弹,然后要我也跟着绞尽脑汁将其翻译成现代语言,我的脾气可不会应允我这么干。要不是因为词汇索引,我早就想读格斯滕贝格的《北欧吟唱诗人》③了。他是一位伟大的智者,且风格独特。人们不应该妄自评判他的作品《乌戈利诺》。趁此机会我顺便说一句:优雅和高贵的激情

---

① 坦佩,即坦佩谷,是希腊色萨利大区北部一个的峡谷,位于奥林波斯山以南,奥萨山以北,被希腊诗人誉为"阿波罗和缪斯喜爱的去处"。
② 苏格兰诗人詹姆斯·麦克弗森(1736-1796)在1765年出版了史诗《莪相集》,并假托是从3世纪的盖尔语翻译而来。歌德非常欣赏这些诗歌,并在赫尔德的影响下,深入研究过莪相作品。在《维特》中,歌德曾借维特之口说道:"在我的心中,莪相已经赶走了荷马,这位杰出的诗人将我引入了怎样一个世界啊!"(第二编,10月12日)。1771年,歌德曾将一份翻译手稿赠送给弗里德里克·布里翁。约翰·内普穆克·米夏埃尔·德尼斯(1729-1800),用六音步诗行翻译的麦克弗森的莪相诗歌于1768/69年在维也纳出版,而在此之前,歌德已获悉这一情况。
③ 指海因里希·威廉·封·格斯滕贝格的《北欧吟唱诗人之歌》(哥本哈根,1766)。

完全是两码事；没有人能将二者结合起来，使之成为高雅艺术的重要主题，因为正如其辩护者①所言，即使在绘画艺术中，高贵的激情也不是优雅的试金石，而诗歌也完全没有理由无限扩展自己的界限。他是一位经验丰富的辩护人，宁可多思考一步，也不要考虑不周，这就是他思考的方式。我不能，也不可以继续解释下去了，您会明白我的意思的。如果一个人想的和伟人不同，那么这通常标志着他无非是一个凡人。不管是这一种还是那一类，都不是我想成为的人。伟人会犯错，就和凡人一样，前者是因为不知天高地厚，后者是因为把自己的眼界看作是世界。哦，我的朋友，光是真理，而发光的太阳则不是真理。黑夜是谎言。而美是什么？它既不是光，也不是夜；是拂晓，孕育真实与谎言；中间物。在它的王国里，交叉路口是如此模糊，一眼望不到头，就连哲学家中的大力士也难免误入歧途。我不想继续下去了；我一旦进入这一领域，总是将话题扯得很远，但它终究是我的最爱。我多么希望在您慈爱的父亲身边度过几个美好的夜晚，我有那么多话要说。我目前的生活方式就是专心攻读哲学。离群索居，独自一人，反反复复，纸笔墨和两本书，我的全部家当。我以如此简单的方式获取了对真理的认识，而且走得那么远，远远超越了拥有图书管理员学识的那些人。一位伟大的学者通常不是一位伟大的哲学家，那些不辞辛苦博览群书者常会看轻大自然这本单纯浅显之书；但是，没有什么是比单纯②更真实的东西了；当然，对于真正的智慧而言，这不是好建议。人一旦走上单纯之路，他会一直走下去，并且不张扬；要想迈步走上这条路，谦虚和谨慎是必备的美德，而他也必

---

① 辩护者指莱辛，他在《拉奥孔》（又名《论绘画与诗的界限》）(1766)里探讨了造型艺术和诗的界限。
② "单纯"是温克尔曼-厄泽尔学派的一个重要美学概念。在1770年2月20日写给赖希的信中，歌德说，厄泽尔"他教导我，美的理想型是静穆和单纯"。

将有所收获。我感谢您慈爱的父亲；他开启我的心门，让我为此做好准备；勤奋促使我继续完成业已开始之事，而时间必将回馈我的勤奋。

我就是这样，一旦开始滔滔不绝，就会变得没完没了，和您一样，只是我不知道该如何纠正这一点。如果我说自己说得够多了，那它更适合于当下，而不是指您的信。它写得有点短。

就让我来激发您的写作热情吧！您不了解，您只要为我花上一点儿时间，我就会觉得您已经为我做了那么多。只是出于非同寻常的原因，您将在德国南部收到来信。

在结束这封信之前，我还有几件小事要提及。我的诗歌①——其中有几首很不幸，您不喜欢——将配上乐谱后在复活节之际付梓刊印；如果我事先不知道一些小细节会轻易引发您的责难，正如您在来信的开头部分所言——我想我看懂了您的意思，我就会大胆地献上一本有我题名的集子。我是如此轻率，又总是从好的一面出发看待所有事情，这是我的不幸；而您从坏的一面出发看待我的诗歌，这也是我的错。请您将它们付诸一炬，也绝不要去看刊印本；只请您继续保持对我亲切友好的态度。私底下说一句，我属于那些有耐心的诗人，如果你们不喜欢我的诗，那我们就重新做一首。

我多么想就维兰德再写上几句，但又恐怕无法做到详尽细致。那些内容足够另写一封信了。您在上一封信（也是第一封信）中写道，您也有许多话要和我说。好吧，请您每隔一周就花上一个小时的时间，而我则心甘情愿等上一个月，期待着那亲切的书信札记来把我

---

① 指献给弗里德里克·厄泽尔的手抄诗歌集《新歌集》。下文中提到，该诗歌集将于复活节期间付梓刊印，但事实上，它一直拖到1769年10月初才得以刊印。在写给弗里德里克的10首诗歌中，其中有9首被收录于《新歌集》。

安慰。另外,您若愿意告诉我一些有关新书、好书或者美文的消息,您就是帮了我一个大忙;在这儿,我们常常在书展三个月后才能获得相关消息。尽管我基本将新作弃置一边,也不读诗歌,除非我突然心血来潮,想快速浏览,但我还不想一下子全部放弃新出版物。莱比锡的学者只读蹩脚而无用的书籍,这样的罪名却一直被强加在一个人的身上。

  如果可以,我多么想在复活节时去看望您;或者请您告诉我什么时候来看望我,再或者请您的父亲来吧。如果你们想来,我们家里有地方可以安顿所有人。我是认真的。您只需去问荣格师傅,①他会告诉您这是真的。有客人来时,特别是像您这样的贵客,我们可以围桌而坐,举杯共酌。您当然是不会接受这邀请的,萨克森的女孩儿有点敏感。好了,我可不想强迫您。但您要是让我生气了,我就去您那里,亲自邀请您。就是这样,您也不想接受邀请吗?我是

您最忠实的朋友及仆人
歌德
1769 年 2 月 13 日
法兰克福

---

① 指约翰·克里斯托夫·荣格。

58. 歌德致 A. F. 厄泽尔

法兰克福,1769 年 2 月 14 日(星期二)

最亲爱的教授先生:

  终于来信了!着实有些日子了,而且还可能耽搁得更久一些,目的是为了告诉您我彻底康复的消息。事实上,我依然为病痛所困,尽管有希望表明我将很快从中解脱。今年新春为我开启了自悲惨的 8 月以来的第一道曙光,就好像我生命中的严冬季节也随着这个冬季而一去不复返了。也就是说,我大约在复活节时会恢复健康,那我难道不应该去拜访您吗?不,教授先生,我不去。复活节时不去,秋季博览会时不去,或许一年之后也不去,尽管您很喜欢我。您想让我现在就到您身边去,待上一年或者两年时间。又要我再次和您这样告别,这该如何是好!不,如果我到您身边,我就要待在您身边,共度一段美妙的时光,因为结束和开始并不像数字 1 和 2 那样接近。我现在对您又有何用呢?请您原谅我的自负——(而您或许会称之为)感激之情,因为您的学生非常希望能做一些令您高兴的事情。西班牙和法国都派出了天文学家前往加利福尼亚观察金星的运行轨迹。①如果您想我了,那么就请您按照法国人怀念文学家的方式来想念我;如果您说到了我,也请您就这样谈论我。您送别了那么多学生,他们遍布世界各地,到处都有您的朋友,他们都将带来累累硕果。请您给我优先权!请您不要称我为离去者,而是被派遣者。倘若有人问您:他怎么样?您回答:好。我教会了他所需要的一切——知识和方法,好让他在这世上有所作为,现在我送他去旅行,让他积累各种经验,解决千奇百怪的各种难题,最后,当时机到了,他会带着它们回到我的小屋来。"他现在人在何处?"自 8 月以来,在他的书房里,他借

---

① 继西方航海家于 16 世纪中叶陆续发现加利福尼亚后,直到 1769 年,西班牙才开始在圣方济各修会的修士胡尼佩罗·塞拉的带领下开始殖民该地区。"金星的运行轨迹"指 1769 年 12 月 8 日的金星凌日。

此机会穿越了海上航运必经的丹麦海峡,做了一次美妙的旅行。他将会给我们讲讲他的奇遇的。

是的,教授先生,如果世上诸事都能顺遂我的心意发展,那我就会回来。当我在外面耽搁得久了,您也不要失去了耐心。祝您在自己的城堡内①生活美满如意!在一个美好的夏日傍晚,您驻足窗边,或将看到一个穿着奇异的人快步从桥上向您走来;那便是我了,一个迷路的骑士,他历经风险后终于返回以汇报他的奇遇。

我又是开玩笑,又是打比方,自己乐在其中。要是我们又能在莱比锡绕着城门踱步,那该会是一种怎样的状况! 当然,我的医生②已经禁止我这么做了,他认为这会使我旧病复发。下次,或许我会就这些事情写得更清楚些。

我衷心地感谢您在信中提供的关于宝石雕刻的信息,③它让我对此有了清楚的认识。莱辛! 莱辛! 若不是莱辛,我真想要说点什么。但我不喜欢写下反对莱辛的文字。他是一位征服者,只要有机会,他肯定会毫无约束地在赫尔德先生的林子里④劈木材。他是智慧的象征,归根结底,这在德国可不常见。如果不愿相信他的话,也不必强求,只是不要反驳他。伏尔泰无法有失公允地对待莎士比亚,⑤任何思想狭隘者都不能战胜心胸豁达之人。爱弥儿依然是爱

---

① 指厄泽尔位于普莱森堡的美术学院和住所。
② 指约翰·弗里德里希·梅茨。
③ 厄泽尔于 1768 年 11 月 25 日致信歌德,在信中,厄泽尔针对莱辛的《古物书信集》详细探讨了宝石雕刻工艺。这封信是歌德对厄泽尔来信的回复。
④ 1769 年,约翰·戈特弗里德·赫尔德的《批评之林——献给莱辛的〈拉奥孔〉》出版。这是歌德第一次在书信中提及赫尔德的作品。两人应是歌德在斯特拉斯堡逗留期间才互相结识的。
⑤ 伏尔泰在其著作中曾多次提及莎士比亚,并称赞其为"天才"作家。

弥儿,①即使柏林的牧师②直冒傻气,也没有哪个神父会贬低奥利金。③ 就此搁笔,否则我又会开始写上满满一页,而现在已经很晚了。请代我问候诸位先生,他们是克罗伊肖夫、魏瑟、克洛迪乌斯、胡贝尔、哈登贝格和格维努斯,尤其要问候您的妻子。我的双亲都是您忠实的朋友。由于我的病况,我要向魏瑟先生道歉。他要的东西会写好的。我絮絮叨叨,说个没完,但不管怎样,我是您最真诚的以及

最忠实的学生
歌德

---

① 让-雅克·卢梭的《爱弥儿:论教育》(1762)受到了东正教教会的严厉批判。
② 直到目前,学者还无法得知这里的"柏林的牧师"具体指谁。有学者认为,这里也许不是具体到人,而只是一种类型化的表示。
③ 奥利金,早期希腊教会最重要的神学家和圣经学家,著有《六文本合参》,即六种文本并列的《旧约》。其教义在后世部分地受到批判。

59. 歌德致弗里德里克·厄泽尔

法兰克福,1769 年 4 月 8 日(星期六)

  我请求您聊聊家常,难道这也算什么了不得的坏事吗?您怎能厉声呵斥,把一个毫无心机的老实人说成是坏蛋呢?只因他让这个伶牙俐齿、能说会道的姑娘明白,他非常欣赏她出色的才能。您言辞激烈,说都是我的错,但我是无辜的;当然,如果您没有生气的话,您或许会说得漂亮些。

  有人说,我对女性的看法不佳。在某些方面,是的!但是您必须得理解我,我说过的话,您也不必每次都用嘲讽的语调另加解释。

  凡是我经历过的,我就会了解;我认为经验是唯一真正的科学。我向您保证,我活了这么些年,我所获得的对我们男性的看法也是极其中庸的,并不见得比对女性的看法更高明。请您别见怪——是您引起了我这方面的兴趣;还是您,要不是因为您的缘故,我也不会固执己见地继续下去。您希望向我展示女性的另外一面!啊,真希望您还是保持原样,那么即使您这一边处于劣势,但也不会变得更糟糕。而新的那一面究竟有什么好呢?让我们来看看吧!年轻的、纯洁无邪的心灵,不够审慎,又轻信于人,因此容易受到诱骗,这是其纯洁无邪的天性使然。请您否定我的看法!而因为实事求是说了实话就应该备受谴责吗?轻信他人,这难道是您这个性别的一种耻辱吗?看上去您是这么认为的。您反驳我,并要捍卫女性。——并非所有的姑娘都是轻率的,这您已经证明了;我必须承认;但是您让我产生了一种危险的看法:较聪明的那一方有疑心病。因为您整封信里都充斥着不信任。我的这份嫌疑究竟从何而来?啊,您就是心怀猜忌,我信中无拘无束的、坦诚而真心的话语估计都被当作了不怀好意的玩笑话。我的信握在您的手中,我敢跟您打赌:您在信中找不到任何恶言恶语,您在里面没有什么好找的。

  对我而言,一位女士对审美对象的判断要比一位批评家的批评更重要,原因是显而易见的;而您的巧言善辩并不能把我弄糊涂让我不说实话。如果您承认,里恩古尔夫的诗行充满了心机,那我会说些什么呢?您大致能猜个八九不离十吧。我得说,您的确知道该如何放置捕鼠器,而我也心甘情愿地被抓住。您看得出,我是多么诚恳;如果您爽快地问我,我也绝不会有所隐瞒或者添油加醋。要是格维努斯先生①不在我身边,我真不知道自己该如何了解这一切。从他的叙述中,我弄明白了,吟唱诗在莱比锡是被大伙接受了,大受欢迎;我还大抵明白了,您也很喜欢它,而我则对您的朋友写了那些不中听的话。好吧!我要写的话,我还是写了。您可以将其归咎于是强烈的嫉妒心在作祟,或者是感悟能力差,所以吟唱诗才不合我的心意。这对我来说都一样。够了,没有思想的文字,我无法心领神会。共和主义者②不会违背自己的良心;尽管萨克森控制着自己的野性与理智,但仍不能令其谱写一曲赞美颂歌。感谢您的父亲向我传授了理想之精神;③法国人笔下的扭曲之美已无法再令我痴迷,就像迪特里希笔下的庸俗化女神④一样,尽管她们有着光滑的胴体。根据您的标准,每一种形式都有自己的贡献;小姐,我在各方面都是您忠实的仆人,但是,我们并不想就此关系破裂;请您不要总是如此严苛地对待作家们,也请您对我不要如此严苛。如果您一如既往以开始之初的态度对我,我又怎能和女性和解?但是,假如这是您唯一可做的事情,那请您尽情责备吧;不管您是真诚以待还是冷语相向,您总是那

---

① 弗里德里希·格维努斯来自茨韦布吕肯,曾和歌德一起就读于莱比锡大学;他那时应该去法兰克福拜访了歌德。
② 法兰克福是一座帝国自由城市,因此,法兰克福的居民被称为"共和主义者";与之相对应,萨克森则是一个君主国家,国王是最高统治者。
③ 歌德在此感谢厄泽尔向他传授了温克尔曼的"高贵的单纯和静穆的伟大"的美学理想。
④ 克里斯蒂安·威廉·恩斯特·迪特里希是德累斯顿的画家及铜版画家,歌德曾在德累斯顿的美术馆中看到过他的作品。

么美丽动人。

　　您家在德利兹的树林即将抽芽变绿，只要它们绿意葱茏，我就不会渴求您的来信。只是在此期间，我要说服您时不时地想着我。我的内心是如此想念您家的树林，或许您还没有准备好，我就突然出现在了您的面前；如果不出意外的话，我的信件将以散文或诗歌的形式使您注意到乡村生活的美好，尽管还有希施费尔德——大自然的解剖学者。① 雷吉斯先生也许对我们多有不满，这样一位亲切的男士第一次到我们这儿来就受到了令人难堪的招待，② 我心里很是难过。我自己也说不清楚我是怎么了，但是，我一如既往、全心全意地是

您的朋友及仰慕者

歌德

---

① 克里斯蒂安·卡厄斯·洛伦茨·希施费尔德著有《乡村生活》（莱比锡，1768）一书。1767年至1769年期间，作者本人曾在莱比锡居留。

② 雷吉斯先生指约翰·戈特利布·雷吉斯，莱比锡的税务官。"令人难堪的招待"迄今不详，或许是因为歌德身体抱恙而无法长时间和雷吉斯会面。

60. 歌德致小凯特·舍恩科普夫

法兰克福,1769年6月1日(星期四)

我的朋友:

　　从您写给霍恩①的信中,我看得出您是幸福快乐的;如果您能体会到我是多么地爱您,您可以想象得出我读信时的感受,我所体验到的快乐。请代我问候您的亲爱的博士先生,②也请代问他的朋友好。我为什么这么久都没有写信?倘若您急切地期盼我的来信,那么我的行为无疑应当受到惩罚。但是我了解现在的状况,所以我不写信:眼下这一时期,我的信对您而言就像埃尔兰根报纸一样不足以引起您的注意;综合所有情况来看,我无非就是一条死鱼,而且我曾想要发誓——但我又不想发誓了,您要是觉得我不是当真的,也只能随您这么想了。霍恩开始逐渐康复,像他刚来时的那副样子,根本不可能和他有所交往。对于那位不在身边的乌拉妮娅,③他是如此温柔,如此善感,以至于都变得有些滑稽了。您在信中言之凿凿,说康斯坦缇由于忧伤而变得脸色苍白,他当真就相信了。以脸色是否苍白而论,人们会觉得他爱得不够热烈,因为他的脸颊比以往任何时候都更加红润。当我向他保证说,小菲格会以其女友④为榜样并渐渐地有所领悟等等,他就会扯开喉咙大声诅咒我,并把说这些话的我赶走。他信誓旦旦地说,他那强有力的爱情在她的心坎上写下的温柔字眼是永不磨灭的。这位好人没有想到,姑娘的心不是用大理石做的,她们也不可能是大理石。最可爱的人儿最容易陷入爱情,但最容易恋爱的心也最容易遗忘爱情。不过,他根本不这么想,他是对的,看着自己的爱情逝去是令人不寒而栗的。一个被拒绝的恋人远不像被抛弃

---

① 霍恩于1769年4月2日重返法兰克福。
② 小凯特·舍恩科普夫在1769年5月与克里斯蒂安·卡尔·坎内订婚。
③ 这里的乌拉妮娅和下文中的康斯坦缇和小菲格同指索菲·康斯坦斯·布赖特科普夫。
④ 女友指小凯特·舍恩科普夫。

的恋人那样不幸,前者还有希望,至少不用担心存在反感;而另一位,是的,另一位——他感受过被人从心里赶出去是什么滋味,所以就不愿再去想它,更不用说去谈论它了。

康斯坦缇是一位好姑娘,我祝愿她能找到一个人,解除她心中的郁闷,不要在那群讨厌鬼里寻找,他们说:好吧,事情就是这样,人们得知足;去找这样一位安抚者,伴其左右,将其失去之物重新一一弥补。噢,在她的身边不会一直缺少这样一个人的。请您留意,亲爱的朋友,如果您看到有人挽着她的手臂和她散步,而且……好了,您知道其中的细节,知道如何才能辨别那不是偶然之举,然后请您写信告诉我,您应该很容易就想象得出我为什么会对此感到高兴。

我的歌集①还没有付诸刊印,要是都弄好了,我多想给您寄去一本;但是我在莱比锡没有找到可以出书的人。您把那些诗歌要花的几个钱给我吧,倘若您心里想起我,也可以不时地让彼得②弹奏一曲。当我写这些歌谣的时候,我和现在完全是判若两人。可怜的小狐狸!③ 您要是能看看我每天都在干些什么就好了,真的是非常好笑。

写信变成了苦差事,特别是给您写信。如果您没有特别要求,那么,您将在10月之前不复收到我的来信。因为亲爱的朋友,尽管您称我为亲爱的朋友,有时候甚至是最亲爱的朋友,但是您最好的朋友却总是如此乏味无趣。只要有新鲜的豌豆可吃,没有人喜欢罐头豌豆。新鲜的梭子鱼总是最好吃的,但如果担心它们坏掉,人们就会腌制它们,特别是要出口的话。当您想起所有您用友情腌制起来的情

---

① 指歌德的《新歌集》。
② 指彼得·亚当·舍恩科普夫。
③ 指《新歌集》中的诗歌《奉献》(Zueignung)中的最后一节。

人——高的、矮的、弯腰曲背的和身板笔直的,您肯定也会觉得滑稽可笑,就是我想到这儿,也不禁要笑出来。不管怎样,您大可不必完全断绝与我的通信往来,拿我来做熏鲱鱼,我还是足够好的。

顺便说一句,我没有忘记要给您寄一样东西,您拿它做您想要的,可以是给您自己做戴在头上的玩意,也可以是给别人做缠绕在手上的东西。头巾和扇子还几乎没有什么进展。您看,我是诚实的,尽管我想说,但话到嘴边又说不出口了。只有在春回大地的时候,牧羊人才会割树皮,只有在鲜花盛开的季节,人们才会扎花环;请您原谅,如果我只能维持现状而不能更进一步,您又怎能要求我做那些我曾经为您做过的事情,这样的回忆只会令我伤感不已。

我一再对您说,我的命运取决于您的命运。您在不久之后或许将看到,我说得多么在理,或许在不久之后您将听到一则始料不及的消息。① 请代我问候您亲爱的双亲以及您的家人。请代我问候总税务官。② 我尽可能做您的

最忠实的朋友

G.

---

① 可能是指歌德将动身前往斯特拉斯堡的消息。
② 约翰·格奥尔格·里希特是莱比锡的高级关税和酒类税务官。

61. 歌德致小凯特·舍恩科普夫

法兰克福,1769年8月26日(星期六)

我的亲爱的朋友:

我感谢您对本人身体状况的关心,我必须欣慰地告诉您,上次关于我病情的传闻同样是毫无根据的,我的健康状况还可以,当然有时候比我希望的略差些。您可以想见,我之所以这么久没有给您写信,无非是身体欠佳的原因,或许不久之后,将有其他原因①阻碍您给我写信。真是奇妙,我最后一次见到您是在一年前的今天,一年的时间真是疯狂,容颜变化,也就在这一年的时间里;我敢打赌,我要是再看到您,很可能就认不出您了。要是在三年前,②我会发誓说情况将变得和现在不一样,如今我断定,人们不应该许下任何誓言。那时候,我做不到从容地和您聊天谈话,而现在,我的才智依然不足以给您写上一页信。因为我想不出任何能使您感到愉快的事情。如果您写信告诉我,您是幸福的,您始终感到幸福,从无例外,那么我就会觉得身心愉悦。您相信吗?霍恩让我问候您,他比我还不幸。但正如万事万物的搭配都是如此奇妙一样,他的傻气也将有助于医治他的激情。祝您生活如意,亲爱的朋友。请代我问候您亲爱的母亲及彼得。我今天有点让人受不了。要是我在莱比锡的话,我将坐在您身旁,摆出一副苦脸。不知您是否还能记起类似的闹剧。啊,不,如果我此刻在您的身旁,我一定要活得快活。噢,如果能使时光倒流两年半该有多好!小凯特,我向您保证,亲爱的小凯特,我多么希望自己变得更加理智。

遵从您的命令,我在这里记下了您信中的错误;如果今后不再犯

---

① 指小凯特·舍恩科普夫将与克里斯蒂安·卡尔·坎内完婚。
② 1766年4月26日,歌德向小凯特·舍恩科普夫表白了他的爱情,参见本书第41封信"歌德致贝里施"。

这些小错误,您将写出最美的信函。

正确	错误
erinnere mich daß（回忆）	erinnere mich das
gespielt（玩）	gespiehlt
es war（这是……）	es wahr
Prophezeihung（预言）	Profezeihung
Gnade（仁慈,宽宥）	Genade
Plätze（位子）	Blätze
fade（乏味）	fate
Leidwesen（遗憾）	Leutwesen
reitzenden（迷人的）	reitzenten
Eindruck（印象）	Eintruck
geschickt（灵巧的）	geschückt
freilig（可是）	freilich
schicken（寄送）	schücken
man wird（人们变得）	man würd
übrig（剩余的）	übrich
bekommt（得到）	bekombt
Comödienzettel（剧院节目单）	Comoetigen Zettel
so bald（尽快）	so balt
sagten（曾说）	sagden

62. 歌德致 G. 布赖特科普夫

1769 年 8 月?①

> 戈特洛布兄弟
> 上帝赐你良宵

你是一个正直的人,老实本分,长得又好,凡是从莱比锡来的人全都对我这么说,这令我感到万分高兴,你变得越来越优秀,一直以来你就是个好孩子,明智冷静、思路清晰,一如明理之人,奇思妙想又非凡人所能比。来看望我们吧,这儿的姑娘全都站在你一边,我给她们讲了各种各样关于你的故事,其中有几位生性活泼,她们觉得跟你交往应该还不赖;给我写信吧,亲爱的兄弟,告诉我你现在的情况。

我过得还行,轻松且安逸。有半打如天使般的姑娘,我经常和她们见面,却没有爱上其中任何一个;她们都是些可爱的人儿,把我的生活变得极其温馨舒适。没有去看过莱比锡的人在这儿应该是过得挺称心如意的;但是,萨克森,萨克森啊!哎!哎呀!这可太过分了。一个人即使再健康,再强壮,在该死的莱比锡也会很快把自己烧干,就像一个差劲的沥青火把。好吧,现在,可怜的小狐狸,②正在一点儿一点儿地康复。

我只想对你说一句话:不要过骄纵放荡的生活。对于我们男人来说,精气神就像女人的贞操一样重要,童贞一旦没了,那就是没了。也许能通过江湖术士将其医好,但事实上一切都是徒劳的。

再见,亲爱的兄弟。爱我,勿忘我。明年春季,我会去斯特拉斯堡。谁知道我们什么时候才会再次听到对方的消息。在此期间,务必给我写信,如果伯恩哈德兄弟③不想写信,那就让你来转告我,他

---

① 具体日期不详。
② 指《新歌集》中的诗歌《奉献》中的最后一节。
③ 伯恩哈德兄弟指伯恩哈德·苔奥多·布赖特科普夫,要通知歌德的事情可能是指《新歌集》的刊印一事。

是否有要事告知,并把这话夹在你的来信中。代问施托克①及其妻子好,并请转告他,他的作品相当不错。

歌德

---

① 约翰·米夏埃尔·施托克,莱比锡的铜版画家,妻子是玛丽·海伦娜,娘家姓施瓦贝。

63. 歌德致朗格尔

1769年10月中旬(?)①

随信附上我的歌集。②尽管它不足轻重,但我希望您的爱将使它变得有分量。我的心情故事,尽在这短小的诗行之内。如果说有哪些诗歌没有遵循巴特克斯的原则,③那么就是它们了,它们不是对大自然的模仿,它们就是自然。因此,对于我和我的朋友而言,它们是我青春时期的永久纪念。请您务必诵读贺拉斯的颂歌,扉页题词即出自其中。第一编中的诗行,它们是我的歌集的灵魂所在。随信附上《晚安》④(虽然它不会在婚礼上出现),但它表明,至少当我们觉得婚期日益临近时,我们有必要预演我们的热情。再见,亲爱的朗格尔。爱我。

---

① 具体日期不详,但根据信中提到的《新歌集》一书可以推测,该信应是在《新歌集》出版后写给朗格尔的。
② 《新歌集》出版,并附有歌德亲手完成的勘误表。
③ 查尔斯·巴特克斯的《美学艺术的惟一原则》由约翰·阿道夫·施莱格尔译成德语,1759年在莱比锡发行了第二版。其中,巴特克斯认为艺术的惟一原则就是模仿大自然。但是,歌德认为,他的诗歌并不只是单纯地模仿大自然,他的诗歌就是"自然"。
④ 指写给小凯特·舍恩科普夫的婚庆诗歌。

64. 歌德致朗格尔[1]

1769 年 11 月 30 日　星期四

法兰克福,1769 年 11 月 30 日

亲爱的先生:

也就是说,您现在已经在瑞士[2]了! 多大的变化啊! 我不知道,您是否会喜欢那里的生活。谢谢您的来信,让我对您的行程路线有所了解,也了解了一些您在旅途期间碰到的所有引人关注的事情。在我看来,您将在当代文化人的圈子内扮演一个老好人的角色,[3]因为您见过并且多少认识这些对当代主流产生决定性影响的先生们,您比其他任何人都更加了解他们的性格,人们向您提问,请求您描述他们,还会恳求您发表意见,关于他们的长相,他们的行为举止,他们的假发,人们将刨根问底地追问您,您不自觉地成了一名传记作家。

那幅图画得并没有真实的斯特拉斯堡好看。我如果不清楚那些萨克森先生们的品位——如此讲究,或者说是如此严苛,他们可能会说服我放弃明年年初在斯特拉斯堡迎接太子妃[4]的决定。但是不管怎样,我必须逐步靠近法兰西,在斯特拉斯堡,法语中混杂着德语,人们这么和我交谈,即使它们不能逗人发笑,也总是能提供丰富的供人遐想的素材。无论如何,一个毫无魅力可言的学院的最大优势是可以在那里顺利完成学业。

根据您的描述,我觉得洛桑是一个索然无趣的地方。毫无学术氛围! 过时了! 难道这儿就更强些吗? 但是至少可以离群索居,像

---

① 此信原文为法语。
② 1769 年 9 月,朗格尔曾在法兰克福短暂逗留,然后经斯特拉斯堡、巴塞尔和伯尔尼前往洛桑,并在那里居住了两年。
③ 朗格尔在莱比锡期间就结识了格勒特、戈特舍德、魏瑟、克洛迪乌斯和希布勒,或许还结识了察哈里埃和莱辛。在前往洛桑的途中,朗格尔还陆续结识了其他重要的当代作家。
④ 指玛丽·安托瓦内特。1770 年,她离开维也纳前往巴黎;5 月 7 日,抵达斯特拉斯堡。

蚕宝宝一样将自己裹起来,却不会令人觉得可笑。但是在洛桑就不一样了,一个偶尔在协会露面的人被视作恶劣的会员,就像在哥廷根或者其他学会里,人们如果不是经常去参加协会活动,就会觉得无聊透顶。

　　一天又一天,我的身体状况在持续好转。我的精神状况对身体康复并没有什么帮助。心满意足,精神愉悦,做一名德谟克利特,①我一直都乐意从事我的研究工作,②除非我午间吃得太多或者喝了太多酒,但有时的确会这样。我们这里无甚变化,还和您走时一个样,朋友们惺惺相惜,知足惬怀。我的父亲、我的母亲、我的妹妹以及克莱滕贝格小姐③都让我问您好。梅林先生④和霍恩还是老样子——疲顿、倦怠,毫无好转的迹象。

　　上个月月底,我做了一次非常愉快的旅行,目的地是曼海姆。⑤在我所看到的许多新奇好玩的东西之中,在那许多令人印象深刻并仿佛给我的双眼施了魔法的展品之中,最令我印象深刻的还是根据罗马原型重新浇铸的拉奥孔石膏像。⑥我是如此专注着迷,差点忘

---

① 指笑对人生的哲学家。希腊哲学家德谟克利特在其伦理体系中提出,约束人的欲望,生活有规律,就可以使灵魂保持愉悦。
② 歌德当时正在研究自然神秘主义。
③ 朗格尔在其逗留法兰克福期间,于9月16日和17日结识了克莱滕贝格小姐。
④ 约翰·克里斯蒂安·梅林,朗格尔的朋友,1768年至1773年居住在法兰克福。
⑤ 在《歌德自传——诗与真》中,歌德将去曼海姆参观古希腊罗马珍品馆一节放在了斯特拉斯堡旅行结束之后,但是根据这封信,歌德应该是在1769年10月就前往曼海姆参观了该博物馆,馆内收藏的古希腊罗马雕像的石膏仿制品在当时首屈一指。
⑥ 1506年,在罗马考古发现了大约完成于公元前1世纪下半叶的拉奥孔雕像,温克尔曼用该艺术品论证了自己对希腊美学原则的理解。

记了馆内①还有其他和它同时复制的石膏像。我把关于拉奥孔的一些想法②写了下来,它们将为目前这场由众多知名人士参与的、尽人皆知的争论注入新的内容。但是正如我们每日所见,没有一个天才是全才,卓越的诗人远非优秀的建筑师,这点也适用于莱辛、赫尔德和克洛茨。③ 要谈论艺术,只具备批判精神并会提出一些漂亮的假设还远远不够。我给厄泽尔写了信,告诉他我的一些发现;我将争取在今年冬天把它们整理完毕,这样我才能在明年经曼海姆去斯特拉斯堡的路上,对这篇小文章做最后的加工润色,使其尽可能变得丰满。如果我接下来还准备去罗马,事情会怎样发展呢?凭您对我的了解,您一定相信我会勤奋工作以弄懂那些深奥的知识,而且我极力避免在仓促之中完成手稿,正如珂雪神父④在完成手稿 40 年之后才批评其写得过于仓促,而这也不免有些太迟了。

除了罗马著名雕像的复制品之外,我在曼海姆还见到了许多珍

---

① 普法尔茨选帝侯卡尔·苔奥多自1753年开始收集古希腊罗马雕像的石膏复制品,并任命王室雕刻家彼得·安东·费斯哈费尔特负责此项工作。在古希腊罗马珍品馆内收藏有"观景台的阿波罗神像""垂死的击剑士""卡斯托与波罗克斯"等艺术品。
② 这篇关于拉奥孔的论文下落不明,写给朗格尔的那些想法也没有保留下来,因为原信也遗失了。
③ 具体指莱辛的《拉奥孔:论绘画与诗的界限》(1766),赫尔德的《批评之林——献给莱辛的〈拉奥孔〉》(1769)以及克里斯蒂安·阿道夫·克洛茨的《关于切割宝石的用处及使用》(1768)。
④ 指在罗马学院担任哲学和数学教授的耶稣会成员阿塔纳斯·珂雪,他研究领域广泛,特别是对于古埃及历史和圣书的研究使他在17世纪成为这一领域的权威。珂雪之所以进入歌德的视野,和歌德本人对神秘主义的兴趣不无关系,但是歌德信中对应的原文迄今无从考证。在《法兰克福学者通报》上,歌德在一篇评论中再次提及了珂雪及其研究成果。

品，它们给我留下了深刻印象。那些绘画作品、①自然历史博物馆②和歌剧院，所有这些加在一起，就连我这个对钱并不在行的人都觉得选帝侯的支出超过了他的收入。真的，当人们批评造型艺术和实用科学总是使富裕人家变得倾家荡产时，这真是令其自惭形秽。对于美的热爱和感受让我们远远超越了普通人，甚至于忘记了凡夫俗子的困顿之境。但是，我们觉得没有用处的东西往往就是美的。

我结识了克勒先生③以及学院的拉迈先生，④特别是后者，他是一个殷勤好客之人，没有那么客套，尽管有时较阴郁，在我看来，可恶的中世纪研究是罪魁祸首。

祝您身体安康，亲爱的先生。您上一封信写于 10 月 28 日，我的回信为 11 月 30 日。也就是说新年之后，我将从您那里获悉一些新消息，依此类推，我将在明年 2 月写回信。直到那时，请您保重。

歌德

---

① 普法尔茨选帝侯的画廊共有九间展厅，展出了 600 幅画作；在收藏铜版画的小陈列室中约收藏有 50 000 幅作品，其中 7 000 幅是原稿，出自拉斐尔、米开朗琪罗、丢勒、鲁本斯和伦勃朗等大师之手。
② 自然历史博物馆位于王宫东楼的底层，并由馆长科斯莫·亚历山德罗·柯林尼重新安排布置。它的三个展厅分别为：矿物学展厅、化石展厅以及脊椎动物展厅。
③ 迄今为止无从考证。
④ 指安德烈亚斯·拉迈，时任曼海姆宫廷图书馆馆长以及普法尔茨科学院的秘书。

65. 歌德致小凯特·舍恩科普夫

法兰克福，1769 年 12 月 12 日（星期二）

我挚爱的密友：

　　昨夜一梦，令我想起，我还欠您一封回信。并非我已完全将其忘却，也不是我不再想您，不是这样的，我的朋友，每一天都有一些关于您的消息，也都提醒我要写回信。但是，奇怪的是，这种感觉——您或许也了解，对远在外乡的朋友的回忆虽然没有消失，却会随着时间的流逝而被遮蔽了。消遣娱乐活动，认识新鲜事物，简言之，生活状态的每一个变化都会在我们的心灵上留下某些痕迹，就像粉尘烟雾侵蚀绘画作品一样，它们使得那些纤细的线条完全无法辨识，那些比较遒劲的笔锋也变得隐隐约约，而且是如此不知不觉，人们都不知道是如何发生的。成千上万件事情使我想起您，我一次又一次地看见您的面容，但又是如此模糊，往往不带任何感情色彩，就好像是随随便便想到一个人；我常常记起自己还欠您一封回信，但是又没有任何要给您写信的冲动。当我现在重读您这封情真意切的来信——已经有好几个月了，看到您的友谊，您对一位不足挂齿之人的担忧，我不免惊呆了，并且这才感觉到我的内心世界里发生了如此可悲的变化，以前有些事情能让我觉得自己被捧上了天，现在却丝毫无法令我高兴起来。请您原谅我！人们能够因为一个不幸之人无法快活起来就生他的气吗？郁闷使得我对于自己的优点也变得迟钝起来。我的身体业已康复，但是我的精神还没有治愈，我过着安静平和、无所事事的日子，但这远不能说明我就是幸福的。在此种平庸的状态下，我的想象力也沉寂了，就连我最喜欢的东西，我都无法在脑海里勾勒其模样。偶尔在梦中，我的心灵才显现出它本真的样子，只有做梦才能帮助我唤回那些甜美的回忆，它们如此鲜活，使得我的感受也变得活跃起来。我之前就告诉过您，梦境让我想起还欠您一封信。我看见了您，坐在您身边，像往常一样，这梦太奇特了，我甚至无法用言语向您描述。

总而言之,您结婚了。① 这难道是真的吗? 我拿起您亲切的来信,哦,在时间上是对的;如果这是真的,啊,您的幸福生活即将开启,祝福您!

　　如果不考虑个人感受而纵观此事的话,我是多么高兴看到您——我最好的朋友——躺在温柔丈夫的怀抱里,看到您满心欢喜的样子,看到您摆脱了单身,尤其是单身处境所造成的各种不便;那些嫉妒您、自认为比您强的朋友们肯定不像我这么高兴。我得感谢我做的梦,它相当生动地描述了您的幸福生活,您丈夫的幸福,因为他给您带来了幸福,他得到了奖赏。因为您不可以随意和人打交道,包括和您的朋友,所以如果您继续做我的朋友,您就能维持我对您丈夫的友谊。如果可以相信梦的话,那我们会再次见面的,但是我并不希望这么快,出于个人原因,我乐意将我们的会面推迟。但愿人能不听命运的安排而自行其道! 我曾经给您写过一封颇有些令人费解的信,②里面也讲到了我准备干什么,现在事实更加清楚地表明,我将离开目前的居住地,离开您更远。最好不要让我想起莱比锡——一个狂乱迷离的梦境,没有莱比锡的朋友,也没有书信。但是我将发现,它们其实对我毫无用处。在其他都无能为力的时候,忍耐、时间和距离将抚平一切,它们将消除不愉快的回忆,乐意赋予我们的友谊以新生命,而我们将在若干年后重逢,③眼界虽然不同,但是内心情感不变。一直到那时,请您一定要健康。哦,不,不会要那么长时间。

---

① 事实上,小凯特·舍恩科普夫在次年5月才和坎内博士完婚。
② 歌德在1769年6月1日写给舍恩科普夫的信的末尾处写道:"您在不久之后或许将看到,我说得多么在理,或许在不久之后您将听到一则始料不及的消息。"
③ 1776年3月,歌德曾在莱比锡逗留,期间曾和坎内博士的妻子,即小凯特·舍恩科普夫见面。

在三个月之内,您将收到我的一封来信,它将告诉您我的目的地,我动身的时间,还将啰啰唆唆地再重复一遍我已经对您说过上万遍的话。我请求您不要给我回信,如果您还需要我这里的什么东西,请您让我的朋友告诉我即可。这是一个哀伤的请求,您是我所有的女性朋友当中最为要好的一个,也是唯一一个我最不想称为朋友的女性,因为这个称呼丝毫不能表达我对您的感受。我不想再看见您的玉手,也不希望听到您的声音,梦中热闹忙碌的场面已令我痛苦不堪。您还将收到一封来信,我保证;关于我欠您的东西,①我会偿还其中一部分,剩下的就得请您原谅我了。您要知道,当我解决好最后这一件事情,我们将失去所有联系。

您向我讨要一本大书,②您会收到的。我很高兴您开口向我要这本书,这是我能给您的最美妙的礼物了,它会令我在您的回忆中保持得最长久,也最有尊严。

我无法给您寄去婚礼贺诗了,③我是为您写了好几首诗,可是,它们不是感情太热烈,就是词不达意。您怎能要求我写一首和这样一个喜气洋洋的节日气氛合拍的诗歌呢?是的,很长一段时间,我的诗歌都是那么地阴郁、沉闷,就和我的脑袋一样,您从大部分已经刊印的诗歌中就可以看出;从剩下的那些即将刊印的诗歌中,您也会看出一二的。

您若喜欢哈格多恩④这位可亲可敬的诗人——他的确也当之无愧,我会在最近给您寄去他的书以及其他几本书。请您顺带问候您

---

① 可能指围巾和扇子,参见 1770 年 1 月 23 日歌德致小凯特·舍恩科普夫的信件。
② 无从考证是哪本书。
③ 在 1769 年 10 月致朗格尔的信中,歌德曾提及婚礼贺诗《晚安》。
④ 可能是指哈格多恩的《诗学》(第二版,1769)。

亲爱的母亲和您的弟弟,他肯定不再是个孩子,而是长大成为了一个能干的乐师。请代我问候所有的亲朋好友,并请您把身边和我相关的纪念品都换掉吧。

  祝您安康,我最亲爱的朋友,请用怜爱之心对待这封信,尽管只是一场梦告诉了我您的情况,而且它本要阻止我写信,但我还是要一诉衷肠。祝您吉祥康乐,愿您时不时地想起我最温柔的顺从。

您的
歌德

1770年

66. 歌德致小凯特·舍恩科普夫

法兰克福,1770年1月23日(星期二)

我亲爱的朋友:

我在上一封信里说,我再也不提笔给您写信了,那时候,我的确是非常认真的;但是,每当我认真地计划不再做某事,小凯特却总能让我按照她的喜好改变想法,要是博士妻子同样具有操纵人的大脑意识的天赋,那么我也必须给坎内夫人写信了,即使在动手之前,我已经发了上千遍誓言,说自己坚决不干了。如果我没记错的话,前一封信带有某种程度的悲观色彩,但是今天这封信将变得欢快活泼,因为您把婚期推迟到了复活节。我希望,您已经结婚了,或者天知道还会有多少新鲜事。但是您或许会想,这些归根结底和我又有什么关系。

我不知道您是否收到了我寄给您的书。可惜没有时间让人把书装订起来。请允许我向您推荐那本薄薄的法语书。您有一本它的译本,而且我还知道,您正在学习一点儿法语。

我的生活很平静,这就是我能告诉您的关于我的全部:精力充沛,身体健康,而且勤奋好学,因为我脑子里不再想着任何姑娘。我和霍恩依然是好朋友,但是这世上就是这样,他有他的想法,他有要处理的事情,而我也有我的想法,有我要处理的事情,所以,一个礼拜过去了,我们也难得见上一面。

但是总体来看,我现在真是厌倦了法兰克福,所以我将在3月底离开这里去远行。我意识到,我现在还不可以到您那里去;因为如果我在复活节期间去看望您的话,您或许还没有结婚。我不想再看到小凯特·舍恩科普夫了;而如果不能看到另外一个样子的她,那就保持现状吧。要是您如我所想的那样关心我的去处,我就告诉您我将在3月底前去斯特拉斯堡。您难道也要将信寄到斯特拉斯堡吗?您可千万不要戏弄我。因为我现在十分清楚地知道,我喜欢小凯特·舍恩科普夫的来信,就像喜欢您的玉手一样。

您永远都是一位可爱的好姑娘,将来也会成为一位可爱的妻子。而我,我依然是歌德。您知道这意味着什么。我叫自己的名字,我把自己看成是一个整体;而您知道,在我认识您的那段时间里,我仅仅是作为您的一部分而活着。

在我离开这里之前,您将收到我曾经答应却一直未寄出的书;我还欠您一把扇子和一条围巾,这得等我从法国回来之后才能解决。

我会在斯特拉斯堡逗留一段时间,我的地址可能会发生变化,就像您的地址一样,有可能我们的信件都将出自某位博士之笔。

我会从斯特拉斯堡动身前往巴黎,并希望在那里生活愉快;我有可能住上挺长一段时间,而这之后——只有天知道是否会有所收获。希望在复活节时,您已顺利完婚。要是到那时还没有完婚,那就放到米迦勒节,①要是米迦勒节还没有动静,我就不再挂念此事了。

如果像现在情况所表明的那样,我还能亲自为您奉上扇子和围巾,并能称呼您为舍恩科普夫小姐或者小凯特·舍恩科普夫。不过在那之前我可能已经成了博士,并且是一位法国博士。如此一来,坎内博士夫人和歌德博士夫人之间的差异就变得微乎其微了。②

祝愿您在此期间生活顺心如意,请代我问候您的父亲舍恩科普夫、您亲爱的母亲以及我的朋友彼得。

和布赖特科普夫一家我几乎失去了所有联系,就像我和这世界已毫无关联一般。我虽然收到了来信——当然只是一些短信,但是我并无意要回信。

---

① 每年的9月29日为米迦勒节。米迦勒为《圣经》中三大天使长之一。
② 在德语拼写中,坎内博士夫人和歌德博士夫人的差异体现为前者为字母C,后者为字母G。

康斯坦斯还爱着那个来自佩高的粗俗的家伙,①爱得死去活来,我觉得这委实够幼稚、够单纯,令人不悦,至于原因,您应该想象得出。

葡萄是酸的,狐狸说。谁知道呢,有可能最后会成就一桩好姻缘,婚礼场面热闹非凡;不过,我当真知道另外一桩婚事,它更加豪华气派。这不是不可能,只是难以想象。

我们家里已经安排妥当了。整栋房子都是我们的,如果我的妹妹结婚了,她就得搬出去住,我可受不了妹夫;要是我结婚了,我们还会和父母住在一起,我会有十个房间,每个房间都会按照法兰克福眼下的流行趣味布置得舒适惬意。

好了,小凯特,看上去您不是很喜欢我,请您介绍一位和您最亲近的闺蜜,让我娶她为妻。如此毫无目的地周游世界究竟为何?! 两年后我就回来,而在这之后,我有一栋房子,我还有钱。心啊,你还何所求? 一位妻子!

再见,亲爱的朋友。今天我心情不错,胡乱写了不少。再见,我的挚爱。

---

① 佩高是莱比锡附近的一个小村子,名声不太好,常受人嘲讽。"来自佩高的粗俗的家伙"有可能指霍恩。

67. 歌德致 Chr. G. 赫尔曼

1770年2月6日　星期二

亲爱的陪审推事先生：

感谢您的便条。看得出来，您还是疼爱我的，这令我无比高兴，因为我一直都非常喜欢您，并经常思念您。我一直没有给您写信，想必您是理解其中的苦衷的。一个人得操心新的生活，新的朋友，而且您肯定也能想象得出，一个人要整理他在莱比锡大学三年就读期间的全部学识，他有多忙。

大致在3月底，我又要开始旅行了。首先前往斯特拉斯堡，我希望在那里圆满完成我的法学论文。从那儿，我将（除非发生特殊情况）继续前往巴黎。这之后，也只有上帝知道了。请您一直想着我，直到我回来。

假如您喜欢我歌集中的某一首，我将感到万分高兴。我希望随着时间的流逝我能写出更好的作品来；大家对我们得有耐心，就像对待初生的婴儿一样。

绘画、音乐以及所有被称为艺术的东西都与我投缘，就像从前一样。厄泽尔在做什么？我很久没有他的消息了，请向他转达我最真诚的问候。在动身之前，我也会给他写信。

赖希先生①把《第欧根尼谈话录》②邮寄给我了。我在邮局已将其拆阅，这真是他能送给我的最好的礼物了。里面的铜版画棒极了，而且这本书出自维兰德之手。我们只要说出他的名字，描述或者评判其个性及性情，则不是我等所能及。任何人都不应该随意谈论伟大的人物，就好像自己和他们一样伟大并且能把他们看透。普通人靠得太近，会把局部细节看得透彻，却忽视了整体；若想纵览全局，就务必站得远，而此时，其目力却无法到达局部细节了。请原谅我的比

---

① 指菲利普·伊拉斯谟·赖希，歌德与其在莱比锡相识后成为朋友。
② 维兰德所作，在赖希出版社出版发行，在歌德日志中有记载。

喻。请代问总税务官先生①好,我会在近期给他写信。请您爱我。我还是我,就像在花园小屋和绿色小屋里一样。

  法兰克福,1770年2月6日   您的
                     歌德

---

① 约翰·格奥尔格·里希特。

68. 歌德致 Ph. E. 赖希

法兰克福,1770 年 2 月 20 日(星期二)

最亲爱的赖希先生:

感情交织,心情复杂,门德尔松①所言极是;维兰德②描写之细腻令我们其他人只能保持沉默。收到您亲切的来信和温馨的礼物,③我的内心百感交集。

一切于我并不新鲜。维兰德是位作家,您是位出版商,你们对我友好和气,这些打我认识您和维兰德就知道了,只是此时此地,此种程度(!)这些对我而言又是新鲜的。我的感激之情有多深,您只要根据您的友谊的分量、这本书的品质以及我的喜悦之情就很容易测量得知;在法兰克福这个审美情趣匮乏的地方,如果能在第一时间收到一本新书,一个人心里该感到多高兴啊。但我仍愿三缄其口,那是因为您为人和善;要不是您和气地要求每一位心存感激的朋友以敬畏之心保持沉默,您想必早就听厌了这些感恩戴德之词。

厄泽尔的《发明》系列④又给了我一个因拜其为师而感到由衷高兴的理由。任何一位大师都无法将技巧或者经验传授给自己的学生,几年的训练,学生也只能达到造型艺术的一般水准;我们的双手也只是他附带关注的对象;他走进我们的心灵,要是不想充分利用它,就不必拥有它。

其授课将影响我一生。他教导我,美的理想型是静穆和单纯,由此得出结论,年轻人是成不了大师的。不用经历不幸的人生就能信服这一真理,这真是万幸。请代我向亲爱的厄泽尔问好。

---

① 指摩西·门德尔松的《论感觉的书信》,收录于 1761 年出版的《哲学手稿》第 2 卷,并增加了《叙事歌谣或者论感觉的书信的增补》。
② 歌德在此处提及维兰德,可能是想到了他的作品《阿迦同的故事》。
③ 指上一封信中提及的维兰德的作品《第欧根尼谈话录》。
④ 指厄泽尔的绘画作品,其中,厄泽尔受萨洛蒙·格斯纳的启发,表现了弦乐演奏及合唱是如何被发明的。

继他和莎士比亚之后，我认为维兰德是我唯一的、真正的老师；其他人指出我的不足，他则告诉我，我应该怎么做才能做得更好。

您可能并不想听我讲关于《第欧根尼》的想法。在这种情况下，一个人所能做的无非就是感受和沉默，因为如果他没有伟人那样出色，他甚至都不可以称赞伟人。但是，我对维兰德的意图还是颇感生气，而且我觉得自己完全有理由生气。维兰德往往不被人理解，这是他的不幸，这可能是他个人的原因，但也不尽然，这时候，如果有人把自己的错误理解强加在公众身上，那的确够令人生气的。最近有一位文艺批评家①说：关于月球之子的演讲②巧妙地嘲讽了当时的哲学思想及其迂腐本性。怎么会有人这么想呢？——但真的有！他还有一个同伴——《阿迦同》的译者。《古希腊风俗一览》，③那本译著的名字差不多就是这样。我相信，那个人把这本书看成了一本古籍。

我不知道，维兰德是否为此而生气，至少他有理由生气。

如果您给这位伟大的作家、您的朋友写信，或者和他交谈，那么承蒙您的好意，请向他举荐一个人，尽管他还没有足够的资历来评判其功绩，但是却心思细密，为其折服；句句肺腑，字字真言，他是

您最忠实的仆人
歌德

---

① 无据可查。
② 在维兰德的《谈话录》中，第欧根尼假扮成迦勒底人在雅典民众面前发表了一场关于月球人的演讲，旨在讽刺方法论的辩证法，通常，哲学家掌握这种方法后就可以滔滔不绝地进行空洞的演讲。
③ 维兰德的《阿迦同的故事》的法文版译者是约瑟夫·皮埃尔·弗勒奈。

69. 歌德日志①

1770年1月至3月

兴之所至，
今天这样，明天那样。

拥有众多学生的帕拉切尔苏斯，在一个柔软的壳中。②
波舍尔的《论相面术、额相及手相》，莱比锡，1769年。③
帕拉切尔苏斯是反对气质学说的，他说，他们的理由无非是一种仓促的投机行为。《帕拉格拉嫩》第一篇《论哲学》。④ 唐豪瑟和魏森

---

① 歌德在魏玛生活期间将34页的四开本《歌德日志》送给了夏洛特·封·施泰因，该《日志》现保存在斯特拉斯堡大学图书馆内。关于《日志》的时间，学界一直存有争议。目前，人们普遍认为其中最主要的一部分应该是在歌德前往斯特拉斯堡求学之前，即1770年1月至3月间于法兰克福完成，共有27页。另有3页写于斯特拉斯堡，32至34页则写于1771年在法兰克福逗留期间。《歌德日志》主要记载了歌德当时阅读的书籍，包括书名以及节选、摘录等内容。从记录的内容来看，歌德当时兴趣广泛，阅读涉猎面广，令世人较为吃惊的是，《日志》里的书名与片段显示了他对赫耳墨斯神智学的痴迷，即歌德并非对宗教神学，而是对自然哲学和自然科学显示出了浓厚的兴趣。同时，《日志》也是歌德的工作笔记，记录了歌德创作《格茨》以及《浮士德初稿》的前期工作，另外也有关于德国中世纪历史的笔记及关于莎士比亚的文学笔记；《日志》的末尾部分还可以读到《凯撒》剧本的断片。
② 帕拉切尔苏斯，原名菲利普斯·奥雷奥卢斯·特奥夫拉图斯·封·霍恩海姆，为医师、自然科学家和哲学家。该引文出自斯特拉斯堡1603年出版的帕拉切尔苏斯《作品全集》的《帕拉格拉嫩》卷所收录的5篇论文的第一篇《论哲学》。
③ 克里斯蒂安·亚当·波舍尔出版了《论相面术、额相及手相》，同时该书也包括了气质研究的内容。鉴于自身对赫耳墨斯神智学的研究，歌德对面相学也相当感兴趣。
④ 帕拉切尔苏斯在其《作品全集》之《帕拉格拉嫩》卷第一篇文章《论哲学》中反对气质学说。气质学说起源于古希腊医师希波克拉底，他在其著作《论人类的天性》一书中提出了"体液学说"，并据此将人类分为了四种气质：胆汁质、多血质、粘液质以及抑郁质。

堡夫人似乎极具理论高度与深度地探讨了音乐,帕拉切尔苏斯说他们的作品令那些已经腻味了的人振聋发聩,即使没有愉悦其他人,也至少令歌手感到高兴。《帕拉格拉嫩》第二篇《论天文学》。①

普林尼,《信札》第 8 卷第 6 篇。②

贝格兰先生的《有色暗影回忆录》,皇家科学与文学学会纪事,1767 年,柏林。③

关于日耳曼民族的风俗——如他们声称——尚未形成。塔西佗,《历史》第 4 卷第 46 章。④ 蓬勃纽斯·梅拉。⑤

帕拉切尔苏斯说,上帝从无之中创造了一切,见《医学迷宫》第 5 章。⑥

提米松,特拉莱斯的提萨鲁斯,方法学的奠基者。⑦ 普罗斯佩

---

① 歌德此处摘录的内容依然是帕拉切尔苏斯《作品全集》之《帕拉格拉嫩》卷第一篇文章,但是他可能误读了帕拉切尔苏斯。帕拉切尔苏斯在文章中并没有谈及两位音乐理论家,而是提到了两首民歌——《唐豪瑟》及《魏森堡夫人》(见《乌兰民歌集》),其本意是要说明,不是博览群书就能成为医生,正如不是会唱歌就能成为音乐家一样。
② 此处指小普林尼最著名的作品《信札》,歌德父亲收藏有该书的法文版。文中提及的这一封信主要批评了元老院对于罗马皇帝克劳狄乌斯的宠臣——财务官帕拉斯的阿谀奉承。
③ 指 1767 年出版的自然科学家及法学家尼古拉斯·德·贝格兰的《有色暗影回忆录》,贝格兰于 1747 年入选柏林科学院。
④ 塔西佗在这一章中记述了以下史实:公元 69 年,罗马皇帝维特利乌斯被韦斯巴芗打败后,其军队害怕胜利者对其实施报复行动。
⑤ 梅拉是古罗马地理学家,著有《世界概述》一书(约公元 50 年前后),书中记录了日耳曼民族的生活情况。
⑥ 帕拉切尔苏斯《作品全集》之《帕拉格拉嫩》卷第三篇论文《医学迷宫》。
⑦ 来自老底嘉城的提米松(公元前 1 世纪)以及来自吕底亚的特拉莱斯的提萨鲁斯(公元后 1 世纪)是两位希腊医师,他们使希波克拉底的理论更加系统化。之后,布尔哈夫赋予了希波克拉底的方法学新的内涵。

罗·阿尔皮尼将这一理论体系写进了其专著《医学方法论》。①

卡里斯图斯的狄奥克莱斯，②一名医师，深爱数字7。就连希波克拉底③也钟爱这个数字。

舒尔策，《论疾病之治愈》，哈勒，1946年。④

关于布鲁诺，我不赞成培尔先生⑤的论点；我在其引用的段落中既没有发现邪恶的观点，也没有找到奇怪的说法，即使我根本不打算原谅这种荒谬的人。

"一"，无限，其本质是，它存在于所有之中，对于所有而言，它就是普遍存在。于是，无限的维度——为了不成为单一的尺度——就和个体维度重合了，正如无穷多——为了不成为一个纯粹的数字——正好和"一"相合。⑥ 乔尔丹诺·布鲁诺，《关于原因、原则和一》。

---

① 普罗斯佩罗·阿尔皮尼系意大利医生和植物学家，他在1611年出版了专著《医学方法论十三讲》。
② 希腊医师。
③ 希波克拉底为古希腊医师，西方医学的奠基人。作为西方"医学之父"，其贡献不仅在于制定了医生必须遵守的道德规范，而且在医学观点和医疗实践方面，都对西方医学的发展产生了巨大影响。
④ 约翰内斯·海因里希·舒尔策1746年在哈勒出版了《论疾病之治愈》一书。
⑤ 皮埃尔·培尔是法国历史学家和哲学家，他请求在宗教上（甚至对无神论者）采取宽容的姿态。他反对任何形式的教条主义以及哲学理论的架构体系，赞同采用历史分析法，这在其著作《历史批判辞典》（1695－1697年初稿；1702年终稿；1741－1744年德语四卷本问世）中得到了充分体现。这段文字原文为法语，据推测，应为歌德亲笔。
⑥ 该引文出自布鲁诺的专著《关于原因、原则和一》（1584），皮埃尔·培尔在其作品中也引用了这段文字，因此可以推测歌德为二次引用。布鲁诺从上帝的无限性推导得出了宇宙的无限性。他的宇宙观主要受一元泛神论的影响。1600年，他因为宣扬异端学说而在罗马被判火刑。

和培尔先生的论述比起来,对这段文字需要进行深入的哲学分析与阐述。朗诵一段内容隐晦、有悖于我们既定概念的文字要比仔细分辨研究、搞懂伟人的思想容易得多。这也同样适用于作者不无嘲讽地挪揄布鲁诺之观点的段落。即使我并非完全赞同,正如前述引文一样,但是我至少认为它是有思想深度的,而且对于具有批判精神的观察者来说可能是有启发意义的。

培尔说,请您注意一个奇怪的论述:他说,并非存在引起了事物的多样性,多样性是由在物质表面出现的东西组成的。

引起事物多样性的不是本质,不是事物,而是表现形式,是呈现在感官之前的,即存在于事物表面的。

关于毕达哥拉斯哲学中数字的意义参见法布里丘斯的《古代文库》,第234页。①

陶勒是法兰克福德意志庄园的管理员兼牧师,参见阿恩特的《关于德意志神学的思考》。②

口若悬河者很难是智者。③

---

① 语文学家约翰·阿尔布莱希特·法布里丘斯的《古代文库》于1713年在汉堡和莱比锡出版。歌德父亲的私人图书馆内收藏有该书。第234页上写道:"对于毕达哥拉斯派而言,数字1的本质是雌雄同体的,但是事实上它代表着父亲,数字2代表母亲,从中产生的数字3则是兼容两性的。"
② 约翰内斯·陶勒并非法兰克福德意志庄园的管理员。德国学者认为,歌德在此处把他和《德意志神学》的作者混淆了起来,这本书创作于14世纪末萨克森豪森的德意志庄园。神秘主义者阿恩特在《关于德意志神学的思考》(1592)一书中提及了法兰克福的陶勒。
③ 这段引文出自博洛尼亚的一位名叫卡米洛·巴尔迪医师的医学专著《从医学-自然科学角度分析希波克拉底的第23卷作品——关于空气、水和土地》(1637)。

罗密欧与朱丽叶的故事即皮拉姆斯和西斯贝的故事。①

《自然与文字的统一,关于原始字母、数字及其他重要事物的评述,兼论字母的产生并配有一幅铜版插画》,莱比锡与哥本哈根,1752年。②

如果相信讹传,腓尼基人是第一批敢于
将语言用不变的符号固定下来的民族。

卢卡努斯③

上帝将巧妙的艺术传授于我们,
用画笔写字,用眼睛说话。

卢卡努斯
布雷伯夫译④

六本关于中华帝国的教科书:成年人教育;永恒的内容;警句格

---

① 参见本书中第30封信,歌德曾谈到计划创作一部新的《罗密欧》。皮拉姆斯和西斯贝是罗马作家奥维德的《变形记》中一对恋人的名字。尽管双方父母反对他们结合,但是这对恋人依然隔着墙缝互诉衷肠,并约定到城外见面。西斯贝先到,但是听到母狮的吼声吓跑了。她在匆忙中丢掉了面纱,面纱被母狮用爪子撕得粉碎,而狮爪上又恰好沾有牛血。皮拉姆斯赶到时看到了沾血的头巾,以为情人已被母狮吞吃,于是举刀自刎。西斯贝随之也随其恋人共赴黄泉路。就两个家庭的家庭背景以及故事的结局来看,"罗密欧与朱丽叶"和"皮拉姆斯和西斯贝"的故事具有相似性。

② 约翰·格奥尔格·瓦赫特的专著。尽管该书并没有系统地阐明字母和数字符号的形成,但是哈曼与赫尔德均在各自的作品中提及此书,而歌德也不例外。对于赫尔德和歌德而言,关键是在不可预知的、历史"外表"之下发现"自然的"字母、"自然的"数列以及其他许多"自然的"、非偶然性的"内核"。下面两段引文均出自这本书。两段引文均出自罗马诗人马库斯·阿诺伊斯·卢卡努斯的史诗《内战记》(一称《法尔萨利亚》),该史诗描述了凯撒与庞培之间的内战。

③ 腓尼基人早在公元前1200年就发明了22个字母的拼写法,是古希伯来语、摩押语以及撒玛利亚语的基础,另外,阿拉伯字母也起源于腓尼基语。

④ 此引文出自罗马诗人马库斯·阿诺伊斯·卢卡努斯的史诗《内战记》(一称《法尔萨利亚》),歌德引用的版本是纪尧姆·德·布雷伯夫翻译的法语版本(1656)。

言之书;孟子;子女孝亲敬长;幼童的教科书。弗朗索瓦·诺埃尔,布拉格,1711年。①

马尼利乌斯在《天文学》一书中写道:那些在室女宫星座出生的人会成为优秀的作家。②

雅各布斯·艾雷尔的具有历史意义的《法律诉讼》。③ 在此书中,魔鬼状告耶稣,说他捣毁、占领地狱后,将囚犯们释放了出来,却把他本人抓住并捆绑起来。书中涉及一整套法律诉讼程序——从最初的取证到终审,从一审到后续审理,并获得了一些诉讼方式,例如通过交涉达成妥协。法兰克福,1597年。故事重现于《悲喜交集的诉讼程序》,汉诺威,1611年。④

安东尼厄斯·科尔内留斯著有一书,书中写的是被囚禁在地狱边境的孩子们对上帝的裁决提出了申诉,诉状被送呈一位公正的法官,巴黎,1531年,四开本。⑤

《伊索寓言或试论拟人化寓言与童话之间的差异》,作者系恩斯特·丹尼尔·路德维希·胡赫,1769年。伊索寓言,据作者称,和童话的区别在于其情节错综复杂,和案例的区别在于其情节是虚构的,和道德故事的区别在于其是有生命物体的虚构故事,和神话传说的区

---

① 1711年,在中国生活的比利时传教士弗朗索瓦·诺埃尔将六本中国文化方面的书籍翻译成了拉丁文并在布拉格出版。
② 公元9世纪后,罗马劝世诗人马尼利乌斯创作了说教性长诗《天文学》,此处的引文引自英国语文学家理查德·本特利的英译版本(伦敦,1739)。
③ 雅各布斯·艾雷尔为剧作家、法学家,一直到18世纪,其著作《法律诉讼》为诉讼方式提供了多样化的参照范例。
④ 法学家梅尔基奥尔·戈尔达斯特在《悲喜交集的诉讼程序》一书中同样描写了耶稣与魔鬼之间的诉讼。
⑤ 安东尼厄斯·科尔内留斯为法学家,也是歌德在日志里提到的作品的作者,书中探讨了一个神学问题,即没有接受洗礼的孩子该如何得到永恒幸福。

别在于其是真实事件的虚构故事,和伦理寓言故事的区别在于其是非理性事物的虚构故事,和构思的区别在于它写出来了。

> 对我的时代,我贡献之多超越路德和加尔文;
> 看啊,由于一个致命的错误,他们
> 以滥用对付滥用,以丑闻对付丑闻,
> 贪婪地在朋党派系间钻营,
> 把教皇批得体无完肤,却又想以身效仿;
> 欧洲一度被他们搅和得陷入绝境。
> 他们把这世界掀翻,我则来把它安慰。
> 我来劝架,对这两个恼羞成怒者说:
> 快停下吧,你们这些不知羞耻的人,快停下吧,你们这些不幸的人,
> 你们这些直冒傻气的天之骄子;请像兄弟一般爱对方
> 再也不要互相仇视,只为那怪异的幻想。
> ——伏尔泰①

弗兰茨皇帝②有一次做了一个实验:为了检验钱币的流动是否终究会把他的钱还给他,他在用钱之前在数量可观的杜卡特金币上做了记号。至于这是个好点子还是个馊主意,我就留给他的财政部长去判断吧。

一位作曲家接到为歌词谱曲的任务,必须注意如下四个方面:第一,注意语法重音,或者说注意音节的长短,从而在表演时呈现正

---

① 这首诗选自伏尔泰的作品《给〈三个骗子〉一书作者的信》(Épître CIV à l'auteur du livre des trois imposteurs,1769)。
② 指弗兰茨一世(1708 - 1765),1745 年成为神圣罗马帝国的皇帝。

确的韵律;第二,注意其中的内在逻辑与层次,真正理解了才能去表演;第三,注意其修辞色彩,这样才能投入符合时宜的感情;第四,注意其艺术的特殊性,这样才不只是表演者,而是音乐艺术家。《音乐信息与评述》,莱比锡,1770年,第四期。①

《恢复名誉的伟人们》,化名德·萨布隆。②

5 - 10. gr. Θc. min. Foem del.③

(2月)④克林特揭露恋人的丑陋嘴脸时表现得多么虚假,阿斯多夫又是如何诱导对方说出了之前拒不供认的证词。⑤

在给圣人遗骨颁发证书时,为了确保所有者对珍宝的所有权,也为了不让债权人产生非分之想,在签名的下方会注明"分文不取"。

《父亲的情人》。⑥

《法国人在旅途》,作者为德·拉·波特神父。

《经验的艺术》,作者为诺莱神父,3 V. 12,作为物理课的补充内容。

---

① 《每周音乐信息与评述》系由莱比锡托马斯教堂唱诗班主唱兼音乐教师约翰·亚当·希勒出版发行。
② 德·萨布隆系法国作家路易·玛约·肖东,他在1769年发表了《恢复名誉的伟人们或者对伏尔泰及其他哲学家们的评判的再审视》。
③ 这是一个处方,估计开的是一种镇定剂或者止痛药。
④ 从此处开始为1770年2月的日志。
⑤ 德国学者认为,克林特是莫里哀的《无病呻吟》中的人物,阿斯多夫是歌德的自创,他误将莫里哀的《太太学堂》以及意大利作家阿里奥斯托的史诗喜剧诗《奥兰多·富里索》中的人物合二为一,但是在上述作品中皆未出现一个叫阿斯多夫的人物形象,只有在《太太学堂》里有一个人物叫做阿尔诺夫。
⑥ 本条及接下来的两条日志涉及《法兰西信使杂志》1770年1月刊上的内容。《父亲的情人》系一部中篇小说,约瑟夫·德·拉·波特神父创作了共42卷的《法国人在旅途》,本期杂志上刊登了该书第9卷及第10卷的图书广告。《经验的艺术》的作者是让·安托万·诺莱神父。

189　　斯坦尼斯拉夫的金工艺术品收藏,请让·达穆尔制作并收藏在南锡的皇宫。①

你们应该知道了,毒妇都是因为 M. M.②——一种火红的、轻佻的毒素,她们是由魔鬼策划生成的。第四篇《论传染病》。③

正如一切没有生命体征的物体没有表情,不会展示一样——而这原本是很有用的,如果蜘蛛会打开尾翼,那它无疑是一种魔法的展示。④

　　　　　　啊,请相信我,这位圣-奥莱尔,⑤
　　　　　　这位肖利耶,⑥这些可敬的自由意志者,
　　　　　　他们,顶着八十岁的额头,
　　　　　　消遣娱乐,重获青春。
　　　　　　他们,在维纳斯的旗帜下,
　　　　　　进出流光溢彩的沙龙,
　　　　　　为了纵情大笑,为了寻开心,为了找乐子,
　　　　　　一旦回到自家寂寞难耐的屋檐下,
　　　　　　他们内心苦闷,痛骂家仆,
　　　　　　而且,因为再也不能出去找乐子,

---

① 1738年签署的《维也纳和平协定》将洛林公国作为封地给了原波兰国王斯坦尼斯瓦夫一世(斯坦尼斯瓦夫·莱什琴斯基)。他请让·达穆尔用金属仿制《法兰西信使杂志》上刊登的艺术品,并将其收藏在南锡的皇宫。
② 经期出血。
③ 指帕拉切尔苏斯《作品全集》之《帕拉格拉嫩》卷第4篇论文《论传染病》。
④ 引自帕拉切尔苏斯《作品全集》之《帕拉格拉嫩》卷第4篇论文《论传染病》。歌德希望在此发现赫耳墨斯神智学的根本性标志。
⑤ 弗朗索瓦-约瑟夫·德·波普瓦尔,法国抒情诗人。
⑥ 纪尧姆·阿姆弗里埃·德·肖利耶,法国抒情诗人。

> 在岁月的逼迫下,他们唉声叹气。
> 自从他们离开了索镇,①远离了曼恩,②
> 再也不能出席著名院长的晚宴,
> 独居在狭小的家中,
> 痛风、坐骨神经痛和偏头痛就来了,
> 令那朗朗笑声陷入忧伤。
> 娱乐掩盖了痛苦,
> 但是内心的感受仍把他带回。
> ——《法兰西信使》,1770年1月③

现在你们也知道了,身体畸形无非就是一颗自负的精子没有附着好,它自认为比例协调,实则不完美,身体也会成形,但却是有缺陷的,就像你们在麻风病患者身上看到的那样。《关于痛风》,第2卷第3章,泥土占卜。④

所以我才会说,那些为了进行医学研究而解剖尸体的医生并不是一些奇怪的人,尸体说明不了解剖学,它们无非提供了大腿和大腿的近邻们,但疾病尚不存在。

艺术无非是自然之光。同上。

温热物。热胆汁油,钙质土壤,校正值2盎司。

猞猁体液,海绵,沥青,蟹,各3盎司。

将其混合,使其内循环一个月,然后饮用之,越多越好;收集尿液,冷冻并使沉淀物凝结成块,于是就能发现结石并确定其尺寸大

---

① 位于巴黎附近。
② 法国西北部地区。
③ 这是歌德从《法兰西信使杂志》1770年1月刊载的《智者之高龄》中摘抄的一段内容。
④ 本条及随后的三条日志均摘自帕拉切尔苏斯的《论传染病》。

小。引自帕拉切尔苏斯第20章,关于骶靼病。

布尔哈夫在《要点》第1486条称,出现佝偻病的早期征兆之一是过早地外露才华。①

天花,1380年。大多具有传染性,在前一年春季开始,夏季增长,秋季缓和,在紧随其后的冬季似乎消失不见,其实是为了在来年春天周而复始。越是爆发得快,病情来势则越凶猛;越是爆发得晚,病情的性质就越温和。

受火星影响的植物与大树生长。参见《皇家科学院历史》,1707年出版。②

时间会冲淡忧伤,它也会减轻人的懊丧情绪。③

人们告诉我说,我们今夏在蜘蛛网里看到的那些个头大、吃得肥的蜘蛛是这个族群的女人,相反,男性蜘蛛却瘦小得多,一副寒酸样,躲在破旧的砖缝和木头缝里。夏末时分是它们进行交配的时间,视天气冷热而有所提前或者推迟。据说,去看这些颇具冒险精神且充满敌意的生物进行交配会是一场奇特的好戏。

在1月上旬会出现如下现象。在地平圈一带,即在夏季太阳落山的地方,天空会出现极其明亮的,或者更准确地说是泛着蓝光的黄色光线,就像在通透的夏夜,在太阳下山的地方,那光线又渐渐升上来照耀大地;它占据了视野中的四分之一天空,在它之上还有红宝石般的彩带,由于受到了那光线的晕染而泛着(不算匀称的)黄光。这些彩带瑰丽多变,直达天顶。人们看到头顶群星闪耀。在西面和北面,乌云给天空镶了一道边,还有一些在那黄色光线中漂浮不定。天

---

① 赫尔曼·布尔哈夫,荷兰著名医师,1709年发表了《疾病的识别和治疗要点》。
② 指中世纪化学家尼古拉斯·莱默里1707年发表在《皇家科学院历史》第5卷上的论文《关于一种化学植被的各种观察与思考》。
③ 本条及下一条日志摘录的出处不详。

空四周都被环绕起来了。红光是如此强烈,就连房子和积雪都被染了色,这种现象大约持续一小时,在晚上6点到7点之间。不一会儿天空云层密布,飘起了鹅毛大雪。①

莱辛的《拉奥孔》,第16页:②"狂怒和绝望从来不曾在古代艺术家的作品里造成瑕疵。我敢说,他们从来不曾描绘过表现狂怒的复仇女神。"

在注释中,他指出,站在阿尔泰亚身边的不是复仇女神,而是手持火把的侍女,对此我非常愿意赞同,正如我也非常愿意赞同他关于浮雕上面朝里以及站在边上的头像的说法。但恰恰这个头像给了我反驳上述引文中前半部分的机会。莱辛自己承认,这是一种剧烈的痛苦,而亲眼看过这幅作品的人,会和我的观点一致,认为它真是一种扭曲变形。要是还有更强烈的表达狂怒和绝望的方式就好了。艺术家没有如此来表现墨勒阿革洛斯,因为他看上去极其可怕,而是通过次要人物形象来体现艺术品的主要思想,这就是莱辛提出的证据,而我也只有在这一点上同意他的看法。正如我在其他地方所尝试证明的,③古代艺术家们并不特别惧怕丑陋的东西,相比较而言,他们更担心会画错,他们懂得如何将美丽面庞的最恐怖变形用美的方式呈现出来。因为我非常愿意相信莱辛,认为铜版雕刻家破坏了一些

---

① 描写的是极光现象。
② 此处引用的是莱辛的《拉奥孔:论绘画与诗的界限》(柏林,1766)。莱辛研究的对象是一幅刻在古代石棺上的浮雕作品:墨勒阿革洛斯生命垂危,在他身旁的是愤怒的母亲阿尔泰亚,她点燃了象征儿子生命的木柴,站在她旁边的是手举火把的侍女。莱辛认为,浮雕上的头像不是复仇女神,而是墨勒阿革洛斯的人头,它表达了一种剧烈的痛苦感受。
③ 这篇关于拉奥孔的论文下落不明。歌德在这一段中反驳了莱辛的观点:"我只是想要明确,对于古代艺术家而言,美是造型艺术的最高原则。"

人物特征(我在巴尔博的著作中①看到过);因为没有这个我也知道,铜雕术就像是翻译,人们必须在大脑中翻译其精华,以感受原著的精髓。但还有一点。根据莱辛的基本原则,艺术家居于诗人之下,因为奥维德说过:他用美德战胜巨大的痛苦。② 艺术家们不具备这种感受。奥维德则没有艺术家表达从愤怒到虚弱直至死亡的过渡手段。对于我来说,这又是一个证据,表明人们得从其他方面而不是从美的造型中发现古代艺术家的卓越性。

法布里丘斯的《古代文库》,第 234 页及随后数页。③

离开上帝谈论物质的本质,是困难的,危险的,就像我们把身体和灵魂分开并对其进行思考;我们只有通过作为媒介的身体才能认识灵魂,只有仔细观察自然才能认识上帝,因此,控告那些通过哲学推论将上帝和世界联系起来的人们的思想有多么荒谬,我觉得这行动本身就很荒唐。现有的万事万物都和上帝的存在有关,因为唯有上帝是通过自身存在的,并且包纳万物。即使《圣经》也不反驳我们的观点,但是我们要耐心地接受,每一个人都会根据自己的观点来理解、辨析其中的话语。古时候,人们都持一种观念,这样一种一致性对我意义重大。那些伟大人物的论断就成了我的证据,他们说流溢体系和纯粹理性是基本吻合的。我尽量不想把自己的名字归为任何一个派别,令我倍感遗憾的是,斯宾诺莎主义——因为最糟糕的谬误均源自这一学说——作为这一至高纯粹学说的禀性迥异的兄弟而

---

① 指让·巴尔博的《古罗马优美造型集萃》(1761)第 1 卷,书中第 72 幅插图即为这座浮雕像。
② 见奥维德《变形记》第 8 章。
③ 语文学家约翰·阿尔伯特·法布里丘斯的《古代文库》于 1713 年在汉堡和莱比锡出版。在第 236 页上,法布里丘斯探讨了上帝与自然之间互相渗透的关系。

诞生。

D.O.M.①

弗拉米尼·瓦卡,罗马雕塑家,他觉得自己的作品从未达到过自己的要求。②

蒙福孔,《意大利日记》,第105页。

要为一个霸道的人找到一个公道的传记作家,特别是要在同时代的人当中寻找,真是困难。

毫无疑问,来到这世界的智力愚笨者和无教养者不会比那种非自然的身体畸形者与丑陋者更多。昆体良,第1卷,2。③

运用规则而取得的成绩让有些人不自在,有些人犯了错也觉得心满意足。Id. I. II. c. 3.

瓦尔特的《大脑测试》。④

巴克利的《时代特征及人类性格之肖像》。⑤

一个聪明人或许能轻松做出一段诗歌,但是要想写出三段来,那

---

① 这一行可能属于下面的碑文,意思是:敬最伟大英明的神灵。另一种可能性是,这三个字母强化了前述引文。其双重指涉有可能是一种伪装。
② 这是罗马雕塑家弗拉米尼·瓦卡为自己写下的墓志铭,歌德在伯纳德·德·蒙福孔的《意大利日记》中发现了这句话。
③ 此条及下一条引文出自昆体良的《雄辩术原理》,下一条的页码记录有误。
④ 胡安·瓦尔特·德·圣胡安系西班牙医师及作家,著有《禀赋与科学匹配之测试》(1575),探讨了不同的天赋是否对应不同的学科门类。该书多次被译成法语,《大脑测试》即为该书的法语版本的书名。莱辛则将该书的书名翻译成《大脑与科学匹配之测试》(1752),并在18世纪中叶再次引发了对"天才"概念的讨论。赫尔德、拉瓦特尔、海泽、哈曼和门德尔松等均受此书启发。
⑤ 约翰·巴克利是苏格兰学者和拉丁文诗人,1614年创作了《灵魂肖像》,歌德父亲的私人图书馆里收藏有此书。正文部分是该书的法语版本的书名。

他非是诗人不可。

模仿不熟悉作家的文风。

克里西波斯希望,乳母——如果可能的话——是有智慧的人。他对教育者期望更高:他们或者是受过良好教育的——我认为这是最值得期待的,或者他们知道自己一无所知。①

拉姆勒的《婚礼颂歌》显然是对卡图卢斯的婚礼赞歌的仿写。②

如果人云亦云,亦步亦趋,那他所言并非其所想。③

关于贝图勒尤斯的教学法。参见克罗费乌斯的《奥格斯堡文理中学历史》,第 122 页及随后章节。④

深藏不露之物更好。奥维德,《变形记》第 1 卷,第 502 行。

严肃的誓言对希波吕托斯和柏勒洛丰有何用处?尤维纳利斯,X.,第 325 行。⑤

在会谈期间,即在那些先生们杀死吉斯公爵之前几日,首相大臣曾对我预言,如果吉斯公爵继续这样,在现有天气条件下给国王制造麻烦,那么这位王侯会不经法律途径就把他送进监狱的。他继续补充道,国王的精神,在当前我们所经历的这样一个霜冻期内,有些轻

---

① 引自昆体良的《雄辩术原理》。克里西波斯是一位斯多葛派哲学家。
② 卡尔·威廉·拉姆勒的《婚礼颂歌》出自其《颂歌集》(柏林,1767)。婚礼赞歌通常在新婚之夜,由女声合唱团或者混声合唱团在婚房门口演唱。罗马诗人卡图卢斯的婚礼赞歌可能是拉姆勒效仿的榜样。
③ 引文出自尼古拉·马勒伯朗士在日内瓦出版的《追求真理》(1690),歌德父亲藏有此书。
④ 教育学家克西斯图斯·贝图勒尤斯系德语校园舞台剧的创始人,菲利普·雅各布·克罗费乌斯在其关于奥格斯堡文理中学历史的著作中论及贝图勒尤斯。
⑤ 该引文出自罗马讽刺诗人尤维纳利斯。希波吕托斯是忒修斯和希波吕忒的儿子,柏勒洛丰是海神格劳科斯或者波塞冬和欧律墨得的儿子。

微的错乱。这种天气几乎要让他火冒三丈了。德·图语。①

这则评论我感觉说得极好：一方面要用拉丁语，但是另一方面也要注意语法正确。昆体良，第1卷，6。②

不管怎样都要把别人说过的话搞清楚，尽管这个人不足挂齿，这既是思想贫乏，也是夸夸其谈的一个标志，它只会束缚和拖累自由的精神。昆体良，第1卷，8。

所以，我认为不知道某些事情是语法老师的优点之一。昆体良，第1卷，8。

柏拉图非常欣赏索夫龙③——众多的卑微诗人之一，据说，在临死前还将他的书枕在了头底下。昆体良，第1卷，10。

我们从毕达哥拉斯那里获悉，有一群年轻人被煽动起来准备对一个有声望的家族动用暴力，而他下令让笛子演奏者将曲风改成扬扬格却使得那些年轻人重新恢复了理智。昆体良，第1卷，10。

忙忙碌碌要比长时期坚持只做一件事容易得多。昆体良，第1卷，12。

和思考相比，身体的疲惫对感觉器官的影响不大。昆体良，第1卷，12。

有时候，身体会长得比较肥胖，但是到了发育期，身体就会被拉展，这样才有希望长成大个子。如果四肢在孩子时期已经成形，瘦小和孱弱通常会危及未来。昆体良，第2卷，4。

---

① 这则轶事出自雅克·奥古斯特·德·图的《当代历史》，轶事中提及的国王是亨利三世。
② 本条及后续16条引文均出自昆体良的《雄辩术原理》。
③ 索夫龙是公元前5世纪的希腊多利斯方言的韵律散文滑稽剧的作者。

从上到下一个僵硬呆板的作品。① 昆体良,第 2 卷,12。

三月②

苏格拉底的一些谈话是用来反驳对方的,这就是所谓的 ἐλεγκτικούς,还有一些对话是用来教育学生的,这就是所谓的 δογματικοί。昆体良,第 2 卷,15。

一套稳妥的辞令,希腊人称之为 ἕξις。昆体良,第 10 卷,1。

报告的生动气息激发了演讲者的情绪,既非通过(对物的)摹写,也非通过转弯抹角,而是通过事情本身让报告具备感染力。昆体良,第 10 卷,1。

通常情况下,做得多要比始终如一地做一件事容易。昆体良,第 10 卷,2。

也要考虑近似的意思。

为了避免错误,即使那些具备足够判断力的人也不应该满足于生产美好事物的图像,即表象,或者更准确地说,伊壁鸠鲁的图像,伊壁鸠鲁认为图像源于物体的表面。昆体良,第 10 卷,2。

在作品形成过程中,我们喜欢自己写下的所有东西,否则也不会去写它们了。但我们还是得一再地检查审阅,重读并修改那些简单到让人心生怀疑的地方。昆体良,第 10 卷,3。

你想超越你的能力演讲得更好?昆体良,第 10 卷,3。

莎士比亚的《查理二世》,第五幕第二场。③

锡诺普的第欧根尼说话的样子非常像约翰·福斯塔夫。一时之

---

① 指像蜡烛一般杵在那里、笔挺而没有任何曲线的雕像或者人:它们毫无美感可言,而是从头到脚既冰冷又僵硬。
② 从这里开始是 3 月份的日志。
③ 歌德父亲收藏有维兰德的译本(苏黎世,1762/66)。在这一场景中约克发现了波林勃洛克的阴谋。

念,不过是个词语,而非想法。①

必须给他穿上制动铁鞋。奥古斯都所言,见塞内加,第 4 册。②

说起颜色,"淡色的"在希腊语中对应的是"发亮的","暗色的"在希腊语中对应的是"有阴影的"。参见布赫纳之《普林尼信札》,第 8 卷,第 20 封信。③

让我们牢记特拉塞亚——一位禀性温和、因此而名扬四海者经常说的话:憎恶人类错误者也憎恶人类。《普林尼》,第 8 卷,第 22 封信。

一心向上爬,就像在浴缸里放的一个屁。④

据说,在尼禄的墓穴里埋藏着米里纳⑤花瓶的碎片。

只有少数人还有耐心学习那些日后并无用处的知识。《普林尼信札》,第 8 卷,第 14 封信。

葡萄低产。⑥

悲伤是有限的,恐惧是无限的。VIII,17。

残废者不是由于四肢孱弱,而是因为摔跤或者断肢后变得不再有用而日渐衰弱无力。即使在床上都要人帮忙才能动一动。即使这

---

① 指维兰德的《第欧根尼谈话录》。和莎士比亚的历史剧《亨利四世》中的福斯塔夫一样,第欧根尼也和假想的虚构人物对话。
② 有德国学者研究指出,在大塞内加所著的《演说家修辞风格分类》第 4 册的序言中,记载了奥古斯都对"话痨"演讲者哈特里乌斯所说的话:"他说得太快,以至于出现错误。因此,奥古斯特说得很对:必须给他(指哈特里乌斯)穿上制动铁鞋。"但歌德有可能不是直接引用此书,而是在阅读关于莎士比亚的二手资料过程中摘录的。
③ 奥古斯特·布赫纳编辑出版的《小普林尼信札》。
④ 这是在 16 世纪广为流传的一个比较粗俗的笑话。
⑤ 米里纳是古代希腊港口城市。
⑥ 出自昆体良的《雄辩术原理》。原文是:"因为你写信说道,葡萄是如此低产,所以我就很清楚地知道,你会有时间——如人们常说的那样——进行阅读。"

样,他还活着并且想活下去。梅塞纳斯就是这么想的。参见塞内加,第 101 页。①

如同在阿佩莱斯的画作上看到的颜色。普洛佩提乌斯。②

我看见一个铁匠提着铁锤这样站着不动,他的铁已经在砧上冷了,他却张开了嘴恨不得把一个裁缝所说的消息一口吞咽下去;那裁缝手里拿着剪刀尺子,脚上趿着一双拖鞋,因为一时匆忙,把它们左右反穿了,他说起好几千善战的法国人已经在肯特安营立寨;直到旁边一个瘦瘦的肮脏的工匠打断了他的话头,并讲到亚瑟的死。莎士比亚的《约翰王》。③

倘若我遭遇敌人,我就让人把我吊起来,这样我就在其之上了。④

可悲的女人,天性扰乱了她的理智。

马尼利乌斯的《天文学》,斯卡利杰的注释编纂版,1655 年 4 月。⑤

关于斯卡利杰注释的说明,参见韦格诺埃-马维尔之《文集》,第三部分。⑥

---

① 梅塞内斯是古代著名的文学赞助人。引文出自小塞内加的《书信集》。
② 参见塞克斯都·普洛佩提乌斯创作的哀歌。阿佩莱斯被认为是古代绘画大师之一,但作品无真迹存世。
③ 这一段引文摘自维兰德翻译的莎士比亚剧本《约翰王》第四幕第二场,略有修改。这一段话是财政大臣赫伯特讲给国王听的。
④ 本条及随后一条记录,出处不详。
⑤ 约瑟夫·尤斯图斯·斯卡利杰为法国语文学家和历史学家,歌德在这里指的是由其编纂完成的马尼利乌斯的《天文学》注释版(斯特拉斯堡,1655)。
⑥ 韦格诺埃-马维尔,即博纳文图拉·德阿贡在其专著《文学与历史文集》(鲁昂,1700)中的第三部分对斯卡利杰的《天文学》注释版进行了揶揄。

彼得·普瓦雷,关于真正的、表面的以及虚假的博学,第3卷。①

关于内特斯海姆著作的完整版参见舍尔霍恩的《美学文集》,② 第2卷,Os:V。

它们构成了一个完整的版本,和我们在1532年找到的八开本一样。③

在1694年哈勒出版的前述普瓦雷著作的第一版中,克里斯蒂安·托马修斯④附加了一篇博士论文,其中,有不少迹象表明作者本人也是一个神秘主义者;但是后来他远离了这种观点,换上了一篇——正如人们所说的——更加诚实可靠的论文(参见戈特利布·施托勒,《科学》,第39页)。⑤

在谈及凯撒时,拉潘在其《反思历史》一书中说,他几乎是唯一一个不发表无耻言论的作家。⑥

---

① 彼得·普瓦雷是新教神父以及神秘教教徒,著有关于罗马神秘主义者的传记等,从而打通了神秘教和德国虔信教派之间的通道。
② *Amoenitates litterariae*.
③ 阿格里帕·封·内特斯海姆,即亨里克斯·科尔内留斯,和帕拉切尔苏斯同为约翰内斯·特里特米乌斯的学生,在老师的鼓励下,他完成了《论神秘哲学抑或魔法》。在书中,阿格里帕引用了新柏拉图主义和犹太神秘教的著作来阐述古希腊罗马时期和中世纪的神秘学说,而魔法作为认识自然的工具被视为人类灵魂的最高目标。由于其学说和教会发生冲突,他不得不收回其论文《论科学的无用与不可靠》中的一些观点。尽管《论神秘哲学》是一部类似于百科全书的辞典,缺乏自己的创见,但是该著作对于西方神秘主义的影响不容忽视。歌德在《诗与真》中也曾提及此书。约翰·格奥尔格·舍尔霍恩为神学家和语文学家,是梅明根的教区牧师。
④ 克里斯蒂安·托马修斯是哲学家,在莱比锡和哈勒教书。
⑤ 戈特利布·施托勒撰写了《科学历史导论》,1727年耶拿出版。
⑥ 歌德在此处指的是阿图尔老爷保罗·德·拉潘,其著作《反思雄辩术、诗学、史学及哲学》1686年在阿姆斯特丹出版。参见第2卷第28章第303页。

托马修斯论如何预防法学中的偏见,参见第1卷第5章第62页及随后数页。

在古代,哲学中的不同派别就是宗教的不同教旨。参见孟德斯鸠,根据我记录的页码,第338页。①

用外语写东西或者创作,就像住在陌生的屋子里。

第四章中关于魔法师和星占学家的法律规定适用于免受惩处的咒语。②

摩西法律和罗马法律集锦。第15章,《摩尼教和星占术》。参见《古代查士丁尼法典之法律体系》,许尔廷。③

玛各。④

巴特。

菲纽萨·法尔苏。

加代尔,歌蔑的后裔伊塞奥的儿子。

卡奥·扎尔,希伯来人尼姆哈的儿子。

卡索邦写道,好的诗人被鲜花簇拥,糟糕的诗人被众人投石块。阿特纳奥斯,第431页。⑤

---

① 该引文出自孟德斯鸠的《论法的精神》第2卷第24章第10节。
② 引自《查士丁尼法典》中的第4章《魔法师及星占学家》,歌德父亲收藏有该法典的1566年版。
③ 法学家和语文学家安东·许尔廷撰写了《古代查士丁尼法典之法律体系》,1717年在莱顿出版。歌德父亲收藏有该书。
④ 本行及以下四行为古爱尔兰的人名。歌德引用的版本是杰弗里·基廷的《爱尔兰知识基础》(1633)的首个英语版本(1733)。最后一行,歌德摘录有误。这个名单反映了中世纪早期爱尔兰的一个传说,据说巴别塔建造失败之后,人民分散在各地,从而才有了爱尔兰的早期居民。
⑤ 艾萨克·卡索邦为法国古典学者及神学家,他在蒙彼利埃大学任教期间编印和评注雅典文库,被后人视为杰作。其中,他也编印和评注了希腊语法家及《欢宴的智者》一书作者阿特纳奥斯的作品。

诙谐机智的笑话。西塞罗,《书信集》VII,31。

让·德·贝尼埃-卢维尼,和耶稣过隐居生活,存在于上帝之中。①

《坦挈》,喜剧,作者系米开朗琪罗·博纳罗蒂,著名的米开朗琪罗的侄子。②

演出提纲,一部完整戏剧作品的构思,由演员们即兴表演,他们是即席表演者。③

天资平平,但是却拥有超强接受能力的大脑,并会利用自然的智慧,或者更确切地说,根据快乐与智慧并存的理想原则控制它,这种天分比什么都更值钱。巴克利,《灵魂肖像》第3章。④

但是,正如在一些地区,那些有修养有学识的人处处仿佛因为出生好就高人一等了,只有少数人可以摆脱其平庸状态,所以,那些出身卑微的民众更多地是以单纯的善良,而不是通过徒劳的大脑训练来修饰自我,到目前为止,族群的出众者无非是那些离天更近而非出生在底层的英才。同上,第5章。

既然万事万物皆有其永恒之意及神灵之智,那么,人类精神与圣灵之间的亲缘性必然会推动人类精神的发展。西塞罗,《论神性》第1卷。

机遇不是折腾人,而是揭示出人的本性。肯彭,第1卷,16。⑤

---

① 让·德·贝尼埃-卢维尼为法国的神秘学家,他著有《基督教内核》(1659),1728年由格哈德·特斯特根翻译成德语。此书当时被天主教列为禁书。歌德之所以会阅读此书,可能是受了收藏此书的苏珊娜·封·克莱滕贝格的影响。
② 《基督教内核》一书中提到了1615年在佛罗伦萨上演的喜剧《坦挈》。
③ 也引自《基督教内核》一书。
④ 此条及下一条引文出自约翰·巴克利的《灵魂肖像》(拉丁文版)。详见第3章《法国人的民族精神》以及第5章《德国人的民族精神》。
⑤ 引文出自神学家托马斯·封·肯彭的专著《论模仿基督》。歌德父亲收藏有该书的不同版本。

我向你们保证,你们深怀敬畏之心仰视某些伟人,但当他们内省时,油然而生的微不足道感常会刺痛他们的心灵。只有你们的鞠躬和赞美才能时不时地安慰他们,除了满足之外,更多的是一种莫名的高兴。①

后人看他犯下的过错,不过是品行端正之人的瑕疵。卢梭,《致巴黎大主教德·博蒙先生》。②

原罪说明了一切问题,唯独没有说明其产生的本源,而恰恰是这个本源问题必须得到解释。同上。

我已经证明了,天堂里的欢乐生活并没有像糖果一样诱惑着他们,和要在地狱里受煎熬相比,他们更加害怕无聊的晚祷。同上。

上帝选中了摩西来对让-雅克·卢梭进行说教,这容易吗?这正常吗?

大多数时候,我怀疑自己,不相信自己,因为如果我确信自己所说的话,那么我自己就是在预言,而我事实上否认有预言的存在。西塞罗,《论神性》第2卷。

关于塔格斯,了不起的埃特鲁斯坎学派的创始人。同上。③

因为那位(庞培乌斯)深受祭牲剖肛占卜术和神迹的影响。同上。

美学受到摄政者的庇护,但是由此造成的最大的缺点可能是,众

---

① 这段文字估计是歌德本人所写,但是缘起不详。
② 《社会契约论》和《爱弥儿》出版之后,巴黎最高法院下令焚毁书籍和逮捕作者,卢梭仓皇出逃,开始了长达八年的逃亡生涯。1763年,卢梭发表了《日内瓦公民让·雅克·卢梭致巴黎大主教克里斯托夫·德·博蒙》,为《爱弥儿》进行辩护。
③ 埃特鲁斯坎人为意大利埃特鲁斯坎地区的古代民族,曾建立了繁荣的商业和农业文明,并拥有自己的文字体系和语言。据说,塔格斯教会了埃特鲁斯坎人根据观察到的现象进行占卜。引自西塞罗的《论神性》第2卷第23章。

多的有点小聪明的人去做只有天才才能胜任的工作。迈因哈德,第二部分,7。①

赫西基奥斯词典,由神学博士阿尔贝蒂购得。莱顿,第2册,1766年出版,大开本。②

佩萨罗的贵族——乔瓦尼·巴蒂斯塔·帕塞里乌斯的补遗,③在托马斯·登普斯特的关于埃特鲁斯坎古国的书籍中。1767年。

尼古拉·马勒伯朗士④起先追随笛卡尔并在《对真理的探索》一书中阐述了自己独特的观点。之后,他加入到我们通常称为狂热分子的社交圈内,并发表了一本关于自然与恩赐的书。

由保卢斯·瓜尔杜斯撰写的吉翁·文森索·皮内利的生平1607年在奥格斯堡出版,四开本,由威廉·贝茨编辑,还加入了几个著名人物的生平介绍,314页,1681年在伦敦完成修订。⑤

《耶利米书》第46章,最后部分。⑥

我阅读了泰辛伯爵的书信集;字里行间仿佛总有一位和蔼慈祥、富有经验的老者抬头看着你。他的才智不是投机取巧的小把戏,而是生活的产物。他是一位智者,这已足够,他不需要被称为哲学家,

---

① 引自约翰·尼古拉斯·迈因哈德的专著《试论最优秀的意大利诗人的性格及其作品》中第二部分关于洛伦佐·德·美第奇的文章。
② 赫西基奥斯系最重要的希腊语词典作者,这里指由约翰内斯·阿尔贝蒂出版的按照字母顺序排列的赫西基奥斯词典。
③ 乔瓦尼·巴蒂斯塔·帕塞里乌斯为意大利画家、收藏家和作家,其关于17世纪艺术家生平的遗作在1772年出版。
④ 尼古拉·马勒伯朗士为法国天主教司铎、神学家和17世纪笛卡尔主义的主要代表人物,1669年当选为法兰西科学院院士。
⑤ 吉翁·文森索·皮内利为意大利学者,威廉·贝茨为英国神学家。
⑥ 《旧约·耶利米书》第46章第28节:"我的仆人雅各啊,不要惧怕!因我与你同在。我要将我所赶你到的那些国灭绝净尽,却不将你灭绝净尽,倒要从宽惩治你,万不能不罚你。这是耶和华说的。"

他是这个位置的合适人选。我离国王陛下太远,以至于无法判断,他对王储的恭维奉承是否会被谅解。自由的思想,温柔的内心,是这本书留下的总体印象。①

我从未去过宫廷,所以莫泽的《王侯与臣仆》无法引起我的兴趣。宫廷侍臣们可能喜欢他,就像对某地了如指掌的人们喜欢精工绘制的区域图一样;但那至多只是一张地形图,而非出色的风景图。②

我开始阅读马尼利乌斯的《天文学》,不久之后却不得不将其放下。尽管这位善于哲思的诗人用伟大的思想来装点其著作,但还是无法补救其主题的贫乏空洞。我由此联想到路易十四的奇思妙想,他为了将一片荒芜之地变成天堂而不惜花费重金。③

几乎在同一时间,我开始阅读一位新人——克劳德·基耶的作品。他用极其生动、优美的文笔以及令人备感温馨的拉丁诗文表现了他的主题。一位好友,由于我告诉他,我喜欢这本书甚至超过了马尼利乌斯,他打断我的话说,那是因为他的主题更加吸引我们而不是其他东西,比如不是诗艺;而我却认为,我们得将一个主题产生的不良影响归咎于作者本人。他的错在于他选择了这个主题。④

雷诺兹在伦敦学院开幕式上的讲话,内容包括一位艺术家的精

---

① 指泰辛伯爵卡尔·古斯塔夫的《致瑞典皇储信简》,法文版于1755年在巴黎问世。
② 指弗里德里希·卡尔·路德维希·封·莫泽的《王侯与臣仆——爱国主义自由情怀的创作》(法兰克福,1759)。书中,黑森-达姆施塔特的大臣批评了王侯的专制以及臣仆的腐败。歌德在《诗与真》中"森肯贝尔格家"一章中写道,莫泽的作品对他"产生了非常重大的影响"。
③ 路易十四下令在巴黎近郊修建凡尔赛宫,以削弱贵族的力量。
④ 克劳德·基耶为法国医师和新拉丁语作家。歌德在这里谈论的应该是他的作品 Callipaedia, seu De pulchrae prolis habendae ratione(巴黎,1655),正文部分的空白处应该是歌德为书名留下的。

彩回忆和关于年轻画家的培养,他尤其强调要有错就改,并要求具备理想的、静穆的伟大情感。他言之有理。天才会因此变得更加超凡脱俗,而普通人至少也将有所提升;否则,一般人如果想假借不属于自己的光辉来赋予其作品某种活力,那无异于小丑恶意模仿走钢丝女演员轻柔的跳跃。①

老贺拉斯②的演讲。李维,第1卷。③

由品德高尚的人组成的共同体以及自由与其说是一种法律形式,不如说是一种满足了健康、纯洁天性的表现形态,一旦人的天性被扭曲了,那么它们也无法得到保存。

埃伯哈德·布隆科斯特Εναυτιοφαυων
论点Ⅲ。

符合摄政王君主身份的一句话是:他身为帝王将接受法律的制约;我们的权威将受制于法律的权威。事实上,和动用君权相比,能将君王置于法律监督之下更伟大。通过颁布上述法令,我们(向他人)表明,除了被授予的权利之外,我们并不容忍其他行为。I,4。狄奥多西二世和瓦伦提尼安三世颁布的君主法规。④

---

① 乔舒亚·雷诺兹为18世纪中晚期在英国的艺术生活中占据重要地位的肖像画家和艺术理论家。1768年创建了英国皇家艺术学院并出任第一任院长。引文出自雷诺兹1769年1月2日在艺术学院开幕典礼上的演讲,该讲稿1769年在莱比锡出版。
② 指古罗马诗人贺拉斯(又译"贺拉提乌斯")的父亲。
③ 应该是指李维的著作《罗马史》第1卷第26页。根据李维的记载,贺拉提乌斯将姐姐刺死,因为她无法掩饰自己失去恋人的悲痛,而他则声称:"凡是为敌人掉泪的罗马女子,都应该这样处死。"其父同意了儿子的做法,因为是他解放了城市。
④ 引自《狄奥多西法典》。

《斐多》①

哲学家勇于面对死亡。对话就此开始。

一篇关于自杀的小论文。此处是摩西第一次背离原文。

苏格拉底认为,这不是自杀行为,因为他自愿赴死。

如果我不期望,他说道,在我要去的地方能重觅睿智、善良的神灵,并且能找到比现今世人更纯粹、更圣明的逝去者的灵魂,那么不惧怕死亡,还自愿投入他的怀抱自然是一种愚蠢的行为。

人们请他解释自己的期望。

一个哲学家,他开始说道,一生都在通过死亡学习。

死亡只不过是灵魂从身体中解脱出来。

哲学家并不关心他的身体。

因为身体总是他的负担,而灵魂很难摆脱它进行精神层面的思考。此处是摩西第二次背离原文。

摆脱肉体,净化灵魂,这是哲学家的希望和愿望。

有一些人由于害怕落入某种更加糟糕的境地而勇敢地面对死亡。这些人不是哲学家。

我相信,在那里能找到比我失去的更好的朋友。

开头部分就此结束。克贝要求他证明灵魂离开身体后不会消失。

转化的意思是,一个有对立面的事物必定从其对立面中产生。

要记下所有的中间过程。

一切可变的事物无时无刻不在变化。

---

① 柏拉图的《斐多》,歌德在此处引用的版本是约翰·伯恩哈德·克勒的译本(吕贝克,1769),并将其和摩西·门德尔松编辑出版的《斐多或者论灵魂的永恒——三篇对话》(柏林,1767)进行了比对。

柏拉图笔下的苏格拉底以事物的循环轮回证明他的观点。

时间一直在朝前走,不会有两个时间点是一模一样的。

转化的顺序和时间的顺序是一致的,而且同样是如此持续不断,如此不可分割,以至于人们无法说出彼此最接近的状态,换言之,在这两种状态之间不可能有过渡阶段。

关于动物的肉身。

当我们说,灵魂死了,它的意思要么是指灵魂一眨眼就不见了,要么是说它逐渐地逝去了。在存在与不在之间有一个惊人的鸿沟,事物缓慢发展的特性无法直接将其跳过。

我们不必害怕上帝。

没有感官,灵魂也可以感受。

它会感受到崇高神圣的美和秩序的精神力量,即感受到上帝。

至此,柏拉图笔下的苏格拉底证明了,我们在生命中的所思所想都是回忆。

因为"相等"这个概念想必在我们出生前就有了,所以,灵魂应该在我们出生前也已经存在了。

不可见的精神不是组合而成的,我们的灵魂也如此,因此,无法将其分割,也就是说在死后灵魂将保持原来的状态。

摩西,第二段,克勒,《斐多》,73。

在交谈了关于不朽的感受之后,西米亚斯提出:我们称之为灵魂的东西可以是身体的一个组织结构,因此是非永恒的,就像古琴坏了之后,定好的音不复存在一样。克贝说,灵魂有可能继续存在,但可能处于一种愚昧的、混沌的状态。

在柏拉图笔下,西米亚斯说了同样的话。但克贝插言,尽管灵魂是更高级的部分,但它最终还是会消亡,就像纺织了许多件衣服的织工终会老去一样,剩下的只有那较低级的东西——他的最后一件衣服。

这一个是匀称,摩西笔下的苏格拉底说道;另一个则是对匀称的感受,而后者其实是很简单的。

组合是将分散的各个部分连接起来,由此形成一种秩序,或者一种力量。

如果所有的单个部分都处于死寂状态,那么,其整体也不会拥有力量。

相反,如果单个部分内部并不匀称,其整体倒有可能达成均衡;因为单个部分不具备多样性,而整体则由多样性组成。

如果单个部分无效,那么整体不可能有效。

在没有灵魂的自然界不存在互帮互助。人类身上的互助力量,我无法用和谐来解释,故我用这种力量的作用来进行解释。

思考的能力是整体活动的一部分,整体和部分的状况的确千差万别,尽管如此,思考的能力或许只能存在于整体之中。

也就是说,我们肉体的组成部分拥有力量,存在于整体中的思考能力源于这种力量,不管相似还是不相似。

单个力量汇聚后会从中形成一股不寻常的力量,它假设有一个思考者,在他眼中,整合而成的力量和单个力量是不一样的。因此,思考者不能脱离这种整合而成的力量。

因此,单个部分必须彼此相似,和整体相似,同时还必须是思考的力量。

最后,我们必须承认有一种力量,它会集合所有其他力量。或者说,我们承认有许多圣灵,而我只想要其中一个。

柏拉图笔下的苏格拉底这才说道,如果灵魂是和谐的,那么所有的灵魂必然是一样的。因此,和谐是不作为。

第三部分

摩西笔下的苏格拉底反驳克贝,主要方法是通过观察我们自出生以来的生长过程以及我们内心所体验到的对无限的感受与追求。

当一个对立的体系难以自圆其说,而他的论证显示无懈可击时,他会以死亡终结。

在柏拉图笔下,苏格拉底开始讲述他是如何思考物的产生与变化的。

美的和善的就是真的。

人们不知道物是如何发生变化的,除非让自己参与各种物的活动。

对立的事物不仅从来不会统一,而且它们也不能容忍在其他东西身上同时出现对立面。灵魂一直将生命随身携带,所以它是不死的。

随后谈论了令人内心充盈喜悦的宇宙论,随后赴死。

其他各种激情几乎总是令人忘乎所以,而爱情却使人反观内心,让幸福变得如此简单。《亲吻》之《论抚爱》。①

继承权,不平等的一个主要原因。

斯特鲁伊克之《论追踪及法院审理程序的慎重选择》。②

对诽谤者施以车磔之刑。地方法律,Svev.第114章。③

为了消灭这种不光彩的、充满奴性的盗窃行为,且不再让我们的

---

① 出自克劳德·多拉1770年在巴黎出版的《亲吻》一书的前言《论抚爱》。
② 法学家塞缪尔·斯特鲁伊克的专著,1697年在哈勒出版。
③ 歌德在《施瓦本法律大全》(奥格斯堡,1275)里查阅到了相关规定。该《法律大全》主要适用于南德地区。

下人打扰地方法官,我们会加快向他们提供无偿救助,以便他们不再触犯法律。等等,查士丁尼,附律,第 2 章。①

甲:我们彼此严重欺骗了对方。

乙:好吧。我并没有要欺骗您的意思。但是如果您觉得欺骗了我,那就是您搞错了。

我总会想起当时在这位王侯大人的内房里看到他时他的仪态和他奇特的装束。他身体一侧佩带长剑,肩披斗篷,头戴一顶小四角帽,颈上系一根宽绸带,一个装满小狗的篮子系在绸带上;他站在那儿,纹丝不动,在和我们谈话时,不管是头、脚还是手都未曾动过。苏利,第 2 章。②

(# 法国国王亨利三世)

助产士被算作地方上的神职人员。莱泽论席尔特,第 76 页。③

单词"Weihe"的意思是"庄严的"。迪特里希·封·施塔德,《德语单词解释》,第 717 页。④

博士论文,关于对偶然可能性的滥用。⑤

布莱克威尔论荷马。⑥

---

① 引文出自拜占庭国王查士丁尼《民法大全》的增订部分。
② 引文出自苏利公爵的《回忆录》(伦敦,1745),第 1 卷第 100 页。
③ 约翰·席尔特为斯特拉斯堡的法学家,曾发表《论教会法规》。奥古斯特·封·莱泽,黑尔姆施泰和维滕贝格的法学家,在 1753－1754 年间就此书发表评论,题为《席尔特教规的训示》。歌德在《诗与真》一书中也有论及莱泽。
④ 该单词的意思摘自迪特里希·封·施塔德 1711 年出版、1724 年再版的《马丁·路德将〈圣经〉翻译成德语时所使用的主要词汇详解》。
⑤ 该论文收录于奥古斯特·封·莱泽的主要著作《冥想与启示》第 7 卷第 231 页及随后数页。
⑥ 指托马斯·布莱克威尔 1735 年在伦敦发表的著作《荷马的人生与著述研究》。

赫德论贺拉斯的诗学以及写给梅森的信。①
议会职位被出售。②
毛皮生意,在法兰克福的集市上非常活跃。
通经剂。
　　马兜铃根茎2盎司
酒石1盎司
净水2盎司
熬制。③
北欧吟唱诗人的诗集。④
希克斯的《北方语汇汇编》。⑤
沃尔姆的《鲁内文研究》,记录了其研究成果。⑥
《埃达》。⑦

---

① 理查德·赫德1749年发表了《论贺拉斯的诗学》,1757年再版时又增添了《两篇演讲稿及致梅森先生的一封信:论模仿的痕迹》。
② 法兰西国王路易十五的首相莫普曾在1768年尝试对巴黎议会进行改革,并在1771年剥夺了高等法院的政治权力,在巴黎高等法院的司法辖区内建立了六个区法院行使职责,以有薪金的法官代替官僚贵族。歌德此处摘录的内容可能与此有关。
③ 这是一个配方:用干燥后的马兜铃根茎、一份酒石和干净的水熬制一份汤剂。
④ 人们通常将9至14世纪的挪威和冰岛诗人统称为北欧吟唱诗人,他们作为御用诗人极受挪威国王的推崇。在神话传说和古代冰岛的神话和英雄诗集《埃达》之外,吟唱诗人的作品是古代北欧的第三大文学种类。
⑤ 乔治·希克斯为英国神学家和语文学家,1705年在牛津出版了该书。
⑥ 奥拉夫·沃尔姆收集并整理了日耳曼民族最古老的文字——鲁内文,并出版了《丹麦古籍:鲁内文研究——鲁内文词典、鲁内文纪念碑、附录及人名索引》(1651)。
⑦ 这里的《埃达》应该是指13世纪下半叶的诗体《埃达》,这是一本收集了神话诗歌和英雄诗歌的集子,作者不详。歌德究竟指的是哪个版本尚未最终查证。

萨克索·格拉马提库思的《丹麦人的业绩》。①
托马斯·巴托林,《异教徒之蔑视死亡》。②
《凯尔特文献》,马利特。③
戈特弗里德·许策博士先生。④

⑤

---

① 萨克索·格拉马提库思为丹麦历史学家、神学家和作家。《丹麦人的业绩》是丹麦的第一部重要史籍。
② 指托马斯·巴托林著三卷本《古丹麦人及还是异教徒的丹麦人蔑视死亡的原因》。
③ 保罗·亨利·马利特所著的《凯尔特人诗歌和神话及古斯堪的纳维亚部分地区文献》(1756)。
④ 历史学家戈特弗里德·许策著两卷本《古德意志和北欧民族的三份答辩书》(1746/1757)。
⑤ 双横线标志着歌德在法兰克福时期的日志结束。

斯特拉斯堡
1770年4月至1771年8月

70. 歌德致 J. Chr. 林普雷希特①

1770年4月13日　星期五至19日　星期四

斯特拉斯堡,1770年耶稣受难节
4月12日(13日)②

亲爱的林普雷希特:

我一刻也不怀疑,你现在急需用钱;因为我今天突然冒出一个怪念头,要给你寄点金路易。③ 这可比身无分文要好,我想,即使这笔钱不算多,但是至少你可以把它当作是过去的并没有被遗忘的标志。

我又做学生了,谢天谢地,我现在身体健康,正合我意,而且精力充沛,绰有余裕。我依然还是过去的我,只是和我们的主以及他亲爱的儿子耶稣基督相处得更加融洽了。由此,我也变得更加聪明,并且体会到了其中的含义:敬畏耶和华④是智慧⑤之始。当然,我们为那要来的会先唱一首赞美歌;⑥这固然不错,况且这就是喜悦与幸福;国王必得先入城,才能登上宝座。

此外,我希望听到的消息是,您最近的状况已经有所好转。在这

---

① 约翰·克里斯蒂安·林普雷希特是莱比锡的神学候选人,歌德租住在施特劳贝夫人的火球旅店期间,他是歌德的邻居。参见《诗与真》中的"到达莱比锡"一章:"我的邻居是一位神学家,他授课深入浅出,思虑周密,但是却很穷困,对前途忧心忡忡,原因在于他的眼睛有毛病。他患有眼疾是因为读书过度,常常看到天黑,甚至为了节省一点点儿的灯油,还到月光下看书。"
② 该信的手稿已遗失,因此它依据的是克·戈·赫尔曼的手抄稿。手抄稿上的日期为4月12日,但是,1770年的耶稣受难节为4月13日,因此断定该日期标注有误。
③ 歌德一直在经济上资助林普雷希特。
④ 参见《旧约·诗篇》中第111章第10节:"敬畏耶和华是智慧的开端;凡遵行他命令的,是聪明人。"
⑤ 有德国学者在研究中指出,此处的"智慧"并非指基督教信仰,而是哲学解释学意义上的"智慧"。
⑥ 参见《新约·马太福音》中第21章第9节:"奉主名来的,是应当称颂的! 高高在上和散那!"

世上,您一直负担沉重,偏偏还要再加上您的眼病和我。①

我并不是指我生病一事,那是次友情相助,而友情相助是永不会让人感觉辛苦的;但是当我想起去年夏天自己变成了一个多么惹人厌的家伙,我就觉得诧异,那时候怎么有人受得了我。不过,我还是值得有人同情的,我也有自己的爱情烦恼。②

祝您身体健康。您只管收下我的信,也就是说不用想得很复杂,全心全意地收下就好。

请代我问候所有的朋友,并请您做我的朋友。

歌德

---

① 暗指歌德在《诗与真》中提到的林普雷希特的眼疾,最后导致其双目失明;此外,歌德在莱比锡生病期间,林普雷希特给予了歌德无微不至的关怀。
② 指歌德热恋小凯特·舍恩科普夫。

斯特拉斯堡,1770 年 4 月 19 日

　　昨天,我收到了您情真意切的来信,日期为 3 月 28 日,就是在我有了那种奇怪的想法之后没几天,那我现在就来写信告诉您在耶稣受难节当晚这种想法是怎样冒出来的,然后又是如何清晰地呈现出来的。

　　我很高兴听到您生活如常,传教依旧,如果您专注此行,即使双目失明,也能走遍天下。有人说,德谟克利特为了不让自己再受此危险感官的干扰就故意把自己弄瞎了,真的,如果他能下得了手,那他绝对不是没有理由的;有时候,我也很想变成一个瞎子。但是,如果现在和过去一样,您看到的是昏暗朦胧,而别人眼中却是亮如白昼,那么您也并没有损失多少。这世上万物皆隐晦不清,只程度不同而已,如此,便可聊以自慰了。

　　我变了,完全不一样了,为此我要感谢我的救星;我还要感谢的是,我并没有成为我应该要成为的那种人。路德说过:"和我的罪过相比,我更加为自己的善行担心。"①况且人在年轻的时候,还不是一个完整的人。

　　在这儿已经有十五天了,我觉得斯特拉斯堡并不比我在这世上所了解的其他所有地方更好或者更差一点儿,也就是说非常一般,但也有一些特殊之处会让人心绪忽好忽坏,并让人脱离日常状态。

　　― ― ― ―
　　― ―
　　再见― ―
　　― ―

歌德

---

① 具体的出处迄今仍无法查证。

71. 歌德致朗格尔

1770年4月29日　星期日至5月11日　星期五

斯特拉斯堡,1770年4月29日

　　在群山之巅,湖水之畔,①如果您那儿也像今天我这里一样风和日丽,如果您心里面就像我心中一样春光明媚,那么,亲爱的朋友,您就既不能抱怨大千世界,也不能埋怨身边的小世界,正如我也不可以这么做一样。此时此地,我身体健康,心情愉悦——是那种内心平静时才能感受到的身心愉悦;我希望,您的身体状况业已恢复如从前,或者至少还过得去。生病固然不是什么好事,但我们也从中获益:我们变得更加敏感,更加细腻,甚至在一定程度上比健康的人更加幸福。

　　当身体抱恙的时候,人就得乖乖地待在家里,一边等一边担心;他的愿望无非就是熬过今晚,他把所有的希望寄托在新开的处方上。亲爱的朗格尔,这就是魂灵,它摆布我们的身体就像在玩弄一个提线木偶,如果它真的四肢灵活且还能跟随它的意志的话;这多半像是一位年轻姑娘在舞会上寻找她的幸福,而在消遣娱乐之后,这带给人的不是平静,而是心跳,不是满足,而是饥渴。

　　亲爱的朋友,您现在过得怎么样?就前一封信来看,您并不开心。为了获得平静,您离开了自己世界的中心,②走得太远了;直到现在,您那徘徊不定的命运就仿佛是一个轮圈,一直在转,一直在动,而到了最后,却还和开始一样。又有一颗如此柔软的心!不幸的人啊。

　　我的小奇遇就像雨滴落入池塘,而我现在就堪比静谧雨夜中的那一池湖水。

---

① 指日内瓦湖,朗格尔在洛桑的日内瓦湖湖畔差不多住了两年。
② 在神秘主义思想中指灵魂深处,到达灵魂深处就可以和神灵合而为一。

我在这里不过才三周,喧嚣之声却终不绝于耳。夫人①不久将抵达此地,人们忙着筹备张罗,看上去很漂亮,很有品位,却唯独没有一点儿思想,没有一点儿理性。

在此期间,我倒是可以在一旁学点东西,所以我很满意于居住在此。为了装饰几间大厅,人们从巴黎带来了戈布兰挂毯,②这可是令我大开眼界;大部分挂毯依据的是拉斐尔的作品,虽然我出游有多种理由,但仅此一点,我的旅行就值了。著名的《雅典学院》③就在其中。我根本无法用语言表达,但是我知道,自我初次看到它的那一刻起,我的认知就进入了一个新的阶段。这样一件作品,它是艺术的极品。在同一间大厅里还挂着现代大师的杰作。风格完全不同,毕竟有300年差距啊。

朗格尔,去意大利吧!去意大利!④ 但不是今年,这对我来说还太早;我还没有掌握我所需要的知识,我还有太多欠缺之处。巴黎⑤会成为

---

① 此处指神圣罗马帝国皇帝弗兰茨·斯蒂芬与奥地利女王玛丽亚·特蕾西亚的女儿玛丽·安托瓦内特,她于1770年和法国王储,即日后的路易十六完婚。1770年5月7日,她抵达斯特拉斯堡。参见《诗与真》中的"法国王妃路经斯特拉斯堡"一章。

② 戈布兰是法国著名的染织师家族,在文艺复兴时期,该家族曾根据拉斐尔的画稿为西斯廷大教堂织染壁毯。与此同时,他们还额外多生产了几幅壁毯,1770年在斯特拉斯堡展出的壁毯就是其中一幅。歌德1787年6月在罗马逗留期间,曾亲自前往西斯廷大教堂欣赏壁毯。参见《诗与真》中的"法国王妃路经斯特拉斯堡"一章以及《意大利游记》中的《第二次在罗马逗留,教皇的壁毯》部分。

③ 《雅典学院》系拉斐尔为梵蒂冈签字大厅创作的大型装饰壁画,完成于1508-1510年间,系制作壁毯的样板。

④ 鉴于此,朗格尔可能曾经力邀歌德和他一同前往意大利旅行。

⑤ 在第66封歌德致小凯特·舍恩科普夫的信中,歌德也曾提到他要在巴黎继续完成学业。

我的中学,而罗马则是我的大学。因为这是一所真正的大学;如果去那儿看过了,那就等于是看过全世界了。所以,我不能匆匆忙忙地一头扎进去。

5月11日

我被裹挟着卷入了随心所欲的胡闹和折腾,直到现在,我才重新开始思考我的存在。这几日来,我们不过是我们太子妃①的装饰物。在陛下的绣有金丝线图案的真丝华服面前,我们违背了自己的真心:这衣服穿在任何一个身板笔直的人身上都要好过穿在这驼背国王的身上。尽管如此,当我们被感动时,我们的自尊心就不起作用了;我们的王侯和姑娘们对此心知肚明,并且利用这一点随心所欲地调遣我们。

因为我们正好谈到姑娘:您心中的一把火②烧得怎样了?您不害怕吗?或者您已经进入了不再担心害怕的境界。这两者之一,都值得庆贺,但我很怀疑,您究竟是否幸福。

您的朋友基本上还是老样子。健康状态一般,很少与其内心发生争执,但是完全一致也很少见。也就是说,我们视彼此为好朋友,经常互相礼让三分,尽管我们意见不一。

我在学习什么?首先是洞察细微,明察秋毫,通过这些细微之处,人们可以把正义与不公变得如此相似、接近。也就是说,我正在通过学习争取获得法学博士学位。

其次,我私底下在寻找一些关于**那些**不朽著作的文学知识,③受过教育的粗俗之人对其既崇拜又嘲讽,这两种态度都是因为他并不理解这些书;要彻查其中的奥秘,只有敏感睿智之人才能办得到。亲爱的朗格尔,一个人年纪尚轻,他意识到大部分知识并不完备并遇到了这样的宝藏,还真是高兴啊。噢,这是一条长长的书单,从《赫尔墨

---

① 指玛丽·安托瓦内特。
② 参见第43封信"歌德致朗格尔(1768年9月8日)",信中提到他的女友C。
③ 歌德在信中以旧书商的姿态出现,从而对朗格尔隐藏了自己对秘义作品的兴趣。

斯秘义书》①到维兰德的《穆萨里昂》。② 祝您身体健康,并请问伯爵先生③好。

我住在施拉克先生处,他是鱼市上的毛皮贩卖商。

歌德

---

① 《赫尔墨斯秘义书》是有关神灵启示、神学和哲学的作品,据称系古埃及神透特(即希腊的赫尔墨斯·特里斯美吉斯托斯)撰写。
② 指维兰德的《穆萨里昂或美惠三女神的哲学》,1768年在莱比锡出版。
③ 指林德瑙伯爵,朗格尔是他的家庭教师。

72. 歌德致卡塔琳娜·法布里丘斯?①（草稿）

萨尔布吕肯，(1770年)6月27日(星期三)

  在这风光无限的夏日里，我做了一次美妙的旅行，在最甜蜜的静谧中享受着世间万物的绚丽多姿，要是我能把想您的话全部记下来，亲爱的朋友，那该有多好！您会读到其中的一部分，有时候您可能会有同感，大多数时候您会被逗笑。今天下雨了，在孤独寂寞中，我觉得除了想您以外没有什么事情可以更令人心情舒畅了；想您，也同时意味着想起爱您的所有人，想起爱我的所有人，甚至想到小凯特，②虽然我知道，她肯定不会否认她讨厌我给她写信，对我也有所不满，而且……够了，不管是谁，只要看了她的剪影，就会了解她的为人。

  昨天我们③骑行了一整天，夜幕降临，我们来到了洛林山区，萨尔河在可爱的山谷中缓缓流淌。在我的右手边，我看到郁郁葱葱的山脚下，河水在朦胧夜色中泛着灰白色，静静地朝前流动，在我的左手边，山上种满了山毛榉树，黑沉沉的树影从崖壁上倒挂下来，仿佛就在我的头顶，在黑黢黢的岩石间，在灌木丛中，会发光的小鸟④在悠闲地、又颇显神秘地飞舞；突然，我的内心也平静了下来，就和这山区一样，白天旅途的劳顿仿佛只是一场梦，早已忘却，要重新在记忆

---

① 第72至81封信写在一个草稿本上，歌德后将其赠送给了封·施泰因夫人，作为她的遗物的一部分，这些信件被斯特拉斯堡大学图书馆保管。第72封和第79封信一般被认为是写给来自沃尔姆斯的卡塔琳娜·法布里丘斯的，她是歌德的妹妹科尔内利娅的女友。在草稿本上，第79封信的标题是"致F小姐"。

② 指小凯特·舍恩科普夫。歌德有可能给卡塔琳娜·法布里丘斯看过小凯特·舍恩科普夫的剪影。

③ 1770年6月22日至7月4日期间，歌德在法学系学生约翰·康拉德·恩格尔巴赫（也是歌德在斯特拉斯堡的饭友）以及医学系学生弗里德里希·利奥波德·魏兰的陪同下骑马出行；后者还在1770年10月介绍他前往塞瑟内姆的牧师住宅。参见《诗与真》中的相关段落。

④ 指萤火虫。

中翻找颇要花些力气。

拥有自由、轻盈的心灵是多么幸福啊！勇气驱使我们去体验苦难,去冒险,但是只有不辞辛劳才能收获莫大的喜悦。这可能就是我反驳爱情的最大理由吧。人们说,爱情使人勇敢——绝对不是！我们一旦心软了,就会变得软弱无力。当心中暖流涌动,喉咙哽咽说不出话来,人们得努力克制才能不让眼泪掉下来;一个人呆坐在那儿,被说不清道不明的狂喜包围着,噢,那时候的我们是多么软弱,只要花环就能把我们捆绑起来,不是因为它们获得了某种魔力而变得坚韧结实,而是因为我们胆战心惊,唯恐弄折了它们。

只有当恋人有失去他心爱的姑娘的危险时,他才会变得勇敢,但是这已不再是爱情,而是嫉妒。当我谈论爱情,我对它的理解是,一种诱惑力使我们的内心脱离了冷漠的惯性轨道,我们感受到情思起伏,心旌摇曳,却又总是回到一个点。我们就像小孩子坐在摇动木马上一样,一直在动,一直在摇,却从未离开过那个地方。这就是恋人的最真实的写照。要是人因此而变得尴尬,这爱情会变得多可悲啊;可是,如果没有了羞怯感,恋人估计也无法维系其关系。

请您告诉我的小弗兰齐,①我依然是她的。我非常喜欢她,并且常常因为她很少让我费心而生气;一个人若是恋爱了,他就想承担责任。

我认识一个好朋友,②她的女友很喜欢在桌边把爱人的脚当作自己的搁脚凳。有一天晚上,他本想起立,而她觉得时机不对,就用

---

① 小弗兰齐指弗兰齐斯卡·克雷斯佩尔,法兰克福一位珠宝商的女儿,系歌德妹妹在青年时代的朋友。她或许就是歌德在《告别》一诗中所提及的"亲爱的小弗兰齐"。
② 有可能暗指歌德本人。参见诗歌《真正的享受》,其中写道:"坐在桌边,她把爱人的脚/当作自己的搁脚凳。"

自己的脚按在他的上面,希望通过这样一种亲密的举止挽留他;不幸的是,她的鞋跟踩到了他的脚趾,他忍受了剧痛,但是他充分了解这种善意举动的价值,因此他并未将脚缩回。

73. 歌德致小黑茨勒①(草稿)

(1770年)7月14日(星期六)

　　特拉普②认为我死了,而您又是怎么看我的呢?因为我一直未给您回信,甚至比给特拉普回信的时间还要长。不过,您是了解我的,亲爱的朋友,您绝不会因为我的沉默就胡乱猜测个中原因。与其说我忙碌,不如说我变得越来越懒散,因为我无事可做,或者说无事想做,您的回信也就一直拖欠着。现在,我终于想起要告诉您,我爱您,很高兴看到您依然是一位头脑清醒的文艺学生。在我看来,您是一位好人,您也喜欢我,但是您过于抬高我而贬抑了自己;您向我提出的问题,我既不能明晰又无法简短地做出回答,而您的个人经历和感受却很容易给出答案。只要一点儿耐心;是啊,要是我可以向您建议的话,那么就请您亲自去寻找美在哪里,而不是怯生生地询问美是什么,这样您就会有更多的发现。总而言之,美是无法言说的;当我们欣赏大作家和画家的作品时,简言之,所有具备感受力的艺术家的作品时,美就会出现,恍如在梦境中一般;它是一个若明若昧、闪烁不定的影子,没有定义能够界定它的轮廓。

　　门德尔松③和其他学者——我们的校长④是他们的学生——试图像抓蝴蝶一样捕捉美,并用大头针为好奇的观赏者固定住美。他

---

① 法兰克福商人黑茨勒的一个儿子。当时,他应该还在读文理科中学,准备进入大学学习。
② 沃尔姆斯的奥古斯丁·特拉普。
③ 但是,在《论感受的通信》中,门德尔松的观点是:"如果有些人之所以阅读不朽的经典,是因为要剖析作品,分析修辞手法,那么他们就像昆虫学家收集虫子风干的骨架,这是非常可惜的[⋯⋯]他们已然感受不到他们向我们大肆宣扬的美了。"
④ 可能是指约翰·格奥尔格·阿尔布雷希特,法兰克福赤脚文理科中学的校长,卒于1770年5月3日。

们是成功了，但是其本质和抓蝴蝶①毫无二致：那可怜的小东西在网兜里挣扎，鲜艳无比的色彩褪去了；即使人们完好无损地抓到了它，但最后它因窒息而僵直了身体，一动不动；尸体并不是完整的动物，要成为动物还需要一个主要部分，借此机会，正如在其他场合一样，我要说，这是最主要、最基本的组成部分：生命和灵性，它们使世间一切变得如此美好。

　　享受青春时光吧！当看到蝴蝶在花丛中翩翩起舞就喜笑颜开吧！让眼睛和心灵为之惊羡吧，然后把那些破坏喜悦的动手癖好——杀死蝴蝶和解剖鲜花——让给我这种上了岁数或者又比较无情的人吧。我要极力克制自己不再这样继续下去，您知道，我不知疲倦地痴迷于此，就像一个寡妇沉浸于丈夫生前的最后时刻一样。我之所以特别愿意和您聊这方面的内容，那是因为我们理解彼此。

　　米勒的关于古典主义文学作家的导论②过于冗长，可能还有许多类似的书籍，但是我却不知道哪一本适合您，最好的做法是先读作家作品，然后再读导论，而不是后记，我们最好要学会谨慎行事，并且学会自我判断；不过，我还是希望您就此话题征求我们的校长先生③的意见，他应该比我知道得更多更好。要获取文学知识，需要时间和勤奋，正因为这两点，年轻人需要紧随成年人。《荷马史诗》也是如此。克

---

① 参见歌德的诗歌《喜悦》。
② 指戈特弗里德·埃夫莱姆·米勒的《关于古代拉丁语作家的必要知识及有效使用的历史批评导论》（第1至5卷，德累斯顿，1747-1751）。
③ 不知此处歌德是否指约翰·格奥尔格·阿尔布雷希特校长，因为他应该在1770年5月已经获悉了校长辞世的消息。当然，也有可能是歌德当时对此并不知情。

拉克①的英文译本忠实于原文,但是莱比锡的翻印版本②应该有许多错误,但是我也不能妄下论断。祝您身体安康。

---

① 英国语言学家、神学家和哲学家塞缪尔·克拉克用希腊语和拉丁语韵文翻译出版了荷马的《伊利亚斯》(1729-1732)和《奥德赛》(1740)。参见《诗与真》中的相关描述,但是,歌德是否在这一时期已经阅读了原版的《荷马史诗》尚无法澄清。
② 莱比锡大学的语言学家约翰·奥古斯特·埃内斯蒂在其《荷马史诗》译著的最后附加了塞缪尔·克拉克的拉丁语译文。

74a. 歌德致 A.特拉普(草稿)

1770 年 7 月？①

想法奇特的老兄：

我想马上回信,立时三刻,尽管就我对您善变性格的了解来看,不管我的回信是否及时,您肯定不再是写信时的那种想法,所以我的回信也就几近多余了。

您重新想要了解我对各种事情的看法。这又是何故呢？您难道不知道,我想的和您不一样,上帝想的又和我们两个人不一样。

您在来信中说我很聪明,这令我颇感荣幸,但您随后又写道,您似乎觉得我该对您的不幸②负责。我行事时总是全身心地投入。既然这个全身心投入的歌德身上还有那么点小聪明,您为此受点小罪也就在所难免了。最后的结果又会怎样？在神的面前,我们都是可怜的小鬼,谋事在人,成事在天。当我们还在犹豫不决地选择该往这儿还是那里走时,他已经拽着我们的胳膊走上了我们从未想过的第三条道路。

一位小姐？您要求我给您出出主意。亲爱的特拉普,我太知道这个问题的重要性了,所以我可不敢摆出一副无忧无虑、"站着说话不腰疼"的姿态。做好力所能及的事情。如果不想或者不能咨询上帝,那么现实状况就是最好的顾问。真的,我是认真的！您对第二条戒律万般顺从,但是对第一条则领悟不深。您敬畏上帝,而不幸即在于此：他无处不在,必然令您觉得窘迫,就好像选帝侯一直在您身边一样。是的,只有当您能真正感受到那无所不在的大爱时,您才不会如此抱怨。

---

① 该信的确切日期不详。特别要指出的是,该信的第五段只有一句不完整的话,也就是说,后面几段有可能就不再是同一封信的内容。
② 无据可查此处"不幸"具体指什么。

您难道不相信,上帝真的……

要谈论什么是真正的效仿基督①行为,我还得有更高的声望;或者我必须表现得更加大胆无耻才能就假先知这个话题表明自己的观点。我所能向您建议的就是:如果您认为自己身边有一群如狼般的暴徒,那就请求主教保护您。

玩纸牌游戏就是这么一回事。您把它视作罪孽,所以您不玩。那您为什么傻到为了取悦他人而让自己的良知不安?但是,我不希望您把它弄成一个宗教问题,然后对大伙说:我不玩,那是因为我觉得这是罪孽。我更加不希望您阻拦想要玩纸牌游戏的人并且向其他人据理力争,表明这就是罪孽。想玩牌的人,您就让他们去玩,但是您自己不去参与。如果大家需要你加入,您就告诉他们,我不玩。要是他们问,为什么?您就回答:我不喜欢这玩意。如果人们说,这是个奇怪的想法;您就引用一位大哲学家的话:②是啊,这是奇怪的想法,你们难道没有怪念头吗?如果还有人问您:您觉得纸牌游戏怎么样?您就回答:我不玩。我对它的看法其实无所谓,我的想法也无助于这场争论的结果。这样,在力所能及的范围内,您自己就把难题解决了。因为上千条原因表明,不要根据宗教基本原则来判断一些小事是不错的做法,特别是在公共场合。

参加宴会时,您吩咐将一道菜从您身边端走,并且说:谢谢。没有人会问,他为什么不吃。他消化不良吗?是他不喜欢吃这道菜吗?是他吃饱了吗?抑或他在等更加美味的菜肴?人们什么都不会问。

---

① 此处可能指来自肯彭的托马斯(原名赫默肯)的著作《效法基督》(又译《师主篇》),此书在虔信派教徒中广为流传,影响相当深远。
② 歌德在2月阅读了维兰德的《第欧根尼谈话录》一书,其中写道:"好吧!就当它是奇怪的想法,您难道没有怪念头吗?"

要是主人出于礼貌一再劝请,而我坚持我的原话,非常感谢,那么他就心满意足了(但是我突然想起,这个比方不太适用于沃尔姆斯。在那儿,他们可不允许有人在用餐期间停下来休息。我真同情您)。

74b. 歌德致 A. 特拉普(草稿)①

(1770 年)7 月 28 日(星期六)

我一无所知！您是知道的,我想,早就知道了,却还总是问我,并且觉得我不回信好奇怪。我多么愿意和我的朋友们细谈,尤其是和您,但飘忽不定的生活常常使我无暇于此;即使我空闲下来准备回信了,却发现那些问题和讨论非我能力所及,于是,我的懒惰就有了借口,并再次推迟回信的时间。我整日无所事事,为此我得感谢上帝,或者可以的话,也得感谢他的儿子,好像是他们让我过上了这样一种日子。您怎么想到要我帮您出主意呢？特别是这种事完全超出了我的经验范围,除此之外,我也不知道它是怎么发生的,有哪些当事人。

那我还能做些什么？科学详尽地探讨,是结婚好还是不结婚好。亲爱的朋友,一般的看法或结论不能令他或者她变得比原来更加聪明,而您的特殊情况,我又知之甚少,因此就连一个正确的判断都无法做出。总之,这是我们的聪明、睿智、苦思冥想或者怀疑态度——不管您把它称作什么——都无法解决的众多问题中的一个。以撒完全顺从于他的神,顺从于神无处不在的智慧;他的命运由是否给骆驼饮水来决定,他完全听从未来世界的安排,②而如果一个人做不到以撒那样,他自然就会陷入不好的境地而无可挽回。如果一个人都不愿听从上帝的旨意,别人还能给他怎样的建议？

您现在的情况,亲爱的朋友,和我们所有年轻人的情况一样。我们不希望父母亲们为自己定下婚约,而要迎娶的新娘又即将到来,要在田间默想③可真是不易。我们个人的喜好？我们又该拿她怎么办？心中那种种青涩的躁动不安,都是痴人说梦;而且您也知道,如果一个人总让这种同伴牵着鼻子走的话,会出现什么情况。

---

① 该信可能是写给特拉普的最终稿,74a 应该只是一份初稿。
② 参见《旧约·创世记》第 24 章第 14－28 节。
③ 参见《旧约·创世记》第 24 章第 63 节:"出来在田间默想"。

我要是不了解这些话将产生的作用,我尽可以说些漂亮的客套话,一些冠冕堂皇的大道理,甚或再加上一些为人处世之道。内省是一件无利可图的商品,相反,祷告则是一桩有利可图的买卖;当心灵以上帝之名——我们暂且称他为一个神,渐渐地则冠之以我们的神之名①——一旦被感召,我们就会被不计其数的恩泽惠及。②

还有一事。您的健康状况如何?我请求您持久地、忠实地为自己的身体着想。心灵必须通过身体之眼观察世界,如果它们变得浑浊了,那么整个世界就变得阴雨连绵了。

我比任何一个人或许都更加清楚这种状态。有一段时间,这世界在我看来真是布满荆棘,就像您现在这样。天国的医生③助燃我体内的生命之火,勇气和欢愉又重回我身边。

如果生命之火达到了其最佳状态,则您也会变得和我一样。祝您安康。如果您还不能使自己完全听从我的劝告,您也不用为此担心;您只要坚定地相信,我是您忠实的朋友。

---

① 参见《旧约·诗篇》第118章第10节。
② 参见《旧约·诗篇》第107章第43节。
③ 参见《旧约·出埃及记》第15章第26节:"因为我耶和华是医治你的"。

75. 歌德致小黑茨勒(草稿)

(1770年)8月24日(星期五)

　　您一直以来对我善意有加,无比关心,这使我颇感歉疚;同样的话我还得对您说多久呢?从您总括起来的那些关于我的溢美之辞中,我并没有受益良多。令我心生忧虑的是一条古老的哲理和某种人生经历;请您好好保管这封信,或许日后某一天我会重提此事并细说原因。我希望您还是我的朋友;但是要做朋友,您就必须接受我真实的样子,以免将来改变您的想法和对我的心意。

　　您对我的好感为我平添了我并不具备的优点。一个人爱他的朋友就像爱他的恋人,一位男士的菲莉丝①总是他眼中最漂亮的美人,我们总是想拥有最好的,这就是小气。

　　我们两地分隔。距离是一种强大的降热药,而您的心并不会空着。

　　您去学院读书;您首先发现的就是有上百个像我一样的人。"他并非凤毛麟角!"您想,并继续朝前走,然后会发现上百个比我更好的人;您用新的尺度衡量我,发现我身上的不足,然后我就败下阵来。一个人们认为十全十美的人,但凡在他身上发现一点儿不足,人们就不太容易公正地评价此人了。

　　我们的虚荣心在其中作祟,我们欺骗了自己,却还一味地否认,并且信誓旦旦地相信我们是上当受骗了,这样,我们就能把所有的责任和懊恼,甚至还有憎恶转嫁给一个无辜的人,尽管他并没有参与其中,但我们急功近利,非要把他看成是那样,尽管他原非如此。

　　总之,要客观公正地审视世界(您也对此表示出了兴趣),既不能把它看得过于糟糕,也不能把它想得过于美好;爱恨本一家,而两者都会模糊了我们的视线。

　　我差一点就开始东拉西扯了。在我们年轻的时候,我们不想走

---

① 菲莉丝是西方女子教名,也是阿那克里翁派诗歌中常见的女牧羊人的名字。

中间道路。让我们完成我们每日的工作吧，不要让老年人来插手我们的事情。

尽可能认真地观察事物，把它们写入大脑的记忆层，做个生活的有心人，不要荒度岁月而一无所获。然后，致力于研究能给我们的大脑指点迷津的科学，进行比较，使之归其位，定其值（我指的是一种真正的哲学，全面的知识），这就是我们目前应该做的。

在此过程中，我们无需是某种存在，而是想要变成一切，疲惫的身心需要休养，却也不能过于安逸与稳妥。

我也知道，做自己该做的事，这种要求对我们两人而言并非在所有时候都是愉快的；但是，当一个人稍稍了解了自己的长处并且充满活力，那么，高尚的情感很容易唤醒人的勇气。清晨的慵懒很快就会过去，只要人克服了自我，把脚从被窝里挪开下床。如此等等。

76. 歌德致苏珊娜·卡塔琳娜·封· 克莱滕贝格①(草稿)

(1770年)8月26日(星期日)

亲爱的小姐:

我今天和教会的兄弟们一起追思了我主的苦难和死亡;②而您应该猜得出我为什么要用这一个下午时间认认真真地给您写这封拖欠了如此之久的信件。我们最好的朋友和我们在一起,正如上帝和我们在一起;每一种爱都要全心全意;如果要把零散的思绪聚拢起来,那我情愿收集抛撒出去的硬币,③特别是此时此刻,当我处于目前这种状态。

尽管如此,它们似乎仍预示着种种可能性。我遇见的许多人,我碰到的许多偶然事件,给予我做梦都想不到的经验和知识。此外,我的身体状况不好不坏,既可以承受适当的、必要的工作,又不失时机地提醒我,不管是在身体还是在精神方面,我都不是一位巨人。

我和那些虔敬的人④来往,但关系并不十分密切;刚开始时,我积极向他们求教,但事实是,我似乎不应该这么做。当他们做事时,他们真心乏味透顶了,这让我活泼的个性难以忍受。尽是些平庸之辈,只会用最基本的宗教感受和最基本的理性去思考,然后就视之为全部,因为他们此外一无所知;况且又极具哈勒特色,⑤对我的伯爵

---

① 歌德从莱比锡返回法兰克福后,苏珊娜·卡塔琳娜·封·克莱滕贝格介绍他加入了法兰克福的兄弟会,并引发了歌德对神秘主义和炼丹术的兴趣。她还是歌德在《威廉·迈斯特》中的《一个美好心灵的自述》的原型。参见《诗与真》中的"封·克莱滕贝格小姐"及其他相关章节。
② 歌德很可能是参加了在圣托马斯大教堂举办的圣餐仪式,扎尔茨曼也是该教区的教徒。
③ 当举行加冕仪式或者婚礼时,人们喜欢抛撒硬币以示庆祝。
④ 指虔信派兄弟会成员。
⑤ 哈勒当时是深受斯彭内尔和弗兰克影响的虔信派教义的中心;歌德和封·克莱滕贝格追随的则是由齐岑多夫伯爵、尼古拉斯·路德维希创建的亨胡特兄弟会教派。

大人视如仇敌,恪守教规,严格守时,如此这般,我就不必再讲下去了。

顺便提一下:人们总是偏爱自己的想法和感受,爱慕虚荣总想让别人注意自己办得到的事情;这些人一心想做好事,犯下大错却还是执迷不悟。

有多少次,我听到某某某责骂我的远房亲戚①时,非要把自己奇怪的想法说成是上帝的想法。我喜欢这个男人,我们是好朋友;但是作为一家之长,他过于严厉了,您完全可以想象得出,当他看到那些分工精细的宗教职责要由一些尚未成熟的年轻人来履行,结果会是怎样。

我的另一个朋友②——恰巧是他的对立面——迄今为止对我也帮助不少。小姐,我似乎觉得,我有必要结交三教九流之友。

某某某先生,③莫斯海姆学派,或者耶路撒冷学派④的典范,他凭借明智的头脑历经世事,他冷静沉着地观察世界并且相信自己的结论:我们来到这世上就是为了效力于它,我们可以锻炼自己的能力,而宗教可以起到一定的帮助作用,最有用的东西就是最好的,以及从

---

① 无从考证某某某和远房表亲的身份。据推测,某某某有可能指斯特拉斯堡商人约翰·格奥尔格·赫柏森,他也是斯特拉斯堡虔信派的领头人;封·克莱滕贝格小姐曾写了一封介绍信给歌德,让他交给赫柏森。"我的远方表亲"有可能指歌德母亲的姐姐——约翰娜·玛丽亚·梅尔伯的儿子,也有可能是误写,应为"他的远房亲戚"。

② 可能指约翰·海因里希·荣格-施蒂林,曾经做过烧炭工,后到斯特拉斯堡学习医学。他也是虔信派教会的成员,相关内容参见《诗与真》中的"荣格,又称施蒂林"一章。

③ 可能指统计员约翰·丹尼尔·扎尔茨曼。

④ 这里指的是两位具有一定启蒙思想的神学家:一位是哥廷根大学的神学家约翰·洛伦茨·封·莫斯海姆,另一位是布伦瑞克的内廷神父约翰·弗里德里希·威廉·耶路撒冷。

中得出的其他论点。

后天是我的生日;也许并不能由此而开启一个新时代,但是不管怎样,请和我一起祈祷,为我祈祷,祝愿一切都顺顺利利,水到渠成。

法学开始变得越来越讨我喜欢了。这就好像是梅泽堡牌啤酒。第一次喝这种酒,让人不由得打寒战,喝了一个星期之后,则欲罢不能了。化学依然是我的秘密情人。

还是那个有点冒傻气的人!他是——

(沃尔夫冈·歌德)①

---

① 信并无落款,括号内的名字"沃尔夫冈·歌德"是译者加上去的。

77. 歌德致 J. L. 黑茨勒①(草稿)

(1770年)9月28日(星期五)

亲爱的朋友,开始去发现,并被人发现,这是我们生命中一个奇妙的转折点。第一次以道义的目光审视这世界,或许就和我们第一次以物理的眼光打量它一样,并不能带给我们的身体或者心灵清晰的感受;人在看,却不知它已被看,之后很久,他才意识到他的所见。您真该为此而高兴,您还要活很久才能发现这世上再没有可看之物。

您似乎觉得人生漫漫。我是这么猜想的。如果一个人百无聊赖地靠打发时间度日,那时间对他而言必将成为一种负担;您这个人真是坏,不想多出一点儿力,至少我是不知道,您是不想利用您在自己身上发现的那些出色的禀赋,还是您还没有发现足够多的机会能让您愿意发挥您的才能。

等待您的学院生活按理说将使您整个人忙碌起来。在未来的人生中,人们会弄明白自己当初是充分利用了光阴还是荒废了时日。是的,我们会再见面的,到那时,我们会谈论过往人生,而现在,它们还是未知数。

您将会在很多事情上改变自己的心意,我只是请求您保留对我的爱,任凭山水相隔,往事缥缈,您却始终音容笑貌不改,初心不变。如此等等。

---

① 法兰克福商人黑茨勒的大儿子。歌德在其文稿本中写的是"致大黑茨勒"。

78. 歌德致 J. C. 恩格尔巴赫①(草稿)

1770年9月30日(星期日)

在这世上,每个人都有轮到自己上场的时候,就像在奇妙的珍宝盒子②里一样。国王③率领众士兵走过去了。看啊,瞧啊,罗马教皇在教士的簇拥下走来了。现在,我也在即将掀开人生新篇章的房间里④完成了我的角色;现将您的手稿⑤寄去,它们可是帮了我大忙。

我只能猜测您生活得好不好;我的情况正如前文所言。在B家⑥中,大家一如既往地感到舒心惬意。我和A,⑦我们两人可能会最早完婚。一起共进午餐的饭友⑧问您好。城里的男孩们全都在扎风筝,而我却在这种氛围中写博士论文。⑨祝您生活幸福。请您不要忘记我,也请您提醒我的朋友们,⑩我还活着,并非常爱你们大家。

---

① 约翰·康拉德·恩格尔巴赫来自萨尔布吕肯附近的威斯特霍芬,1770年5月2日至6月19日期间在萨尔茨堡参加天主教神学硕士的考试。他是歌德在斯特拉斯堡的饭友之一,并于6月底和魏兰陪同歌德前往下艾尔萨斯和洛林地区。
② 指在年集上为了表演布偶剧而设置的类似于大箱子的木偶剧院。进行木偶表演的大多为意大利人,他们操着半生不熟的德语为演出配音,而歌德在信中就模仿了这种语气。
③ 歌德将恩格尔巴赫比作国王,将作为候考人的自己比作"罗马教皇和他的教士们"。
④ 指教学楼里的考试大厅。
⑤ 指听课笔记本,歌德为了准备考试向恩格尔巴赫借阅了他的听课笔记。
⑥ 无法确切地查证。《歌德全集》法兰克福注释版的注解者认为这是扎尔茨曼的亲戚布劳恩。
⑦ 可能指统计员约翰·丹尼尔·扎尔茨曼。
⑧ 指在萨尔茨堡的午餐饭友,位于大蒜巷的安妮·玛丽和苏珊娜·玛格丽特·劳特家。
⑨ 可能指歌德递交的法学博士论文,但因为其内容比较离经叛道而被学校拒收。
⑩ 可能是指在旅途中结识的弗兰茨·克里斯蒂安·莱尔泽和弗里德里希·利奥波德·魏兰。

79. 歌德致卡塔琳娜·法布里丘斯？①(草稿)

(1770年)10月14日(星期日)

  我应该再次提笔告诉您,我还活着,过得不错,是中规中矩却相当快活,还是应该保持沉默,尽量不去想您,就好像这很丢人似的？我想都不是。获得原谅会让我的内心变得无比甜蜜,就像接受道谢一样,甚至比之更甜蜜,因为原谅他人是一种更加无私的情感。您并没有忘记我,这个我很清楚；我也没有忘记您,这个您也了解,尽管毫无音讯——时间之长我都不想去计算了。我从未像现在,像在斯特拉斯堡这里如此强烈地感受到,内心不为所动的快活是什么。不断结识各种善良的好人,社交圈极其活跃,这让每一天都过得飞快,而我却无暇思考,更不能静下心来认真感受；如果没有感受,那他肯定也不会去想自己的朋友。好了,我现在的生活就像是坐雪橇,场面盛大,铃儿作响,但内心却感受不到,只是大饱眼福和耳福罢了。

  您用不着揣测,我为什么现在突然想起要给您写信了,不过,因为理由如此动听,所以我是一定要告诉您的。

  我在乡下住了几天,住在非常随和友善的人家里。② 他家可爱女儿的陪伴、优美的环境以及令人赏心悦目的蓝天唤醒了我内心中疲软的感受力,也唤醒了我对自己所钟爱的一切的回忆；所以,我一回来就迫不及待地坐下来给您写信。

  由此您也可以看出,如果一个人生活舒坦,那他就有可能忘记自己的朋友。那令人痴迷的、让人同情的幸福感让我们忘却了自我,并模糊了我们对恋人的回忆；但是当人们感受到完整的自我,内心平

---

① 在草稿本中,此封信的标题是"致F小姐",据此推测该信是写给沃尔姆斯的卡塔琳娜·法布里丘斯的。
② 指位于斯特拉斯堡附近的塞瑟内姆,神父约翰·雅各布·布里翁和他的妻子玛格达莱纳·萨洛梅娅(娘家姓为绍尔)在此地居住。大女儿卡塔琳娜·玛格达莱娜已出嫁,其余三个女儿——玛丽娅·萨洛梅娅、弗里德里克·伊丽莎白和雅克比娜·索菲亚均还和父母住在一起。参见《诗与真》中的相关章节。

静,享受友谊和爱情的纯粹喜悦,那些曾经中断的友谊和那些曾经消失的温情又会突然变得鲜活起来。而您,我亲爱的朋友——在众多朋友中我可以优先如此称呼您,请把这封信看作是我不会忘记您的一个新的证明。祝您幸福。

80. 歌德致弗里德里克·布里翁①(草稿)

斯特拉斯堡,(1770年)10月15日(星期一)

(亲爱的新朋友:

我没有迟疑过要如此称呼您;因为要是我稍稍懂一点察言观色,那么,我的眼睛在第一眼就应该发现您双眸中闪现的友谊之光;我想用我们的两颗心发誓;既然我如此喜欢您,而您正如我所看到的那样善良、温柔,那您就不能对我再好一点儿吗?)

吾爱的亲爱的朋友:

我是否有话要对您说,这根本不是问题;但是我是否正好知道,我为什么刚好现在想写信,具体想要写点什么,这就是另一回事了;我完全感到心中有某种想要待在您身边的躁动,在这种情况下,对于置身此地——喧嚣的斯特拉斯堡的我而言,一小张信纸就是一种实在的安慰,是一匹插上了翅膀的飞马;②而您尽管能清楚地感受到您和朋友相隔甚远,却依然保持内心平静。

您要是注意到我在辞别时有多么伤心,再仔细观察一下魏兰是多么急迫地想回家,尽管他在其他情况下也希望待在您的左右,那么,我们回程的情况,您基本上就可以想象出大概了。他的思想在朝前看,而我的则停留在过去,这样一来,我们的谈话既不能深入浅出,也无法风趣幽默。

在要离开旺策诺③时,我们做出了带有投机性质的决定——抄近路,夜幕降临,突然之间天降大雨,并在此后的一段时间内毫不吝

---

① 除了写给弗里德里克·布里翁的诗歌之外,这是唯一幸存下来的信件,但也只是草稿;其余近30封信件均被弗里德里克的姐姐索菲亚烧毁。歌德两次提笔写信,并最终删除了信头括号内的内容。
② 这里可能并非指希腊神话中有双翼的飞马——帕伽索斯,而是指《一千零一夜》中的神马,它载着恋人去追寻幸福快乐的生活。
③ 介于塞瑟内姆和斯特拉斯堡之间的一个村庄。

啬雨水,而我们却幸运地在两块沼泽地的中间地带迷了路;所以,我们自认为找到了其中的缘由,那就是要完全相信公主们的爱情和忠贞。①

其间,由于担心弄丢了卷轴,②我一直将其握在手中,而它则成了我真正的护身符,将旅途的劳顿一扫而光。还要再说什么呢?哦,我什么也不想说了,您要么自己去猜,要么就别信。

我们终于抵达了目的地,一路上,与您见面的期许为我们的旅途平添了许多欢乐,而现在,这首要的想法化作了再度与您重逢的规划。

重逢的期许真是一件惹人喜爱的玩意。我们这些过分溺爱自己心灵的人啊,每当有什么事让我们烦恼,我们就会给它点灵丹妙药,对它说:"亲爱的小心肝,安静吧,你不会一直远离他们的,远离这些你深爱着的人们;安静啊,亲爱的小心肝!"然后,我们塞给它一张剪影,好让它有点自我安慰的东西,而它则恢复了正常与安静,就像一个小孩儿,妈妈没有苹果就塞给他一个不能吃的布娃娃。

好了,我们在这儿了,您看看,您毫无道理可言!您压根儿不想相信,和您那里的甜美的乡村生活的乐趣比起来,城市的喧嚣只会令我反感。

是的,小姐,斯特拉斯堡对我而言从未像现在这样空洞乏味过。我倒是希望境况会有所好转,当时间渐渐抹平我们对各种新奇可爱、恣肆大胆的娱乐活动③的回忆,当我不再清晰地感受到我的朋友是多么善良,多么体贴;但是我应当能够抑或愿意忘记这一切吗?不,

---

① 可能指歌德在塞瑟内姆听到的一则童话故事。
② 无据可查。有可能是弗里德里克送给歌德的一件礼物或者是在塞瑟内姆期间完成的画作。
③ 具体内容参见《诗与真》中的相关描述。

我宁愿保留这小小的心痛,并且经常给您写信。
　　最后,万分感谢您代我向大家问好,向您亲爱的双亲致以真挚的问候,向您的姊妹们问好,向您致以上百次的问好——我真想再次当面对您说出这些话。

1771 年

81. 歌德致安娜·玛格丽塔·特克斯托尔(草稿)

1771年2月

最最亲爱的祖母：

我们亲爱的老爹①的死讯——尽管长期以来大家日复一日地提心吊胆——还是令我突感震惊。

我满心悲痛地感受到了这一损失，也感受到了当我们失去了至爱，我们周围的世界会变成什么模样。

我，并不是为了宽慰您才写信给您——我们的一家之主，我在此请求您疼爱我，并保证对您依顺孝恭。

您在这世上活得比我长久，您的内心想必也可以比我给您更多的慰藉；您比我承受的不幸要多，与我的言辞相比，想必您更能切身地体会到，悲痛欲绝由于细心呵护而出现转机，化为生命的喜悦与幸福。生命中祸福如影相随，就像睡眠和清醒，没有对方就没有自己，自己存在亦是为了对方；这世上所有的喜悦都深藏不露。

您眼睁睁地看着子孙们辞世，他们在人生的破晓时分就已撒手人寰；现在，您满眼的泪水将陪伴自己的丈夫——一位辛苦工作领取周薪的丈夫——踏上长眠安息之路。他已在天堂。但亲爱的上帝在为他做出安排之际，仍心系您和我们。他从我们身边抢走的不是一位身强力壮、乐观豁达的老人，不是一位仍能像年轻人那样朝气蓬勃地对付年龄问题的老人，不是一位领导民众的老人，也不是一个能在家中制造欢乐的老人。上帝从我们身边夺走了他，几年来，我们看到他命悬一线，其热情似火的才智肯定令他在万般惶恐中意识到了病体的重负，并且极其渴望获得自由，就像身陷囹圄之人渴望逃离牢笼。

他现在自由了，让我们含泪祝福他；我们的悲痛使我们济济一堂，既是来安慰您，亲爱的阿奶，也是和您一起进行自我安慰。真诚

---

① 市长约翰·沃尔夫冈·特克斯托尔于1771年2月6日辞世。

的心灵,满满的爱意!您失去了很多,但在您身边仍有许多亲人。请您看着我们,疼爱我们,并且幸福地生活吧!祝愿您能长长久久地享用时间的回报,那是您无微不至地照顾我们病危的老爹所赢得的。他走了,在答谢之地颂扬他,并为我们留下了爱的纪念碑——过去美好岁月的纪念碑,寄托着我们的哀思与温馨的回忆。于是,您对我们的爱一如从前,而有爱的地方就有福祉。我是您亲切、贴心的外孙

J. W. 歌德

82. 歌德致赫尔德①

1771年春或夏

  写这封信时，我心情惴惴不安，就像不用功读书的小男孩，直到老师要求背诵课文了才开始学习。

  邮政运转正常，莎士比亚②已到。得到它比我认为的容易；由于一种接近于病态的慷慨，我的朋友③甚至会把自己的头发拔下来给我，尤其当这样东西是送给您的时候。

  荣格④来信了，可怜的人啊！魏瑟在《朱丽叶》⑤一剧中所提到的灾害如粉霉病、五月霜冻、北风凛冽以及病虫灾害都不足以描述凯斯特纳的蛇杖⑥在善良的荣格的心中引发的苦闷与烦恼。

  从他写给您的信中，而不是从我们就此事的谈话中，我看得出他有多么愤怒；其实，我向您保证，凯斯特纳处理此事格外谨慎，因此我根本不能责怪他。当然，荣格比我更有切身体会；他把指导视为讽刺，将教授的批评看作是内行人的嫉妒。

  他所做的无非就是把书寄还给他，并附信一封，信中详细说明了为什么这本无甚意义的小书在哥廷根找不到出版商。此外，还附有几页评语（我会比荣格更好地处理此事），其中我首先要说明的是，教授先生用其园丁之手将荣格的神秘主义的、形而上学的、数学方法论

---

① 1770年9月初至1771年4月，赫尔德作为奥伊廷太子的随从在斯特拉斯堡逗留，并且治疗其眼疾。1766－1767年间，其《断片》问世，1769年，《批评之林》出版。
② 此处具体指莎士比亚的哪部作品，不得而知。
③ 仍未知。
④ 约翰·海因里希·荣格，他和赫尔德交往甚密。
⑤ 指克里斯蒂安·费利克斯·魏瑟的《罗密欧与朱丽叶》，收入《德国戏剧论文集》，1767年在莱比锡出版，1771年5月9日在斯特拉斯堡上演。该日期为这封书信的日期提供了佐证。
⑥ 指哥廷根的数学和物理学教授亚伯拉罕·戈特黑尔夫·凯斯特纳，但是这里的"蛇杖"究竟何所指，尚不清楚。有可能暗指《旧约·出埃及记》中的第4章第3节：摩西丢在地上的手杖变成了一条蛇。

的杂草都从这片园子里拔除了。

还有就是论及了数学工具的繁琐,①充分说明了正弦表的优点,用不同作者的证词来结束全文,但这些作者雷同的结论却由于正弦余弦表的问世而变得过时了。

我觉得,既然我读了荣格的来信,我就有义务告知您这些情况。

自从您离开后,我就成了他的圣人,我由衷地感到得意,因为我看到信里我的名字排在您的名字之后,而且还加上了如此体面的"一"。这是我第一次在我的姓名的六个字母之前看到代表博学的字眼"封"。现在,我终于又有候补资格进阶成为学者了,我指的是自我的增值;克洛迪乌斯和希布勒,②你们就等着瞧吧。

再见,亲爱的赫尔德,我现在开始冒傻气了,而这不过是一种正式场合的称呼,而非世袭的头衔。请您想着我,因为您能感觉到我是多么爱您。

扎尔茨曼让我问候您。

还有一件事。我观看了啄木鸟③的标本制作。这不是一种普通的鸟儿。

而我,正如我一直是,您的朋友歌德。

佩格洛④白天写了信。

---

① 荣格写了一篇关于计算正弦角的数学工具的文章,未发表。
② 指诗人克里斯蒂安·奥古斯特·克洛迪乌斯和丹尼尔·希布勒,歌德在莱比锡求学期间与其结识。
③ 在斯特拉斯堡逗留期间,赫尔德称歌德为"啄木鸟",并且在他的《图画寓言》(1773年2月—3月)里写道:"头顶上飞来一只啄木鸟/可能来自美茵河畔的法兰克福"。
④ 丹尼尔·佩格洛在斯特拉斯堡学习医学,与赫尔德交好。有关内容可参见《诗与真》中的描述。

83. 歌德致 J. D. 扎尔茨曼[①]

1771年5月17日　星期五?

　　我困得眼睛快合上了,而现在才9点钟!亲爱的生活规律啊!昨天晚上高谈阔论,今天一早,又有事务鞭策我,将我赶下了床。哦,现在我的脑子就和我的房间一样,我甚至连一页纸都找不到,只发现了这张蓝纸片。但是,只要是纸就好得很,我可以写信告诉您我爱她;而且还要将此写上两遍。您很清楚,它具体指什么。祝您生活愉快,直到我们重逢。我的内心不够乐观;我过于清醒,以至于时时意识到自己常会去触摸阴暗面。不管怎样,明早7点,马儿将整装待命,那么再见吧!

[①] 歌德写给扎尔茨曼的信函原件原保存在斯特拉斯堡的市立图书馆内,后在一场大火中被烧毁。歌德在写给扎尔茨曼的第六封信里可能谈及了他和弗里德里克·布里翁的关系,在布里翁家人的催促下,该信件可能在早些时候就已经被销毁了。《诗与真》一书中记录了歌德和扎尔茨曼的交往。

84. 歌德致 J. D. 扎尔茨曼

1771年5月29日　星期三

　　以上帝的名誉起誓，我这次不会离开这个地方；因为将有很长一段时间无法与您见面，我就想，你写写自己的近况吧，这挺好的。现在，我当然过得还不错，通过疗养和运动，咳嗽也减轻了大半，我希望，它很快就会离我而去。我周围人的状况却不太好。那姑娘①病恹恹地离开了本地，这令整件事情看起来非常不顺利。即使上帝没有完全意识到，但发生在我身上的事情并不算好，不过还是有回旋的余地。即使一切都如命中注定，但至少还有您在。请您周五回信给我。要是您愿意请人给我包两斤好吃的甜点（您比我更了解女孩子的喜好）并寄给我就好了，它们会让人张嘴说好听的话，就像我们一段时间以来常常看到的那样。请您写好我的地址，在周五早上寄到格韦尔普斯劳普路②包袋商人舍尔先生③处，他会处理此事的。

　　我和大姐④跳了舞，在圣灵降临节后的星期一，⑤从餐后甜点2点开始到午夜12点，一直跳啊跳，除去当中有几次吃喝东西的小插曲。罗埃斯克沃奥⑥的村长先生为我们提供了市政大厅，我们又找到了正派的流浪乐手，那儿热闹得就像暴风雨要来了。我竟然忘记了自己在发烧，自那以后，我的身体状况也好多了。

　　您至少应该亲眼看看，我整个身心都沉浸在舞蹈之中。

　　要是我敢说自己是幸运的，那就胜过其他所有了。

　　埃德加说，谁敢说我就是那最不幸的人。⑦ 这也是一种安慰，亲

---

① 指弗里德里克·布里翁。
② 路名，位于斯特拉斯堡，路旁设有商店。
③ 斯特拉斯堡的皮具制造商舍尔是弗里德里克·布里翁的堂兄弟。
④ 指玛丽娅·萨洛梅娅·布里翁。
⑤ 在1771年5月20日。
⑥ 位于塞森海姆附近的一个村子。
⑦ 取自于莎士比亚的戏剧《李尔王》。

爱的先生。当暴风雨来临,疾风骤变,我的脑袋就会像风向标一样转个不停。

再见。请您爱我。不久之后,您将再度收到我的来信。

歌德

85. 歌德致 J. D. 扎尔茨曼

1771年6月5日　星期三

星期三深夜

　　寥寥数语强胜于无。我坐在这儿，匆忙之间写上两笔。我依然咳个不停，虽然其他方面还不错，但是喘不过气来，最多只能算还有半条命。但我不喜欢去城里。运动和户外空气至少有所裨益，这还不包括——

　　大千世界真美啊！太美了！

　　究竟谁能享受这美好世界！我有时对此感到生气，有时又会给自己一些有益的修身时间，思考现在，思考对于我们的幸福感必不可少的教义，而有些伦理学教授并不见得掌握了它的真知灼见，也没有人能讲得头头是道。再见吧，再见。我原本只想写一句话，感谢您寄来的甜点，并且告诉您，我爱您。

歌德

86. 歌德致 J. D. 扎尔茨曼

1771年6月12日　星期三?

　　我来或是不来,又或者——只有当它成为往事,我才会比现在了解得更清楚。屋外下雨,屋内也下雨;晚上的狂风将窗户前的葡萄枝叶吹得簌簌作响。而我忐忑不安的心情就像对面教堂顶上的风信鸡一样:转吧,转吧,一整天都这样,屈膝弯腰、伸腿舒臂早已不再时髦。但这一点,在我看来是这封信的首要内容。

　　要写出好的套叠长句是困难的,要梳理自己所在时代的要点是困难的;而姑娘们一旦说起话来就没完没了,只要看看姑娘的天性,这似乎也就不足为奇了。

　　但是,我正在认真学习希腊语,①正如您所知,在此地生活的这段时间内,我的希腊智慧与日俱增,所以我几乎不用参照译文就能阅读《荷马史诗》了。

　　然后,我又老了四个星期,您知道,这已经说得够明白了,不是因为我做了**许多**,而是因为我完成了**许多事**。

　　请上帝保佑我的双亲
　　请上帝保佑我亲爱的妹妹
　　请上帝保佑我亲爱的法院书记员先生②
　　以及所有虔诚的人们
　　　　　　阿门

---

① 在赫尔德的影响下,歌德开始强化学习希腊语,以便能够阅读原著,并更好地了解希腊文化与文学。
② 指约翰·达尼尔·扎尔茨曼。

87. 歌德致 J. D. 扎尔茨曼

1771年6月19日　星期三？

　　不久之后我就要来了吧，我也是这么想的啊，我也这么想啊，但是这愿望有悖于我周围一些熟悉的面孔。我的心灵处于奇特的状态，我的健康也和往常一样在这世上摇摆不定，世界真美啊，美得就像我从未见过它一样。再舒适不过的环境，爱我的人们，被快乐所包围！你儿时的梦想难道不是全都实现了吗？我有时一边自问，一边环顾幸福美满的四周；这难道不是你所向往的仙女花园吗？——就是它，就是它！我感受到了，亲爱的朋友，感受到了，人丝毫没有因为得到了自己想要的东西而变得更加幸福。再多点！再多点！我们以此来衡量我们的命运是否幸福！亲爱的朋友，在这个世界上不想心情抑郁可是需要相当多的勇气。当我还是个小男孩的时候，我觉得好玩种下了一棵樱桃树，它长大了，我也满心欢喜地想要看着它开花，但5月里的一场霜冻却使我空欢喜一场；我又得再等上一年，樱桃好美，也熟了，但在能品尝之前，小鸟把大部分果子都吃掉了；再一年，毛虫成了罪魁祸首，后一年则是因为馋嘴的邻居，然后又是蚜虫蜜；不过，当我变成园艺大师之后，我又种了樱桃树，尽管之前有诸多不幸，但还是结出了许多果子，足够让人吃饱了；我还知道一个玫瑰花圃的故事，①是发生在我的已故祖父身上的，比起樱桃树的故事，它可能会给人更多教益，但我不想从头讲起了，因为已经很晚了。

　　请您准备好去感受和反思吧，这种混合充满了冒险，通常人们为了理解它们而将其统称为"怪念头"。

　　祝您生活安康，如果您想快点看到我，就请给我寄一张赎票，因为我已在此地扎根了。

　　说真的，请您行行好，给送信的姑娘一个金路易，我还没有准备好要等那么久的时间。您会给我写信的，那么就请您行行好，把它夹

---

① 歌德在《诗与真》一书中讲述了自己的祖父是如何种植玫瑰的。

在信中,并包好交给传信的姑娘。再见,亲爱的兄弟,请原谅我的一切。

您的
歌德

88. E. 施特贝尔①致 F. D. 林②

(1772年7月4日/5日)1771年7月/8月

歌德先生在此地扮演的角色——滑稽过头的"三脚猫"学者和精神错乱的宗教背叛者——让他变得不可信,却也让他出了名。就像人们普遍认为的那样,他的身体的上半部分肯定多少有些不太正常。只要读一读他所准备的博士论文《关于立法者》,③人们就可以亲自证实这一点了,甚至连法学院都出于宗教和学术原因把这篇论文压了下来。它在这里是不可能出版印刷的,除非教授们同意把自己的判断与理由也付梓刊印。

---

① 埃利亚斯·施特贝尔是斯特拉斯堡的神学教授。
② 弗里德里希·多米尼克斯·林是卡尔斯鲁厄的枢密官。
③ 歌德在《诗与真》中写道,他曾提交给法学院一篇博士论文,但是论文的出版遭到了拒绝。该论文的草稿有可能已经遗失了,详情可参见《诗与真》。

89. E. 施特贝尔致 F. D. 林

(1772年8月7日)1771年7月/8月

我之前在信中告诉您的关于歌德先生计划撰写的博士论文一事[……]，我是从时任法学系系主任的赖斯艾森教授先生①的口中得知的。而且，我记得他曾告诉我，他们把这篇前后矛盾的论文退还给了候选人。尽管作者先生本人已经受到了警告，但任何好心的警察当局都不能允许或者纵容它付印。

---

① 施特贝尔应该是记错了，因为赖斯艾森在1771/72学年的冬季学期才当选为法学系的系主任。

90. F. 莱尔泽①

(1798年11月30日)1771年7月/8月

据说,歌德想在斯特拉斯堡获得法学博士学位。为此,他撰写了博士论文,并要在其中证明,基督教的摩西十诫原非古以色列人的法律,根据《圣经·申命记》的记载,十大宗教仪式代表了这十大戒律。论文没有通过系主任②的审核,现在歌德又撰写了更加离经叛道的《法学立场》。③ 莱尔泽是参与其论文答辩的反驳方,并表现得非常正统与保守。他把歌德逼入了绝境,以至于后者开始用德语反驳:我相信,兄弟,你想把我变成赫克托耳。④ 如莱尔泽所见,系主任觉得这场闹剧太过火了,在字斟句酌之后用好言好语结束了这场答辩,也就算了结了此事。

---

① 弗兰茨·克里斯蒂安·莱尔泽为斯特拉斯堡神学系的学生,后在科尔马担任老师。该信由卡尔·奥古斯特·伯蒂格提供,他们在莱尔泽逗留魏玛期间结识。
② 法学教授约翰·弗里德里希·埃伦自1771年起担任斯特拉斯堡大学法学系的系主任。
③ 指歌德撰写的56条论纲,1771年8月6日歌德就此进行了答辩。
④ 影射荷马史诗《伊利亚特》中赫克托耳和帕特洛克罗斯之间的格斗。赫克托耳杀死了帕特洛克罗斯,并因此遭到阿喀琉斯仇杀。

91. J. U. 梅茨格①致 F. D. 林②

1771年8月7日　星期三

  我要告诉您一些事情，从中您可以看出，我们的学院管理严格，有章可循，就和其他院系一样。这儿有一名学生，他叫歌德，来自美茵河畔的法兰克福，据说，他书念得不错，还在哥廷根③和莱比锡待过。由于学识过人而变得骄傲自大，更主要的是，由于受到伏尔泰思想的一些影响，这位年轻人准备的论文答辩题目是"耶稣，神圣事物的奠定者与裁判者"。但是，他却坚持认为，并非耶稣，而是其他一些学者以他的名义创立了我们的宗教，因此基督教无非是一种有益的政治措施，诸如此类，不一而足。学院教授们善意地拒绝出版他的巨著，而他，为了让大家感到他对此不屑一顾，就提交了一份非常简单的论纲，例如第一条是"天赋人权就是自然传授给所有生物的权利"。人们嘲笑他，但是他却不以为然。

---

① 这封信的作者约翰·乌尔里希·梅茨格当时还是学生，他在歌德论文答辩后的第二天用法语写了这封信。
② 此信原文为法语。
③ 歌德并未在哥廷根就学，但是他曾有去哥廷根读书的念头。

92. 歌德致朗格尔

斯特拉斯堡，1771年8月8日（星期四）

亲爱的朗格尔：

我终于完成了神学学业，明天准备动身离开此地。① 在离开之前，我还想给您写封短信，向您表示我没有忘记您，且依然爱您。我在这里过得很舒坦，收获良多，超出了人们的想象。请您写信告诉我，您是否生活如意。要是没空写信，您就亲自跑一趟吧。再见，亲爱的先生，请代我问候伯爵先生。②

歌德

---

① 歌德在1771年8月6日完成了神学系的考试，并在8月9日动身离开了斯特拉斯堡。
② 指年轻的卡尔·海因里希·封·林德瑙伯爵，朗格尔的学生。

93. 歌德日志

1770 年秋至 1771 年 8 月

施滕德尔的《拉脱维亚语语法》。①

  我,这位好心的王侯在给我的信中写道,离敌人如此之近,却既没有可以冲锋上阵的马儿,也没有穿戴齐整的装备:我的衬衣破烂不堪,胳膊肘那里完全磨破了:在我身上再也没有可以抢夺的东西;自从②

  论早期教会里的隐秘纪律,普法夫论神学偏见,图林根第一版第8章第149页。③

  在阿尔萨斯,有军队驻扎的巴恩城区被叫做巴恩克特。④

  巴塞尔宗教改革的内容,培育可传承的秩序,摒弃一切滥用。

1769 年第一部分

1. 关于孩子宗教教育的严谨性。
2. 关于星期日的神圣性。
3. 在布道过程中如何行为得体。
4. 如何遏制轻率的誓言。
5. 提醒自己观察上述内容。

第二部分

避免过度奢华与奇珍异宝。
1. 服装上的金银配饰。
2. 珠宝及其他珍宝。

---

① 戈特哈德·弗里德里希·斯滕德尔编写的一本用于学习拉脱维亚语的语法书,1761 年在不伦瑞克出版。赫尔德在拉脱维亚首都里加学习拉脱维亚语时曾使用该书。
② 这段引文出自苏利公爵的《回忆录》,是苏利公爵当时写给法国国王亨利四世的回信。
③ 指神学家克里斯托夫·马特乌斯·普法夫的著作。
④ 巴恩科特是 Bannkert 的音译,Bannkert 在德语中的意思是"私生子",因此在这里有双关的含义。

3. 小型花冠及绣花饰品。
4. 丝绸及绒缎男士长袍。
5. 教会服饰、女士服装和异国服饰。
6. 引进新款服饰。
7. 戴在孩子、官员以及从外地远道而来的公民头上的小型花冠。
8. 丧服。
9. 仆役及佃农的服饰。
10. 不熟悉手工行业或者其他服务行业的人员。
11. 马车过度奢华。
12. 餐食。
13. 婚宴。
14. 舞会和舞曲。
15. 舞场和舞蹈。
16. 化装面具。
17. 婚庆礼炮及其他。
18. 男童节日游行。
19. 盛大的娱乐活动。

实施如上规则。

阿卜拉克萨斯。莫斯海姆。《教会史摘要》第91页记载。①

---

① 在约翰·洛伦茨·封·莫斯海姆撰写的《教会史摘要》(1755)中有关于符咒"阿卜拉克萨斯"的记载。"阿卜拉克萨斯"最初是亚历山大城诺斯替派的一个符咒,后在古希腊的巫术书中被作为一个具有法力的咒语使用,据说可以消灾,也能带来灾难。但歌德在这里可能记录有误,据菲舍尔-兰贝格查证,关于该符咒的记录应该在第101页。

在年轻的路德维希①(约公元 900 年)统治时期,论争开始蔓延。特别是世俗观点针对教义。皮特,②第 60 页。

班贝格的阿达贝尔特反对维尔茨堡的鲁道夫。③ 前者被砍了脑袋。

施瓦本地区的行政长官埃尔尚格和贝特霍尔德④917 年被砍了头,因为和康斯坦茨的主教萨洛蒙⑤展开了论争。由此可以看出人们当初是如何看待这些私人恩怨的。

维蒂辛杜斯·科比恩西斯,《亨利一世和奥托一世》三卷本。⑥

德国城市的起源,该书第 1 卷第 1 章。

他命令通过角斗士的方法来裁决胜负。第 1 卷第 2 章。

斯摩莱特,作家,《佩里格林·皮克尔》。⑦

埃伯哈特,自然学说。⑧

---

① 指德意志国王路德维希三世(893-911)。
② 指约翰·斯特凡·皮特的著作《德意志帝国之国家变化概论》(1764,第 3 版)。这条记录证实了歌德开始接触神学论争。皮特在其著作中也提到了格岑的自传。
③ 阿达贝尔特是法兰克地区的伯爵,鲁道夫即鲁道夫一世,是维尔茨堡的主教。
④ 埃尔尚格伯爵致力于成为施瓦本地区的公爵,915 年,他率兵击败了匈牙利并赢得了国王康拉德一世的好感,在反抗国王的斗争中,他被捉并被关在修道院内,917 年被处死。其兄弟贝特霍尔德——马希塔尔的伯爵也在同一年被处死。
⑤ 作为康斯坦茨的主教兼圣加伦修道院的院长,萨洛蒙三世成为施瓦本地区最有权有势的人。自 909 年起,担任王室办公厅主任一职,他反对上层贵族成为部族的首领。
⑥ 即维杜金德·封·科维,中世纪萨克森史书的撰写者,著有《亨利一世和奥托一世帝国的萨克森年鉴》(三卷本)。
⑦ 托比亚斯·乔治·斯摩莱特,英国讽刺小说家,1751 年发表了四卷本的流浪汉小说《佩里格林·皮克尔历险记》。
⑧ 约翰·彼得·埃伯哈特,医药学、数学及物理学教授,在哈勒执教,1775 年在哈勒出版了《自然学说之绝对真理选集》,1766 年又在哈勒出版了《自然学说之论文选编》。

温克勒,特点,作用,发电原理,莱比锡,1744年。①

戈登,《试论发电原理》,埃尔富特,1745年。②

卡罗利·德·西斯特奈·杜菲,物体发电实验及论文,埃尔富特,1745年。③

克拉岑施泰因,关于电的使用,哈勒,1745年。④

雅拉贝尔,《关于电在医学领域的应用实验》,巴塞尔,1750年。⑤

魏茨论电及电之起源的论文,和其他两篇论文同时获奖,柏林,1745年。⑥

哈特曼,《电的亲缘关系》,关于电和可怕的大气现象的相似之处,汉诺威,1759年。⑦

---

① 约翰·海因里希·温克勒,哲学教授,在莱比锡执教,同时也是语言学和物理学教授。歌德在莱比锡求学期间曾去听过他的讲座。关于这一经历,歌德在《诗与真》中有记载。

② 安德烈亚斯·戈登,1737年起在埃尔富特本笃会修道院担任哲学教授,1745年发表了《试论发电原理》。

③ 查尔斯·弗朗索瓦·德·西斯特奈,世称杜菲,法国自然科学家及实验物理学家,他是第一个把电分为玻璃电和松香电的科学家。他的发现及论文为后续研究奠定了基础。

④ 克里斯蒂安·戈特利布·克拉岑施泰因曾在哈勒担任物理学、数学和机械学的教授,后转至哥本哈根担任实验物理学教授。他是用电进行理疗的先驱。

⑤ 让·雅拉贝尔1750年在巴塞尔发表了《关于电流在医学领域应用的实验》。

⑥ 雅各布·西吉斯蒙德·魏茨,埃申男爵。

⑦ 约翰·弗里德里希·哈特曼是《论电的能量和可怕的大气现象的亲缘关系及相似性》(汉诺威,1759)的作者。

此条记录之后,剩余三分之一为空白页。显然,上述日志是歌德在斯特拉斯堡逗留期间记录的。另起一页之后,其字迹也发生了相应的变化:变得更大,书写也更潦草了。

法兰克福
1771 年 8 月至 1772 年 5 月

94. 歌德致法兰克福的陪审法庭

1771年8月28日　星期三

以万般恳请之心
呈上温恭自谦的请求
我
约翰·沃尔夫冈·歌德
恳请司法机关
批准授予我律师执照①
并附上我的学术论文②

尊贵显赫的阁下
满腹经纶的渊博之士
尤其是受人敬重的法院院长及陪审员先生尊鉴

　　尊敬的阁下先生，请您赏光以恰当的方式处理这个有史以来最驯良的请求，而我不揣冒昧地相信，凭借您的温和善良，我可以预见它即将被批准通过。

　　鄙人求学多年，在斯特拉斯堡颇负声望的法学系孜孜以求地攻读法学专业，并被授予了法学硕士学位，随函附上本人的学术论文；既然如此，用所获知识为自己的祖国③服务是鄙人当下最热切、最急迫的愿望。在下希望能够从律师做起，先帮助市民处理法律事务，并在此过程中为更重要的工作做好准备，使自己有朝一日能够不辱使命，为至高无上、受人敬仰的当局效劳。

　　鉴于无人在未获特许的前提下从事上述工作，在下谨以谦卑之心恳请阁下屈尊俯就，批准拙文，吸纳鄙人加入人数有限的当地律师

---

① 该申请在三天之后被批准。在父亲的支持下，歌德在法兰克福逗留期间，即从1771年至1775年共进行了28场诉讼，详情参见《诗与真》中的相关段落。
② 歌德以该论文——《法学立场》在斯特拉斯堡获得了法学硕士学位。
③ 歌德想表达的是"我的故乡城市法兰克福"。

同业公会。

  尊驾的好意在下牢记于心，没齿难忘；并将在有生之年谨记，此为不才最崇高的责任之一。

尊敬的阁下先生
您恭顺的
约翰·沃尔夫冈·歌德

95. 歌德致 J. G. 勒德雷尔①

1771年9月21日(星期六)

哈夫纳先生②将告诉您我的近况。您的手迹证实了您对我的信任与喜爱并没有因为距离的存在而减少,相反是有增无减,对此我很是高兴,我想我也无需加以证明,因为您知道,一旦我感到我们的思想在交流而内心激动不已时,我必将积极参与其中。

条件不允许我们进一步地了解对方,并通过交往而形成优势互补;但是和某些年轻人相比,我们之间的联系可能要紧密一些。旧日情谊不会失效,一次对视,我们就会发现彼此如此吸引;黑暗中的行进远胜于在风和日丽的星期日的一次散步。

我很高兴,我的言谈在您的身上产生了巨大的作用,而且上苍把我的话当作润物的细雨送给人间万物,让期待甘露的花草植物焕发生机与活力。

您找到了实践建筑艺术的机会,这真是妙极了。如果一名艺术家不能同时充当匠人的话,那么他其实一无是处。但多么可悲啊!我们大部分的艺术家充其量不过是名匠人。当然,如果只是些日常建筑,那也还说得过去;可一旦皇宫或者纪念碑要拔地而起了,他们手中的仙女棒就不灵验了。对此,我们其实需要的是建筑大师;农民们会把自己搭建黏土小屋的想法告诉木匠,但又有谁能把朱庇特的房屋造得高耸入云? 如果不是火神的话,那也是一位像他一样的神。

是的,为王室建筑封顶的艺术家必须拥有伟大的心灵,就像君王一般,一位像埃尔温③或布拉曼特④的男人。

---

① 约翰·戈特弗里德·勒德雷尔是斯特拉斯堡神学系的一名学生。
② 指伊萨克·哈夫纳。
③ 指施泰因巴赫的埃尔温,斯特拉斯堡大教堂的建筑师。虽然他只是负责了外立面下部结构的工程,但是歌德却视其为整个方案的规划者。
④ 指多纳托·布拉曼特,意大利建筑师,文艺复兴鼎盛期建筑风格的奠定者,主持并参与了多座教堂的建造,其中包括为重建圣彼得教堂起草设计方案。

您每天都可以看到德国建筑艺术中最伟大的杰作，①还可以在灵感大发的时候，在缪斯的陪伴下仔细思考它的建筑风格，和我的语言相比，这一切更直白地向您表明，伟大的心灵和平庸者的区别在于，前者的作品是独立自主的，无需顾及其他，它的使命仿佛就是永恒地存在，而平庸者采用卑劣的模仿，却内容贫瘠，思想狭隘且只能彰显一时。

　　站在此地，我有时看到那最辉煌的屋宇也会失去荣耀，就像站在大教堂顶俯瞰四周的市民住宅一样。

　　祝您身体健康，当您站在教堂塔楼时，也请您想念我。您要是在某根角柱上②看到我的名字，就让它带着您的直觉回到从前的时光，回到我们彼此尚未相识的岁月，感受我所体验到的所有喜悦。那时候，我希望自己身边有很多人，就像我现在所了解的您一样。祝您安康。

歌德

　　如果您作为神学家忍心这么做的话，那就请您不要拒绝我并投上您的赞同票，因为我正在通过荣格先生③向协会④申请为尊敬的莎士比亚举办纪念活动。⑤

---

① 指斯特拉斯堡大教堂。
② 可能是指在东南楼梯处的右侧支柱的石头基座上刻着"林顿，歌德"。
③ 指约翰·海因里希·荣格-施蒂林。
④ 扎尔茨曼创办的"学者练习协会"，歌德也是该协会的成员。
⑤ 在10月14日，即威廉纪念日，斯特拉斯堡举办了纪念莎士比亚的庆祝活动，弗兰茨·克里斯蒂安·莱尔泽发表了演说，歌德有可能请人代为朗读了他的报告。同一天，他可能在法兰克福的父亲家中发表了关于莎士比亚的演讲。

96. 歌德致赫尔德

1771 年 9 月

我能给予您的甚至比您可能期望的还要多,这让我内心充满喜悦;根据您以往对我的认识,您几乎难以相信我会如此欣喜若狂,如此喜不自禁。话说我从阿尔萨斯①还带回了十二首民歌,②那可是我在旅行途中从年迈的老妈妈的嗓子眼里取出来的。何其幸运！因为她的儿孙们都在唱:我只爱伊斯墨涅。③ 这些民歌都是准备送给您的,只送给您一人,就连我最好的同伴迫切地要求抄写一份留给自己,我都没有应允。我不想花太多时间来说明它们如何优秀,它们价值的差异体现在何处,但是迄今为止,我一直把它们当作宝贝一样揣在怀中,那些想博得我青睐的姑娘们全得学唱这些歌曲。我的妹妹会把我们已经搜集到的曲谱(顺便提一句:这还是上帝创作的曲调,并无变化)抄写给您的。现在,匆匆说上一句再见,这样我才有时间去誊抄。

我现在写完了,就等着将信寄出去。我希望,这些民歌会令您满心欢喜,就此再见吧。关于凯尔特人和高卢人的那些事,④我以后再

---

① 可能是指歌德在斯特拉斯堡取得学位之后,在返回法兰克福之前前往上阿尔萨斯的旅行。赫尔德对歌德的影响很大,歌德在《诗与真》中也有相关描述:"我从另外一个完全不同的角度,以一种完全不同于我迄今所了解的意义层面——而且是以一种完全合我胃口的方式认识诗歌。他按照前辈洛维特的方式,富有洞见地分析希伯来语的诗歌艺术,他鼓励我们去阿尔萨斯搜集流传下来的民歌,这些民歌证明了诗歌艺术是一种世界财富,人民财富,而不是为数不多的文雅的、有教养的人们的世袭私有财产。"(参见《诗与真》中"赫尔德的讽刺诗"一节)。赫尔德当时正在搜集托马斯·珀西以及其他一些吟游诗人的叙事谣曲,并在 1778-1779 年期间出版了《民歌集》。
② 歌德随信附上了十二首亲笔誊抄的民歌,其中有三首被赫尔德收入其《民歌集》。
③ 影射一首在 18 和 19 世纪非常受欢迎的歌曲。歌德认为它太多愁善感,且过于夸张地表现了骑士风度,因此不是"真正的"民歌代表。
④ 指苏格兰诗人詹姆斯·麦克弗森在 1765 年出版的史诗《莪相集》。

写信告知,目前我还缺少一些书,但是很快就能拿到了。尽管我总体上对您的来信非常满意,但还是有理由提出一些不满,先说一点:请您以后准备一个信封,您的来信中有一些地方比约翰的启示录中提到的书卷①还要封得严实。② 这次就写到这里吧。我是

您的
歌德

  在妹妹的督促下,我再次动笔写信。她让我问您好,并邀请您10月14日前来,因为当天下午将举办盛大的莎士比亚命名纪念日活动。至少您的心意要到场,如有可能,请在那一天将您的论文③送达,这样,它就可以成为我们活动的一部分了。

  我的父母让我转达对您的思念。

---

① 暗指《新约·启示录》第5章第1节,里面提到一本书卷,"里外都写着字,用七印封严了"。
② 可能是指来信由于封印的关系而导致一些地方难以辨认。
③ 赫尔德并未将自己1771年在比克堡完成的论文寄到法兰克福,后经过修改润色后,该论文——《论莎士比亚》发表在1773年的一本名为《一些关于德国艺术与风格的散页》的宣传手册上。

97. 歌德致赫尔德①

1771年9月

拨动琴弦吧,阿尔品②之子,
竖琴的气息中,快慰栖息,
翻滚啊,朝悲伤的莪相涌去,
他的心灵,裹在浓雾。

乌林,卡里尔和利诺,
昔日岁月的歌声,
在塞尔玛③的夜色里,让我听见你们,
再让那歌魂升腾。

我听不见你们,高歌的孩子们,
白云之上,何处屋宇是你们的家园?
你们不再弹奏,阴郁的竖琴,
晨雾迷茫,笼罩其上,
在那儿,伴随巨响,太阳升起,
湛蓝的
海水,
碧波
之上。

---

① 歌德在写给赫尔德的前一封信中称:"关于凯尔特人和高卢人的那些事,我以后再写信告知。"这封信兑现了此承诺。歌德在父亲的私人图书馆中找到了1765年伦敦出版的第二版《莪相集》。歌德在左侧抄录了原文,右侧将其翻译成德语,每一段的下方还有英文翻译。本文根据歌德的翻译将诗歌翻译成汉语,并略去了原文和英语译文。赫尔德在其《民歌集》中收录有莪相诗歌,并采纳了歌德此处的翻译,但是在韵律上对其做了修改和补充,并在书中对其出处进行了说明。
② "阿尔比恩",是英格兰/不列颠的雅称。
③ 塞尔玛是北苏格兰地区莫文(Morven)的首府。

灌木环绕的莱戈湖①水面上，
雾气渐弥漫，浊水起波澜，
当黑夜之门徐徐闭合，
在太阳神的鹰眼之下。
顺拉尔河而下，
水波翻腾，雾霭低垂，
夜月晦暗有如漆黑的盾牌，
在水雾中随波沉浮。

他们变着戏法，随风飘荡，
在月黑风高之夜，
乘着阴风，
来到士兵的墓前。
他们在空中卷起愁雾，
阴森的居所，无法使鬼魂勇敢
      坚强
       生动
直至琴弦上歌颂亡灵的歌声响起。
纪念

克洛索高大的男人②睡得可好？
我那强壮的父亲是否已长眠安息？
我是否已被遗忘，

---

① 莱戈湖，湖面上蛮烟瘴雾。
② 克洛索是莪相的母亲，高大的男人是莪相的父亲。

恰若浓雾裹身。

湍急的水流啊！
卢濛河就是它！
你如此明亮，照彻我内心，
你的太阳，就在你头顶，
岩石之上，树叶沙沙响。

  这些诗行出自第 7 卷：① 如果您已经拥有一本《莪相》了，那我就不需要在此做任何增补了。如果我说，《辑古》② 和《莪相》虽同为苏格兰作品，但是它们带给耳朵和心灵却是不同的感受，关于这一点，您将做出判断，看看是否和我意见一致。粗粝的表达，音节的极端不一致性（对此，除了说它们不一致之外，我没有更妥帖的说法），繁复的诗词余音回绕，尽管麦克弗森有时将它们翻译成"歌声之子，在翻腾的激流中"，但是在原文中，它几乎挂在每一行诗词后面（nan speur, na hoicha, nach beo, nan teud', na nial），这使得其音律别具一格，同时又凸显了诗中的意境；而所有这一切不仅偏离了英语谣曲的节奏，也与其精致的特性渐行渐远。又及*——

  和我信中所言相比，您会找到更好的解释。其实，当您已经对某

---

① 指史诗《帖莫拉》。
② 托马斯·珀西于 1765 年出版了自己收集的苏格兰和英格兰民歌，名为《英诗辑古》。
* 写完这封信，我阅读了您信中关于莪相的段落，感到自己在拜读您的文章之前，不应该说上面这段话。有可能您在看完我的来信后，觉得我没有理解您的意思（此处的文章指赫尔德在 1773 年发表于《论德国艺术》一书中的文章《关于莪相及古老民族歌谣的通信节选》）。

事进行了思考,或者准备对之进行研究,而我还把自己的想法说出来,这简直就是多余。不过,您从中可以看出,这一段时间以来,我和您,或者说为了您,我都在忙些什么,而我却不是您最近写信的对象。

如果您还需要更多的从苏格兰语翻译过来的诗歌,请您写信告诉我。

如果您搞不到《莪相》,那么,我的书可以为您服务,但是我得先把它要回来。请您尽快写信告知,因为我觉得您不可能像我那样了无乐趣地生活那么长时间,况且没有书是万万不行的。

您将收到德国民谣。

埃申堡①是个可怜的家伙。他的译文——[……]是不言自明的②——不值一读,它翻译得糟透了。我并没有读过原文,应该挺难的。请您把为10月14日活动写的文章③寄给我。据"所有名叫威尔中的那一个威尔"④所言,您应该充分享受最重要的健康。我已经为这个沃里克人⑤拉来了一大批听众,我还在翻译《莪相》中的段落,⑥好让自己能够由衷地宣告他的到来。

我的妹妹让我问候您。她不得不把您在的时候,⑦大家都谈论

---

① 指约翰·约阿希姆·埃申堡,他于1771年在莱比锡发表了从英语翻译成德语的论文《试论莎士比亚的天赋与作品——通过比较莎士比亚和希腊及法国剧作家》。
② 原稿此处有一句语焉不详的插入语。
③ 10月14日举办了纪念莎士比亚的活动,但赫尔德没有将相关文章寄给歌德。
④ 威尔是威廉的昵称,此处是对莎士比亚的昵称。英国著名演员、剧作家和诗人加里克(1717-1779)曾写诗纪念莎士比亚。在其纪念莎翁的第二首诗歌中,他写道:"所有名叫威尔中的那一个威尔是沃里克人。"
⑤ 应该指莎士比亚。莎士比亚出生于沃里克郡的埃文河畔斯塔拉特福。
⑥ 有可能是指《塞尔玛之歌》,歌德将该手稿赠予了弗里德里克·布里翁。
⑦ 1771年4月,赫尔德前往比克堡,途中经过法兰克福并拜访了歌德父母。

了些什么详尽地告诉我;这时,我才真正明白了您的来信的开头部分,心里边笑边想:当赫尔德听到我们如此谈论多米尼库斯·巴哈姆·费蒂,①他脸上将是一副什么表情啊。但是,您还是(像往常一样)以正确的方式得出了结论。首先做减法,然后做加法,剩下的就是我在斯特拉斯堡的总合。你们还聊到,我创作了一些**优秀的作品**。② 我的妹妹也不知道,为什么尽管您一再提出申请,但是他们还是不愿意出版这些书。要是您能分享我的心路历程,了解我当时看世界的奇怪的处境,您就不会觉得有任何不愉快。但您没有机会了。

  事情就是这样。不论是信徒还是庸人,我始终是您原来眼中的我。再见。

歌德

---

① 赫尔德嘲笑歌德喜欢意大利巴洛克画家费蒂的作品。费蒂主要创作小幅圣经寓言画,歌德在德累斯顿美术馆看到这些作品并喜欢上了它们。"巴哈姆"是法国小说家小克雷比永的小说《索法,一个道德故事》中的人物名称,歌德用此指自己。

② 可能是指《恋人的脾气》和《新歌集》,也有可能是指《同谋犯》以及歌德在法兰克福和莱比锡创作的诗歌。

98. 歌德致 J. D. 扎尔茨曼

1771年10月

亲爱的书记员先生:

您的一纸便笺,让我在法兰克福还得以看到您的笔迹,我真是高兴。现在,您也将看到我的笔迹,我向您保证,我一直爱您。至于那些版画,请您相信自己的眼力。如果构图有品位,色彩浓重,那整幅画就很好了;有两本画册,每本大约有六至八张画页,是帕皮永①或者帕皮勒的创意。请您把它们寄给善良的弗里德里克,②是否要附便条则依您所愿。我做了什么?什么都没做,这才更糟糕!像往常一样,想的比做的多,所以我是做不成什么大事了。我要是有所作为,您会知道的。

请代我问候……

西尔伯曼先生,③您若遇见他,请代我问好。请向他讨要大教堂地基图的复制草图。好心人,请您再顺便问一下,是否以及如何能搞到这么大张的复制草图。

您的老朋友
歌德

---

① 帕皮永是法国著名的木雕世家,其中最著名的家庭成员当属让·米歇尔·帕皮永,他的主要作品是为1727-1745年间的《巴黎儿童年鉴》设计的封面版画,因此后人就用他的名字来称呼这些封面作品。
② 显然,歌德仍通过扎尔茨曼和弗里德里克·布里翁保持联系。
③ 约翰·安德烈亚斯·西尔伯曼,他著有《斯特拉斯堡的城市历史》一书。详情可参见《诗与真》中的相关描述。

99. 歌德致赫尔德

1771 年 10 月?

我强迫自己,最初是怎么想的就怎么写。脱去外衣和硬领!您那提神醒脑的信函值得细读三年。我的信不是对您来信的回复,且又有谁能够写出回信呢?

我整个人都受到了震撼,您完全可以想象得出!直到现在,我依然热血沸腾,以至于连笔都拿不稳了。

贝尔维德尔的阿波罗,①你为什么向我们展示你的胴体,弄得我们自惭形秽。

西班牙服饰与美妆!

赫尔德啊赫尔德,请您保持原来的模样,我眼中的模样。

如果我命中注定要成为您的行星,那么我愿意那么做,心甘情愿,忠诚不渝。做一颗友好的地球的卫星。

但是——请您完整地理解我的本意——我更愿意成为水星,即使是成为七颗行星之中最小的那一颗,然后和您一起围绕着同一个太阳旋转,我也不愿意成为围绕着土星旋转的五颗卫星中最大的那一个。

再见,我的挚友。我不放开您。我不让您走!雅各和上帝派来的神摔跤。② 尽管让我因此而变成瘸子。

明天将寄出您要的《栽相集》。

我多想再出点钱,就为了能和您相处一个小时。

我又把这封信通读了一遍,我得马上盖好封印,否则您就收不到信了。

---

① "贝尔维德尔的阿波罗"收藏于罗马梵蒂冈博物馆,莱奥卡雷斯创作于约公元前 350—前 320 年,但此处应该是一件仿制品。在西方,贝尔维德尔的阿波罗是"美男子"的代名词。

② 参见《旧约·创世记》中第 32 章第 25 - 30 节。

100. 歌德致 J. D. 扎尔茨曼

1771年11月28日　星期四

您是如此了解我,但我打赌,您猜不出我没有写信的缘故。这是一种激情,一种完全出乎意料的激情,您知道,这种感觉可以将我吸入它的圆形轨道,令我悉数忘记太阳、月亮及可爱的星星。没有了激情我无法存在,这您早就知道了,不管我付出什么,我还是一头扎了进去。这一次不用担心结果如何。① 我的所有才智都投入到了一项计划之中,除此之外,甚至都忘记了荷马和莎士比亚。我正在创作一部关于一位品行兼备的德国人的戏剧作品,②并借此拯救一位正直男士的思念。这需要我投入大量工作,但也成了我真正的时间消遣;我在此地很需要打发时间,因为在一个只能在心中浅唱低吟的地方生活真是可悲啊。我没有找人替代您,我只是独自一人在田野上或是在纸上漫游。回归自我,我的确感受到心灵的再度飞扬,而在斯特拉斯堡,闲散的生活令我疲弱无力。要不是我将自我的全部力量投放在一件事情上,尽我的所能承担它,完成它,如若不然,就拖着它前行,那么这儿的社交生活真是让我觉得不幸。当完成之后,您会收到它的,而且我希望,它不只是一时逗您开心,因为我描写的是一位尊贵的前辈(可惜我们只能在墓碑上认识他)。③ 然后我了解到,您也有点喜欢他,因为他是我送给您的。

如您所见,我的工作十分简单,因为我能在非主要时间段内承担事务所工作。有多少次,我希望在您身边读上一篇文章,再听听您的评论和掌声。

此外,在我的四周就是一片死气沉沉。数月来,我的身上发生了

---

① 暗指歌德和弗里德里克·布里翁之间的关系。
② 歌德在1771年秋,只用了数周就完成了《戈特弗里德·封·贝利欣根的故事》一作。
③ 1731年在纽伦堡出版的《格茨·封·贝利欣根先生的一生》的扉页上,印有一张格茨墓碑的图片。图上,他全副武装,双手合十,跪在耶稣受难像前。

多少变化,您是可以猜想得出来的,因为您知道,我每周为了记录大脑里的想法要在日记簿上写掉几页纸。

　　法兰克福就是个小地方。要是愿意,也可以称之为窝巢。就是可以用来孵鸟的地方,另一种形象的说法是岩洞,一个可恶的洞穴。上帝,请把我们从这种困境中解救出来吧。① 阿门。

　　我刚才翻找了您10月5日的来信,发现回信还有太多的内容要写。我的挚友,朋友们得原谅我,我干劲十足,兴冲冲地朝前冲,几乎顾不上喘口气,也不会回头看;而且在我看来,要接续中断的思绪,也是件可悲的事情。

　　西尔伯曼先生②将大教堂的地基图纸寄给了我。请向他致以万分的感谢和衷心的问候,这是他成人之美应得的。

　　我应该还需要点时间才能研究这些图纸。

　　您是否愿意将我的喜剧手稿③从奥·费拉尔先生④或其他人那里拿回来(如果他们不再需要它了),并将其封印好之后,写上我的地址寄给H先生。⑤ 请您代我问候莱尔泽和荣格,⑥我收到了他们的来信。请他们依然爱我。

　　衷心问候……

歌德
1771年11月28日

---

① 参见《旧约·诗篇》第119章153节:"求你看顾我的苦难,搭救我"。
② 指约翰·安德烈亚斯·西尔伯曼。
③ 指《同谋犯》。歌德把自己的手稿带到了斯特拉斯堡。
④ 弗里德里希·威廉·奥费拉尔。
⑤ 可能是指赫尔德。
⑥ 指弗兰茨·克里斯蒂安·莱尔泽和约翰·海因里希·荣格。

101. 歌德致 J. D. 扎尔茨曼

1771 年 12 月

我的挚友：

　　大学校长助理来信了：不！① 这封信来的真不是时候，而且写得相当不客气，我要成为博士的愿望一去不复返了。我真是厌倦了学位考试，厌倦了事务所的一切事务，至多只是在表面上履行自己的职责；而且在德国，这两种学位是等价的。②

　　谢谢您为我操心，您是否愿意恳请教授先生关注此事，并请您再去看望他的时候交给他一封信。请您继续爱我并想念我。

　　不幸的奥·费拉尔让我觉得很可怜。③ 他是一个忠诚的好人。

歌德

---

① 之后法学系应歌德的申请，在接纳了一笔费用之后，授意让其获得了博士学位。
② 指博士学位和歌德在 1771 年 8 月 6 日获得的硕士学位。
③ 指弗里德里希·威廉·奥·费拉尔，但究竟是什么引发了歌德的同情，仍不得而知。奥·费拉尔于 1771 年 12 月 8 日逝世，据此推测，歌德当时已经获悉了他的病情或者他去世的消息。

102. 歌德日志

1771年8月至12月

古苏格兰诗歌,根据乔治·班纳坦的手稿印刷,1568年,1770年12月。①

武力自卫与武力自卫权之差异。

亲爱的朋友们,你们大概也知道,骑士和仆役不喜欢去帝国自由城市,这样他们才有人身自由保障!我告诉你们这些,请你们不要生气。

克龙贝格

《法兰克福年鉴》第2卷第1章第240页。②

里德泽尔,《游记》。③

蒙雷亚莱泽,西西里亚的拉斐尔。

甘露蜜是一种白桦树的树汁,在7月、8月、9月中从树皮中提取。

棉花已播种。五瓣花蕾植物。打开榛子是果实。

骑士匆忙穿戴完毕,赶去见夫人,尽管了无兴致,却还是情绪高昂,完成了一件壮举。④

关于我和枢密顾问夫人,⑤当她情绪低落又或者和丈夫吵了架——该上床了。

谈情说爱——婚姻的主要组成部分。

---

① 指乔治·班纳坦1568年出版的苏格兰诗歌选集《班纳坦诗稿》,该诗集对18世纪苏格兰文学复兴具有重大影响。歌德引用的版本系1770年伦敦出版,由大卫·达尔林普尔爵士提供。
② 这段引文出自《格茨》底稿,歌德在此引用了阿基里斯·奥古斯特·封·莱尔斯纳于1734年在法兰克福出版的《帝国自由城市法兰克福年鉴》。
③ 约翰·赫尔曼·里德泽尔于1771年在苏黎世出版了《西西里亚和大希腊地区游记》,书中有关于西西里亚画家蒙雷亚莱泽、甘露蜜和棉花的记述。
④ 这段文字影射什么,至今仍无从考证。
⑤ 无从查证。

当芬格林家的小男孩让诺①被要求读出印章上的字时,他说,上面写的是希腊语。默尔克博士②说,我们必须把这件事刊登出来。

看那个人如何浪费了墨水,又拿来了一瓶新的,然后将墨水倒在了裤子和背心上。

雅克贝亚。③ 如果她们要演悲剧,你没有必要加入进去,那儿什么都没有,她们把对方刺死,就像牲口一样倒在别人的身上。

做梦,和一个犹太人就作者身份问题进行交谈。

Spännungen:错误。④

Am Staden(在湖边)在斯特拉斯堡还很常用。Gay:傍水广场,临屋而建,可能就是从 Gestade(堤岸)而来。

Stumpfreden:骂人的粗话。

Das Geraib:宰杀牲畜的内脏总称或者更确切地说是指不作为肉品出售的部位,如头或者耳朵。

有一位农夫,他的新神父吃蜗牛,一位司法警察碰到这位农夫,问他过得怎么样。农夫说:啊,不错,我们的神父吃害虫,要是魔鬼把司法警察和律师都带走,那我们就得救了。

画家们和粉刷匠行业公会打官司,称后者不可以使用油画颜料进行粉刷,其中一条原因是这些颜料是由他们之中的某位画家发明的。粉刷匠的律师用坚定的语气回答道,整件事就像是因为火药是

---

① 据学者考证,这里指法兰克福的两户人家。歌德母亲称芬格林家是她最好的朋友之一,让诺一家经销法式服装。
② 约翰·海因里希·默尔克在1771年圣诞节时与歌德结识。
③ 可能是指歌德的表妹,当时十五岁的雅克贝亚。
④ 从这里到下文的 Geraib 是歌德记录的阿尔萨斯方言中的一些奇特的词汇,因此在翻译时保留阿尔萨斯方言的写法。

僧侣发明的,所以部长阁下理所应当地拥有了火炮一样。①

当蜡烛被拿走,恋人们身处黑暗之中。

一场艳遇被一个夜壶搞砸了。

P.②

他们打心眼里憎恶你。

苏拉

只要他们能认出我是谁,剩下的——爱还是恨——由他们自己决定。

减少。

Gaffeln:行会。③

因为在萨克森州人们有时候会早熟而懂事。劳特巴赫,4.4.4.④

对于男孩来说,要在一个从骨子里都能感觉到会比自己高一个头的男孩子身边长大,真是该死。苏拉

这真是个棒小伙。他会在恰当的时间谦卑地站立一旁,静默不语并认真倾听,也会在恰当的时间阖上眼帘点头会意。

敦促再三,擦亮铠甲。

凯撒你知道的,我已厌倦了一切,首先是人们的颂扬,然后是俯首听命。是的,塞尔维乌斯,成为一个正直的人并始终做一个正直的

---

① 这条记录依据的是一场真实的诉讼官司:几位法兰克福的艺术家——许茨、容克尔、利博尔特、希尔特和克劳斯将粉刷匠行业公会告上了法庭,其目的是要退出该行业公会(1767)。之后,他们在歌德美术老师——格奥尔格·梅尔基奥尔·克劳斯的带领下创办了一所美术学校。
② 从此处开始是剧本《凯撒》中的一些片段。P是庞培乌斯名称的首字母。
③ Gaffeln 为下莱茵地区方言。
④ 该引文出自艾哈德·沃尔夫冈·亚当·劳特巴赫的《简明法学教程:用语简短,语义广泛,内容详尽》(1679)。

人，我希望到生命终止都有伟大的、值得尊敬的对手。

  塞尔维乌斯想得倒美！

  凯撒你好，占卜官！感谢你！

  只要我活在世上，卑劣小人们都要吓得发抖，就是我在墓穴里，他们也不敢喜形于色。

  关于外在认知功能障碍。1597年，第1卷第16章，第23页。①

---

  ① 引文出处迄今仍无从考证。

1772 年

103. 歌德致赫尔德

1772 年年初

  我在此地隐居的成果现已握在您的手中,它还只是个草稿,就像用画笔在画布上勾勒的草图,尽管某些地方已经描摹得相当细致,但它至多只是个草稿而已。① 我的挚友,我不想向您解释我的工作,也不想说明我此刻的感受,因为我已起身走向远方;② 如果我说得太多,反倒像是因为担心在我不希望看到的地方出现变化而要故意引导您的判断。但是我可以说,我对自己的工作相当有信心,而且倾尽了全力,我之所以要征求您的意见,是因为我知道您的意见不仅将使我重新认识这部作品,而且还将超越这部作品,就像厄泽尔③谆谆教诲的那样,将其看作人生的里程碑并以此为出发点进行长途旅行,在旅行间歇时再盘算该怎么办。

  在收到您的意见之前,我不会对它进行修改,因为我很清楚,它要是想获得生命,就必须经历严酷的重生。④

  我目前正在研究另外一部作品的主人公的生平,⑤并在脑海中想象其对话,但到现在为止仍是相当模糊。苏格拉底,哲学思想界的俊杰,"他怒斥一切谎言和恶习,特别是与那些隐秘在深处的谎言和恶习针锋相对",或者更确切地说,他是神圣的人类启蒙老师,传播"悔改"和"信福音"的力量;⑥大多数人爱凑热闹,少数人用耳朵去聆听,梅利托斯和阿尼托斯⑦伪善的市侩习气令他们不辨原因,只看万有引力的性质,到最后还是卑劣无耻的行径占了上风。我需要时间

---

① 歌德将戏剧作品《铁手格茨·封·贝利欣根》视为草稿。
② 指歌德随着自己的写作而进入了骑手生活的 16 世纪。
③ 指亚当·弗里德里希·厄泽尔。
④ 虔信派宗教的教义之一。这里指对作品进行修改和加工。
⑤ 在所有通信往来中,歌德只在这一封信里提及要以苏格拉底为原型创作剧本,但是他本人是否付诸实施了该计划仍是一个疑问。
⑥ 参见《新约·马太福音》第 3 章第 2 节或者《新约·马可福音》第 1 章第 15 节。
⑦ 梅利托斯和阿尼托斯是指控苏格拉底犯下罪行的市民。

让其变得感性。只是我还不清楚,我的立场是更接近于伊索和拉·封丹——根据哈曼①的记载,他们非常欣赏苏格拉底的天赋,还是更接近于柏拉图为我们呈现的偶像崇拜或者是色诺芬笔下顶礼膜拜的神像,从而将我对他的崇敬升华为一种真正的宗教,他不再是圣人,而是一个伟人,我只有用我全部的爱满怀激情地将其拥入怀中并高喊:"我的朋友,我的兄弟。"倘若能如此自信地对一位伟人说出这番话,那就好了!——啊,只要让我做一天一夜的阿尔基比亚德,②我死而无憾。

几天前,我全心全意地想着您,依稀之中仿佛看到了您并听到了您的声音。我看到被鞭笞的赫利奥多躺在地上,③复仇亡灵的冲天怒火在我耳边呼啸。您大概已经猜透了其中的含义,即使我并没有跟您提起《万茨贝克信使》中那名传记作家的名字。④ 不可否认的是,我在喜悦之中也夹杂着一丝同病相怜之感,还有些伤痕⑤开始发痒,就像刚治愈好的伤口在天气发生变化时那样,尽管在过去很久之后才会有所察觉,但我还是会像慈母一般用劝慰和希望安抚我的才

---

① 指约翰·格奥尔格·哈曼。
② 指柏拉图在《会饮篇》中所描绘的阿尔基比亚德和苏格拉底之间的关系。阿尔基比亚德向众人讲述了苏格拉底的事迹,其中包括有一个晚上,他自己钻进苏格拉底的大衣底下,用胳膊搂着这个圣人躺了一个晚上的故事。
③ 参见《马加比二书》第3章第26节:"两个身强力壮的年轻人出现在他身旁,容貌俊美,衣着华丽。他们从左右两侧来到他身边,不停地谴责他,鞭笞他。"
④《万茨贝克信使》杂志由马蒂亚斯·克劳迪乌斯主编,在1771年11月出版的一期中,赫尔德撰文抨击了克里斯蒂安·海因里希·施密特撰写的《诗人传记》(1769/1770)一书,因为书中谬误百出,解读有误。
⑤ 读到赫尔德发表在《万茨贝克信使》中的评论文章,歌德想起了赫尔德写给自己的"提神醒脑的信函",参见本书第99封信"歌德致赫尔德"。

华。前不久,我和默尔克①度过了一个充实的夜晚,又找到了一个可以交流并让自己的情感和思想进一步发展的朋友,我不知有多么高兴。

好了,尊敬的牧师,除了清扫圣坛,请不要忘记培养侍祭,他们一心一意渴望穿上弥撒法衣,但是作为教堂司事和法事助理,他们的能力却往往受到了不可超越的力量的阻碍。② 最后,用柏拉图写下的苏格拉底的《申辩词》的结束语收尾:"如果他们毫无理由地狂妄自大,那么就像我责备你们一样责备他们,因为他们忽略了重要的事情,自己一无所长而认为自己很能干。如果你们这么做了,我就得到了你们公正的待遇。"

---

① 约翰·海因里希·默尔克在1771年12月底前往法兰克福拜访了歌德,详情可见《诗与真》中的描述。
② 马蒂亚斯·克劳迪乌斯在1771年10月出版的《万茨贝克信使》中写道,在"缪斯神殿"中,主要是法国人担任教堂司事和法事助理,而德国人和希腊人则主要负责管理圣坛。

104. 歌德致 J. D. 扎尔茨曼

1772年2月3日(星期一)

《贝利欣根》和一同寄来的手稿已收悉,我很高兴听到您的赞许,并感谢您的辛苦付出。

我认识《学者报》①的主编②并非常欣赏他,而且该报的另一位主编③是我的好朋友,除此之外,我和该报没有任何关系。请您惠存该报,在德国,没有哪一份报纸在正直性、主观感受和思想深度方面走在它的前面。撰写评论的队伍人数可观且日益壮大。就此先写这么多。

如有机会,您是否愿意询问我的大提琴老师布施,④他是否还有适合低音提琴演奏的奏鸣曲,我以前曾和他一起演奏过;如有,请您从他手中购得后尽快寄给我。我比以往更热衷于搞音乐。

如您所知,即使写字最快的文员也无法记录下我每日生活的点点滴滴。在此期间,您已从我的戏剧作品⑤中看出,我的精神状态变得越来越稳定,而且我希望,它可以逐渐掌控自我。阻碍得以清除,前景愈加开阔,我甚至可以肯定地说,如果我走不出去,责任全在这双脚上。一日复一日,日日去学校,因为人们永远无法一步跨越未成年人阶段。祝您身体安康,在身心愉悦的时候也想一想我。祝愿新

---

① 《法兰克福学者通报》创办于1736年,是一份文学评论报刊,每周2期。1771年年底,法兰克福书商戴内特接管了该报。1772年1月1日起,约翰·海因里希·默尔克担任该报主编,但半年之后,即辞去了主编一职,之后由约翰·格奥尔格·施洛瑟接任,直至1772年年末。歌德曾在1772年的上半年期间为该报撰稿,但至1772年年底时,包括歌德在内的赫尔德、施洛瑟和默尔克等文学评论家相继退出。
② 指约翰·海因里希·默尔克。默尔克和歌德应该是在1771年12月底在法兰克福初次会面。
③ 指约翰·格奥尔格·施洛瑟。在约翰·海因里希·默尔克辞去了《法兰克福学者通报》主编职务之后,施洛瑟接任主编一职。
④ 布施是歌德在斯特拉斯堡的音乐教师。
⑤ 指《戈特弗里德·封·贝利欣根的故事》。

婚夫妇①幸福如意！我很高兴。以上祝愿也送给……女士与……先生和女士以及一切可爱亲切的人们。

歌德

---

① 无从查证。

105. 歌德致 J. H. 荣格

1772年2月3日　星期一①

我们的通信往来堪忧。表面看来,你们——你和你的朋友们——已经没有什么要再和我说的了。根据严苛的礼仪规范,我还亏欠你一封回信,但是我万万没有想到,你会对此斤斤计较。②

我的生活发生了很大变化,但那些细枝末节的小事应该没有什么是让你觉得有趣的。而你却不同,你还在我们以前共同的社交圈内扮演着你的角色。这些回忆对我来说是多么温馨,多么宝贵!不过,我还是可以想象得出你目前的生活。

请代我问候你的夫人③和朋友们。尽你所能地在这世上负重前行吧。

歌德

你还拿着我的歌剧《颠倒世界》,④请把它交给法院书记员先生,⑤他会寄给我的。

---

① 歌德在写完给扎尔茨曼的信件之后,又立即动笔给荣格写了这封信。
② 荣格在扎尔茨曼的社交圈内应该有机会阅读歌德的新作《格茨》,因此歌德希望知道荣格的阅读感受并期待他的来信。
③ 荣格的妻子克里斯蒂娜。
④ 《颠倒世界》是意大利作家哥尔多尼的作品,1752年由加卢皮谱曲,1764年音乐家帕伊谢洛再度为其谱曲。
⑤ 指约翰·达尼尔·扎尔茨曼。

韦茨拉尔
1772 年 5 月至 9 月

106. 歌德致赫尔德

约1772年7月10日 星期五①

我的小船仍在随波荡漾；星星躲进了云层，我听任命运之手的摆布，勇气、希望、恐惧和平静在我的胸中交替翻滚。自从我感受到胸膛和横膈膜②这两个单词的力量，我觉得在我的内心已经形成了一个崭新的世界。可怜的人呐，总觉得大脑胜过一切！品达是我现在的生活，如果辉煌的宫殿能让人幸福，那我此时就应该是无比幸福的。当他拿起箭③一支又一支地射向云端时，我当然是站在那里，瞠目结舌；我感受到了贺拉斯的大声吟唱，也听到了昆体良对他的颂扬，我身上的活力重新苏醒过来，因为我了解了什么是高贵，也知道了什么是目标。④ 天生就明白事理才是聪明人，急躁的好学者絮絮叨叨，就像乌鸦面对宙斯的神鸟。徒有知识的人沾沾自喜于虚妄小事，就像一个人在黑暗中步履蹒跚地前行，⑤这些话就像利剑刺透了我的心。⑥ 您现在知道了我过得如何，也知道了在这种菲罗克忒忒

---

① 根据信末最后一句话——"我刚刚收到了《法兰克福学者通报》第54期"推测这封信件的日期应为1772年7月10日，因为《法兰克福学者通报》第54期于7月7日出版。
② 原文为希腊语，根据德语注释翻译。在诗人品达看来，胸膛之中饱含感情与激情，而横膈膜则是理智的栖息地。参见品达的《奥林匹亚颂歌》（第2首第94行，第10首第10行）、《皮托颂歌》（第2首第61行，第4首第281行）。
③ 品达将诗人的话比作利箭（《奥林匹亚颂歌》，第2首第83、89行）。
④ 赫尔德曾就卡·德尼纳的《意大利之国家变化》写过一篇评论文章，发表于1772年第54期的《法兰克福学者通报》上。评论称，"那些有影响力的人物即使意志坚定，但是没有目标，也会变得卑微。"
⑤ 歌德在这里引用了品达的两首诗歌，一首引自《奥林匹亚颂歌》（第2首第86行），一首引自《涅墨亚颂歌》（第3首第39行），原文分别如下："天生就明白事理才是聪明人，急躁的好学者絮絮叨叨，就像乌鸦面对宙斯的神鸟。""徒有知识的人沾沾自喜于虚妄小事，就像一个人在黑暗中步履蹒跚地前行。"原文为古希腊语，歌德对引文有改动，此处将引用的原文放在信中，供读者参考。
⑥ 参见《新约·路加福音》第2章35节："你自己的心也要被刀刺透。"

斯的状态①之下,您的信又对我意味着什么。

自从您音讯全无之后,希腊人就成了我唯一的功课。刚开始时,我还局限于《荷马史诗》,然后为了索福克勒斯,我研究色诺芬和柏拉图,②我眼界大开,意识到自己多么渺小,接着又和忒奥克里托斯③和阿那克里翁④不期而遇,最后,我被吸引到了品达的身边,直到现在还不肯离去。除此之外,我什么都没做,尽管如此,我的生活还是乱糟糟的。而且,这位卓越不凡的人物终于发现了我那啄木鸟一般的性格⑤究竟从何而来。品达说"自我克制",⑥这令我豁然开朗。你冷静地站在马车上,而四匹新马野性十足,不听缰绳的使唤欲腾空而起,这时你就要控制它们的力量,把想跑开的拉回来,把直立的用鞭子打下去,飞奔,驾驭,掉头,鞭打,保持,再次飞奔出去,直到十六条腿步调一致地将你送达目的地。这就是高超、卓越和精湛。我要是已经四处走过并且怀着好奇心看过了一切该有多好(我会写字,却不会削笔,所以我只会拉大提琴,却不会为它调音)。哪儿也出不上力。介入其中,掌控局面,这就是精湛技艺的本质。您提出得把这样的要求重新归还给雕塑艺术,而我也认为如果一位艺术家不会用手雕刻,那他其实什么都不是。心明则眼亮,您经常对我这么说。我现在明

---

① 在索福克勒斯的悲剧《菲罗克忒忒斯》中,拥有曾属于赫拉克勒斯的神弓和神箭的菲罗克忒忒斯因为被蛇咬伤而双脚感染恶毒,并形成难以治愈的烂疮。
② 歌德在第 103 封信"歌德致赫尔德"中曾提及自己打算写一部关于苏格拉底的戏剧作品。
③ 希腊诗人,牧歌的创始人。他的诗被称为田园诗。
④ 古希腊抒情诗人,其诗歌作品大多歌颂爱情和美酒。
⑤ 影射歌德比较情绪化的性格,因此赫尔德曾将歌德比作啄木鸟。参见第 82 封信"歌德致赫尔德"。
⑥ 原文为希腊语。根据品达的《涅墨亚颂歌》第 8 首第 4 和第 5 行:"能够抑制","自我控制","成为高手"。

白了：闭上双眼，摸索前行。① 要么走过去，要么开出一条路。看啊，一直盯着乐器在看的究竟是什么乐师啊。无与伦比的双手，勇敢无畏的心灵，这是全部，但这全部同时又必须是一体，而不是以牺牲不完美感官的无数优点为代价。②

我愿像《古兰经》中的摩西一样祷告：主啊，求你开阔我狭隘的心胸。③

没有哪一天，我不曾和您谈天说地；我常想，要是能和他一起生活该多好。会有这么一天的，会有这么一天的。身穿胸铠的少年④太急于出马，而您又骑得太快。好了，我不会懒散度日，我要走我的路，做我该做的事，我们也会重逢，肯定还有其他机会。

十四天来，我一直在研读您的《断片》，⑤第一次，我无需对您说它们对于我的意义。我告诉过您我读过了哪些希腊作品，它们大多让我觉得轻松愉快，但没有哪一本书能让我觉得是天上神灵下凡了，也没有哪一本书能用亲切温和、庄严虔敬的现时精神让我的心灵和感官逐渐振奋，除了您所说的，思想和感受构成了表达。⑥ 对于我而

---

① 赫尔德在《论雕塑艺术》一文中建议艺术家"闭上双眼摸索"，歌德在给赫尔德的信（第95封）中也写道，"黑暗中的行进远胜于在风和日丽的星期日的一次散步"。在赫尔德看来，不是眼睛，而是感觉是真正的感知和认知器官。他认为，"纯粹的感觉"是"心灵最可靠、最稳妥、最重要的手，眼睛无非是表象和欺骗。"
② 参见品达的《涅墨亚颂歌》第3首第41行。
③《古兰经》第20章26节。该引文出自 D. F. 梅格林编写的《土耳其圣经》（1772），歌德手抄了其中的若干段落。
④ 参见《戈特弗里德·封·贝利欣根的故事》第一场第二幕，格奥尔格身披成年人的铠甲上场。
⑤ 赫尔德的《关于当代德国文学的断片》。
⑥ 在《断片》中，赫尔德在第3卷第一部分第6章的内容梗概中写道："在诗艺中，思想和表达如灵魂和躯体一样难以割舍。"赫尔德认为，"表达是感受的一个产物，作为一种象征，它是感受的形象反映。"赫尔德还写道："思想和词语，感受和表达之间的关系正如柏拉图的灵魂和躯体的关系。"

言,这真是一种极大的享受。

我请求您,就让我们试试,看我们是否能更加频繁地会面。如果对方之于您的意义,就像您对于我的意义,那么您将知道该怎样拥抱他。我们千万不要让一些不得不发生的相见吓成了胆小鬼;又或者当我们激情碰撞,我们却不能忍受这种冲击力。和您相比,这些情况可能更适用于我。据说,您有足够多的驳斥我的理由。不管是真诚坦率,还是面带冷笑、恶语相加,随它去吧。我就想告诉您,您在上一封信中就《岩石献歌》的答复①让我颇为恼火,我于是责怪您是毫无宽容之心的牧师。您说,这是顶礼膜拜者和胆大妄为者的强加之名,此话并没有道理。如果是我做得不对,在您的恋人面前弹奏起哀伤的旋律,那么您应该用剑与火将其涤荡干净。而我猜这或许就是您的方法,您也不会就此改变,那就这样吧。只不过请您不要像瓦尔特·尚德②在需要自卫时那样耽搁太久。

问题在于,以后当您的恋人心情忧郁的时候,别人未经您的允许都无权加以过问。我诚心诚意地希望是这样。

关于我们这个圣徒群体,③我没有什么可对您说的,我是新人,

---

① 歌德曾写诗一首献给赫尔德的未婚妻卡罗利妮·弗拉科斯兰德,诗名为《岩石献歌——致普赛克》(*Felsweihegesang an Psyche*),普赛克是卡罗利妮·弗拉科斯兰德在达姆施塔特文学感伤主义圈子内的化名,对此赫尔德不甚满意,并在1772年6月6日用一首八诗节的诗歌回复了歌德。
② 影射斯特恩的小说《特里斯特拉姆·尚德》中主人公的父亲,他很容易被激怒。歌德是通过赫尔德才开始阅读这部小说的。
③ 指达姆施塔特文学感伤主义圈子,默尔克、洛伊泽林、卡罗利妮·弗拉科斯兰德,其姊妹弗里德里克·黑塞、路易丝·封·齐格勒和亨丽埃特·封·鲁西永都是该文学团体的成员。歌德也经常参与该团体的活动,并在《诗与真》中有相关记载。

基本上到目前为止也就是跟着大伙儿走；我和默尔克①亲密无间，但这更多的是基于共同的需求而不是目的。

就《贝利欣根》②再说一句。您的来信宽慰了我，和您在信中所言相比，我把它看得更加不值。我意识到"您这个会让莎士比亚倒胃口的"断语的厉害，行了，必须将其投入熔炉中，清除渣滓废物后，再加入新的更好的材料进行重塑。之后，它才会重新出现在您的面前。

一切不过是拍拍脑袋想出来的。③ 这可是够让我生气的。《爱米丽娅·迦洛蒂》④也不过是想出来的，甚至没有穿插任何偶然事件或者奇特的想法。如果理智较为正常，我想说，人们就会发现为什么挑选这个活动场所，又为什么说这句话。所以，我不喜欢这个剧本，虽然它是一部杰作，同样我也不喜欢自己的作品。即使在我的心灵深处还没有想那么多，但偶尔一闪而过的想法却又令我心生希望：当一个人在情感中织入了更多美好和伟大的思想，那么他将在并不知晓的情况下做好事和善事，谈论并写下美和善——祝您安康。

我刚刚收到了《法兰克福学者通报》第54期。⑤

---

① 指约翰·海因里希·默尔克。
② 指《戈特弗里德·封·贝利欣根的故事》。
③ 1772年7月底，赫尔德写信给卡罗利妮·弗拉克斯兰德并告知，他将把歌德的《贝利欣根》寄给她。赫尔德在信中写道："接下来，我将把歌德的《贝利欣根》寄还给您[……]，当您打开书本开始阅读，您也将度过一些美妙的欢愉时光。书中有极其多的德国优点、深邃的思想和真理，尽管有一些地方不过是拍拍脑袋想出来的而已。"
④ 莱辛创作的悲剧，1772年出版。
⑤ 指1772年7月7日出版的第54期《法兰克福学者通报》，上面刊载有赫尔德撰写的关于德尼纳的《意大利之国家变化》的评论文章。

107. 歌德致凯斯特纳

1772年8月8日　星期六

　　明日5点之后,我恭候您的光临,而今天——就您对我的了解,①您可以猜一猜——我在阿茨巴赫。② 我们明天将一起出发,我希望到时候能看到一些更加亲切的面孔。现在我已经到了,并要告诉您,洒满月光的山谷令洛特心旷神怡,她让我和您道一声"晚安"。我想要亲自告诉您的是,我到了您家,③房间里没有灯,而我不想打扰您。明天清晨,我们在加尔本海姆④的大树底下一起喝咖啡,今晚,我就趁着月色坐在树下。一个人,但并不孤单。请您睡个好觉。明天应该是个美好的早晨。

---

① 约翰·克里斯蒂安·凯斯特纳当时作为汉诺威选帝侯公使馆的秘书住在韦茨拉尔。
② 位于韦茨拉尔附近。歌德前往阿茨巴赫的目的是去接照顾账房管事罗迪乌斯太太的洛特·布夫。
③ 凯斯特纳住在新教牧师马丁·洛尔斯巴赫家中所谓的"新教小楼"。
④ 位于韦茨拉尔附近的一个小地方,是《维特》中瓦尔海姆的原型。

108. 歌德致凯斯特纳

1772年9月6日　星期日

　　我昨天整整一下午都在发牢骚,说洛特没有去阿茨巴赫,今天一早我又开始抱怨不断。清晨是如此美好,我的心情是如此平静,以至于我无法待在城中,我要去加尔本海姆。洛特昨天说,她今天散步,想比往常走得更远些。我并不指望能在那儿看到您,但我是否心存希望呢?全心全意地期盼——虽然来的几率要小一些,但还是有足够的可能性,使得来与不来的几率各占一半,基本持平。在这样并不确定的状态下,我得熬上一天,盼望着再盼望着。要是我晚上必须独自一人回来,您就会知道明智之人眼中的得体是什么,而我又是多么地明智。

109. 歌德致凯斯特纳

1772 年 9 月 10 日　星期四

　　他走了，凯斯特纳，当您收到这张便条的时候，他已经走了。①请您将夹在信中的便条②交给小洛特。我表现得非常镇静，但是你们的谈话③却让我心慌意乱。在那一刻，除了祝您生活愉快，我一句话也说不出。如果我在您那里多待一刻钟，我可能就克制不住自己了。现在我是一个人，明天我就要离开了。哦，我可怜的脑瓜啊。

---

① 凯斯特纳在 1772 年 9 月 11 日的日记中写道："清晨 7 点，歌德离开了此地，没有和我们告别。"
② 指下一封写给夏洛特·布夫的信。
③ 凯斯特纳在 1772 年 9 月 10 日的日记中写道："他、小洛特和我进行了一场奇妙的谈话，内容关于人死之后的情况，也谈到了离别和归来等话题。这些话题不是他，而是小洛特挑起的。我们约定好，我们当中谁要是先去世了，如有可能，他得告诉其他活着的人有关来世的情况。歌德非常沮丧，因为他知道，他在第二天一早就要离开了。"

110. 歌德致夏洛特·布夫

1772年9月10日　星期四

　　我当然希望再来,但是上帝才知道会是什么时候。① 洛特,你畅所欲言,而我心里却不是滋味,因为我知道,这是我最后一次见您了。不会是最后一次,但我明天就要离开此地了。他要走了。是什么鬼使神差把你们引入了这个话题。既然我怎么想就可以怎么说——啊,我来到这尘世间的目的就是为了亲吻您的玉手,而那却是最后一次。我再也不会重新踏入这个房间,还有您亲爱的父亲,②他这是最后一次陪我了。我现在独自一人,可以大哭一场,我祝愿你们生活幸福,我愿常住在你们的心底。希望与你们重逢,就算不是明天,也不会遥遥无期。请告诉我的兄弟们,③他走了。我再也写不下去了。

---

① 歌德在1772年11月6日至10日间和施洛瑟一起拜访了布夫一家。
② 海因里希·亚当·布夫。
③ 夏洛特·布夫共有12个兄弟姐妹,其中兄弟7个。

111. 歌德致夏洛特·布夫

1772 年 9 月 11 日　星期五

　　打包好了行李，洛特，天也亮了，还有一刻钟，我就要走了。洛特，我本没有什么要说的，但是我忘记了这些图画，而它们将要由您分给孩子们，所以它们就成了我现在写信的借口。因为您什么都知道，知道我这些天来是多么的幸福。我要走了，到最亲切、最善良的人们那儿去，却为什么要离开您呢？事情就是这样，这就是我的命，今天、明天和后天我都不能再随手写上几笔了——往常我可是开着玩笑信手拈来。请始终保持愉悦的心情，亲爱的洛特，您比数以百计的人都要幸福得多，只是不要心态冷漠；而我，亲爱的洛特，在您的注视下读书是我的幸福。您认为，我永远不会改变自己。再见，再见，道上千遍万遍！

歌德

112. 凯斯特纳致 A. 封·亨宁斯(草稿)①

1772年秋

今年年初,某位名叫歌德的先生从法兰克福来到此地,他的身份是法学博士,二十三岁,是一位其父非常富有的独生子。按照父亲的想法,他应该在这儿的事务所四处转转,但是他说,他来这儿的目的是为了研究荷马和品达等,然后看看天赋、思维方式和内心需求会促使他选择何种职业。

一开始,当地的优秀之士就宣布他是他们当中的一份子,说他是《法兰克福学者通报》的编辑以及公共领域的哲学家,并积极地和他交往。由于我不属于这一类人,或者更准确地说,对于公众事件消息不灵通,所以我相当晚,而且是在纯属偶然的情况下才结识了歌德本人。在这些最有德行、最优秀的人物当中,有位叫戈特②的秘书有一次劝说我前往加尔本海姆——一个小村庄做一次日常散步。就在那儿,我看到他仰面躺在树下的草地上,和站在他周围的一些人谈天说地,好不快活。在这些人中,有一位是伊壁鸠鲁派的哲学家(封·古埃,③伟大的天才),一位是斯多葛派的哲学家(封·基尔曼斯埃格④),另一位介于两人之间的人物(柯尼希博士⑤)。

事后,他对于我在那样一种状况下与他相识很是高兴。我们当时聊了一些话题,有些还是相当有趣的。但是这一次,我只发表如下评价:这不是一个无足轻重的人物。您知道,我不会操之过急地下

---

① 弗里德里希·奥古斯特·封·亨宁斯是凯斯特纳的大学同学。凯斯特纳在1772年11月18日致信亨宁斯,而本书选登的是该信件的草稿。根据信中关于韦茨拉尔经历的叙述,这封信应该是在歌德离开韦茨拉尔之后完成的。
② 诗人约翰·弗里德里希·威廉·戈特时任公使馆秘书一职,在韦茨拉尔居住。
③ 奥古斯特·西格弗里德·封·古埃是驻韦茨拉尔的不伦瑞克公使馆的秘书,也是著名抒情诗诗人和悲剧作家。参见《诗与真》的相关描述。
④ 克里斯蒂安·阿尔布雷希特·封·基尔曼斯埃格男爵当时在韦茨拉尔的帝国枢密法院实习。
⑤ 也在韦茨拉尔实习,后任利珀-代特莫尔德的政府主管和首相。

结论。我发现他有天赋,而且想象力丰富,但是对于我而言,这些还不足以构成对他进行高度评价的前提。

在我继续往下写之前,我必须尝试着描述一下他这个人,因为我后来又较为全面地了解了他。

他拥有人们称为天赋的那种东西,而且想象力极其活跃。他容易激动上火,他的思想方式美好高尚,他是一个充满个性的人。他喜欢孩子,并和他们相处得很好。他异乎寻常,他的行为、他的外表表明他具备多重性,也有一些个性会让人觉得他难以亲近,但是他给孩子、女性和许多人都留下了不错的印象。

他想到什么就去做什么,根本不考虑别人是否喜欢这样,这是否时髦,又或者生活方式是否允许这么做。他痛恨一切约束。*

他赢得了众多女性的尊重。他充满奇思妙想,通常用比喻和象征的手法表达思想。他自己似乎也常说,他从来做不到一五一十地描述,而总是借助想象进行表达。不过他希望,如果他岁数再年长一些,他可以想思想之所想,言思想之所言。

他原则上尚未定型,还在孜孜以求某一体系。要想说明这一点,可以卢梭为例:他非常推崇卢梭,但也不是对此人盲目地顶礼膜拜。

他不是人们所谓的传统保守分子,至少不是因为自傲、固执或者为了想要表现。就一些主流话题,他也会发表意见反对少数人,但不

---

* 凯斯特纳在草稿的边上写道:他禀赋过人,是一位真正的天才,也是一个有个性的人。他拥有极其活跃的想象力,因此常用比喻和象征的手法表达想法。他知识渊博,容易激动上火,但同时有非常好的克制力。他的思想方式美好高尚,没有偏见,想到什么就做什么,并不顾及流行、习惯或者其他意见。我想描述他这个人,但也许会写得太多,因为关于他,要说的东西有很多,总而言之,他是一个奇特的人物。他对于我的重要性仅次于您。若要完整地描写他,我就无法写完这封信了。

喜欢破坏他人平和的想法。

他虽然痛恨怀疑论,追求真理,对于一些重要的主流话题追求精准的解释,而且也自认为对一些重要事项形成了稳定的看法,但就我的观察而言,他还没有达到这一程度。他不去教堂,也不领圣餐,很少祷告,他说,他还不是一个十足的说谎者。

有时候,他对于某些话题安之若素,但有时候,他并不能保持沉稳,如针对以下问题。

对于基督教,他是尊崇的,但他所推崇的并不是我们的神学家们所描述的宗教形态。

他相信未来的生活将会是一种更好的状态;

他追求真理,但看重的不是情感的外露,而是情感自身。

他阅历颇深,知识广博,阅读量惊人,但他不遗余力地思考和求索。他的主要研究对象是美的科学与艺术,或者更确切地说,是一切科学领域,只有那些所谓的用于谋生的科学知识不是他的研究对象。

法兰克福

1772 年 9 月至 1774 年 7 月

113. 歌德致凯斯特纳

1772 年 9 月①

上帝保佑你们一切安好,想到我时便高兴不已。请代我向姑娘们②问好。

我昨天和施魏策尔③一起回来并嘲笑了他身上沾染的韦茨拉尔习性。您都出入些什么地方?去德意志之家,④我说道。但不是去勃兰特家,⑤他说。当然是去勃兰特家,我说,为什么不呢?这么说,您也认识司法官一家⑥了?当然认识。洛特⑦是个亲切有加的女孩。她就是这么对我的,我说。诸如此类等等。

我真高兴啊,也仿佛得到了许多安慰。尽管所言与所思是两回事,但是只要能够谈论她便已足矣。

我在科布伦茨⑧没有熟人朋友,但在对岸的塔尔地区⑨有,您知道是怎么一回事。

对于您提到的好孩子,⑩我深表同情。请您再去询问清楚,如果事情差不多真是这样,那您可要伸手搭救这可怜的孩子。女人养孩子都没有像老实人在男女感情上那么遭罪。再见。

---

① 该日期依据的是凯斯特纳记录的收信日期。
② 指海因里希·亚当·布夫的女儿们。
③ 弗里德里希·卡尔·施魏策尔,1772 年在法兰克福担任律师,1771 年在韦茨拉尔实习。
④ 布夫一家住在德意志之家。
⑤ 指约翰·费迪南德·勃兰特,他是韦茨拉尔的宫廷参事和律师,他和两个女儿——多萝西娅和安娜也住在德意志之家。夏洛特·布夫和这两位女儿是好朋友。
⑥ 指海因里希·亚当·布夫一家。夏洛特·布夫在十三个孩子中排行老二。其母,玛格达莱妮·埃纳斯蒂内·布夫于 1771 年去世,此后就由夏洛特负责操持家务。
⑦ 夏洛特·布夫。
⑧ 为何提及科布伦茨尚不清楚。有学者表示,这可能是和举荐凯斯特纳有关。
⑨ 指塔尔-埃伦布赖特施泰因,拉洛施一家居住在此地。
⑩ 无法得知这里究竟指的是谁,发生了什么事情。

114. 歌德致凯斯特纳

1772 年 9 月 25 日　星期五至 26 日　星期六

星期五

　　洛特没有梦到我。这让我很是生气,我想让她今天晚上梦到我,就在今晚,而我现在本不应该这么告诉您的。我重读了您的来信,信中的这一处文字令我恼火。从未梦到我！这一荣幸我们应该给予那些无谓琐事。而我却是那么全心全意地守护在她身边,不管白天黑夜,梦里全是她。

　　老天作证,就算我聪明绝顶,我终究不过是个傻瓜。我的命运守护神——邪恶的命运守护神指引我驱车前往沃尔佩尔茨豪森。① 但他终究还是善意的。在那儿的日子,我不可能过得更好,但是诸神不再赐予我如此美妙的日子了,他们深谙坦塔罗斯②和惩罚之道。晚安,我刚才也和洛特的剪影说过晚安了。

---

① 歌德在 1772 年 6 月 9 日与夏洛特在沃尔佩尔茨豪森初识。
② 坦塔罗斯是希腊神话中的人物,他因为把自己的儿子杀死并放在众神面前而被罚终身站在深至下巴的水中,其头顶上方就是结满果子的果树,然而他既吃不到也喝不到。这个故事常被用来比喻可望而不可即的痛苦。

星期六用餐后

以前在这个时候,我会去拜访她,也会在那里遇见您,而现在我有充裕的时间来写信。您应该看看,我有多勤奋。就这么突然离开了一切,离开了四个月来①我幸福的源泉。

我并不担心您会忘记我,但还是期盼重逢。我在这儿要尽量过好日子,在我还不能向洛特坦言我已经恋爱了——严肃认真的恋爱,我并不想去见她。

我的那群可爱的男孩儿们都在干什么,恩斯特在干什么?② 也许不给您写信更好些,好让我的想象力趋于平静——但是,那幅剪影③就挂在那儿,这可是最糟糕的。祝您安康。

---

① 歌德自 1772 年 5 月底至 9 月 11 日在韦茨拉尔逗留。
② 恩斯特·布夫是夏洛特的弟弟,"那些可爱的男孩们"指夏洛特的兄弟们。
③ 参见《维特》第一编"7 月 24 日"。

115. 歌德致凯斯特纳

1772 年 10 月初

我说过,要是洛特喜欢它,而它又适合洛特,那我们的品位值得褒扬。我现在还未将它寄出,因为我反对蓝色的折边,它太扎眼了,一点儿也不合适。随信附上一小块绿色布料,①或者选它或者选淡黄色——而我最喜欢后者,因为我曾经预言过,洛特将来有一天会喜欢黄色,就像她现在喜欢红色一样,如果是因为我促成了这一喜好的转变,我会觉得很高兴。请您写信告诉我您的决定。希望不是蓝色。如果您在因离别而流下多情的泪水的间隙还能想到我,那就请您告诉她,我上百次地回到了她身边。我们常把多罗特娅·勃兰特②挂在嘴边,就连默尔克的妻子③也得倾听我们的谈话。您得尽快赶来弗里德贝格,或者我去韦茨拉尔。请问候黑眼睛的小姑娘。④ 顺便说一句,韦茨拉尔对我而言已不复存在。向那些可爱的男孩儿们⑤问好。祝汉斯⑥幸福,祝恩斯特早日康复。请您代我向司法官先生⑦问好。

歌德

---

① 这一小块随信附上的绿色布料保留至今。
② 多罗特娅·勃兰特,律师勃兰特的女儿。
③ 指露易丝·弗兰齐斯卡,约翰·海因里希·默尔克的妻子。
④ 指索菲·布夫,夏洛特·布夫的妹妹。
⑤ 指洛特的 7 个兄弟。
⑥ 洛特的大哥。
⑦ 指洛特的父亲,海因里希·亚当·布夫。

116. 歌德致凯斯特纳

1772年10月6日　星期二

　　明天一早，薄印花平布，还有《学者报》①和给男孩子们的画就会寄出，每个人都有一份。我们和教会神职人员之间的轰动事件每日仍在发酵。② 他们颜面丧尽，而我们则有过之而无不及。我多想还像以前一样坐在洛特的脚边，男孩儿们在我身边爬来爬去。德意志之家现在怎么样，人们还是那么融洽和睦，多罗特娅还是像以前一样生活吗？如果我眼下住在韦茨拉尔，我会向洛特吐露我的心声，却不能让您知道这回事。再见，亲爱的凯斯特纳，请代我问候多罗特娅。还有正直的基尔曼斯埃格。③ 您在韦茨拉尔还要待上一百年，这是真的吗？人们都在传言，之前悬而未决的视察行动，现在很快要采取联合行动了，第二等级跃跃欲上，而汉诺威还原地不动！④ 令我担忧的不是帝国的情况。请您将支付报纸的4个古尔登⑤交给博恩。⑥ 他将奉命保管。

歌德

---

① 指《法兰克福学者通报》。
② 先是法兰克福修道院的修士长约翰·雅克布·普利特，后是普利特和汉堡主教格策联名向法兰克福市政府提请诉讼，要求审查《法兰克福学者通报》上刊登的有关神学的评论文章，并希望引入相关审查制度。普利特还要求该报出版商戴内特提供作者的名字并放弃刊登有关神学的评论文章。半年之后，施洛瑟就格策的《修身思考》一文发表了评论，并引发了新一轮争论，该事件也直接导致默尔克引咎辞职并由施洛瑟接任主编一职。在戴内特一案中，施洛瑟还是戴内特的辩护律师。根据戴内特的请求，该案件的法律卷宗最终被移交至莱比锡大学的法律系，在此过程中，歌德充当了调解人的角色。可参见本书中第172封信（歌德致 Chr. G. 赫尔曼，1773 年 5 月 15 日）。
③ 克里斯蒂安·阿尔布雷希特·封·基尔曼斯埃格男爵。
④ 由于某些候补文职人员的贿赂行为，帝国枢密法院在1767年至1776年间进行了一系列的调查行动。但争议不断，该调查行动经常被终止，例如歌德在韦茨拉尔逗留期间就没法展开调查。
⑤《法兰克福学者通报》一年的订阅费为4个古尔登。
⑥ 雅各布·海因里希·博恩是歌德在莱比锡的同窗好友，也是歌德在韦茨拉尔的室友。

117. 歌德致夏洛特·布夫

1772年10月8日　星期四

　　金发的洛特，感谢您的美意，给我送来这意外的惊喜，①即使它像命运一般黑暗，我还是要感谢它。今天在用餐前，我衷心问候了您的画像，②在用餐时，我对这非同一般的来信心生好奇，偷偷拆开它后又将其藏了起来。哦，亲爱的洛特，自我第一次看到您以来，一切已今非昔比，这发夹还是鲜花的粉嫩色，但我却觉得它褪色许多，和在马车上相比，这也是再自然不过的。感谢您的善心，在我心绪低落、黯然神伤的时候给我送来这样一份礼物——不，洛特，您还是我记忆中的洛特，为此，天上的神灵将赠予您最甜美的果实；在今世不成全其美意者，他就在天堂馈赠与他，那里，清凉的溪水在棕榈树间流淌，如金子般的果实悬挂枝头——而现在，我只想在您身边待上一个小时。

　　在我上床睡觉前，我还要告诉您一件事：我们的两位恋人③正处于幸福的巅峰。在满足了恰当合理的前提下，④父亲大人满意了，现在就取决于一些次要条件了。

　　同样祝福您，亲爱的洛特！晚安。

---

① 洛特把她和歌德初次相遇时佩戴的蝴蝶结寄给了歌德，参见《维特》中8月28日的日记："淡红色蝴蝶结中的一个，[……]那是我结识她时，她所佩戴的。"
② 指夏洛特·布夫的剪影。
③ 指歌德的妹妹科尔内利娅和她的订婚对象约翰·格奥尔格·施洛瑟。
④ 歌德的父亲，约翰·卡斯帕尔·歌德认为自己的女婿必须有一个固定的职位，这是他出嫁女儿的必要条件。

118. 歌德致凯斯特纳

1772年10月10日　星期六

请您即刻写信告知,关于古埃的消息①是否属实。我对此举心怀敬意,却也为人类感到惋惜,听任那些庸俗的可怜虫们煞有介事地高谈阔论,并且说道:你们现在可有谈资了。我希望永远都不要用这种消息来打扰我的朋友们。

我们的薄印花平布(它也是万物之轮中的一环)还没有送到,我颇感诧异。它是一周前的昨天或者一周前的星期二从这里寄出的,包裹里有布料、画像和报纸。我的仆役刚去了邮局,询问它是否还滞留在那里。

还有一个意外情况。上述包裹里只装了两把腕尺,第三把将由博恩②带给您。

我上百遍地回想、追忆那逝去的场景。洛特和我的男孩儿们,我们分手不过才十二个小时。

邮车上的邮差向我保证,包裹在一周前的昨天,③即星期五已经寄往韦茨拉尔了。还望您关心此事。它会寄至克拉赫拜因旅店。

---

① 古埃指奥古斯特·西格弗里德·封·古埃,作家和法学家,在韦茨拉尔担任不伦瑞克公使馆秘书一职,和歌德熟识。在《诗与真》中,歌德称"古埃是一个难以捉摸难以描述的人,有着结实粗壮、汉诺威型的体格,沉着稳健。[……]他其实是奇特的骑士联盟的灵魂人物。"古埃在7月6日离开了韦茨拉尔。凯斯特纳听信了关于古埃自杀的流言,并写信告知了歌德。凯斯特纳应该是把古埃和哥廷根的某大学生混淆了起来。
② 雅各布·海因里希·博恩。
③ 即在10月2日。

119. 歌德致凯斯特纳

1772年10月21日　星期三

　　随信寄上这几张如金子般宝贵的报纸。① 基尔曼斯埃格②向我问好,这些报纸会令他高兴的。年轻的法尔克③昨天来看望了我,一个朝气蓬勃的小伙子,这类的人我都很喜欢。今天,我将和他一起散步,并把他介绍给施洛瑟。

　　啊,洛特——当我走到弗里德贝格尔门④时,我仿佛觉得自己就要前去你们身边了。我和索菲⑤在争吵后分手,这件事一直沉重地压在我的心头,我希望她已将此忘怀并原谅了我,倘若还没有,我将请求她的原谅。请您务必写信告诉我,她怎么看待我。阿玛利,⑥她过得好吗?我请求戈特⑦给我一些更详尽确切的信息,他此前信中关于她的内容过于神秘。在这阳光明媚的日子,我们采摘了葡萄。这3个月中,我想念洛特远超她对我的思念。但是我希望,随着时光的流逝,我能摆脱这一烦恼。

---

① 指赫尔德撰写的关于詹姆斯·贝蒂的《试论自然和真理的不变性》(哥本哈根和莱比锡,1772年出版)的评论文章,发表在《法兰克福学者通报》第 84 期 (1772 年 10 月 20 日)。
② 克里斯蒂安·阿尔布雷希特·封·基尔曼斯埃格男爵。
③ 即恩斯特·弗里德里希·赫克托·法尔克,是凯斯特纳上司的儿子。凯斯特纳曾建议他前去拜访歌德。
④ 法兰克福的一座城门,朝韦茨拉尔方向。
⑤ 索菲·布夫。
⑥ 阿玛利·布夫,夏洛特·布夫的一个姊妹。
⑦ 弗里德里希·威廉·戈特自1767年以来任萨克森-哥达驻韦茨拉尔的公使馆秘书,后担任哥达的机要秘书。1770 年,和其他诗人一起创办了《哥廷根缪斯年鉴》(参见《诗与真》中的相关章节)。在这里具体指什么信息,无从考证。

120. 歌德致凯斯特纳

1772年10月27日　星期二

报纸①又寄到了。谢谢您转告我所有这些好消息。不管是洛特还是您,谁先去阿茨巴赫,就请以我的名义祝愿这些好人们②幸福如意。要是你们知道,我有多少次来到你们身边,离你们又有多么近,那该有多好——有时候,我心神不安,就在脑海里想象穿着蓬裙的洛特是什么模样——但是只一会儿,我又会想到穿着蓝色条纹睡衣的她,又会念着唯有她才拥有的率真与包容,然后我就希望,在她的内心深处,我没有被埋没在众多微不足道的小人物之中。我再也没有见过法尔克,③他身陷社交漩涡。请您代我多多向基尔曼斯埃格④问好。他卧病在床,我想前去探望他。第三篇评论⑤质量低劣,而作者注定将在自负的阴影中虚度此生。再见,我还要去采办一些东西。戈特⑥这个人不可信。请仔细审阅其信函,⑦全是些龌龊的、无足轻重的、模棱两可的话语。他有一副好心肠——是啊,那些好心人啊!我也算认识了这个下流坯子。

---

① 可能是指1772年10月27日出版的《法兰克福学者通报》的第85页或者第86页。
② 可能是指住在阿茨巴赫的账房管事罗迪乌斯一家。
③ 恩斯特·弗里德里希·赫克托·法尔克。
④ 克里斯蒂安·阿尔布雷希特·封·基尔曼斯埃格男爵。
⑤ 至今还无从查证此处指的是《法兰克福学者通报》中的哪一篇评论文章。
⑥ 弗里德里希·威廉·戈特。
⑦ 此处所指何意,无从查证。

121. 歌德致凯斯特纳

1772 年 11 月初

  可怜的耶路撒冷。① 这则消息真是骇人听闻,令我措手不及,真是可怕,在接受爱情最美好馈赠的时刻却得到这样一则附加消息。不幸的人儿。但是那些人精,他们都是些卑劣的小人,只看重浅薄的虚荣心,追求享受低俗趣味并对偶像盲目崇拜,他们阻碍了善良天性的发展,夸夸其谈,损害了人的健康,就是他们要对这一不幸事件,对我们的不幸负责,见他们的鬼去吧。如果那该受诅咒的牧师②——他的父亲对此事没有责任,那么主啊,请您宽恕我,我曾希望他扭断脖子,就像以利③一样。可怜的老兄!有一次,我散步回来,在月光下和他偶遇,我当时就说,他恋爱了。洛特想必还记得我对此报之一笑。天知道,是孤独埋葬了他的内心。我认识他有七年了,和他说话不多,临行前,我拿了他一本书,在有生之年,我都将惠存该书和对他的思念。

  感谢您的孩子们,我看到了你们的思念,也看到了你们的快乐,这些都是可以治愈心痛的极好的安慰剂。生与死、悲伤与快乐如此相遇,还真是完美。但是这一次和古埃开枪自杀的消息完全不同,完全不同啊。祝您身体安康,请千万次地问候洛特。你们多么幸福啊!

---

① 指卡尔·威廉·耶路撒冷,是约翰·弗里德里希·威廉·耶路撒冷的儿子,1765 年至 1766 年期间和歌德在莱比锡研读法学,1771 年担任驻韦茨拉尔的不伦瑞克公使馆秘书。1772 年 10 月 30 日,耶路撒冷由于爱情无望而开枪自杀。之后,凯斯特纳在写给歌德的信中详细叙述了事情的来龙去脉。1776 年,莱辛出版了耶路撒冷的遗作《哲学论文集》。耶路撒冷的死也是促使歌德写作《维特》的重要原因之一。相关内容可参见《诗与真》中的相关章节。
② 指约翰·弗里德里希·威廉·耶路撒冷,时任不伦瑞克修道院的院长和教区长。
③ 参见《旧约·撒母耳记上》第 4 章第 18 节:"他一提神的约柜,以利就从他的位上往后跌倒,在门旁折断颈项而死;因为他年纪老迈,身体沉重。以利作以色列的士师四十年。"

122. 歌德致凯斯特纳

1772年11月10日　星期二

（弗里德贝格①）

我是合适的人选。我被派去参加调查委员会，一路上尽想着过去与未来。昨天晚上，我还在你们身边，②现在却待在这讨厌的弗里德贝格，盼着修屋顶的工人快点来，好和他商量我们家这该死的城堡③的修葺事宜。我觉得来这儿的路特别短，就像你们能想到的那样：我今天离开王储旅店④一路北行，看到了德意志之家⑤的外墙，沿着那条我走了上百遍的路一直走，然后向右拐进了施密特巷。我真恨不得昨天晚上就和大家正式告别，但事情往往就是这样，我少得了一个吻，而原本他们是不能拒绝给我一个吻来和我告别的。我今天早上差一点就去了，施洛瑟拦住了我，所以我接下来可要捉弄一下他，因为我可不想一个人受罪。当然，凯斯特纳，时间到了，我得走了。昨天晚上，躺在长沙发上，我还相当留恋，依依不舍……

修屋顶的工人来过了，我这里还是和之前一个样，我父亲寄来的包裹到了，我已经派人去取了，里面装的应该是我喜欢的东西。在此期间，我仿佛又一次来到了你们身边，我的魂灵还待在你们和我的那帮小家伙身边。要是人生来是为了享受单纯的快乐，那该有多好……

我父亲的信已经寄达，我的天啊，如果我老了，但愿我也能和他一样。我的心灵不应该如此留恋那些美好、善良的事物。真是奇怪，

---

① 位于韦特劳地区。
② 歌德和施洛瑟在11月6日至10日期间在韦茨拉尔逗留。
③ 指位于宽街上的"骑士酒家"，为歌德已经过世的堂兄约翰·克里斯蒂安·歌德所有。歌德的父亲用它抵押了1 800古尔登，作为该房产的共同所有人，他对房屋状况负有责任。
④ 位于韦茨拉尔的黄油市场，大教堂的对面。
⑤ 布夫一家的住处。

人们竟然会相信,人越是上了岁数,就越容易脱离世俗和平庸。他是变得越来越世俗和平庸。——您看,我正在说一些愚蠢无聊的话,但是上帝知道,我只是想和您说说话,好忘记自己是谁、在哪儿以及在干什么。

施洛瑟刚从某公使馆回来,爱情促使他看重外交礼节,他深入最阴暗的角落进行调查,但目前一切情况照旧。我们奔走调查,有所收获,但还不至于超过有声望的调查委员会。

现在,我可以平静地回忆起我是如何辞别韦茨拉尔,又是如何希望受到热忱款待的。我得跟您说实话,当时我喜忧参半,因为不幸常常眷顾我。如果我兴冲冲、乐滋滋、喜洋洋地来了,亲爱的凯斯特纳,我人到了,却不受待见,那可真是如炼狱一般痛苦。但是,像现在这样,让上帝保佑你们一生一世,就像他在过去几天里保佑我一样。

饭菜来了,晚安吧。

再和您道一次晚安。请您代我向亲爱的老爹①问好,还有我的那帮男孩儿们。在演奏音乐时,请您让洛特,还有多罗特娅②想着我。

还有一件事。洛特有一把梳子,但是它太大了。我请求她允许我换一把小一点儿的梳子给她。请您将它包好后邮寄给我。

---

① 指海因里希·亚当·布夫。
② 多罗特娅·勃兰特。

123. 歌德致凯斯特纳

1772 年 11 月 13 日　星期五

这是送给您和基尔曼斯埃格①的《德国建筑艺术》。②

你们在演奏音乐时想我了吗？你们过得好吗？

您肯定收到了寄自弗里德贝格的内心充满喜悦的信件。我写了信，为了让自己不至于无所用心，否则它将变得难以约束。从那儿我去了霍姆堡，并重新喜欢上了生活，一个可怜人物的到场，却给如此优雅的女士③带来了欢乐。

再见，我要去休息了，下周一准备去达姆施塔特，周三去曼海姆，在那儿我希望可以和巴施勒小姐④尽情地聊一聊关于洛特的事情。

---

① 克里斯蒂安·阿尔布雷希特·封·基尔曼斯埃格男爵。
② 歌德的论文《论德国建筑艺术》，1773 年在默尔克的出版社作为宣传小册子印刷出版，当时未署名。
③ 歌德在这里遇到了黑森-霍姆堡侯爵夫人的女官露易丝·封·齐格勒。她化名"利拉"，是达姆施塔特文学感伤主义圈子的成员。
④ 可能是指韦茨拉尔的巴谢勒小姐——本特海姆侯爵夫人的社交女伴。但曼海姆之旅并未成行。

124. 歌德致凯斯特纳

1772年11月14日　星期六

我今天收到了您充满深情厚谊的来信,所以我至少也得向你们表明我有多高兴,我有多爱你们。

洛特应该知道,她尽可以直言不讳,而我这个可怜人总是身处极端不利的位置,不管怎样,她是洛特,一切都还和从前一样。

这里有一本《建筑艺术》是送给法尔克的。① 我要的画像②好了吗?请您敦促此事。能否请您告诉万德雷尔,③我问过洋葱的事情了,爱吃洋葱的人告诉我,现在太晚了,得在9月份就四处打听,那些好的早被人挑走了。不管怎样,我还是派人去了意大利人④那儿,但是他托人捎来的回话是,没有存货了,因为现在这个时间,东西都发芽了。

---

① 歌德的《论德国建筑艺术》,送给恩斯特·弗里德里希·赫克托·法尔克。
② 布夫家人的剪影。
③ 约翰·克里斯蒂安·万德雷尔,是勃兰登堡-库尔姆巴赫派驻于韦茨拉尔帝国枢密法院的公使馆秘书。
④ 可能是指某位定居在法兰克福的意大利籍园艺师或者蔬菜商贩。

125. 歌德致凯斯特纳

1772年11月19日　星期四

（达姆施塔特）

　　我在达姆施塔特,并且不准备去曼海姆了。因为正当我们准备要出发时,默尔克①却因为公务脱不开身,身居公职的人就该做好自己的分内工作。而我们重聚的事实令我们如此高兴,如此满足,以至于我根本不想一人独自上路。请您把信寄到这里,并告诉我有关耶路撒冷自杀的消息。毫无疑问,您肯定是把信寄到了法兰克福,等信再辗转送到我这里,时间耽搁得就太久了。今天早上,我和弗拉科斯兰德②聊了许久,谈到了洛特、您和那些可爱的男孩们。③ 默尔克向您问好,他的妻子和亨利④也向您问好。请代我问候大家,我的心和你们在一起。再见。

歌德

---

① 约翰·海因里希·默尔克。
② 卡罗利妮·弗拉科斯兰德,丧夫后独居在达姆施塔特,并加入了达姆施塔特文学感伤主义圈子。
③ 指海因里希·亚当·布夫的儿子们。
④ 默尔克的妻子是露易丝·弗兰齐斯卡·默尔克,其儿子是海因里希·埃马努埃尔·默尔克。

126. 歌德致索菲·封·拉洛施①

约1772年11月20日　星期五

(达姆施塔特)

您在信中写道,您没有马上回我的信,为何只说这么一句话?这让我无从了解您的心意,更无从得知这浸润在友谊与钦慕之中的心意是否改变过。

自从来到您面前那宝贵的一刻起,②自从我们结下最为真挚的友谊,我的心有多少次来到您身边。随后,在您慈母般的温情呵护中,在美妙天使③的陪伴下看着您,并和您一起生活!我言辞贫乏,亦无勇气大声喊出藏在心底的喜悦;我且谈谈自己的感受,而您,您最了解对我的感受。

您抱怨生活寂寞!啊,这就是拥有高尚情操的人的命运——对着自己的镜像空叹息。但您不会这样,就是现在,您一心一意地看着两个女儿慢慢长大,她们,即使不是您的全部,也是神界能够赠予世间凡人的最大福祉。凡人有天命,富足者在其有生之年却不知其财富为几何!请相信您的朋友们,操纵这一切的命运规划师对您实在是太好了。我们只知道您拥有什么,因为我们体会不到您缺少什么。每当想起在快乐无比的圈子④里和各位美丽小姐共享的时光,我们就高兴不已。默尔克太太⑤觉得您的来信饱含温情,她让我送上诚

---

① 歌德一共写过42封信给索菲·封·拉洛施,目前,仅有4封原件保存在歌德-席勒档案馆内,其他信件下落不明。当时,贝蒂娜·布伦塔诺曾经誊抄了其中两份信件,并将其中一个副本借给了弗里茨·施洛瑟,施洛瑟又将该副本抄写了两遍。这里依据的就是施洛瑟的抄写版本。
② 1772年4月,歌德特意从达姆施塔特返回法兰克福,和默尔克一起陪同索菲·封·拉洛施从法兰克福前往达姆施塔特。
③ 1772年9月,歌德前往埃伦布赖特施泰因,并住在拉洛施家,"天使"指拉洛施夫人的两位女儿:露易丝和马克西米利妮。
④ 指歌德在埃伦布赖特施泰因小住。
⑤ 露易丝·弗兰齐斯卡·默尔克。

273　挚的问候，并急切盼望收到马克西米利安妮的来信。默尔克告诉我，您想了解一些关于耶路撒冷去世的具体情况。我们曾经有四个月在韦茨拉尔结伴同游，而现在，他过世八天之后，我又去了那里。基尔曼斯埃格男爵①——他为数不多的较为亲近的几个朋友之一——告诉我说："很少有人会相信我的话，但是我可以告诉您，对真理和道德至善的孜孜追求损害了他的心灵，生活不如意，激情又受挫，这些迫使他做出了令人心痛的决定。"

　　高贵的心灵，敏锐的大脑，非同寻常的情感，它们多么容易转化，变成这种决定，而生命就……我还需要对您说什么，我还可以对您说什么。全世界都在冷漠地就他的行为说三道四，而您却在心里为这位辞世的可怜人竖立了一块纪念碑，有这些我已是心满意足。

　　我希望，马克西米利安妮会允许我间或写上几笔，我不想滥用她的好意。

　　祝您安康，凡是来自您的消息，我都饶有兴味。如若您能感同身受，或许您就会自觉动笔给我写信；对于马克西米利安妮而言，她可能会在幽默风趣的附言部分停留更久。

歌德

---

① 克里斯蒂安·阿尔布雷希特·封·基尔曼斯埃格男爵。

127. 歌德致凯斯特纳

1772年11月28日　星期六

(达姆施塔特)

感谢您,亲爱的凯斯特纳,向我们提供了可怜的耶路撒冷之死的有关信息,①我们对此倍感兴趣。待我们抄写之后,您会重新拿回它。

默尔克让我问候您,还有他的妻子也让我问候您,她始终认为您是一位相当正直的人。亨利②每天晚上都去看喜剧,一点儿也不关心时事。您向弗拉科斯兰德③问好,这为我赢得了一吻,我请求您尽可能多地问候她,而我非常乐意当传话使者。她让我告诉您,她祝愿您爱情幸福美满,而且大家都想认识洛特。我常常会讲许多和她有关的故事。那时候,人们会微微一笑或心生疑窦,觉得她就是我的恋人,直到默尔克出面保证我是清白的。请您代我问候多罗特娅、卡罗利妮和所有男孩儿们。④昨天我有一种要给洛特写信的冲动,但是转念一想,她总是回答说,我们最好保持现状,而我还没有自杀的打算。我刚才写了一封信给戈特,并寄给他一本《建筑艺术》。⑤

---

① 凯斯特纳向歌德提供了一份详细的关于耶路撒冷在韦茨拉尔逗留期间精神状态的报告,并分析了耶路撒冷自杀的原因。歌德在创作《维特》时采用了其中部分内容。
② 亨利是指约翰·海因里希·默尔克的儿子海因里希·埃马努埃尔·默尔克。
③ 卡罗利妮·弗拉科斯兰德。
④ 分别指多罗特娅·勃兰特和卡罗利妮·布夫,男孩儿们指夏洛特·布夫的弟弟们。
⑤ 戈特是弗里德里希·威廉·戈特,歌德寄给他的是《论德国建筑艺术》。

128. 歌德致凯斯特纳

1772年12月6日　星期日

（达姆施塔特）

6日

　　我还在达姆施塔特，也还是像以前一样。愿上帝保佑你们，并赐予你们这世上所有的爱与好意。小住此地给我的肌体注入了健康，但是就整体而言也不会再好到哪儿去。您的意愿已完成。我从您的信中得知，您生活得何其美满如意，不会自杀，也不会是其他人沿着石阶走向司法官布夫先生家，愿上帝保佑，直到永远。洛特对我忠于朋友而不给她写信的想法不屑一顾，这的确有点令我生气，甚至可以说很生气，但不长久，就像她使小性子和别人讨价还价一样；还有多罗特娅·勃兰特，上帝将赐予她一个忠诚能干的丈夫，而她总是时不时地嘲笑我。豌豆来了，还有煎小牛排，等等。

　　在此祝愿你们生活称心如意，一切安好，活得体面，不多不少，恰到好处。

　　再见。只要你们还爱我，就不要停下来，让我加入你们的行列：一张信纸，数行密密麻麻的字迹，絮絮叨叨地讲述着可怜帝国的不足。① 再见。

　　从现在起，亲爱的朋友，请将信寄往法兰克福。

---

① 影射凯斯特纳作为汉诺威公使馆秘书视察帝国枢密法院的工作。

129. 歌德致赫尔德

1772年12月7日　星期一

(达姆施塔特)

在这爱的信使①后面附一张小纸片——要是我现在连这都不可以做了！不，我们还不至于如此无趣，赫尔德。上帝明鉴，我们有多爱你，这段时间以来，你那里收到的书信应该有一刀②之多了吧。我感谢你夹在《莪相集》中的来信和祝颂。③ 我们还是老样子，有点儿这样那样的变化，但无伤大雅。当你明年开春④来时，一切就会变得欢快起来。我的父亲让我问候你，他让我告诉你，他会以好客之道迎接你的到来，这也是理所当然的，我现在也完全打开了心结。我的姊妹卡罗利妮⑤是个天使，她是那么地爱你，我将把你带到她面前。对此，我们憧憬着那该有多么美好，如天堂一般。在此期间，祝你身体健康，请敞开你的心扉，让动听悦耳的话语从你的心田流向我们。尽管有时候你也会因肝火旺盛对我们严加诘责，哦，但在我们看来，教区牧师⑥比没药⑦更加可口，让人心灵受益，就像硬刷子和粗呢浴巾让出浴者觉得浑身舒畅一样。

我现在完全是一名画师了，精神振奋，幸福快乐。我发自内心地感到快乐，就像你对埃尔温⑧饶有兴趣一样。

---

① 指卡罗利妮·弗拉科斯兰德写给赫尔德的书信。1772年12月7日，歌德将自己的信和弗拉科斯兰德的信一并寄给了赫尔德。
② "刀"是德国旧时的一种纸张计数单位，相当于500张印刷纸。
③ 赫尔德将歌德寄给他的《莪相集》寄还给了他，"祝颂"可能是指赫尔德在莎士比亚一文中的结尾部分，并在其中暗指歌德的《格茨》。
④ 赫尔德和卡罗利妮·弗拉科斯兰德于1773年春完婚。
⑤ 指卡罗利妮·弗拉科斯兰德。
⑥ "教区牧师"为赫尔德的别名，斯威夫特曾被任命为贝尔法斯特附近基尔鲁特的教区牧师，赫尔德因为非常喜欢他而得此别名。
⑦ 没药树的干燥树脂，有特异香气，味苦而微辛。
⑧ 这里指赫尔德对歌德的论文《论德国建筑艺术》及文中提到的斯特拉斯堡大教堂的建筑师埃尔温的兴趣。

默尔克修改并出版了书稿。① 我们在对方身上看到自己的影子，互相依赖，分享在人生道路上的欢乐与无奈。你也不要迟疑，快来吧。

---

① 指默尔克1773年在法兰克福出版的《小约翰·海因里希·赖姆哈特的狂想曲》。

130. 歌德致凯斯特纳

1772年12月11日　星期五

　　真是太棒了,我正好想问小伦娜①是否到了,您就写信说她到了。要是我在那儿的话,我会让你们的谈话兴味索然,还会让施奈德②伤心难过;我相信,和洛特比起来,我更加喜欢她。看画像,她是一个甜美纯真的姑娘,比洛特还要漂亮。如果不是,那至少是一样漂亮;而我还是独身,并且渴望爱情。我必须看看能否亲自来一次,但估计还是无法成行。

　　我已经返回法兰克福了,③有一些新的计划和想法需要落实;要是有一位姑娘在身边,我就什么都做不成了。

　　再见,请再给我写信。您还将收到三本《建筑艺术》,④请把它们交给其他一些好人,例如请施奈德翻阅,并问他好。

---

① 海伦娜·布夫,歌德在韦茨拉尔逗留期间,她可能并不在家中。
② 在韦茨拉尔的帝国枢密法院实习的实习生。
③ 歌德在1772年12月11日离开达姆施塔特返回法兰克福。
④ 歌德的《论德国建筑艺术》。

131. 歌德致凯斯特纳

1772年12月15日　星期二

　　昨天傍晚，亲爱的凯斯特纳，我和您，还有洛特在昏黄的暮色中谈天说地一小时之久，天色渐暗，我想摸索着出门，结果有一步往右走偏了，于是摸到了一张纸——那是洛特的剪影，这让我感觉亲切，心情舒畅；我祝愿她拥有良宵美景后离去。

　　我刚才又想到，我曾叫她把梳子寄给我，亲爱的凯斯特纳，请您帮我安排一下，让她把梳子交给您，您把它放在一个盒子里包好，再叫她在纸上剪出她想要的梳子的大小。您要不停地提醒她，而我在收到梳子之前不会再给您写一个字。我们都是可怜的感性的人，所以我很想在手里握有她曾经拥有的东西，并送给她一样东西，一种感性的象征，正如在教义问答手册中所写，这样，看不见的仁慈与怜悯才得以彰显。①

　　您的来信让我倍感欣喜，亲爱的凯斯特纳，您给我寄来了一张小伦娜的大幅剪影，我甚是喜欢。这个姑娘不让人倒胃口。自从离开达姆施塔特重回法兰克福后，我心情相当不错，且工作认真。一如既往地爱冒险，最后结果是什么就是什么。顺便提一句，今年年底，我们所有人都会停止为报纸撰稿，②然后将进行一项相当严肃的工作。③ 您那里如果有人关心我们，就请告知他们这些消息。

　　您告诉我，除了您之外，洛特喜欢另外一个人比喜欢我更多一些，这个其实对我都是一样的，不管是排在第二位还是第二十位，都是一回事。第一个人总是占据了全部之中的九十九份，而另外一个人是独占还是和另外二十个人共占那最后的一份，也是一回事。我

---

① 根据路德派教会的《教义问答手册》中的第四和第五部分，通过圣事彰显上帝的仁慈与怜悯至关重要。但歌德认为，圣事也有其感性直观的一面。
② 默尔克、施洛瑟、歌德和赫尔德在1772年年底结束了为《法兰克福学者通报》撰稿的工作。
③ 有可能是指第二版的《格茨》。

喜欢她,从一开始就不带任何私心。

请代我多多问候卡罗利妮。①

我没有看到《克林克尔》,②但听到了许多关于它的好话,并不像法兰克福的评论家所言。不会出现把您的信件烧毁的情况的。③ 我曾经有过这种想法,但是您也不能再要回这些信了。要是我不在了,我会把它们遗赠给您。

在洛特心情不错的时候,请代我问候她。我全心全意地爱着你们。

歌德

一本《关于人的书信》④售价30十字币。⑤

---

① 指卡罗利妮·布夫。
② 指斯摩莱特的小说《汉弗莱·克林克尔探险记》,伯德将其翻译成德语后,1772年在莱比锡出版。在第96期《法兰克福学者通报》上,默尔克可能批评了该小说。
③ 歌德在1797年烧毁了这些信件。
④ 《关于人及其关系的书信》于1772年在巴黎出版,其作者是荷兰哲学家弗兰斯·赫姆斯特赫斯,他是加利钦侯爵夫人的朋友,对弗·海·雅各比和赫尔德产生过重大影响。《法兰克福学者通报》第91期上有一篇关于这本书的评论文章。
⑤ 十字币是1300-1900年期间在德、奥、匈流通使用的辅币。

132. 歌德致凯斯特纳

约1772年12月20日　星期日

亲爱的凯斯特纳,您的来信送到时,我正在给一个卷轴封印,它明天就会随邮车送到您那里。里面是熨烫平整的呢绒,可以给我的两个小兄弟①做短上衣和扎脚灯笼裤——也有地方称之为马裤。请在圣诞节前夜送给他们,正如人们通常所做的那样。再为他们点上一支蜡烛,并代我亲亲他们的小脸颊。还有如天使般的洛特。再见,亲爱的凯斯特纳,您的来信给我带来了无限快乐。我今天还收到了来自凡尔赛的一位兄弟——莱尔泽②的来信。代我问大家好,并请爱我。再见。

---

① 可能是指恩斯特和路德维希·布夫。
② 弗兰茨·克里斯蒂安·莱尔泽,歌德在斯特拉斯堡求学期间的同窗好友,当时在凡尔赛做老师。

133. 歌德致凯斯特纳

1772年12月25日 星期五

圣诞节拂晓。天色还很晦暗,亲爱的凯斯特纳,我已起床,想在晨光熹微中再写一封信。这曙色勾起了我对前些日子的美好回忆,我让人煮了咖啡来庆祝,并想一直写下去,直至天色完全泛白。教堂钟楼的看守人已经奏响了晨歌,而我就在那时候醒来。赞美你啊,耶稣基督。我实在喜欢一年里的这个时间,喜欢人们唱的歌;突然降临的严寒也令我身心愉悦。昨天,这里天气好极了,我不由得为今天的天气捏把汗,但是今晨的天气还不错,我也就不再担心这一天过去时天气会怎样了。昨天晚上,我已经向两张亲切可爱的剪影①保证过将给您写信,它们此刻像上帝的天使一般在我的床边飘动。我一回来,就用别针把洛特的剪影挂了起来,就像在达姆施塔特那样,把它竖着悬挂在床头,这样我一抬头就能看到洛特了,这点令我很高兴;而小伦娜的剪影就在另一头,我要感谢您,凯斯特纳,给我寄来了这幅肖像,它远远超越了您在给我的信中的描述以及我的所有想象;也就是说,这和我们猜测、遐想和预言的沾不上一点儿边。教堂钟楼的看守人又转身朝我走来,北风送来了他的旋律,仿佛他就在我的窗前吹奏。昨天,亲爱的凯斯特纳,我和几个要好的伙伴去了乡间,我们纵情嬉戏,吵闹声和欢笑声接连不断。这一般对接下来的时辰无甚益处,但是如果至高无上的众神喜欢,他们什么不能改变呀:他们给了我一个愉快的夜晚,我没有喝一滴酒,我的双眼可以尽情地观赏大自然。美丽的夜晚,当我们返程时,夜已深了。现在,我必须告诉你,我的内心对暮色低垂总是抱有一种好感:太阳早已下山,暮色降临并且向四面八方蔓延开来,夜色中,只有一圈昏暗的光晕还隐约闪烁着。看啊,凯斯特纳,大地开阔之处景色最迷人。最激动人心的最近一次经历是在徒步旅行的途中,我一连数个小时欣赏的朦胧夜色将

---

① 洛特·布夫和海伦娜·布夫的剪影。

四野笼罩。我静静地站在桥上：两侧幽暗的城市、寂静的发着亮光的地平线以及水中的倒影在我心里留下了美好的印象，我张开双臂，将它们揽入胸怀。我跑到格罗克家，①请他们给我铅笔和纸，并兴致勃勃地将我心中的图像——朦胧温馨的夜色画了下来。他们和我一样对我所做的一切感到高兴，于是我也不再有所怀疑。我建议他们掷骰子来决定此画归谁所有，但是他们打消了我的这个念头，并叫我把它寄给默尔克。② 现在它就挂在我的墙上，我今天看到它就像昨天一样高兴。我们一起度过了一个美妙的夜晚，就像拿到了幸运之神送来的一份大礼一样；我在心里感谢天神在圣诞节来临之际将儿童般的喜悦赐予我们，这样想着便睡着了。当我经过市集，看到许多蜡烛和玩具时，我就想到了您和那些男孩们，想象您会怎样对待他们，想象一位天上使者带着蓝色的福音书③降临，书徐徐展开，孩子们被感召。要是我在你们身边，我肯定会点燃长蜡烛来照亮这节日，让天上的壮丽景色反射进他们的小脑瓜里，熠熠生辉。城门守卫从市长家里出来，身上挂着的钥匙叮当作响。④ 白日的第一道曙光越过了邻屋照在我身上，钟声将教徒们唤醒并将他们召集。我在楼上自己的小屋内感觉舒心、满意，而我从未像现在这样如此喜爱这间屋子。房间四壁上挂满了一脸幸福神态的画像，他们都在友好地对我说："早上好"。模仿拉斐尔的七幅头像栩栩如生，活灵活现，其中有一幅是我临摹的，即使没有因此而觉得特别高兴，但至少我是满意的。不过，那里是我可爱的姑娘们，洛特在那儿，小伦娜也在那儿。

---

① 约翰·格奥尔格·格罗克是法兰克福的一位商人，住在集市边上。他的三个女儿是歌德青年时期的朋友。
② 约翰·海因里希·默尔克，这幅画并未保存下来。
③ 有可能是指第 133 封信中提及的卷轴，是送给洛特弟弟的礼物。
④ 每日凌晨，城门守卫要到市长家里取城门钥匙。

请您告诉她,我热切盼望去看她,亲吻她的玉手,就像那位写下情真意切之信件的先生①所为。这真是一位可怜的先生。我以后要给我的女儿做一床被子,里面装满这样的情书,然后,她尽可以像天真的孩子一样,盖着它酣然入睡。我的妹妹哈哈大笑起来,她在年少时就有类似的东西了。一个具有优越感的姑娘想必会嫌弃这些东西,就像讨厌臭鸡蛋那样。梳子已经换好了,在颜色和外形上不如第一把漂亮,但我希望它会更好用。洛特有点小聪明,脑瓜也不大。

白昼带着它的威力降临了,倘若幸福也来得这么快,那我们将很快操办婚礼。我还要再写一页,就这么写下去,仿佛没有看见日光。

请代我问候基尔曼斯埃格,②请他想着我。

那个来自吉森的讨厌鬼③对我们倒是关心备至,就像福音书中的妈妈为丢失不见的小钱操碎了心。④ 他到处打听、寻找我们,没有必要把他的名字写出来以玷辱了这封有你和洛特名字的书信。他气恼的是我们对他不屑一顾,并试图挑逗我们,好让我们想着他。他写信询问我的《建筑艺术》,一副心急火燎的样子,让人觉得这正是他求之不得的东西;还有人告诉我,他在匆忙之中草率完成了书评并发表

---

① 可能是指第 130 封信中所提到的施奈德。
② 克里斯蒂安·阿尔布雷希特·封·基尔曼斯埃格男爵。
③ 克里斯蒂安·海因里希·施密特,自 1771 年在吉森担任教授一职,曾在第 97 期《法兰克福学者通报》就歌德的《论德国建筑艺术》发表评论文章,但是文章主要是引用、转述了歌德的文章,除了结尾部分之外,其他部分乏善可陈。歌德在韦茨拉尔与施密特结识,相关内容可参见歌德的《诗与真》。
④ 参见《新约·路加福音》第 15 章第 8-10 节:"或是一个妇人有十块钱,若失落一块,岂不点上灯,打扫屋子,细细地找,直到找着吗? 找着了,就请朋友邻舍来,对他们说:'我失落的那块钱已经找着了,你们和我一同欢喜吧。'我告诉你们,一个罪人悔改,在神的使者面前,也是这样为他欢喜。"

在《法兰克福报》①上。他就像一头真正的蠢驴,为了偷食长在我家花园边上的飞廉而啃咬围在四周的矮篱笆,然后大声喊出他的批评意见——看!啊!就好像是为了提醒正在花园凉亭里的先生:我也在呀!

天色已经大亮,现在真要说再见了。愿上帝和你们同在,正如我和你们同在一样。今天已经喜气洋洋地拉开了大幕,但我却不得不花上一些良辰吉时来完成评论文章,不过我情绪高昂,因为这是最后一次撰稿了。

祝你们安康。请想念我,一个介于富贵和贫穷的拉撒路之间②的怪人。

代我问候所有好人。盼望听到你们的消息。

---

① 指1772年12月4日的《法兰克福学者通报》。
② 参见《新约·路加福音》第16章第19-20节:"有一个财主,穿着紫色袍和细麻布衣服,天天奢华宴乐。又有一个讨饭的,名叫拉撒路,浑身生疮,被人放在财主门口。"

134. 歌德致凯斯特纳

约 1772 年 12 月 29 日　星期二

　　结束了,我们的批评之旅。① 在《后记》中,我嘲讽了读者和出版商,但并未让他们有所察觉。他们可视之为报纸改版。
　　如果您还想在接下来的半年中试一下,那么就得再花上两个古尔登。请您写信告诉我,并代我问候洛特和小伦娜,再见。梳子寄走了,还有您缺少的副刊,除了第 6 期,您以后会收到的。

---

① 默尔克、施洛瑟、歌德和赫尔德在 1772 年年底结束了为《法兰克福学者通报》撰稿的工作,歌德随信还寄去了 1772 年 12 月 29 日的《法兰克福学者通报》。

135. 歌德致莫里茨姊妹？[1]

1772 年或 1773 年年初

  亲爱的朋友们，请你们读得快一点，因为下周六我又要邮寄报纸[2]了。祝你们安康！请想着我。

歌德

---

[1] 指约翰·弗里德里希·莫里茨的女儿埃斯特尔·玛丽·莫里茨和玛丽亚·安娜·莫里茨。莫里茨是驻法兰克福的丹麦公使馆的秘书，曾教授歌德数学，相关描述可参见《诗与真》。该信的收件人与日期不确定，据推测，该信目前保存于施托克家族，因为埃斯特尔·玛丽·莫里茨嫁给了施托克并将这封信带到了施托克家族。

[2] 指《法兰克福学者通报》。

136. 歌德致凯斯特纳

1772 年?/1773 年?①

　　亲爱的凯斯特纳,愿上帝保佑您,请您告诉洛特,我有时候自以为会忘了她,但这之后,我就会旧病复发,比之前还要难受。

---

① 这封信的日期不详。有德国学者根据该信的语气猜测,此信写于 1772 年 9 月或在 1772 年年底至 1773 年年初这段时间。

1773 年

137. 歌德致凯斯特纳

1773 年 1 月 15 日？ 星期五①

星期五凌晨

　　昨天晚上,我梦见了洛特,当我醒来后,我坐在床上,脑海里浮现出我们共同的经历:从加尔本海姆的初次见面②到在洒满月光的午夜靠在城墙边上的谈话③等。这是一段美好的生活,想起那个时候,我心情很是愉快。您在天使④身边过得可好?我现在完全是一名画师了,尤其是肖像画,我画得特别好。姑娘们于是对我说:要是您在韦茨拉尔就已经开始画画,您就会把洛特的画像带来送给我们了。我回答道,我真想立刻回去,给每个人画上一幅。可她们又说,这话说得并不算特别漂亮。但不管怎样,希望大家欢迎我回来。

　　今年春天将非同寻常。我不知道我们业已建立起来的联系会如何发展,但我们仍有希望,其他则躺在诸神的膝盖上。⑤

　　这儿有一部诙谐的讽刺作品。⑥ 一本给基尔曼斯埃格,⑦并向他

---

① 日期不详。之所以假设该信写于 1773 年 1 月 15 日,是因为信中提到了《德意志信使报》,该报纸上有内容涉及 1773 年 1 月 11 日的《法兰克福学者通报》。
② 凯斯特纳在 1772 年 11 月 18 日致封・亨宁斯的信中写道,他是在前往韦茨拉尔附近的加尔本海姆的散步途中与歌德结识的:"就在那儿,我看到他仰面躺在树下的草地上。"
③ 参见凯斯特纳的日记(1772 年 8 月 15 日):"直到午夜 12 点,我和歌德还在巷子里散步;我们的谈话很奇特,他心烦不已,但又充满奇思妙想,最后,我们在月光下靠在城墙边上大笑了起来。"
④ 指夏洛特・布夫。
⑤ 可能引用了奥德赛的《荷马史诗》。
⑥ 可能指默尔克用双行押韵诗完成的讽刺作品《小约翰・海因里希・赖姆哈特的狂想曲》,其中对诗人这一职业提出了警告。
⑦ 克里斯蒂安・阿尔布雷希特・封・基尔曼斯埃格男爵。

问好;另外一本就给施奈德①吧。
　　我还想告诉您,《德意志信使报》②已出版,您难道没有收到报纸吗?

---

① 韦茨拉尔帝国枢密法院的实习生。
② 1773年,维兰德开始在魏玛出版发行《德意志信使报》,在1773年1月11日的《法兰克福学者通报》中有预告。

138. 歌德致凯斯特纳

1773年1月17日　星期日

　　在上床睡觉前,我突然觉得要和你们道一声"晚安",特别是对可爱的洛特,虽然我今天对着她①已经说了很多遍"你好"和"晚上好"。现在才10点钟刚过,你们或许正围坐在一起,或许正在跳舞。不管你们在哪里幸福地生活,我都爱你们,胜过这楼下的任何一人。我也很幸福,心满意足,因为我不缺少任何外在的东西。再见,可爱的人们。凯斯特纳,请您经常给我写信,我现在可是个十足的艺术家了,而艺术家知道,你们不喜欢写信。不久之后,您应该会收到一些素描图。

---

① 应该是指洛特的剪影。

139. 歌德致凯斯特纳

1773 年 1 月

今日写信,忍不住提笔给尊贵的大人也写上那么几句,尤其在我们今天享用了紫甘蓝和猪肝肠之后,心情颇感愉悦。当那封在贤淑可嘉的格罗克小姐①房间即刻完成的信函寄送到贵府时,您就会原谅面前的大开张信纸。它将友好地告诉您,由于昨晚无节制地酣饮葡萄美酒,某些诡异的、可恶的奇遇搅扰并破坏了宁静的基督徒之夜。首先,一位好好先生领我们去了韦茨拉尔的王储旅店,②有一桌人③交谈甚欢,我们加入其中,讨厌的小鬼却将他们引入了更加令人讨厌的哲学话题,并设下圈套让我钻进去。不久之后,我心情沉重:我还没有看到洛特,于是急忙赶回去取帽子,却怎么也找不到我的小屋;不可思议的是,惶惶不安之中,我在仆人的下房、大厅、花园、荒野、森林、美术馆、粮仓、卧室、接待室和猪圈之间兜来兜去,直到一个好人——王储旅店的卡斯帕④在一个奇妙屋里遇到了我,并领着我走过了三个谷仓,回到了我的住处,但不幸的是没带钥匙,于是我决定跨过檐沟从窗户里爬进去。危险、眩晕、摔落……状况连连。够了,我还是没能看到洛特。直到凌晨时分,我才进入甜蜜的梦乡,一直到快 8 点半了才起床。

顺便提一下,在神圣罗马帝国的司法部门就职的达官贵人们为了净化人的灵魂而写坏了好些鹅毛笔,希望他们能在德意志骑士团的圣地⑤修养身心,以缓解工作劳顿;希望我的男孩们⑥还像小猫咪

---

① 指法兰克福商人约翰·格奥尔格·格罗克的女儿。
② 位于韦茨拉尔的黄油市场,大教堂的对面。
③ 指以奥古斯特·西格弗里德·封·古埃为首的骑士联盟,歌德于 1772 年 5 月加入了该团体。具体参见《诗与真》中的相关描述。
④ 王储旅店的仆役。
⑤ 指布夫一家居住的德意志之家。
⑥ 夏洛特·布夫的兄弟们。

一样互相在身上爬来爬去,阿尔布雷希特①不久后将印制《寂寞的耶稣基督》第二部;②格奥尔格③不久就会像戈特④一样作诗了。大孩子们也幸福地成长,进入了中学,⑤学习撰写论文提纲和分析警句。

    爸爸惬意地抽着烟斗
    博士兼官廷参事冒着怪念头
    卡罗利妮在热恋
    洛特赶去又赶来
    小伦娜喜乐又天真
    对着世界四处张望
    一群阳光男孩欢声雀跃
    跑进又跑出,跑上又跑下
    脏脏的小手拿着蜂蜜面包
    依照德国传统头上撞了包
    而您睁大蓝色的双眼
    看着他们游戏,如此泰然
    仿佛就是一尊瓷器小人
    内心却坚强勇敢
    忠诚的仰慕者,真诚的暖男

---

① 阿尔布雷希特·布夫,布夫家的第四个儿子。
② 内廷神父马丁·克鲁戈特的作品《寂寞的耶稣基督》的第二部,第一部于1758年在布雷斯劳出版。
③ 海因里希·亚当·布夫的第三个儿子。
④ 弗里德里希·威廉·戈特。
⑤ 原文为 Phisica,语意不详,翻译参照法兰克福注释版的注解。注解称,研究者莫里斯(Morris)认为 Phisica 是汉斯·布夫和威廉·布夫就读的韦茨拉尔拉丁语中学的六七年级。

请勿再担心帝国和基督的敌人
俄罗斯人,普鲁士人和魔鬼恶棍
随他们在人世间四五分裂
只有这亲切的德意志之家
排除在了大分裂之外
从此地前往贵府之路
就像雅各的梯子①安全又稳步
我们的肠胃消化正常
我们心口合一,祝福你们
将荣耀独献于上帝
将我的献给我的女士
于是他和我
都将称心如意。

---

① 典出《旧约·创世记》第28章第12节:"有神的使者在梯子上,上去下来。"

140. 歌德致凯斯特纳

1773 年 1 月 19 日　星期二

　　我们刚起身离桌,我就想起来要祝您用餐愉快,并给您寄一期报纸,①您就会看出事情发生了怎样的变化。这里的读者认为,报纸的风格并没有太大改变。② 再见,亲爱的,请代我问候洛特和小伦娜以及那些男孩们,我依然是你们家中的一员。请问一下洛特,她是否愿意接受我的肖像画,虽然还没画好,但是一旦画好,她是否想要。再见。也请代我问候多罗特娅。你们还有耶路撒冷的事情③要处理。

---

① 《法兰克福学者通报》。
② 尽管在岁末年初之时,报纸的编辑部进行了调整。
③ 凯斯特纳告诉了歌德耶路撒冷去世的消息。

141. 歌德致索菲·封·拉洛施

1773 年 1 月 19 日　星期二

法兰克福,19 日

　　万分感谢您的包裹。它仿佛将我带回到了您和您最爱的人身边,往昔无比幸福、欢乐的日子浮现眼前,我们的谈话也历历在目。但它如此准时,也不免让我颇感羞愧。《皮格马利翁》①是一部出色的作品:感情如此真挚饱满,表达如此坦率真诚。我应该还可以保留此书,一定得在所有人面前朗诵它,而我将尊重听者的感受。施瓦本的默尔克②是一个老实人。自从收到您的来信之后,我还没有见过我们的达姆施塔特人。③ 他精力充沛,活动很多,还结识了洛伊泽林。④ 您的沉默期或许已经过去,您了解一切,甚至更多。就耶路撒冷去世一事,我只是把个人思考的实际结果写了下来,这当然不是很多。我在等一条内容准确、完整的信息,⑤现在我可以告诉您了。当我读这条消息的时候,我的内心一再受到震动,而且,详尽的细节描述也仿佛使人身不由己。您的童话大王是一位受上帝眷顾的好小伙,⑥我祝愿他肚子里一如既往有许多好故事,而且他也总能绘声绘色地把它们讲给我们听。符腾堡的公爵⑦一如既往地奢侈无度。祝

---

① 让-雅克·卢梭的作品。
② 指拉芬斯堡的牧师约翰·默尔克,索菲·封·拉洛施在《罗莎琳的信》(1779 - 1781)一书中表述了对他的特别纪念。
③ 指约翰·海因里希·默尔克。
④ 据推测,歌德 1772 年 2 月在法兰克福通过施洛瑟结识了黑森-达姆施塔特公国的宫廷参事兼王室家庭教师弗兰茨·米夏埃尔·洛伊泽林,但是直到 1773 年 2 月,两人才有机会进一步加深认识。相关描述参见《诗与真》。在《普伦德尔斯威勒的年集》一书中也有相关篇章涉及洛伊泽林。
⑤ 指凯斯特纳的来信。
⑥ 可能是指威廉·海泽。也有研究者推测是维兰德及其作品《金镜》。
⑦ 指卡尔·欧根,他创办了卡尔学校,席勒就曾在此地学习。

愿年轻的勇士①鸿运当头！让我们试想一下，军装穿在他身上是多么地合体。我还希望，我留下的纪念品还没有从您的住处消失。我的想象力从未离开过那一瞬间：我不得不与您和您完美的女儿②告别，我怀着依依惜别之情，最后一次亲吻这玉手并且说，勿忘我啊。我的妹妹殷切希望认识您。我们幸福地生活在一起，她独特的个性以快得惊人的速度形成，我多么希望她能在您身边，而您在漫长的人生之途中肯定也需要一位贴心的女伴。祝您安康，当您透过窗户看到滔滔江水③流过，关于我们的回忆便将浮现；而每次看到江水流过，我们无不在心中祈福，同时也一并祝福自己。

歌德

您难道不能好言相劝维兰德，请他每月出一期《德意志信使》？要是成册发行，这一类的文章会让人倒胃口的。

---

① 索菲•封•拉洛施的二儿子弗里德里希，先后服役于符腾堡、法国和俄国军队，后又参加了美国的解放战争。
② 指马克西米利安娜•封•拉洛施。
③ 指莱茵河。

142. 歌德致凯斯特纳

1773年1月26日　星期二

愿上帝保佑您,亲爱的凯斯特纳,就算您是为了我才想念我。对于您的来信,我已是习以为常,以至于当我起身离开桌子而没有看到来信的话,我会变得不可理喻。

洛特①说过:我打心眼里喜欢某位姑娘,②如果我打算结婚的话,我会首选她,而她也是在1月11日出生。这样两对新人,该多可爱啊。谁又能知道上帝的意愿呢。

她得读点哲学书,您说。老天作证,她会成为一个不一样的、更加完美的人;她会恍然领悟谬误、偏见等,而且她会成为圣洁的女神之一。

就这么告诉她,再把书交给她。她要是能读完其中一页,我甘愿徒手去抓魔鬼发明的最恶心的浓汁肉末——再把它吞下去。我觉得,洛特把我和您都当作了傻子。她——在狂欢节期间——读哲学书。那她还是想想该如何为化装舞会乔装打扮,并把这些奇怪的想法留给罗伊特一家③吧——天知道,即使她天赋过人能像使徒保罗④一样讲话,能说天使的箴言,万人的话语,但是如果她没有爱,那她不过是个会发声的铜像和叮铃作响的铃铛。

请您告诉金发的洛特,我还记着她上次作弄我们的事情。

现在该说再见了。《视察的本质》的新书预告没有刊登在我们报

---

① 夏洛特·布夫。
② 指苏珊娜·玛格达莱妮·明希,是法兰克福商人菲利普·安塞姆·明希的女儿,也是歌德及其妹妹年少时的好友,她和夏洛特·布夫均在1753年1月11日出生。《诗与真》中有相关描述。
③ 指约翰·哈特维希·封·罗伊特一家,罗伊特时任韦茨拉尔法官委员会委员。
④ 参见《新约·哥林多前书》第13章第1节:"我若能说万人的方言,并天使的话语,却没有爱,我就成了鸣的锣、响的钹一般。"

纸①上。出版商②害怕背后有鬼。现附上标题、总目录和一期报纸。这些东西任你处置,我和其他人都不再需要了。

---

① 指《法兰克福学者通报》。
② 指约翰·康拉德·戴内特,1772年以后,他是《法兰克福学者通报》的出版商。

143. 歌德致凯斯特纳

1773年1月28日　星期四

星期四上午

奇妙的二十四小时。昨晚,我帮我的女友们①梳妆打扮,送她们去参加舞会,尽管我并不前往。我为其中一个用她的饰品物件做了一个镶满了珠宝和羽毛的头饰,把她打扮得靓丽漂亮。其间,我不由得想到你应该待在洛特身边,帮她也如此这般精心打扮。然后,我和安托瓦内特以及娜妮去桥上做了一次夜间散步。水面非常宽阔,滔滔江水澎湃不息,船只挨挨挤挤地聚拢在一起,赏心悦目的、带着昏黄光晕的月亮挂在天边,安托瓦内特觉得这一切就像在天堂里一般美妙,所有生活在陆地上、船上和蓝天下的人们都如此幸福。我任由她沉浸在自己的美梦中,如果可以,我会多让她做一些类似的美梦。回家后,我为她们翻译了《荷马史诗》,这已经成了她们平日里最喜爱的读物了。其他人出门跳舞去了。

半夜里,一阵咆哮的狂风在午夜时分将我惊醒。长风呼啸,撕扯万物,我想到了那些船只和安托瓦内特,而我则躺在文明的大床上无忧无虑。似睡非睡之间,鼓声、喧闹声和"救火"的呼喊声将我吵醒,我从床上一跃而起来到窗前,看到远处火光通明。我赶紧穿上衣服,赶到那里。一栋占地宽广的大房子,屋顶完全陷于大火之中,阳台在熊熊燃烧,火苗乱窜,浓烟与灼热扑面而来。情况危急。大火不停地在向四周蔓延。我朝住在那儿的外婆②奔去,她正把银制器皿从屋里搬出来。我们把所有值钱的东西都放在了安全地带,现在只等命运之路的指引。从凌晨1点开始,大火整整烧了一天。这栋房子及其厢房和后屋,还有邻居的房子都被大火殃及。大火被扑灭了,但是

---

① 可能是指格罗克家或者明希家的女儿。下文提及了安托瓦内特以及娜妮,而这两家都有女儿叫这两个名字。
② 指安娜·玛格丽特·特克斯托尔,住在弗里德贝格尔巷。

火灾隐患仍未消除。不过，人们知道该如何防患于未然，这样的火灾不会再次出现。现在祝您用餐愉快。感官受人控制，只要稍加利用，就会感觉自己已经去过舞会了，而其他则依靠想象了。去参加舞会的人们是怎么回家的呢？再见，亲爱的洛特，亲爱的凯斯特纳。

144. 歌德致凯斯特纳

1773年2月5日　星期五

没有什么好消息，亲爱的凯斯特纳。您的戴假发套的同僚们①都是些老顽固，冥顽不化，让人觉得大水没顶喘不过气来。开始吧，视察工作，而那些好好先生会孜孜不倦地劝诫您谨记《旧约·传道书》中的第7章第17节。②事情最后很有可能变成：有一个叫凯斯特纳的家伙向众人看齐。我无法前来参加婚礼，③但新生活即将启程。看到基尔曼斯埃格如此幸福，我打心眼里感到高兴，通过我而与他结交的朋友们都为此祝福他。

收到您的来信的同时，我也收到了默尔克④的来信，他在信中说要来，就在今早抵达，随行的有洛伊泽林；⑤除此之外，溜冰场棒极了，我昨天在上面滑来滑去，跳着圆圈舞向太阳致敬。还有其他许多无法言表的令人高兴的事情。您完全可以放心，我过得幸福如意，和像您一样处于热恋中的人相差无几，恋爱中的人憧憬着未来，而我也满怀希望，竟至于一段时间以来诗兴大发，诗作连连。我的妹妹问您安；⑥我的女友问您安；我的神像⑦问您安，其中右手边是英俊的帕里斯，那儿还有金发的维纳斯和信使墨丘利，⑧他喜欢穿我昨天绑在脚上的那种会飞行的鞋子，美丽的金鞋将载着他飞越空旷的大海和辽阔的原野，耳畔风声呼呼作响。愿天上的神赐福与您。

---

① 指在韦茨拉尔的帝国枢密法院进行视察的帝国特派视察团的成员。
② 疑歌德书写有误。根据法兰克福注释版本的注解，应该是《旧约·传道书》的第7章第16节："不要行义过分，也不要过于自逞智慧，何必自取败亡呢？"
③ 婚礼在1773年4月4日举行。
④ 指约翰·海因里希·默尔克。
⑤ 指弗兰茨·米夏埃尔·洛伊泽林。
⑥ 歌德模仿《保罗书信》的结尾形式，如《新约·提多书》的结尾部分写道："同我在一处的人都问你安。"
⑦ 歌德收藏的古希腊神像的石膏复制品，放在他的屋顶阁楼。
⑧ 借指《奥德赛》第5卷第44-46行："弑杀阿尔戈斯的胜利者/立即行动，穿上了一双闪亮的金质绳鞋/穿上它，就会任意驰骋，迅速地到达大海和大地的每一个地方。"

145. 歌德致凯斯特纳

1773 年 2 月 6 日　星期六

　　默尔克到了，亲爱的凯斯特纳，他问候您和洛特。他带来了我随信附上的这本小说。① 请您给我寄一份《吉森周刊》，因为其中刊载了齐默尔曼创作的《信札》，其中谈到了和国王的会谈，②这是今年最早涉及该题材的作品。问候大家、小伦娜和我的男孩儿们。

---

① 据菲舍尔-朗贝格猜测，该书指的是 1773 年 1 月在默尔克出版社出版的小说《牧师的来信》。
②《吉森周刊》上刊载了约翰·格奥尔格·齐默尔曼的作品《汉诺威侍医齐默尔曼致其朋友：关于其在柏林逗留期间和尊敬的普鲁士国王的会谈》。约翰·格奥尔格·齐默尔曼曾在瑞士担任城镇医生，1768 年后为汉诺威公国的侍医，1771 年 10 月 26 日，弗里德里希二世接见了他。他的成名作是《关于寂寞的思考》(1756)。歌德在《诗与真》中有相关描述。

146. 歌德致凯斯特纳

1773年2月11日　星期四

隔了这么久收到您的来信，我倍感欣喜；世事如此，已是圆满。

我很同情罗伊特一家和洛特。①

默尔克走了，他在洛特脸庞②的下方放了一页新纸，那么蓝，就好像是天空倒映在上面；昨天，我和父亲谈了许多，末了，他说，看看凯斯特纳能否尽早把她带来好让大家认识她。

要将书付梓印刷，③还有相当多的工作要做。等书印好后，我就去您那儿，为您朗读。

不久后，我将给您寄去一本相当出格的书。④

有个姑娘⑤要问候洛特，在性格方面，她和小伦娜⑥有很多相似之处，长得和她也很像，我的妹妹在看过剪影后说。我们要是能像你们⑦一样相亲相爱该多好！——我把她称为我可爱的小妇人，因为最近有一次她和别人玩掷骰子的游戏，看能得到哪位小伙子，而我正好被她投中了。别人劝她丢掉17，她也当真有勇气不要原来的点数，终于幸运地都投出了6。⑧ 再见，老朋友，请尽力提醒其他人想念我。

G.

---

① 约翰·哈特维希·封·罗伊特一家和夏洛特·布夫遇到了什么不好的事情，至今不详。
② 指夏洛特·布夫的剪影。
③《格茨》第二版。4月，该书由默尔克和歌德的出版社开始印刷，6月中旬，《铁手格茨·封·贝利欣根，一部喜剧》上市。
④ 有可能指《两个至今尚未研究的重要圣经问题》。
⑤ 指苏珊娜·玛格达莱妮·明希。
⑥ 海伦娜·布夫。
⑦ 凯斯特纳和夏洛特·布夫。
⑧ 关于这个游戏，歌德在《诗与真》中有相关描述。

147. 歌德致凯斯特纳

1773年2月22日　星期一

　　您要去跳舞了。祝您玩得开心。我身边的人都去跳舞了。那些达姆施塔特人，①这儿，那儿，而我却坐在我的阁楼小屋里。

　　请您在舞会上提醒洛特想着我，假若不提醒，那她就应该惩罚您。对待写信，请勿不冷不热，心不在焉。祝基尔曼斯埃格一切顺利。再见。

G.

---

① 指达姆施塔特感伤主义文学的圈子。

148. 歌德致凯斯特纳

1773年2月25日　星期四

　　有人劝您写信,而我则可以在洛特面前告您一状;刚才,坐在我的阁楼小屋里,这个想法盘绕脑际,挥之不去。

　　有几天了,我感觉不太好。要是孤注一掷,最后会失之交臂,这可真是够晦气的。但是我提起精神,继续工作。① 我不愿意去想您的命运和我们相距的距离。② 您真不应该告诉我,这让我觉得难过。您的意愿已完成。

　　请代问天使③好,愿上帝保佑您。

---

① 可能指歌德在修改《格茨》。
② 凯斯特纳被任命为汉诺威公国的档案馆秘书,因此准备和洛特迁往汉诺威。
③ 指夏洛特·布夫。

149. 歌德致 J. D. 扎尔茨曼

1773 年 3 月 6 日　星期六

　　您的关于报复的观点给我带来了很多阅读乐趣。我觉得您思虑周密，论述严谨。我的父亲觉得它的价值胜过所有已经发表的文章，我想，您会继续记录您对宗教和伦理学中最奇特现象的思考，然后有朝一日将其结集出版①赠与我们。在阅读过程中，我仿佛觉得自己在和您交谈，您的表达清晰透彻，会吸引每一位读者。我觉得不足，也是我所期待看到的——因为这和您的观点是一致的，是对作为善举的宽恕行为必须令冒犯者产生感激之情的思考，这样其价值便会自然呈现，正如耶稣所言：把炭火堆在他的头上。② 请您以后不要在事先没有和我们交流的情况下再写类似的东西。

　　至于那出喜剧，③它依据个人喜好来发展；愿意听从别人建议的作家凤毛麟角，而大多数情况下，这些先生也不是没有道理，毕竟每个人都愿意按照自己的方式思考问题。所以说，亲爱的朋友，这不是批评，而只是我看问题的立场。我们的戏剧自从丑角被逐出舞台后，它还未能摆脱戈特舍德主义。④ 我们的戏剧是无聊的道德说教，因为法国人用幽默风趣的、充满智慧的舞台剧取代了插科打诨的滑稽剧，而我们却没有什么思想，我们的社会、我们的民族特性也没有提

---

① 1776 年，在歌德的推荐下，扎尔茨曼关于宗教和伦理学问题的六篇论文结集出版，书名为《关于宗教和伦理学中几个重要问题的短评》，这封书信开头提到的《论报复》一文也收录其中，但是扎尔茨曼并没有根据歌德的建议进行修改。
② 参见《新约·罗马书》第 12 章第 20 节："你的仇敌若饿了，就给他吃；若渴了，就给他喝；因为你这样行，就是把炭火堆在他的头上。"
③ 扎尔茨曼改写了雅各布·米夏埃尔·莱茵霍尔德·伦茨的《根据普劳图斯为德国戏剧创作的喜剧》并将改写片段寄给了歌德试读，1774 年该书出版。
④ 戈特舍德是德国戏剧改革家和理论家，他主张采用法国古典主义原则改革德国戏剧并与女演员弗里德里克·卡罗利妮·诺伊贝林及其丈夫领导的剧团长期合作，以实践他的主张。1743 年左右，诺伊贝林在舞台上公开驱逐了违背法国古典主义原则的丑角。

供相应的模式,于是乎,我们经常会觉得百无聊赖,并欢迎任何一个可以给舞台带来些许活力与改变的人。① 以此来看,我希望您的喜剧赢得很多掌声。但是,您知道,为了进入上层社会,人们需要引起观众的注意并根据其喜好量体裁衣,而我们现在就想对此提出一些建议。首先,不要盲目地穿奇装异服。也就是说,反对使用拉丁语姓名。② 那些最不值一提的小事往往更胜一筹。利安德、莱奥诺拉是大家耳熟能详的角色,我们视之为老朋友重登舞台。特别是您已经为它换了新装,③把普鲁士国王和魔鬼都搬上了舞台。说到魔鬼,我得谈谈我对剧本里出现谩骂和起誓的想法。小人物吵架时,展示优先权的剧情部分非常短,剧本变成了谩骂、训斥,甚至是动手打人,大幕就此拉下。而有教养的人最多只是由于一时激动而张口大骂,这两种形式我觉得都可以用在您的剧本中,不过只是作为调味料,但它们又是必要的,没有人能够拿走它们而不影响剧本的表达。只不过,我觉得还是要完全摒弃发毒誓的咒骂。在日常生活中,它们就像所有的惯用语一样惹人厌烦,同时也显示出一个人精神贫瘠;而在戏剧中,它们很容易被视作是缺乏对话衔接能力的一种表现。而译者却经常把它们放在文中,即使普劳图斯根本没这么写。"海格力斯作证"只能看作是我们特有的陈词滥调。您会觉得这一番评论相当奇怪,特别是您在我的《贝利欣根》④里也会读到一些训斥和咒骂,而我现在无法对此进行辩解。或许也正因如此,您将同意我的观点,因为您看到这不是挑剔苛责,而不过是有些担忧剧

---

① 参见《威廉·迈斯特的戏剧使命》第 3 卷第 8 章,也可参见《普伦德尔斯威勒的年集》。
② 之后,伦茨开始在剧中使用德语姓名。
③ 可能是指伦茨新编了普劳图斯的戏剧作品《吹牛军人》,又可称作《诱骗》。
④ 《格茨·封·贝利欣根》。

本的接受。

　　如您所见,我就无足轻重的话题洋洋洒洒谈了这么多,几乎没说一点儿正题。我只是希望把我们未来建议的初步想法展示给您。至于其内在结构,如我所希望的,它完全可以在某些地方更加贴近普劳图斯,而在其他一些地方则更加远离他的作品;至于如何润色才能使其在语言、表达以及场景的整体性上臻于完美,我并不想详谈。作家本人必须找到感觉,如果他愿意将他的想法告诉我,那我也愿意告诉他我的想法,因为如果不这么做的话,我也只是白费笔墨。之后,他喜欢我的哪些想法,又把哪些想法融入了他的构思,他是否在重新整理了思路后再度有勇气对作品进行修改,这只有等作品完成后才可以获悉。我讨厌对某个段落或者选词进行有针对性的批评。只要这个作家具备一些创造力,那么他的想法是自成一体、内在一致的。我可以容忍我的朋友们把我的作品批得体无完肤,要求我重写或者干脆把它烧了,但是他们不能随意搬动其中的话语或者挪移其中的字母。只不过,我们这次必须考虑到,我们要和观众打交道,所以有必要动用一切可用的手段,在军队领导①面前,把这件事做得既生动又讨人喜欢,而首屈一指的方法就是给它穿上一件高贵的外衣。因为只有上演了,剧本才会实现幸福。如果没有了鲜活的声音、剧院灯光、嘲讽、情节和美好的舞台,它们将变得一无所有;即使是原著,只有为数不多的场景仿佛使我们置身于世俗生活;而人们所看到的无非是戏剧人生的滑稽可笑的面具。

　　祝您安康。打铁还需趁热,请您尽快答复;要是我们能办到,我们就一起写一部新作品。倘若我能在您那里待上半天时间,我们就会比通信商定更多事宜。在此期间,能够身在异地拥抱、爱惜朋友,

---

① 指剧院经理。

就像我对您一样,并彼此直言不讳,也是一桩幸事。
　　1773年3月6日。

歌德

150. 歌德致凯斯特纳

1773年3月15日　星期一

　　亲爱的凯斯特纳，感谢您的来信及所做的一切。随信附上一封写给汉斯的信，他每周写一封信给我，告诉我你们在德意志之家过得怎么样，因为你们目前处于无暇采摘鲜花的生活状态，而我却不能少了它们，所以必须和德意志之家建立一种联系，因为她戴在中指的戒指就要被摘下了。① 为了她的缘故，我将用一生爱你们所有人，你们的脸庞在我看来仿佛是神灵再现。

　　再见，正如您现在的生活就像正在靠岸的小船猛地撞上了陆地，我服役的舰队也是历经惊涛骇浪，上下颠簸，但我丝毫不担心自己那艘船。② 今年早春和夏季时分，命运③就会降临到我最爱的人身上。我正在破坏时间，而这也是一门艺术。再见。

---

① 暗指凯斯特纳和夏洛特·布夫将完婚。
② 歌德常用船比喻生活。
③ 指凯斯特纳和洛特、赫尔德和卡罗利妮·弗拉科斯兰德以及施洛瑟和科尔内利娅·歌德三对新人将完婚。

151. 歌德致 H. 布夫

1773年3月15日　星期一

至爱的汉斯先生：

　　您写给亲爱的姐姐①的信件令我身心愉悦，以至于我迫不及待地要给您写信，请求您每周至少一次告诉我有关您的住处、庭院以及其中发生的故事。

　　我以我们的旧日情谊请求您。这份情谊在未来也将日久天长。您知道，所有来自德意志之家的消息对我而言都是那么亲切与真诚。有那么一段时间，您把我看作是您的远亲甚至还要亲近的亲人，因此，如我所言，亲爱的汉斯，请您每周给我写一次信，告诉我发生了什么事，好让我也知道我的小家伙们②都干了些什么。向大家致以亲切的问候。

　　请代我多多问候卡罗利妮、小伦娜和洛特——等她们外出返回后。

您的

歌德

---

① 指写给夏洛特·布夫的信件，汉斯在信中向姐姐报告了家里的事情。这封信应该是由凯斯特纳或者洛特转寄给歌德的。

② 汉斯·布夫的兄弟姊妹。

152. 歌德致约翰娜·法尔默①

1773 年 3 月

  亲爱的太阳已经给您送去了比我的问候更美妙的晨安,即便如此,也请不要小看这一声问候。向您问好并给您寄去"沃顿"、②《威克菲尔德》③以及——一本字典,这样,您就可以根据自己的喜好研究、查找字词的意思及发音了。之所以这么做,是因为看样子还得有那么些日子,您不得不接受我这个懒散的老师。④ 我目前处于一种比较混乱的状态,有人说,这种状态不利于心灵的遁逝。尽管如此,因为没有出现令人心烦或压抑的事情,所以我还是挺自得其乐的。但愿您也一样,当您伴着春日暖阳和温润的空气顺流而下⑤满心欢喜地驶向心上人时,希望您不会因为潺潺流动的河水而喜不自胜地感叹这一切是多么美好。上帝将以慈悲之心帮助我们。阿门。

---

① 约翰娜·法尔默自 1772 年 6 月起在法兰克福小住,同年 9 月与歌德结识。1773 年秋,她离开了法兰克福。详情参阅《诗与真》。
② 可能指托马斯·沃顿的《颂歌、叙事诗及十四行诗》(1771)。
③ 指奥利弗·哥尔德斯密斯的长篇小说《威克菲尔德的牧师》。
④ 歌德和约翰娜·法尔默之后约定好了上英语课的日期。
⑤ 指位于杜塞尔多夫附近彭佩尔福特的雅各比家族庄园。

153. 歌德致凯斯特纳

1773年3月

您不把戒指一事①交给我处理,这可真是够狠心的,就好像由我来接手此事不是自然而然的一样。不管您怎么想,也不管把这种想法灌输到您脑袋里的魔鬼怎么想,我会去订戒指的,并确保它们像新婚夫妇头顶上的花冠那样美丽。再见。请不要对您的天使②说起我。汉斯是个乖孩子,谢谢他。再见。

---

① 凯斯特纳夫妇的婚戒。
② 夏洛特·布夫。

154. 歌德致凯斯特纳

1773 年 3 月底

　　你们不能在一周前就拿到戒指,这不是我的错,它们如今在我这儿了,你们会喜欢上它们的。至少我是满意的。这是第二次定做了。一周之前,一个小伙子给我送来了一对做工粗糙的对戒。快点拿走,重新再做一对,而这一次我觉得还不错。就让它们成为你们幸福生活中的第一环,将你们二人拴住,活在人间宛若在天堂一般;我心随你们,但是从现在起我一点儿都不想见您或者洛特。她的剪影可能在复活节第一天,或者就在你们结婚当天,①甚至后天就会从我的房间拿走,而不再重新挂上,除非我听说她已经在产褥期当中,一个新的人生阶段即将开启,而我不再爱她,而是爱她的孩子,当然也有一点儿是因为她的缘故,但是这也没关系,如果你们请我做孩子的教父,那我将给予这孩子双倍的呵护,教导他遇到像她妈妈一样的姑娘时变成一个痴汉。

　　机缘巧合,信封背面有一幅图画,那是婚姻之神。

　　祝你们幸福,一路平安。你们应该不会来法兰克福,我觉得这样挺好,如果你们要来,我就得离开了。去汉诺威吧,再见。照您的吩咐,我把洛特的戒指密封包好了。再见。

〈又及〉
致夏洛特·布夫,
　　　　　　　转交
　　　　　　　在德意志之家的
　　　　　　　亲爱的洛特

---

① 凯斯特纳在 1773 年 4 月 4 日与夏洛特·布夫完婚,复活节星期天是 4 月 11 日。

愿我的礼物永远陪在您的身边,就像这枚戒指一样,陪伴您幸福快乐地生活。亲爱的洛特,很久之后,我们会再见面的:您手指上戴着戒指,而我依然仰慕您。

> 我不知道其他名字
> 也不知道别名。您
> 了解我的心。

155. 歌德致默尔克

1773 年 3 月 /4 月①

> 将它寄给你，身着旧衣②
> 一个新生儿装扮完毕，
> 走在路上，还是如此，
> 照样穿着破旧的裤子。
> 我们现代人③胆小怕事，
> 总要仰古人之鼻息，
> 连你也像他们一样左顾右盼，
> 为你这个现代人盖了一栋老房。④
> 因此实事求是，如实写好，
> 四福音书⑤里写到，
> 新酒会把旧皮袋弄破，
> 它就这样证明自我。
> 反之亦然，

---

① 关于这封信的日期尚存争议，可以肯定的是，歌德于 1773 年 3 月完成《格茨》手稿后将其寄给了默尔克，并随手稿附上了该信。但也有研究者（如莫里斯）认为，这封信写于 1774 年 1 月，因为《格茨》第二版在 1773 年 6 月印刷完毕，该信随书稿寄给了默尔克。
② 在 1773 年 8 月 21 日致凯斯特纳的信中，歌德就《格茨》写道，很多人会讨厌"他的外衣和粗糙的棱角"。歌德认为，他的剧本《格茨》是一部新作品，却不得不套上中世纪晚期的外衣。
③ 影射 17 世纪后半叶法国文学界发起的"古今之争"。
④ 1772 年底，之前居住在达姆施塔特上莱茵大街的默尔克搬入了位于马蒂尔德广场旁的一栋老房子里，并对其进行了改造。
⑤ 参见《新约·马太福音》第 9 章第 17 节："也没有人把新酒装在旧皮袋里；若是这样，皮袋就裂开，酒漏出来，连皮袋也坏了；惟独把新酒装在新皮袋里，两样就都保全了。"另参见《新约·马可福音》第 2 章第 22 节："也没有人把新酒装在旧皮袋里，恐怕酒把皮袋裂开，酒和皮袋就都坏了；惟把新酒装在新皮袋里。"

老酒也会让新皮囊有裂缝。
我们无法再用它们。
胸甲、锁子铠甲、头盔、长剑与长矛,
里面躺着一具死人躯壳
就像蚂蚁躺在泥浆块下,
这就是我们的勇气,
天真单纯,正直可靠。
所有戴假发和假面具的人,
所有文学作品中的斗嘴女人,
所有的委员、书记员、姑娘和孩子们,
以及学界的美丽罪人,①
你们如此顽固不化,令人好笑
并渐渐心生嫌恶与烦恼。
让我们将这些市侩庸人
低俗的批评家和他们的兄弟姊妹们
一个个从屋子里撵开
把他们的屁股踢出窗外。

---

① 可能影射一些文学期刊,如尼古拉主编的《优美科学文库》,即《优美科学新文库》。

156. 歌德致凯斯特纳

约1773年4月6日 星期二

愿上帝保佑您,您让我大吃一惊。① 我本来想在耶稣受难节②挖一个圣墓,将洛特的剪影埋进去。而现在它还挂在那儿,并将一直那么挂着,直到我死去。祝您安康。请代我问候您的天使,③还有小伦娜,④她会成为第二个洛特的,一并祝她幸福健康。我在沙漠里行走,⑤由于没有水,我的头发为我遮挡太阳,我的血液就是我的泉水。您的船停靠在港口,彩旗飘飘,欢呼不断,我真为您高兴。我不去瑞士了。⑥ 不管在天上人间,我都是您的朋友,也是洛特的朋友。

---

① 指凯斯特纳和夏洛特·布夫在复活节前的星期日,即4月4日就举办了婚礼。
② 即4月9日。
③ 指夏洛特·布夫,现在改姓凯斯特纳。
④ 指海伦娜·布夫。
⑤ 没有直接引用《圣经》,但是具备了《圣经》的语气。
⑥ 歌德原本计划陪同默尔克及其夫人前往瑞士,但是由于默尔克要陪同黑森-达姆施塔特的侯爵夫人前往圣彼得堡,因此瑞士之行未能成行。

157. 歌德致约翰娜·法尔默

1773年4月9日　星期五

我们今年还未经历过如此庄严神圣的清晨。① 当我跳下床来到窗边,听到鸟声,看到杏树开花,树丛变绿,天空晴朗,我不能不告诉你们——亲爱的小姨,亲爱的侄女②——一个热忱青年的美好的春日感受,我希望你们因此而得到启示,感叹生命的神圣,而不只是因为圣墓得到感召。您不用责备自己昨天没有和我一起去。上帝会给予我们更多这样的好日子,并保佑我们不用穿衬裙,不只是打三人或四人牌局,不会牙齿冻得咯咯响。

---

① 耶稣受难节的早上。
② 歌德经常把约翰娜·法尔默称为"小姨",侄女指的是夏洛特·雅各比,雅各比兄弟的异母姊妹,1773年前往法兰克福参加复活节弥撒,并一直逗留至1773年9月,其间,她和歌德的妹妹科尔内利娅交往甚密。

158. 歌德致凯斯特纳

1773 年 4 月 10 日　星期六

　　您对我的话深信不疑，凯斯特纳，您干得可真漂亮。哦，您真是出色啊！"您根本不想知道有关我们的消息。"真是太漂亮了！我自然不想知道你们的事情，因为我知道，您可不喜欢给我写信。否则，亲爱的先生，白天是属于侯爵大人的，①晚上是给您的洛特的，只有深夜时分是给我和我的兄弟——睡眠的。漫漫长夜已过，薄暮时分又至，而可怜的歌德会自己想办法对付的，就像往常一样。要是能成为您该多好——但是我什么都不会说；如果我让您有了这种想法，我干脆把自己献给魔鬼算了。好了，凯斯特纳先生和凯斯特纳夫人，晚安。

　　要是我能在床上有所期待，而不只是等待我的兄弟，②那么我也就不会胡思乱想了。但看看我的床吧，索然无味就像一片沙质土地。今天是美好的一天，真好啊，工作、乐趣、努力和享受融为了一体。到了深夜，满天星辰闪烁，我的心里盛满对那一奇妙时刻的回忆：那时我坐在洛特脚边，手里摆弄着她裙子的花边，怀着一种再也享受不到这些的心情，我谈起"那边"，但不是指白云之上，而是指山的那边。③离开洛特。我至今无法理解这怎么可能。睁眼看看吧，不要做个木头人。要是有人现在，或者之前，又或者之后跟您说，让您离开洛特——您又会怎么做？这根本不是问题——而我也不是木头人。我离开了，还说这是个英雄壮举或者诸如此类的。我对自己既满意又不满意。这没有费我多少事，但我并不明白这究竟是怎么办到的——这才是问题的症结。

　　我们当时聊到，白云那头究竟会是什么样子，我虽然不清楚，但

---

① 凯斯特纳担任汉诺威公使馆秘书一职。
② 指睡眠。
③ 参见第 109 封"歌德致凯斯特纳"的信中提及的"谈话"（1772 年 9 月 10 日），谈话当中所指的"再见"指来世重逢。

是我知道,如果上帝把您和洛特分开,那他必定是个冷血之人。如果我死后能在"那边"说上话,我就把她带来交还给您。因此,您要好好祈祷我长寿、健康,小腿和肚子等没有毛病,离去时平静安然,没有痛苦,您要用眼泪、祭品和其他类似物品祭奠我,否则,凯斯特纳,事情就不好办了。

我不知道我这个痴人为什么写了这么多,可能就是为了打发您和洛特在一起而无暇顾及我的时间。但是根据反感定律,我很乐于满足现状,因为恋爱中的人会逃走,而我们又总是爱着那逃走的人。①

---

① 参见贺拉斯的《讽刺诗集》第 1 部第 2 篇第 107 页等:"这就是我的爱情:唾手可得的,它看不上;躲着我的,它热烈追求。"

159. 歌德致凯斯特纳

1773年4月11日　星期日

昨晚的信我立刻封上了，还有几件事提醒你们。

1) 关于增加的那些东西。

2) ①你们得去收拾下烂摊子。如果你们愿意找人把报纸装订起来，这鬼东西就该成重要之物了。它被特意做成这样，这样人们就可以把它扔掉。装订起来一卷也太厚了，我得问一下编号。

3) 封·希勒先生②想要单独来一份《信使》吗？法尔克③又如何？他是否拿了你们原本想要共享的那一份？

4) 那些剧本④在我手里。今日天气真好，我都想和你们一起去散步了。

再见，问候小汉斯。

---

① 《法兰克福学者通报》的一部分。
② 韦茨拉尔的一位熟人。
③ 恩斯特·弗里德里希·法尔克。
④ 可能指罗伯特·多兹利的《古代戏剧选集》。

160. 歌德致 H. 布夫

1773 年 4 月

  亲爱的汉斯先生,衷心感谢您的想念,您总是不知疲倦地写信给我。我有时很孤单,一封可爱而又简短的信笺会让我十分开心。即使我不能立刻变得愉快起来,上帝也会酬谢您,他会把您变得又高又壮又幸福,因为您很乖。

歌德

161. 歌德致凯斯特纳

1773年4月14日　星期三

　　星期三。昨天我错过了与小安娜见面,①现在想过去一趟。我有点担心,也许是您在牵引着我,因为明天我要去达姆施塔特,②那里到处充满了忧虑。小安娜会拿到你们的剧本,还有个包裹给小汉斯。我还有圣经铜刻③的预订单,我想保留它,这样一出版就可以拥有它们了。小安娜给你们带回2个古尔登和30个十字币,④大的那个戒指花费了1个杜卡特,小的花了3个古尔登加30个十字币,还有您的戒指。我想拥有洛特的宝石戒指,在她的手指上我见过它千次,也吻过它,它应该和我的饰物放在一起,直到我找到一个佩戴它的姑娘。替我问候您的天使,还有小伦娜。有关《信使》事宜,请写信给我妹妹,她问候你们。

　　小安娜可爱又乖巧,给我带来了洛特的新娘捧花,保管得很好,我今天把它别在了胸前。我听说,洛特比平时更美、更可爱、更好。但是你们没法过来,这事儿怎么着都不太好。替我问候小伦娜和她的朋友多罗特娅,⑤安娜把一切都告诉了我,她们如何同床共枕,分享一切,只有爱人不予以分享,那位宫廷参事⑥如何继续做一头蠢驴等。她把一切都说了,我听说你们的消息时很高兴,如同盼望着去采摘葡萄和摇晃李树,今日、明日、后日以及一生我都怀着这样的愿望。

---

① 安娜•勃兰特,韦茨拉尔的律师兼内廷参事约翰•费迪南德•勃兰特的女儿,她也是夏洛特•布夫的好友。
② 歌德4月16日出发去达姆施塔特,在那儿待到5月3日。
③ 可能指施洛瑟在1772年10月20日的《法兰克福学者通报》上提及的《关于圣经故事铜刻画集子的消息,温特图尔,1772》,出版商在后面附注了预订的要求。
④ 凯斯特纳之前支付了1个卡洛林金币(大约20马克)作为结婚戒指的费用,一起寄过去的还有两个试戴的戒指。
⑤ 多罗特娅•勃兰特,安娜•勃兰特的妹妹。
⑥ 克里斯蒂安•迪茨,后来娶了卡罗利妮•布夫。

问候施耐德,①如果他还念着我的话。还有基尔曼斯埃格,波科策利昨日在弥撒时转达了他给我的问候。我们这儿有个魔鬼骑士,②也有喜剧、皮影和木偶戏,您可以把这事儿告诉洛特,如果她来,我会把所有的东西给她看,然而现在……也好,皮影戏、木偶戏。

---

① 帝国皇家法院的实习生。
② 英国人沃尔顿,他和夫人当时展示了精彩的技艺。

162. 歌德致凯斯特纳

1773年4月15日　星期四

现在我不想要什么了,亲爱的凯斯特纳,这就是我曾经盼望的和不愿要求的,因为心甘情愿会赋予爱的礼物一切价值。您应该从环绕你们的幸福中走出来,站在您的洛特身旁向我说句好话,①我乐于见到你们在众人面前享受美好,而这正是众神拒绝给予我的。因为幸运之神混合了您的牌,所以您拿着张黑桃王赢分,向我摆出一张幸灾乐祸的脸,躺到您夫人身边,这些我认为都太淘气了。您应该向洛特抱怨,她或许会作出决定。我被称为嫉妒者和讥笑者,还有更多类似的称号,这一切仅仅发生在你们结婚后。我忧郁的情绪如今必须得到宽容。我和小安娜去看了喜剧。② 明天我就要去达姆施塔特了,真好,我过去的确爱上了她。您目前的状态让我对你们所有的思念又沸腾起来,我与你们在一起的所有生活,我愿意讲述一切,包括衣服和姿态,如此生动鲜活。她或许会告诉您她会干什么。哦,凯斯特纳,如果我嫉妒您得到了洛特,这是人性,若我不嫉妒您得到了她,这是神性,那样我就是没心没肺的天使了。我要告诉您一个秘密,您看见并且发现我是如何接近洛特的,这就是当时的我,您心里很清楚,博恩③和我谈论过,人们是怎么说的。"如果我是K,这事儿我不喜欢。事情会发展成什么样儿呢?你难道把她从他身边带走吗"类似的一些话。当时是早晨,我在他的房间和他说了下面的这些话,"我现在是个傻瓜,把这个姑娘当成了什么特别的,她欺骗我。假如她俗气地把K当成自己行为的依仗,便能越发施展自己的魅力。第一眼我就发现了这一点,第一眼就将她拉近到我身边,我们的熟识关系后也就是这样,这一点我要声明并发誓事实就是如此。我们中

---

① 此句原文不完整,学者莫里斯(Morris)建议加上"一句好话"。
② 西奥博尔德·马尔尚在复活节弥撒时开了个剧场上演戏剧。
③ 雅各布·海因里希·博恩,学生时代就与歌德在莱比锡结识,担任韦茨拉尔帝国枢密法院实习生时又遇到了歌德,是歌德的室友。

间并无冲突,我有些理解那些姑娘们了。你们知道我一直以来的为人,您以及您所见到的一切都让我始终感动,无论她在何处,哪怕是到世界的尽头。如今你们见到我是如此的嫉妒,而我不得不如此,我告诉你们此事。如果你们想要变得嫉妒,我就不会用最恰当的描写将你们放到舞台之上,犹太人和基督徒们会笑话你们。或者我是无法相信这一切的傻瓜,或者她是最狡猾的骗子,或者……洛特,就是那个正在被谈论的洛特。"

　　明日我步行去达姆施塔特,帽子上还别着新娘捧花剩下的花朵。再见。离开小安娜让我觉得遗憾,离开你们又当如何,会更好吧,只是我还未画下你们的肖像,这让我恼怒不已。但是你们的面貌在我的心里和意识里十分鲜活生动。再见。我的心里只有满腔的祝愿。晚安,洛特。小安娜说,今天我把洛特的名字总是说得那么好听。**说出来了!** 我想。

163. 歌德致 H. 布夫

1773年4月

  我亲爱的汉斯先生，我从这儿的复活节弥撒上寄了一些东西给你们，加上背心和裤子，希望这些物品足够了。如果缺什么，请您直接写下来。当你们穿着这些衣物四处蹦跳，兴高采烈地去打猎，就会想起我。请代我吻洛特的手，亲吻小伦娜，①代您的朋友吻孩子们几百遍。

---

① 海伦娜·布夫。

164. 歌德致凯斯特纳

1773 年 4 月 21 日　星期三

达姆施塔特

　　凯斯特纳，感谢你们写来的两封可爱的信，它们如同来自你们的一切，都是那般可爱，此时尤为如此。一位高贵而可爱的女友①的死讯此刻还缠绕着我的思绪。今早她已入葬，我此时依然在她墓旁，停留在那儿，给予我生命的气息与温暖，对未来而言则是来自石碑的一个声音。然而我被禁止为她立一块石碑去纪念她，让我烦恼的是，我不喜欢与闲言碎语去争论。

　　亲爱的凯斯特纳，你这辈子臂弯里已拥有了一个丰饶角，愿上帝令你快乐。我的处境可怜，前途渺茫。今夏一切安好。默尔克和霍费一起去了柏林，②默尔克夫人，③我妹妹④和弗拉科斯兰德，⑤他们都去了瑞士。我独自一人。如果我不娶老婆，或者上吊，那就是说，我真正热爱生活，或者这会给我带来更多荣誉，正如你们愿意看到的那样。一千次问候你们的天使。⑥

---

① 高贵而可爱的女友指的是亨丽埃特·封·鲁西永女士，她是法耳次-魏布吕肯女公爵的宫廷女官，在达姆施塔特的社交圈里被称为"乌兰妮娅"。
② 约翰·海因里希·默尔克作为记账员陪同黑森-达姆施塔特的女侯爵卡罗利妮和她的女儿们前往俄罗斯的彼得堡。他于 1773 年 5 月 6 日离开了达姆施塔特。
③ 默尔克的夫人露易丝·弗兰齐斯卡（娘家姓沙博尼耶）是瑞士人，她和孩子们一起前往瑞士探望父母。
④ 科尔内利娅·歌德与施洛瑟于 1773 年 11 月结婚。
⑤ 卡罗利妮·弗拉科斯兰德 1773 年 5 月 2 日与赫尔德结婚，然后就离开了达姆施塔特。
⑥ 夏洛特·凯斯特纳。

165. 歌德致凯斯特纳

1773年4月25日　星期日

达姆施塔特，星期日

　　亲爱的凯斯特纳，你们知道我的生活情况，但从未去了解过其中的细节，也许如今对此了解得比往日还要少些。今日是一团乱麻，一种真正极佳的生活。礼拜日！你们在洛特身畔坐着，如此静谧。

　　十四天后我们各奔东西，时光飞逝，我已不知自己的思绪停留在何处，头脑里还存着希望与恐惧。上帝，请你原谅和我们嬉戏的众神吧。在墓地，①我不愿知晓此事，想要遗忘一切。在洛特的臂弯里，你们忘记一切，然后操持着你们的日常事务，享受着阳光。我是如此爱你们，在这寂静的时光里，我的眼前浮现出了你们的身影。

　　我收到了汉斯的信和你们的抄件。转告他，他应该更多地关注细节。他只是想着必须写一些奇特的东西。难道那里的一切不是都很奇特吗？

---

① 指的是歌德在达姆施塔特的女友亨丽埃特·封·鲁西永的墓地。

166. 歌德致凯斯特纳

1773年5月4日　星期二

亲爱的凯斯特纳,我又回到了法兰克福,①谢天谢地,我们看见了极佳的场景,②不久一切就散去了。

你们现在生活得如何,还会待多久呢。③

弗拉科斯兰德和赫尔德结婚了,你们得知此事了吗?前天我出席了他们的婚礼,昨日我也过去了。

我把《德意志信使》寄给你们,注意,我是要收钱的,两份只要9个古尔登。

再见,亲爱的,也替我吻一下洛特吧。再见。

---

① 歌德于1773年5月3日从达姆施塔特返回了法兰克福。
② 此处可能暗指赫尔德婚礼前的闹婚之夜,借此机会布赖神父朗读了一出民间讽刺滑稽戏。
③ 凯斯特纳一家6月初将迁居汉诺威。

167. 歌德致 F. 赫普夫纳

1773 年 5 月 7 日①　**星期五**

　　亲爱的赫普夫纳,谢谢您为那些石膏像提供的支架,看着这些古典时期大师们的头像,我十分欣喜,因为它们立在我的桌上,与我第一次登上讲台时见到的它们一样。您相信吗?我永远不会忘了您的善意和爱。默尔克昨日途经此地,思念他已久,这让我感到痛苦。《爱尔福特学者报》的先生们②也许有时间,他们应该在复活节时就过来。这是一次绝佳的星宿聚首,③您是否喜欢,我不得而知,至少当时的我们已不是我们自己。如此多的行星在一处出现并非好事,还会出现反光,情势恶劣之际,没人知道该何去何从。默尔克把您的斯宾诺莎④给了我,允许我将它保留一段时间吗?我只是想看看,自己能够在他的深井和地道里追随他多远。您知道,赫尔德还在法兰克福,他和我们的弗拉科斯兰德结婚了。

　　再见!请您怀着爱想念我吧!

　　　1773 年 4 月(当为 5 月)7 日

　　　　　　　　　　　　　　　　　　　　歌德

---

① 此封信的日期改动基于赫尔德的婚礼是 5 月 2 号,而默尔克则是 5 月 6 日出发的。
② 《爱尔福特学者报》的出版商们可能向赫普夫纳请求提供报纸发行费用,因此他对他们的来访持保留态度。
③ 赫尔德、默尔克、洛伊泽林、约翰娜·法尔默等聚首。
④ 歌德于 1773/1774 年间首次研究了斯宾诺莎的学说,他翻阅了诸如《神学政治论》《伦理学》《知性改进论》以及他的书信集。

168. 歌德致凯斯特纳

约 1773 年 5 月 8 日　星期六

　　默尔克现在已经出发,我等着赫尔德,你们也要走了。再见吧,亲爱的大家。维兰德更适合做一个写作者,胜于当一个照料者。我还没有《德意志信使》,这让我十分恼怒。法尔克的原稿和你们缺少的附录,①所有的一切你们都会得到。如果你们也不途经哥廷根的话,你们愿意帮我把一个小包裹②转交给博伊吗?上帝陪伴着你们。我的善神给了我一颗承担这一切的心。我比任何时候都冷静。

---

① 1772 年的《法兰克福学者通报》的附录。
② 此处很有可能指的是歌德寄给哥廷根的《缪斯年鉴》的出版商之一海因里希·克里斯蒂安·博伊的一个包裹,里面包含了颂歌和《鹰与鸽》两首诗以及给年鉴的 1774 年寄语。《漫游者》这首诗博伊已通过默尔克拿到了。

169. 歌德致凯斯特纳

1773 年 5 月

我一收到你们的消息说基尔曼斯埃格在这儿,就派人去了大多数的旅馆却没有打听到他。波科策利现在告诉我,他又要出发了,他听说我不在这儿。告诉他,他当时不应该就那样出发了,周一我又回到了这儿,而他在周三就离开了。那段时间我想念着他,盼望和他在一起。告诉他,关于重印莪相①事宜,已按照约定完成了第一部分,花费了 36 个十字币。如果他想要的话,我把它和其他部分一起寄给他,并请求他以后要归还我的莪相。我不知道是否已在上一封信里请求过你们,帮我带些东西给博伊。你们何时走,告诉我一下以便确定时间。你们的天使好吗?我和她有一个交易。她的剪影用别针被固定在了墙上,我把所有的别针都弄丢了。每当我穿衣服需要一个别针时,我就从洛特那里借一个。我现在才请求许可,等等。

我因为某些事而烦恼。在韦茨拉尔②我曾写过一首诗,法院这里应该没有人比你们能更好地理解这首诗了。我很想把这首诗寄给你们,但是已经没有副本了。博伊通过默尔克拿到了一个抄件。我觉得这首诗会被收录到《缪斯年鉴》中,诗的标题为"漫游者",开首第一句是:上帝保佑你,年轻的女郎。不提及此,你们也会立刻熟悉它的。

就此搁笔,亲爱的凯斯特纳。洛特知晓,我有多喜欢她。再见。

---

① 歌德和默尔克将莪相的著作交由法兰克福书商弗莱舍尔印刷,歌德为 1773 年至 1777 年间印刷的四册画了扉页的花饰。
②《漫游者》一诗写于歌德去韦茨拉尔之前。

170. 歌德致凯斯特纳

1773 年 5 月

我已经想尽一切办法，但是这个梅茨①依然坚持不肯让步。最终他对十字币那部分让步了，这是账单。《德意志信使》周五会到，还有给博伊的包裹。

一切善神都会保佑你们的旅途。我很忙碌，很愉快，寂寞让我感到很惬意。

这会持续多久啊。再见，亲爱的洛特，现在来一次真正严肃的再见。

---

① 随信附上的是弗兰齐斯库斯·克里斯蒂安·梅茨出具的 1773 年 2 月 11 日供应纸张的费用账单，共计 6 古尔登 40 十字币。

171. 歌德致索菲·封·拉洛施

1773年5月12日　星期三

　　此次写信给您只是为了《葛兹》印刷后的递送事宜。① 默尔克和康普这里有十二份《葛兹》，他请您接受那已装订好的一份。

　　洛伊泽林会给您讲述很棒的故事，我也有很多事要告诉您。一旦我周遭安静下来，让我最感到安慰的就是，我可以给您写信了，正如我渐渐有了希望今夏能见到您。因我是独自一人，孤独的，而且这种感觉与日俱增。当然我愿意承受这样的情形：很少有为了彼此而塑造的灵魂，它们大都是分离的。然而灵魂在最幸福的统一之际是最容易看不清的！这是个悲哀的谜！您思念着您那尊贵的夫君，② 藉此您生活得如此幸福，在这样的思念里请您重温我的怀念之情吧。

　　写于法兰克福，1773年5月12日

歌德

---

① 索菲·封·拉洛施负责印刷品的销售事务。
② 索菲·封·拉洛施的丈夫格奥尔格·米夏埃尔·弗兰克·封·拉洛施此时在维也纳。

172. 歌德致 Chr. G. 赫尔曼

1773年5月15日　星期六

这封信可以让您确信,亲爱的陪审推事先生,当我在拉施维茨逗留数日后,我又来到了您的房间,向您说日安,那时,我便感受到了您的思念。

我此刻向您道日安,向您坦陈我心中牵挂的一件事。本地那家报纸①的出版商因为**格策评论事件**,②不仅和格策无法达成谅解,与本地的拉特·亨德尔也无法沟通,他得支付20个塔勒。该死的罚金,还要求上诉。也许您已从书面卷宗里了解了此事,这起事件在莱比锡一定已是人人皆知。现在他听说,此事已交给莱比锡大学的法律系,而那里的相关办事人员想要加重处罚。他恳请我,是否能找个有影响力的人来干预此事。我只认识您。现在的问题是,您是否和系里人员有此类联系以便让您能够过问此事,您是否怀有如此的博爱愿意过问此事。您看,这事儿被随意地决定③了,取决于介绍给法官的方式,这不是法律的问题。如果您愿意读一下案卷的话,很容易发现这个问题。我亲爱的先生,一句善意的话就可以给那个可怜的人省下100塔勒。或者如果您无法过问此事,也许您知道其他途径,麻烦您给我们指出来吧……

数周后您将会收到我的一篇文章,老天保佑,希望您能喜欢,请向亲爱的厄泽尔④多多推荐。我希望,我的一位来自达姆施塔特的朋友默尔克已和他谈过,请您询问他一下此事。爱我,请您尽快回复。

写于法兰克福,1773年5月15日

歌德

---

① 约翰·康拉德·戴内特自1772年起为《法兰克福学者通报》的出版商。
② 此事与歌德的《格茨》无关,而是涉及施洛瑟因评论汉堡主教约翰·梅尔希奥·格策的一篇文章引发的争论。
③ 1773年末,法律系提交的鉴定确认了戴内特需要缴纳罚金20塔勒。
④ 亚当·弗里德里希·厄泽尔。

173. 歌德致凯斯特纳

1773年5月

亲爱的凯斯特纳,我在寄上一个包裹时忘记把附录放进去了。由于疏忽,第6期没有被印刷出来。祝你们健康,爱我,写信给我讲一下你们路上的情况吧,你们的天使好吗?法尔克①的稿子我随后寄给你们。请原谅。

---

① 恩斯特·弗里德里希·法尔克。

174. 歌德致 H. 布夫

1773 年 6 月初

洛特现在已经出发。我对她离开一事如此关注,就好像自己是家里的一分子。然而不管此事如何,亲爱的汉斯,我们都不愿停止通信。您总是能听到洛特的消息,请您忠诚地向我报告那些消息吧。请您转达我对亲爱的小伦娜的问候,转告她,因为现在洛特离开了,她对你们而言就是第二个洛特,对我而言也是如此。我盼望见到她,如果可能的话,我夏天会来。再见,亲爱的汉斯。请您代我问候爸爸,①转达我对男孩们的问候。

如果卡罗利妮妹妹想起我的话,请您代我亲吻她的手,代我给小索菲和小阿玛莉②几个吻吧。

歌德

---

① 海因里希·亚当·布夫。
② 索菲·布夫和阿玛莉·布夫。

175. 歌德致 H. 布夫

约 1773 年 6 月 12 日　星期六

　　为了那封可爱的信,我要谢谢亲爱的汉斯。请把内附的这封信寄给凯斯特纳先生,问候爸爸和大家。再见。

歌德

176. 歌德致凯斯特纳

约 1773 年 6 月 12 日　星期六

你们的来信让我很愉快,通过汉斯,我了解了你们的一些情况。奇怪的是,今天夜里我梦见了洛特。我牵着她走过林荫道,所有的人都驻足凝视她,其中几个我还能叫出名字。她突然把兜帽拉上,人们很窘迫。这来源于汉斯信中讲述的在明登发生的故事。① 我请求她把兜帽拿开,她照做了,然后便瞅着我。你们都知道,被她凝视的感觉是什么样的。我们快速地向前走。人们依然如之前一样看着我们。哦,洛特,我对她说道,洛特,他们不知道,你已是另一个人的妻子了。我们来到一个跳舞场,等等。

我就是做了一个这样的梦,然后成日闲逛,打一些令人讨厌的官司,写写剧本、小说之类的。② 我画画,雕塑,愿意做多快就做多快。你们如同那个惧怕天主的男子一样得到了祝福。③ 人们说,该隐的咒语将应验在我身上。④ 我没有打死自己的兄弟!我想,这些人是蠢蛋。亲爱的凯斯特纳,你已拿到那个剧本。⑤ 当你们关起门来在家里相聚时,读给你的娇妻听吧。顺便说一下:档案秘书夫人⑥(我希望这是个正确的头衔),但愿她没有因为可恶的傲慢而把那件蓝色条纹的睡衣留下,或者将它送给一个小妹妹,否则我会很恼怒。因为看起来我似乎喜欢这件衣服超过喜欢她本人。至少每当我无法将她的脸从想象的迷雾里摆脱时,出现在我面前的就是这件衣服。

---

① 汉斯可能在信里讲过,洛特在明登的旅行中有一次因为兜帽遇险。
② 博伊特认为,此时歌德可能在创作《维拉-贝拉的克劳迪娜》《艺术家的土墙》《普罗米修斯》和《萨堤洛斯》。
③ 参见《旧约·诗篇》第 128 章第 4 节:"看哪! 敬畏耶和华的人,必要这样蒙福。"
④ 参见《旧约·创世记》第 4 章。
⑤ 指的是《格茨·贝利欣根》的第一版,这一年 4 月开始印刷。菲舍尔-兰贝格认为这里指的是《教士的信》。
⑥ 指的是夏洛特·凯斯特纳,凯斯特纳在成为枢密官前就是档案秘书。

177. 歌德致 F. W. 戈特①

1773年6月

寄给你老格茨②一书,
或许你将它归入最爱之读物。
抑或将它搁置
在那从未被翻阅的书架。
我在美好时光里书写,
白昼、傍晚和幻夜美景之前。
此刻再也寻不着一半的欢喜,
印刷数量如此之巨。
见它如同孩儿一般,
良夜里幻变成可爱的女子,
自有那最美的期限。
其他诸事各行其道,
计算、刮风、洗礼、歌唱。
如今你们也会为此欢欣,
此乃双重的善行。
我曾听闻,
或许你也在那悲喜剧中
登台扮演一角。
城市、乡村、宫廷和那位先生③
对此影子戏也是爱恋深深。
从你家找出个能干淘气包,

---

① 弗里德里希·威廉·戈特自1767年起在韦茨拉尔担任萨克森-哥达的公使馆秘书,在那儿结识了歌德。戈特后来在家乡哥达担任枢密秘书,他是《哥廷根缪斯年鉴》的创始人之一。
② 此诗与《格茨》的第二稿一起寄出。
③ 萨克森-哥达的恩斯特·路德维希二世。

给他分派格茨中的一角。
盔甲、铁帽，闲扯的口音，①
拉来你面前这魏斯林根。
灯笼裤、衣领和骄傲的下颚，
西班牙式的骑士大哥，
大鼻孔和修剪过的大胡须，
面对女士伪装吹嘘。②
最后你要显得受了毒害，③
带我去那无臭的女子面前，
你将从我这儿得到感谢。
删去一切令人厌恶的话语，
混蛋变成流氓，屁股变成臀部，④
一切都已改变，
如你之前所愿。⑤

---

① 指格茨生活环境的一种口音，与班贝格的宫廷用语发音迥异，后者缺乏"自然"。
② 暗指魏斯林根面对玛丽亚时的欺骗态度。
③ 魏斯林根在剧终时被毒害。
④ 歌德自己将剧中的某些粗俗语言修正了。
⑤ 暗指戈特提议歌德修改剧中的粗俗口语表达。

178. 歌德致 N. L. 德玛尔

1773 年 6 月

夏日已至，亲爱的朋友，这不是一个适合亲密交往的季节。一个去了这里，另一个则去了那里，如此我们美好的团体就散了。我和诺特抚慰着剩下的悲伤的人们。您过去最爱的人（您知道吗？因为丈夫总是不在家，她在法兰克福离了婚）出发去有温泉的地方了，为了享受喧闹和明亮世界的舒适。"我亲爱的夫人"①在乡下，下雨的天气让我无法经常去拜访她。其他人也是一会儿在这儿，一会儿在那儿。

您何时再来？舒适的冬天吧，那时水面结冰，我们又可以开始滑冰起舞了。何时您再把姑娘们赶进房间，当雪霜冻僵我们的四肢，我们可以到她们那儿取暖。

亲爱的德玛尔，您一定也听说了些许情况，有何变化，给我写信吧。我把剧本也寄给您，它可能有幸在士兵中演出，能否有幸在法国剧院上演，这我就不得而知了。再见。

歌德

---

① 苏珊娜·玛格达莱妮·明希。

179. 歌德致 H. Chr. 博伊

1773 年 7 月 10 日　星期六

　　您能参与我的戏剧，我很珍惜。现下我写作时凭着自己的心意，一旦有其他人如此与我心有戚戚，我便感觉十分惊喜。

　　几个在您附近的朋友会向您讨要剧本，您把剧本寄给他们吧，然后帮我记下数量，我愿意再给您寄一批过去。现在我必须要做此类事情，对此我感到不太愉快，但是默尔克不在，我该怎么办呢。我担心，如果我不做这些事的话，整个出版社会因此遭受打击而倒闭，我不想它蒙受损失。这相当于我给出版社送去了一些收入。我请您在《缪斯年鉴》中把我的一些信息改动下，在诗歌下面加上一个不重要的字母就行了。

1773 年 7 月 10 日

歌德

180. 歌德致索菲·封·拉洛施

1773 年 7 月 11 日　星期日

　　这个月我愿意在法兰克福等待,期盼着与您见面。藉此我向自己解释了您信中那些难以理解的部分,请您让我保持自己的疑虑,如此当有人参与时,我会十分惊喜,这份喜悦也会愈加强烈,正如您参与了我的格茨剧本那般,这正是我所期盼的,这一点我很乐意承认,也或多或少希望,您能知道是怎么一回事。

　　如果您能将交付印刷的剧本每本从 48 十字币降为 24 十字币的话,您就帮了默尔克一个忙了,他也是一个出版商。我不知自己是否已经以画家的名义对您寄来的东西表示过感谢了。

　　我的《普伦德尔斯威勒的年集》一书留着亲自读给您听,我有许多话要向您诉说。给您一百个亲切的问候。

　　1773 年 7 月 11 日

歌德

181. 歌德致 H. 布夫

1773 年 7 月中旬

我有各种各样的事情，亲爱的汉斯，这就是为何我必须给你写信。我先得问一下，你们那儿情况如何？很长时间我都没有收到你们家的消息了。

下面是你的一些使命，如果你及时转达了消息，应该会成为选帝侯、侯爵和帝国贵族等级的代理人。

首先你把我给凯斯特纳的信递送过去，就如同上一封信一样。其次，你很友好地去枢密官萨克斯先生那里一趟，对他说："这里有给封·基尔曼斯埃格先生的一封信，您是否可以转交给他呢？男爵先生给我写信说，我应该把信寄到宫廷参事先生的地址。"再次，你要问一下封·希勒先生是否通过凯斯特纳先生拿到了《德意志信使》的第一部分。

如果他拿到了，你向他要半个金路易，第二部分我愿意马上用马车邮递寄往韦茨拉尔。

还有，你问爸爸是否读过一个新剧本《铁手格茨·封·贝利欣根》？

最后，替我问候家里所有人，小伦娜、小卡罗利妮、小多罗特娅和小安娜，问他们是否还记得我，是否尊敬并爱我。替我问候所有人，请尽快写信给我。

歌德

182. 歌德致凯斯特纳

1773 年 7 月中旬

  亲爱的凯斯特纳，你应该经常听说我的消息，因我平素总是盼着，上帝能眷顾你和你的妻子，给你带来美好的欢乐。你不会缺少晋升的机会，你生活在这个世界上，是正直的人。你担心上天是否会赐予你一生一位贤良的妻子，而你早就拥有这样一个人了。

  我十分勤勉，运气好的话，你不久就会又收到一些完全是另一种风格的作品。① 我希望洛特对我的戏剧不是持无动于衷的态度。我已经收获了各种掌声和各种树叶和花朵编成的花环，上面甚至有意大利的花朵，我轮流试戴了，然后在镜子前嘲笑了自己。众神给我派来了一位雕塑家，如果他能如我们所愿那样在此找到一份工作，我愿意遗忘许多事情。神圣的缪斯将你碗里的金浆玉露递给我，我饱受折磨。在沙漠里掘井筑屋该有多难！我养的鹦鹉们与我闲聊着，它们和我一样病恹恹的，耷拉着翅膀。一年前的今天完全不同，我发誓，一年前我坐在洛特身旁。我将自己的情形写成剧本，为了抵抗上帝和周围的人们。我知道如果洛特见此情景会说些什么，我知道自己会如何回答她。听着，如果你愿意帮我将格茨的印本出售，这就是帮了我一个忙，也许是帮了所有人的忙。博伊那有一些，写信告诉他你要多少，我已写信告诉他，你要多少就给你多少。售价为 12 格罗申，你所花的邮费要记录下来。出版社听说了默尔克的消息，但他在彼得堡。我不去书商那里，因为担心事情没有进展，也许半年后你还收不到任何印本。请写信告知《信使》的第二辑我该寄往何处，我应从哪里收钱。此时各种事情向我的大脑纷纷袭来，不久洛特就会收到我寄出的一个盒子，里面没有蜜饯，没有打扫用具，也没有书，好吧……

  你也许会看到，我对你的满足和前景感到很愉快。如果你想了解我的情况，我会时常让你听见我的消息。再见。

---

① 菲舍尔出版社猜测此处指的是《普罗米修斯》。

183. 歌德致 H. 布夫

1773 年 7 月下半月

亲爱的汉斯,给封·希勒先生带一份《信使》的第二辑吧。由于疏忽,第一辑被凯斯特纳带到汉诺威去了。封·法尔克先生会把它带回给封·希勒先生,然后我就可以要求付款了。

请把剧本给爸爸,他读过后,并且给姐妹们也读过后,可以把剧本给小安娜和小多罗特娅。请代我问候所有的人。我是那个老博士歌德。祝他多获奖,这都是他应得的。

184. 歌德致凯斯特纳

1773年8月初至21日　星期六

首先祝你诸事顺利,你的好太太生活愉快。

你生活在这个世界上,和有地位的人结交,对此我无可厚非。知道适度与大人物交往,总是有利的。正如我重视火药的威力,是因为它能帮我把鸟儿从空中击落,再进一步就没有什么意义了。但是他们也重视人的高尚品格和可用性,像你这样的年轻人必须盼望并追求最好的地位。老天,如果你只是为了你的太太才这么做就好了!至于说到居家的欢乐,首相可以和一位秘书做得一样好。我想当诸侯,却又不想让人夺走我家庭的快乐。以上帝之名放任你们的心情吧,不要理睬责难者和谄媚者的评论。我倒是愿意听听他们的意见,直至他们让我厌倦。拉洛施女士来过了,她给我们带来了愉快的8天,和这样的人共处真是愉快。哦,凯斯特纳,尽管他们不在我身边,但是这些可爱的人却仿佛就在我面前,我是多么愉快啊!与高尚的人儿组成的小圈子是我获得的一切中最有价值的。现在来谈谈我亲爱的格茨!我坚信他那美好的天性,他会继续向前持续完善。他是人类的孩子,带着缺陷,但依然是其中最优秀的一个。很多人会反感他的外衣和粗糙的棱角。① 我已获得许多掌声,这让我十分惊讶。我不认为自己能很快创作出再次吸引观众的作品。尽管如此,我会继续写作,不管有什么样的漩涡,不管我会遇到何种失败。

---

① 歌德猜测,这个剧本的戏剧形式和粗俗的语言会引起反感。

8月21日

 这封信写了许久,现在终于可以封起来,我没有什么要说的了。你和洛特要继续爱我,祝洛特幸福。再见。

185. 歌德致贝蒂·雅各比

约1773年9月10日　星期五

我没能给您弄来那部作品,手头除了这件东西①也没有其他的了,也许您对此物不会有兴趣。没有歌剧的时候,人们会去看百宝箱。

请您把它交给拉洛施。衷心祝您生活幸福。尽管我见您的时间不长,但您给我留下了美好的印象,我觉得您还是有些喜爱我的。

歌德

---

① 可能指《普伦德尔斯威勒的年集》。

186. 歌德致凯斯特纳

1773年9月15日　星期三

今天,9月15日的傍晚,我收到了你的来信,于是我削了一支羽毛笔,打算给你写封长信。我希望自己的灵魂已经到了洛特的身畔。她也会有丈夫无法过问的情绪,尽管她不愿把感受告诉我这个爱着她的人。最近我在梦见她时有着诸多恐慌,危险逼近,而我的击打毫无效果。我们被监视,我盼着能和侯爵说上话。我站在窗边,想要向下跳,有两层楼高。你会跌断腿,我想,然后你还会被抓住。是的,我想,如果有个好友经过,我就向下跳,摔断一条腿,他就必须背着我去侯爵那儿了。你看,我还能回想起一切,甚至能想起她坐在桌旁,做着刺绣,桌上是彩色毯子,她的旁边是秸秆编成的箱子。她的手我亲吻了千遍,她的手,这手!这些对我而言是如此地栩栩如生,你看,我还在受着这些梦的折磨。

我妹妹和施洛瑟的婚事推迟了。他目前人在卡尔斯鲁厄,被人拉东拉西,上帝知道是怎么回事,我不理解这事儿。我妹妹此时在达姆施塔特的朋友们那里。我很想念她,她懂我并能受得了我的忧郁情绪。

亲爱的先生,我现在对于父亲的做法不加阻挠,他每天都试图把我编织到市民关系网中去,我对此听之任之。只要我的力量还在体内!网破了!一切七倍粗的树皮绳索都会断裂。我也变得愈发沉静,发现处处都能找到这样的人,高的、矮的、美的、丑的。当然我也勇敢地继续创作,想着要好好利用这个冬天把事情推进。我给年老的行政官①寄去了一本《格茨》,他读得很愉快。这件事很快得以流传(很有可能是通过勃兰特一家②),枢密法院法官③和封·福尔茨④

---

① 海因里希·亚当·布夫。
② 约翰·费迪南德·威廉·勃兰特和他的家人。
③ 弗兰茨·约瑟夫·封·斯波尔伯爵,帝国伯爵及帝国枢密法院院长。
④ 西蒙·福尔茨,枢密宫廷参事,驻韦茨拉尔枢密法院的巴登-杜拉赫地区代表。

都很希望得到此书。这些都是汉斯写信告诉我的,我和他书信往来颇多。亲爱的凯斯特纳,最重要的一件事我忘记跟你说了,楼下的会客室此时正坐着来自韦茨拉尔的亲爱的**朗格大姨**①和那可爱的大侄女。② 因为洛特的缘故,她俩之前已经坐了很长时间了,我一直没叫她们上来,让她们自己随意。小约翰娜③没有一起来。关于我的洛特,她们讲了很多好话!老天,真该谢谢她们!**我的洛特!**我的脑海里真真切切地写着这几个字。她在一定程度上是我的,在这一点上我和其他诚实的人别无二致,我是理智的,除了这一点。好了,不再谈这个话题了。

  为了平静下来,现在谈谈《信使》的事。我不知道,维兰德的宏论④是否会对它有损害,抑或它对他的宏论有损。这番议论如同风过无痕的空话,是件丢脸的事。大家普遍感到不满,第二部分略好一些。

  那篇什么汉斯与小汉斯,说维兰德和雅各比兄弟都出卖了自己!好!他们反正没有为我写什么。再见!宫廷长官雅各比⑤的夫人到我这儿来过了,是一位相当可爱而又乖巧的女子,我能和她愉快地相处。我回避了一切解释,就好像她既没有丈夫也没有大伯似的。她曾经试图将我们进行比较,我不喜欢她的这种友谊。他们应该强迫

---

① 帝国枢密法院的枢密官兼执政官约翰·弗里德里希·朗格的夫人苏姗娜·玛丽亚·科尔内利娅,娘家姓林德海姆尔,迪茨的遗孀,1754 年与朗格结婚。
② 伊萨贝拉·夏洛特·迪茨,韦茨拉尔枢密法院执政官约翰·托马斯·安德烈亚斯·迪茨博士的女儿,迪茨于 1752 年去世,他的遗孀嫁给了枢密官朗格。
③ 约翰娜·朗格,枢密官朗格的女儿。
④ 1773 年,维兰德在《德意志信使》上针对歌剧《阿尔采斯特》发表了 5 封公开信,这引起了歌德的反感。
⑤ 弗里德里希·海因里希·雅各比,自 1772 年起担任于利希-贝格公国的宫廷长官。

我以现在鄙视她的这种方式去尊重她,那样我就愿意并且必须去爱她了。

今日我收到法尔克的一封信,里面夹着《缪斯年鉴》的头几份印张。第15页上你会看到《漫游者》一诗,藉此我将洛特系在心上。在一个最美好的日子里,他在我的花园,①洛特在心中,②静谧而又心满意足地,你们未来的喜悦就在我的灵魂前。如果你仔细端详,会发现此中包含着更多的特点,比它显现出来的更多。你在**洛特**和**我**两个标题下能看出我在她那儿数万次感受到的情感,但是不要把此事透露给别人。每当我写作时,我总感到你们就在我身边,这对你们而言是否很神圣呢?现在我正在写一部长篇小说,进展缓慢。还要写一部可以演出的戏剧,以便让这些家伙们瞧瞧,观察的习惯和描述善感心理的才能只有我才具备。再见。作为作家我私下再说一句,我的理想向着美和伟大日日滋长。倘若我的活力不离我而去,还有我的爱,还会有许多爱来给予我的爱人们,公众也会得到一份。

晚安吧,亲爱的洛特。信里还夹了几行诗,原本我是想配在我的肖像旁给洛特的,但是因为没完成,所以她就只能拿到下面附的这几行了。回见。

如果牧师或议员让小市民敬仰,
那么寡妇也能刻成铜像。

下面一行诗句别扭地写道:

你们看这位先生,
头脸尊贵,让人敬畏,

---

① 此处大概指的是韦茨拉尔的执政长官梅克尔的花园,歌德在《维特》的第一封信里描述过这个花园。
② 《漫游者》一诗在歌德前往韦茨拉尔前就已写成,这一点在1772年4月卡罗利妮·弗拉科斯兰德的一封信中已得到证实,因此猜测此处是改写。

然而他那聪慧的大脑,
却贡献给了卑鄙的勾当,
这些你们都未写在他的脸上。

亲爱的洛特,此处亦是如此:
我给你寄去我的肖像,
也许你看到了我的长鼻,
目光和鬈发飞扬,
这就大约是这张粗鄙的脸庞,
然而我的爱你却无法鉴赏。

G.

187. 歌德致 H. 布夫

1773年10月

亲爱的汉斯,祝贺您身体已幸运地康复了,我盼着这封信能再次顺利寄到你们那里。您把内附的那封信①交给不来梅公事房的文书克拉夫特先生,他会将信转交给凯斯特纳先生。把我的信给亲爱的爸爸和卡罗利妮妹妹看看,问候小伦娜、多罗特娅和小安娜,让孩子们乖一些,我来的时候会给他们带杏仁和图画。

G.

请告诉小伦娜,给洛特寄些用来补那件蓝条纹睡衣的布片,她之前忘记带了。也许能找到这种布片,或者最好还是让小伦娜给她寄,也可以用快邮把布片寄给我,我乐意再把它们寄给洛特,一定不会有人告诉她此事。

---

① 此信可能已遗失。

188. 歌德致 H. 布夫

1773 年 10 月

亲爱的汉斯,我很高兴,您是如此正直,没有利用优先权。你们家里也一切都好,我在此祝愿你们能保持这种状态。为了那些布片我深表感谢,而且没有人写信给洛特讲述此事。尽快告诉我邮车夫何时前往汉诺威,我有一个小箱子,得跟车夫寄挂号件,因为里面是易碎物品,而且要保持清洁。

再见,亲爱的汉斯,希望你们喜欢那些水果,问候爸爸和可爱的一大家子,再见。

G.

189. 歌德致 J. D. 扎尔茨曼

约 1773 年 10 月

您已经很长时间没有收到我本人的消息了,但是也许从伦茨和几个朋友那里听说了我的各种消息。我一直忙着手头的事,普劳图斯的喜剧①已经开始着手改编,伦茨应该会给我写信,我心里有些话要对他说。

如果您手头还有《贝利欣根》,请您将它寄往塞森海姆,收信人为布里翁小姐,不用写名字。

如果那个不忠的人②被毒死的话,可怜的弗里德里克特或许会得到一丝安慰。如果您手头的那本不见了,请您再去搞一本。

我很想再次听到您的近况,烟囱事宜最近进展如何了……

我妹妹要嫁到卡尔斯鲁厄去了。

G.

---

① 普劳图斯(约前 254—前 184)为古罗马剧作家,现存 21 部喜剧。1774 年,伦茨的《为德国戏剧改编的普劳图斯喜剧》在法兰克福、莱比锡等地出版。
② 指的是剧中魏思林根这个角色,歌德将其与自己相提并论。

190. 歌德致索菲·封·拉洛施

1773 年 10 月 12 日　星期二

　　我们已经很长时间没有听到您的消息了。我必须马上告诉您，施洛瑟已抵达，明日便是喜庆的订婚仪式。① 他们很喜悦，为此我感到很高兴，尽管我因此而失去得最多。他们会停留数日，然后便前往他们确定好的地方。② 再见，我最好的朋友，祝您安康！请问候您亲爱的家人，别忘了我们。

　　1773 年 10 月 12 日

歌德

---

① 歌德的妹妹的订婚仪式。
② 指卡尔斯鲁厄。

191. 歌德致 H. Chr. 博伊

1773年10月16日 星期六

您的朋友舍恩博恩是位出色的男子,他在我们这里盘桓数日,过得很愉快,对此我也感到很高兴。我们数次相遇,此次为最愉快的一次。

尽管遭到了那位只关心自己财务状况的瘸腿神使①的嫉妒,您的摘采花朵之事②还是坚持下来了。毕尔格的《莱诺蕾》让我惊喜,其中的措辞让人惊讶,尤其是《骑行》这一首我已熟记。我认为描写女孩的绝望那一段冗长了些。

其他诗歌未能拨动我的心弦,我就把它们放在了一边。

让我尤为感到赏心悦目的是那种自由的语调和温暖的、德意志式的忠诚和独立之感,扑面而来的还有许多甜美的喜悦以及关于爱和青年之乐。我只是粗略地浏览了一下,这样对待这个集子真是无礼之至。我会尽快把所有的东西寄给您,博德③已经从我这儿拿到了一部分,有些还没有。

最近我心神涣散,头绪太多,而且我妹妹与内廷参事施洛瑟的婚礼将近。再见,祝您安康。

歌德

1773年10月16日

请感谢您的朋友④的好意。我能藉这部剧作获得这么多高贵之人的爱,甚慰。我再没有其他的愿望了。我刚才读了克洛卜施托克的**预言**,⑤华美极了。

---

① 指维兰德的《德意志信使》。
② 指博伊出版的《哥廷根缪斯年鉴》。
③ 博德收到了歌德的一些诗歌,发表在由马蒂亚斯·克劳迪乌斯负责编辑出版的《万茨贝克信使报》上。
④ 指舍恩博恩。
⑤ 克洛卜施托克的颂歌《倚在橡树上的孩子》是1774年的《缪斯年鉴》的终篇。

192. 歌德致约翰娜·法尔默

1773年10月18日　星期一

亲爱的姨,①我们隐约估计到了您的沉默,我们宁可自己承担同样的过错。过错一直存在,但是考虑到未来情况会好转,您应当得到原谅。我期盼着听到一个新女孩②来临的消息,我记得还需要些时间。

我要向您报告的最重要的一件事是,施洛瑟到了。这对年轻人已经预告了他们的婚事,十四天后就是婚礼,然后他们立即前往卡尔斯鲁厄。新娘子——我妹妹问候您,她现在忙着整理东西,而我则要面对一份令人不快的孤独。您知道我对妹妹的感情,但是该怎么办呢?一个真正的男子汉必须要适应一切。这段时间有几个远道而来的正直的人来访,其中一个尤其如此,③他们给我带来了几天愉快的日子。我们这个小圈子显得有些畏缩不前,我的妹妹留下了一个空档,而我……贝蒂懂我。我真想和您一起从加仑城门④出发,穿越城区,一路飞骑至万圣城门。⑤ 其间冬日来临,我的冰鞋会给我带来乐趣。

您一定会喜欢荣格,⑥这一点我可以预见,只是我希望您也能喜欢那些和他不同的人。

请您代我向亲爱的夫人致以千百次的问候。洛特会收到我的信的。

---

① 歌德经常称呼约翰娜·法尔默为"姨"或"小姨"。
② 约翰娜·法尔默曾在贝蒂·雅各比位于杜塞尔多夫的家中小住,贝蒂于1773年10月17日产下一子。
③ 戈特利布·弗里德里希·恩斯特·舍恩博恩曾去阿尔及尔担任丹麦领事秘书,10月中旬他在上任途中拜访了歌德。
④ 指法兰克福西面的绞刑架门,歌德在此用了隐晦的说法。
⑤ 法兰克福东面的城门。
⑥ 指约翰·海因里希·荣格,作为医生他在埃尔伯费尔德定居下来,逐渐进入到雅各比的圈子。

我的作者身份如今是风雨飘摇,之前我笔耕不辍,但是没有什么成果。您会收到我的《年集》,①但还不能给别人,当然和您我不需要谈条件。今年的哥廷根《缪斯年鉴》相当好,您将会在其中读到许多纯真而又温暖的内容,有些虽然不是出自我手,但我给您读过。

　　您写信告知我信使中的内容,似乎是希望我对那些不利的评判做些准备。② 我无话可说,对于此类事件我已习惯。我看重的是,这个评论人是否是一个正派人,他可以表扬也可以批评我,至于我对他的看法,我愿意和您说说。这样的人我们还没找到,您了解这位上帝信使飞一般的传播速度。

　　我的头脑里萦绕着一个美好的新计划,它将成为一部大剧作。我想先看看自己是否能从观众的褒扬和批评中学到一些东西。

　　我的剧作赢了,维兰德表态了,③这比韦茨拉尔帝国枢密法院的判决来得早。亲爱的姨,显然我赢了。④ 在最终的判断阻止您之前,您还是先认输吧。请您再次读一下那些段落,您想法的改变至少要归功于您的眼睛。

　　再见,亲爱的姨,请让我们偶尔见到您的回忆清晰地闪现。您知道,我们是感性的人儿。法兰克福,1773年10月18日。

歌德

---

① 指剧本《普伦德尔斯威勒的年集》。
② 约翰娜·法尔默提醒歌德准备应对1773年的《德意志信使》上克里斯蒂安·海因里希·施密德对《格茨》剧本发出的不利言论。
③ 维兰德对于克里斯蒂安·海因里希·施密特对《格茨》的批评进行了反驳,认为他的批评没有足够的理由。
④ 歌德预料到维兰德对《格茨》持褒扬的态度,而约翰娜·法尔默则认为他会持批评态度。

193. 歌德致格斯滕贝格①

1773年10月18日　星期一

我认识您久矣，您的朋友舍恩博恩现在也认识了我，他希望促成我俩之间的通信。我是如此急切地期待这一情景的出现，您想必也是这样的心情。我最大的愿望是与这个时代的善者们联系在一起，但这样很容易坏了人们的兴致，让人很快便退缩了。您的朋友对我十分信赖，我是否值得他的信赖，他或许会说明。因我在这世上还未有何成就，因此我将自己最好的时间用来记下自己的想象，我最大的快乐便是有一位我敬爱的朋友愿意参与到此事中来，盼着能够让您也品尝到无常人生中的甜美时光。法兰克福，1773年10月18日。

歌德

---

① 歌德此信被附在10月12日舍恩博恩写给格斯滕贝格的信后，由于手写原件被改动过，因此日期可能不准确，估计写于10月16日或18日前后。舍恩博恩在给格斯滕贝格的信中描述了与歌德相遇的情形：

"G. F. E. 舍恩博恩致 H. W. 封·格斯滕贝格，1773年10月12日。我到达后的傍晚也与《格茨》的作者歌德先生说了话，事情是这样：我住宿的客栈角落里，坐着一位男士，他正在抽烟斗。旅店老板问他是否愿意坐到桌边去用晚餐，他回答说不想！我请他去我的房间坐坐，他说，歌德博士这晚要来他这儿。我问他是否说的是那个最近出版了一个剧本的歌德博士，他说是。我告诉他，我有一封博伊给他的信。之后他就开始热烈颂扬他的朋友，说完《贝利欣根》这出戏剧后，他说戏剧《乌格力诺》和前者一样，都是德国出版的此类戏剧中的杰出作品。当他听说我个人与《乌格力诺》的作者克洛卜施托克私交甚笃时，他惊奇万分，然后我俩就立刻成了好朋友。我告诉他，格斯滕贝格和克洛卜施托克两人都对《格茨》这部作品很满意。这位男士是距离此地三英里的吉森大学法学教授，他的名字叫赫普夫纳。不久歌德就来了，我们立刻熟悉了起来，成了朋友。这是个瘦瘦的年轻人，个子和我差不多，脸色看上去有些苍白，长着一个大大的、有些弯勾的鼻子，脸形狭长，不大不小的黑眼睛，一头乌发。我们在一起待了几天，他情绪低沉，有些伤感，但却夹杂着一丝让人发笑和嘲讽的意味。他很健谈，涌动的想法很有意思。事实上，在我看来，他拥有一种极其形象的、渐渐体悟周遭一切的诗人力量，如此一切在他的思想中就会变得有特征和个性化，一切在他那儿都会演化成戏剧元素。

当我告诉他，您对他的剧本很满意时，他十分高兴。他一直以来都很愿意听到您和克洛卜施托克的评价，这也会激励他做得更好，因为他知道自己距离自己的理想还有多远。关于您说的《乌格力诺》，他说这得凭借神力才可写成。我告诉他，我希望他和您可以通过写信的方式交谈。他也有此愿望，因为他听说我要从这儿给您写信，于是他和我说打算在信后附上几行文字，就是这些。他工作时看上去很轻松，现在正着手写一部名叫《普罗米修斯》的戏剧，他已经给我读了两幕，里面的段落相当出色，是从大自然深处挖掘而出的（我的评论全凭听到朗诵时的第一感觉）。他画画很好，房间里全部是最杰出的古典画作的复本，关于德国建筑艺术的这个复本就是他的。他对我说，想给您寄一些他的诗作，他想去意大利，在那可以好好看艺术作品。他是维兰德的一个可怕的敌人，他给了我几个讽刺维兰德和雅各比的小短剧，里面充满了笑料……这些他不愿意印刷出来……您之前还没读过《格茨·封·贝利欣根的一生》……那人生如此的具有德国特征，充满了力量，您一定得读一读，因为这样的人生曾是引导歌德走向德国性格之美好的引路人。"

格斯滕贝格于1774年1月5日回信给歌德如下：

"德国的莎士比亚真的给我来信了，我不仅从他的面容上看见了他的灵魂，而且从这个高贵灵魂的温暖的握手中感受到了这一点，而且现在依然能感觉到。自此我变得如哈姆雷特般深邃，思考起那些如今在德国写作的人们或不在此写作的人们。

"真正的德国人，请您继续前行，如同您开始时那样。您处处收获的掌声，使我有勇气期盼，您就是那个将在德国影响德国观众的人。请允许我作为您最早的朋友之一在此签名，对此我倍感荣幸（哥本哈根，1774年1月5日）。"

194. 歌德致朗格尔

1773年10月27日　星期三

我出版《格茨》的时候，怀有许多最衷心的期盼，其中一个愿望是：我那些在广阔天地里的朋友们会回首看我一眼，然后能愉快地想起我，而不仅仅是我长期以来和他们一直维持着一种不亲不疏的联系。

我的愿望实现了。亲爱的朗格尔，您的来信让我快乐无比。我没有忘记您，您生活中发生的故事①让我始料未及，十分有趣。我并未远游，几乎一直待在老地方。您离开后，我的健康状况日益好转。但是因我不被允许按照自己的愿望在市民生活中发挥自己的作用，于是我听凭自己对科学和艺术的爱好驱使，并未好好休息，直到我认为自己可以面对读者了。我立刻面向读者，而不是先去理会那成堆的批评。我承认，我获得的掌声超过了我的预期，这应该成为我体内长期存在的力量，而不是让我变得懒散，如此我可以做出更多的成绩。

我渐渐融入了市民事务，守护神赐予我美好的时光。

霍恩②成了法院书记员助理，这个职位给他带来了300古尔登的收入，如果老书记员③去世，他的收入则是1千古尔登，还有一套免费的住房。他多次问候您。

梅林④于数周前去了萨克森，在封·策特维茨先生⑤那儿担任家庭教师，我想是在格罗申海因地区。他曾在这儿待过，长时间没有工

---

① 朗格尔于1773年在不伦瑞克担任俄罗斯伯爵切尼舍夫的教师。
② 约翰·亚当·霍恩。
③ 约翰·格奥尔格·施塔克，法兰克福法院书记员，于1778年去世，霍恩是他的助理。
④ 约翰·克里斯蒂安·梅林，朗格尔的一个旧友，1768年至1773年生活在法兰克福，是教区领头成员。
⑤ 封·策特维茨伯爵，萨克森的大地主。

作,心灰意懒,无所事事。现在他又忙碌起来了,这很好。

　　请代我问候马沙尔伯爵。爱我吧。

　　如果您前往汉诺威,请拜访一下档案秘书凯斯特纳,您会发现,他和他夫人都是我的挚友。我不再叙述这对夫妇的价值和我们之间的联系了。

　　如果您给贝里施①写信或让人问候他,也请转达我的问候。

　　法兰克福,1773 年 10 月 27 日。

歌德

---

① 恩斯特·沃尔夫冈·贝里施。

195. 歌德致夏洛特·凯斯特纳（娘家姓布夫）

1773 年 10 月 31 日　星期日

亲爱的洛特，我猜测您不久就会需要一件晨服了。① 我不知道自己的猜测是否有理由，至少我是这样觉得的。因我考虑过这一重要事件，所以我对自己说：她喜欢白色，而冬日不能用麻料，外面缝制起来，穿上它显得太老气，等等。谨慎的时尚女神向我走来，递给我一块除了韧性以外具有其他一切品质的布料，这块布具有一切优点，缎纹，可以用来做冬季衣服。总之，带上它去裁缝那儿，他会仔细做的。顺便说一句，除了白色，不可用其他颜色的夹层，我看见了，下面是白色亚麻布。这块布料恰好做一件晨服，还能富裕出口袋布。

同时寄过去的还有缝制蓝白睡衣剩下的布片。即便您有了新的美好友谊，我请求您不要遗忘忠诚的旧友。再见，亲爱的洛特，代我问候您的先生，愿您如我一样忆起旧日时光。

法兰克福，1773 年 10 月 31 日（沃尔夫冈的命名日）。

歌德

---

① 暗指怀孕。

196. 歌德致约翰娜·法尔默

1773 年 10 月 31 日　星期日

　　书籍发行进展迅速，这让双方都感到很愉快，然后就是美须戏，①还有布片。

　　此外我一切安好，只是忙乱着收拾行李。

　　我一如既往地偶尔展现了自己的幽默，并让自己受到引诱，②对此您心知肚明。再见，请您保持对我们的好感，因为您还必须来我们这儿。

歌德

　　又，关于随信附上的样稿，一些是 17 古尔登一本，另一些是 19 古尔登一本。所有样稿要求尽快送回，并且做上标记，然后做出选择。

　　还有，安德烈先生给您寄了《陶匠》③的样本，希望在《信使》上能见到关于此剧友善的、尽可能吸引人的评论，他为此剧已经倾尽全力了。即便此剧真的没有音乐和其他价值，也不要拒绝帮助他。如果那些先生们在其他事情上会施以援手，那么此事他们也会去做的。他竭力将自己推荐给他们，我知道，再也没有什么比作者自荐更让人同情的事了，这里只有一个商人。因为这事儿不会那么快，我当然应该提前和他说一下。问候贝蒂和洛特。

　　　　1773 年 10 月 31 日

G.

　　顺便说一下：小纸条被留下了，现在必须寄快件了。

---

① 此处指的是剧本《普伦德尔斯威勒的年集》，其副标题为"美须戏"，这是中世纪末期的一种带胡须的面具戏，藉此标题歌德想要突出该剧的古风特征。
② 此处暗指歌德所写的滑稽剧《众神、英雄和维兰德》。
③ 作曲家约翰·安德烈创作了一些舞台音乐剧，1773 年，他的独幕歌唱剧《陶匠》登上了法兰克福剧院的舞台。因为约翰娜·法尔默通过雅各比家与维兰德的圈子有一定关系，因此她答应歌德施加影响力，以便在维兰德的《德意志信使》上评论此剧。

197. 歌德致 J. G. 勒德雷尔

1773 年秋?

  亲爱的朋友,我深知,沉默好过夸夸其谈。然而我要向您坦陈,您的静默我并不觉得好。温施霍尔德先生①可能会告诉您,您的来信让我惊喜,感谢您和这位亲爱的先生关系熟稔。我毫不怀疑,您在勤勉中会继续前行;我坚信您的心,您在忧郁的小圈子里会继续研究希腊人。我一直盼着能听说您是如何研究并且研究的是何内容,这将会鼓舞我,我也不再如现在这般独自一人。如果我在此地有你们中的四位,只有三人也行,我也愿意更加低姿态地表示屈服,那就不一样了。正如丢卡利翁给无垠的大地那肥沃的土壤播种一样,当然少了一个性别。如果这位神没有从石块和树木中将孩子们唤醒,人们不会喜爱这生命。

  我的邻居中有一位重要的朋友,②我们交流了各自的活动,藉此我们双方的关系维持得很好。

  造型艺术现在几乎占据了我所有的时间,我所读的书和所做的事都是为了它。我每天学习得很多,它是诸事中最重要的,至少我要出把力,动动手,而不是对其他人的完美作品给出一个评论。我在我的《建筑艺术》③中或者其他场合都由衷地说过,我知道,这个词将抓住那些尚未在理论和文献的泥淖中丢失的年轻而又温暖的灵魂。您对此事感兴趣,我感到由衷的高兴,在给你们写信时我多次想到,我又愉快地来到了大教堂④周围。随信寄给您四份在此地还无法拿到的《圣经问题》,⑤还有一份《建筑艺术》。为了吸引您和您的朋友们,我已经对自己的事叙述得极其详尽了。请您代我问候所有的人。

您的歌德

---

① 斯特拉斯堡的商人,可能在法兰克福拜会过歌德。
② 可能是指默尔克,尽管他在这一年的 12 月前一直在俄罗斯旅行。
③ 歌德所著的《德国建筑艺术》。
④ 斯特拉斯堡的大教堂。
⑤ 《两个至今尚未研究的重要圣经问题》。

198. 歌德致贝蒂·雅各比

1773年11月3日　星期三

在此我给小妈妈①寄上一些可读之物,它们不是最好的,却是最新的,且比我手头现有的都好。

那些喜剧②的印张还在他们那儿,我会将余下的逐渐寄出。

还有数首婚礼诗歌,③以及我们大家的许多问候。亲爱的小男孩一切都好吧?他叫什么名字?此外,姨和洛洛④一定已经告诉您关于我们以及我们正在做的事情了,尽管这无法用语言来描述,但是比皮影戏更多彩、更单调。

然后就是我的赌约,⑤亲爱的女士,我的赌约!处处都与法庭一样吗?我说过对半,为此我答应给您两首箴言诗。

《陶匠》在此的演出收获了许多掌声。然而这份喜悦并不纯粹,出版社不愿继续推进了。

又得再见了,请向小姨和洛特保证,我一直都是那个老友。

　　　　　1773年11月3日于法兰克福

　　　　　　　　　　　　　　歌德

---

① 贝蒂·雅各比10月刚做了母亲。
② 指伦茨根据普劳图斯的作品改编的喜剧。
③ 因歌德妹妹举行婚礼而写就的诗歌。
④ 约翰娜·法尔默和洛特·雅各比。
⑤ 指第192封信中提及的赌约。

199. 歌德致贝蒂·雅各比

1773年11月7日　星期日至16日　星期二

1773年11月7日

最亲爱的女士，以我现在的心情①我不想给您写信，但我想要告诉您，您的来信②给我带来了多少喜悦。您的音容笑貌环绕着我，如此生动，您一定能感觉到，您的存在对我而言是多么可贵。我站在这儿已有一个小时，读着您信中描述的我，仿佛在您的床畔。但是，最亲爱的女士，祝您晚安。若我无法与您倾心交谈，宁愿让一切归于寂静吧。

11月16日

两天前，施洛瑟和我妹妹出发了。今天就写到这儿。

您的歌德

---

① 指与妹妹科尔内利娅告别。
② 此信是对下面这封贝蒂·雅各比给歌德的信的回复。贝蒂的信如下：

"亲爱的歌德博士先生：小妈妈来了，想和您聊一聊。小妈妈自己不写，而是坐在帘后，睁着黯淡无力的双眼，把话语和想法送到小姨（约翰娜·法尔默）的笔下。几天来我一直在期盼卡塔琳娜、夏洛特、安托瓦内特或者娜妮（法兰克福商人格罗克的女儿们）写来的温馨祝福信。我还想过，或者安托瓦内特至少会欢呼着来到我的床前。既然没有来信也没人出现，因此我这封信只能写给怀有一颗善心的坏人，他对待新的普通朋友关系并不会采取伤及自尊的方式，也不会去忽视这种关系。姑娘们做得不好。等我回到法兰克福，我已变得苗条、风风火火而又欢快，不用博士先生的臂膀也能走得很好了。我说，我现在也不需要你们了，让我安坐在亲爱的伟大的妈妈身旁吧。

"这周我们可爱的法兰克福人过了愉快的一天。姨妈和我想起那对新婚夫妇（施洛瑟），就按照习惯在亲爱的上帝面前为他们祈福了。请您转告您亲爱的妹妹，我在法兰克福盘桓之际，她却不得不去达姆施塔特，这让我感到很不开心。在此期间我做了什么呢？不是生了个可爱的女孩，而是一个强壮的男孩（弗兰茨·莒奥多）。他来到这个世上的过程很痛苦，接生妇不愿告诉我他的性别，父亲则神色淡然。博格纳夫人（约翰娜·法尔默以前的老师）说：'蛋，哎呀！姨妈则因为孩子的到来被吵醒了'，她恼怒地说'又是这事儿'，然后就背转过去对着墙又睡着了。而我，上帝知道，我怀着母亲的仁慈抱起了我的男孩，把他藏到我的床上，让其他人尽情地抱怨。床前挂着您画的小幅风景图，我觉得，如果我的房间明亮，它始终和我在法兰克福看到的风景一样美丽。只有姨妈在说着'祖父'和'祖母'之类的话，当时有两只黑尾猴坐在那儿，把画遮暗了，上面却露出一块灰蒙蒙的天。您可以对此说说您的想法。我认为，参事夫人和卡塔琳娜还有其他人已经在《陶匠》中出现，如果他们能经由博士先生的手被画出来，那该多好啊。请您告诉我，这些最好是在清晨、傍晚还是在夜里出现在我房间？我由衷地喜欢您寄给我的长篇小说《婚礼卡门》(?)，它给我带来了愉悦，正如您盼望的那样。您赠送的剧本《普伦德尔斯威勒的年集》已经到了。小姨写这封信的时候拉着一张脸，她说，剧本被偷走了。当然这没关系。您剧本中关于维纳斯的言论让我很愉快，为此我要好好感谢您。

"我们昨日反复吟诵了 Orgelum Orgelei Dudeldumdei（《普伦德尔斯威勒的年集》中皮影戏演员的口头语）几次。正因如此！您的拉奥孔头像并未让我感到愉快，因为您不想要它。遗憾的是，我没有从法兰克福带回兀鹫的雕像，请您和姨妈在复活节前后寄给我吧。

"我和姨妈并肩走在一条平坦笔直的道路上，没有障碍会让我们跟跄趔趄，此事是真实的，尽管对于亲爱的歌德博士先生而言始终是个谜。祝您平安。

"海伦娜·伊丽莎白·雅各比（娘家姓封·克莱蒙），别名：小妈妈"

200. 歌德致拉瓦特尔

1773年11月上半月

……当科学成为科学,它就不再有什么了……①

---

① 歌德把《格茨》寄给拉瓦特尔后,两人从1773年秋开始通信,但是到1774年6月才相识。此信歌德只是摘录了1773年11月19日拉瓦特尔写给他的信中的一句话。

201. 歌德致 H. Chr. 博伊

1773 年 11 月上半月

……垫子已摆放好,现在还有火焰与风,然而这要取决于众神……

202. 歌德致拉瓦特尔

1773年11月下半月

……我不是基督徒……①

---

① 1773年11月30日,拉瓦特尔写信给歌德:"我亲爱的兄弟,上帝知道,自从你对我说了我不是基督徒这句话后,你对我的意义更大了。"歌德在信中引用此句首次表明了拉瓦特尔和歌德通信的中心主题:苏黎世的"预言家"与非基督徒歌德之间关于皈依宗教的较量。

203. 歌德致约翰娜·法尔默

1773 年 11 月 17 日　星期三

　　亲爱的姨，我的事情进展缓慢，这要归咎于八天以来我周遭的混乱情势。大前天和妹妹说了再见，我如今是鸡窝里唯一的公鸡了。那个蠢蛋没有两块法国亚麻布，其中有一块还算漂亮，第二块已经被剪过，因此我不想把样品寄过来了。接下来忙《陶匠》的事。我思绪很乱。

您的歌德

204. 歌德致约翰娜·法尔默

1773年11月23日　星期二

　　亲爱的姨,这次谈谈《陶匠》。谢谢您愿意让我将对此剧的看法公之于众。这是一出音乐剧,产生于作者那美好而善良的灵魂,它完全符合剧院的需求,演员与观众都能够理解它,处处都是愉悦的情绪。如果没有音乐,它的纯粹性将无法维持。

　　音乐本身是在了解了剧院目前的实力后创作的。作者寻找了正确的朗诵方式,配以轻快流畅的旋律,不再要求演唱小曲的艺术来配合希勒和沃尔夫先生那受人欢迎的谱曲。为了不让耳朵感觉空荡荡的,他尽力将音乐伴奏安排得和谐,使唱曲没有瑕疵。结尾处他使用了吹奏乐器,有时将乐器中的一种与歌声和谐地混合在一起,如此歌声得以加强并且变得动听。例如第一个二重奏中出现了笛子。人们不该在背后说他剽窃,对他的期望是越来越多了。在几处咏叹调中,反复咏叹比小抒情曲的时间短:正如有的笨拙的农家男孩(第78段)。

　　他对全部评价带来的不愉快置之不理,这点我表示赞同。假使采取一些行动,懂行者和爱好者会满意,外埠的和私人的剧院也能很好地实现这一目的。

　　请原谅,亲爱的小姨,代我问候那位亲爱的女士①和洛特。我和往常一样时而友善,时而让人无法忍受。我有几日头疼,对人十分和气。您要给我写信啊。伯林旅行回来了,不久他要去魏玛拜访巴萨。② 咱们的赌约如何了?再见,亲爱的小姨。我妹妹已安全抵达,很快就安置好了。再见。1773年11月23日。

歌德

---

① 贝蒂·雅各比。
② 指的是维兰德"老爷"。

205. 歌德致贝蒂·雅各比

1773年11月底

  亲爱的女士，请原谅我的那些简短信件。一次握手总是比一长串的赞美要有价值，我写的时候，这些都是发自我内心的想法。我应该事先深思或者研究一下：什么？您已许久未收到来信。邮车会给您带来各种东西，其中有伦茨改写的普劳图斯的喜剧。为了安慰荣格先生①那笃信基督的灵魂，您可以告诉他，此事不是我干的，我没有做这事儿，小妈妈。然而有一个男孩，我爱他如同爱自己的灵魂一般，这是一个优秀的男孩。但是为何要以作品为准呢！尽管写着：你们应该从他们的成果上认出他们。但是这些不都是我们涂写到纸上或者印刷出来的成果吗！就说这些，亲爱的女士，因为我希望，您和改写喜剧的作者能保持良好的关系，同时您也了解到，我并不是作者。诚实的荣格再次到了您那里，也许他的克里斯蒂娜把他叫回去了。我希望，你们最近出生的那个孩子很健康，您没有在信中提到他的情况。我想到您的时候无法不念及这个孩子。我不喜欢抱怨我目前的状况，亲爱的女士，如果我不变得更为尖刻的话，我无法忍受这一切。

  我没有时间收集自己的感受，手头已经开始写一部小剧本，②严格来说，对您以及与您相同的所有亲爱的灵魂们而言，这不是**食粮**，但我希望能带来愉悦。倘若星光不是那么暗淡的话，圣灰星期三的前夜就可以前行了。代我问候小洛洛。我妹妹对您的问候，您会在我给小姨的信里读到。格罗克一家③衷心喜爱您，但是他们近况不佳。小卡塔琳娜④病了，安托瓦尼特⑤有很多愿望，此次无法一一得到满足。我躲开她，因我没有力量做得更好。您还没有格罗克一家的照片。再见。

---

① 荣格·施蒂林。
② 指《埃尔温与埃尔米尔》。
③ 法兰克福的一个商人家庭。
④ 卡塔琳娜·格罗克。
⑤ 安托瓦尼特·格罗克。

206. 歌德致约翰娜·法尔默

1773年11月29日　星期一

亲爱的姨,每件事都有其自身轨迹,并且不愿涉及他人,只有当我们对此心绪宁静,一切才会又好起来。即使我们离开这里和那里,我们终究会重逢! 只是我俩过去已经习惯**手牵手地走**,谁又不是这样呢,等等。

我妹妹过得不错,她的旅行、安置新居,一切她都做得很好。您还记得**博恩海姆**和**法兰克福**之间的骂战吧。

眼下她正随心所欲地在外漫游,让我问候你们大家。

若创作之灵掠过我面前,我要请求他给些建议。按照某个榜样来创作。他不喜欢这样。

但是说真的,如果不是一出**喜剧**,我很乐意见到那些道德说教再次出卖了自己。我愿意拥有一个充满了好闻气味的容器,不知他们想要哪一种,然后建议给这个容器装入道德象征和言语。

感谢您对那首叙事谣曲①的评论,请您给予更多的意见。

我从阿尔萨斯带回的所有东西②正随时听从我的调遣。

小提琴的事情我还需打听,先和您知会一声。

包裹内有一篇本地报纸关于《信使》的评论,那些先生们是如何将维兰德鞋上的灰尘舔去的。我尽了自己所能去鼓动戴内特反对维兰德。我向他介绍说,《信使》如此写道:《**法兰克福报**》据说72期结束后就消失了,因为它确实完全存在过。这是多么卑鄙啊。不考虑这些的话,我不得不从心底惊叹于《信使》773页后几页所呈现出来的礼貌与虔诚。再见,亲爱的姨。我替安德烈由衷地感谢您。

同时感谢您告诉我了一些他人对我的**看法**,③即使这些看法不

---

① 菲舍尔·兰贝格猜测,此处指的是诗歌《饶舌的单身汉》。
② 歌德在阿尔萨斯收集了许多民歌,并亲手笔录了下来。
③ 指雅各比兄弟对歌德的看法。

太可能对人产生影响,它们也是令人感兴趣的。

再见。

1773 年 11 月 29 日

207. 歌德致 J. G. 施特歇

1773年12月4日　星期六

尊贵的、令人景仰的先生：

　　阁下 11 月 1 日来信,随信附上的有一份全权委托书和杜卡特钱币,对此我未能及时回复。直至今日我才能够随回信顺便谈一下那一重要事件。

　　从行政长官路德先生的便条上能看出,我是如何友好地加以提醒,提议他好好与档案保管员霍恩先生和解。您也看到了,他是如何固执己见地说,尽管他欠下了债务,但是早已还清。

　　现在必然会引起一场诉讼,因此之前会发生各种让人忧虑的事。

　　首先我要告知的是,寄给我的账单数额错误。经仔细查看,并非 61 帝国塔勒 18 格罗申 4 芬尼,而是 62 塔勒 7 格罗申 4 芬尼。尽管计算错误无关紧要,但是提供这样一份账单很有可能需要宣誓,因此精确是必需的。

　　我期盼,这份账单与之前寄给路德先生的相同,即便如此,也没什么可说的,因为账单并非由于修改数额,而是由于增加了项目而显得愈加醒目。

　　我们在否定对方时有义务提交证据,这份证据很容易在宣誓账本正确时被呈现出来。唯一的问题是,如何获得这一账本,它记录得是否符合商业规范。因为我猜测,这只是一份记录在家给大学生提供伙食而产生的款项的账本,无法提供充足的证据。假如有一些缺陷,也可以通过询问证人得到帮助,以此来平衡双方的不同意见。

　　此外还得注意,由于涉及反诉,我们的法庭不会允许有人不付钱便去谋求自己的权利,估计至少要花费 50 个帝国塔勒,也许还要更多。

　　在我处理这一案件之前,这一切都要提前告知当事人以便让他们牢记在心。我请求获得关于以上几点的详细信息,并坚持认为,尚欠档案保管员霍恩先生一个建议。

1773 年 12 月 4 日于法兰克福

我请求收回路德先生的便条原件。

您忠实的
J. W. 歌德博士

208. 歌德致约翰娜·法尔默

1773年12月

我找到了一把小提琴，想让人把它调好，然后和弓包装在一起，用邮车寄给你。

弗里茨或格奥尔格先生将会接受我这件圣诞小礼物。我只盼着有一位能愿意伸出手去琴上试试运气，学习一下，而不只是把这件可爱的物件夹在下巴下面。然后他有可能成为一个演奏家，或者至少学习体验一下演奏家的感觉。

顺便附上一首小诗，条件您都清楚。① 请代我问候亲爱的夫人，②洛洛，③她们能在一封短信里将对我的热情全部倾诉出来，由衷地感谢。

乡间和城里，
人们付出无谓的劳累，
必须和邻居争斗，
为了夺取那蝇头小利。
环顾上帝的土地，
仅存饥饿、苦痛和嫉妒，
足以将人驱逐出去。

除了胆怯和愚笨，
尘世之殇已非痛苦。
劳作带来每日的面包
屋顶、土地和凉阴。
上帝的太阳闪耀灼灼，
你发现一位姑娘、一个朋友，
让我们永远在此驻留！

---

① 条件是：不抄写这首诗，也不交给他人。
② 贝蒂·雅各比。
③ 洛特·雅各比。

209. 歌德致 H. 布夫

1773 年 12 月

亲爱的汉斯,请小安娜①原谅,我没有提前转告我的委托。施密特先生无法提供图样模板,但他愿意寄几份过来。如此小安娜应该会满意了,请写信告知她想要何种颜色和样式,这样我就可以去弄了。

还有一事相托:在法尔克先生那里我有 9 个古尔登,请去取一下,然后邮寄给我。

问候全家人,你知道的,多罗特娅和小伦娜。洛特写信的内容,我也很乐意听到。

G.

---

① 安娜·勃兰特。

210. 歌德致 H. 布夫

1773 年 12 月

亲爱的汉斯，很不幸，你的上一封信我不知道放哪里了。我不得不请求你再告诉我一下小安娜和小卡罗利妮的所托之事，她们想要哪种颜色。问候大家。再见。

211. 歌德致 H. 布夫

1773 年 12 月

亲爱的汉斯,所托之事又有问题了。你来信说,我应当给小安娜寄四分之三码尺的样料。我不理解,她要用这四分之三码尺的布料做什么。是不是三又四分之三码尺。如此情况又不同了,因为会多花钱,要超过 16 古尔登了。因此我想再询问一下。问候大家,有新情况请告诉我。

歌德

212. 歌德致 H. 布夫

1773 年 12 月

亲爱的汉斯,我给孩子们寄了点东西,把葡萄干、无花果还有图片分给他们吧,那本书是给大家的,是从凯斯特纳那里拿来的。

爱我吧。问候爸爸、姐妹们和勃兰特一家。再见。

歌德

213. 歌德致卡罗利妮·布夫

1773 年 12 月

亲爱的卡罗利妮,我随信给您寄了缎子的样品以及价目单,尺寸计算也在上面。如果您喜欢哪款,只需要写信告诉我,我很乐意去买。请您代我问候全家。爱我吧,再见。

歌德

214. 歌德致贝蒂·雅各比

1773 年 12 月

小提琴很快就到了，小妈妈，它就像一个正在排练的女演员，穿着法兰绒上衣，罩子外绑着彩带。您要记着，东西收到后给我写封信，这是一种好的想法，至少对我而言是这样。您会感受到，您的信是多么地受我欢迎，因为我是如此的孤单，然而却比任何时候都幸福，身周都是我由衷喜爱的生灵。①

伦茨改写的普劳图斯的喜剧被您弄坏了一份，我给您再寄去。但是把它们烧毁我觉得不是节俭之举。大量柔软的印刷纸！用来烧！我对那些包装纸都还保持着敬意。

我觉得您的孩子们很可爱，因为他们是您的孩子，最小的一个我尤为觉得亲近。他们是否相信基督，或者格茨，或者哈姆雷特，这是一方面，只是得让他们相信些什么。什么都不信的人，会对自身产生绝望情绪。有人②见到了我那身在汉诺威的洛特。没人能用我的眼睛看她，当然其他人也有眼睛。等等。

按照原来的理解，那个香料花瓶是一件无关紧要的家什，它可以让房间散发出一丝好闻的气味，正如有些人拥有一点点品味。但是这种花瓶，人们习惯性称之为香料花瓶，它原本也是这个名字，早已带上了象征的意味，对灵魂也是有用的。对此我有些看法，对这整件事！英雄诗歌不是一日写成的。

小提琴的弓我留下了，它用起来不太灵活。您随处都可以买到弓。

---

① 可能指歌德创作的普罗米修斯和浮士德中的人物形象。
② 约翰·格奥尔格·雅各比。

215. 歌德致凯斯特纳

1773年12月25日　星期六

圣诞节第一天，早上6点后

我亲爱的朋友，距离上一次在这个时间点给你们写信已经过去一年了，这段时间以来，有些事儿变化是多么大呀。

因为我身边发生的事情纷繁而杂乱，我已许久不给你们写信了。

亲爱的洛特，谢谢你，为了那块麻布你给我写了信。如果我事前有过这样的期许，那么我的礼物就是自私自利的。这封信我亲吻了百遍，在某些时刻人们才会发现，自己是多么喜爱自己的朋友们。

我无法向你们描述我再次见到默尔克时的喜悦。他比我预计的时间早到了八天，我回家时，他正在房间里，坐在我父亲身边。我进屋前对此一无所知，见到他之前却已听到了他的声音。洛特，你是了解我的。

你来信中暗示的可能会距你们较近的一个职位，对此我考虑了一下。你们离开后，这就一直是我的梦想，但它也许只能是一个梦。尽管我父亲对于我从事陌生的工作不会有异议，而此地既无爱情也无对某个职位的期许牵绊着我。但是，凯斯特纳，我所拥有的天分和精力只能用在自己身上，我已习惯于遵从我自己的直觉行事，如此在我学习政治服从之前，我无法为任何一位选帝侯服务。法兰克福人就是如此该死的一种人，莫泽首相常说，他们那顽固的头脑哪儿都用不上。即使并非如此，在我的所有才能中，法学是最微不足道的。一些理论以及健全的理智，这些还无法成事。我的实践与我的知识并行前进，我每日都在学习，进度很慢。然而在一所法学院，我就得避免玩游戏，因为我是桌边最没有经验的那一个。我想知道，你的话是否不仅仅是个愿望和想法。

我妹妹很好，她正在学习生活。只有在遇到纠结而又糟心的事时，人才会认识到自己的能力。她很好，施洛瑟是最好的丈夫，正如他之前是最温柔的、最理智的爱人一样。

亲爱的马克西米利安妮·拉洛施①结婚了,对方是一位受人尊敬的商人。很棒!真的很棒!

你们的汉斯总给我写信报告家里的情况,因此对于你们出发后家里发生的所有小事和重要的大事,我都有完整的记录。

多罗特娅结婚的事是真的吗?

我们的城市里有一颗奇异的星宿,半年以来已有二十桩重要的婚事了,我的两位近邻,包括我妹妹,都在一周内就许下了婚约。

锣鼓钟声齐鸣,之后就开始典礼了。

这段时间我很勤奋,写了很多小作品。有一部喜剧配上颂歌即将完稿,几部重要的剧本②也定下了基调,现在还要对此研究一番。

上面提到的喜剧并未耗费太多的精神和情感,都是基于演员的能力和舞台写就的。有人说,剧中某些情节不太令人欣赏,我也无法再改动了。

你们会拿到这部喜剧的底稿。

洛特见到约翰·雅各比了,和他说了话。我注意到,他引起了她的注意,他还在那儿。

法尔克是一个优秀的男孩,他能喜欢我,我很高兴,有时候他会写信给我。

默尔克和我得了一个奇特的剪影,是拉瓦特尔寄给我的,看上去与洛特很像。没法具体描述情况如何,就是他到的那个傍晚,我从这事儿可以看出来,他真的很爱洛特。谁要是认识洛特而不真的爱她,那这个人我也不喜欢。

---

① 索菲·封·拉洛施的女儿,1774 年嫁给了法兰克福商人彼得·安东·布伦塔诺。
② 可能是指《普罗米修斯》和《浮士德》。

再见了,你们这两个孩子,快要天亮了。

你们知道赫普夫纳和汤姆小姐结婚的事了吗?

尽快给我回信,你们想起我就会感到愉快吧,正如你们让我很愉快一样。

G.

216. 歌德致 H. 布夫

1773 年 12 月 25 日　星期六?

请尽快把信递送给我,给你的信已经递送出去了。我祝愿阿尔伯特和恩斯特早日恢复健康。请问候爸爸,代问候姐妹们、小伦娜和多罗特娅。请偶尔给我写写信。

歌德

217. 歌德致拉瓦特尔

1773年12月25日　星期六或31日　星期五

[……]谨慎处理你的信件[……]

[……]如果你需要一个救世主,请向他求助,他曾向你许诺那汩汩的泉流[……]①

---

① 1774年1月4日拉瓦特尔写给歌德的信件中引用了这两句话。

218. 歌德致贝蒂·雅各比

1773年12月31日　星期五

岁末

四周,四周,四周!看四周,四周,四周!① 现在就是如此。您看看自己的附近,请将我纳入您的世界,正如我把您纳入我的世界一样,如此反过来也是一切照旧。我真心感到欢喜的是,没有人注意到,在任何地方都会出现倏忽易逝的现象。

我所展望的来年是多姿多彩的。马克西米莉安妮·拉洛施要嫁到这儿来了,与她未来共同生活的伴侣看起来是个男子汉,真好!可爱的小宝贝的数量又要增加了,他们不会比精神产物少,这一点您一定也早已猜到了吧。在此期间,世上伴着熟识、友谊和爱情发生了棘手的事情,而人们认为自己对一切都心里有底,魔鬼恰恰在这其中撕开一个洞口,然后将一切掩埋了。最近遇到的事让我闷闷不乐。我保证,我比任何时候都忙于去寻找爱情、友谊和美好,还有美妙的幽默。我找到了各种不可思议的东西,有几次我都准备要坠入爱河了,此时我见到上帝出现在前方。无论如何,我应该将发生的这些不幸立刻告诉小妈妈。

我不想说自己最近涂鸦得如何,因为我还停驻在那遗留下来的强烈情绪里。

为身处汉诺威的洛特画画的这位画家②十分擅长作画,这是一幅全身像。只是我真不该这样絮叨地描述细节,我爱上了这整幅画。上帝认为:爱人是糟糕的观察者。

关于那些评论,我如孩童般无辜。此次他们见到了幽魂,因为他们找寻的就是这个。我把它寄给了您,您也许会笑话我。我写信告诉姨自己是如何鼓动戴内特的。真的,我希望他出卖自己,我见他如

---

① 此处可能摘自荣格·施蒂林的一首讽刺诗。
② 指约翰·格奥尔格·雅各比。

一条小狗般礼貌。我保证自己没有添油加醋。

豪普特曼帮助你们慢慢度过了这段幽暗郁闷的日子,上帝会奖赏他,他已得到了他的酬劳。狂欢节后我要开始新的工作了。再见了。祝小家伙健康成长！亲爱的女士,两年半以来,我已见到三四对恋人结婚了,却还没有人愿意给我这个希望。

G.

代问候姨,我很愿意给她写信,可是我难以想象她在杜塞尔多夫因为感冒的折磨而变得身倦力怠,我的文思因此而堵塞了。

1774 年

219. 歌德致约翰娜·法尔默

1774年1月2日　星期日

今日乃冰雪婚礼日!① 必须往前走,冰层发出裂开之声,冰面弯曲,下面河水涌动,最后冰层破裂,骑士先生②如头母猪般爬起。

此处有一首谣曲。

向贝蒂③转达我衷心的问候,信中附上了给洛洛④的东西。

自我安康以来,

众人都已安乐。阿门。

然后等等等等……

昨天我们大快朵颐,吃了野味烤肉和果酱饼,还喝了很多酒,坐在美女中间一直到夜里1点,我们用勺子让自己愉悦。⑤ 现在的市长罗伊斯先生再一次宣布新年的到来,我披红戴金。去哪里?坐马车去莱茵河畔!⑥ 我爬上楼梯,铁丝还挂在角落。我摁响门铃!小克特⑦来了。你还认识我吗?哦,天哪!栅栏打开了,我友好地拍了拍她的头,弄乱了她的帽子。里面是 H 和 G。⑧

一二三四五,⑨好的!我介绍我自己。妈妈⑩端来咖啡,她对手边的我视而不见,直到我站在她面前。然后……

---

① 此日歌德去滑冰了。
② 指溜冰的歌德自己。
③ 伊丽莎白·雅各比。
④ 夏洛特·雅各比。
⑤ 指努力地抓取食物。
⑥ 歌德想象着前往杜塞尔多夫拜访雅各比一家。
⑦ 克特是雅各比家的女佣,歌德在贝蒂·雅各比来访时认识了她。
⑧ 可能指的是贝蒂的孩子汉斯和格奥尔格。
⑨ 可能指雅各比家的孩子数量将会非常多。
⑩ 贝蒂·雅各比。

220. 歌德致 J. F. 封·弗莱施拜恩

1774年1月3日　星期一

尊贵的先生
尤为令人尊敬的表兄！①

在此辞旧迎新之际，我们祝愿您和尊贵的姐姐②身体康健，精神愉悦。我们渴望友情和喜爱，我们向上帝祈求，允许我们长久地享有爱与情谊。

迄今为止，我还踌躇着未开始动笔写作，因我盼着能收到100金路易的消息。通知已经到了，但是要八日后才能收到这笔款项。

尊贵的迪图瓦③阁下会很快带来消息，能与这样一位令人尊敬的先生结交，我很高兴。

我父亲对您寄给他的硬币表示最衷心的感谢，您为他的收藏增添了特别的内容。两份关于硬币的批示中无人被记名，这也有助于厘清债权关系，我们这边也能向您承诺保守秘密。

我希望药已经寄达，卡尔斯塔特的葡萄酒也已经搞到。

您要的关于盖恩夫人的生平的书我只弄到了一本，有机会我把它寄给您。

药品的账单我随信附上。

附上的还有奥芬巴赫的一封信。

同样还有迪图瓦的信。

封·克勒滕贝格小姐也表达了同样的愿望。正如我们在最牢固的友谊圈里一致认为的那样，我们对阁下您的爱与忠诚一如既往。

---

① 歌德与约翰·弗里德里希·弗莱施拜恩是远亲。
② 索菲·伊丽莎白·封·普吕申克（娘家姓弗莱施拜恩）当时与她的哥哥生活在一起。
③ 神学家让·菲利普·迪图瓦，法国寂静主义最后的代表人物之一，神秘主义者改革派，盖恩夫人的信徒。

顺便表达我对您和您妹妹一贯的敬意。

  法兰克福   您最忠实的
  1774年1月3日   J.W.歌德博士

221. 歌德致 H. Chr. 博伊

法兰克福，1774年1月8日　星期六

我的朋友默尔克从彼得堡返回时，我已选定了《格茨》的出版社。我请您帮我一点忙。我要面对的是个商人，两次他们一共收到了150份样书，迪特里希先生亲自写信跟我说，他把这些都卖出去了，似乎卖得很便宜，但我也为此得到了等值的回报。如果不能拿到全部或者部分现金，您至少可以给我搞到一些纸张。最后我请求您把迪特里希出版社的目录给我，并且请他解释一下，他打算怎么做。这个剧本得到很好的认可，并且很快地被销售出去、重印，而我却没有再出印刷费，想到这些我有时不禁笑了。

关于您的集子，①我只能提供一位朋友的几首格言诗。

再见。

歌德

---

① 指1775年的《哥廷根缪斯年鉴》。

222. 歌德致 H. 布夫

1774 年 1 月 13 日　星期四

　　亲爱的汉斯，值此新年之际，我寄上一份我们法兰克福人用来馈赠他人的礼物，一枚崭新的赫勒银币。

　　问候所有亲爱的朋友们，再见。

G.

223. 歌德致索菲·封·拉洛施

1774年1月21日　星期五

如果您愿意把明天下午的时间空出来给我,我就能让您看一出大戏。我请求您给予一个明确的答复。今晚我会在音乐会上见到您。您是否明天有空,我想马上就知道。如此明日下午1点,马车就会停在您家门前。我母亲也会一起去,我们想把男孩们①都带上。

请问候亲爱的马克西米莉安妮。

G.

---

① 指布伦塔诺第一次婚姻留下的儿子们。

224. 歌德致索菲·封·拉洛施

1774年1月30日　星期日？

　　在此寄上《格茨》的第二版,问一下:年轻的骑士们①可愿意带上它,是否愿意把它介绍给枢密参事先生。② 我希望还能够和您告别一下。

　　送上真挚的问候,早上好!

G.

---

① 可能是指前文提到的布伦塔诺第一次婚姻留下的儿子们或者索菲的孩子们。
② 格奥尔格·米夏埃尔·弗兰克·封·拉洛施。

225. 歌德致贝蒂·雅各比

1774年2月初

  我过得相当不错,亲爱的女士,感谢您写来的比以往长两三倍的信件。这三个半星期我们东游西荡,如今正如人们所见到的那样,我们终于心满意足而深感幸福了。我说我们,那是因为自1月15日①以来,我再也不孤单了。我经常与之撕扯的命运,如今已被客气地冠以一个名称——"美丽的、智慧的命运"。因为自从我妹妹被人从我身边夺走以来,这确实是第一件具有补偿之物模样的礼物。马克西米莉安妮一直是个天使,她用自己最朴实和最高贵的品格将所有人的心都吸引到身边。而我对她的感觉如今让我的生活变得幸福,对此,她的丈夫永远找不到嫉妒的理由。布伦塔诺是个可敬的男子,性格开朗坚毅,理解力极强,在他那一行当里是最有作为的人。他的孩子们活泼、单纯又善良。请您加上亲爱的迪迈克斯②和一位女朋友,③如此您就拥有了我们这一小群人。我们的妈妈拉洛施在1月的最后一天离开了我们,我的安静的友谊眼瞅着得到了奖赏。我感觉,比起两年前,比起半年前,我离她更远了,她离我更远了。的确,真正的联系正如树木长根、形成树冠、结出果实那样需要时间。

  如果您知道,亲爱的女士,我们是怀着怎样的心情、用怎样的语言时常提到您,您就会渴望到我们这儿来了,您坐在我们的桌旁也不会不合适了。谢谢您关心安德烈④的命运。他很刻薄,却不让我觉察到这一点。他似乎不太信任我,认为我什么也没给您寄。够了,我

---

① 1月15日以来,新婚的马克西米莉安妮和丈夫布伦塔诺、母亲索菲·封·拉洛施一起在法兰克福小住。
② 达米安·弗里德里希·杜梅茨,1764年起担任法兰克福圣莱奥哈特教区主教。
③ 可能指的是玛利亚·约翰娜·约瑟法·塞尔维埃,丈夫是法兰克福商人,她与杜梅茨交好,或者指的是苏珊娜·封·克勒滕贝格。
④ 歌德在《信使》上推荐了约翰·安德烈的歌唱剧《陶匠》,此剧被贬为"糟糕的模仿"。

们已经做了该做的事。他最在意的是,人们说他的作品是模仿。嘀啾嘀啾!这对一个作者来说算什么事儿啊!

一股强冷空气穿过窗户直达我的心脏,带来了千倍的愉悦。外面一大片草坪被水淹了结了冰,昨天还无人敢走,今天就有人了。大约十天前,我们的女士们就出去一起观看了哑剧式舞蹈。我们都出场了。随后冰有些融化,现在又冻住了。哈利路亚!阿门!

请向洛特和姨妈表示感谢,并转达我的问候。

226. 歌德致毕尔格

1774年2月12日　星期六

给您寄上第二版的《格茨》。我早就想给您写信,和您的朋友德斯托尔普①度过的那几个小时让我下了决心。

我乐意去做那个消除我们之间创作隔阂的人。我们的声音时常相遇,我们的心亦是如此。难道生命还不够短暂与乏味吗?有着共同道路的我们不应该相互接触吗?

如果您写了什么作品,请寄给我,我也会这么做,这可以给人以勇气。您只将它给知心朋友看,我也要这么做,并且承诺永不抄袭。

德斯托尔普和我一起去溜冰了,我的心漂浮在美好的灵魂之上,冉冉升起。再见,请多保重!

　　　　法兰克福,1774年2月12日

　　　　　　　　　　　　　　　　　　　　　歌德

---

① 指约翰·马特乌斯·特斯多普夫(Tesdorpf,信文中作 Destorp,故音译为德斯托尔普),此人是毕尔格在哥廷根求学时的大学同学,他在前往法兰克福旅行时拜访了歌德。

227. 歌德致索菲·封·拉洛施

1774年2月中旬

  感谢您寄来的两封信，亲爱的妈妈。它们让我了解了您完整而又真实的灵魂。我肯定，若您继续用您自己的语气来描写那些普遍存在的有趣事物，整个效果一定极佳。关于内容的衔接和位置，您要允许我给您提些中肯的意见。例如布雷希特尔的神化结局出现在第二封信中，这显然太早了。只有在圣人的骨灰安放前，才必须修建、装饰并且落成那座圣坛。我希望，这整个内容可以再往后挪一点，而罗莎琳的个性和意义需要先发展和培养。我怀着甜蜜的忧愁迷茫地感受着第一封信，希望整个内容能有趣味些。如果不是太脱离您的初衷，头几封信最好用简朴的细节开篇，如此感觉和精神就会显现出来。那位亲爱的女士①写信给您提到了自您离开后我开始创作的作品，确实开始了，因为我从未想过用这个主题创作出单部完整作品。一旦完成，您就会收到它。我不能也不愿去杜塞尔多夫。您知道，我只结交某些人，也只去某些地方。如果感觉不到内在动力的驱使，我可以数百年时间一直是个旅行者。

G.

---

① 马克西米莉安妮·布伦塔诺。

228. 歌德致约翰娜·法尔默

1774年2月底

  天哪,小姨,现在这算怎么一回事啊!洛特说,您3月底要过来,您也不写信给我这个管家,①也没有发指令给裱糊匠、厨师等。请您相信,您会收到《伊里斯》杂志,②目前据说一切都进展迅速。纳尼是位美丽的女仆,她总有许多自己的事情。作为一位优雅的女士,您应该寄一封美丽平整的信过来,信里写上阁下您对神圣的教堂塔楼、金合欢树和那漆着诗意色彩的渔场③的渴盼,它们成了心情可以停歇的草地,而这些情绪也会部分投射在这些地方。

  这些就是我现在心里想的事,请问候那位可爱的女士,④其他就没什么了。此外,请转达我对洛特的绵绵友情。

  最后是阁下您忠诚的仆人的潦草签名。

---

① 歌德经常给约翰娜·法尔默办事,因此自称"管家"。
② 约翰·格奥尔格·雅各比筹办的女性季刊,第1期于1774年10月出版。
③ 法兰克福的一些场所。
④ 贝蒂·雅各比。

229. 歌德致索菲·封·拉洛施

1774 年 3 月

关于您的信件，①我没有说出自己想说的，而是说了我必须说的话。这才是两颗心灵间的交流，没有语言会流失，因为这原本就不是语言。

您问我是否应该向我妹妹推荐《伊里斯》杂志，您内心是如何想的呢？如果您的内心说"是"，那您又为何问我呢？我已写信跟她谈了我的意见。我认为，她不应卷入此事，不应该为了一个陌生人的缘故而让她的朋友们花钱，而她与这个陌生人过去并无共同之处，也许以后会有。此人想借此事让中间人为他搞钱，他的不拘小节让人无法原谅。我妹妹现在应该做对她而言正确的事。

我在信中写了这些，现在您可以做您能办到的事，而我妹妹也可以按照自己的意愿行事。这个人②在这件事上再次显现出来的窘迫让我觉得奇怪。我现在的处境就好似主教先生③将对手的粗野无礼像珍珠项链般戴在颈项间。

我祝愿雅各比能获得很多个半枚披斯托尔，④念及此，我原谅了他另一件事：这些家伙打着自己的旗号重利盘剥，这事儿干得不错，只是不应该打扰我和我妹妹。他们以为也可以说动我，如此我就不想和他们有啥关系了。

信写完时，亲爱的妈妈，我想起来了，我反对雅各比们的行为不公平。难道我不曾在他家夫人、姨妈和姐妹⑤那儿住过吗？依据最严格的平衡原则，这就赋予了他们向我的科尔内利娅提出要求的权

---

① 指的是索菲·封·拉洛施所写的《罗莎琳的信》。
② 约翰·格奥尔格·雅各比。
③ 杜梅茨主教。
④ 1774 年 3 月的《信使》上曾公告：《伊里斯》女性杂志的价格为半枚披斯托尔。披斯托尔是法国金币，价值 5 塔勒。
⑤ 贝蒂·雅各比，约翰娜·法尔默，夏洛特·雅各比。

利。哦呵!

　　我父母和封·克勒滕贝格小姐问候您。只要我活着,我就离不了您的马克西米莉安妮。请允许我一直爱她。

230. 歌德致凯斯特纳

1774年3月

圣诞节第一天写给您的信件直到2月13日才收到回信,这可不太好。凯斯特纳,以后寄信请走邮路,多给我写点信,否则我就直接找洛特让她给我写信了。

马克西米莉安妮·拉洛施嫁到这儿来了,这让人觉得日子尚可忍受,生活中其他事也是如此。我时常去你们那里的日子已成往昔,也许你们很快便能见到这段岁月的记录。① 你们不常来信,或许是家庭琐事缠身,你们知道,这些都是最让我放在心上的事。

那位雅各比对待洛特还算公正,他对她的描述非常好,有人写信告诉了我此事。② 我过去真的不知道她的这些特质,因为我太喜爱她,以至于无法留意到这些。《伊里斯》是本幼稚的杂志,应当原谅他,因为他想着从中搞到钱。雅各比兄弟自从和维兰德闹翻③后,就想着要挖《信使》的墙角。

这些家伙怎么看我,我无所谓。他们之前骂我就像骂一个熊孩子一样,现在他们必须认识到,受不了他们的人也可以成为正直的人。洛特被列在了订阅者名单上,这事儿倒是和她很相称。

我不想谈我对你们的祝愿和期盼。我的情况和你们相同,我们让事情顺其自然吧。

真糟糕,你们没能近距离见到赫尔德。④ 他是独自一人吗?还是他老婆⑤也和他在一起。

---

① 指歌德当年2月开始创作的《维特》。
② 贝蒂·雅各比告诉了歌德关于约翰·格奥尔格·雅各比对洛特的评价。
③ 维兰德和雅各比们的不愉快起因是:尼古拉用"婴儿"的角色讽刺了约翰·格奥尔格·雅各比,而维兰德却在1773年7月的《德意志信使》上对尼古拉的《泽巴尔杜斯·诺坦克》大加赞美。
④ 赫尔德1月底到过汉诺威。
⑤ 卡罗利妮·赫尔德,娘家姓弗拉科斯兰德。

我很勤奋,生活方式照旧。偶尔翻阅你以前的来信,我不禁惊讶于自己在经过了这么多变化后依然故我。我希望也能从你们那儿听到同样的消息,所以请经常给我写信吧,或者请洛特心里有啥话也偶尔给我写上只言片语,她完全可以做到。请她代我问候佩斯特尔,她一定也是位正直的女人。

　　那位孔克尔夫人给市政府制造了许多麻烦,她在斯特拉斯堡,那里的市政厅不想把她引渡出去,因为侯爵①求助了国王,②因此她就出发去了瑞士。这些都是最新的消息,目前还处于保密阶段。

　　不奇怪,我们都是保皇派,因为我们都属于皇帝陛下。

　　再见。希望不久能听到你们的消息。我是永远永远的老朋友。阿门。

G.

---

① 特里尔的选帝侯。
② 法兰西国王路德维希十五世。

231. 歌德致夏洛特·凯斯特纳（娘家姓布夫）

1774 年 3 月

  亲爱的洛特，此刻我突然想起，我已收到你的信很久却还未回复。这段时间，你也许比任何时候都更多地与我在一起：里面、共处、下面。① 你让你的先生解释一下这事儿吧。我会尽早为你把它印刷出来，它将是我最好的作品。每当我想起你们时，我怎会不愉快呢？我一直是那位老友，你的剪影还在我的房间里呢。我把剪影的别针藏起来了。我是一个傻瓜，对此你毫不怀疑。我羞于说得更多了。因为若你不知我爱你，那我为何要爱你呢？！

歌德

---

① 神学用语，指的是耶稣的身体变为面包与红酒在圣餐时被享用。此处指的是歌德创作《维特》。

232. 歌德致索菲·封·拉洛施

1774年3月

您的《罗莎琳的信》原稿我给您寄回,衷心感谢。您知道,我已经对它们表达了自己的意见。这里还有其他的一些事:那出讽刺剧①已经印刷出来了,也许您会对此感到惊讶,就像一块磨盘从天而降。再见,祝您安康!我有段时间没见着您亲爱的女儿一家②了。我真是太随心所欲了。

不,亲爱的妈妈,我发誓,我愿意乖巧一点。

G.

另一份讽刺剧的印张给特罗松。

---

① 伦茨将讽刺剧《众神、英雄和维兰德》公之于众。
② 布伦塔诺一家。

233. 歌德致约翰娜·法尔默

1774年3月

  我必须向您报告,好姨妈,某个让人耻辱的事件发生了,那出罪恶的戏剧《众神、英雄和维兰德》在不久前被公开印刷从而公之于众了。我希望自己是第一个告诉您这个消息的人。如果您为此要和作者决裂,您不必嘟哝,也不必恼怒,直接给他屁股上来一脚,然后说:你们给我滚蛋,我不再和你们同流合污。

  我这儿的生活很闲适,我的画就是我现在拥有的最好的事物。①小妈妈,您说我答应的斋戒节剧本②没有寄来。我前段时间一直都很勤奋,只是还没有可以拿出来示人的作品。世间早晚都会发生一些事,有时也必须去原谅。再见!您又要带上洛特,这是真的吗?我有时喜欢和她就某些事先聊,您是知道的,我一旦开始喋喋不休地预言某事是何种状态。再见。若您愿意接受我原本的样子,那我始终还是那个老友。

---

① 参见《维特》:我在此做得最好的事就是画画。
② 可能指《埃尔温与埃尔米尔》。

234. 歌德致朗格尔

1774年3月6日　星期日？

您并非唯一一个抱怨我的信简短的人，我认为，一篇有力的文章要比一篇冗长的布道受欢迎，至少对我而言是如此。

《贝利欣根》第二版未作改动，此乃我的试笔之作，因此应该保留其本来面目。如果我再次创作德语戏剧，对此我持怀疑态度，我会尽可能地去感受真正的灵魂。我很忙碌，不能说勤奋，要解决一些法律事务，还要撰写文章来描述美好的精神和感觉。目前还没有作品准备印刷，也许很快就有了，①到时我会向您报告。请关注一出喜剧，它将在复活节弥撒时推出，题目是《家庭教师》或者《私人教育之优越性》。您一听题目就知道这不是出自我手。这出剧会给您带来欢乐。

在此附上一个剧本，②不要告诉别人您从何得来，愉悦存在于秘密之中。我猜，您也还未见到《圣经问题》③一文，如果您感兴趣，我可以寄给您。我的圈子里的那些家伙们总有些滑稽的想法。如果您见到莱辛，告诉他，我很信赖他，而且我不习惯欺骗自己的朋友。代我和霍恩问候贝里施。我知道，干瘦的魔鬼不期见到他过去的老友约纳坦的一些事儿一定会十分高兴。也许复活节弥撒之后您会收到我的东西，④我还不知道能否找到出版商。有东西出来，这不错，您理应事先知道这事儿。

再见，在您离开这个世界之前，请再次给我写信吧。

5月(3月?)6日于法兰克福

歌德

---

① 歌德在此也许指的是《维特》。
② 可能是指讽刺剧《众神、英雄和维兰德》。
③ 歌德的《两个至今尚未研究的重要圣经问题》。
④ 可能指《维特》或《新开幕的道德政治玩偶戏》，这两部作品都发表于1774年秋季展会上。

235. 歌德致凯斯特纳

1774年3月?

尽管当前那部作品①没有太多被印制出来,但是因为它属于罕有之物,因此我为你们买了一本,只花了3毛钱。上帝保佑你们。

---

① 可能指《众神、英雄和维兰德》。

236. 歌德致 F. 赫普夫纳

1774年4月初

亲爱的赫普夫纳,我给您派过去一个法兰克福人,①他是一位正派人士,您见到他也一定会这么认为的,他值得您帮助,而他也需要援助。他想学习法学,我请求您让他找到学习法律的乐趣。他十分勤勉,拥有多种天赋,灵魂高尚,然而他的家庭情况不是最佳。请鼓励并安慰他。我了解您的为人,我叮嘱得太多了。

您的夫人一定已经在您身边了,是吗?默尔克出门去了。我的生活并不平静,我不会忘了自己的朋友们。

我原本想趁着这次弥撒作为作者可以再一次向尊敬的读者们表达一份敬意,然而却未成功。② 再见,请保重,代我衷心问候您的爱人。

歌德

---

① 弗里德里希·马克西米利安·克林格尔,出生于法兰克福,1773年开始与歌德及其朋友圈交好。1774年,他前往吉森学习法学,而赫普夫纳在那里有个法学教授职位。
② 指的是《维特》,此书于当年秋季才在莱比锡由魏甘德出版。

237. 歌德致 J. J. 比约恩斯托尔[①]

1774年4月9日　星期六或13日　星期三

如果您有兴趣参观我们的图书馆,我的先生,我将十分荣幸地在两点钟时带您前往,图书管理员已经答应在这个时间等候在那里。盼您回复。

歌德

[①] 此信原文为法语。

238. 歌德致 H. 布夫

1774年4月?

我的一位好友在这儿,我原本很乐意一起前往,亲爱的汉斯,但是不行。如果你们珍惜我,我希望再次见到你们。你对普利特所做的事,我都会记在心里。请带他去勃兰特家,代我问候姐妹们,①没我的推荐她们也会喜欢这个年轻人。我的男孩们②一定很爱我,我会给他们寄一些弥撒上的东西。我希望,索菲和阿梅尔③没有忘记我。你要乖一些,不用买**法兰克福报**,用不上。如果我发现好书就寄给你。再见,别忘记写信。

歌德

---

① 汉斯·布夫的姐妹们。
② 汉斯·布夫的兄弟们。
③ 索菲和阿玛利·布夫。

239. 歌德致拉瓦特尔[①]和 J. K. 普芬宁厄[②]

1774 年 4 月 26 日　星期二

兄弟，因我的玩笑，你是如何嘲弄我的：我对于自己和自己做的决定怀有更高的理念。如此，我既不想将自己的行为称为玩笑，也不想光说不练地自娱自乐。你达到自己的目的了。

致普芬宁厄

亲爱的兄弟，谢谢你为了你兄弟的幸福而给予的温暖。相信我，我们彼此理解的时刻即将到来。亲爱的，你与我这样一个不信神的人交谈，而此人愿意去理解，愿意去证实自己不曾经历过的东西。总而言之，我心中的怀想是相反的，你将在我不久之后寄给你们的文稿[③]中发现许多阐释。

在理解与证实之际，我难道不是比你们更顺从吗？我难道没有如同你们那样经历了这些？我是个傻瓜，因为我没有为了讨好你们而用你们的话语来表达自己，我一次都未曾用经验心理学的方法来向你们阐释我是一个人，因此我的感觉与其他人并无二致，而我们之间似乎出现的矛盾只是言语之争，而产生的原因是，我是在其他关联情况下感受到那些事物，因此在表达相对含义时，必须对其用其他方式加以称呼。

哪些分歧的缘由曾是永恒并将永远存在呢？

而你总是想用那些明证来让我信服！为何需要这些呢？我需要以证据来证明我的身份还是证明我的感受？我估计，亲爱的，我只崇

[①] 此信是歌德写给拉瓦特尔的第一封信。约翰·卡斯帕·拉瓦特尔于1768年出版了《永恒在望》，自此，他进入到文学界。歌德在《法兰克福学者通报》上评论了《永恒在望》的第 3 卷。对于歌德的文章《牧师就……给新牧师的信件》，拉瓦特尔激动地表达了认可之意，自此，两人之间开始私人通信。1774 年 6 月，两人初次见面。

[②] 约翰·康拉德·普芬宁厄是苏黎世的神学家、作家，他与拉瓦特尔是亲戚，私交甚笃，两人的宗教观也一致。

[③] 可能指《维特》。

拜那些明证，它们能向我陈述，我面前的数千人或者某个人同样感受到了使我变得强大的事物。

如此，人们的话语对我而言就是上帝之言，无论是牧师还是娼妓收集而来，无论是聚成了圣经篇目还是散乱的残篇断简。我用内在的灵魂拥抱摩西兄弟！先知！福音教徒！耶稣使徒，斯宾诺莎或者马基亚维利。我也可以对每个人说，亲爱的朋友，你的感觉我感同身受！就个人而言，你感到充满力量，十分美好，然而你头脑考虑到的整体却比我少。

致拉瓦特尔

你的舅子什么也没给你带。我想把文稿寄给你，因为距离付梓尚有一段时日。你会十分同情我所描述的这个可爱的年轻人①的痛苦。我们分开后已有六年时间没见面了，如今我将他的故事加上我的感受，如此就构成了一个完整的作品。

在此我寄给你一张侧面像，这个家伙（据说）是个舵手，在突尼斯做苦役时忍受了许多苦难，如今他为了激起人们的同情正周游世界。我将他逼真地临摹了下来。寄给你的这张像只是一件粗糙的复制品，原作能更好地表达出他在痛苦中的那份执拗以及一个坚强的人的压抑与沮丧。你应该拥有这张画像。

额头的高度有些夸张，或者不如说是侧面像拱起得很厉害。再见，兄弟，只要我还活在世上，我就不会疲倦，至少我每日都是步伐稳健！施泰纳②已经发现，你手里的肖像画的不是我。他真是一个可

---

① 卡尔·威廉·耶路撒冷。
② 海因里希·施泰纳是温特图尔的一位书商，与拉瓦特尔交好，并将其推荐给了歌德。施泰纳一次旅途经过时拜访歌德，可能就是利用此次机会断定了那幅

爱的人。

1774 年 4 月 26 日

歌德

肖像不是歌德本人。因为歌德对拉瓦特尔颇有教益,因此,5 月 1 日,拉瓦特尔写了下面这封信给歌德:

"歌德,你的来信让我们很开心,也对我们颇有用处,我能报答你该有多好啊!当然朋友间不计较这些。我现在很孤单。我父亲快不行了(汉斯·海因里希·拉瓦特尔于5月5日去世),他是位正直的人,充满了实用的理性,并无任何理论或灵力,我要感谢母亲给了我这个头脑,感谢父亲给了我这颗心灵。我那给予希望的小男孩也病得很重(汉斯·卡斯帕生于 1773 年 6 月 12 日,卒于 1774 年 7 月),朋友普芬宁厄和他的家人住在黑基城堡庄园(温特图尔附近),日记中已经记录了这个情况。目前我处在一个少见的情形中,与我的部分朋友们分离了……

"你告诉我了一位姐妹(苏珊娜·卡塔琳娜·封·克莱滕贝格)的灵魂中所蕴含的思想,这让我很快便清醒振奋起来。每天有一种负重感,比成千上万显示出来的景象更强烈,我觉得,神学、基督教、永生之希望、信仰上帝——空想、梦幻、无意义、偶像化、无神论和狂热,这所有的一切都雷同无异,对基督并无直接的感觉。当我的讽刺无能为力时,我深深藐视自己。只要我对基督的人生不像对你的人生(我不认为你的生活有多么舒适)那么坚信,我就鄙视自己是个虚伪的人、骗子、空谈家、空想家、嘲讽上帝的人。要么是无神论者,要么是基督徒!我蔑视自然神论者,这是世上最不坚定的人。除了耶稣,我不信任何神。我父啊!对我而言,伟大的思想只能在他身上。如果我还尊崇基督以外的其他神祇,那我崇拜空气。倘若我除了热爱人类还热爱其他神祇,那么我热爱我笃信的一个偶像!除了信仰基督,热爱作为(我的)上帝之子和(我的)兄弟姐妹的人类,其他一切都是狂热,而对基督的信仰则基于感官经验。文献中引用的没有一个不是基于感官经验建立的信仰的例子。因此我经常请求:'如果是你,请向我示意,这就是你。'我并不愿坚持要亲眼见到扫罗和斯特凡努斯有多么好。我愿意承认,这是耶稣使徒们的优先权。证实者必须亲眼所见!然而我想问一问这亲善的灵魂:你现在不再需要使徒了吗?或者你现在需要的数量不像过去那么多了?没有经验谁会去信仰?不亲眼所见,就能让人去相信?

"然而确定的是,不再需要过去那种使徒来证实基督的人生了。因此我盼着进一步比较确定地、坦然地去了解,高贵的思想者认为还有哪些可以和基督直接交流的方式,并且符合目前的经济情况。

"这世上没有一个灵魂能与他相遇,而他的教诲和我的朋友们的教导一样重要,一样有益;没有一个灵魂能受得了听到此事。最亲爱的歌德,为我送来光亮吧,快些来一点光亮,许多光亮,透彻的光亮。

"为了我那颗永不宁静的心,它只有与你的心灵撞击之时才会平静下来,请说一下你的感觉,你的祈求得到满足时的欢呼,你内心的力量! 接下来的这一周,我祈祷你给我带来歌德那沉甸甸的信件吧! 兄弟,我想让你愉悦,愿望不仅仅如此。

"现在我继续请求,我想知道那本满是上帝箴言之书,对我而言,所有从我内心处获取的真理皆为上帝的箴言。伪经乎? 经典乎? 人们疯狂了吗? 无人不曾讲过纯粹的上帝箴言,无人不曾做过上帝的行为! 倘若上帝箴言被囚于圣经之中,那该多么让人心痛啊! 圣经中有许多不堪之事,然而自然不亦是如此吗? 自然亦是如此,我和谁诉说此事呢? 我活得如此真实,对兄弟也是,然而我俩的距离似乎遥不可测,而全世界都把我俩视为恶棍和伪君子。如果他们知道我俩是如何通信的该有多好。

"现在还有一事,是什么呢? 如果我今年能离你近36英里,兄弟,你是否感到欣喜?

"还有一事:感谢你交给施泰纳(海因里希•施泰纳,温特图尔的书商)的东西,我还没拿到。拥抱你。

"约翰•卡斯帕•拉瓦特尔,1774年5月1日于苏黎世

"拉姆勒(卡尔•威廉,1725-1798,诗人及翻译家)是基督徒,格茨们让基督徒厌恶! 对魔鬼而言则并非如此! 我能够部分想象,他的颂歌(1767年出版)一定会让你觉得不愉快。"

240. 歌德致拉瓦特尔

1774年春

……有一个词,对此咱俩意见不一……我们有个弥赛亚……这是一个弥赛亚……①

---

① 摘自1774年春拉瓦特尔的来信。

241. 约翰娜·法尔默致 F. H. 雅各比

1774 年 5 月初

姨妈坐在她的钢琴前,但是不再弹奏,而是在读博卡热女士的书。歌德进来了,穿着靴子,披着一件英式大衣。他站在房间楼梯的最上面一层,穿着靴子的腿向前伸着。

歌德:姨!我来了……是的,穿着靴子,衣服也穿得暖暖的。这就是变化。

姨妈:但你身上有味道,仿佛在长生不老的食物中浸染过一般。

歌德:我从杜梅茨那里过来。您在干什么,亲爱的姨?

姨妈:喏,读着博卡热女士的书,我很愉快。这段您喜欢吗?①

歌德:哦,好!好!相当好!

姨妈:您知道吗?在您来之前,您让我等了很长时间。我已经得到了对您而言首先是可以用来享受的东西,但是随着时间,哦,然后就到了和观众算总账的时候。但是您先告诉我,事情进展如何了?舞跳得开心吗?一定很壮观吧?

歌德:……

(我们一起在房间里来回走动。小格奥尔格的信在我的桌上。)

姨妈:您读一下小格奥尔格的这封信。

(歌德读了起来,其间姨妈拿上自己的文章和《信使》报,坐到了书桌前,歌德的对面。)

姨妈:您看这儿!我手里是什么?

---

① 阿雷廷的墓志铭:
　　此处长眠着阿雷廷,
　　他曾讽刺过每个人;
　　他对上帝无所知,
　　也就无法讲出上帝的恶心事。
　　此段文字与意大利作家阿伦蒂诺有关,他以其谩骂的文章、丑闻、公开信件和讽刺文章而出名。此处提及阿伦蒂诺是指讽刺作家歌德。

歌德：这是什么？这是什么，亲爱的姨？让我看一下！

姨妈：您已得到了伯林的盛情相待。① 我还有更多的消息。

（姨妈把关于格茨·封·贝利欣根的审阅②拿到他面前，并把报纸归拢递给了他。）

歌德（读了一会儿后）：咳，维兰德，你是个乖巧的家伙！一个全人！什么？他这样开始？哦，好！姨妈，如今您知道我对维兰德的一贯看法了。难道我不是一直对他都很好吗？我一直都说，这是个全人，一个好人。但是我曾经被唆使去反对他。我在醉醺醺的状态下写了那该死的脏玩意儿！③ 我醉了！而且正如我对您说的那样，我永远都不可能自己亲自将其付梓，然而当时那文章不是我一个人独自握有。而我，如同那希律王④一样，在某些时刻别人可以从我那儿得到一切。早就有人在我面前絮叨："把它印刷出来！把它印刷出来！"嗨，你们别这样！然后他们有了新主意："哦，我的朋友！让我们把它印刷出来吧！"上帝知道，我对维（兰德）既无恶意也无怒意。现在它印出来了，和你们有关系！……哒哒！（用手指着纸面）这就是让我对维兰德生气的东西，激怒了我去表达反对他的意见。这儿，看这语气，您看，亲爱的姨妈。我不愿说我自己是对的，维（兰德）不对。因为年龄、时间点，这一切会使人们的看法和感知变得不同。现在我是这样看的，也许到了维（兰德）的年龄就不是这样了。谁会提前知晓呢？我和他的想法正是如此。关于此事，我该说些什么呢？他现

---

① 由于维兰德的报复，歌德满怀期望地、心存焦灼地盼着《德意志信使》的第 6 期。

② 维兰德对《格茨》的评价很好，1773 年 10 月 18 日后，歌德得知维兰德想评论《格茨》。

③《众神、英雄和维兰德》。

④ 希律王曾经发誓，希罗底的女儿可以从他那儿获得一切。

在正确吗?或者我现在是正确的?人们在此刻怀有的印象才有效。维兰德这样评判,是正确的。然而我现在依然为此而生气。"随着时间!随着时间!"①是的,就是这样,就是这样!我父亲就是这样说的。我和维(兰德)在这些方面有争执,正如同我和我父亲在政治事件上有分歧一样。父亲:语气!就是这语气挑衅了我。您告诉我,老天爷,为何他要开始写他那篇最糟的作品,②并且用那些永远的信件③去为它辩护。他的《穆萨罗》,④这部作品的每一页我都熟记于心了,这是他出版的作品中最优秀的一部完整之作……他对《阿尔采斯特》的用心超过了其他一切,而这部作品却恰恰是我认为他所有作品中最糟糕的一部。我必须继续读下去。真乖!真乖!现在,维兰德,我们的争论结束了。对于你,我什么也做不了……那篇无礼的东西⑤他已经读了,这我看到了。

姨妈:是的,当然!过来,您读一下,这就是那个答复。

(他脸红了。我发现,此事让他受到了震动。)

歌德:他没做这件事就好了。很好!这是我说的。如今我得随他去了。维(兰德)通过这一举动获得了许多读者的支持,而我则输了。我被糟践了。

(姨妈由衷地笑了。)

现在重新回到评论的开头。那个关于"新鲜的馅"⑥的比喻被喋

---

① 维兰德的评论中有"随着时间就会这样了"这样的句子。
② 维兰德的《阿尔采斯特》。
③ 维兰德的5封《关于德国歌剧而致一位朋友的信》于1773年在《德意志信使》刊出。
④ 维兰德1768年发表的诗歌《穆萨罗或美惠哲学》。
⑤ 由于多次影射,歌德猜测,维兰德已经知晓了他所写的《众神、英雄和维兰德》那篇讽刺文,并且会在《德意志信使》的第6卷上刊登这篇文章。
⑥ 维兰德写道:年轻的天才如同新鲜的馅。

喋不休地多次拿出来宣扬：真的，他说得对！相当棒！继续读。好，维兰德对我的魏斯林根①的评价正合我意。好！没有谁比维兰德更理解我了。当他因为提到来自不同年代的语言混杂问题②而备受责难时，他说：也对，也好。然而，见鬼的是，除了维（兰德）、莱辛等人还有谁能就这一点来评判我呢！他当然是对的，我自己也已深深体会到了这一点。我的作品带来的后果应能展现出我是否能认识到自己的谬误。

姨妈：我去杜塞尔多夫后，您没有创作出类似于"众神"风格的好作品吗？

歌德：没有，亲爱的姨。那部萨提尔剧③在您出发前就已完成了。

姨妈：什么都没写吗？例如类似的一部好剧。（她看着他的眼睛。）您是个正直的人，歌德，因此您必须向我坦白。

歌德：我很愿意这么做。是的，亲爱的姨，您尽管问吧！

姨妈：雅各比一家的不幸？④

歌德：是的，这是真的。但是这在我认识他们之前就早已经写好了，一切基于轶事和道听途说等不准确的事情。你们大家都好笑地参与了这个游戏，姨，您也有份。除了拉洛施、默尔克和达米安，没人读过这个东西，这个世上也不会有人能再听说它或读到它，它永不会再现于日光之下。它甚至不曾被发现，也就不再有用了。

---

① 《格茨》中的一个人物形象，维兰德对此进行了细致的分析，并且对一篇评论中的批评意见进行了反驳。
② 维兰德在评论最后批评了"来自马克西米利安一世时代和约瑟夫二世时代的不同语言间相当频繁的混杂现象"。
③ 指歌德的《萨堤洛斯或被神化的林中恶魔》，完成于 1773 年夏。
④ 歌德的讽刺短剧《雅各比一家的不幸》。

姨妈：但是我得听听这个剧的内容！

歌德：亲爱的姨，这不可能了。您别要求这个了吧……

经过反复谈论，搞清楚了剧目的主角是谁，何事是撰写此剧的起因。它是在歌德和默尔克从科布伦茨返回后①立刻动笔写的……此事给我们带来了乐趣，我们对此大笑不已，就仿佛他把我塞到屋角并且放歪了，或者类似的事情。

---

① 歌德从1772年9月14或15日起在塔尔埃伦布莱特斯泰因（科布伦茨附近）的索菲·封·拉洛施那儿盘桓数日。

242. 歌德致索菲·封·拉洛施

1774年5月7日　星期六或8日　星期日

亲爱的妈妈,我已读了即将发行的《信使》上关于我的段落。他处理此事就像一个稳坐在马鞍上的乖家伙。我从未攻击过他,如今我也原谅他的诽谤,还有我的众神们!

我参加了在辛德林根举行的金婚庆典,①正碰上您亲爱的马克西米莉安妮过生日,我很想念您!哦,妈妈!典礼上彩灯闪烁,威廉敏娜·施魏策尔②抓着我的胳膊问道:为啥要点那么多彩灯啊?这个问题让整个星空赧然,更不用说这庆典上的照明了。我环顾四周寻找你,片刻后就把臂膀给了您的马克西米莉安妮。

如果您内心不介意多交际的话,请跟我说说知心话。当您读到我的《维特》时,您会发现,您激励了我。您离开后的某一天,我就开始写它了,而且一直持续着!它已完稿。

---

① 指法兰克福商人约翰·玛利亚·阿勒西纳和夫人弗兰齐斯卡·克拉拉(娘家姓布伦塔诺)5月3日在辛德林根举行的金婚庆典。
② 威廉敏娜是后来的陪审员卡尔·施魏策尔的姐妹,是卡尔·玛利亚·施魏策尔和夫人保利娜(娘家姓阿勒西纳)的女儿。

243. 歌德致凯斯特纳

1774年5月11日　星期三

　　这事儿让我吃了一惊，我未曾预料到。我曾经盼望过此事，然而你的信里没有提到，所以我安心地认为，这初生孩子的事情是人家的家务事。现在，这个孩子已5月11日受洗，即我写这封信的日子。那我就祝愿洛特一反常态，暴跳着说：他叫沃尔夫冈！① 而且这孩子就得叫这个名字！你应该也会倾向于这个名字吧。我期盼他能叫这个名，因为这是我的名字。如果你们给他起了别的名字，我会坚持给你们的下一个孩子起名为沃尔夫冈，因为你们会有更多的洗礼见证者到场。而我愿意给你们所有的孩子做教父，因为他们和你们一样让我感到很亲近。马上给我写信讲讲所发生的事。我有一些稀奇古怪的惩罚措施，现在不说，还是先留点时间。

　　再见，我如此爱着的人啊。我必须在梦幻般描写我的朋友的不幸时借用我那丰富的爱，并将其与之匹配。② 顺便告知一下：此事暂时就先到此为止。

G.

---

① 凯斯特纳的长子受洗时的名字为格奥尔格，他接下来的几个儿子没有叫沃尔夫冈的。
② 暗指《维特》。

244. 歌德致拉瓦特尔

1774年5月20日　星期五

（与封·克莱滕贝格小姐一起）①

这个不需要名字的他②曾在一个让人心灵震动的时刻承诺,他愿意给予我的比我能够猜想的更多,难以置信的是,他履行了这一承诺。

与拉瓦特尔之间兄妹般的关系和相熟是这些礼物中的一个,一份不容忽视而且更大的礼物是,从这位兄长的口中听到的解释将是一种无可名状的喜悦,不是因为你说了,而是因为我知晓了。我相信,上帝存在于基督中。

他与拉瓦特尔和歌德一起散步。我从步态上认识了他,您的视线被阻挡了,您没有认出他来。一阵似乎是温柔的穿堂风,那种感觉,超越了一切感知,这两位让人感到如此生机盎然,我都不想和那个陌生人分别了。

他有时远离,或者你们离他更远,因此你们立刻热切地唤他回来,唤他走上歧路,当然不是最美的那条。他来了,不太温柔,也避开了灌木丛。

亲爱的兄长,在此处见到您,同样是超出预想的礼物之一。然而,当不能确定惩罚、疲累和痛苦会长久存在的情况下,它对我而言是一种温柔友善的连接。是,我们的目光会永远看着他,一次又一次,远比任何生命和爱恋更富有活力。

歌德在做剪影,我被画了三次,一次都不行。老天,我很愿意看一看,当您今夏将本人与剪影进行比较时会说些什么。衷心感谢您寄来的印刷品。耶稣!他在殉难处所流之血供人饮用。请他给您最好的祝福。耶稣在我心里重新有了一个印象,那么富有情感,他曾是

---

① 此信的第一部分为封·克莱滕贝格小姐所写。
② 原文为大写ER。

一个人,作为人死去,而今又成为人。我一定会看到,他此时是何面貌,身在何处,而不是他过去是何模样,我也清楚知道我身在何方。

法兰克福,1774 年 5 月 20 日　　　　　　　科达塔①

这就是我所作的她的画像,和她很相似,就像姐妹一样。这画上是一家子,并不只她自己。

剪影中的神圣灵魂体现得较少。

你来了后,她对你而言将比我重要,她是否对我而言比你重要,这点我不相信,那个**自我**哟!我和你一样,兄弟。

赫拉克勒斯的废话②真不是我所感。只是人们扯了扯那些汉森们③的假发,然后说了那些事儿,正如你所说,没人愿意发言。

---

① Cordata(科达塔)是克莱滕贝格小姐给自己起的名字,此名来自拉丁文,cor 意指"心灵"。
② 见《众神、英雄们和维兰德》。
③ 可能指的是维兰德和雅各比一家。

245. 歌德致索菲·封·拉洛施

1774 年 5 月末

亲爱的妈妈，我无法理解这些人，我时常为他们所惊讶，因此我感到自己还很年轻。

以前每当我听说一个伟大的灵魂，我的想象力就赋予这个人以强大的力量，一种高贵的想象方式以及其他的特别之处。而如今我认识的那些先生们，与他们相处并不比与那些狭隘的姑娘们相处强，她们的灵魂四处得罪人，人们也会用暗示来侮辱她们的虚荣心。我想，维兰德不会做出什么荒谬的举动。① 那么整件事情如何了呢？我将他那纸糊般名誉所在的花园小屋烧毁了，毁坏了他那蜡花做就的宴会装饰品，于是他丧失了理智。他为了抵抗这一命运而盛怒咆哮，而这包含着闻所未闻的无耻的命运却将谢西安王宫②在一日之内便摧毁了，那王宫里诸多的艺术品和珍宝是数百个灵魂辛劳的产物。

我的《维特》得尽快送去印刷了。我没有想到，您能够理解我的感觉、想象和那些怪念头。

我妹妹现在正忍受着美好希望给她带来的不适，③我已两个月未收到她的信了。

我很少见到亲爱的马克西米莉安妮，每次她遇到我，都感觉是上天开眼了。

我母亲衷心问候您。

---

① 维兰德可能在给索菲·封·拉洛施的信中激烈地表达了他对那个针对他的讽刺文《众神、英雄和维兰德》的意见。后来维兰德在 1774 年 6 月的《信使》上发表了一篇和解姿态的说明，这是"一篇杰作，带有揶揄和诡辩式的幽默"。自此，歌德这一方也不再论战。
② 维兰德的政治教育小说《金镜或谢西安诸王》(1772)使他获得了魏玛宫廷的王子教师一职。1774 年 5 月 6 日，魏玛的公爵府被烧毁。
③ 科尔内利娅·施洛瑟(娘家姓歌德)于 1774 年 10 月 28 日生下了玛利亚·安娜·露易丝·施洛瑟。

您何时会来呢,您一定会发现,您或许有更好的儿子和朋友,然而没有谁比您的歌德更忠实。

歌德

246. 歌德致克洛卜施托克

1774 年 5 月 28 日　星期六

　　昨日我收到了舍恩博恩从阿尔及尔寄来的一封信,他写道:"克洛卜施托克会通过博伊向您要几部您的作品。"为何我不给克洛卜施托克写信,亲自寄给他我现有的、他也许会感兴趣的作品呢!难道我不能对一个活着的人说,我以后会去他的墓地朝拜?这儿给您寄一个剧本,①也许它永不会出版,我请您把它再寄还给我。只要我的作品完成出书,②我就会寄给您,或者至少告诉您一声。我希望您能感受到,我的灵魂是怀着何种温暖的情谊依恋着您。

　　法兰克福,1774 年 5 月 28 日

歌德

---

① 也许是《萨堤洛斯》,或《普罗米修斯》,不可能指《雅各比一家的不幸》。
② 可能指《维特》或《克拉维戈》。

247. 歌德致 F. 赫普夫纳①

1774年6月初

　　[……]因为我的关系,维(兰德)作为如此有利的一方向看官们表达了自己的意见。如果我之前没有惹他做出那些举动,我会感到很遗憾[……]

---

① 此信摘录自歌德寄给赫普夫纳的一封信中的一段,目前该信已无保存。在1774年6月赫普夫纳写给尼古拉的一封信中提道:"讽刺剧《众神、英雄和维兰德》一定让您很愉悦。歌德在读了《信使》最新的部分后写信给我说:维……"。

248. 歌德致凯斯特纳

1774年6月初

我又一次担忧了。请替我亲亲这个孩子①和永远的洛特。告诉她,我无法想象她身为产妇的模样,目前还不可能。我的眼前还是我离开她时的样子,因此我没有把你视为一个丈夫,也没有看到另一种关系,而是一如从前。在某个特定的时机,②我已经添补并展示了陌生的激情,我提醒你们不要对此感到反感。我请求你不必理会其中包含的闲言碎语,时间会作出解释。爱我吧,正如我爱你们那样。这个世界没有完美的朋友。

G.

我那篇无礼地驳斥维兰德的东西引发的喧哗超出了我之前的想象,我听说他表现出来的态度甚佳。我很懊恼。

---

① 凯斯特纳的长子格奥尔格·沃尔夫冈。
② 指撰写《维特》。

249. 歌德致 H. Chr. 博伊

1774年6月4日　星期六

4月16日我收到了舍恩博恩寄自阿尔及尔的信,这让我很高兴。他在信里冗长地描述了自己的旅行,我觉得很有趣。

那位齐格勒先生还没有发出支付款项的通知,我请求您告知我一声:其中多少适用于《格茨》的出版?因为只有这笔账是我的,剩下的都是默尔克的。

我不知道,会有多少人也许会觉得那个讽刺剧①十分桀骜不驯。

我完成了关于雅各比一家的一个作品,②真不好意思,这是真的,只是它没有出版,也不会从我的手中流出去。既然无法将其示于朋友面前,那这部剧也不必印刷出来。

关于那几部小作品③我没啥可说的,我现在要说的很无礼,即不要出成袖珍书,书边不要镶成金色。我其他已经完成的作品④想要先给读者们看。

请您写信告诉我,《家庭教师》⑤这个剧本是如何被认定为喜剧的。

再见,祝您安康。若您的朋友写了很棒的作品,请让我也能读到。

1774年6月4日

歌德

---

① 指《众神、英雄和维兰德》。
② 指写于1772年秋的滑稽剧《雅各比一家的不幸》,此剧只有几位关系亲近的朋友读过。歌德原本打算在弗里茨·雅各比前往法兰克福拜访他时读给他听,然后就销毁此剧。此剧目前已丢失。
③ 博伊可能为了1775年的《哥廷根缪斯年鉴》向歌德求稿,后者从《万茨贝克信使报》上抽取了两个剧本应付了此事。
④ 指《维特》和《克拉维戈》。
⑤ 作者是雅各布·米夏埃尔·莱因哈德·伦茨。

250. 歌德致索菲·封·拉洛施

1774 年 6 月上半月

我亲吻了您的来信并将其压在我的心上,这是我内心的感受。是的,亲爱的妈妈,这是真的。发光发热的火①您称之为上帝的恩赐,熄灭的火您称之为惩罚!恩赐与惩罚也会消逝!我欠您的比自然欠我的多,它不再对我发光,不再发热。您可以称我为邪恶,②爱我吧。

请您相信我,一本书不是很危险。

善与恶③从那些充耳不闻的耳边呼啸而过。难道此恶非善,此善不恶吗?我痛恨维兰德吗?我爱他吗?这真的全是一回事。我对此很感兴趣。

---

① 评论者认为,此句可以与维兰德在 1774 年 6 月登载在《德意志信使》上的格茨评论中的一段比照:"天才,科学,美好的心灵!这就仿若人们胸中的火焰,它无法长时间被隐藏!"
② 也许涉及上面提到的维兰德的评论:"为何一个邪恶的人……不能也写出好的作品呢?"
③ 暗指维兰德评论格茨的结束语:"那个男人的哲学基于此原则:恶为善,善为恶,美为丑,丑为美……"

251. 歌德致索菲·封·拉洛施

1774年6月上半月

我刚才正想要给您写信,亲爱的妈妈,我想在条件允许的情况下答应您去接您。我收到了拉瓦特尔的一封信,他要过来,我早就答应去迎接他,这事儿我会去办。

如此要看时间的安排(如果您没有其他活动的话),因为马车要从这儿出发,我要考虑上面所说的情况。我一定会来,如果不能,那就在这儿见您!您愿意在哪里呢?除了一个地方。① 我始终是您的歌德。

---

① 指布伦塔诺的家里。因此人们猜测,2月末或3月初,歌德和嫉妒的布伦塔诺之间一定发生了争执,此事让歌德不再愿意踏入布伦塔诺的家门。

252. 歌德致夏洛特·凯斯特纳(娘家姓布夫)

1774 年 6 月 16 日　星期四

　　我刚从迈尔夫妇①那儿回来,和他们一起用了晚餐,昨日亦是如此,今天一整天他们都在达姆施塔特。他们真的是很好的人,我发誓,他们喜欢我,因为我也喜欢他们。在初见的那一刻,我们都很坦诚。哦,洛特,我是多么孩子气啊!② 当迈尔夫妇告诉我说,你还想着我,我是多么惊喜啊。凯斯特纳的那些来信不曾告诉我,我的心不曾告诉我。当那位可爱的小妇人用关心而又真诚的嗓音说道,你还想着我,这对我而言真是一种全新的感受。哦,她感觉到了她告诉我的话的意义,她是一位可爱的女子。昨夜我就想给你写信,但是我办不到,我在房间里踱来踱去,和你的剪影交谈着。即便是现在我也很难去涂写一番!我再也不该重新握住你的手了吗?我和迈尔夫人讲了许多关于你的事,她和我一起在林间漫步。她答应我,和你一起去艾伦里德森林时会和你谈谈我。是的,洛特,我许久没有这么愉快了。你的丈夫只是像我一样必须拥有他们的人中的一位,他们有着生活的阅历、美好的素养和知识,却毫不迂腐,还有着那美好坦诚的灵魂,我们真是十分投缘。要道晚安了。明早他们就要出发,我还想给他们送些东西。再见!再见!祝小格奥尔格安康,祝小妈妈很快能恢复。我发誓,洛特,一想到你已是一位小妈妈,一想到你的一个男孩名字中有我的名,③我那感性的头脑就觉得痛苦。我不适应此事,也无法想象此事,因此就这样吧。洛特,亲爱的洛特,一切都应如往昔,事实也是如此。迈尔夫人说,你也没有变。问候并亲吻凯斯特纳爸爸,让他给我勤写信,如果对你这个小妈妈而言不太麻烦的话,

---

① 迈尔夫妇与凯斯特纳夫妇交好,迈尔曾在汉诺威担任过枢密官和宫廷秘书。他们在前往法兰克福的巴特埃姆斯时与歌德相遇,后来在巴特埃姆斯又再次遇到歌德。
② 引自《维特》中 7 月 8 日那封信。
③ 洛特的长子的名字中第二个名为沃尔夫冈。

也请你多给我写信。我这儿有一封迈尔夫人的信,我想是写给她妹妹的。我把信寄给了汉斯,然后他替我将信寄给了她。我希望她从巴特埃姆斯返回时会经过我这儿,我会替你一并问候她。再见,亲爱的洛特,我很快会给你们送去一位朋友,他与我极其相像,我希望你们能好好接受他,他叫维特,现在与过去都是。他也许会自己向你们解释。

1774 年 6 月 16 日

歌德

253. 歌德致索菲·封·拉洛施

1774年6月16日　星期四

　　下周一是20日，拉瓦特尔要来了，①我期待着，心里荡漾着一种全新的喜悦。他会去巴特埃姆斯，我当然盼着您至少能够见上他一面，也许此事会顺利。世上的事真的没有那么糟，它只是和我们预想的不一样。相信我，我牺牲了再见马克西米莉安妮的机会，②这根本就是一种执拗，维特就是那执拗的火热的爱人。我根本不想去计算花费了我多少精力，因为这是我们双方都能从中获益的投资。

　　默尔克又带着他的全部家当来了，那是他的老婆和孩子们，我还没有收到他的消息。弥撒时我弄到了三部杰作：赫尔德的《人类最古老的文献》、克洛卜施托克的《德意志学者共和国》和不曾提及的《莱东》。③

　　　　1774年6月16日

　　　　　　　　　　　　　　　　　　　　　　　　歌德

---

① 拉瓦特尔6月23日才到法兰克福，不是20日那个星期一。
② 指歌德放弃再次走进布伦塔诺家。
③ 雅各布·威廉·海因泽的《莱东或者埃劳伊斯的秘密》。

254. 歌德致索菲·封·拉洛施

1774年6月下半月

　　如果您在我躲避那间屋子前就知道我内心起了什么样的变化，您就不会想着要把我吸引回来了。亲爱的妈妈，我在那些可怕的时刻为了未来都一一忍受了下来，我现在很平静，平静留在我身边了。

　　我将无法在那里见到您。人们会说些什么，诸如此类，这些我都忍了。上帝会保佑一件事不会发生，那就是我跨进门槛。

　　亲爱的妈妈，这是我画作的印刷品。明天我母亲来接您和孩子们，①您不会后悔的。

G.

---

① 布伦塔诺第一次婚姻留下的孩子。

255. 歌德致 H. Chr. 博伊

1774 年 6 月 22 日　星期三

寄来的 8 个金路易我收到了，感谢您参与了我们这个小生意。①我们不想再麻烦您了，剩余款项部分我们就拿书吧，没卖出②也是如此。只是请您告知我们，我们可以索要什么样的书。

您尽快过来吧，③一小时内交谈的要比几年内写信的内容丰富得多，也恳切得多。

明天我将等待拉瓦特尔，幸运也将他引到了我身边。

您也许猜到了，《家庭教师》的作者就是改编了普劳图斯喜剧的那位。

我要请人印刷的是《青年维特的痛苦》，这是一个故事，还有悲剧《克拉维戈》。

这些只是标题，期间还要看需求。

若您无法摆脱那些印刷出来的《格茨》，就给我带过来吧，或者您找机会寄给我，还有那几十份的《圣经问题》。当然我也不愿付太多邮资。

1774 年 6 月 22 日

歌德

---

① 指《格茨》。
② 博伊通过书商迪特里希销售了 150 本《格茨》，详见 1774 年 1 月 8 日写给博伊的信。
③ 1774 年 10 月 15 至 17 日，博伊在法兰克福拜访了歌德。

256. 歌德致索菲·封·拉洛施

1774 年 6 月底

今晚能在杜梅茨的花园里见到您吗？拉瓦内尔小姐①那会儿应该走了。我必须见到您。再见。

大笨蛋

---

① 拉瓦内尔小姐是达姆施塔特宫廷女教师。

257. 歌德致约翰娜·法尔默？

1774 年 6 月？①

这是我的人！他把许多人的话从嘴边夺走了。内容如此之充实对我而言也显得不易。我认为不需要对他说三道四，人们必须赞赏他或者与他竞赛。谁如果做了别的事，然后这样说，那样说，这人就是个流氓。再见。

---

① 此信来源于 1774 年 7 月 8 日约翰·雅各布·威廉·海因泽写给克拉默·施密特的信："我的《莱东》很多人喜欢，超出了我的预期……法兰克福的一位年轻女士把《莱东》寄给了歌德，请求他读一下并且作出评判。他寄回时附上了便条：这是我的人！他……再见。"海因泽信中所说的年轻女士可能就是约翰娜·法尔默，她托贝蒂·雅各比把便条寄给了海因泽。

258. 歌德致 G. F. E. 舍恩博恩

1774年6月1日 星期三至7月4日 星期一

5月2日我收到了您的来信,这让我们大家十分喜悦,而这一喜悦是期盼已久的。我立刻削了这支细羽毛笔,只为将这几页给您的信纸填得满满的,①然而直到今日6月1号我才得以动笔。5月28日到29日那个夜里,犹太人胡同着火了,火势蔓延迅速,十分可怕,我也拖着我的杯水前去灭火。我内心深处在现场涌现的最好的、最热切的和多种多样的感受是对我的努力作出的奖赏。利用这个机会,我近距离地了解了这个平庸的民族,却又一次确定了,他们是最好的人。衷心感谢您和我分享了您旅途中的细节,您也应该听一听来自我们的帝国的各种消息。我给克洛卜施托克写了信,同时也给他寄了东西,我们彼此交流还需要中间人吗?我有了新作,故事的标题是《青年维特的痛苦》,其中描写了一位年轻人,他天性深沉而细腻,富有敏锐的洞察力,在追逐梦想中迷失了自我,在冥想思索中沉沦,最后他因不幸的激情,尤其是一段无尽的爱恋而错乱,将一颗子弹射入了自己的脑袋。然后我写了一个悲剧《克拉维戈》,是根据现代轶事改编的,情节尽可能地简单,表现的是内心的真实,主人公是个一半伟大一半渺小的、个性模糊的人,和《格茨》中的魏斯林根相配,可以让作为主要人物的魏斯林根形象更为丰满,剧中有些场景是我在《格茨》中为了主要兴趣无法弱化、只可简略提及的。针对维兰德我让人印刷了一个让人感到羞耻的东西,标题是《众神、英雄和维兰德,一出讽刺剧》。我用无礼的方式嘲讽了他在塑造那个简单的寓言世界中的巨人形象时表现出来的摩登的懦弱。② 我会尝试借机会慢慢将这个东西寄到马赛给你们,走海运的邮资不会太高。我又想

---

① 为了节省邮资,歌德将4页四开本信纸写得密密麻麻。
② 歌德撰写那篇讽刺剧的起因除了《阿尔采斯特》之外,还因为维兰德在《德意志信使》上发表的《关于德国歌剧而致一位朋友的信》,文中维兰德对欧里庇得斯描述的神世界进行了批判。

出了几个写大剧本的计划,①也就是说,我在大自然和自己的内心深处为此找到了有趣的细节内容。我的《凯撒》也许会让你们感到愉快,这部剧似乎也快完成了,我根本不会理睬那些评论。一些小东西我寄给克劳迪乌斯和博伊,其中有些是想附在这封信后面的。我还没从法兰克福返回。我的生活如此迷乱,新感觉和新点子那里从来不会缺少我的身影。关于已经结束的莱比锡展会上的新鲜事儿留待明日再讲。今天就先再见吧。

6月8日(星期三),我继续。赫尔德出版了一部作品——《人类最古老的文献》。② 我中断了这封信,就是为了把这部分也通过海运寄给您,然而没办成。这是一部覆盖面广、思想深邃的完整作品,不可思议。作品就是一个存在于各种创造物枝桠缠绕的、翻腾的世界,即不曾按照限定的规范描绘,模仿一些巨人形象的表达,部分拼凑而成的忠实的剪影也不能在灵魂中有节奏地敲出感应的声响。在用烈火、硫磺和狂潮除去新的鬼神、自然神论者和无神论者、语文学家、文本润色者、东方学家们的污秽孵化之举后,他沉入自己感受的深处,在其中激起简单纯洁之自然的一切高圣的力量,在破晓的、闪电的、清晨友好微笑着的、神秘的颂歌中带领它升至广袤大地之上。米夏埃利斯③奇怪地死于蝎子之手。然而我听见民众在喊:他灌满了甜美的酒,执政官坐在他的椅子上摇晃着说:你癫狂了!④ 除此以外我在展会上并未发现什么值得我们谈论的东西。克洛卜施托克的《共

---

① 可能指《穆罕默德》《普罗米修斯》和《浮士德》。
② 1774年复活节弥撒,赫尔德匿名出版了此书的第1卷。
③ 哥廷根的神学家、东方学家兼《旧约》历史批判研究学的开创者约翰·大卫·米夏埃利斯从历史和地区角度对《旧约》进行了批判-现实语文学的阐释,赫尔德批评了他的解读,并用神话学-考古学的解读方式来批驳他。
④ 根据《新约·使徒行传》第2章第13节和第26章第24节改编。

和国》①已经到了,我预订了,还未拿到。② 旧货小摊贩墨丘利③继续兜售着他的哲学、道德诗学的珠宝、布料和花边等东西,还将不少纽伦堡玩偶和糖果卖给妇女和儿童,他成日里面对自己的同行则好为人师,变得益发无礼,视他们如小子般用言语攻击诽谤,等等。现在讲句家常的理性的话吧:我妹妹怀孕了,她和她丈夫问候你们。杜梅茨生了一段时间的病,现下我们在花园里忙碌得很,播种、捆扎、除草、吃东西,他想在漠不关心中做完事情,然而我发现这样不行,于是我每日都在自我超越的心情中忙碌着。除此以外告诉您的事就没啥奇特的了。赫普夫纳的婚姻很幸福。真心喜爱我的拉瓦特尔几周后就要来了,若我能给他注入几分独立之感,我将会兴致高昂。最好的灵魂受到人类命运如此深切的烦扰,因为病躯和漫游的灵魂夺走了他的全部力量,自己则剥夺了最好的喜悦和自我停驻之状态。不可思议的是,他是如此虚弱,然而每当人们与他谈及神秘之事,从自身内心,从那因自身而焕发活力的内心与他交谈时,他是我所见过的对人类有着最美好和最朴素的理解的人。

6月10日(星期五)。克洛卜施托克的杰作向我的血管内注入了新的活力,这是一切时代和民族的唯一诗学,是可能实现的唯一准则。这就是逐渐增强并提炼而成的感觉的生成历史,随之生成的是表述和语言。而郡长最诚挚的真理,④这些对作家而言都是高贵而又谦卑的,一切都是从内心最深处、出自个人的经验并用动人的简洁

---

① 《德意志学者共和国》于1774年在汉堡出版。
② 《德意志学者共和国》以预订方式发行,3 500多人有兴趣购买。
③ 暗指维兰德,他是《德意志信使》的出版者。
④ 《德意志学者共和国》的副标题为:应萨洛嘎斯特和乌勒玛的郡长之命。"郡长"一词来自盎格鲁-萨克森语中的 Aldorman,意为"族群中最年长的人或祖先"。

笔法写就！我和您说些什么呢，您想必已经读过了。和青年人一起，他把不幸引向评论家们，如今作品已读，又不抛开笔，所有的批评都指向他，他没有像寂静教徒那般坐下冥想，如此做派不会有任何结果，因为生成体验的神圣源泉正响亮地从自然宝座中汩汩流出。

7月4日（星期一）。拉瓦特尔在我这儿待了五天，我也再次学到了这样一件事：不要谈论你没有亲眼见过的人。一切如此不同，他常说他很弱，而我从未见过有谁比他更强。他本质上是一位不知疲倦、成熟而又果断的人，灵魂充满了最真诚的爱和善良。我不曾把他视为一个幻想家，他的想象力比我预想的要少。然而因为他的体验将最真实的和被错误估计的自然现状铸入了他的灵魂，他现在抛却了一切术语，说话做事完全出于本心，他将听者引入自己内心的未知角落，如此似乎将他们带入了一个陌生世界，所以他无法反驳空想者们的指责。现下他在埃姆斯温泉，我陪他去了那里。

全世界都对克氏的《学者共和国》不满，无人理解它，或许我已预见到了这本杰作将会在全世界人的手中留下怎样的恶劣形象。

拉瓦特尔的《相术》①是一部内容详尽之书，里面有许多铜版画。它包含了造型艺术方面的大作，其中也不乏历史以及肖像画家的内容。

海因泽出版了一个小册子，题目是《莱东或者埃劳伊斯的秘密》，②您读过此人翻译的佩特罗尼乌斯③的作品后就会认识他。此

---

① 此书出版于1775年至1778年间，最初的标题为"促进知人和爱人的观相术片段"。
② 歌德尤为赞赏这首诗对八行诗节形式的处理，这一形式是海因泽承继阿里奥斯托的诗歌并将其引入了德语，歌德自己创作八行诗节时也采用了这一形式。
③ 约翰·雅各布·威廉·海因泽翻译了《佩特罗尼乌斯〈萨迪利空〉》，于1773年在施瓦巴赫出版，假借了罗马为印刷地。

篇凭借着对优雅的极致迷醉而写就,尽管报告的口吻与方式以及它所围绕的境界都重叠在一起了,但他仍然将维兰德和雅各比远远地抛在了后面。后面接着印出了八行诗节,这些超越了一切用瓷釉色彩画出的东西。

最后一页我想用诗句来填满,我有时间写一些风格迥异的东西,①还都未完全写成。请尽快写信给我谈谈您的生活。我的父母、妹妹和朋友们问候您。

> 骑着翔鹰冲向太阳,
> 给戈某②带去这篇纸张,
> 喜悦与回响赋予新鲜血液,
> 也许他还未鼓足勇气。
> 啊,看吧,他们走过来,
> 是那教皇、皇帝和读书人,
> 身着长大衣,拖着长燕尾,
> 戴着橡树和月桂花环向前行,
> 他们小跑旋转成了闪亮人群,
> 如椋鸟般啾啾而鸣。
> 一人挤到另一人前,
> 扮出一个驴耳朵。③
> 亲爱的观众就在那,
> 四下环顾很惊讶,

---

① 《浮士德》《克拉维戈》和《维特》。
② 戈特洛布·舍恩博恩。
③ 嘲笑讥讽的动作。

一切奇妙挖和掘,
只为开始和结局?
哦呵看那魔鬼样!
痛苦,停止吧,让我安静一下!
转圈、上下、进去,
这一定是作者群。
天啊,如此扭曲抽搐,
如虱子般叮咬,如跳蚤般蹦跳,
时而飞起,时而爬行,
终于让你们进入大厅。
主人还是奴仆,
一人在里面已足够。
继续向上继续往前,
在那名誉之轨上嬉闹。
看啊,种下的如此美丽,
小鸟就在那小树林里,
或许合适或许有勇气,
每个人都围起他的小领地,
安静地剪着指甲,
唱着他那乱七八糟的歌谣。
一个鲁莽年轻人来到他身旁,
吃了他的苹果,睡了他的婆娘。
人群为此聚集闹事,
怒吼,磨刀,战争开启,
地狱和尘世皆已震动。
来了一个巨神之子,

拔起整座山丘，
连同城市、森林和一切事物。
战场嘈杂，歌声美妙，
地动山摇，人心不安。
它奔向脚蹬，攀上奥林匹亚山，
朱庇特神愤怒又不安，
向这家伙乱七八糟地投掷，
烽烟喧嚣向山谷涌去。
他欢喜着他的胜利，
直至朱诺①又让他不安。
尘世如此易逝，
没有帝国恒久绵长，
没有世俗权力永昌。
人人觉得自己没有末日，
因而竭力追逐。
小男人亦是男，
趾高气扬尽情欢畅，
如此人人皆幸福安康。

比喻②

有个家伙在我这儿做客，

---

① 朱庇特的夫人。
② 此诗于1774年3月9日以"无耻的客人"为标题登载在《万茨贝克信使报》上，1815年以"评论家"为标题被收入歌德的作品集中。此诗可能涉及克里斯蒂安·海因里希·施密特，他曾评论过《建筑艺术》和《格茨》，被歌德成为"吉森的无耻家伙"。

原本他并非我负累。
我只是吃着家常饭菜，
这家伙吃得也是肚中饱满。
甜点是我家中珍藏，
这家伙没怎么让我发狂。
魔鬼带他去隔壁，
说起我家饭菜一通狂批：
汤该做得味道浓郁，
肉排应煎焦，葡萄酒应香醇。
天杀的家伙，
打死这狗东西，这是一个评论家。

致 N. N. 小姐①

您的心如同那天界之国，
被邀的客人不曾到来。
喊他们去残废者和瘸子们的节日吧。

再见，祝您安康！念着我吧！

G.

---

① 人名不详。

259. 拉瓦特尔

1774年6月28日　星期二

凌晨3点时我醒了,轻柔的美妙清晨,众鸟欢鸣。我立即起身,整理了一下,往昨天的日记里补记了一些内容。歌德走过来给了我一个真挚的拥抱,并向我道了声早上好。

5点一刻,我俩坐进车子,穿过被晨曦微染却依然在沉睡中的城市,越过无垠的旷野。我们担心遭遇可怕的暴雨,却躲了过去。一幢属于一位名叫博洛尼亚罗①的人的华丽楼宇当时正在建造,我们惊奇不已。下了片刻的雨。歌德谈了许多关于斯宾诺莎及其著作的情况,他声称,没有人发表过像斯宾诺莎那样对救世主的神性所作的阐述。所有近代的自然神论者只是剽窃了他的思想,他是一位极其公正、正直而又可怜的人,他最清楚何为适度。他一直富有很高的威望,大人物们在进行重要磋商和考量时都会用到他的学说,而且因为他那特殊的智慧和忠诚而真心热爱他。他辩驳了许多预言,自己却也是一位预言家,曾预言了最不可能发生的政治巨变。他向邻居们询问布道时雷同的内容:去教堂并遵循训诫。为了息事宁人,他放弃了原本属于他的、惹人争议的大笔遗产,只求获得他父亲的一张睡床。他一直很贫困,原本可以靠着磨镜片糊口。他的往来信件是人们在这个充满正义和仁爱的世间所能读到的最有趣的书籍。

---

① 法兰克福的一位商人。

260. 歌德致拉瓦特尔

约1774年7月4日　星期一①

　　兄弟,这儿是我所答应的东西②及其他。我答应给迈尔夫妇③的东西已经在途中,我把它誊抄下来后就会寄出,你可以提前向那位小姐说一下。我还寄给你一瓶覆盆子果汁。替我问候施莫尔先生。④你要好好的,我也会好好的。写信告诉我你过得如何。
　　再见。
G.

　　《信使》我会补寄。
　　我想给你画几样东西,然后寄给你。

---

① 日期的确定参照了1774年7月7日拉瓦特尔的日记:"醒来时……歌德和舒尔特斯的信"。
② 具体不详,第一句后的"把《信使》给迈尔"被划去了。
③ 汉诺威枢密官兼宫廷秘书迈尔夫妇,他们当时也在巴特埃姆斯逗留。
④ 格奥尔格·弗里德里希·施莫尔,画家兼铜版画家,曾陪伴拉瓦特尔旅行,他为《相术片段》画了插图。

261. 歌德致索菲·封·拉洛施

1774年6月16日　星期四和7月15日　星期五之间

　　在此我把赫尔德的作品寄出，上面的标记是印刷错误，并无其他意思。昨日我读到罗莎琳①和可怜的亨丽埃特出场了，十分感人，进门那一段真的壮观。您允许我给这个乖男孩的故事加一点料吗？您最近在马车上口头加了这段内容，纸上却没有写。

　　向亲爱的马克西米莉安妮转达我衷心的问候。

G.

---

① 《伊里斯》杂志上部分登载了《罗莎琳的信》。

262. 歌德致 J. G. 施特歇①

1774年7月12日　星期二

尊贵的阁下：

　　在我们对行政长官路德先生的诉讼事宜中，抗辩书上已确定应提交用于报告的文件。此事如今耽搁了，如果霍恩先生再次输了官司，为了获得答辩的许可，我申请了十四日的期限。正如最近报告的那样，我会依照判决书立刻请求转交文件。因为此类事宜涉及费用，而我无法参与其中，我最近收到的账单还未付清，因此我必须重申，如果就上述提及的账单我收不到25个本地古尔登的话，我无法按照自己的想法去推进此事，只能让它顺其自然。我会向霍恩先生建议，先付清我的第一张账单，然后我才有信心在规定的期限之前尽快将此事了结。

　　相关事宜等等略去。

阁下您

法兰克福，1774年7月12日　　　最忠实的歌德博士

---

① 参见1773年12月4日歌德的信件，事关商人霍恩在哥廷根对法兰克福的行政长官路德提起诉讼。

莱茵河之旅
1774年7月至8月

263. 歌德致安娜·拉瓦特尔

1774年7月18日　星期一①

[……]其间总是直接走向外面的世界,在上帝的每个地方睡觉、饮食、爱人,正如在他处,因此[……]

---

① 此信是歌德从拉瓦特尔的日记中听写记录下来的,内容类似于写给拉瓦特尔夫人安娜的信,上下文是这样的:"真的,因为喜悦和对思乡的恐惧,我经常无法想起,我其实有一个如此可爱的老婆和两个可爱的孩子,家中有如此多的我爱的人儿。其间歌德坐在床上听写并记录着……他继续写下去!"

264. 歌德致索菲·封·拉洛施

1774 年 7 月 19 日　星期二

　　我大脑里不止一次想过,此事必须如此。在这儿的宫廷里,①人们尊敬并且爱您,难道有什么地方不是这样吗？您并不仅仅在那些您应当被崇拜的地方②受到尊敬。我在德·埃斯特③那儿见到了小家伙。④ 再见,妈妈。您到我这儿来吧！拉瓦特尔周日要在这儿布道。请您代我问候封·施泰因女士。⑤

　　　　　诺伊维德,1774 年 7 月 19 日

　　　　　　　　　　　　　　　　　　　　　　　　　　歌德

---

① 指维德-诺伊维德伯爵约翰·弗里德里希·亚历山大的宫廷,歌德当时在那儿逗留。
② 此处歌德可能指的是拉洛施的女婿彼得·安东·布伦塔诺。
③ 指卡塔琳娜·伊丽莎白·德·埃斯特,她住在法伦达尔,歌德曾于 7 月 18 日在那儿逗留。
④ 指马克西米莉阿妮·布伦塔诺,或者如菲舍尔·兰贝格猜测,指的是马克西米莉安妮的妹妹露易丝·封·拉洛施。
⑤ 拿骚的亨丽埃特·卡罗利妮·封·施泰因男爵夫人,6 月 29 日,歌德和拉瓦特尔在前往埃姆斯的路上拜访了她。

265. 歌德致 J. L. 帕萨旺①

约 1774 年 7 月 20 日　星期三

晚了,我希望没有太晚。请您代我问候帕萨旺。我给我父亲也寄了几份这首诗。

---

① 这几行写在诗歌《致帕萨旺-许贝勒新婚夫妇》下面。法兰克福商人雅各布·帕萨旺和苏珊娜·许贝勒的婚礼于 1774 年 7 月 25 日在茨魏布吕肯举行,此诗写成于歌德莱茵河之旅期间。新郎的一个兄弟,可能是雅各布·路德维希·帕萨旺自 1774 年春天起在苏黎世担任拉瓦特尔的助手,他请求歌德为婚礼赋诗一首,此处的几行似乎是为他而写。这首诗未能赶上婚礼,直到这对夫妇金婚时才被转交给他们。

266. 歌德致贝蒂·雅各比

1774年7月21日　星期四

　　您没有料到我的来信吧,至少不是在这个日期:1774年7月21日,杜塞尔多夫。

　　中午12点,我在奥拉宁王子的乡村旅店里。我刚从画展回来,它让我坚硬的心变软、变硬,最后变得刚强。

　　早上8点前,我跑去您家里,①走上了新的街道,经过了弗林厄门或弗林德门。我不敢相信,为了让您相信我在这儿,我描述了细节。卡特琳妮开了门,睁大眼睛,愣住了,然后认出了我,她看起来很愉快。屋子是空的!主人出门去了,最小的②那个在睡觉,其他人在彭佩尔福特。我出门去了彭佩尔福特,等等……小洛特、小海伦、爸爸,还有弗里茨、格奥尔格,小家伙等人。

　　请您感觉一下我的痛苦,就因为当时没有见到您。③ 就在此刻。接下来会如何?这都取决于神灵。

歌德

---

① 雅各比家在杜塞尔多夫市里有座住宅。
② 弗兰茨·苔奥多·雅各比。
③ 当时贝蒂·雅各比在亚琛。

267. 歌德致贝蒂·雅各比

1774年7月25日　星期一

贝蒂,您的弗里茨,①我的弗里茨,您胜利了,贝蒂。之前我曾发誓,在他所爱的人们面前永不如此称呼他,直至我能够称呼他为止,而我曾以为永不会如此称呼他,而此刻我却这么做了。一千次的欢迎,欢迎! 被封锁的船只航行开放了,②商业和交通繁荣兴盛起来,愿上帝保佑眼红的邻居。您当时没在杜塞尔多夫,而我心思单纯,这多好啊! 我没有被引进门,由一个官员陪同致了歉,恰好在弗里茨·雅各比面前从空中跌落!③他和我,我和他! 在一个姐妹般的眼神出现之前,就已经定下我俩应该或者必须如何相处了。再见,亲爱的女士,替我亲吻男孩子和女孩子们。

---

① 贝蒂·雅各比的丈夫弗里德里希·海因里希·雅各比。
② 指开启和雅各比一家的友谊。
③ 1774年8月27日,弗里德里希·海因里希·雅各比在给维兰德的一封信中写道:

"我仔细思量,愈发觉得不可能给从未见过或者听说过歌德的人写明白这位上帝的特殊宠儿。按照海因泽的说法,歌德从头到脚都是天才。我补充一下,这是一位着了魔的人,无论如何都不会被允许恣意行事。人们只需要在他身边待上一小时,就会强烈渴望他不要那样思考或行事,这事儿真的极其好笑。我在此并非想要暗示,他不可能发生改变从而变得更美好,而是他的内心不可能发生变化,正如花儿开放、果实成熟、树木向上生长而长出树冠,这些都是无法改变的事。我最好的朋友,您知道,最初之时,众神皆在大宇宙之内,他们被束缚在众多元素之间。您也知道,众神是如何最终挣脱束缚,然后扎营结寨抵抗泰坦巨人的。

"歌德和我应该如何相互看待,必须如何相处,这事儿在我俩并肩从空中掉下来后,就立刻决定了。我俩都觉得从对方那获得的东西比能够给予对方的多。双方的贫乏与富有相互拥抱,如此产生了我们之间的爱,它能够忍受,一方的内心生成于另一方,他的灵魂就是我的全部热情,它们永远不会相互折磨。"

268. 歌德致索菲·封·拉洛施

1774年7月31日　星期日

　　周二我们①会去您那儿吃午饭，尘世给予了如此多的欢乐，我们要与真正的欢乐共处。我的神志尚未完全恢复，因为昨夜四个男孩淹死了，②无人得救。只有在这种时刻，人才会感到自己的渺小，就算有温暖的臂膀、汗水和泪水也无改大局。再见，妈妈，您给我寄几瓶酒吧，或者我更愿意把它们带走。我过来时，您就用酒来毒害我吧。

G.

---

① 歌德可能与巴泽多一起去了埃伦布莱特施泰因，并在那儿逗留了数日。
② 1774年8月6日的《迪伦堡智慧快报》报道：不幸事件——7月30日在巴特埃姆斯有四个捉虾男孩在兰河溺亡，他们在水中三刻钟后才被捞起，尽管用尽办法，仍然未能救活他们。

269. 歌德致索菲·封·拉洛施

1774年8月上半月

这儿就是墓碑铭文,①如果公主能够选用它,我将感到无比地欣慰。请您将它尽快寄给封·普雷特拉克女士。您尽快过来吧。替我亲吻正在遭罪的天使。② 我要去露露③那儿了。

G.

---

① 歌德的这篇墓碑铭文并非为 1774 年 7 月 31 日信中提到的淹死的四个男孩而写,而是受索菲·封·拉洛施的推荐,为 1774 年 3 月 30 日去世的女侯爵卡罗利妮及其不久前去世的母亲茨魏布吕肯公爵夫人而创作。
② 指当时正在待产第一个孩子的马克西米莉安妮·布伦塔诺。
③ 露易丝·封·拉洛施,索菲·封·拉洛施的女儿。

法兰克福
1774 年 8 月至 1775 年 5 月

270. 歌德致 F. H. 雅各比

1774年8月13日　星期六至14日　星期日

亲爱的弗里茨,我此刻正在做梦,拿着你的信,漂浮在你的周围。你已经感觉到,成为你爱的对象就是我的幸福。啊,妙极了,每个人都认为自己从他人那儿得到的多于他给予的。啊,爱,爱！富有的贫乏。当我在别人那儿拥抱一切我所缺少的东西并赠予他我所拥有的,是何种力量在对我起作用啊。昨夜我坐在邮车上,①和巴泽多在一起,脑海里都是怪念头。又是夜里。相信我,现在我们可以相互沉默以对,然后按照时间情况重逢。感觉我俩似乎手挽手地走着,对于没有讨论过的事,我们也会意见一致。晚安。我漂浮在心醉神迷中,而不是在波涛风暴中,这和把我们抛向岩石的那个并不是一回事。祝福有眼泪的人！一句话,不要让人看到我的信！请你理解！如果需要,下次再解释。13日夜

14日晚

我见到了姨妈,②我很高兴,那道超越其他恶劣关系仍将某些情感吹回并充满她心里的堤坝消失了。她允许我和她谈论她的弗里茨了。今日乃第一次！真好！真好！如果她这几年能这样,那就没什么事儿了。然而现在她如此欢欣鼓舞地相信:他们会相爱！向姐妹们和兄弟罗斯特③致以问候,对每个人的方式不尽相同。感谢姑娘们的来信。即使我杳无声息,她们也该偶尔给我写写信。一封短信会产生内在作用,能唤醒沉睡的力量。她们会收到剧本、

---

① 1774年8月12日,歌德和巴泽多、秘书本茨勒一起从巴特埃姆斯前往法兰克福。
② 约翰娜·法尔默。
③ 指夏洛特和海伦娜·雅各比,海因泽(他曾偶尔用罗斯特这个名字)。

诗歌和各种各样的作品。再见,我的新朋友,请给荣格①寄一本《克拉维戈》。②

G.

---

① 埃尔伯费尔德的荣格-施蒂林,他与雅各比一家的社交圈很亲近,7月22日,歌德去埃尔伯费尔德拜访了他。
② 此书于1774年8月出版。

271. 歌德致拉瓦特尔

1774年8月中旬

你收到的这封信不是迈尔①寄来的,而是我。我只写一句话,我修补了我的小船,然后就继续前行了。在埃姆斯和科布伦茨,我和一起来的巴泽多享受了美好的时光。请写信给我简单讲一下你的旅行。代我问候普芬宁厄和帕萨旺,他们应该写信给我。应普芬宁厄来信要求,巴泽多要去你们那儿了。你如果想要安宁,只需要将你的旅行写出来就可以了。请问候舒尔特斯夫人②和尊夫人。再见,请借展览之际把我所有的作品③寄回来吧。

---

① 汉诺威的内廷参事兼宫廷秘书。
② 芭芭拉·舒尔特斯是拉瓦特尔的一位朋友,她是苏黎世商人大卫·舒尔特斯的夫人,1774年起,她与歌德开始通信,并在歌德1775年的瑞士之行期间认识了他。
③ 可能是指《埃尔温与埃尔米尔》《克拉维戈》《维特》等作品。

272. 歌德致 J. G. 施特歇

1774 年 8 月 16 日　星期二

尊贵的阁下，令人敬仰的博士先生：

　　我昨日从巴特埃姆斯返回，就收到了阁下 7 月 30 日的来函和两个杜卡特，同时还有索要的文件副本。应该还有在谒见市长大人时交换的调解书，包括我向陪审委员会申请的答复。我认为不必允许将所有的记录都抄写下来，因为中间并未包含传讯、期限请求和延期的内容。阁下您从这起事件的过程中可以看出，此事自然是有利于对手。① 如果不请求将文件寄到外地大学，那么我们担心在二审时也会如此。

　　二审取决于抗辩书，为此我申请延期四周。同往常一样，申诉和异议也不包括一审调解书中未出具的内容。

　　我很荣幸能坚持给霍恩先生许多建议，请求您尽快予以结案。

尊贵的阁下
您最忠实的

法兰克福　　　　　　　　　　　　　　您最忠实的
1774 年 8 月 16 日　　　　　　　　　J. W. 歌德博士

---

① 霍恩在一审中败诉。

273. 歌德致索菲·封·拉洛施

约1774年8月20日　星期六

　　妈妈,这儿是我答应寄给您的,是这样吧?通过邮局我会寄给您更多印制精美的东西,还有那个姑娘的信,①这是个极好的姑娘,以及戴内特的报纸。② 您愿意写信告知我还欠您多少茶叶钱吗?您为我垫付了多少?我想给杜梅茨两个卡洛林,③或者寄到您指定的地点。关于Alnecht(?)Sill(?)④我想等一下。霍恩费尔德⑤拿到《克拉维戈》了吗?

　　如果合适的话,我很乐意见一下格罗施拉科。⑥

　　如果维兰德很好奇地想知道我将会对他如何,如果有什么偶然事件将他带到我面前。它已丢失。您是明白我的。⑦《维特》一来,您就会收到,这儿又到了非基督徒的圣经。⑧

---

① 索菲·封·拉洛施的《罗莎琳的信》。
② 指1772年起由约翰·康拉德·戴内特发行的《法兰克福学者通报》。
③ 一种硬币。
④ 此处信件内容破损,内容不详。
⑤ 指霍恩费尔德男爵克里斯托夫·维利巴尔德,他与歌德在拉洛施位于埃伦布赖特施泰因的家里结识。
⑥ 指格罗施拉科·封·迪普尔格男爵卡尔·弗里德里希·维利巴尔德,他与拉洛施熟识。
⑦ 此处可能指维兰德写给索菲·封·拉洛施的一封法语信,信件丢失了。
⑧ 指赫尔德的《人类最古老的文献》。

274. 歌德致 F. H. 雅各比

1774 年 8 月 21 日　星期日

简单的晚餐之后,在我的房间,我伏在餐布上给你写信,我的那杯葡萄酒就在我的面前。过了一个无趣的下午,你的信,一百个念头在盘旋。学术就是学术,博尔海姆、柏林或者巴黎,那里酒足饭饱的先生们坐着,剔着牙,不能理解为何厨子不能给他们准备他们中意的菜式。你和他们交情甚浅,此事对你有利。这就好似一个勇敢的男孩,行为放荡不羁的目的是保护那个把一切给了他的女孩,她让这个精力充沛的男孩愉悦,给了他清新、有活力而又温暖的生活。整周的时间我都在思考着童话①的创作,这事儿就像是对我的惩罚,如今思路就这样来了,真好。正如我宣读上等贵族所下的判决书那样,我在创作时将自己设定为一个好人,他为读者而写,基本的、实际的、预言的,为了更美好的心灵、理性和趣味,他如今交付了自己的体力和智力。感谢先生们发现不用去感谢愚蠢的人,众所周知,我们的上帝先生自己也是如此。

亲爱的,你看,一切创作都是再现我的周围世界,通过内在世界将一切包括在内,连接、重新塑造、捏合并以自己独特的方式重新建立,这永远是个秘密,谢天谢地,我从不愿意将这些透露给看热闹者和空谈家们。②

我盼望能够坐在你面前,我的心上搁着一千件事儿,其中一件就是那些零星之作。博马歇的回忆录我读了很愉快,唤起了我内心年轻的冒险动力。将他的性格与行为和我内在的个性和行动连接起来,如此有了我的《克拉维戈》,这真乃一件幸事,因为我从中获得了愉悦。更重要的是,我要求批判的匕首将那翻译的段落从整体隔开,不要切碎它,不要有致命的伤口。不谈改动剧本的故事情节,而是改

---
① 可能指诗歌《真实的童话》。
② 歌德在此处谈论艺术创作过程。

动它的结构和组织！好吧，我好似在谈论自己的孩子们，他们会继续在这广阔的天空下爬来爬去。然而哪个人也会为观众们制造孩子呢！此人听说这孩子的屁股部分来自伏尔泰的休隆人。① 但是我请求您，把这些人交给我，他们在我面前已被标上了记号，他们不会重新诞生《德意志信使》和《伊里斯》，正如不会再发生"熊"对戈特舍德的文集所做出的那些事！②

我时常与雅巴赫③的精神共处一室，我请求你藏好你的灵魂，不要让我见到。好人克拉厄④为了将上帝的宝物放到他的殿下的脚边，抢夺了上帝的宝物。

韦特斯是一个相当好的男孩，他处理中式瓷质小摆件和沙发的方式十分人性化。⑤

我希望威廉•海因泽能用一首小诗使我愉悦起来，题材要欢乐而不淫荡，表达则不可含有维兰德式的神话，也就是说不要有希皮亚斯和达纳斯，⑥这些都会让我厌倦，不要对古老的作家含沙射影。海因泽若能做到，我会很高兴。告诉他，他也应该想象一下，他喜欢见到我怎样的创作方式和创作力。

---

① 歌德为了抵御批评，强调《克拉维戈》里的人物来源于其他作品。休隆人是伏尔泰的《天真汉》中的角色。
② "熊"是莱比锡的布赖特科普夫出版社的标志，这家出版社曾发行过戈特舍德具有划时代意义的文集。
③ 埃伯哈德•雅巴赫，科隆的银行家及艺术收藏家，歌德在莱茵之旅时，于7月24日拜访了他，并参观了他那藏品极其丰富的住所。
④ 约翰•兰贝特•克拉厄，历史画家，杜塞尔多夫美术院院长，他将价值昂贵的科隆地区绘画交给了普法尔茨选帝侯卡尔•苔奥多。
⑤ 中式瓷质小摆件和沙发是韦特斯的作品《一个女孩唱与弹的歌曲》的写作特色。
⑥ 这两个人物都在维兰德的《阿迦同》中出场了，前者为诡辩哲学家，后者为一名妓女。

你不久会收到我的几样小玩意儿,①我要找一下,它们总是分散在各处。

荣格不是第一个质疑那部剧作②是否出自我手的人。继续干下去吧,我盼着能有再创作一部剧作的好日子。我毫无顾忌,不管它会损害或者改善我的**名誉**等。今天是8月21日,8月28日是我的生日,纪念一下这个日子吧。

我又读了一遍你写给那些学者的信,又一次展开了我的信,想要和你说:尽管独立的感觉很好,但是回信时感觉更有效果,这一点永远正确。感谢你美好的心灵,也感谢我们的精神世界如此相同。晚安。

请把海因泽③写给韦特斯的信寄给我,内容关于雅巴赫的花园。

391

---

① 也许是几首诗歌。
② 《克拉维戈》,然而菲舍尔-兰贝格认为不可能,因为此剧出版时写明了作者是歌德。
③ 此信未保留下来。

275. 歌德致拉瓦特尔

1774年8月下半月?

亲爱的拉瓦特尔,我有个请求!用一个基督徒的正直向我描述,但是不要谦虚,以公正来加以抵抗就如同健康抵抗疾病。你反对格雷贝尔总督的全部行为①引发了你的文字或言论,之后发生的事是普卢塔赫②式的。我将你和你的行为进行对比,你这个虔诚的信徒!你这个可爱的男子!为这样的行为值得写一百本书。如若时间让我重新恢复活力,我愿意再次与世界和解。写信告诉我全部经过,我向你发誓,为了你的缘故……

---

① 《美茵河畔的法兰克福报》于1774年8月16日为拉瓦特尔的著作《被拉瓦特尔幸运地战胜的格雷贝尔总督》发布了一则广告,在拉瓦特尔不知情的情况下,这本书中的文章《不公正的总督》(1762年首次印刷于苏黎世)再次被印刷出来,它曾导致了格雷贝尔在1763年倒台。拉瓦特尔在这篇匿名发表的文章中揭露了瑞士总督费利克斯·格雷贝尔的腐败行径,引发了他的被解职及受害者们的索赔。1774年9月1日,拉瓦特尔寄给歌德一份详细声明,说明自己并非《法兰克福报》上那篇广告的始作俑者。歌德撰写了一篇文章,以弥补拉瓦特尔那篇不太巧妙的声明,并于9月24日与信一起寄给了拉瓦特尔。

② 希腊作家普卢塔赫。

276. 歌德致索菲·封·拉洛施

1774年8月24日 星期三和28日 星期日

亲爱的妈妈，何为人心？现实中的恶心还不够吗？必须从自己出发创造出非凡的东西！我抱怨什么！不安与不确定是我们的一部分，您就让我们怀揣勇气去承担它吧，就像一个勇敢的儿子承担了他父亲的债务那般。我们的信件互相错过了。这里又有一封赖希①的信，我的上一封信是对剩下一封信的回复。只是还没和杜梅茨说过话，也不愿意和他谈及马克西。② 为何她愿意顺莱茵河而下？③ 昨日她告诉我："这是布伦塔诺的主意，您只能说'是'，或许他又会改主意。"妈妈，此类事件就好像是在病中发生，上床，起床，再上床，人们盼着，至少在发生变化时状况能好点儿。您给卡尔克霍夫④的信马上就会寄出。

此信我24日开始写，今天28日才写完，两封信⑤寄给您。谢谢，十分感谢。请您让我一直能听到我的邻居高尔吉亚⑥的消息，随着时间推移，您也会听说一些相关事宜。再见。

请代我问候霍恩费尔德男爵先生，⑦请您写信告诉我，您何时以及如何称呼这颗心的。再见。

歌德

---

① 莱比锡书商菲利普·伊拉斯谟·赖希出版了拉洛施的小说《封·施滕海姆小姐》。
② 歌德回避杜梅茨，因为此人支持马克西米莉安妮与布伦塔诺的婚事。
③ 顺莱茵河而下前往埃伦布莱特施泰因，索菲·封·拉洛施住在那里。
④ 可能是格罗施拉科部长的秘书。
⑤ 上文提及的赖希的信和维兰德的一封信，他可能在信中提到了歌德。
⑥ 指维兰德。
⑦ 克里斯托夫·维利巴尔德。

277. 歌德致夏洛特·凯斯特纳（娘家姓布夫）

1774年8月26日　星期五至31日　星期三

　　谁在此时走出了我的房间？洛特,亲爱的洛特,这你就猜不出来了。你会猜一串著名和不著名的名字,不会猜到卡特琳·丽斯贝特女士,①她是我过去在韦茨拉尔的洗袜工,你所熟悉的那个话痨,她和其他在你周围的人一样很喜欢你。她不能在韦茨拉尔一直待下去了,她曾希望替我母亲尽一些职责。我把她带到我的房间,她见到了你的剪影,嚷道:"啊,这是可爱的小洛特,当时还没有长牙,真是惟妙惟肖啊!"我欢迎她时,她满怀喜悦地亲吻了我的外衣和手,然后又向我讲述你曾多么淘气,后来成了一个好孩子。她没有向人闲聊说起她是如何因为你而挨了揍,因为她带你去了迈尔少尉那儿,此人爱上了你的母亲,想要见你并且送你一些礼物,这事儿让她难以忍受等诸如此类的事情。你可以想象,这个女人对我而言曾经很有价值,我愿意照顾她。圣徒的腿、毫无生气的神圣躯体部分碰触到谁,他就能获得崇拜、被保护和关心。为何不是有一个人碰触到你,把你像孩子般托起,牵着你的手,这就或许是你向他祈求过某些东西的那个人。洛特你祈求过,这个人应该向我请求!天使则向天空祈求!亲爱的洛特,还有一件事,这事儿让我笑了起来。你时常用颤抖并且来回晃动的手惹怒她,她向我演示了你是如何对她做这一切的,我当时仿佛感觉到你的灵魂在飘荡。尔后她讲了关于卡罗利妮和海伦娜的事,我看见或者没看见的,最后的最后还是洛特、洛特、洛特、洛特、洛特,没有洛特就什么也没有了,失落、悲伤和死亡。再见,洛特,今天没有什么话了。8月26日。

　　我昨天开始继续那封26日写给你的信,此刻我正坐在爱尔福特和达姆施塔特之间的朗根市,等着默尔克,②是我把他请到这儿来

---

① 韦茨拉尔的洗袜女工。
② 约翰·海因里希·默尔克。

的。我想起要给你写信。两年前的今天,我几乎整日坐在你身边,切着豆子直至午夜。28 日那天是以茶和有趣的故事开始的,气氛欢庆。哦,洛特,你用我珍视的开朗和轻松的灵魂让我确信,你依然爱着我。你看,尽管时间推移会淡化我们之间的情感,但这依然是件让人悲伤的事。我会尽快给你寄一本祈祷书,①一个小宝盒,②任你如何称呼它,就能在清晨和黄昏时分增强你对友谊与爱的美好记忆。明天③你们一定会想起我,我会去你们那儿。亲爱的迈尔夫人答应我,派她的灵魂来接我。真是一个美好的早晨,在经历四周的干旱后,终于迎来了盼望已久的第一场雨,它让我和大地都为之神清气爽,而我正是在田间享受这雨丝!前天戈特④来了,他和两个姐妹去里昂探望另一个姐妹,他一直很好,生病了,却情绪饱满。我们的往日生活简洁重现。他真诚地向你的剪影问候,我跟他絮叨了各种事儿,等等,然后他又走了。当我的朋友出门在外,就必须上我这儿来,经过我处,缴纳关税,对此我深谙其道。

  8 月 31 日。我的爱属于这里,附上的一小页信纸是我上周六在默尔克来之前在朗根写的。我俩度过了愉快的一天,周日可惜很干燥。晚上我梦见了你,梦见我又去了你那里,你则给了我一个热情的吻。我不在你身边的这段时间,无论是醒着或做梦,我还不曾这么清晰地见过你。再见。附上的剪影诗,⑤一份给你们,一份给迈尔家,

---

①《维特》。
② 18 世纪时,人们喜欢将修身书籍或宗教书籍称为"小宝盒"。
③ 8 月 28 日是歌德和凯斯特纳的生日。
④ 弗里德里希·威廉·戈特。
⑤ 歌德曾打算在 1773 年 9 月 15 日的信中附上他的剪影,最后寄去的则是为剪影配的诗歌《如果有一个灵魂庸俗的人》。此信他附上了经过修改的诗歌《致洛特》。

一份给齐默尔曼。① 再见,洛特,感谢你,你也许会喜欢读我所写的和印刷出来的东西,我也喜欢你。替我吻那个孩子。② 如果不用多说和多写,我就可以来,我就会重新站在你面前,正如我之前从你面前消失那样,对此你不会害怕,也许会摆出一张生气的脸③来责备我。问候迈尔一家。我多想见到你,抱抱那个孩子。再见,再见。

---

① 约翰·格奥尔格·齐默尔曼。
② 格奥尔格·沃尔夫冈·凯斯特纳。
③ 此信所附的诗后来的标题为《生气的脸》,人们将大学生的一个恶作剧称为"生气的脸",是指夜间将一个面具挂在市民们的窗前来使他们恐惧。

278. 歌德致约翰娜·法尔默

1774年8月底

  我先得找一下第二部分。谢谢您好心地参加了我打算做的民族考量,也许在此期间,羊圈里会再次诞生一个救世主。

  您让我开怀大笑了!这里就是从法语译成德语的那篇稿子,①今日或明日还会有《克拉维戈》的印张。

G.

---

① 博马舍的《备忘录》。雅各比将其中一段关于西班牙之旅的片段译成了德语,并发表在《德意志信使》的8月刊上。

279. 歌德致 F. H. 雅各比

1774年8月31日　星期三

在广阔自由的天地里①见到你们,这让我十分愉快,一部分是因为享受着这年轻的身体和灵魂,一部分也是盼着有好的预兆,你能够勇敢地从空想和文学掌控的乏味堡垒中逃离,因为这会夺去人对于自身产生的所有愉悦,会被此事那事在这儿引入一个小花园,那儿又被带入一个苗圃,被引入迷宫。每个人都称赞他的手艺,终于他见自己的手里满满都是上帝填满的力量和各种艺术。他目瞪口呆,依赖于其他的创作之乐,于是他回归到自己的遗传部分,播种、种植并灌溉,享受自身的创造天分。如此,无论你在何处,你都一起被祝福,躺在上帝的土地上。向前行,如此你的心中会产生强烈的爱与天真,巨大的创造力则盛开。再见,祝您安康。8月31日。

这儿有一首配乐的颂歌,②还有漫游者在困苦中写就的评论。

我盼着能继续收到你们所写的日记,有段时间可能是海因泽所写,目的是把你们俩都带到我这儿来。这里有两张拉瓦特尔的东西③是给海因泽兄弟的,还有一份给荣格。

---

① 雅各比在1774年8月26日写给歌德的信中如此写道:"在树木茂密的山头,在沙沙作响的林荫中。"在此雅各比记录了他与贝蒂、兄弟姐妹以及海因泽一起漫游的经历。
② 随信附上了《漫游者的风暴之歌》的结尾。
③ 可能是指拉瓦特尔的剪影,或是指拉瓦特尔在莱茵之旅时所写的两篇布道文。

280. 歌德致 H. 布夫

1774年8月31日　星期三

　　你们失去了亲爱的兄弟，我则是失去了我亲爱的男孩子们中的一位。① 你们加倍甚至三倍地乖巧，爸爸和我从你们那儿得到安慰，不再沉浸在失去的痛苦中了。代我问候所有的人。

　　你要时常写信给我说说发生的事情，难道你认为我对你们那儿发生的所有小事不感兴趣吗？尽管我已离开许久，却一直是和你们同在的。再见。最好帮我把给洛特的信代寄一下。

　　1774年8月31日

G.

---

① 阿尔布莱希特·布夫，生于1766年，卒于1774年8月11日。

281. 歌德致索菲·封·拉洛施

1774年9月15日　星期四

最亲爱的妈妈：

　　昨日我看喜剧时见到马克西了，她对我不满意！亲爱的上帝，我可不是她不满的对象啊。她头疼！她让人给她一些建议，有人写信建议她运动，这个可怜的孩子却待在家里。

　　您问起了伦茨！心平气和地说，我真为维兰德感到遗憾，他刺激了伦茨，而且是用一种无聊的方式。从一个旁观者的角度来看，这是一个可怜的男人，我已经请求朋友们不要在我的面前提他的名字了。伦茨不与他和解，成了他一个危险的敌人，尽管伦茨的声望和影响力还不够，但他比维兰德的天分高。好吧，亲爱的妈妈，我必须让世界保持它原来的样子，像神圣的塞巴蒂斯安①那样捆绑在我的树上，将箭射入神经，赞美颂扬上帝。哈利路亚，阿门。

　　　　9月15日

　　　　　　　　　　　　　　　　　　　　　　　　　　G.

---

① 歌德可能是受到了杜塞尔多夫画廊中的一幅范·迪克画像的触动，所以才有这一番自我阐释。

282. 歌德致索菲·封·拉洛施

1774年9月15日　星期四

　　我今日出发，亲爱的妈妈，那些坦率的信①写得相当勇敢，他在多处提了夸张的要求。他就像所有的观众，不必自己挺直腰板。卡尔克霍夫②给我写了封文笔优美的信，他以男爵夫人的名义邀请我前往迪堡。格罗施拉科男爵③昨日在此地，然而我未能去他那里。

　　最近我与马克西长谈了两次，她很好，并且很镇定地让自己面对目前的情形。

　　我的诗句恰合时宜，这让我很高兴。至于人们是否理解，是否对它有兴趣，这并不重要。一张小纸，白纸黑字，分成几段，如此而已。对我而言，霍恩费尔德男爵④对它们的兴趣则十分有价值。

　　请您代我问候露易丝和我的小孩子们，⑤特罗森⑥一定想我了，德·埃斯特⑦一定也是如此。

　　杜梅茨正在造房子，糊墙纸。

　　我妹妹还在埃梅丁根。

　　赫尔德有了一个儿子。

　　我见了德·埃斯特和玛格丽特一次。

　　默尔克很愉快，我忙忙碌碌，但是不勤快，给我带点什么吧。再见。

G.

---

① 指的是约翰·弗里德里希·米格所写的《V伯爵关于维也纳科学状况的私信》（1774）。
② 格罗施拉科的秘书。
③ 迪堡的格罗施拉科男爵卡尔·弗里德里希·维利巴尔德。
④ 霍恩费尔德男爵克里斯托夫·维利巴尔德。
⑤ 索菲·封·拉洛施的女儿和两个儿子。
⑥ 科布伦茨的建筑师特罗森的夫人。
⑦ 卡塔琳娜·伊丽莎白·德·埃斯特。

283. 歌德致索菲·封·拉洛施

1774年9月19日　星期一

周四一早,会有一份《维特》寄往您处。您和您的家人读过后,请把它寄给弗里茨,我手边只有三份,因此必须让它流转起来。

封·格罗施拉科先生在这儿,我向他介绍了自己,他对我十分友好,还向他的夫人介绍我,坦率地与我就某些事情交流。我们经常谈到您,他托我问候您,还多次请我前往迪堡。我想,去那儿会度一个美好的秋日吧。如果并非以儿子的身份欠下了一笔必须用自己全部身家性命来偿还的债,那我再次成了您的债务人。

您现在又重新拥有了您亲爱的马克西,可以拥有她一段时日,您用您全部的母爱激发了自己的心灵,再见,敬请告知封·霍恩费尔德先生对《维特》的看法以及您对第二部分的感受。

G.

284. 歌德致凯斯特纳

1774 年 9 月 23 日　星期五

你们一定收到那本书①了，如此你们也能理解附上的小纸条了，我在匆忙之间忘记把它搁进去了，眼下我正是这样忙碌地过日子。展览会极其热闹，我的朋友们都来了，过去与未来奇妙地融合在一起。

我会成为什么样的人呢？啊，你们这些生活稳定的人，你们在这方面又能强多少呢。

迈尔又来了。我请求你们不要将书交给别人，请关爱生者，尊重死者②吧。

如今你们能理解之前信件中的不明之处③了。

1774 年 9 月 23 日

---

① 指《维特》。
② 歌德和卡尔·威廉·耶路撒冷。
③ 之前信件中暗指《维特》之处。

285. 歌德致夏洛特·凯斯特纳（娘家姓布夫）

1774年9月23日　星期五

　　洛特，我有多么喜爱这本小书，你在阅读之际或许能感受得到。这本书对我是如此重要，仿佛世上只此一本。你理应拥有它，洛特，我已亲吻它百遍，将它锁起来，以防他人碰触。啊，洛特！除了迈尔一家，别让他人见到此书，它在莱比锡展览会上才会与读者见面。我希望每个人都是独自阅读此书，你独自阅读，凯斯特纳独自阅读，每个人读完后给我写一句话。

　　洛特，再见，洛特。

286. 歌德致拉瓦特尔

1774 年 9 月 24 日　星期六

　　这就是那本刊物。① 我宁愿什么也没有刊登出来，然而不得不如此。我觉得行文的语气是恰当的，你或许会考虑你寄给我的消息对本地观众将产生何种影响。

　　我希望此事如今可以平息了，关于未来事宜，我请你不要那么敏感。只要活着并且有所作为，就无法避免被人误解，对此你不得不听天由命。

　　你也许只是在街上与一位朋友②热烈交谈，而冷漠的观众则从雅致的窗户里探出身子，对此进行一番冷嘲热讽，更不用说其他事了。

G.

---

① 指《美茵河畔的法兰克福报》的第 153 期，上面刊登了歌德为拉瓦特尔所写的声明，后者为此写信感谢了歌德。
② 原信此处被损坏，也可能是"与一陌生人热烈交谈"。

287. 歌德致约翰娜·法尔默

1774 年 9 月底

  亲爱的姨,我写上一句话为了表明我还活着。弗里茨写了些什么?他拿到《维特》了吗?如果已经有了的话,我不想给他写信和寄东西了,以免打搅了他。这里有一些会让你发笑的东西。① 再见,盼复。

G.

---

① 可能是指写给索菲·封·拉洛施信中提到的几段新写的东西。

288. 歌德致索菲·封·拉洛施

1774年10月初

　　此乃我的顽皮之作,亲爱的妈妈,我激情澎湃,思绪混乱,只能抓住少数几个念头。我在看喜剧时见到了亲爱的马克西,我又见到了那双眼睛,但是不知那眼神里包含着什么。

　　请您将信寄给齐科。①

　　我做您的债务人还要多久,所有的债务,而其他人的债务我则不愿意偿还。

---

① 画家雅努阿里乌斯·齐科。

289. 歌德致凯斯特纳夫妇①

1774年10月

我必须立即给你们写信,我的亲爱的人儿,我的被激怒的人儿,我要告诉你们,这些话都发自我的内心。书已写就,已经发行,如果可以,请你们原谅我。在确认你们忧虑过头之前,在你们亲自感受书中交织着的真相与谎言之前,我不愿听你们说任何话。凯斯特纳,你是一位可爱的律师,你竭尽一切,把我所有能用来道歉的话语都阻断

---

① 凯斯特纳收到《维特》的书稿后写信给歌德:

"您的《维特》或许会给我带来巨大的愉悦,因为他能让我想起一些有趣的场景和事情。然而,出于某种考虑,他的样子让我感到了不开心。您知道,我喜欢按照自己的方式说话。

"您尽管给每个小说人物都加进了陌生的元素,或者将数个人融合为一个角色,这点我觉得可以,然而如果您在编织和融合的过程中让人提些建议的话,那些您从他们身上借用了特征的真实人物就不会因此名声受损了。您愿意按照自然原本的模样作画,以便让画儿呈现真实场景。然而您将许多矛盾的事物组合在一起,如此恰恰无法达到您的目的。作者先生听了这些话会勃然大怒,但是我自己仍然坚持事实与真相,我的评判是,画家并不在场。真实的洛特如果与您描画的洛特相同,那么对于小说中的许多场景,她都会感到遗憾。我知道,这是一个艺术的编排。即便是您将她部分编入了小说的 H 女士(伊丽莎白,普法尔茨的教皇公使秘书菲利普·雅各布·赫尔德的夫人),她也无法接受您给您的女主人公赋予的特点。为了达到您的目的,为了自然而真实,根本不必费力去文学创作,因为没有这个(您的女主人公的不耻行为甚于普通女子),耶路撒冷也会开枪自杀。

"您愿意成为现实中的洛特的朋友,在您的描画中,这幅画包含了太多她的身影。为了不要太强烈地指向她,我说……不,我不想说这个,只要想起这事儿,我就已经感到无比痛苦。

"洛特的丈夫,您过去称他为您的朋友,上帝知道,他曾经是您的朋友,现在则和她在一起……

"阿尔伯特是一个悲惨的形象!或许这是一幅原创而非拷贝的画作,然而它还是具备了原型的一些特征(尽管只是外貌上的,感谢上帝,只是一些外貌上的),人们还是很容易和那个现实原型对上号。如果您想要这样塑造他,就应该把他塑造成一个蠢货。如此您就可以骄傲地向他走过去,说,你们看啊,我是怎样的一个家伙。"

了。我的内心还有更多话要说，但是我不知道它是否无法立刻表达出什么内容。

我沉默，只是还得让你们愉快地惩罚我。我喜欢臆测，我希望永恒的命运会允许我做这一切，以便让我们更紧密地联系在一起。的确，我最好的朋友们，我这个用爱将自己与你们捆绑在一起的人，不得不对你们和你们的孩子们所遭受的糟糕时刻承担责任，而这正是我的糟糕时刻。你们愿意如何说就如何说。坚持住，我恳求你们坚持住。正如我在你上一封信里看出来的那样，凯斯特纳，我也完全认识了你。洛特，我恳求你们不要变！在整个事件中岿然不动，无论发生何事。上帝啊，人们谈及你时说道：你会将一切往最好的方向扭转。

我亲爱的朋友，如果你们控制不住烦闷，想一下，只要想一下，你们的老朋友歌德正变得越来越新，与过去相比，他现在更加属于你们了。

290. 歌德致约翰娜·法尔默

1774 年 10 月

　　我不爱去他们那儿,姨,我无容人之雅量,也不为他人所忍受。这就是那本《迷信的堂吉诃德》。① 您从弗里茨那儿听说了什么?他何时可能会来?请您代我衷心问候他。我还会拿到所有的信息,又像龙一般守在这些事儿上面了。祝您安康,再见。

G.

---

① 这部长篇小说于 1773 年 12 月 17 日在《万茨贝克信使报》被提及。约翰娜·法尔默可能收到了评论与建议。

291. 歌德致索菲·封·拉洛施[①]

1774年10月21日　星期五

您上一封诚挚的来信是多么可贵啊，您对我所做的一切是多么可贵啊！这段时间我躺在那儿默默思考，在我的心里上下寻找，是否我的身上有一种力量，能够承担起无法战胜的命运未来对我和我的

[①] 此信是对索菲·封·拉洛施1774年10月17日来信的回复，索菲·封·拉洛施的来信如下：

"歌德，我的朋友！为何没有收到您的任何消息，什么都没有。是否因为您太幸福了，因此您的朋友们的满足对您而言显得多余了。或者糟糕地说，我为您所考虑的以及我本人对您而言是无用的东西了。我请您给拉洛施和斯图加特的行政长官封·格明根（埃伯哈德·弗里德里希·封·格明根男爵，《哥廷根缪斯年鉴》的参与者）寄份《维特》。封·霍恩菲尔德感谢您给他写信，他无比关心整个过程，您的思想形成的过程他每一步都参与了，您对他而言十分重要，对我而言也是这样，歌德！您是如何看待我的呢？哥廷根的博伊（海因里希·克里斯蒂安·博伊）到我这儿来过了，我们谈了许多关于您的事儿（博伊10月15日拜访了歌德）。我喜欢这位男士，请您告诉我，他有多喜欢我和我的真诚。他知道要爱歌德，我并不因此感谢他，然而我珍惜他，因为他有思想。

"再见！您妹妹（科尔内利娅·施洛瑟）怎么样了？她有没有通过克洛卜施托克（克洛卜施托克当时正前往拜访卡尔·弗里德里希·封·巴登总督，施洛瑟在巴登任职）得到补偿？如此，对她的精神和心灵的关注可以被其他好事儿转移。

"我的好马克西（马克西米利安妮·布伦塔诺）在波恩，与杜梅茨、博尔茨他们在一起，在此期间有几封家庭暴君寄给她的信件到了。这些信我害怕拆开来看。噢，歌德！我对友谊、高尚和美德的迷信把我引向了何方？教皇被毒杀已经确认（教皇克莱门斯十四世死于1774年9月22日）。听说了这个消息后，我盼着这个可怜的孩子采取一些措施，她似乎在路途中看见了那个野心勃勃的人。在这个不幸的纽带被亲手联结起来之前，我的马克西就已变得悲惨，这也让我的其他孩子变得可怜。首先是我的心碎了，然后是拉洛施的心，杜梅茨一家可以作证。噢，歌德，毒药可以用来抵御这一切。我心中的平静与幸福已被谋杀，我无法对拉洛施说，这不疼。请您原谅这一切，我想在一位朋友的手心痛哭一场来减轻心中的压力。不要拒绝我，不要因为我选择了您而生气。再见。"

家人所施加的一切,是否我能找到一块岩石,在上面筑起一座城堡,在最紧急的时刻可以带上我的一切逃往那里。亲爱的妈妈,我将愁苦和抱怨的时光给了您,之后就像祷告时倾诉后那般轻松。但是当您祷告后站起身来,请您用心去看您的其他孩子给您带来的幸福,这幸福或许也会赐予那不幸的天使。① 祝您安康,请您念着那身处痛苦与喜悦中的我。

  1774 年 10 月 21 日

G.

---

① 索菲·封·拉洛施曾在前一封信中向歌德提及马克西米莉安妮·布伦塔诺不幸的婚姻,称布伦塔诺是"家里的暴君"。

292. 歌德致约翰娜·法尔默

1774 年 11 月初

  姨,您读一下这个,然后把它交给弗里茨。这是伦茨的作品!①我这个舅舅②用尽全力在角角落落爬了个遍,出来时已是邋里邋遢,等等。祝您安康。我画了画,搞搞艺术之类的,现在完全和伦勃朗共处了。

G.

---

① 可能是喜剧《新梅诺扎》,1774 年秋季展览会上刚刚推出。
② 1774 年 10 月 28 日,科尔内利娅·施洛瑟生下女儿露易丝,歌德成了舅舅。

293. 歌德致 J. L. 伯克曼①

1774年11月14日 星期一至15日 星期二

我刚从滑冰的地方过来,此事起初是通过一个社交圈和一次晚餐促成的,您当时也坐在晚餐桌边。我很疲倦,之前弄了滑冰道,然后和我的朋友们一起返回了,我们发现了新的水面,等等。

1774年11月14日,我在冰面上,正如我想和你说的那样,我把此事丢给了您,当时是夜里10点,早上更是如此。

圣马丁节的夜晚。我把昨夜那页纸当成了信纸,现在想继续写下去。圣马丁节的夜晚,我们迎来了初次结冰。从周日到周一的那个夜晚,冰冻十分厉害,城前一个平坦的小池塘冰冻得可以站住人了。翌日,有两人发现了此事,告诉了我。中午时分我立刻出城前往那里,占了位置,扫去积雪,推开碍事儿的芦苇丛,穿过未曾开出的道路,其他人则手拿铁锹与扫帚尾随在后,而我自己也没少出力。不一会儿,我们便已环绕池塘并且穿越它了。当我们因夜晚不适合滑冰而不得不离开它时,我们心里是多么痛啊。月亮不愿升起,②不愿从雪云后露出来,而今日已经积雪消融。我必须报告这一切,觉得这都是我的错,我盼您也是如此!您让人做新的冰鞋了么?我还没有找到可以将此事托付的人。请您将《萨堤洛斯》寄给我!怀着爱想念我吧!

歌德

---

① 卡尔斯鲁厄文理中学的数学教授,因克洛卜施托克的介绍而结识了歌德。
② 参见克洛卜施托克的颂歌《蒂亚夫的艺术》,月亮属于享受滑冰乐趣的内容之一。

294. 歌德致约翰娜·法尔默

1774 年 11 月 15 日　星期二

　　小姨,昨日我去了结冰的河面,如今小河已经不断向前流淌。从 1 点到 6 点我整饬了冰道,然后就和朋友们回去了。我还一直沉迷于绘画,此外还有一堆不重要的事务。① 岁月倏忽,艺术悠长。我得夹着一个装满了工作的公事包去您那儿了,请您帮我将它保管几日,然后再交还给我。再见。还没收到弗里茨的消息。

---

① 可能是指歌德做见习律师期间的事务。

295. 歌德致索菲·封·拉洛施

1774 年 11 月 20 日　星期日

我立即给您回信了,亲爱的妈妈。我在喜剧院和您的马克西交谈了一下,和那个男人也说了话,他将他所有的友善挤在了尖鼻子和尖下巴之间。也许我再次走进那所房子的时间会到来。① 大海索要无花果!② 我现在还说着这句话,并且不会放弃它。

拉瓦特尔会去支付瓷器厂的费用,等稍稍安定后我们就结算。今日我的心激烈地跳动着,这个下午我首先把油画笔拿在手中!③ 我弯着腰,全神贯注地、满怀希望地画着,却无法表达出我人生的命运就悬在此刻,这真是阴沉的一天!我们会在阳光灿烂之时重逢。这里有个简单的方法给封·霍恩费尔德男爵用来学希腊语!你已有《荷马》,这很好,若没有,我给你买埃内斯汀的版本,他将克拉克的拉丁文版本附在后面并将其逐字翻译过来了。我给你弄一套绍费尔贝格翻译的《荷马》吧,还有白色卡片游戏。你都拿到后,就可以开始读《伊利亚特》了,不要注意音节,而是像读六音步诗行那样,它将会在你的心里奏出美丽的回响。如果你理解了,那就万事大吉,如果没有懂,你就读一下译文,边读译文边看原文,或者反过来,读大约二三十行,直至你理解其构思,《荷马》的结构完全是语言具象的排列。然后你可以拿上你的《荷马》,逐行分析其中的话语,现在时抑或第一格,把它们写到卡片上,塞进你的纪念册,在家把它拿出来学习,一个全心信仰上帝的人该如何祈祷。你读了几首三十行的诗句并且研究了两到三本书后,我保证,你此时已能全新地直接面对荷马了,你不需要绍费尔贝格的翻译和卡片就能看懂。此法已被证明是可行的!

说正经的,亲爱的妈妈,为何此事必须如此,必须用卡片呢。医

---

① 直到 1775 年 3 月,歌德才与布伦塔诺恢复交往。
② 此话出自一位西西里的商人之口,他的海船满载着无花果遭遇海难倾翻,他只得坐在一块岩石上,望着平静的海面。
③ 画家约翰·安德烈亚斯·本雅明·诺特纳格尔于1774年给歌德上过油画课。

生没经过检查就喊起来了！为何要把鸡塞入麻布巾来煨炖呢。请您告诉那位学生阁下，①安慰他说，荷马是最容易读懂的希腊语作家，但是必须自己学着去理解他。

请您代我问候枢密顾问先生。② 我无法前来。这样也更好一些，您可以和弗里茨单独相处了。

我十分想和封·霍恩费尔德先生在您那儿谈话，我如此期盼着，这事儿也许会实现。

问候露露，③小朋友们，还有特罗森和科尔代。克洛卜施托克是一位高贵伟大的人，他身上有着上帝赐予的安宁！

---

① 封·霍恩费尔德男爵。
② 格奥尔格·米夏埃尔·封·拉洛施。
③ 露易丝·封·拉洛施，被昵称为露露。

296. 歌德致凯斯特纳

1774年11月21日　星期一

　　我收到了你的信,凯斯特纳,我正在一张陌生的斜面桌旁,在一位画家的画室里,我昨日开始画油画了。我收到了你的信,必须对你大声说:谢谢! 亲爱的! 你总是那么好! 啊,若我能搂着你的脖子,若我能拜倒在洛特的脚下,等一下,一分钟,我在书中无法写到纸上的一切都得删除,都得解释清楚。噢,你们这些不信的人,我要向你们喊出来! 你们这些小信的人啊!① 倘若你们能体会维特那一千颗心的第一千颗,你们就不会计算你们为此付出的代价了! 你读一下那张便条,然后将它寄回给我,还有你要附上的东西。② 你将亨宁斯的信③寄给我,他没有指责我,他原谅我了。兄弟,亲爱的凯斯特纳!你们得救在乎归回安息。④ 哪怕冒着我生命的危险,我也不愿将维特唤回。相信我,信赖我,在你忍耐时,你的忧虑和痛苦将会如暗夜的幽灵一样消失不见。然后我承诺,尽管那些喋喋不休的看客就像一群猪,在此地,一年之内我会以最好的、最独特的和最真诚的方式将那可能遗留下来的猜疑、曲解等所有内容消灭,正如北风刮走雾霭和香气。维特必须存在! 你们感觉不到他,你们只是感受到我和你们,以及你们被粘上了什么,你们和其他人被编入了什么。在我有生

---

① 参见《新约·马太福音》第17章第17节和第8章第26节。
② 可能指齐默尔曼的便条,凯斯特纳附上的东西是奥古斯特·封·亨宁斯的信。
③ 奥古斯特·封·亨宁斯是凯斯特纳的大学挚友,1772年起在柏林担任丹麦教皇使节处秘书,他的信未得以保存下来,通过1774年11月30日凯斯特纳写给亨宁斯的回信中可以了解其内容:"您之前的信,不是上一封,我已经告知了歌德,以便让他相信您对此书的看法,至少让他以后行事能够更谨慎些……您已从他的文字中了解了他。他不把全世界当回事,因此在一些不合时宜的情形下,他就无法适应。"
④ 参见《旧约·以赛亚书》第30章第15节。此句经常被歌德引用。

之年,你就是那个我要感谢的人。你不是那个阿尔贝特,①好吧。

将我的手温暖地交予洛特,告诉她,一千个圣洁的嘴唇满含敬意地念过她的名字,这同样可以抵御忧虑,在平庸的生活中,若无他故,这些几乎不会长期让人恼怒,因为人们已遭受各色人等的非议。

如果你们勇敢且不折磨我了,我会给你们寄信,寄去我的言语和对维特的感叹;若你们满怀信念,相信这一切都会好起来,闲言碎语毫无意义,那么请牢记你的哲学家信中②所写。此信我已亲吻过。

哎,你呀!你没有感受到人们是如何拥抱并且安慰你的,在你和洛特的维特那儿可以找到足够的安慰,用以抵抗作品中使你们害怕的悲惨。洛特,祝你安康!凯斯特纳,也祝你安康。爱我,不要折磨我。

G.

这张便条我没有给任何人看过!仅限于到你们为止!此外无人见过!再见,亲爱的你们!代我亲吻你的妻子和我的教子。③

你们考虑一下我的承诺。我自己就能**想法子**把你们彻底从各种流言蜚语中解脱出来,从那些捕风捉影中解放出来。此事在我能力范围之内,但是行动还为时尚早!代我衷心问候你的亨宁斯。

昨日有个姑娘对我说,我不信有**洛特**这样美好的名字!这个名字在《维特》中听起来是那么的特别。

---

① 凯斯特纳在10月末的一封信中谈到"创造了一个悲苦的阿尔贝特",指的就是《维特》中的那个新郎,他害怕自己就是这个新郎的原型。
② 亨宁斯写给凯斯特纳的信。
③ 凯斯特纳的长子。

另有一人①最近如此写道:"我请求你们,看在上帝分上别再叫我洛特了!小洛特,或者洛洛,随便你们,只要不是洛特,直到我配得上叫这个名字。"

哦,爱情与友谊的魔力啊!

齐默尔曼的便条下次附上吧,今日很冷,我没法去上面找。今天我去滑冰了。再见,亲爱的。

1774 年 11 月 21 日

---

① 可能是夏洛特·雅各比。

297. 歌德致拉瓦特尔

1774 年 11 月下半月

我不给你寄观相方面的评述了。① 你在要求我做一件神奇的事,即使我没有感想也应该做些记录,我不生产奶也该出奶。对此我有一建议,把你写的东西寄给我,我愿意对此展开想象,这将会把我拽到你的立场上去,如此会有所得,不会出现我劳累工作后却对你我都不起作用的现象。

雅各比们②的肖像画到了,我不寄给你了,因为不好看,否则你会受乌七八糟的东西刺激。弗里茨热情地问候你,他会从这儿给你写信。③

上帝的宁静日渐向我昭示,它也会照拂你和你的家人。

你的信仰不可被战胜,你又在此看见,它征服了我。我已收到你的来信,有一些关于荷马的内容。

你看这个剪影,这个法尔内塞④更多的是在额间表达了世间人生,评论家们将此称为史诗描述,他的脸颊流露出喜悦,略显粗糙,他的嘴似乎在可爱地喃喃细语,还有鼻子。这是《关于鼻子的一句话》,⑤算是对"尚德主义"⑥的一个贡献吧。

看此标记吧☉。⑦

---

① 拉瓦特尔曾多次请求歌德观察人们的一般相貌特征,他们俩一起旅行之际,歌德考虑参与这个项目。
② 弗里德里希·海因里希·雅各比和约翰·格奥尔格·雅各比的肖像。
③ 弗里德里希·海因里希·雅各比推迟了旅程,1775 年 1 月 8 日他才前往法兰克福。
④ 歌德写信时眼前摆放着一个那不勒斯的法尔内塞共和国时期的古希腊风格的盲人形象画作复制品。
⑤ 歌德的《关于鼻子的一句话》未被收录进《相术片段》,只留下了一些片段。
⑥ 此处影射劳伦斯·斯特恩的长篇小说《特里斯特拉姆·尚德的生平与见解》(*The life and opinions of Tristram Shandy*),其中 75 - 89 页特写了鼻子,特里斯特拉姆出生时压坏的鼻子被父亲视为后来所有糟心事儿的起因。
⑦ 此图为指示《关于鼻子的一句话》那篇文章。

298. 歌德致 H. P. 施洛瑟①

1774 年 11 月底

你献身于缪斯和正义之神，
甘愿伸出玫瑰之手，
做那两位主人②的奴仆，
恼怒的敌人是玛门③和基督，
通向罗马人④的路途中你撒上鲜花，
借冬日以可爱，借诗人以愉悦。
无需讶异，你的好意向我走来，
给予我优待。
我们那扁薄的艺术纪念碑⑤
带来友善之意的温暖。
让它站在你身侧，
赐予它不该有的尊敬。
你或许在尝试中会发现，
我对你和缪斯意味着什么。

---

① 歌德为妹夫施洛瑟的哥哥希罗尼穆斯·彼得·施洛瑟画过一个炉前护热板，上面有维吉尔的头像，还有维吉尔作品中出现的诗意图像——剑、太阳、月桂花冠、花朵等。施洛瑟为了表示感谢写了一首拉丁文诗歌寄给歌德，这首诗是歌德用来回复他的。
② 指法律和诗歌。
③ 弥尔顿的《失乐园》中的玛门是帮助撒旦与基督作战的金钱之魔。
④ 指法兰克福市政厅。
⑤ 指歌德的炉前护热板画作。

299. 歌德致 J. G. 雅各比

1774年12月1日 星期四

　　我亲爱的主教大教堂教士会会员,今日我从弗里茨那儿收到了《伊里斯》杂志,我看了几下,这几眼唤起了我对往日时光的情感,同时还忆起了几首那些时日所作的诗歌。① 我打算把杂志寄给您。今日我饭后去亲爱的姨②那儿,她也觉得这个想法很好,认为我给她背诵的几首与您集子的基调很相配。于是我立即坐到她身旁,把它们默写下来,这就是您现在收到的这个东西。如果您能用上它们,请把它们放在不同的字母编号下,③不要和任何人说,如此那些女士们和先生们就有东西来猜了。

　　祝您安康。请别忘了我们从杜塞尔多夫一起前往科隆的那些美好时光。④ 我们盼着弗里茨1月底前后能来,您也可以来一趟帝国的直辖市。姨妈问候您。

　　　　1774年12月1日,法兰克福

　　　　　　　　　　　　　　　　　　　　歌德

　　请您给那些小诗加上标点,看看如何对读者而言最有利。

---

① 学者菲舍尔-兰贝格猜测,雅各比的《论哀歌》唤起了歌德对往日的回忆,于是他给雅各比的杂志《伊里斯》寄了几首诗。
② 约翰娜·法尔默。
③ 歌德的那几首诗在《伊里斯》的1月刊上被分别放在 D、Z、P、N 的编号下。
④ 1774年7月24日,歌德与雅各比兄弟和海因泽从杜塞尔多夫一起经本斯贝格前往科隆。

300. 歌德致默尔克

1774年12月4日　星期日

亲爱的兄弟，
你我这般不评论却勤勉者，
工作奖赏他以享受。
世上没什么让其厌烦，
他不会长久对着煮煎之食物，
露出钝齿龃牙。
若他依然文雅地啃咬，
最终无法将食物消化，
应该抓起一个火腿挖上一块，
贪婪地倒满酒杯，
饮酒时还不止一次擦嘴。
看，自然之书就是这般生动，
不可理解之物并非不可理解，
因你的心拥有许多宏伟渴求。
何为这世上欢愉，
阳光和树木，
海岸和梦想，
将它们齐聚于你心，
如那环游世界的班克斯和索兰德。①
若你感到内心的一切已然获得②
这对你意味着什么。
无人在天堂找到欢愉，

---

① 班克斯和索兰德两位自然科学家陪同库克进行了首次环球之行。
② 《普罗米修斯》中有"你是否已经自己完成了一切//神圣的燃烧着的心？"这样的诗句。

女人和家犬却给你愉悦。
当他与影子闲适漫步,
徘徊掠过金色的神像。
幸福不在罗马和伟大的希腊,①
它就在你的心中。
与自然母亲保持一致者,
细管中也能发现世界。

1774年12月4日,星期日　　G.

---

① 位于南意大利的希腊殖民地。

301. 歌德致默尔克[①]

1774年12月5日　星期一

我将往日的福音，
又带到你面前。
我的四周恬然宁静，
所以给你写下此信。

我取金银和美酒，
一切归置在此处，
思量着它们会变成温暖。
我的画作投入火中，
为了追逐无价之宝，
我亦付出热情和财富。
然而只有人的天性才能
在此间温暖自己。

哦，内在的创造力啊，
响彻于我的脑海。
满满的汁液，
从我指间流淌。
我只会颤抖只会结巴，
我不能听之任之，
我觉得我认识你自然，
因此要将你抓牢。
当我偶尔念及，

[①] 1774年12月上旬，此诗第12行后的诗句歌德寄给了拉瓦特尔，标题为"观相术画家之歌"。

我的思绪已经开启。
它犹如那荒凉的原野,
此刻享尽那欢乐的源泉。
我惩戒整个自然寻你而去,
自由爱恋地感知你。
你变成欢乐的泉涌,
从千万条管道里跳出嬉戏。
我的所有力量,
在我的脑海里将我净化,
这里狭隘的此在,
拓展为永恒。

      1774 年 12 月 5 日 G.

302. 歌德致 J. D. 扎尔茨曼

1774年12月5日　星期一

又到了您该收到我的消息的时间了,我要告诉您的是,我这儿一切老样子。您或许已经听说或者看到,我也并非那么不勤奋。眼下您身边又有了一位我的老乡。① 他开始时情况如何?我打赌,您对他的优点的满意度高于对兄弟的满意度。我也很想从您那儿听到伦茨的所作所为。现在说一下这个问题,您的关于道德伦理的论文② 在复活节期间要印刷出来吗?我的文章中有三篇要付梓:关于情感活动;偏好与激情;关于美德与恶习,关于宗教。倘若您想把这几篇拿回通读一下,请告诉我,我邮寄给您。若您还有类似的,请您添加进去,它们可以直达莱比锡。③ 请您同时也告知一下您所期盼的条件,如此这本小书就几乎是大功告成了,可以装订了。请给我更频繁地写信吧,相信我,您如果比之前更多地写信给我,这并不是罪过。如此,您就可以把我从多余的幻想中再次拉回到幸福的地域,④在那儿我们可以度过些许美妙的时光。

爱我吧,请继续对我和我的家人朋友保持关注,请相信,我心怀暖意地思念着您那黄色的房间、烟囱和希勒努斯。⑤

歌德

---

① 菲舍尔·兰贝格认为此人是作曲家菲利普·克里斯托夫·凯泽,他出生在法兰克福,父亲是卡塔琳娜教堂的管风琴师约翰·马特乌斯·凯泽。歌德后来试图把凯泽拉到魏玛宫廷去,未成。他又让凯泽前往罗马,双方合作失败后,他们最终分道扬镳了。
② 扎尔茨曼的《关于宗教及伦理学领域的几个重要对象的短文》。
③ 1776年,它们在法兰克福出版。
④ 指斯特拉斯堡。
⑤ 希勒努斯是酒神巴库斯的导师及伴侣,大肚秃顶。

303. 歌德致索菲·封·拉洛施

1774 年 12 月初

最好的妈妈！我请求您即刻将《缪斯年鉴》寄回给亲爱的马克西。这次没有其他事了。露露好吗？再见。

304. 歌德致拉瓦特尔

1774年12月上半月

观相术画家之歌

哦,内在的创造力啊,
响彻于我的脑海。
满满的汁液,
从我指间流淌。
我只会颤抖只会结巴,
我不能听之任之,
我觉得我认识你自然,
因此要将你抓牢。
当我偶尔念及,
我的思绪已经开启。
它犹如那荒凉的原野,
此刻享尽那欢乐的源泉。
我惩戒整个自然寻你而去,
自由爱恋地感知你。
你变成欢乐的泉涌,
从千万条管道里跳出嬉戏。
我的所有力量,
在我的脑海里将我净化。
这里狭隘的此在,
拓展为永恒。

亲爱的兄弟,你看到了,我喜欢做自己力所能及之事。所以,亲爱的,你收回你的那些篇章之时,我附上了新增加的内容,它们已经被抄录下来,寄给了戈特。① 我想,如果我写的内容适合你的需要,我就继续,如此就最好了。因为我必须保持自己的风格,将咱俩的内容混合在一起不行,但是先后排列则会产生效果。你不要太忙碌了,把所有内容排列得一目了然一些。印刷前我会把所有内容重新看一遍,我觉得它最终会从书桌走向出版。让一切顺其自然,我已准备好了。

---

① 弗里德里希·威廉·戈特将《相术片段》译成了法语。

305. 歌德致亨丽埃特·封·克内贝尔[①]

1774年12月13日　星期二

〈与卡尔·路德维希·封·克内贝尔的信一起〉

　　　　　　　　　　　　1774年12月13日于美因茨

我最亲爱的亨丽埃特!

　　昨日我已开始在法兰克福给你写信了,我们的朋友歌德来了,于是我把完成了一半的信烧掉了。我该如何跟你说呢,我的好孩子。发生的事儿太多,都没法跟你讲了。我昨日独自留在法兰克福,只为享受那众人中最好的那一个。今日我与他到这儿来了,又遇见了王子们。今晚我们要去看喜剧。中午我已路过了莱茵河,后日我们又要离开此地,完全是……

　　兄长不愿前行,也许是不能前行,但他的活动您必须得了解,而我则十分清楚。因为我三十六个小时都与他在一起。我希望此信能写完然后封印,否则他又要像昨晚那样把信烧了。如果一个作者搁置他那未完成的稿子,或者已经完成却想焚毁,对此我不会阻拦。然而一位兄长写信给妹妹,即使是最不重要的八开本也要加快寄去。我有一个妹妹,因此我也很清楚,您对您的兄长意味着什么。祝您安康,此信会寄出,即便只是为了让您安心。您的兄长正身处古老的美因茨,他真的爱您。我为他写信,此事如今看来有些可笑,然而并非如此,因为一个感觉愉快者和一个真正的爱慕者不是上佳的故事撰写者。我也不是,这点您可以从我写信的格式和称呼上看出来,但是这并不损害什么。我祝您读此信时能有一个美好的夜晚,正如我写此信时那样。我不问我的忠诚是否落在纸上显得粗糙。我请求您,

---

[①] 亨丽埃特·马格达莱娜·封·克内贝尔是卡尔·路德维希·封·克内贝尔的妹妹,他于1774年被安娜·阿玛利亚请去魏玛,担任她的次子康斯坦丁王子的家庭教师。克内贝尔陪同魏玛公国的王子卡尔·奥古斯特·封·萨克森-魏玛和康斯坦丁前往巴黎,并于1774年12月11日在法兰克福拜访了歌德,同一日,他介绍歌德与卡尔·奥古斯特认识。12月13至16日,歌德在美因茨拜访了王子们。

为他对我所做的事而答谢他吧。

歌德

又及，

　　您的兄长未能读到上文内容，我由此想到，或许您也无法读到。我请您顾念一下，我在宫廷里讲话时声音也很低，而您也未能听清。

　　对于你在上面将读到的内容，我无法再添一句话了。《青年维特的痛苦》的作者是世上最可爱的人，这种方式真的让我感觉很好。他陪我们从法兰克福出发前往美因茨，后天将如我所愿前往卡尔斯鲁厄，你的信可以寄到那儿。告诉我一下，100塔勒是否已寄到魏玛。这是如今我唯一担忧的事。我希望有人帮我了结此事，反之就太不负责任了。祝你平安，最好的亨丽埃特！问候我们亲爱的父母，我们的兄弟。寄给我到卡尔斯鲁厄的信，请在信封上写如下地址：致卡尔斯鲁厄公使馆参赞克洛卜施托克①先生。我最近的信在我抵达后再寄出。再见，最好的孩子！我得走了，只能是心里一直念着你了。

你的卡尔

　　阁下应该不会对这封信的形式反感，信中所写的一切都是由衷之言啊。

---

① 克洛卜施托克当时在卡尔斯鲁厄驻留，12月末，克内贝尔与两位王子一起拜访了他。

306. 歌德致 H. 布夫

1774 年 12 月下半月

亲爱的汉斯,真诚感谢你的来信,请继续。

这是四份《伊里斯》杂志,麻烦你投送给这张小纸条上所写的四位女士。

如果我没搞错的话,你那儿还为我保管着一些钱,请你接受它们作为圣诞礼物,还可以拿一些给兄弟姐妹们买些好东西。

问候爸爸、姐妹们和勃兰特小姐。有没有哪位姐妹想要效仿洛特了?①

G.

---

① 歌德问及布夫家是否有哪位姑娘要出嫁了。

307. 歌德致索菲·封·拉洛施

1774年12月22日　星期四

  亲爱的妈妈，若我能给予您许多美好的事物来回报您美妙的来信该有多好，我愿意交出自己的所有。杜梅茨我已有段时日未见了，我之前在美因茨！是跟随维兰德的王子①而去的，他是个优秀的人。我在那儿给维兰德写了信，当时就是想这么做，然后得到了我预想的答复。真该死，我开始不愿再和任何人之间产生误解。那个塞尔维埃②和小家伙③之间的误解，不是别的，就是误解，这种事情就像袜子上的漏针，会继续撕裂，应该一开始就用针将它补上。下次音乐会之夜我想教育一下小家伙。今天我在老阿莱西纳④那儿，她很好。世上的事就是如此，我很会平衡此类事情。如果我在这世上对于封·霍恩费尔德先生有用处的话，这让我很高兴，我祝他学习希腊语顺利，以后他会感谢自己曾经付出的努力。

  今日我收到寄回的一份《维特》，它被转手多次，从一个人手里交到其他人那儿。我看见前面的白纸上写着："沉默吧，让·雅克，他们根本不会理解你。"⑤这对我产生的影响很特别，因为《爱弥儿》中的这段话一直让我觉得奇怪。

  我的克莱滕贝格⑥死了，在我知晓她得了危险的疾病之前她就去世了。去世和下葬之时我皆不在。⑦她对我是那么好！曾给我那么多的爱！妈妈，此事会让大伙儿变得坚强，她教育我们要昂直头颈。就我而言，我还想坚持。

---

① 卡尔·奥古斯特。
② 玛利亚·约翰娜·塞尔维埃是一位法兰克福商人之妻，她与"小家伙"马克西米莉安妮·布伦塔诺交好。
③ 马克西米莉安妮·布伦塔诺。
④ 弗兰齐斯卡·克拉拉·阿莱西娜，娘家姓布伦塔诺，当时她七十岁左右。
⑤ 卢梭的《爱弥儿》中的句子。
⑥ 苏珊娜·卡塔琳娜·克莱滕贝格于1774年12月31日去世。
⑦ 歌德当时在美因茨。

您尽管来,我的软椅等着您,它是你我之间的见证,证明我们是愿意怀有勇气之人。

您现在一定已经为马克西弄到了《年鉴》,①并且已经将它寄给了她。

赖希②的来信很好,他作为书商或许会为已经付梓的印张支付1个卡洛林。③ 我根本不想去考虑从所做的事儿中会获得什么。当然那些书商或许也并不懂得感恩,而我的作者身份还未起什么作用,将来也不会。

此刻,这么多的读者正在阅读《格茨》,而我则收到了来自各方的赞扬和褒奖,我觉得自己有必要借些钱来支付纸张费,以便将此书印刷出来。

露露幸运地度过了险关,④我很高兴,此事我是从马克西那儿得知的,之前一直心怀担忧。

本地的学者报⑤有时不错,但是无论从心灵还是精神层面来看,它完全不适合像封•霍恩费尔德先生那样的男人。再见,妈妈。

写于1774年最长黑夜之后的那一日破晓时分

G.

---

① 《哥廷根缪斯年鉴》(1775)。
② 索菲•封•拉洛施当时正与莱比锡书商菲利普•伊拉斯谟•赖希就《罗莎琳的信》的出版事宜进行商谈,商谈结果并不太如意。
③ 卡洛林为金币,一枚价值等同于11个莱茵古尔登。
④ 露易丝(露露)之前病情严重。
⑤ 《法兰克福学者通报》。

308. 歌德致 H. Chr. 博伊

1774 年 12 月 23 日　星期五

　　有一句话，我亲爱的博伊，这话我欠您许久了，衷心感谢您寄来的东西。舍恩博恩从阿尔及尔写信来了，他问候您，并说您有几样东西要替他寄给我。您马上办吧，给他寄一份《学者共和国》，这个可怜的人还没读过。我把东西替他归整一下寄到马赛，这样他春天就能收到了。请记住我们一起度过的单纯的夜晚。① 请您分批把尼俄伯②寄给我，把它们妥善打包。您不会相信，我多么急需这些东西的出现。您应该会拿到新制成的我的鼻子形状的雕饰，做得很不错。尽管这意味着以铅换金，③然而我给我的"铅"加入了大量美好意愿。下次您就会收到我答应的那些诗歌。哈恩④是一位很可爱的男子。我画画的时间比干其他事儿的时间多，也荒废了不少时日。我已经万事俱备，来年 3 月下旬就开始新的创作，这创作得有它自己的风格。又到了上冰道的时候，再见，缪斯，或者一起出门上冰道吧，跟随克洛卜施托克而去。再见，亲爱的男士。爱我吧。

　　　法兰克福，1774 年 12 月 23 日

　　　　　　　　　　　　　　　　　　　　　　　　G.

---

① 1774 年 10 月 15 至 17 日，博伊拜访了歌德。
② 希腊神话中，尼俄伯是坦塔罗斯的女儿，因其对勒托不敬，勒托和阿尔忒弥斯杀死了她的十四个孩子，尼俄伯则痛苦地化为了石头。
③ 此典故出自《伊利亚特》第 6 卷。
④ 约翰·弗里德里希·哈恩。

309. 克内贝尔致贝尔图赫①（1774年12月11日至16日）

1774年12月23日　星期五

您可能会从维兰德那儿得知，我促成了歌德与他人的结识，②而我对他产生了狂热之情。我无法自已，但是我发誓，如果您认识他，你们这些拥有头脑和心灵之人，也会对他产生如此想法。这对我而言始终是我一生中最不寻常的现象之一。或许是新事物让我太过惊奇，但是如若自然的缘由对我产生了自然的影响，我又能如何呢？

我们的维兰德如何评价歌德的信呢？他绝不会对他生气。当两人在一起时，世上没有人比维兰德和歌德能更快地相互理解了。我相信，并且从种种迹象中看出，克洛卜施托克和歌德早就不仅仅是这样的相互理解了。歌德的头脑里时常研究着维兰德的文章，因此两人之间会发生摩擦。歌德的内心持续地处于斗争与激动的状态，因为所有事件对他会产生最强烈的影响。因此他进行的精神攻击，那种故意为之，显然并非出于邪恶心灵，而是因其天赋充沛。为自己制造能够与之辩论的敌手，这是他的精神需求，为此他自然不会挑选最差的对手。他与我谈及那些他攻击过的人时，明显能感觉到他的言语间包含着特殊的敬意。然而这孩子好斗，他有着运动员的灵魂。如同或许只有从前才有的那种怪人一般，在美因茨的某个晚上，他十分悲伤地这样对我说道：现在我与所有人又成了朋友，雅各比兄弟，维兰德，对我而言这根本不合适。我灵魂的状态是，如果我在一段时间内必须拥有那种可以代表出色的典范的东西，那我同样也必须拥有我的愤怒可以寄托的典范。我知道，那全部是一些出色的人，正因为如此，我能伤害他们什么呢？不是秸秆就始终不是，即便那掌声的天平在某段时间消失，它依然会回来。诸如此类。

---

① 弗里德里希·尤斯廷·贝尔图赫，1775年开始担任魏玛公爵的枢密秘书。
② 指1774年12月11日至16日在法兰克福与美因茨停留期间。

我因他这种天真忍不住由衷地笑了,因为刻意纠正对他而言是恶心的行为。足够了,我能理解他可能出现的处境,并笑话了他一下。他最爱年长的雅各比,①他发现我与雅各比有很多相似之处,②这对我而言甚至是一种荣幸。在此期间他为雅各比写下一文,③他向我保证,这是他以此方式所写的最恶毒的作品。他甚至把法兰克福的一位和雅各比家有着密切关系的女士④也写入其中,她竭力恳求他让自己读一下这篇文章,并且声明,自己不会对此感到恶心。然而他却肯定地对她说,世上不可能有一位女士面对此情此景会不感到恶心。如今他正等待雅各比到法兰克福来,他必须当着雅各比的面把此文读给他听,然后把它撕毁。关于歌德就讲这么多!这只是极少的一部分内容。他灵魂中严肃的那一面令人敬仰。我有一堆他那儿得来的稿件片段,其中有一些是关于浮士德博士的,呈现的场景格外精彩。他将稿子从房间的各个角落里扯出来。《青年维特的痛苦》他写了两个月,他言之凿凿地对我说,此书中他不曾删去任何一行文字。《铁手格茨·封·贝利欣根》他写了六周。他一边干着这件事,然后又做着一打其他的事,关于这些下次再谈吧。

---

① 应该指的是弗里德里希·海因里希·雅各比,他实际是雅各比兄弟中最年幼的那一位。
② 歌德曾描述首次与克内贝尔相遇的情形,在昏暗的光线下他把克内贝尔当成了弗里茨·雅各比。
③《雅各比一家的不幸》。
④ 约翰娜·法尔默是雅各比兄弟的姊姊。

310. 歌德致 H. P. 施洛瑟

1774年12月26日　星期一

亲爱的兄弟，感谢您的诗集，里面的那些戏谑比以往任何一次更让我愉悦。尽管我父亲早已知晓您在拉丁语诗歌方面的造诣，他仍然惊讶于您作此义举时所表现出来的能力。现在我把为阿恩施泰因所拟的请愿书①寄给你，这是我刚才清醒地口述让人记录下来的。您能否把您的注释和修改意见写在边上，并且提醒我是否有所遗漏，因为我一大清早脑子里就乱哄哄的。只是我想在饭后就拿到它！您这么好，游戏之神会在今晚把两张黑桃 A 驱赶到您的手中。再见。如果有什么新消息，请写信告诉我。全世界都同情可怜的戴内特，您将他与您诗意的凯旋马车锻造在一起，②如今不管他愿意还是不愿意，都得永远在后面慢吞吞地跟着了。

法兰克福，1774 年 12 月 26 日

G.

---

① 此书未得以保存。
② 施洛瑟将诗集献给的人中有一位是戴内特。

311. 歌德致克内贝尔

1774年12月28日　星期三

我必须开始了,亲爱的克内贝尔,我不得不追问您,否则我无法得知我想知道的事情。你们大家①如今情况如何?新结识的人②对您有何影响?只要是允许我知晓的事儿,我都很感兴趣。当我站在三个花冠的大门③之下,当天边开始破晓,我感觉相当奇特,就仿佛被鸟儿掠到了一个陌生的世界,④群星与十字星被引向下界,在此间它们与敞开的心灵交织在一起,忽而一切又都消失得毫无踪影。

现在我收到了您的信,原谅我对此居然难以置信,谢谢,衷心感谢。可能的话,女侯爵的墓地应该已经完成。⑤ 听闻您妹妹的消息使我很愉快。⑥ 维兰德给我写了信,坦然接受了我的问候。请您代我勤向王子们请安。格尔茨伯爵⑦对我可有些印象了?请写信给我吧,我请求您转告几句哈恩长官⑧说过的重要的话。与其他的院长们比,每个人都按他的方式行事。您对克洛卜施托克⑨的评论精彩极了。请您爱我吧!只是不要将我的东西⑩交出去。如果不是某些人从中生事的话,东西没有什么问题。有可能的话,我请您替我向边

---

① 卡尔·路德维希·克内贝尔和魏玛的两位王子卡尔·奥古斯特和康斯坦丁,克内贝尔作为家庭教师陪同两位王子前往巴黎。
② 指卡尔斯鲁厄宫廷,克内贝尔和王子们从美因茨出发前往那里。
③ 指美因茨的客栈。
④ 影射关于磁山的童话,大鸟罗克劫持了男主人公。
⑤ 可能是指黑森-达姆施塔特女侯爵卡罗利妮·露易丝的墓地草图,她于1774年3月30日去世。
⑥ 亨丽埃特·封·克内贝尔收到歌德与她兄长共同写的信件后很高兴。
⑦ 约翰·奥伊斯塔修斯·格尔茨,施里茨伯爵,他是卡尔·奥古斯特王子的枢密顾问和家庭教师。
⑧ 奥古斯特·约翰·封·哈恩是卡尔斯鲁厄的皇家法院院长,也是施洛瑟的上司。
⑨ 克洛卜施托克此时正逗留在卡尔斯鲁厄宫廷,巴登的边疆伯爵卡尔·弗里德里希想让他担任枢密官一职,克洛卜施托克于1775年3月离开了那里。
⑩ 其中应该有《浮士德》。

疆伯爵和法院院长探询一下他们对于我妹夫施洛瑟的看法。即便是无关紧要的话也能给人以启发。

再见。我们何时再见呢?

法兰克福,1774 年 12 月 28 日

G.

312. 歌德致珍妮·封·福格茨①（娘家姓默泽）

1774年12月28日　星期三

夫人，

如果散步的路上偶遇回声，这是令人愉悦的，它可以娱乐我们，我们呼喊，它便回应，难道读者比一块岩石更坚硬，更不愿参与其中吗？卑鄙的是，那些讨厌的评论家们从他们的洞穴里，以所有那些作者或者出版者取悦的人们的名义作出回应。

夫人，在此请您接受我个人对您父亲的《爱国主义的想象》所要表达的谢意。此书因为您才得以出现在我和此地人们的眼前。我一直随身携带着它，无论何时何地，当我打开它，我就变得非常愉快，数百个愿望、期盼、构思在我心中阐发。请问候令尊大人，请您将我的衷心问候原样转达给他，请不要耽搁此书第二部分的出版。②

　　　　美茵河畔的法兰克福　　　　　　　　夫人阁下您
　　　　1774年12月28日　　　　　　　　　　 最忠实的
　　　　　　　　　　　　　　　　　　　　　　　歌德

---

① 珍妮·封·福格茨是法学家兼出版家尤斯图斯·默泽的女儿，她嫁给了奥斯纳布吕克的司法顾问封·福格茨，1774年4月，她将父亲的文集《爱国主义的想象》出版，收录了她父亲1766年以来在《奥斯纳布吕克智慧周报》上发表的所有文章。歌德与卡尔·奥古斯特在法兰克福曾经谈论过这一文集。

② 珍妮·封·福格茨在前言中宣称将出版此书的第二和第三部分，到1786年为止，一共出版了4册。

313. 歌德致 H. P. 施洛瑟

1773年？1774年？

能否劳驾您问一下伯爵，①他需要多少副袖口。样品我们已经拿到，数量还未告知。

歌德

---

① 此人不详。

1775 年

314. 歌德致 Ph. E. 赖希

1775 年 1 月 2 日　星期一

高贵的、
特别令人景仰的先生：

　　值此新年之际，我能有此机会让您回忆起您过去对我的友爱之情，①真是让我十分愉快。拉瓦特尔托我将观相术稿子的开头部分②寄给您，稿件情况如下：序言的翻译工作由我负责，第 7 页开始的未完成部分请您让胡贝尔先生③来翻译；第 17 页上用铅笔标注 + 的地方，还有第 21 页，或许还有些补充内容寄上，如果这些没有寄过来，那么这两处已经向排字工人作了说明，这标记与其他内容没有什么关系。能否请您收到这些稿件后告知我一声，同时告诉我一些有关这一著作的寄送以及完成情况，我将竭尽全力处理一切事宜。因为无论如何稿件的运送任务大多经我手，如此我将有更多的荣幸向您表达我崇高的敬意。

阁下您最忠实的仆人
歌德

法兰克福，1775 年 1 月 2 日

---

① 歌德在莱比锡求学期间已经结识了赖希。
② 包含了序言和第一至第四未完成部分，1 月底这部分即付样了。
③ 米夏埃尔·胡贝尔，莱比锡的法语教授，起初他被定为将文稿译成法语的译者，后来实际由弗里德里希·威廉·戈特接手了此项工作。胡贝尔在 1 月底即收回了自己之前的承诺。

315. 歌德致索菲·封·拉洛施

1775年1月3日　星期二

亲爱的妈妈，我现在把自己认为极好的信件①寄回，第29封信②呈现的内容如此严肃，而语调却是幸福的，第38封信③则给信件的完整性提供了圆满、反转和指示。

我妹妹有了一个小女孩，他们时下在埃门丁根，施洛瑟在那儿管理着霍赫贝格边疆伯爵辖区。

我在分类收拣去年的信件时，有些过往的新点子进入到我脑中。如果自我的精神雪球已经滚动了一年，那么它就会变大变好，上帝保佑不要出现融雪天气！

我不了解此类语法，④书已在埃斯林格尔⑤和兰巴赫⑥那儿预订了。关于亲爱的马克西的情况，您或许比我更为了解。也许今天我会在音乐会上见到她。

再见。请您代我问候封·霍恩费尔德先生。

1775年1月3日

G.

---

① 《罗莎琳的信》。
② 此封信描述了罗莎琳前往亨丽埃特的墓地。
③ 此封信刻画了W夫人的性格特征。
④ 索菲·封·拉洛施似乎向歌德订过某种语法书。
⑤ 约翰·格奥尔格·埃斯林格尔是法兰克福书商。
⑥ 法兰克福文理中学副校长雅各布·苔奥多·兰巴赫1770年曾在吉森编写过《简明拉丁语语法大全》。

316. 歌德致 H. 布夫

1775 年 1 月 9 日　星期一

　　亲爱的汉斯,这儿有封信是给洛特的。请你向那些女士每人收取 4.25 古尔登,①有机会的话就把这些钱寄给我。

　　你的来信让我忘记喜忧由衷地笑了。继续爱我吧,请问候所有的人。

　　1775 年 1 月 9 日

G.

---

① 寄往韦茨拉尔的《伊里斯》杂志费用由汉斯·布夫负责收取。

317. 歌德致克内贝尔

1775年1月13日　星期五

亲爱的克内贝尔，我请求您给我一句回话，还有保管好我的那些东西。① 你们现在何处？你们想念我了吗？再见，这几日我的创作力很旺盛。

法兰克福，1775年1月13日

G.

---

① 克内贝尔与两位王子继续前往卡尔斯鲁厄前，歌德将手稿交予了克内贝尔。

318. 歌德致 Ph. E. 赖希

法兰克福,1775 年 1 月 17 日　星期二

　　这里接下来是第 5、第 6 及第 7 个片段,[1]它们的译文已完成。由于胡贝尔先生的过失,我立刻给拉瓦特尔写了信,并且绝不会不将他的答复告知尊贵的阁下您。请您保持对我的友爱之情。

歌德

---

[1] 指《相术片段》一书。

319. 歌德致索菲·封·拉洛施

1775年1月18日　星期三

　　亲爱的妈妈！这儿有张马克西的便条：此刻我们觉得生活相当愉快,尤其是我。最近十分繁忙。请您想着我们。为了您的信,①我写信给了默尔克,但还未收到回复。弗里茨给您写了信。再见,爱我吧。

　　法兰克福,75年1月18日

G.

---

① 《罗莎琳的信》。

320. 歌德致赫尔德夫妇

1775年1月18日　星期三

　　我收到你来信的那一刻极其重要,亲爱的兄弟。我带着天性和捣乱的活跃心情忆起我们之间的往事:你走了进来,把手伸给我,你握住我的手。让我们一起开始新的生活吧,归根结底,迄今为止我只为你继续生活,而你则是为了我。你也要继续对我那么亲切,亲爱的姐妹,①我又能分享到你们的孩子②和家庭的快乐了,我真的很愉快。祝你们安康。回头我把我最近创作的东西寄给你。

　　75年1月18日

歌德

---

① 卡罗利妮·赫尔德,娘家姓弗拉科斯兰德。
② 赫尔德的长子戈特弗里德于1774年8月28日出生。

321. 歌德致 Ph. E. 赖希

1775年1月23日　星期一

现在我把补充部分寄到之前所说的地址,我希望它们能及时抵达。倘若没有,请马上告诉我。

您现在也已收到或者马上就要收到那一章了①吧。

法兰克福,1775年1月23日

歌德

---

① 可能是指《相术片段》第8片段。

322. 歌德致 Ph. E. 赖希

法兰克福,1775 年 1 月 27 日(星期五)

　　这儿接下来是缺少的结尾部分,还有昨日周四邮车寄出的第 9 片段。我希望您现在已经收齐了所有的九部分。请您第一时间写信告诉我,关于印刷事宜您进行得如何了。

J. W. 歌德博士

323. 歌德致 J. G. 雅各比

1775 年 1 月 28 日　星期六

（在歌德处①与弗里德里希·海因里希·雅各比一起写此信）

亲爱的好格奥尔格,开心吧,在《伊里斯》的第 2 期上,歌德会给我们一部配有歌曲的戏剧,②如此美妙、壮丽。如果你读的话会为之疯狂的。八天之内它就会完成了,其中还加入了一到两段最流行的咏叹调音乐,③它们也会被附上。《伊里斯》第二部分的第 3 篇应当以戏剧《埃尔温与埃尔米尔》作为开篇。明日我写信给罗斯特。④ 你也马上写信给他,让他别胡闹,他也许会因为我们拿走了那么多版面而发疯了。再见,保重。我在上帝心中,自己就是上帝,祝你安康,我愿对你友善慈祥。

弗里茨

因我要虑及各种看法,其中当然也包括羽毛已丰的布谷鸟和蛇怪,它们不适合您的刊物,所以我不能如我所愿交出那么多东西来。我们度过了美妙的数日,这也会给予您好精神!

歌德
请翻页

这是《埃尔温与埃尔米尔》中的一段咏叹调试本

你们凋谢了,甜蜜的玫瑰,

---

① 1 月 8 日左右,弗里德里希·海因里希·雅各比抵达了法兰克福,他前往曼海姆和卡尔斯鲁厄时途经达姆施塔特,在那儿他拜访了默尔克,之后他于 2 月 24 日返回法兰克福,在歌德处待到 3 月 2 日。
②《埃尔温与埃尔米尔,一部歌剧》。
③ 约翰·安德烈,奥芬巴赫的作曲家及音乐出版家。
④ 约翰·雅各布·威廉·海因泽当时参与了《伊里斯》的编辑工作,负责歌剧的勘误。

我的爱不能将你们托起，
开放吧，为绝望的人儿，
悲伤不已，心亦破碎。

我悲伤地忆起那些日子，
天使啊，当我依偎着你，
清早走进我的花园，
期待着第一朵花蕾。

所有的花朵，所有的果实，
我采来放在你脚下，
在你的容颜面前，
心底的希望萌发。

你们凋谢了，甜蜜的玫瑰。

歌德曾经寄给小洛特的《紫罗兰》①也属于这个戏剧的一部分。奇特的是，这整部作品极其适合《伊里斯》杂志的风格。我强烈要求为其谱曲，这从某种程度上也是一出用来教育女儿的戏剧。

---

① 歌德可能在1773年寄给洛特·雅各比一首诗《草地上的紫罗兰》，1774年1月25日，洛特·雅各比将此诗抄录后随信寄给了她的哥哥格奥尔格。歌德后来将这首诗收进了他的歌剧。

324. 歌德致奥古斯特·楚·施托尔贝格女伯爵①

约1775年1月18日 星期三至30日 星期一

我珍爱的,我不想给您以任何称谓,②因为朋友、姐妹、爱人、新娘、夫人这些名字是什么呢,抑或某个词可以被理解成以上所有名称的总体,但这却与这种直观的感觉相悖。我无法继续写下去了,您的信在这个奇特的时刻感动了我。再见,稍后再写!

我真的又来了。我觉得,如果这无边无际的景象在我们心头翻滚搅动,您是会忍受这支离破碎、结结巴巴的表达的。什么是爱呢!他按照自己的模样造人,③与他一样的种类。如果我们见到兄弟姐妹,与自己一样的人,我们一定会有所感觉,感到自己增加了一倍。

此信本来应该就这样寄走,如此您就会收到这一页,以上内容是我八天前写的,就在收到您的来信之后。

请您对我有些耐心,不久您就会收到回信。这儿附上我的侧面剪影,请您把您的剪影寄给我,但是不要缩小的,而是和真人大小一般的像。再见,真诚地道一声再见。

法兰克福,1775年1月26日

歌德

此信又被耽搁了下来,啊,请您对我耐心些。请写信给我,我会在最美好的时光里想念您。您问我是否幸福?是的,我的最好的人,

---

① 奥古斯特·露易丝·楚·施托尔贝格女伯爵是克里斯蒂安和弗里德里希·利奥波德伯爵的妹妹,两位曾陪同歌德前往瑞士旅行。1770年起,女伯爵一直居住在汉堡附近的一家修道院,她读了《维特》后被深深打动,于是写信给歌德,歌德则托人将回信转寄给这位素未谋面的读者。奥古斯特从未与歌德当面结交认识,此信经住在哥廷根的施托尔贝格兄弟转交给奥古斯特,兄弟俩当时已经与歌德有书信往来。
② 歌德当时不知道写信者是谁。
③ 参见《旧约·创世记》第1章第26节,歌德在《普罗米修斯》中也有呼应:"我坐在此处,造人,按我的模样。"

我是幸福的。如果我不幸福,至少我的心里住着一切喜悦与忧愁的深沉感受。没有什么外在的东西可以打搅我,让我操心,阻碍我。上帝知道,我就像一个小孩子。再道一声再见。

325. 歌德致 Ph. E. 赖希

1775年1月30日　星期一

最敬爱的赖希先生,这儿有一封拉瓦特尔的信。① 他此刻正处于尴尬②之中。他会自救的,对此我毫不怀疑。

请您寄两份他要求的印张给我,我再转寄给他。

此外还有何事,烦请您告知我,因为我是你俩的中间人。

G.

1775年1月30日

---

① 歌德的信写在拉瓦特尔1775年1月24日写给赖希的信的背面。
② 这一尴尬事件是指戈特退出将《相术片段》译成法语的工作。

326. 歌德致默尔克

约 1775 年 1 月

如果我前一阵子不是那么勤奋的话,我一定会妒忌你的那些画作了。它们相当好,其意义多种多样。最尊敬的先生!我没什么要寄给你,因为迄今为止我的大部头作品集中在人物创作①上,小作品则集中于一些爱情诗歌。你知道吗,杜梅茨给我写了一封暖心的信。我把你视为克里斯蒂安·查恰埃·特隆纳恰,但是我发现是哈曼。②又一次加强……③

---

① 《丝苔拉》和《浮士德》。
② 约翰·格奥尔格·哈曼《克里斯蒂安·查恰埃·特隆纳恰关于人类最古老文献的最新阐释绪论》一文针对康德并涉及赫尔德的《人类最古老的文献》。歌德从赫尔德那儿收到了哈曼的这篇文章,赫尔德于 1775 年圣灵降临节前后讲述了歌德对此文的反馈:歌德从我这儿获得了一份导言,他沉默了,可见对此文评价甚高。
③ 此信结尾未能保存下来。

327. 歌德致贝蒂·雅各比

1775年2月6日　星期一

亲爱的夫人,弗里茨现在已经出发了。① 这段时日我有多么愉快,您应该能够想象得到。最后一刻让我们觉得有些痛苦,尤其是我,因此我请求弗里茨离开。尽管他离开还没有超过二十四小时,我已经感觉好多了。对我而言,最下面的总能变成最上面的。请您保持对我的一点儿爱!我希望,有时候我盼着,您和姑娘们②能重视我并且与我保持良好的关系。这儿有一些给《伊里斯》杂志的东西,不久还会有更多。如果弗里茨没离开,什么也做不了。桌边铃响了,干杯,问候男孩们。③ 再见。

1775年2月6日

G.

---

① 弗里德里希·海因里希·雅各比在法兰克福待到2月5日。
② 洛特和海伦娜·雅各比。
③ 贝蒂·雅各比的儿子约翰·弗里德里希和格奥尔格·阿诺尔德以及弗兰茨·苔奥多。

328. 歌德致约翰娜·法尔默

1775年2月6日　星期一或7日　星期二

　　姨，请把这封信立刻寄出。① 我正着手写那部歌剧。② 请尽可能早地把您拿到的第二部分印张寄给我，只需要一小时我就可以让人把它抄下来，之后您就可以留着它，想留多久就多久。祝您早安。我正等着默尔克和弗里茨③的只言片语。

G.

---

① 指1775年2月6日写给贝蒂·雅各比的信，此信歌德拜托约翰娜·法尔默转寄。
②《埃尔温与埃尔米尔》。
③ 弗里德里希·海因里希·雅各比当时正在达姆施塔特。

329. 歌德致约翰娜·法尔默

约1775年2月10日 星期五至12日 星期日

我是头驴,不是晚些时候,昨日我就已着手写这封信了。这份加了封印的是给罗斯特①的,包括歌剧②的五个印张。请您不要耽搁立刻寄出,如若没有与其他东西一起,立刻单独用邮车快件发出。这儿还有几份印张副本,如果您想抄录,不要再为格奥尔格③抄录第一场了,第二场还需要抄录。请您代我问候他,问候弗里茨。明日荣格要来了!法兰克福已然成了新耶路撒冷,④各个民族的人进出此地,正义之士居住在此。

---

① 约翰·雅各布·威廉·海因泽。
② 《埃尔温与埃尔米尔》。
③ 约翰·格奥尔格·雅各比。
④ 参见《新约·约翰福音》第21章第2-27节和《旧约·以赛亚书》第60章第11节。

330. 歌德致奥古斯特·楚·施托尔贝格女伯爵

1775 年 2 月 13 日　星期一

　　如果您正在想象歌德的模样，我亲爱的，他身穿饰有金银边的短裙，除此之外从头到脚只有那持久的礼貌，周身被那壁灯与王冠发出的无关紧要的华美光芒照亮，置身于各色人等之中，在赌桌边被一双妙目凝注，①社交圈的娱乐丰富至极，他前往音乐会，又从那儿赶去参加舞会，带着轻浮的兴趣向一位俊俏的金发女郎献殷勤，如此您就想象出了一个当前正处于圣灰星期三前夜的歌德，他最近刚向您结结巴巴地表达了几分模糊而又深沉的情感，他不喜欢给您写信，他有时也会忘了您，因为他一想到您的现状就无法忍受。

　　然而现在还有一个歌德，他身穿灰色海狸皮礼服，戴着棕色丝质围巾，脚蹬皮靴，在 2 月的轻风中已嗅出了春天的气息，他那可爱而又广阔的世界不久又要向他张开怀抱。他总活得自在、追逐着且又创作着，不久就将尝试用粉笔在灰色的纸面上写下一首首小诗来表达青年人那无辜的情感，在某些戏剧中描绘生活的强烈滋味，还要描摹他的朋友们和他的乡亲们以及他喜爱的家用器具的模样，表述适度，不偏不倚。他会问，人们对他所做的事情如何看待？因为他创作时总想提升一个台阶，因为他不追求任何理想模式，而是想让他的感觉发展成能力，有战斗力且具有游戏特质。这就是那个您无法忘记的人，他突然一大早受到内心的召唤来给您写信，他最大的喜悦就是与最好的人度过他的时光。

　　这就是我目前最好的一些状况，我的最好的人儿，现在您来做同样的事吧，用您的现状来娱乐我，如此我们就会慢慢靠近，相信可以相互打量一番。有件事我要提前告知，我一旦想起什么，就会经常用

---

① 指安娜·伊丽莎白·舍内曼（莉莉），她是富有的银行家约翰·沃尔夫冈·舍内曼与夫人苏珊娜·伊丽莎白的女儿。歌德于 1775 年初结识了莉莉，当年复活节弥撒期间与之订婚。婚约解除后，莉莉于 1778 年嫁给了斯特拉斯堡银行家伯恩哈德·弗里德里希·封·蒂尔克海姆。

许多小事来娱乐您。

　　还有一事让我很幸福,那就是许多高贵的人儿,他们从祖国的各个角落来到我的城市,来到我这儿。当然他们夹杂在许多无关紧要、让人无法忍受的人们中间,他们有时是路过,有时盘桓数日。只有在他人处重新找回自己,才会知道自己是什么。

　　是否有人向我透露您是谁,您在哪儿,这不重要。每当我想起您,只会感到平等、爱和亲近!不管我会如何飘浮着飞过一切,我不会变,您对我而言亦始终不会变。真好!飞吻,再见,祝您安康。

　　　　法兰克福,1775年2月13日

　　　　　　　　　　　　　　　　　　　　　　　歌德

331. 歌德致 Ph. E. 赖希

法兰克福,1775年2月14日(星期二)

您上一封尊贵的来信我已从约纳斯先生①那儿收到了,昨日还收到了试印张,②我得把它们马上寄出。因为扉页图片事宜我已写信给拉瓦特尔,③霍尔拜因的犹大④不是扉页图,而是一大块印版。虽然我没有马上见到它,但是我坚持认为你们要相互听取意见,基督也是如此。或许约纳斯已经写信告诉您,我们要防范您上一封信中提及的事。⑤ 因为书籍专署⑥要求一则正式的通告,比丁根的那位兄弟会制作它,其中有关于格勒特文集⑦的第四、第五部分的陈述,这提交了皇帝最高指令被违背的最简洁明了的证据。我曾经建议,应当要求专署提供一封提交给市政厅的司法协助公函,⑧如此市政厅就有了职责,至少目前可以处理席勒事件。⑨ 关于为萨克森地区的书籍设立出版分支机构,⑩我对此事了解甚少,因此无法提出建设性意见。要为此找到一个书商并使他积极开展这一业务总不是件容易的事。如果能为此事效力,我会十分愉快地去做。您只要给我消息

---

① 可能是法兰克福的一位书商,赖希与他有业务往来,他也是他在莱比锡的代理人。
②《相术片段》的印张。
③ 此信未得以保存。
④ 指卷一的第二部分补充内容所配的铜版画。
⑤ 菲舍尔-兰贝格猜测,此处涉及赖希所提的要防止非法翻印及销售他所出版的书籍的请求。
⑥ 1569年由皇帝设立的机构。
⑦ 文集在维也纳、卡尔斯鲁厄和柏林遭到翻印。
⑧ 歌德曾经向法兰克福的皇家书籍专署提出申请,要求专署授权市政府防止书籍翻印事件发生。
⑨ 法兰克福书商席勒曾销售翻印书籍,菲舍尔-兰贝格发现,法兰克福文理中学教师本尼迪克特•席勒于1771年在法兰克福创建了一份书商报,此人是否就是这里提到的席勒,尚不清楚。
⑩ 赖希计划为法兰克福以外的书商设立一个出版分支机构,以便打破莱比锡展览会的垄断。

和指示就好了。

　　昨日把《相术》第 9 片段的补充部分邮寄给您了，其中有一封信是给厄泽尔教授先生的，请您交给他。

歌德博士

332. 歌德致毕尔格

1775年2月17日　星期五

　　上帝保佑你和你的夫人,亲爱的兄弟,你住在她心里之际,请念及我心并感知我对你的爱。很难讲述我那杂乱无章的生活,前一阵我并不勤奋。偶尔吹过花园的春风又拨动我心弦,我盼着能从苦差事里挣脱一二。请你喜爱来自我的一切吧,你始终在我身旁,即使你迄今沉默不语。你的《欧洲》和《强盗伯爵》①已在我们中间传开。再见。

　　1775年2月17日

歌德

---

① 此处指歌德从博伊处获得的手抄版的两首叙事诗《关于美丽尊贵的欧洲皇室公主的历史》(1777)和《强盗伯爵》(1776),当时尚未印刷出版。

333. 歌德致默尔克

1775年2月

弗里茨去你那儿了,①请写信告诉我他是何时抵达的,你们一起相处如何,做了什么。为此你也可以得到一首小诗。② 除此之外,眼下我没啥事儿了。

G.

---

① 弗里德里希·海因里希·雅各比在达姆施塔特拜访了默尔克。
②《新爱,新生活》。

334. 歌德致索菲·封·拉洛施

1775年2月17日　星期五

亲爱的妈妈！祝福马克西,祝福即将到来的小外孙,①请您代我问候小妈妈。② 她或许已经和您说了,我不写信的一半原因是我认为您对我有所不满,而这让我无法忍受。此后我花天酒地,成了狂欢节歌德,我还有些羞怯,如此便无法开始做什么。

弗里茨不久将返回,他应当会和您讲起我。我们一起时很好很有活力。我希望马克西会为我讲一些好话。我衷心问候她,还想听到我那令人尊敬的希腊人③的消息。拉洛施先生应该在维也纳吧,不久他将归来。想念我吧,再见,妈妈。您永远的

G.

法兰克福,1775年2月17日

---

① 格奥尔格·米夏埃尔·安东·布伦塔诺。
② 马克西米莉安妮·布伦塔诺当时在埃伦布莱特施泰因等待自己的初次分娩。
③ 克里斯托夫·维利巴尔德·封·霍恩费尔德。

335. 歌德致索菲·封·拉洛施

1775年2月或3月上半月

亲爱的妈妈，

　　因那本书①的缘故，我有一些特别的事情要说。

　　您希望这本小书能被翻译成其他文字，那么您愿意自费请人翻译还是找一位书商？或者将此书直接交给书商，然后让他来操办相关事务是否更好些？现款支付后，可以即刻从书商那儿再次拿到五百本，他也可以办理翻译事宜，然后有条件地印刷五百本，只是迄今为止价格还未确定。您的用途是什么？您希望使用何种纸张？

　　再见，最好的妈妈。

　　你好！亲爱的姐妹。

　　问候封·霍恩费尔德男爵先生。

　　我希望您已见到我数日来正在忙着处理阿波罗事宜。

G.

---

① 可能指《罗莎琳的信》。

336. 歌德致约翰娜·法尔默

1775 年 3 月初

  姨,这儿有从伦茨那金色的心中长出的一根枝条。① 能给您带来一个如此美好的早晨,这对我而言是多么有价值啊。

---

① 此处可能指的是伦茨写给歌德的信,约翰娜·法尔默将其又交给了雅各比,在后者的遗物中发现了此信。

337. 歌德致约翰娜·法尔默

1775年3月

  姨，首先这儿有一些弗里茨的东西。这与您多么相配啊！我又收到了伦茨写来的可爱的信。维兰德始终是个胆小鬼，详见附上的《信使》第96页。在我心中的种子与他们的种子之间有着永恒的敌意。①

  我完全无法忍受，因此我勤勉致力于感性的工作。我不能来，上帝啊，给您一些可做的事儿吧。和我一起不会有好结局。再见。

G.

  您何时把东西寄给弗里茨？他想要《派图斯和阿里亚》。②

---

① 参见《旧约·创世记》第3章第15节。
② 指2月初出版的约翰·海因里希·默尔克的一篇讽刺文，撰写此文的起因是《维特》在莱比锡遭禁。

338. 歌德致约翰娜·法尔默

1775年3月5日　星期日

　　亲爱的姨，衷心感谢您，为所有的一切。明天或者后天《丝苔拉》就到了，我之前或者稍后到。昨日我从您那儿回家，从您那儿，①哈哈。我希望将您拉进我们的圈子，上帝啊，姨，您在这个圈子里不会感到厌烦。莉莉很可爱，也很珍惜您。明天我可能会建议您去散步，和妈妈及我一起。再见，请一如既往地对我好。

G.

---

① 指莉莉·舍内曼。

339. 歌德致约翰娜·法尔默

1775年3月6日　星期一

　　这是《丝苔拉》的首批手稿。如果它使您感到愉快,您可以将其抄录下来,经由您手后会让弗里茨十倍地喜爱这个剧本。①

　　今天散不成步了,我会过来片刻读一读某些段落。昨日我和伦克尔一家②绕过城门时,莉莉与她母亲坐着马车遇上了我们,我当时表现得既蠢又傻。我和莉塞特与里斯一起打牌,从6点打到8点。再见,亲爱的姨。

G.

---

① 弗里德里希·海因里希·雅各比与约翰娜·法尔默和贝蒂的关系在《丝苔拉》中有反映。
② 歌德孩提时代就已结交的生活在法兰克福的一家子。

340. 歌德致默尔克

1775年3月7日　星期二

　　作为对寄过来的东西的回馈,我这儿也有些东西寄出。① 三天以来,我尽我所能努力地在画一幅画,目前还未完成。可以去做所有自己能做的事,从而有幸更好地认识自己,这很好。问候你的夫人和孩子们。请把研究中的新内容寄回给我。再见。学习下叙事谣曲吧,如果有事,就来奥芬巴赫。②

　　(3月7日)星期二早晨6点半

G.

---

① 可能是颂歌《普罗米修斯》,此诗在默尔克的遗物中被发现。
② 歌德当时在奥芬巴赫莉莉的亲友处。

341. 歌德致奥古斯特·楚·
施托尔贝格女伯爵

奥芬巴赫,1775年3月7日　星期二至法兰克福,3月10日　星期五

为何我不该给您写信,为何我又让笔搁置,直至今日我已多次伸手去取。我总是想起您,此刻也是如此!我身处乡间,身旁是可爱的人们。期盼着,亲爱的奥古斯特,上帝知晓,我是一个可怜的男孩。2月28日,我们跳了舞,狂欢节结束了,我在最先站在大厅里的那些人中间,蹲上跳下,我想起您,然后,喜悦和爱包围着我。清晨我回到家,那时我就想给您写信,却放弃了,和您说了许多许多。我该对您说些什么呢,因我无法向您讲述我目前的状况,因为您不认识我。爱!爱!请您一直喜爱我吧。愿我能在您的掌间停驻,在您的目光里休憩。伟大的上帝啊,何为人心!晚安。我想,此信应该写得更好些。我的大脑过于紧张了。再见。我想,今天是3月6日。请您也写上日期,这样的距离会产生许多愉悦。

早上好,亲爱的,楼上的房客在搭建,声音吵醒了我,我躺在床上无法休息。我想给我妹妹写封信,和您还有话要说。

现在是夜里,我想去花园,但是不得不站在门檐下,雨下得很大。我很想念您!我想到还未感谢您寄来的剪影!为此我已感谢了多少次啊,我和我的兄弟拉瓦特尔对于观相术的信仰又再次得到验证。这沉思的额角,美好坚毅的鼻梁,这可爱的嘴唇,这下巴,浑身上下的高贵!谢谢,我的爱,谢谢。今天很棒,我画了画,写了剧本的一场戏。① 哦,如果我现在不写戏剧,我就崩溃了。不久我会给您寄去所写的一场戏。② 如果我能坐在您对面,让它自己进入您的内心该有多好。亲爱的,只要您不会将它丢开就好。我不想让人把它印刷出来,因为我希望,上帝将来埋葬安放我的朋友和孩子们时,不会将它

---

① 指《浮士德》或《丝苔拉》。
② 可能是指《丝苔拉》。

交由观众们批评。我被挖掘出来,我可怜的维特已经被剖析得太多了。① 当我走进房间,我见到了那个柏林人写的文章,②等等。一个人偷看了一眼,另一个人对其大加褒扬,第三个人说,继续,如此他们一个又一个地追逐着我。如今你也并不怪我。这些不会夺走我完整内心的任何东西,不会对我的工作有任何影响,我的这些工作始终是我生活中小心收藏的喜悦与哀愁。我立刻意识到,忘却鸡血事件③会更理智。孩子们④在我头顶上嬉闹,我上楼去会更好,而不是沉浸在文本中。

我扔下年龄最大的姑娘,⑤费力读了一页半《天堂小花园》。⑥ 我感觉很好,现在是被赐予的就餐时间了。再见!——为何我不把一切告诉你——最好的人儿——耐心,对我要有耐心!

10日(星期五),我又回到了城里,坐在了我的软躺椅上,正伏在膝上给您写信。亲爱的,信今日会寄出,只是我还要告诉您,我的头脑相当清醒,我的心儿自由开阔。我在说什么!啊,最好的人儿,我们多么想要找到能表达我们感觉的措辞啊!最好的人儿,我们如何才能相互告知各自的状况,因为情况每时每刻都在变化?

我盼着您的来信,这一期盼不容破坏。

请赐予我美好的动力给您画一幅我眼前的房间图景吧,而不用

---

① 《维特》出版后,潮水般的评论文章、讽刺模仿、补遗及模仿作品接踵而至。
② 柏林的启蒙学家弗里德里希·尼克莱于1775年1月出版了《青年维特的喜悦,维特这个男人的烦恼及喜悦,之前及最后的谈话》一文。
③ 在尼克莱的讽刺模仿作品中,维特用于自杀的手枪中装了鸡血,由此维特自杀未成功,这一事件以搞笑的喜剧收尾。
④ 安德烈或德·奥维列的孩子们。
⑤ 让娜·勒妮·苏珊·德·奥维列或者玛丽·朱利安·菲利皮妮·安德烈。
⑥ 约翰·阿恩特出版于1662年的《充满基督美德的天堂小花园》,是一本祷辞集。

再向您描述这所有的一切。再见。请您把一个可怜的男孩放在心上吧。愿天上的慈父赐予您许多勇敢而又欢愉的时刻,正如我时常拥有它们一样。然后让黄昏降临,满含热泪,全心全意地——阿门!

再见,亲爱的,再见!

歌德

342. 歌德致 Ph. E. 赖希

1775 年 3 月 14 日　星期二

完全正确！《关于阿波罗》是第 21 个附加说明。A 到 J 部分我已收到。第 16 个片段之后，我故意删去了一个附加说明，您会在相关片段的篇末发现这一点，这不是一个谬误。之后紧接着是第 17 个片段。

1775 年 3 月 14 日

歌德

343. 歌德致索菲·封·拉洛施

1775 年 3 月 15 日　星期三

　　上帝赐福于你,亲爱的祖母,①还有那小妈妈以及这个小男孩。我希望,这个小家伙的到来将改变许多事,我或许可以说,我非常期盼您归来。现在我去布伦塔诺那儿,祝他幸福。请您问候封·霍恩费尔德先生。正如我所见的那样,弗里茨制造了我最后一个小家庭,②他很可爱。很快您又会收到我向您推荐的东西了。③ 星期五我会在这儿,很期待!

　　再见!亲爱的小妈妈,再见!亲爱的马克西,我们之间友好地相互影响的时刻会到来吗?您不久就会收到您的信了。④

　　法兰克福,1775 年 3 月 15 日

歌德

---

① 1775 年 3 月 12 日,索菲·封·拉洛施的外孙格奥尔格·布伦塔诺在埃伦布莱特施泰因出生,她因此成为祖母。
② 指杂志《伊里斯》的 3 月刊上登载的诗歌及《埃尔温与埃尔米尔》。
③ 指缺了第五幕的《丝苔拉》。
④《罗莎琳的信》的原稿。

344. 歌德致约翰娜·法尔默

1775 年 3 月

  亲爱的姨，我知道《丝苔拉》在您的心里意味着什么，①我已经倦于抱怨我辈人的命运，但是我想描写他们，有可能的话，他们应该如我认出他们一般认出自己，他们在纷扰中不应心安理得，而应该更坚强。我身上发生了许多奇妙的新事情，我盼着三小时后能见到莉莉。亲爱的姨，周日见！！！请您念着这位姑娘，这对你俩都好。你想得到第五幕的要求被满足了吗？我希望您能为它写一幕。再见，《丝苔拉》已经是您的了，它将因您的写作而永远成为您的，弗里茨该有多高兴啊！

---

① 约翰娜·法尔默在雅各比与贝蒂·封·克莱蒙的婚姻中扮演了与丝苔拉类似的角色，因此歌德提前请求约翰娜·法尔默对此剧的理解。

345. 歌德致索菲·封·拉洛施

1775 年 3 月 21 日 星期二

　　亲爱的妈妈，布伦塔诺给我看了您每日写给他的信，①这个小妇人②很好，我希望，这个男人迄今为止向我表示的友谊和信任不是虚伪的，至少我相信是如此。因此我希望，未来我不会给小妇人造成什么烦恼，或许能给她不时带来欢乐的时光。请您告诉她，并向她致以最衷心的问候。

　　我每日都在努力奋斗以变得更加勇敢，谢天谢地，我已为了未来的道路更换了新的马匹。再见，亲爱的妈妈，现在还有一个请求。去年夏天我给了诺伊维德的封·布里③几首诗，他扣留了下来，这事儿让我很恼火，我给他写了信，他通过第三个人告诉我：他想托拉洛施夫人将诗歌转寄给我。亲爱的妈妈，拜托您把它们弄过来。上周五我应该收到什么呢？请问候封·霍恩费尔德先生。再见，亲爱的妈妈。

　　　　1775 年 3 月 21 日

　　　　　　　　　　　　　　　　　　　　　　　G.

---

① 索菲在女儿马克西米莉安妮坐月子期间写往法兰克福的信。
② 马克西米莉安妮·布伦塔诺。
③ 恩斯特·卡尔·路德维希·伊森堡。

346. 歌德致 F. H. 雅各比

1775年3月21日　星期二

　　亲爱的兄弟,感谢你,为所有的一切,《埃尔温》、钱等。① 你如此喜欢我的《丝苔拉》,这让我很愉快。我的心和思绪如今已经飘向他处,我的血肉之躯对我而言已经无关紧要。我没什么能告诉你的,有什么可以说的呢。我也不愿去想明日和后日,所以再见吧!让文书②去抄录我内心涌动的东西③吧,这是给第二位可爱的兄弟④的。请待在我的身边,亲爱的弗里茨。我此刻就仿佛是第一次独自溜冰,在人生的小径上骑行、赛跑,为了我的灵魂所追求的。兄弟,亲爱的男孩,你现在也许已经拿到了咏叹调的复本,⑤还有伦茨的东西。我在等待《丝苔拉》,⑥马上你就会拿到另一本了,请把《克拉维戈》交给坎纳比希。⑦

　　　　1775年3月21日

　　　　　　　　　　　　　　　　　　　　　　　　G.

---

① 歌德此处可能是感谢《伊里斯》杂志3月刊出他的戏剧《埃尔温与埃尔米尔》以及他为此获得的稿酬。
② 弗里德里希·海因里希·雅各比的文书。
③ 可能是指5月至9月发表在《伊里斯》杂志上的几首诗歌。
④ 约翰·格奥尔格·雅各比。
⑤ 《伊里斯》杂志3月刊出《埃尔温与埃尔米尔》,同时登载的还有安德烈为《紫罗兰,众神之戏剧》和《致盲者》所谱的曲子。
⑥ 可能指约翰娜·法尔默抄录的复本。
⑦ 克里斯蒂安·坎纳比希,曼海姆选帝侯乐队队长及作曲家,雅各比2月时拜访过他。

347. 歌德致 F. H. 雅各比①

1775年3月

  一位可爱的女士谈及《喜悦》,②其间种种,不！用鸡血,这真恶心。如果里面没有那些花饰,③整本书都没法看。但是人们依然往下读,并且认为书中也有些许可爱。
    急祷④
    维特的忧虑,
    更多则是他的乐趣。
    亲爱的上帝,
    请保护我等免受其烦扰。

---

① 这不是单独的一封信,而是上一封写给雅各比的信中所附的纸条。
② 指《青年维特的喜悦,维特这个男人的烦恼及喜悦,之前及最后的谈话》。
③ 柏林著名的铜版雕刻家丹尼尔·尼古拉斯·霍多维茨基所作。
④ 这是模仿路德的连祷：亲爱的上帝,请保护我等免受一切罪恶的诱惑。

348. 歌德致 Ph. E. 赖希

1775 年 3 月 24 日　星期五

　　我把您所要的东西寄上,希望它能按时抵达。请您在下一封来信中告知我手头的系列中缺少的第 11 篇片段的标题。

　　现在您所有的东西已经齐了,我已把所有的东西寄出,包括第 17 篇片段。观相术练习篇目 A 到 Z 已经到了。

　　法兰克福,1775 年 3 月 24 日

G.

349. 歌德致奥古斯特·楚·施托尔贝格女伯爵

1775年3月19日 星期日至25日 星期六

我又经历了一段欢乐与痛苦的时光,我不知自己是否还在这个世上,我感觉自己仿佛在天上。亲爱的姐妹,这信是3月19日夜里11点写的,晚安!

23日(星期四)晚上,很快就7点了。我刚从母亲处上来,还有几句话对你说,亲爱的你啊。今日饭后你的信到了,之前我在煎肉时刚咕哝过已经很长时间没有来信了。我要感谢你千遍。2点时我不得不去处理了令人厌烦的事务,我在各色人等中打转,想起你,于是用铅笔写了随信附上的纸条。正确!我必须知晓我的亲爱的朋友们的每件事,因为我想象,我身上的一切对你们而言也很珍贵。感谢,感谢你来信描述你自己和你的生活,这一切与我之前感觉的一样真实!我也能做到啊!爱我吧。

现在请你把你所有可爱的剪影,还有你的埃勒斯①的剪影寄给我,请他原谅我没有写信给他,我真的不是永远没有什么可说的,只是他们的姑娘又在此事上揪着我。还有你的兄弟们的剪影,我也收到过他们的来信,还有我的兄弟们和你的亲密女友②的剪影。顺便说一下,所有的剪影要像他们画到墙上的那样,不要修剪。

现在道声晚安,赶走热度!如果你发烧,就给我写信。我愿意分担一切。啊,请让我在痛苦时也不要隐藏我的高贵灵魂。我逃开你和所有可爱的人,无论去哪儿,高贵的灵魂就会去那里!我请求你关注我,用你的信件来关注我,把我从我自己那儿拯救出来吧。

附上的小纸条是从我之前提过的铅笔所写纸条上抄录下来的。爱!爱!祝你安康。1775年3月25日。

你不必得到原件!在手抄件上吻一下就好!

---

① 马丁·埃勒斯,阿尔托纳文理中学校长,克洛卜施托克的朋友,后来是基尔大学的哲学教授。
② 安娜·梅塔·封·奥贝格,住在于特森修道院的贵族妇女,奥古斯特在那儿认识了她。

350. 歌德致赫尔德

1775年3月25日　星期六

亲爱的兄弟,这儿有一封拉瓦特尔那得来的菲斯利的信,①这个人的心里有着怎样的热情和怒火啊。哈曼的《绪论》也对我内心的力量施加了好的影响。给我寄点什么吧,给我写信谈谈你的事儿吧!如果有一团拔下的发丝卷该有多好!尤其是如果有你儿子的剪影就好了,我的命运好似悬于这些东西一般。我长久地向上并且快速旋转着,终于想要把自己与她连接起来了。② 此外,各种情形已经将我变得很温和,我不用重新鼓起勇气了。卡罗利妮,③早安,亲爱的姐妹。

1775年3月25日

G.

---

① 约翰·海因里希·菲斯利是瑞士画家和作家,他与拉瓦特尔关系亲近,这是他从罗马写给拉瓦特尔的信。
② 暗指不久后将与莉莉·舍内曼订婚。
③ 卡罗利妮·赫尔德。

351. 歌德致 Ph. E. 赖希

1775 年 3 月 28 日　星期二

　　我请求您,亲爱的赖希先生,尽管写信告诉我,需要多长时间我才必须又要寄出一些稿件。原因是,拉瓦特尔那里的东西①如今全部完整地在我这儿,但是我还想作些补充,我真的已经开始着手做这件事。在此期间,如有必要,所有的东西都可以随时寄给您。祝您安康!

　　法兰克福,1775 年 3 月 28 日

G.

---

①《相术片段》第一卷。

352. 歌德致索菲·封·拉洛施

1775年3月28日　星期二

　　亲爱的妈妈,这儿有古耶尔①的一帧肖像,它会让您愉悦。封·霍恩费尔德的画对我而言则有十倍那么珍贵。只是我请求您,如果您把它寄给我,请将它最仔细地包裹起来,虽说我平时很轻率,但这件东西若有一丝折痕会让我冒火。

　　向您和亲爱的女士②道声再见。迄今为止我遵守了对她的承诺,我曾许诺,如果她的心倾向于她丈夫,我就回来。我回来了,如果她一直保持女主人、家庭主妇和母亲的身份,我会在此待到最后。阿门。

　　1775年3月28日

---

① 雅各布·古耶尔,维尔马茨维尔(位于邻近苏黎世的乌斯特附近)的一位具有哲学思想的农夫。
② 马克西米莉安妮·布伦塔诺。

353. 歌德致约翰娜·法尔默

1775年3月底？

我向您讨要一份让头发生长的润发油①以及它的配方。

G.

---

① G. M. 克劳斯在1775年3月认识歌德时这样描述他：他看起来脸色蜡黄，头上几乎没头发了。

354. 歌德致约翰娜·法尔默

1775 年 3 月 30 日　星期四

这儿是《埃尔温》。

克洛卜施托克来了！①

您能在午饭后大约 3 点左右来我们这儿吗？您会遇见他的。

---

① 克洛卜施托克当时正从卡尔斯鲁厄返回，边疆伯爵试图阻止他经法兰克福前往汉堡，未成。

355. 歌德致 Ph. E. 赖希

1775年3月31日　星期五

　　ABCD是头四个观相术练习，其余的所有都要分开印刷装订，当然拉瓦特尔要求的那些也是如此。我应该附寄其中一半的插图印张。我以为只要给排字工人指出，问题和回答面对面地排版在两页上，中间的插图可以装订起来。我立刻写信并且去搞另一半插图。特伦科姆的故事让我甚为惊讶。

　　　1775年3月31日

G.

356. 歌德致赫尔德

1775年4月1日　星期六

亲爱的兄弟，请偶尔给我写写信，无论是愤怒抑或心情舒畅，写所有的事和无所事事！你看，这个世界充满了混蛋，我们不该相互影响、相互闲扯一下吗？这就是我为何经常写信的缘故。饭后我拿了迈纳斯教授先生的一本小书《埃及人》①在手上。呵！翻了几页，赫尔德兄弟会在书中何处出现呢？我想，这或多或少都是个机会吧，然而没在里面发现你的踪迹，②既没好的也没坏的。这该死的莫伊利斯湖③上的工事，改编得可笑的埃及人的尸体保管仪式等内容，然后是俄耳甫斯等！！！后面，在 ss, ß, tz, zzi, y 后面也列上了你的名字，④然后穿着丝质大衣领子笔挺地向你无礼地鞠躬致歉，他也如何如何。再见，兄弟。黑塞⑤把那位瑞士农夫⑥的信寄给我了。克洛卜施托克前天在我这儿，现在前往汉堡了。我三天前在朗根也见到了默尔克。问候尊夫人。

　　　1775年4月1日

G.

---

① 哥廷根神学家克里斯托夫·迈纳斯的《试析最古老民族尤其是埃及人的宗教史》。
② 迈纳斯声称，在知晓赫尔德所撰写的《人类最古老的文献》之前，他自己已经完成了书稿并且部分付梓。
③ 埃及国王阿蒙涅姆赫特三世被视为莫伊利斯湖上大型堤坝的建造者。
④ 迈纳斯在此处声明后来才见到赫尔德之前的著作。
⑤ 弗里德里克·卡塔琳娜·黑塞。
⑥ 农夫海因里希·博斯哈德写了一封信拜托拉瓦特尔转交给赫尔德，内容涉及《人类最古老的文献》。

357. 歌德致 Ph. E. 赖希

约1775年4月1日　星期六

您现在会拿到这个花饰图案○○○，其他的两部分请您以上帝之名画一些无关紧要的花饰吧。① 边疆伯爵②的肖像也快到了，我听说它是重新雕刻的。我已经和拉瓦特尔写信谈及此事。

顺便说一下，如果结尾涉及缺少的图饰，请您每次只删除结尾。

G.

我想起了一位朋友写信给我所托之事，③您能对此给些建议吗？或者您自己需要此书？

---

① 插图涉及《相术片段》。
② 巴登的卡尔·弗里德里希总督。
③ 可能是指歌德为索菲·封·拉洛施的文稿《罗莎琳的信》找出版商的事宜。

358. 歌德致约翰娜·法尔默

1775年4月初

　　亲爱的姨,感谢您寄来的弗里茨的信,它和往日一样那么可爱,那么好。只是我还未给他写信,也不想给任何人写信谈及那事。① 我也不想费力去找作者,也不想帮助你们追寻线索。随便看官们如何想我。② 维兰德信③末结尾的那一手对他而言是不够的!信的大部分内容让我发笑,结尾则让我皱了皱鼻子。很遗憾昨天没遇到您。再见,问候弗里茨,请他写些小诗。

G.

---

① 法兰克福律师兼诗人海因里希·利奥波德·瓦格纳5月初匿名发表了讽刺诗《普罗米修斯,丢卡利翁和他的评论家们》。赫尔德、扎尔茨曼、克内贝尔、卡尔·奥古斯特、默尔克和维兰德猜测歌德是此文的作者,只有弗里德里希·海因里希·雅各比认为不是。歌德则认出了作者是瓦格纳,并为此文感到不快,因为此文影射了他与卡尔·奥古斯特在美因茨的会面以及他在那里的讲话,而这会危及他与卡尔·奥古斯特新建立的关系。此剧因其中包含的对维兰德和《德意志信使》的尖锐批评而引起多方瞩目。
② 歌德后来在《法兰克福学者通报》及其他杂志上公开声明,瓦格纳才是那部讽刺诗的作者,维兰德不相信歌德之言。
③ 维兰德曾给弗里德里希·海因里希·雅各比写信,他在信中认为歌德就是那首讽刺诗的作者,而这一轻率举动会在魏玛引发后果。

359. 歌德致约翰娜·法尔默

1775年4月初

我说是,亲爱的姨!这是真正的最高信条!① 我们更多地谈谈印刷事宜②吧。是的,姨,她③如天使般美丽,我已经四天没见到她了。亲爱的上帝,她不仅仅是美丽啊。

G.

---

① 瓦格纳是讽刺诗《普罗米修斯》的作者,此事是真的。
② 有可能是指歌德试图让赖希来出版拉洛施的文稿《罗莎琳的信》,也有可能是指《丝莒拉》出版事宜。
③ 莉莉·舍内曼。

360. 歌德致拉瓦特尔①

约1775年4月上半月

[……]在霍廷格②成熟之前,不要做任何事儿与他针锋相对,人们会突然飞奔而来[……]

---

① 此信为拉瓦特尔写给齐默尔曼信中的一句话。
② 约翰·雅各布·霍廷格因《相术片段》攻击过拉瓦特尔。

361. 歌德致约翰娜·法尔默

约1775年4月上半月

一句妙语要找到一个好的场所。我立刻回家去了,继续写《克劳迪娜》。① 就这些消息,附上那首颂歌。我坐在窄窄的预言者高跷②上,一边去说服那些选帝侯和先生们履行其义务,这个形象您喜欢吗?

歌德

---

① 《维拉-贝拉的克劳迪娜,一部歌剧》。
② 影射之意不详。当时的讽刺画中经常把那些缺乏基本担当能力的天才们放置于高跷之上。

362. 歌德致 F. H. 雅各比

1775 年 4 月

  弗里德里策·弗里茨尔,①你怎么了？你这个人啊。不是这样写的：你们有信仰就会有永恒的生命！你有时理解错误,这句话的含义就在你心中升起。现在就这样吧,我无法再摆出更低的姿态了。我冒着失去你的爱的风险,否则你在科隆在我胸前洒下的神圣的泪水对我而言就没那么可贵了。亲爱的弗里茨,你想一下,这无关《丝苔拉》,无关《普罗米修斯》。② 你想一下,再想一遍：把《丝苔拉》还给我！你若知道我有多爱它该多好,这爱是为了你的缘故！这些我都得心平气和地写信告诉你,因为你不相信,我宁愿将其倾入我的心间……

---

① 这奇怪的称呼起因于歌德与雅各比之间的争端,此争端因《丝苔拉》而起。
② 瓦格纳的讽刺剧。

363. 歌德致克内贝尔

1775年4月14日　星期五

亲爱的克内贝尔,我不知道寄给您的短信应发往何处,它有可能会丢失。您还喜爱我吗?您想念我吗?我!从一个迷惘跌入到另一个之中,①怀着我那可怜的心真的又突然完全陷入了命运之中,几乎无法自拔。克洛卜施托克发现我正处于特殊的活动中,我只是吸取了宝贵的养料。我做了一切,但成果甚少。我的一个剧本很快将完成,现在则偷偷进行着市民事务,好像我做的是黑市交易一样。但是我始终是您所熟悉的那个我。请写信给我多谈一些您的事儿。在高贵的公爵②处,请您替我美言几句,以便让他想起我。再见,再见。

1775年4月14日

G.

我猜,您已经知晓那件事了,所以我把文章也附上。③关于此事,我不想再说什么了。

G.

---

① 歌德初次与克内贝尔相遇时,正在躲避与苏珊娜·马格达莱娜·明希的订婚,1775年4月20日前后,歌德正在操办与莉莉·舍内曼的订婚。
② 萨克森-魏玛的卡尔·奥古斯特公爵。
③ 克内贝尔猜测,《普罗米修斯,丢卡利翁和他的评论家们》为歌德所作。于是歌德附上了他在《法兰克福学者通报》上的声明:"不是我,而是海因里希·利奥波德·瓦格纳写了《普罗米修斯》并让人将其印刷出来,我没有提供帮助,也不知晓此事。对我而言,谁能模仿我偶尔开玩笑的举动,并且在我发现作者之前的数日就已被告知相关轶事,这是个谜,对于我的朋友们和读者来说也是如此。我认为我有责任向爱我和信赖我的人作出解释。此外,借此机会在平静中更好地观察不同的人对待我的态度,这对我而言是相当适合的。歌德,1775年4月9日于法兰克福。"

364. 歌德致克洛卜施托克

1775 年 4 月 15 日　星期六

　　亲爱的父亲，我这儿有封短信①给读者，我不喜欢做此事，却不得不如此。

　　我依然处在您离开我时的那个状态里，有时候甚至更糟一些，然后空中便滴下一颗万能香珠，②把一切又变得美好起来。我尽自己之力做事，有所成。其间每个人都得将其酒杯喝光，③我感觉舒服，你的意志产生自我父。请把我作为您喜爱的人来想念吧。封·温滕女士④的一封信将会被寄回。写信给我讲讲您旅途中的见闻吧。顺便说一下，小纸条上所说的那个**瓦格纳**就是您那天早晨在我房间所见之人，他身材瘦长，您当时站在壁炉旁。再见。

　　1775 年 4 月 15 日

歌德

---

① 关于《普罗米修斯》的公开声明。
② 此处的万能香珠指的是歌德的创作思路，他将其视为治愈药物。
③ 参见《新约·约翰福音》第 18 章第 11 节，此信写于复活节前星期六。
④ 1791 年，克洛卜施托克与约翰娜·伊丽莎白·封·温滕结婚，这是他的第二段婚姻。

365. 歌德致约翰娜·法尔默

1775年4月

您真好。我把给弗里茨的回信扣留了,因为它真的神秘难解。清晰与恰当的说法也没用,这是水,而不是洗礼。谁从中饮水,定会再次口渴。① 您就让它这样吧。我可能会对弗里茨粗野一些,但永不会对他气恼。再见。

这儿是《普罗米修斯》。② 狂风依然向我扑面而来,我也得划桨帮忙啊。

G.

---

① 参见《新约·约翰福音》第4章第13节:"凡喝这水的,还要再渴。"
② 瓦格纳的讽刺诗或者是歌德的公开声明。

366. 歌德致 Ph. E. 赖希

1775年4月19日　星期三

　　我有事需要出门,因此未能编撰 P、P、Q、Q、R、R 部分的段落,您可以先忽略附上的目录中的这一部分。这儿是《拉摩》①以及观相术练习的最后一篇。②

　　1775 年 4 月 19 日

G.

---

① 歌德为《相术片段》所写的一篇文稿。
②《观相术画家之歌》。

367. 歌德致约翰娜·法尔默

1775 年 4 月 23 日　星期日

　　此信我一句话也看不懂,最好的姨,一句也理解不了。伟大的上帝,我们过得真是多彩,非常多彩。此事于我就像一道光束。弗里茨要来了,①完全始料不及,我能或者该说些什么! 他上一封信的内容我想不起来了。我们现在得等待。我能感受到您内心的活动。再见。难道这不是上次那封旧信吗,就是留在美因茨的那封?

---

① 歌德从约翰娜·法尔默处得知,雅各比突然要来法兰克福。歌德无法相信此事,也想不起雅各比上封信中的相关消息了,于是他认为,约翰娜·法尔默收到了雅各比搁置的一封旧信。

368. 歌德致奥古斯特·楚·施托尔贝格女伯爵

1775 年 4 月 15 日　星期六和 26 日　星期三

最好的人儿,这儿是我的一首小诗,①我让人为它改编了格雷特里的一个曲谱!啊,上帝,您的兄弟们要来了,②我们的兄弟们,来我这儿!亲爱的姐妹,那可爱之物,③他们将其称为上帝,或者称它为其他什么,它十分照顾我。我此刻心情激动,能见到他们真好啊。

您会拿到您的剪影,但是我必须得到您的一张新剪影,大的。

如果您偶然见到《伊里斯》杂志的第 2 期,请看一下,我的许多诗歌都在里面。

我时常想起您。

如果我重新开朗起来,您也应该感受到,我只盼您不要为我的信感到不快,我这个人事实如何就如何写。我的意思是,脸上所有皱纹都刻印在里面了。

再见!最好的人儿。

4 月 15 日

我是多么期盼您的兄弟们的到来啊!你们三位的来信是多么可爱啊!这是那些剪影,并不都好,但是所有的都经由感性的手剪出。这次没有其他话了。请您把我放在心上!

1775 年 4 月 26 日

G.

---

① 《埃尔温与埃尔米尔》的第二幕以咏叹调"你们凋谢了,甜美的玫瑰"开始,菲利普·克里斯托夫·凯泽为这首诗歌改编了法国作曲家安德烈·欧内斯特·莫德斯特·格雷特里的曲谱。

② 克里斯蒂安·海因里希·库尔特·封·豪格维茨伯爵要求克里斯蒂安和弗里德里希·利奥波德·楚·施托尔贝格伯爵前往瑞士,他们在 5 月 10 日在法兰克福碰面,歌德与他们联系上了,5 月 14 日,他们离开了法兰克福。

③ 参见歌德 1775 年 10 月 30 日的日记:那指引我、教导我的可爱的不可见之物。

369. 歌德致拉埃尔·德·奥维列①

1775 年 4 月？

亲爱的夫人，请您将《伊里斯》杂志寄给我，并将随信所附的小纸条交给"所有丈夫"的拉姆，②请代我问候那些喜爱我的人们。继续。昨日一个恶神将我引到莉莉那儿一个小时，因为她并不是缺我不可，当时我的心就好像被抽空了一样，于是我急急地走了。祝牧师③和孩子们日安。请爱我。

G.

---

① 珍妮·拉埃尔·德·奥维列是奥芬巴赫商人让·乔治·德·奥维列的妻子，后者是莉莉·舍内曼的叔父。
② 指让·乔治·德·奥维列。1672 年，一位荷兰医生兼游记作家奥尔福特·达佩尔在阿姆斯特丹出版了一本关于亚洲的书籍。1681 年，此书被约翰·克里斯托夫·贝尔译成德语，题目是"亚洲或者关于大蒙古帝国及印度一大部分地区的详细描述"，歌德应该比较熟悉此书。书中有一篇关于印度国王拉姆的寓言故事：拉姆之妻被宿敌拉万劫持，依靠猴王哈努曼的计谋才将夫人夺回，为何歌德将让·乔治·德·奥维列称为"所有丈夫的拉姆"，原因不详。
③ 约翰·路德维希·埃瓦尔德，奥芬巴赫福音教区的牧师。

370. 歌德致 J. G. 齐默尔曼

1775 年 5 月 3 日　星期三

  在此我将拉瓦特尔那封关于那件极其恶心的事件①的信寄给您。我请求您，每天帮我安抚他，让他变得不再那么敏感，去抵抗一切针对他的迷雾和混蛋，既不会被消灭，也不会遭受侮辱。磁铁从灰尘及糟糠中吸出锉屑，高贵者的最终形成也是如此。他带着可爱的光彩在人群之中挖掘，只能吸引少数与他天性相同者来到身边。如果他们反对挖掘与光彩，只是对其推推搡搡，却并不会对其产生影响，您现在能去责怪那些人吗？近期请给拉瓦特尔回信吧，祝您安康。

  法兰克福，1775 年 5 月 3 日

歌德

---

① 苏黎世教授约翰·雅各布·霍廷格对拉瓦特尔的宗教狂热之举展开的攻击。

371. 歌德致亨丽埃特·封·克内贝尔

1775年5月3日　星期三

尊敬的女士,这儿是您的兄长的一封信,我不能单独将其寄出。他也给我写了一封可爱的长信,尽管我不应该受此优待。我也要感谢您的来信,迟了,但是我是真心诚意的。我和封·阿尔滕施泰因夫人①与她的女儿们愉快地熟悉起来了,我盼着不久后能再次见到她们。我一如既往地处于不安之中,喜忧参半。请您情绪好时也偶尔想念我一下。

法兰克福,1775年5月3日

歌德

---

① 可能是指来自安斯巴赫的朱莉安妮·菲莉皮娜·威廉敏娜·封·阿尔滕施泰因。

372. 歌德致 Ph. E. 赖希

1775年5月11日 星期四

字母 E 之前的《相术片段》印张在我这儿,我正在等待,如此这部分又可以清空了。

您想自己给班贝格的格布哈特①写信吗?如果不的话,我想写。如果他没有从普费弗尔先生②那里获得授权,他没有任何权利去加印此书。

请您找机会给我个回信吧。

法兰克福,1775年5月11日

G.

---

① 班贝格的书商。
② 戈特利布·康拉德·普费弗尔。

373. 歌德致赫尔德

约1775年5月12日　星期五

我的近况同你一样，亲爱的兄长，我对着墙壁打球，和女士们打羽毛球。我已停驻在家庭幸福的港湾，①坚实地站在真实痛苦和喜悦的地面之上，我前不久误以为自己将要再进一步，却以一种不愉快的方式被再次抛向广阔的海面。②

衷心感谢你寄来的儿子的剪影，这就是你的脸啊，完全是！完全是！不可思议的决定！③

我以尚德④的方式也支持一下拉瓦特尔的观相术。

我收到了你的书，已经欣赏过了。上帝知道，这是一个被感知的世界！一个复苏的垃圾堆！感谢！感谢！为了标出过渡线，我必须在书页上画满横线。只要克里斯托弗的全部理论不是那么胡扯地以一个具有局限性的必需品的姿态把我这个人惹火了的话，我也会喜爱这东西。如果上帝或魔鬼这么做，我就很喜欢，因为他是我兄弟。我真是如此去感受你的本心的，并不是脱下围巾衣物后就是你的兄弟或者小丑，而是永远的同一个兄长、人、上帝、虫子和蠢人。按你的方式清扫，不是从垃圾中筛出金子，而是将其变为有生命力的植物，这些总让我心悦诚服。⑤再见。不久后我要去我妹妹那里。⑥再见！问候你的妻子！我此刻在走钢丝。与生俱来的命运，我的生命就这样消逝了！你会最早见到我的湿壁

---

① 指与莉莉·舍内曼的订婚。
② 歌德意识到了与莉莉·舍内曼之间的问题，两日后他便出发去瑞士了。
③ 指幼卵形态分化。
④ 指英国人劳伦斯·斯特恩的小说《特里斯特拉姆·尚德》。此时歌德已逐渐脱离《相术片段》的相关事宜。
⑤ 参见《玛拿西祷言》第5节。
⑥ 歌德前往瑞士，旅途中去探访了自己的妹妹。

画,①当你见到美好感知到的自然旁侧是胡扯的空话时,你会感到恼怒。

你的意愿会生发!

---

① 可能指《埃尔温与埃尔米尔》。

374. 歌德致索菲·封·拉洛施

1775年5月13日　星期六

亲爱的妈妈,我终于下决心了,从法兰克福出发,①先去我妹妹那儿,要经过曼海姆、卡尔斯鲁厄和斯特拉斯堡。感谢您的上一封来信和提供的机会。② 我现在会亲自和伦茨谈,在那儿③也许可以谈得更多。您的信如此美好。再见,衷心问候那位小女士!④ 我再次来的时候,一定与您见面!

1775年5月13日

G.

---

① 歌德5月14日离开法兰克福前往瑞士。
② 拉洛施提供了什么样的机会,此事不详,有可能是指下文提及的伦茨。
③ 歌德于5月23至26日与雅各布·米夏埃尔·莱因哈德·伦茨在斯特拉斯堡见面。
④ 马克西米莉安妮·布伦塔诺。

瑞士之行
1775年5月至7月

375. 歌德致约翰娜·法尔默

曼海姆,1775年5月16日 星期二

亲爱的姨,我此刻在曼海姆,①我真是受够了。您得给我写信,寄到斯特拉斯堡扎尔茨曼②的地址,如果上演《埃尔温》,③请您将消息告诉我,因为会有讽刺嘲弄。莉莉是否去过?没有其他了。问候弗里茨。再见。星期二。

G.

---

① 歌德的瑞士之行途经达姆施塔特、曼海姆、海德堡、卡尔斯鲁厄和斯特拉斯堡,最后抵达苏黎世。他在那儿从6月9日待到15日,7月22日,歌德返回了法兰克福。
② 约翰·丹尼尔·扎尔茨曼。
③《埃尔温》首次公开上演是在1775年9月13日,这里可能是此剧在朋友圈内为爱好者们举行的小范围演出。

376. 歌德致约翰娜·法尔默

斯特拉斯堡,1775 年 5 月 24 日　星期三和 26 日　星期五

亲爱的姨,我呼吸着自由的空气!我进行了一次古老的散步,一排排的参天菩提树相互交错,其间是草坪,大教堂在那儿,还有伊尔河!伦茨此刻进城去了。我在附近订了午餐,他又回来了,等等。感谢来信!希望您继续写信给我!我期待听到关于《埃尔温》演出的介绍,不要写关于作者的事!您很好,亲爱的姨,天空也好!这个古老的地方如今变得如此新奇,过去与未来。好,半路上没有什么出乎意料的事,但是比期盼的更可爱、更圆满、更完整。好人和坏人以他们自己的方式显得那么真实。露易丝①是个天使,闪烁的星星也不能阻止我捡起从她胸前掉落的花朵,我将它们保存在皮夹里。魏玛公爵也来了,我觉得他很好。② 其他事宜面谈!一切都比我预想的好。也许因为我在爱,因此才发现一切都那么可爱美好。

关于那只冲出去的熊③和逃跑的猫这次就写那么多!一本奇妙的书,如果有用,它会让世界变得更理智。请您问候弗里茨一千遍!拉洛施妈妈可能会去您那儿!问候马克西,我的父亲和母亲。

1775 年 5 月 24 日　星期三,距离斯特拉斯堡还有一刻钟的途中。

真见鬼,姨妈,现在是 5 月 26 日　星期五,我还在斯特拉斯堡。明天去埃门丁根。无论到哪里,我都觉得那么美好奇妙。再见,最好的姨。希望在埃门丁根能收到您的信。

---

① 黑森-达姆施塔特公主,1774 年 12 月嫁给了魏玛公爵卡尔·奥古斯特。
② 卡尔·奥古斯特公爵在告别接见时邀请歌德前往魏玛。
③ 歌德在《莉莉的公园》一诗中将自己比喻成一头熊。

377. 歌德致克内贝尔

埃门丁根,1775 年 6 月 4 日　星期日

　　我把《克劳迪娜》寄给您,亲爱的克内贝尔,请您有空时读给我们的公爵①听。之后我请您将它用邮车寄回给我的妹妹。不要抄写下来!我拜托您。感谢您的短信!您没有厌烦我,对此我表示衷心感激。向您的殿下转达我衷心的问候。再见。如果幸运的话,明日我将前往沙夫豪森。②

　　1775 年 6 月 4 日于埃门丁根

G.

---

① 萨克森-魏玛的卡尔·奥古斯特公爵。
② 歌德 6 月 7 日才抵达沙夫豪森。

378. 歌德致约翰娜·法尔默

埃门丁根,1775年6月5日　星期一

　　亲爱的姨,衷心感谢您写来的关于那场美妙演出①的消息,还有您最后所说的事情,我飘飘然了。睡觉、吃喝、沐浴、骑马、坐车,这些是我数日来精神生活的内容。您的信让我们大家十分愉快。您生动地感知了它,并且戏剧化地讲述了出来。相比较演出而言,我更喜欢这个。我要去沙夫豪森看瀑布,可以让自己产生伟大的念头。② 然而,我觉得自己旅行的主要目的③未达到。又来了,对于那头熊而言,感觉比之前更糟了。我知道,我是一个蠢蛋,就凭这想法我就是。为何要熄灭那盏在人生旅途中艺术地给你照亮大陆并给予启示的灯呢?再见,姨妈,问候弗里茨。圣灵降临节星期一。您给我的信寄到埃门丁根,请也告诉妈妈④一声,所有东西都可以寄到这儿来,直到我表示不行为止。

G.

　　好好替我问候马克西。

---

① 《埃尔温与埃尔米尔》在朋友圈的演出。
② 歌德将瀑布视为庄严崇高之物。
③ 逃避莉莉·舍内曼。
④ 索菲·封·拉洛施。

379. 歌德致约翰娜·法尔默

沙夫豪森,1775 年 6 月 7 日　星期三

亲爱的姨,这儿是看向自由世界的几许目光!① 我正在沙夫豪森的宝剑客栈写信。现在我要出去看瀑布了。明天此时我在拉瓦特尔那儿。② 我很好。我要是能真正深入地走进世界该有多好!③ 也许吧。但是我很快就又要回到你那里了。

　　1775 年 6 月 7 日

G.

---

① 此信写于一幅画作的反面。
② 歌德一行人绕道途经康斯坦茨,6 月 9 日才抵达苏黎世。
③ 可能指前往意大利旅行的愿望。

380. 歌德致索菲·封·拉洛施

苏黎世，1775年6月12日　星期一

在拉瓦特尔的桌旁，1775年6月12日

从克利约格①那儿过来，我曾经和拉瓦特尔、施托尔贝格兄弟、豪格维茨和其他好朋友在那儿住过。我当时在那儿想过您，在这儿则从他的桌上切下一块面包。"如果见到面包充足，你可以趁着新鲜'切'下，∅"他说道，自然是用他的语调和方言。我没有任何想法从他那里离开，带着东西心满意足地返回了。谢天谢地，我没有碰到云端降下的典范♯，②却遇到了大地孕育出的最美妙的创造物之一，我们也来源于此。再见！再见！您在法兰克福，而我则从那儿逃了出来！问候马克西。

G.

♯此外，并无道义上的有哲学头脑的农民。
∅"切"这个词被他们用"砍"来替代了，"砍下一块面包"。

---

① 克利约格指小雅各布，这里指雅各布·古耶尔，歌德6月12日在吕姆朗附近的卡岑吕蒂庄园拜访了他。
② 有哲学头脑的农民，在此影射汉斯·卡斯帕·希策尔写的关于古耶尔的书《一个有哲学头脑的农民的家政》。

381. 歌德致夏洛特·凯斯特纳（娘家姓布夫）

1775年6月19日　星期一

我已深入瑞士腹地，就在退尔从他儿子的头上射下苹果的地方。为何要在此地给您写几句话呢？是因为我已经沉默许久了吗？

好的，亲爱的洛特，看一眼您自己和您的孩子们，还有这个可爱的男人，①你们都来自美丽的自然，生活在高贵的族群中，这对族群的祖先而言应该并非没有价值，尽管处处都是人。

我什么也无法叙述，什么也无法描述，也许只有当我觉得它不在了，与可爱的事物一起离开了，我才能叙述得更多。②

您还有些喜欢我，是吗？请您保持这一点，请代我问候您的丈夫和孩子们。再见，代我多多问候迈尔一家。阿尔道夫，距离我明日要攀登的哥达山三小时路程的地方。

1775年6月19日

---

① 约翰·克里斯蒂安·凯斯特纳。
② 此处暗指《维特》的创作，歌德离开韦茨拉尔后，才写出了这一作品。

382. 歌德的旅行日记

1775年6月15日 星期四至21日 星期三

1775年6月15日,星期四清晨,在苏黎世湖上

　　　　没有酒这世上的人,
　　　　永不会变成母猪。
　　　　没有酒没有女人,
　　　　魔鬼会取走我们的躯体。

　　　　…………猴①
　　　　…………写就
　　　　…………虱子
　　　　…………宴席

　　　　我吮吸着我的脐带,
　　　　如今有这世上的食物。
　　　　自然壮美搏击而来,
　　　　还能托举我胸部,
　　　　浪承载着我们的小船,
　　　　划桨声中起伏。
　　　　云裹着山巅,
　　　　迎向我们的去路。

　　　　眼,我的眼,你将何物放下,
　　　　金色的梦境,你们再次浮现。
　　　　去吧,你这个梦,如此金色闪耀,

---

① 此处是指歌德和朋友们泛舟苏黎世湖时所玩的押韵游戏。

此处尚留爱与生活之妖娆。
波浪上闪动着，
千颗漂浮的星辰。
饮下爱的迷雾，
搏击在遥远的天边。
晨风拍打着，
遮蔽的海湾，
湖中倒映着，
成熟的果实，
从山巅到海洋。
见诗人档案中字母 L 处①

若我不爱你，亲爱的莉莉，
这个眼神会给我何种快乐。
莉莉，若我不爱你，
如果！我的幸福会是什么。

16日（星期五）晚8点三刻，面对着施维茨州的霍肯山，离雪很近，真可怕，谷底是冷杉。

夜里10点到了施维茨州。下山时蹦跳着，很口渴，也欢笑着，疲倦又愉快，一直欢呼到12点。

17日（星期六）早晨，霍肯山就在窗前，云朵漂浮在山巅。

下午1点，离开施维茨前往瑞吉峰。

2点在劳厄茨湖上，阳光灿烂，因为过于欢乐什么也没看。有两

---

① 这首诗与莉莉·舍内曼有关，最后的注解为戏仿公文体语言，以便和莉莉·舍内曼拉开距离。

位姑娘带领着我们,岛上有骑士马贼过去的住所,现在他已隐身林间。离开劳厄茨湖,找到了丢失的领巾,攀爬了瑞吉峰,8点一刻时到达了雪山玛利亚圣地教堂,公牛旅店有三间客房,教堂里有五位嘉布遣会修士。

18日(星期日),早上,从公牛旅店的方向看出去画了小教堂。12点去了冷泉或三姐妹泉,然后登上山顶。2点三刻时周围云雾缭绕,世界如此壮美。

8点又回到了公牛旅店门前,闻到了烤鱼和鸡蛋的味道。钟声鸣响,山间瀑布飞溅,泉水叮咚。

19日(星期一)清晨,7点一刻,上山又下山来到卢塞恩湖畔。坐船从伊策纳赫前往盖尔绍,中午时分来到湖畔的酒家,2点左右经过三方会盟①的格吕特利,之后来到了退尔跳跃处,3点在弗吕埃伦的退尔乘船处,4点到了退尔射苹果的阿尔道夫。

20日(星期二)。7点一刻前往斯戴克,②烤了鱼,味道很好,在雪水③中游了泳,3点继续前行,爬了山。雪崩,驮畜,雪洞。斯戴克,高大的云杉,深谷。8点一刻到达瓦森。山体晶莹。

21日(星期三),6点半,上山,天哪,太可怕了。画了格施滕。花了力气出了汗,魔鬼桥和魔鬼。流汗、疲倦和沮丧,直到出了乌里洞,在山谷时又有了活力。到了乌尔泽伦村,极好的奶酪。惬意极了,继续活动。

6点35分时遇上第四次下雪,裸露的岩石和苔藓,狂风和云层。瀑布的潺潺水声和小马驹的铃铛声。荒凉得仿如死亡之谷,双腿在

---

① 指的是乌利州、施维茨州和翁特瓦尔登州的代表1307年在格吕特利会盟,重申他们于1291年结成的永久联盟。
② 阿姆斯戴克。
③ 罗伊斯河。

雾湖之上播种。

从利维讷谷出发前往乌泽伦谷花了一小时,也可能是叫龙谷。这里有该地区最壮观的瀑布之一。

签名者:格茨·封·贝利欣根的作者,还是博士①

希望此处迷路的狗儿们找到一个睡觉的垫子。

到达斯戴克。
登上山林到瓦森
魔鬼岩石
岩石之路向上
阿尔卑斯山区的格施滕
魔鬼桥
乌里洞
可爱的山谷
龙谷
荒原、雪等等
教堂②
偶遇神父,教堂显得格外漂亮

我确信,巨大的腿站立在那儿,
仿若天使长着巨柱般的腿现身。

---

① 歌德在此处的落款原文为缩写,用于玩笑。
② 这些复述了前往哥达的旅途中几个停留点。

我如何供养你就会如何收获。

大地如此惬意,同样如此痛苦。

没有为蠢人保持世界的可靠办法,
正如无法让自己显得可笑。

那永恒的易腐烂的爱。

永恒的众神自己选择道路的一日。

如果我的思想是羽笔,
羊皮纸被天使送到我面前,
在路上上下翻滚。

那才可能有自然的直接表达,

为了它自身的缘故。

法兰克福
1775 年 7 月至 10 月

383. 歌德致索菲·封·拉洛施

1775年7月26日 星期三/27日 星期四

亲爱的妈妈,我回来几天了。① 在达姆施塔特我遇到了赫尔德,于是就和他及他夫人一起过来了。您很快就来了吧,即使您不来,我也要把路上的那些奇遇留着口头叙述。我在施派尔没有遇到封·霍恩费尔德先生。我非常了解像瑞士这样的国家,这让我感到很愉快。现在我对一切听之任之,无论如何我在那儿永远有一个避难所了。我已经见过马克西和她可爱的孩子了。我不在的这段时间,她和我母亲来往颇多。接下来会如何,只有上帝知道。布伦塔诺不嫉妒,这是他说的。已经证明克雷斯佩尔②是个忠诚的骑士了吗?请您不要忘了之前说过的话,要来我们这儿呀。26日。

再道声早安,今天是1775年7月27日。

G.

---

① 歌德于1775年7月22日返回了法兰克福。
② 约翰·伯恩哈德·克雷斯佩尔,法兰克福的档案馆馆长,是布伦塔诺一家及索菲·封·拉洛施的朋友。

384. 歌德致奥古斯特·楚·施托尔贝格女伯爵

1775年7月25日　星期二至31日　星期一

75年7月25日

　　我要给您写信,小奥古斯特,亲爱的姐妹,尽管要是此刻在您身边,我会很难启齿。我必须动笔!此刻,我与您相隔多么遥远!① 好吧,我们肯定会见面的。

　　我又回到了法兰克福,在苏黎世与咱们的兄弟②分了手,我们依依不舍,难以别离。——我猜想,小奥古斯特会这么说。——亲爱的,弗里茨眼下正沐浴着山岚,③围绕在我们大家身边的善良神灵会温柔地抚慰他的心。我与他一同受过苦,④却不能做同样的事。我请求您——至少现在别让我谈论此事——而又有谁能谈论此事呢?当最后的消息传来时,我在场。那是在斯特拉斯堡。晚安,天使姐妹。向伯恩斯托夫伯爵夫人⑤致以衷心的问候。

---

① 1775年6月30日,奥古斯特·楚·施托尔贝格女伯爵在一次汉堡之行后来到了邻近哥本哈根的伯恩斯托夫,在那里一直待到那一年年底。
② 1775年7月6日,歌德在苏黎世与施托尔贝格伯爵兄弟俩(克里斯蒂安及弗里德里希·利奥波德)分别。
③ 歌德离开后不久,弗里德里希·利奥波德启程游历哥达山(Gotthard)。
④ 弗里德里希·利奥波德·楚·施托尔贝格伯爵因为爱上生活在汉堡的英国人索菲·汉伯里,求爱遭拒,失意之下出走瑞士,歌德与他同病相怜,惺惺相惜。
⑤ 亨丽埃特·弗里德里克·封·伯恩斯托夫伯爵夫人(娘家姓施托尔贝格)是奥古斯特的长姐,嫁与丹麦大臣安德烈亚斯·彼得鲁什·伯恩斯托夫。在其亡故后,其夫于1783年娶其妹奥古斯特续弦。

7月31日。
　　要是我痛苦难耐,我就会面朝北方,我亲爱的姐妹在那两百英里之外。① 昨晚,天使,我热切渴望伏倒在您脚边,握着您的手,就这样,我睡了过去,今早随着晨曦我又精神大振。最善良的、富于同情的灵魂,内心永怀上苍,只会因你的亲人而感到悲伤!你可知道,你也是多么地为人所爱!
　　我还会被迫到处游荡,然后在您的心头逗留片刻!可以说,一直以来,这是我的梦想,是我遍尝痛苦时的希望。我已上了女子太多的当了——哦,小奥古斯特,我多想望一眼您的双眸!——我愿沉默。——愿您也永远为我而存在。再见了。
　　小奥古斯特,这里是一张失而复得的旧纸条。②

---

① 邻近哥本哈根。
② 歌德提到的这张纸条没有留存下来,纸条内容有可能是这封信的开头部分。

385. 歌德致拉瓦特尔

1775年7月31日　星期一

　　齐默尔曼①的情况怎样？他现在哪里？要是他回来，让他住到我家来！② 别忘了把这一点写信告诉他。问舒尔茨先生③要几张我这张丑脸的剪影，有机会的话寄过来。你要是想起《相术片段》的话，就尽快给我寄一些来。下面是对封·施泰因夫人和布兰科尼侯爵夫人剪影④的评价，马上把她俩的剪影找出来，放到这上面。

　　　　　　施泰因

　　　　坚定
　　　　亲和的、不变的
　　　　内心安居
　　　　怡然自得。
　　　　仁爱的亲和

---

① 1775年7月12日，歌德在斯特拉斯堡与汉诺威来的医生齐默尔曼相遇，他们谈到了本信所及的剪影一事。
② 1775年9月底，齐默尔曼结束其瑞士之行后前往歌德家做客。参见《诗与真》。
③ 苏黎世画家，此人具体情况不详。
④ 齐默尔曼在斯特拉斯堡给歌德看了许多剪影，其中包括封·施泰因夫人的剪影。齐默尔曼在1775年10月22日写给封·施泰因夫人的一封信中提及此事："在斯特拉斯堡我给歌德看了一百多张剪影，也包括夫人您的。下面就是他亲笔写在肖像下的话：看世界如何在这一灵魂中映现，真可谓看一出妙戏。这一灵魂看见的世界的本来面貌，并且正是经由爱的媒介。由此也给人一种柔和的总体印象。"齐默尔曼于1773年在巴特-皮尔蒙特（Bad Pyrmont）结识了封·施泰因夫人，此后与其保持书信往来。封·施泰因夫人因《维特》一作开始关注歌德，希望了解更多有关这位作者的情况；于是，齐默尔曼在1775年1月19日致施泰因夫人的一封信中给她描述了歌德这一人物，并附上了一张歌德的画像。玛丽亚·安东尼娅·封·布兰科尼是卡尔·威廉·费迪南德·封·布伦瑞克公爵的情人。1779年，歌德在洛桑与其结识。

单纯且善良
自然流淌的谈吐

忍让的坚定。
善意。
忠贞不渝
胜之以网

布兰科尼

干劲
犀利,非深刻

纯粹的虚荣
精致的、有所欲求的
亲和
才智,言谈有修养,
斟字酌句。
反抗
自我的感受。
把握与掌控
胜之以箭。①

---

① 虔信派认为,基督或以温和(以网)、或以强力(以爱之箭)的方式来约束信众。

我本来希望,你让我来负责她俩的剪影,①还有第二部分里的封·勒夫夫人②的剪影,必须尽量刻制得精细些。我写评语,再寄给你写说明,这样才算整体完成,而整个第二部分原本就是应该这么做的。可你倒好,你这个摇摆不定的家伙!拜托你把我们家的画像给销毁了,③真是太难看了。你糟践了自己,也糟践了我们。叫人把我父亲④的像剪下来,可以用作插图,这个不错。这一点我恳请你做到。至于我的头像,任由你处置了,只是我母亲⑤的头像不该是那个样子。要是你还有复印件,就把它们连同我在随信所附的纸条⑥上所列的那些一起寄给我,得把我父亲的像剪下来。

要是找到那些你当初送给我的菲斯利⑦的画,也把它们寄过来。谢谢你寄来的霍多维茨基⑧和其他人的画。

这是费特米尔西的头像⑨线条,取自那幅拙劣的铜像。在铜像上,那愚钝、固执的特征体现得更为强烈,且同时具有某种动物般低等的特征,这是头像轮廓所没有的。

你觉得这个想法怎样?是否可以很好地用于剪影画?你知道贺

---

① 拉瓦特尔采纳了歌德对封·施泰因夫人的人物描述,而没有采用其对封·布兰科尼侯爵夫人的剪影所作的注解。
② 索菲·封·勒夫,是汉诺威一位高级宫廷侍从官的妻子。
③ 拉瓦特尔照办了。
④ 歌德父亲约翰·卡斯帕·歌德的头像被作为插画收录在《相术片段》。
⑤ 卡塔琳娜·伊丽莎白·歌德。
⑥ 这张纸条没有留存下来。
⑦ 约翰·海因里希·菲斯利。
⑧ 丹尼尔·尼古拉斯·霍多维茨基(1726-1801)多次为拉瓦特尔的《相术片段》寄过画作。
⑨ 文森兹·费特米尔西是法兰克福的一名抄写员和糕点师。1616年,此人作为反抗城市贵族起义的首领在罗斯市场(Roßmarkt)被处决。拉瓦特尔没有将费特米尔西的头像轮廓收录在《相术片段》里。

加斯所说的"美的线条",①从扭曲的到僵直的。

美的线条的精粹之处即爱之线,坚强与软弱位于爱的两侧。爱即是坚强与软弱的融合之点。给我相关的文稿,我们来做一个漂亮的小章节。兴许从那伟大的织物中抽出的并非全然不纯的线。

---

① 威廉·贺加斯(1697-1764)在其《美的分析》(1753)一著中认为,波浪线和蛇形线是最悦目、最美的线条。歌德认为在剪影画中加入这样的线条更能凸显头像的特征。拉瓦特尔却并未将这一想法付诸实践。

386. 歌德致索菲·封·拉洛施

1775年8月1日　星期二

　　昨天晚上，亲爱的妈妈，我们在好心的马克西①家吹拉弹唱来着。我感谢您的来信，还有头一封由法尔默②转交的信，我确已收到啦。在此，我深怀谢忱，回复您的来信。③ 书简总能给人以友善的抚慰，在艰难的时刻这智慧的纸张就像一位真诚体恤的友人，不会因性格中令人反感的细微角落而拒斥我们，我们也许常常会在偏偏最不想被深深触动的时刻有这样的体验。

　　您这么喜欢我的《丝苔拉》，④我感到无上的荣幸，您可以让弗里茨⑤把《丝苔拉》给您。这并非一部谁都懂得欣赏的作品。您与伦茨的联系怎么样？⑥ 我一点儿也不知情，他不让我看您写的信，我觉得，看样子您和这位怪才合不来。他一心一意地滚着他的那个小桶。⑦

　　再见！请问候封·霍恩费尔德先生！⑧送上克雷斯佩尔⑨的问候，他衷心地爱戴您，钦慕您。

　　早复为盼。

　　　　1775年8月1日

　　　　　　　　　　　　　　　　　　　　　　　　　　G.

---

① 马克西米利安妮·布伦塔诺。
② 约翰娜·法尔默。
③ 索菲·封·拉洛施写给歌德的私人信件只有一封（1774年10月）存世。
④ 歌德创作的一部戏剧。
⑤ 弗里德里希·海因里希·雅各比。
⑥ 自1775年5月1日始，伦茨与索菲·封·拉洛施有书信往来。
⑦ 就像锡诺普的第欧根尼——犬儒学派的创始人那样。
⑧ 克里斯蒂安·维利巴尔德·封·霍恩费尔德男爵。
⑨ 约翰·伯恩哈德·克雷斯佩尔，此人系法兰克福的档案管理员，是布伦塔诺一家的朋友。

387. 歌德致克内贝尔

1775年8月1日　星期二

您好吗,亲爱的克内贝尔?我很想听到您还有我们那位公爵①的消息。我回来了,朝圣了德意志民族可爱、神圣的瑞士,感觉自己好了许多,对往日感到很欣慰,对未来充满了希望。请您把《克劳迪娜》②寄还我!继续爱着我吧。法兰克福,1775年8月1日。

歌德

---

① 卡尔·奥古斯特,萨克森-魏玛公爵。
② 《维拉-贝拉的克劳迪娜》,见前信377(1775年6月4日)。

388. 歌德致奥古斯特·楚·施托尔贝格女伯爵

奥芬巴赫,1775年8月3日　星期四

　　小奥古斯特！小奥古斯特！只要说一句话,我的心就会自由畅快,只要能握一下手。我什么都没法跟您说。在这里！① 我该怎么向您说起这里啊！眼前是一支鲜艳的麦秆笔——从中本该写出精美的信笺,还有这泪水与这渴望！心情糟透了。哦,要是我能把一切全都说出来就好了！这里,在那个令我苦恼的姑娘②的房间里,她没有错,她有着天使般的灵魂,是我使天使的晴天变得阴霾沉沉,是我！小奥古斯特！一刻钟前我从口袋里掏出您的来信,我读着信！——是6月2日的信！您请求,请求回信,请求我说一句心里话。而今天是8月3日,小奥古斯特,我还没有写信。——我写了的,那封信开了个头,留在了城里。哦,我的心啊——我是否该拔掉心塞,也给你,小奥古斯特,斟上一杯那沉渣浓黑的葡萄酒！——我怎么能,在你面前,谈起弗里茨?③ 要知道,在同情他的不幸④时,我常为自己的不幸而痛哭。算了吧,不说了,小奥古斯特。他还比我好些——三个月里,我悠游自在,到处游历,⑤全身心地吸收成千上万的新鲜事物,却是徒劳一场。天使,此刻我又坐在奥芬巴赫,简单得像个孩子,狭隘得像杠上的鹦鹉,小奥古斯特,您又离得那么远。我常常面朝北方。⑥ 夜里,我站在美因河畔的露台上远眺,想念着你！是那么远！那么远！——想起你和弗里茨,还有我！所有的一切纠缠成一个难解难分的结！我透不过气,写不下去了。——不过,此刻我不打算停笔,除非有人来到门口把我叫走。——天使啊,有时我心中的苦闷无

---

① 在奥芬巴赫,德·奥维列家莉莉的房间里。
② 莉莉·舍内曼。
③ 弗里德里希·利奥波德·楚·施托尔贝格伯爵。
④ 指施托尔贝格向索菲·汉伯里求爱遭拒。
⑤ 指歌德此前的瑞士之行。
⑥ 指伯恩斯托夫,邻近哥本哈根;其时,奥古斯特正逗留于此地。

比巨大,我就大声呐喊,我就朝着你喊:放心吧! 放心吧! 坚忍不拔,终会心想事成。你将为你的兄弟们①感到喜悦,而我则为自己感到欢愉。正是这炽烈的情感,使我膨胀欲焚,在这般煎熬中,烈焰将四下蔓延,我将鼓起勇气,去行动,做善良的人,将被驱往那安宁无法抵及的地方。——别为我而痛苦!——容忍我吧!——为我落一滴泪,和我握一次手,让我与你促膝片刻。用你那慈爱的手抹一抹这个额头。再说一句鼓励的话,我就能站起身来。

我的心情一日阴晴变化不下百次! 哦,与你的兄弟们在一起时,我是多么舒畅! 那时的我显得很平静,我为弗里茨觉得伤心,他比我悲惨,我的痛苦尚可承受。现在又是孤身一人。——

在他们身上我看到您,最善良的小奥古斯特,因为你们的仁爱与本性是一脉相承的。仿佛小奥古斯特就在我们身边,我们就在她的身旁! ——而此刻,却只有她的来信! ——您的来信! ——**只有您的来信!** 然而,这些信却在我的口袋里燃烧着,它们抓着我,就像眼下,在幸福的时刻我展开信笺时。可是,有时候我常常觉得,倘若我的心瞎了、聋了,就连最亲密的情谊的笔触也成了僵死的字母。——天使啊,丧失意义真是种可怕的状况。在黑夜里摸索就像光天化日之于盲目失明——请您原谅我的这番语无伦次,所有这些——能和您这么说话,是多么舒心啊;想到她②将会手握这张信纸,是多么令人舒畅啊! 您! 这张信纸! 我正触碰的这张纸,此时,纸的这一处还是空白的。金子般的孩子啊。我是绝不会痛苦得难以自拔的。现在,再说上几句吧,此非我久留之地,我必定会再度离开——何去何从!

---

① 弗里德里希·利奥波德·施托尔贝格及克里斯蒂安·施托尔贝格。
② 指小奥古斯特。歌德在写信时想象着小奥古斯特收到他的信后捧读的情景。

我给您画了一条虚线,因为我沉思着坐了一刻钟,我的神魂在遍布人烟的土地上四处飘飞。困厄的命运不准予我庸常的存在。要么执着于一处,抓得牢牢的;要么走南闯北,浪迹天涯!——你们,神采奕奕的漫游者,是幸福的;每一天,你们日落而息,心满意足,堂堂正正,拍落鞋上的尘土,像神灵般享受一日劳作的欢愉!

美因河从这里流过,在河对岸庄稼地后面的一座山丘上就是贝尔根。贝尔根战役①您应该听说过吧。那左方山脚下是灰蒙蒙的法兰克福,看得到那座笨拙的钟楼。② 此刻,法兰克福于我而言是座空城,仿佛遭扫帚扫除一清了似的。那右方的山坡上是些可爱的小小村落,山脚下是座花园,露台倾斜着朝向美因河。——而在此处的桌上,放着一块手帕,一条钟式裙,裙子上有一条围巾,那边还挂着那位可爱的姑娘③的靴子。顺便说一下,我们今天要去骑马。这儿摆着一条连衣裙,那儿挂着一只钟,许多的箱箱匣匣,还有存放各种帽子的盒子。——我听见她说话的声音了。——我被允许留下来,她要在里面穿衣服。——好了,小奥古斯特,我已向您描述了我周遭的情形,为的是通过这感性的观察来驱赶幽灵。莉莉发现我在这里感到很诧异,别人一直在找我。她问我在给谁写信。我告诉了她。再见,小奥古斯特。请问候伯恩斯托夫伯爵夫人。④ 请给我来信。想来那

---

① 1759年4月13日,在邻近法兰克福的贝尔根一役中,法国的布罗伊元帅击退了以费迪南德·封·布伦瑞克公爵为首的盟军。参见《诗与真》。
② 即巴尔多禄茂主教座堂的钟楼,该建筑直到1867年方才竣工。
③ 莉莉·舍内曼。
④ 奥古斯特的姐姐,亨丽埃特·弗里德里克·伯恩斯托夫伯爵夫人。

剪影兄弟们已经给您寄去了吧。这四个海曼的孩子①的剪影,拉瓦特尔叫人刻制得十分精彩。

忐忑不安的人

请您看在上帝的分上别让任何人看到我写的信。

---

① 童年时,歌德读过《海曼家四个孩子的美丽而有趣的故事》(*Eine schöne und lüstige Histori von den vier Heymonskindern*);他与施托尔贝格兄弟俩及豪格维茨同游瑞士时就自称为四个新的、闯荡天涯的海曼家的孩子;参见《诗与真》。他们四人的剪影被收录在《相术片段》中。

389. 歌德致拉瓦特尔

奥芬巴赫,1775年8月3日　星期四/4日　星期五

　　我手里的这张为你准备的由梅林①所绘的露易丝②的肖像你该尽早得到。我已给她写了信。③ 你给她的那首诗④是你迄今所写的最好的一首。再洗几次冷水浴,再吃一些滋补剂,你这个本性难移的家伙。愿上帝保佑你的男孩、你的妻子⑤和所有的一切。

　　我父亲备了一份贺礼,⑥望笑纳。

　　赶快把《丝苔拉》⑦寄给伦茨。⑧ 这事也可以让帕萨万特⑨去做。尽快把《相术片段》的材料也给我寄过来。我坐在奥芬巴赫,自然就是莉莉所在的地方。我向她转达了你的问候。⑩ 我会尽早把她那赋予女性魅力的剪影寄给你。给她作些诗吧,愿坚定其保持善良的信念。这是你拿手的,而且你也乐意。

---

① 画家约瑟夫·梅林起初在斯特拉斯堡,后为卡尔斯鲁厄的宫廷画师。
② 黑森-达姆施塔特公主露易丝·奥古斯特,其肖像被收录在《相术片段》里。在其母亡故后,露易丝公主就生活在卡尔斯鲁厄,住在其舅父,即边疆伯爵卡尔·弗里德里希的宫廷里,后于1775年10月3日与萨克森-魏玛公爵卡尔·奥古斯特成婚。
③ 此信没有留存下来。
④ 拉瓦特尔写的这首《致露易丝》后发表于诗歌集《J. K. 拉瓦特尔的诗歌》(莱比锡,1781)中,该诗在这一诗集里的题目为《致泰奥娜》。
⑤ 大卫·拉瓦特尔和安娜·拉瓦特尔。
⑥ 此前不久,拉瓦特尔的儿子大卫·拉瓦特尔出生,歌德的父亲准备了贺礼。
⑦ 《丝苔拉》的手稿。
⑧ 雅各布·米夏埃尔·赖因霍尔德·伦茨。
⑨ 雅各布·路德维希·帕萨万特。
⑩ 拉瓦特尔由歌德而结识了莉莉·舍内曼,并与其维持了长久的友谊。

8月4日

昨天我们骑马去了,莉莉、德·奥维列①和我。你真该瞧一瞧那位天使穿着骑马服骑在马上的样子!

其他人在奥伯拉德②等我们。一场雷雨把封·瓦尔德克老侯爵夫人③和她的女儿们——封·库尔兰德公爵夫人④和封·乌辛根侯爵夫人,⑤赶进了我们家的大厅。她们认出了我,随即就问了许多关于你的情况,老侯爵夫人说起你的时候十分真诚、温和,我感到很开心。她说:"要是他今天耳朵没发热,⑥那我觉得他的感应力也不过如此,这可不是我们的错!"她要我向你转达衷心的问候。

— — —

莉莉也问候你!——

— — —

仁慈的上帝会宽宥我的。顺便说一下,一段时间以来,我又虔诚了,对主生发了兴趣,为他唱赞美诗,⑦你很快就会得到其中一首,你会产生共鸣的。再见。我感到精神很紧张,甚至快要发疯了。不过,我倒是希望你和我在一起,因为我身边的人都很安康。

---

① 让·乔治·德·奥维列。
② Oberrad,邻近法兰克福。
③ 克里斯蒂安娜·封·瓦尔德克侯爵夫人。
④ 卡罗利妮·封·库尔兰德公爵夫人,原为封·瓦尔德克公主。
⑤ 露易丝·封·拿骚-乌辛根,原为封·瓦尔德克公主。
⑥ 俗语,表示有人在背后念叨某人。
⑦ 可能指歌德翻译的《所罗门之歌》及《从雪松到海索草,以色列与犹太国所罗门王的金玉良言》(*Salomons Königs von Israel und Juda güldne Worte von der Ceder biß zum Issop*),尽管两者均非赞美诗。

《布道目录册》①怎么样了？早日给我寄一打小册子来，要标明文本和主题。

把你想要我去意大利②替你办的事情写下来。

---

① *Catalog der Predigten*；拉瓦特尔在1775年9月1日的一封回信里写道："我亲爱的，我几乎想要宣讲约翰福音的第17章了。"
② 早在游历瑞士期间，意大利就是歌德真正向往的目的地。

390. 歌德致默尔克

约1775年8月8日　星期二

　　荣格回埃尔伯费尔德去了,①他让我问候你。你在忙些什么?产妇②的情况怎样?不久之后能会晤吗?③

　　我又一次倒霉地搁浅了,④真想扇自己一千记耳光,之前漂浮的时候,我怎么没去见鬼呢。我留心着新的时机,以再次推船下水,只是我想知道,若有此可能,你是否愿意给予我一点资助,权当第一下推力。⑤

　　无论如何,日后会面时你可以向我父亲⑥明确表示,开春后,他必须让我去意大利,也就是说,今年年末我就得动身。我快等不及了,我受不了在这人工的池水上驾船悠游,声势浩大地去捕猎青蛙和蜘蛛。你为我的手稿⑦一事写了信没?再见。画些画寄给我。所有你的东西都会物归原主的。阿门。

---

① 这一年的7月到8月初,荣格-施蒂林在法兰克福逗留,许是治疗眼疾,其间住在歌德家中。
② 默尔克的妻子露易丝·弗兰齐斯卡于当年7月底生下了女儿弗兰齐斯卡·夏洛特。这名女婴后于1776年就夭亡了。
③ 指歌德与默尔克在法兰克福会面。
④ 歌德暗指自己的逃亡计划破产。
⑤ 暗喻将搁浅的船只推离陆地。
⑥ 约翰·卡斯帕·歌德。
⑦ 可能指《丝苔拉》。

391. 歌德致 H. 布夫

1775 年 8 月 9 日　星期三

亲爱的：

　　我请求您再一次给我来信告知您的情况,而且不只是三言两语。迄今我已在这世上有所游历,①我希望您的大学生涯②顺利,总会有其如意或不如意之处,就像这尘世的其他种种营生一样。再见。您有洛特③的消息吗？写信告诉爸爸,④他该把那四本《伊里斯》⑤交给谁,我曾请求他,您不在的时候,由他代劳。

法兰克福,1775 年 8 月 9 日
歌德

---

① 暗指瑞士之行。
② 其时,汉斯·布夫在吉森攻读法学。
③ 夏洛特·凯斯特纳,娘家姓布夫。
④ 海因里希·亚当·布夫。
⑤ 一种女性季刊。参见前信 228。

392. 歌德致约翰娜·法尔默

1775 年 8 月

这是弗里茨的作品,①我不希望被印刷出来,不过,这里面有些好东西。

而我呢——

《迭戈与朱丽叶的纠葛》②

第一部分

总是心情沉郁地和自己还有我的毛驴③说话,而身边的整个小天地都在围着我忙个不停。阿门。

G.

---

① 指弗里德里希·海因里希·雅各比创作的长篇小说《爱德华·奥维尔的证件》(*Aus Eduard Allwills Papieren*),小说的开篇部分发表于当年《伊里斯》杂志的 9 月号上。
② 英国作家劳伦斯·斯特恩(1713 - 1768)在其小说《特里斯特拉姆·尚德》(*Tristram Shandy*)的第四部第一章里宣称要讲一个故事——《迭戈与朱丽叶的纠葛》(*The intricacies of Diego and Julia*),但没有下文。
③ 参见《旧约·民数记》第 22 章第 28 - 30 节,其中讲到耶和华令巴兰的驴开口说话。

393. 歌德致拉埃尔·德·奥维列①

1775 年 8 月?

奶酪到了,亲爱的夫人,立刻把它拿进地窖。这家伙和我一个样,只要它感觉不到阳光,只要我没见着莉莉,②我们就是既坚定又勇敢的家伙。正因此,要把奶酪放进地窖,就好比此刻我待在法兰福,仿佛完全置身于冰窖。接下来就是一长串老一套的问候,问候皇帝及神圣的帝国。再加一句忠诚的祷告:阿门。

---

① 让娜·拉埃尔·德·奥维列是莉莉·舍内曼的舅母。
② 莉莉·舍内曼。

394. 歌德致安娜·露易丝·卡尔施①

1775年8月17日 星期四至28日 星期一

我在乡间到处游逛,亲爱的夫人,在旷野里品味着那一份恰由上帝所赐予青春之心灵的苦与乐。前些日子我进了趟城,格里斯巴赫②给我捎来了您的信。③ 您执笔为我而书,这令我感到由衷的喜悦,在此我感谢您的问候与友善。我希望令爱④也能给我来信,谈谈她有何心得,要知道,对虚荣心而言,没有一面镜子抵得上一封充盈着奇思异想的灵魂的书信,它在其中倾听着同样的心绪,倦于终日的独对,它愉悦地休憩着,聆听亲切的同伴那新的欢愉。

也请您时不时地给我寄些即兴作品,⑤所有忠实而强烈地发自内心的东西都叫我欢喜,都具有价值,管它看起来像刺猬还是爱神呢。我写了各种各样的东西,也可以说写得很少,基本上什么都没写。我们用羽管汲取着人类巨流的浮沫,自以为好歹抓住了一座座浮岛。⑥ 瑞士之行使我这渺小自我的全部身心获益良多。也许不久之后,复仇女神那看不见的人质⑦又会挥鞭将我驱离故土,不大可能

---

① 安娜·露易丝·卡尔施出身于农家,先为女佣,后嫁作裁缝妇,因其文学禀赋而得到诗人及王侯们的资助。至于此前歌德与卡尔施的交往情况,无可稽考;直到1778年5月,歌德才在柏林结识了卡尔施本人。
② 可能指耶拿的神学家约翰·雅各布·格里斯巴赫。此人是法兰克福人氏,是歌德在莱比锡时期的同学,先后在哈勒和耶拿教授神学。参见《诗与真》。
③ 此信未得留存。
④ 指卡尔施的继女卡罗利妮·露易丝·亨佩尔(婚后姓克伦克),从事文学创作。
⑤ 卡尔施正是因其即兴诗作而闻名。
⑥ 可能暗指 N. 莫雷利(Morelly)创作的小说《浮岛之沉没》(*Naufrage des isles flottantes*)(1753)。
⑦ 希腊神话里复仇女神追捕逃亡的俄瑞斯忒斯。

往北去,①尽管我很想去你们的所多玛城问候罗得和他的家人。②再见。美因河畔奥芬巴赫,1775年8月17日。

歌德

今天我不能也不可以探讨关于男子在特定情况下的倦怠萎靡这个题目。原因在于这张写字台,在于那张咖啡桌,还在于桌旁那个穿着居家服背对着我享用早餐的人③——神圣的约里克,④你可否从你的天国看过来,让善良的卡尔施想象得见这番胡闹是多么真心诚意,因为唯有你独具谋勇。——仅探讨一处经典:恋爱中的人,举世无双的沙阿巴哈姆那聪明绝顶的妻子说道,是寝食难安,除非深受青睐。⑤

这封小信被搁在了一边,直到8月28日。好吧,再道一声晨安,再见。法兰克福

G.

---

① 不是前往柏林,而是去往意大利。
② 歌德将柏林比作罪恶之城所多玛,将卡尔施一家比作义人(参见《旧约·创世记》,第19章)。早在1766年10月13日致胞妹科尔内利娅的一封信中,歌德就写道:"如今在整个欧洲都找不到像普鲁士国王的京城那样堕落的地方了。"
③ 莉莉·舍内曼。
④ Jorick,乃劳伦斯·斯特恩的小说《特里斯特拉姆·尚德》里的一名牧师,是富于讽刺意味的作者的自画像。
⑤ 此句原文为法语,语出法国作家小克雷比永的《索法,一个道德故事》(1742)。小说里沙阿巴哈姆(Baham)听人讲述一张沙发所经历的离奇故事。

395. 歌德致 Ph. E. 赖希①

1775年8月29日 星期二

亲爱的赖希先生,我有个小小的请求,不得不来麻烦您:您可否差人帮我将下面所列的《相术片段》里的插图一张张印出来,再把印好的图沿着印版的痕迹剪下来,交快马急件寄过来?

1) 边疆伯爵的肖像②
2) 43 梳辫子的男孩
3) 56 3个萨堤洛斯③
4) 84 犹大之吻
5) 91 救世主的脸
6) 95 笑得扭曲了的脸
7) 97 布兰德温朋友
8) 109 两个双头像
10) ④111 三样东西⑤

法兰克福,1775年8月29日

您的
歌德

---

① 此信的收件人信息为:"莱比锡的法兰克福书商赖希先生台启"。
② 参见前信357。
③ 希腊神话里半人半羊的森林之神。
④ 可能是个错误,原文此处编号为10,而非9。
⑤ 原文此处为法语;完整的表述为:对自己的朋友当始终敞开三样东西:钱袋、心和脸。

396. 歌德致德·奥维列夫妇

1775年9月3日① 星期日?

> 亲爱的德·奥维列先生,亲爱的夫人,
> 别太计较这事,我请求你们;
> 这只蠢猴,你们现已认清,
> 你们知道,与他交往太不聪明。
> 还能有什么更好的办法!
> 像该隐那样②流离飘荡闯天涯。
> 为此,他也在沙地搁浅,
> 这城市③于他是荒地无人烟,
> 他感觉这世间竟是如此虚空,
> 仿佛他才刚刚来到其中。
> 他心中苦闷,看不见
> 那最可爱的男孩的脸,
> 不能紧随那男子左右,
> 不能亲吻那妇人,仁爱又忠厚,④
> 再不能随丽人游走,
> 再不闻唧唧啾啾!
> 这于我何用,钟声嗡嗡响,
> 马车叮当,人群在哼唱!

---

① 此信的日期系根据塞德尔的出纳账本里的一则记录推定而来;这则记录里记载了一封寄给德·奥维列夫妇的信,只是所标明的该信的日期既有1775年9月5日,又有7月30日。由信中诗歌的第17-19诗行可断定,这首诗写于一个星期日,而7月30日和9月3日均为星期日。歌德写这封信的前因可能是他急匆匆从奥芬巴赫逃回了法兰克福,事后由法兰克福去信请求原谅自己的荒唐举动。
② 歌德在前信176中写道:"人们说,该隐的咒语将应验在我身上。"
③ 指法兰克福。
④ 这几句中的"男孩""男子""妇人"指的是德·奥维列一家。

我何故要去教堂？①
要知道我曾到过天堂，
我与天使携手同坐，
陶然忘我于秀目②碧波，
星辉点点眸中生，
那是情意与忠诚。
为何要听神父的教益，
还不如娇嗔的一半效力，
她那樱桃小嘴，
将我的顽劣责备。

太阳，你为何笑吟吟进了屋，
请你走开让我独处。
你含笑望着她的窗台，③
今日那窗不会为我而开。
啊哈！你和和气气来到这里，
在道道缝隙里狡黠地将她寻觅，
莫非在那上天你从未
见过哪个天使这般静美？

日头正一步步近移，
有客来访！——嗨，这与我有何关系！

---

① 这几句中的钟声、马车声、歌声及教堂等字眼描绘的当是礼拜日的情形。
② 指莉莉·舍内曼的眼睛。
③ 指莉莉房间的窗户。

我乐呵呵想象着,我还与你们
一起坐在屋外,别无旁人。
那男子①抽着烟草,
有人在手工袋里翻找,
有人将丝线缠绕,仿佛
要开始施展魔术。
喝苏打水和咖啡的早餐,
就好像吃药一般;
抹好四旬斋的8字形面包,
再慢悠悠地把酒来倒。
莉莉必须克制所有的欲望,
这全都是为她的肠胃着想。

孩子们②蹦跳着跑来,
一把将人拽到门外!
所有人全都乐个不停,
啊,亲爱的上帝,我也是同样的心情!

德·奥维列太太,莉莉在什么地方?
她是否一人独处闺房?——
她手捧着额头!
在快乐之乡她为何难受?
莫非她头疼难耐?

---

① 让·乔治·德·奥维列。
② 德·奥维列夫妇的四个孩子。

抑或，啊！另有愁怀？

去，亲爱的穆夫提，爬进她的怀里，
代我给她一个吻，我请求你。
快来，酋长汉尼·布齐，吻她的手，
将她纠缠个不休。
你也到她身边去，阿里·贝伊，
在她膝下亲昵偎依。
还有你，阿布·达哈卜，快一路小跑，
热情点儿，她会说：哦，真是个乖宝！
她抱起你热烈地亲吻，
但愿她忘却所有的苦闷。①

老弗里德里希②走来询问：
今日想吃什么，女士们？
就做阉鸡和野蓝蓟！
你没什么要吩咐他吗，莉莉？
我期待见到这张熟悉的脸，
他若不来，我定会惦念。

那位博士先生③还没到来？

---

① 在这段文字里，歌德分别以四个土耳其人名（Mufti、Hanne Buzzi、Ali Bey及Abu Dahab）来称呼德·奥维列家的四个孩子。
② 可能指德·奥维列家的仆人。
③ 也许指奥芬巴赫的神父约翰·路德维希·埃瓦尔德；也可能指硕士学位获得者歌德自己。

安德烈①还没欢唱开怀?
噢哟,外面闹得不可开交,
简直像魔鬼在手舞足蹈。
一,二,三!叮!当!嚓!准备姿势,
叮!后退!当!出我的第四姿势。②

魔鬼大概就是这样,
当他独自在地狱叹息哀伤,
渴望着天堂的欢喜,
却又气恼得狂躁不已。
不过,我的运气要好得多,
沟壑还不至于那么深阔;
我的身心就在你们近旁,
转眼间,我又回到了老地方。

歌德

---

① 约翰·安德烈,德·奥维列家和歌德的朋友。
② 此处模仿击剑时的声响与口令。

397. 歌德致拉瓦特尔

1775年9月9日 星期六①

在此,我再次伸出手臂。② 不过,明确告诉你,我希望你别再让我失望。现在,你得马上答复我,我向你推荐的整页插图有哪些要拿出来,又有哪些要补充进去(出于这样或那样的原因)。随后,我就立即给你接着往下做,别忘了还有那些小插图,等等。因为,接下来要保持原来的顺序不变,除了细节之处。所有的问题请你逐点答复,并写明你打算插入什么样子的概述性文章。《对人脸的宽容》》!③ ——你写吧,我对此不感兴趣。昨日深陷博览会浩大场面的喧嚣扰攘,我想起了阿里奥斯托说过的关于群氓的一句话:**生之前,就该死**。④ 我热忱地期盼着你的《亚伯拉罕》。⑤ 虽然我压根不知道,我有何资格将其改成剧本,但我愿意为你的诗歌创作助一臂之力。

关于那些印版我只草草写了几句,⑥那一卷要印出来看看。你该把我大骂一通了!因为实话告诉你,你问我要的东西,要回头再说了。⑦

我问你要的首先是:

1)吕特格罗特⑧

---

① 此信日期系根据塞德尔的出纳账本而定。
② 此前,歌德与拉瓦特尔在《相术片段》的合作中可能发生了不愉快。
③ *Die Toleranz gegen die Menschen Gesichter*;拉瓦特尔在1775年9月1日给歌德的信中提到,他打算写这样一篇文章。
④ 意大利文艺复兴时期的诗人阿里奥斯托在史诗《疯狂的罗兰》中写道:"然而,我想说,群氓和卑劣的民众在其出生前就该去死。"
⑤ 1776年,拉瓦特尔的《亚伯拉罕和伊萨克,一部宗教戏剧》于温特图尔出版。此前,拉瓦特尔委托佩斯塔洛齐将该作捎给歌德。在其于1775年9月1日致歌德的信中,拉瓦特尔请求歌德详阅此作,并以其"才智、信念、力量"为该作润色。
⑥ 指对《相术片段》第2卷的评述。
⑦ 原因在于计划中的行程。
⑧ Rütgerodt,一名瑞士罪犯。参见《相术片段》第2卷。

2）范·戴克①

3）编号28
　　　29 ｝

接下来，我答应给你的是：

1）赫德林格②

2）布鲁特斯

3）编号 17。③

关于吕特格罗特我还要再次拜托你。言语！眼神：我为他煞费神思，而所有我的这些东西你会得到的。

我凭你所许下的所有关于酬金的承诺向你发誓，你的承诺也使我感到高兴，毕竟我是个人，也喜欢钱这玩意儿，只是你别把我催得太紧，简直就像要把我的那捆钱扔过来似的。

要是你之前把牛顿④寄过来的话，现在就有成果了。假如你需要我，你就该了解我是怎样的人；虽说在这方面你向来是个精明的家伙，但我还是会继续教教你的。

―――

我又接着往下写了。⑤

佩斯塔洛齐⑥托人来转告了他已抵达的消息。好吧，很快就能

---

① 安东尼·范·戴克爵士（1599－1641），佛兰德画家。参见《相术片段》第 2 卷。
② 约翰·卡尔·赫德林格，一名瑞士的奖牌制作匠人。参见《相术片段》第 3 卷。
③ 指整幅插图《三帧女子的剪影》（*Drey Weibliche Silhouetten*）。
④ 参见《伊萨克·牛顿。四幅阴影头像》（*Isaac Neuton. Vier schattirte Köpfe*）。
⑤ 四开的信纸有四分之三是空白的。
⑥ 约翰·雅各布·佩斯塔洛齐，瑞士商人兼政界人士。拉瓦特尔在 1775 年 9 月 1 日致歌德的信中向歌德引荐了此人。

见到你的信仰之子了。

———

你的《亚伯拉罕》我拿到了。①

———

戴内特②来与我商谈。

———

说到芭比,③就好像我把她忘了似的。

———

戴内特愿意刊印。四开本!我想按着我的心意来改动,不过,既不会动亚伯拉罕,也不会动伊萨克。这部作品将会产生广泛的影响。我也愿意这其中能不时散发出我的小酒桶的香味。④ 来信⑤末尾的密码我读不了。快把解码的锁钥寄过来。

佩斯塔洛齐很不错。我直截了当地对他说,我希望你能更好地了解你的同胞,同时他们也能更好地了解你。他说的全是维护你的话,一点不打折扣。愿仁慈的上帝赐福。

---

① 此信前文已提及;拉瓦特尔请佩斯塔洛齐将《亚伯拉罕》一作转交歌德。
② 指法兰克福出版商戴内特,可能是商谈拉瓦特尔的《亚伯拉罕》一作的出版事宜,但该作最后出版于温特图尔。
③ 芭芭拉·舒尔特斯。
④ 参见前注——拉瓦特尔致信歌德(1775年9月1日),请求为其润色剧作《亚伯拉罕》。
⑤ 这封由佩斯塔洛齐转交的信未得留存。

398. 歌德致约翰娜·法尔默

1775年9月11日　星期一?①

最亲爱的阿姨,我从奥芬巴赫回来了!没法让您看,也没法跟您说我都在忙些啥。我的心始终像只袜子,外面穿到了里面,里面又穿到了外面。拜托了!拜托了!请您在博览会上留意看看有什么东西可以给莉莉!!!!珠宝首饰,最新式的,最精美的!唯有您能体会我的心意,还有我的爱!不过,恳求您保守秘密,别跟妈妈②提起一个字。也别跟格罗克③家的人提起。恳求您了。请写信告诉我价钱!!!!

---

① 此信的收信人为"法尔默小姐"。此信的日期系根据一张珠宝订购单推定。此订购单表明,1775年9月10日秋季交易会开幕。就在9月10日当天,歌德与莉莉·舍内曼出席了神父埃瓦尔德与雷切尔·格特鲁德·杜菲的婚礼,因此,9月11日是歌德写下此信的可能的、最早的日期。
② 卡塔琳娜·伊丽莎白·歌德。
③ 约翰·格奥尔格·格罗克,法兰克福商人。

399. 歌德致奥古斯特·楚·施托尔贝格女伯爵

1775年9月14日 星期四至19日 星期二

亲爱的小奥古斯特啊,我立刻就动笔了,9月14日,一读完您的来信就动笔了,您瞧,这字写得多么上,多么小呀,可见我想写的有多多啊。今天我很平静,尽管草丛里常常埋伏着一条蛇。① 您听着,我一直有种预感,您会拯救我,脱离深重的苦难,除了您没有任何女子能做到这一点。首先要感谢您对您周遭事物的生动描写,要是现在我手头还留有一张您的全身剪影就好了!我恨不得要去找您。前不久,我去了您那里!我神形憔悴,穿过德意志,目不斜视,往哥本哈根而去,我到了,踏进您的房间,噙着泪扑倒在您脚边,呼唤着:"小奥古斯特,是你吗!"那是幸福的时刻,生动地铭刻在我的脑海和心田。关于莉莉,您说的话是千真万确的。不幸的是,距离反倒使将我引向她的纽带变得愈发牢固。我不能,我不可以对您和盘托出。太令我伤心了,我不爱去回想。天使!您的来信又一次振聋发聩,好似酣睡的士兵耳边响起了军号。但愿上帝让您的眼睛成为我的乌巴尔多盾牌,②让我在幽暗深处看清我的潦倒,还有——嗨,小奥古斯特,咱们不说这些了——此刻目光如炬,人心无可言说。现在我该吃饭去了。

——

饭后。你的金玉良言感化了我,我的内心不由响起了一个声音:不要过于傲慢地要求那位姑娘完全了解你,并且那么知心地爱着你,也许我也不了解她,正因她是与我不同的人,说不定她还胜过我呢。

---

① 维吉尔《牧歌》中有"蛇埋伏在草里"之语,意指厄运在窥伺。
② 乌巴尔多是塔索的叙事长诗《耶路撒冷的解放》中的人物,他有一面钻石盾牌,谁若往这面盾牌里望一眼,就能在里面瞧见自己的真面目。在故事里,里纳尔多往盾牌里看了一眼后认识到,自己必须与蛊惑他的媚妇阿尔米达断绝关系。歌德读过科普(Kopp)翻译的《耶路撒冷的解放》(1741),也读过由海因泽(Heinse)翻译的发表在《伊丽丝》杂志上的散文体译本《阿尔米达》。

小奥古斯特！就让我的沉默地向你诉说那言语所无法诉说的话吧。

——

晚安,小奥古斯特！今天度过了一个美好的下午,很难得,和大人物在一起,这就更难得了,但我有幸与两位侯爵夫人①同处一室。晚安。想给你就这么写写日记,这是最好的做法。你也给我写写日记。我讨厌写信,讨厌各种解释和观点。晚安！就这样吧！——我往回看,已经看了3遍,就好像我爱上了你似的！而且还不停地把帽子拿了又放下。我多么希望你能感觉到我的心紧贴着你的心,感觉到我的目光映入你的眼眸,只需八天就好。上帝可证,这细腻、迅敏的心绪难以言表,唯有你才能听得分明。

晚安。

15日(星期五)。早上好！一夜安眠。我现在真的像个姑娘家了。您猜不到我在忙什么,在做一个面具,为了下周二的舞会。

吃过了！——我赶紧跑过来告诉你,在那一头的屋子里我想到了什么:确实没有哪个女子像小奥古斯特这样喜欢我。

我做的面具是一套德国古装,黑色和黄色,灯笼裤,紧身短上衣,大衣和弹簧帽。啊,我对上帝不胜感激,才几天工夫就成全了我这么一件玩偶,这做起来很费时间的。

3点半。泡汤了,我的预感没错。面具白做了。莉莉不参加舞会。要是我可以,要是我能够说出这是怎么一回事就好了！——我之所以尊重她,是因为我与她已有婚约,②而且女孩子家的心思啊——好吧,小奥古斯特！我这么做,一半也是因为赌气,要知道这

---

① 可能指孀居的夏洛特·阿玛利亚·封·萨克森-迈宁根公爵夫人和同样也是孀居的索菲·卡罗利妮·玛丽·封·安斯巴赫-拜罗伊特边疆伯爵夫人。另可参见1775年9月20日信。
② 1775年4月19日(一说20日),歌德与莉莉·舍内曼订婚。

八天来我们相处得并不融洽。现在又成这样！你瞧，小奥古斯特！只能这样了，我只能写写停停，过一会儿再来给你写。——4点半。我真希望能够把我的真实情形呈现在你面前，你肯定会大吃一惊的。上帝啊！没完没了的反复无常，总是那套老把戏。

16日（星期六）。夜里我被噩梦折腾了半宿。今晨醒来时，梦境还历历在目。然而，我一看见阳光就一跃而起下了床，在屋里走来走去，劝慰我的心要和悦，要和悦，我渐渐感到轻快，我确信我会得到拯救，我还会有所作为：振作起来，小奥古斯特。我们不想彼此敷衍一辈子！在这里，我们还得要快乐；在这里，我还得要见着小奥古斯特，这个独一无二的姑娘，她的心真真切切地在我的胸膛跳动。——下午3点半。上午过得很好，很畅快，我为莉莉效劳，让她开心了一下，还来了些生客。饭后，我像个傻瓜似的在相熟的和不相熟的人堆里穿梭，与人谈笑。现在我要动身去奥芬巴赫，免得今晚在剧院，明天又在音乐会上见到莉莉。我把这页信纸装好，待接着往下写。

奥芬巴赫！晚上7点。与一群深爱着我，常与我分担痛苦的人①在一起！此刻正是这般情形！我又坐到了这张小写字台边上，在我去瑞士前，我曾在这张桌子上给您写过信。亲爱的小奥古斯特，这屋子里有一对结婚才八天的年轻夫妇！② 一位年轻的女子③正躺在床上，她正承受着痛楚，满怀最美好的希望，期待着一个可爱的孩子。今天就此道别了。已入夜，那黑魆魆的河畔处，美因河仍泛着光。

奥芬巴赫。星期天，17日，夜里10点。——一天就这么不好不

---

① 指与安德烈一家以及德·奥维列一家在一起。
② 指于1775年9月10日成婚的奥芬巴赫的神父约翰·路德维希·埃瓦尔德和他的新婚妻子雷切尔·格特鲁德（娘家姓杜菲）。
③ 指安德烈的妻子，他们的儿子约翰·安东于1775年10月6日降生。

坏、稀里糊涂地过去了。起床时,我感觉不错,写了一幕《浮士德》。①几小时就没了。又和一位姑娘②打情骂俏了几个钟头,你的兄弟们可以告诉你她是谁,这是个奇特的女子。和一群青年才俊一起吃饭,可都是些上帝创造的人杰。独自在水上游荡,我要学会独自驾驭胡思乱想。玩了几小时法罗牌,和善良的人们一起消磨了几个钟头。此刻,我坐下来,向你道晚安。这所有的一切都叫我觉得自己像一只吞了毒药的老鼠,③一路上见到洞就钻,见到水就吧嗒吧嗒地喝,见到吃的就狼吞虎咽,它的心底灼烧着难以泯灭的邪火。八天前,④莉莉在这里。而八天前的此刻,是我平生所经历的最庄严、甜蜜的时刻。——但愿我能说出来——哦,小奥古斯特,为什么我不能提起此事?为什么?当时,我噙着滚烫的爱的泪水,望着月亮和天地,周遭的一切充满灵性。远处圆号声声,婚礼的来宾欢声喧天。小奥古斯特,也正是从那一天起我变得心神不宁,但又不动声色——我所谓的"不动声色",是忧惧在云淡风轻的日子里恰恰酝酿着又一场疾风骤雨,而且——晚安,天使。独一无二的、独一无二的姑娘,而像她那样的我倒认得许多。

　　18日(星期一)。我的小船备好了,我就要驾着它顺流而下。⑤美妙的早晨,雾散了,四周的一切全都清新、美好!我又要回城去了,又要回到达那伊德斯的筛子旁去了!⑥再见!——我度过了一个畅

---

① 这是现存文献中歌德最早明确提及《浮士德》创作的文字;《浮士德》的写作始于1773年夏。
② 可能指奥芬巴赫的夏洛特·纳格尔,施托尔贝格兄弟也认得此人。
③ 参见《浮士德初稿》里的歌谣:"从前有只老鼠,在地窖里安了窝。"
④ 埃瓦尔德举行婚礼的那一天。
⑤ 顺美因河而下,往法兰克福而去。
⑥ 可能指达那伊德斯姐妹的漏底水桶。达那伊德斯是达那俄斯的五十个女儿,她们被惩罚在冥界往一个巨大的漏底水桶中不断倒水。

快又清新的早晨！哦，小奥古斯特！有朝一日，我的心会在动人心魄的、真真切切的欢与悲中感受那赐予人的福乐，而不再一味地任由想象力的狂澜和感性的恣意波涛驱使着上天入地。最好的人儿，我请求你也为我写这样的日记。这是克服长路漫漫、天各一方的唯一办法。

星期一，夜间11点半。法兰克福。在我的桌旁。还要来跟你道声晚安。忙忙碌碌，熙熙攘攘，直到此刻。明天更讨厌。哦，最亲爱的人，人这一生究竟何为？不过，又有许多善良的人来到了我的身边！这许多的爱意将我围绕。

今天饭后见到了莉莉——在剧院里。没什么话要跟她说，于是，也就什么都没说！真希望能摆脱这些。哦，小奥古斯特，那一刻，在我觉得她于我无足轻重的那一刻，我却感到不寒而栗，我简直快绝望了。然而，我要忠于我的心，就随它去吧，会过去的。

星期二，早晨7点。——扰扰攘攘！小奥古斯特！我任人驱使，随波逐流，只是紧握船舵，不致搁浅。然而，我还是搁浅了，我放不下那位姑娘。今晨，我又念起她的好处，心里起了波澜。——一次重大而沉痛的教训！我是要去参加舞会的，冲着一个可人儿，①不过，只穿一套轻便的化装舞衣②去，倘若还能弄到一套的话。莉莉不去。

饭后。3点半。一直在那儿忙些零零碎碎的杂事，漫不经心地摆弄着化装舞会的服饰。不过，我还有些话要说。再见。我是个茫然迷途的可怜人——晚上8点，从剧院回来，现在正要化装去参加舞会！哦，小奥古斯特，我往回读着信笺，这叫什么日子！我该离开吗？

---

① 也许是夏洛特·纳格尔。
② 在塞德尔的记账簿里，9月19日那天有这么一条记录："一个白色的威尼斯假面具——24枚十字币，一副白色手套——24枚十字币。"

还是就此终老？然而，最亲爱的人，当我又一次感到，在那全部的虚无之中，我的心又一次蜕去层层覆膜，那渺小且愚钝的构造的紧张痉挛变得舒缓，我看待尘世的目光变得明快，我与人的交往变得坦然、坚定、广泛，与此同时，我内心的至深处，唯独对那神圣的爱忠贞不渝，这爱经由那纯粹之精神，①亦即其自身，不断剔除异质，终将炼成纯金——在这样的时刻，我就由它去了。也许我是自欺欺人。感谢上帝。晚安。再见。阿门：1775年。

---

① 这一理念可回溯到虔信派的神秘主义思想。

400. 歌德致约翰娜·法尔默

1775年9月下半月

我到了,阿姨! 今天一上午我都在想着给您写信。这个星期,我在方方面面承受了巨大的压力,①不过,我挺过来了! 天晓得! 现在,哦,兴许眼下可以说一说那桩事。我一直在剧院里找您来着。再见!

G.

---

① 也许暗指与莉莉·舍内曼解除婚约。

401. 歌德致拉瓦特尔

1775年9月28日 星期四

齐默尔曼走了,①我在床上一直躺到10点,感冒了,要休养,不过,更是为了重新激起我心中那已被连日来可恶的纷扰销蚀殆尽的亲密无间的家的感觉。父母来到床边,交谈更为亲密,我饮了茶,感觉好些了。在自家的屋子里,我又有了那久违了的居家的感觉。

齐默尔曼与我相处甚欢。你想象得到,要不是你把我的信随便给人看,我倒是有许多话可以说。这么做也许是你的风格,对其他人而言也饶有趣味,但我却无法容忍将我的书信内容透漏给一个我不愿对其言及哪怕是书信内容之十分之一的人。

他对你的所作所为,②最好还是别解释了吧,像这样的事情还是不作解释为好。为了此事,我狠狠地说了他,尽管他以十分滑稽的讨好的口吻讲了事情的来龙去脉。他的女儿③非常内向,倒不是说闩上门自我封闭,只是非常内敛,她把那门轻轻掩上,倒像是有一个悄声窃语的情郎,而不是一个砰砰砸门的父亲会来开那扇门似的。——让你担惊受怕,他深感愧疚,善良的人啊,这也许并非你最后一次遭遇这样的事。

一再引发不快,是一种非凡之爱的宿命。④

日子越久,我便越发难以理解这尘世与人心的纷扰。但见各种局部的相似之处,普天下皆然,却从不曾想过那最伟大的人的头脑将把人之营生的整体尽收眼底。

---

① 约翰·格奥尔格·齐默尔曼是驻汉诺威的英国皇家御医,他在由瑞士返程途中前往法兰克福拜访了歌德,后于1775年9月27日在女儿的陪同下由法兰克福启程前往汉诺威。此信的日期正是据此推定的。
② 之前,齐默尔曼答应会在其由瑞士返回德国途中前往苏黎世拜访拉瓦特尔,但他后来却直接从伯尔尼回到了德国。
③ 卡塔琳娜·齐默尔曼。
④ 原文此处为法语。引文出处不详。

最后说一说《相术片段》的第二部分。① 我拜托你了！拜托了！否则，真的可能要泡汤。新年快到了！特别是苏格拉底的第一章要赶紧。

——

昨天我把那四个疯子和布鲁特斯②捯饬了一会儿。兄弟啊，兄弟，要赋予无生命的铜以生命，这有多难！透过把握不到位的线条，人物的形象特征只是隐约可见，你总在游移不定地琢磨，为何这是有内涵的，而又为何这是毫无内涵的。而有生命的东西是何其迥异。这就结尾了，信很快便会寄出，要知道，分心的事儿实在太多。魏玛公爵正在此地，③不日就会把露易丝带走。④ 不知能否给我寄一个比例绘图仪？请问候芭比，⑤她真该给我写写她自己还有你的情况！我已在广阔天地大开眼界了十四天了！——

拉斐尔头像的整页插图是否与贺加斯头像的编号方式一致？⑥

---

① 《相术片段》的第二部分应该是在1776年年初排印的，这样全书才有可能于1776年复活节期间完成。
② 参见《相术片段》第二卷之片段16及片段32。
③ 1775年9月22日，卡尔·奥古斯特·封·萨克森-魏玛公爵在前往卡尔斯鲁厄途中经停法兰克福。
④ 1775年10月3日，卡尔·奥古斯特与露易丝·封·黑森-达姆施塔特成婚。
⑤ 芭芭拉·舒尔特斯。
⑥ 无法查证《相术片段》中有与此相关处。

402. 歌德致 F. L. 及 Chr. 楚·施托尔贝格伯爵

1775 年 10 月 4 日　星期三①

　　我就这样,还能怎样。感谢你们这些怪兽的来信。既然"美人鱼"②没有写信来,你们就在他出浴时用荨麻抽打他。我把你们仨设定为剧本角色,③克里斯蒂安·特鲁赫赛斯伯爵、弗里德里希·利奥波德伯爵以及容克库尔特。剧中,你们一丝不挂地④出现在法兰克福的加冕大殿里。要是我去得成魏玛,⑤我可能就会写这么一个剧本。不过,可以肯定的是,对你们我是不会手下留情的!对谁都不留情,要知道,我对整个人间怀恨在心。我同意你们来玩,⑥值得一游!可别让哪个混蛋大肆声张,到时候你们会被人当怪物看的。齐默尔曼⑦把你们狠狠夸赞了一番。寄给"美人鱼"的信件不计其数。好了,亲爱的兄弟们,请保重。我忙的都是些破事,不值一提。小奥古斯特⑧是个天使。祝愿她成为帝国伯爵夫人——此外,我与那最完美的……

　　请写信告知你们何时来魏玛。

---

① 此信日期系根据塞德尔的记账簿推定。
② 可能指楚·施托尔贝格伯爵兄弟俩的朋友克里斯蒂安·奥古斯特·海因里希·封·豪格维茨。至于此人何以得了这一诨名,其情不详。
③ 相应的剧本创作计划不详。
④ 联想到此三人在游历瑞士期间常去泡浴的经历。
⑤ 此前,卡尔·奥古斯特曾向歌德发出邀请。
⑥ 指游历魏玛;就在这一年(1775)的 11 月,施托尔贝格兄弟去了魏玛。
⑦ 约翰·格奥尔格·齐默尔曼。奥古斯特从齐默尔曼的一封信中摘录了后者对其兄弟们的评价:"高级的、高贵的、睿智的、仁和的人[……]英雄的灵魂,天使的灵魂。"
⑧ 奥古斯特·楚·施托尔贝格女伯爵。

403. 歌德致默尔克

1775年10月7日　星期六①

　　我在等候公爵和露易丝,②随后与他们一同前往魏玛。到那时,上帝肯定又会赐予我们各种美好的、如意的和不尽如人意的事。这些日子你多保重,老伙计,得对付着过日子。可否给我寄10枚金卡洛琳?③ 下一班邮车寄来。我需要这些钱,还要更多。我翻译了《所罗门之歌》,④这是上帝所创造的最优雅的爱之歌集。⑤ 你没有给拉洛施⑥回复,她深感不安。在我出发前,请再骑马来一趟吧。我的情况还算凑合。《浮士德》写了不少。齐默尔曼⑦问候你,他在夜里途经了达姆施塔特。问候你的妻儿。

---

① 此信日期系根据塞德尔的记账簿推定。
② 此二者的婚礼于当年的10月3日举行。
③ 金币,1枚抵11枚莱茵古尔登。
④ 歌德大约于当年的7月开始了此项翻译工作。
⑤ 受赫尔德的影响,歌德也将《旧约》视作古希伯来语诗歌的标志。
⑥ 索菲·封·拉洛施。
⑦ 约翰·格奥尔格·齐默尔曼由瑞士返回汉诺威的途中,于法兰克福歌德家逗留。

404. 歌德致索菲·封·拉洛施

1775年10月11日　星期三

亲爱的妈妈！我要去魏玛了！您高兴吗？我要看看是否有可能与维兰德融洽相处，也从我这一方面为他年老的时日带去些许欢愉。我在等那对新婚夫妇，①随后就动身。来信就寄到那里吧。您可以把信附寄给维兰德。

马克西②真迷人，我离开后她与我母亲相处会更自在的，虽然布伦塔诺③看起来没有丝毫的妒意，或许也是因为他认为眼下我并不碍事。

我没能为布里④办成事，我和我的那几个书商闹掰了。再来一个新书商指不定乐意帮忙，又会给我开个什么价码。不过，我会把他的来信带上的。

维兰德还是那副老脾气，诺伊维德一事⑤闹得不开心也是同样情况，他的这种娘们儿脾气恐怕会令我疏远他。

此处联想到《梅纳尔克和莫普苏斯》！⑥

齐默尔曼⑦真不错！一个修炼得道的人！生性粗放的瑞士人，

---

① 歌德以为其时刚刚完婚的卡尔·奥古斯特和露易丝会在离开法兰克福时将他一同带往魏玛。
② 马克西米利安妮·布伦塔诺。
③ 彼得·安东·布伦塔诺。
④ 恩斯特·卡尔·路德维希·伊森堡·封·布里，原"菲兰德里亚田园社"社长，后在黑森当军官，兼写作，不得志。有可能歌德原本打算帮他找出版商发表作品。
⑤ 弗里德里希·封·韦德-诺伊维德伯爵设想成立一所教育学院，拟定由维兰德、洛伊泽林、雅各比兄弟、默尔克以及巴泽多执教。维兰德起初应允参与，后出尔反尔，退出了这一计划。
⑥ Menalck und Mopsus；系雅各布·米夏埃尔·赖因霍尔德·伦茨于1775年匿名发表的讽刺维兰德的作品。
⑦ 约翰·格奥尔格·齐默尔曼。

在德国官廷①变得温雅圆融。他迷倒了众人,特别是女性。默尔克②深居简出,平平静静,还过得去。对他的情况了解得不多。您是知道这个不写信、不回信的家伙的!您的弗里茨!③ 亲爱的妈妈!正当母亲们理应收获报答其所有琐屑忧虑的巨大酬劳时,命运却晃着这样的利剑刺向她们的心房——您要振作!谁又能做得到。当您疲惫不堪时,请以我们的爱为倚靠,请相信,我们的爱全心全意,地久天长。

1775 年 10 月 11 日。

G.

---

① 指在汉诺威。
② 约翰·海因里希·默尔克。
③ 指索菲的儿子弗里德里希·封·拉洛施。至于其遭遇了什么变故,无从知晓。

405. 歌德致克内贝尔

1775 年 10 月中旬以后

你们新婚的公爵夫妇要求我陪同前往魏玛,①我收拾妥当,装好了行李,穿上了出远门的行装,与人告了别,结果却留在原地。我不知道这是由于何种命运安排。要我跟卡尔布②联系,卡尔布也没有来。要不是眼下的天气和道路状况太恶劣,我没法独自上路,我本已跟着他们动身了。在这段时间里,肯定有我的信被寄到了卡尔布和维兰德那里,其中有我非常牵记的信,因此拜托你们把信放在一起,给我快马寄往法兰克福的老地址;要是有包裹的话,就寄邮车,只是要尽快寄来。望你们爱我,请问候所有想念我的人,要分寸得体,态度恭敬。

歌德

---

① 魏玛公爵卡尔·奥古斯特夫妇于1775 年 10 月 12 日在法兰克福短暂逗留,于次日继续上路前往魏玛。
② 宫廷侍从官约翰·奥古斯特·亚历山大·封·卡尔布本该由卡尔斯鲁厄至法兰克福将歌德带去魏玛。参见《诗与真》。

406. 歌德致毕尔格

1775年10月18日　星期三①

　　我坐于世间何处,②对你来说无关紧要！你感觉得到,正是受拘囿的内心需求的某个时刻促使我提起笔给你写信,亲爱的毕尔格！此处,在我的右边,柔和的炉火正温暖着我,我坐在低矮的圈椅里,在一张孩子用的小桌子上给你写信,我有太多的话要对你说,又无从说起,而你完全明白我的心！——最初的那些瞬间聚集起来,那些由于一次匪夷所思的意外,由于一封命运寄出的密信③而使我深受震动的瞬间,最初的,在我经历了平生最悠闲、最混乱、最完整、最充足、最空虚、最强健、最愚蠢的四分之三年之后。人的本性究竟能包罗多少矛盾啊！那仙女是喜欢我呢还是不喜欢我？我该怎么称呼她？作为75年的新年礼物是足够了,虽说杰出的禀赋早就由受洗礼物④决定了,那就让一切顺其自然吧。从今往后我会怎样,只有上帝知道！将愈发动荡不安,愈发纠结繁乱,到那时,我会怀着喜悦回忆起此时此刻写信的情景。钟敲了六下。1775年10月18日,星期三。

　　你们两口子⑤过得怎样？你有孩子了吗？⑥我听不到你的任何音讯！要是你愿意,尽管给我来信,寄到法兰克福,我能收到的。各

---

① 此信的收信人信息为:"致毕尔格先生,哥廷根阿尔腾格莱兴的中级行政官。自卡塞尔"。
② 歌德在与所有人辞别之后却没有等来本该接他一起前往魏玛的卡尔布,滞留在法兰克福的他迫不得已藏起了行踪。歌德的自尊心受到了打击,他回避公开场合,只有到了晚上才敢裹上大衣遮着脸出门去。最后,可能是1775年10月30日,他离开故乡一路南行,朝向往已久的意大利而去。不过,当他在海德堡于德尔福小姐处逗留时,卡尔布派来的信使赶到了,向他说明了行程延误的原因,并请求他折返,前往魏玛。
③ 原文为 lettre de cachet,指由国王发出的秘密逮捕令。此处,歌德借此指代命运的安排,是命运指使那辆本该载着歌德前往魏玛的马车没有如期出现。
④ 在童话里,坏仙女或好仙女赠送的受洗礼物决定了孩子的命运。
⑤ 妻子名叫多罗特娅·毕尔格。
⑥ 毕尔格的长女于1775年出生。

种各样的东西我写了不少,①你得花上整整一个小时来读——然而,世人都犯了罪,亏缺了自然母亲的荣耀。②

---

① 其中包括《埃格蒙特》(大概动笔于 1775 年夏)和《浮士德》。
② 参见《新约·罗马书》第 3 章第 23 节:"因为世人都犯了罪,亏缺了神的荣耀。"

407. 歌德致 F. L. 楚·施托尔贝格伯爵（草稿）

(1775年)10月26日夜(星期四)

　　兄弟，我感到一种要给你写信的强烈愿望，就在我与你以及与你的小克里斯蒂安①遥遥相隔的此刻，沉浸在我们的不可企及却深可感知的天父那美妙、无垠的神圣汪洋里！哦，兄弟！叫得出名字的，却又无穷迸涌的情感在我周身流遍——我爱你有多深，你该感觉得到，因为此刻在所有所爱之人中我想念的是你。

　　可怜虫匍匐在尘土里，弗里茨！而且虫子在蠕动，我以我心向你起誓！《维特》和所有写的那些玩意儿，不都是些幼儿般的咿咿呀呀和丁零当啷的吵闹吗！违背我灵魂的内在证言！

---

① 克里斯蒂安·楚·施托尔贝格伯爵。

408. 歌德致 Ph. E. 赖希

约 1775 年 10 月 28 日　星期六①

　　上次的插图事宜很快就办妥了，谨此表达最诚挚的谢意。请容许我请求您设法弄到哈曼②的作品，差邮车将它们或者您搞得到的其他作品寄往我在法兰克福的老地址，并记下我的欠账。以下是哈曼作品的书名——
　　1)《云，苏格拉底大事记续集》③
　　2)《关于校园戏剧的主教通函》④
　　3)《杂论》⑤
　　4)《作家与艺术评判者》
　　5)《作家与读者》
　　6)《封·罗森克洛兹骑士⑥关于语言起源的最后的决断》
　　7)《两篇评论连同一份附件》
　　8)《苏格拉底大事记附件》⑦
　　9)《卡德蒙博尔女巫之信》⑧
　　10)《一位北方野蛮人致佩基姆一位财政官的遗失的信》⑨
　　11)《一位人文主义者致克里特的托朗的使用了新词的带有乡土气息的信》⑩

---

① 此信的收件人信息为："莱比锡书商赖希先生台启，法兰克福"。
② 约翰·格奥尔格·哈曼 (1730-1788)。
③ Wolcken ein Nachspiel sokratischer Denkwürdigkeit.
④ Hirtenbrief über das Schuldrama.
⑤ Essai a la Mosaique.
⑥ Des Ritters v. Rosenkreuz lezte Willensmeynung über den Urspr. der Sprache；"罗森克洛兹"即传说中"玫瑰十字会"的创立人。
⑦ Beylage zur Denkwürdigk. des seel. Sokr..
⑧ Brief der Hexe von Kadmonbor.
⑨ Lettre perdue d'un Sauvage du Nord a un Financier de Pe-Kim.
⑩ Lettre provinciale neologique d'un Humaniste au Torrent de Kerith.

感谢您所做的这一切。

　　　　　　　　　　　　　　　　　　您永远最忠诚的
　　　　　　　　　　　　　　　　　　　歌德博士

409. 歌德致奥古斯特·楚·施托尔贝格女伯爵

法兰克福,1775年9月20日　星期三至魏玛,11月22日　星期三

　　重新开始,①20日,星期三,管它会不会被撕掉还是怎样! 好了,动笔了。在持续到今晨6点的舞会上,只跳了两支小步舞曲,陪伴了一位甜美的姑娘,②她咳着嗽——要是能跟你说说我眼下与另一些煞是可爱而又高贵的女子交往的情形该多好啊! 要是能生动地向你形容就好了!——不行,就算我可以这么做,我也不能这么做,你会受不了的。我也会受不了的,倘若所有的情形疾风骤雨般袭来,而自然在其每日的安排中又没有让我们吞下几颗遗忘的谷子的话。快要晚上8点了。我睡到1点,吃了饭,办了点事,穿戴好后去见了封·迈宁根王子,③绕过城门去了剧院。跟莉莉④说了七句话。就到此为止吧。再见。

　　21日,星期四。我打算今天穿得考究些。我在等裁缝⑤手里的一件新上装,我让人拿去里昂绣花了,是灰底蓝边的。我宁可急切地等待新装,也不愿意结识一位偏偏在这个时候前来求见的有识之士。⑥已经出了些岔子了。做假发的师傅给我做了一个小时的发型,他一离开,我就把假发扯了,派人去请另一位师傅,我也正等着呢。

　　23日,星期六。发生了一些不寻常的事。没能写信。昨日贵客如云。⑦今天咳嗽了。再见。

---

① 此信接续之前1775年9月14日至19日信(信399)。
② 可能指夏洛特·纳格尔。
③ 指卡尔·奥古斯特·弗里德里希·威廉·封·萨克森-迈宁根公爵及其弟格奥尔格·弗里德里希。此二人与他们的母亲,即孀居的夏洛特·阿玛利亚·封·萨克森-迈宁根公爵夫人,在前往斯特拉斯堡的途中于法兰克福逗留。
④ 莉莉·舍内曼。
⑤ 埃伯哈德。
⑥ 所指不详,可能指约翰·格奥尔格·齐默尔曼。
⑦ 可能指封·萨克森-迈宁根公爵一行,也可能指卡尔·奥古斯特·封·萨克森-魏玛一行。

9月8日，星期日。① 中止了很长一段时间，我的遭遇冷热无常，真是不可思议。接下来还会中止更长的时间。我在等魏玛公爵，他将携其美貌的新婚妻子——达姆施塔特的露易丝由卡尔斯鲁厄前来此地。我跟他去魏玛。你的兄弟们②也会去，到了那里我肯定会给你写信的，最亲爱的姐妹。念及此，我的心里不太好受。这也怪秋天的气候，不冷不热的。你何日前往汉堡？③

魏玛，11月22日。

哦，小奥古斯特，我正在等候你的兄长！这段日子我都经历了些什么！来这儿差不多有十四天了，④置身于宫廷的纷扰喧杂。再见，回头细说。与咱们的兄弟们心心相印！这页信笺你不日就会收到。

G.

---

① 此处日期疑有误，该为10月8日。
② 施托尔贝格伯爵兄弟俩于1775年11月26日抵达魏玛。
③ 歌德打算与施托尔贝格兄弟俩在魏玛碰头，随后一同前往汉堡，他希望能在汉堡与奥古斯特会面。
④ 歌德于1775年11月7日抵达魏玛。

410. 歌德的旅途日记①

1775 年 10 月 30 日　星期一

埃伯施塔特，②1775 年 10 月 30 日。

　　你们应当祈求，叫你们逃走的时候，不遇见冬天或是安息日：③辞行前，我父亲特意把我从床上喊起来，要我这么说，是为对来日的寄语！这一次，我喊出了声，此刻，我未曾祈祷，已是周一早晨的 6 点，而至于其他的事，那指引我、教导我的可爱的不可见之物④是不会过问我愿意与否的。我收拾行装本欲北去，却不料南行；⑤我应允了的地方没去成，我回绝了的地方⑥倒要去！一大早，开城门的刚从市长那里丁零当啷取走城门钥匙，⑦天还没亮，邻居修鞋匠的铺子还没开张，就出发了。再见了，母亲！谷物市场旁，⑧铁匠铺的学徒正叮铃哐啷地收拾着店铺，一边还问候着濛濛晨雨里的邻家女仆。那声问候仿佛预示着来日不祥。啊！我想起来了，会是谁呢——不，我自语道，那也是一段往日的时光。谁记得往日，就不该羡慕任何人。莉莉，再见，莉莉，再次道别！第一次与她辞别时，⑨我还憧憬着我俩

---

① 这一年的 10 月中旬，歌德在法兰克福等候魏玛公爵派来携其前往魏玛的宫廷事务官，但后者直到 10 月底都没出现，于是，歌德决定前往意大利。在旅途中，他打算记日记，不过只记录了两回，分别是在埃伯施塔特和魏恩海姆。当歌德来到海德堡时，魏玛宫廷事务官传来急信，要他返回法兰克福，与其一道再由法兰克福出发前往魏玛。后来，歌德把这页四开本的日记送给了夏洛特·封·施泰因。
② 位于达姆施塔特郊外贝格大道附近的村庄。
③ 参见《新约·马太福音》第 24 章第 20 节。
④ 暗指上帝、神灵。另可参见 1775 年 4 月 15 日歌德致奥古斯特·楚·施托尔贝格女伯爵一信，信中有言："那可爱之物，他们将其称为上帝。"
⑤ 北指魏玛，南指意大利。
⑥ 指回绝了拉瓦特尔。
⑦ 过去，每日早晨开城门，要从市长那里领钥匙。
⑧ 莉莉·舍内曼就住在谷物市场（Kornmarkt）旁。
⑨ 指 1775 年 5 月 14 日歌德辞行赴瑞士。

的命运能结合在一起！天意已决。我俩必须分别将各自的角色扮演到底。在这一刻，我既不为你，也不为我感到忧惧，尽管前途看起来一片渺茫！再见！还有你！① 我该如何将你称谓？你，我心头的春花一朵！该叫你娇美的花！我如何与你告别呢？别担心！还有时间！还没到最后关头，要几天之后呢！几天之后就要告别了。哦，再见了，因为我注定要背负永久的、无辜的罪过，历经尘世的坎坷。还有默尔克，②你知道吗，我正坐在离那座古老的城堡③不远的地方，我与你擦肩而过，而以前我常常一路漫步去找你。那片美妙的沙地，④里德泽尔的花园，⑤那片杉树林，⑥还有那座练兵房——不，兄弟，你不该像我这般思绪混乱，否则我会愈发语无伦次的。

　　这就算是我写日记的开端吧！其余的都交给那安排我上路的可爱之物吧。

　　杯子满溢，是恶兆。方案、规划和前景。

　　魏恩海姆，⑦晚上7点。请问这一切究竟有何政治的、道德的、叙事的抑或戏剧的目的？——我的先生们(此处，不管是以君主之名率士卒行军历险的朝廷重臣，还是递信送报的邮差，只要愿意，谁都可以填入自己的名字)，请注意，暂且不论递信的送报的孰先孰后——这么做的真正目的是，这根本就没有目的。——可以确信的是，此刻天气很好，星光闪亮，明月半轮，而且下午过得很愉快。山上躺卧着

---

① 可能指奥芬巴赫的姑娘夏洛特·纳格尔。
② 约翰·海因里希·默尔克，住在达姆施塔特。
③ 弗兰肯施泰因堡遗址。
④ 可能指一座沙丘，为达姆施塔特圈子的成员所喜爱的聚会场所。
⑤ 约翰·赫尔曼·封·里德泽尔男爵，达姆施塔特的国务部长。他家有一座花园，位于达姆施塔特-贝松根。
⑥ 指贝松根森林，是达姆施塔特圈子的成员经常游玩的场所。
⑦ 魏恩大道终止于魏恩海姆。

我们远古先祖的巨大骸骨,①在他们脚下,是依山而下的层层葡萄藤蔓,栽着核桃树的林荫道,还有那向着莱茵河蜿蜒而去的山谷。新鲜的,萌动着的冬的种子遍布四野,树叶仍颇稠密,还有一道斜阳的明辉在叶间闪耀!我们绕过一处拐角!——如画的风景赫然在目!我几乎失声大叫。那一刻,我控制住自己的情绪,自言自语了起来!看呀,在一处小小的角落,渗透着单纯的自然以其深情和丰盈拥抱着我们。若继续头脑发热,我还有许多话好说。——我进屋时,农家的主人道歉着说,秋收用的一只只木桶把我的路给挡住了。"我们,"他说,"感谢上帝,今年恰逢好收成。"我叫他只管忙他的,因为,我跟他说,上帝的恩赐很少会招人讨厌——虽说这样的事我见识过不少。今晚的我谈兴十足,写下这些话的时候,我感觉就像在跟人说话似的——我就是要直抒胸臆,一吐为快。

---

① 可能指邻近沃尔夫斯布伦嫩的巨大山石,也可能指坐落在魏恩大道旁的城堡遗址。

译后记

"跋"文者,非历跋涉之艰辛不能为之。410封书信(日志、谈话)锱铢积累地译完了。三位女译者,皆为德语教学一线教师;课余,深夜,独对文稿,思接故人,黑暗里摸索,迷雾中踟蹰,惨淡经营,其况自知。

然而,读、译青年歌德的书信(本卷所录始于1764年,终于1775年),意义不凡。在私密的书信世界,我们更有可能与人文精神圣殿里那尊广为后世景仰的神像的真身打交道。于是,作为读者和译者,我们感到一种一探究竟的迫切的"去魅"冲动,而国外学者前仆后继的发掘努力,满足了我们的(想来也是他们的)探秘欲。

这座斑驳的书信迷宫犹如由马赛克拼筑而成,历经流年的淘洗与剥蚀,缺漏和残损留下了无声而有痕的印记。手无阿里阿德涅之线的我们,甘于寸步挪行,反复摩挲,仔细打量,于是,一处处生动的细节浮现在眼前,两个半世纪前的那位少年郎神形渐趋饱满,呼之欲出。

青年歌德的书信(远非全部)能得以留存,实非易事,需多少机缘巧合后世才得以管窥!这些存世的信件,虽数量有限,却驳杂、异质,且如散珠无序,但无疑可作为一个青年成长轨迹的旁注。不时地,那旁注里透出光,点点光亮莫非是一件正在形成中的生命之艺术珍品的伏笔?

光经幽暗更觉明亮。在本卷书信所记录的青年歌德的生命片段里,晦暗的时日可谓不少。学业、爱情、社交、创作、疾病、前程等所造成的种种问题,使歌德迷茫、痛苦、挣扎、成长。在此过程中,一种强烈的创作欲以及对此欲望的深切自觉(青年歌德常以诗人自居)赋予他一种克服危机的独特方式,他在那"巧的和拙的韵文"(致弗里德里克·厄泽尔信,1768年11月6日)里寻找缪斯的抚慰。谈论文学与文学创作是青年歌德通信中的一大话题。此卷信文里附录的诗歌或诗歌体的信文便印证了他追随缪斯的努力,虽然他也不时抱怨缪斯并不垂青于他。作为译者,我们自然也对缪斯的垂青心存奢望,却往往不得不满足于将"拙的译文"写下。

　　至于克服危机的方式,写信又何尝不是有效的一种。书信作为内在外表的媒介,常常集与人交流和与己交谈的需求为一体,书写者既有向他者倾吐的愿望,又有叩问自我、深入自身意识探索的欲求。对于未及弱冠便已有意选择一种"富于哲学意味的生活方式"(歌德致其妹科尔内利娅信,1767年10月14日)的歌德而言,其丰富、深沉的内心世界在信文中得以投射是自然而然的事,尤以本卷所录之展现情感纠葛的信笺(如于莱比锡期间致其"情感顾问"贝里施的若干篇什)及铭谢师恩的肺腑之言(致 A. F. 厄泽尔信,1768年11月9日)为例。即便是在大量歌德青年时代的书信业已寂灭的情况下,如今我们依然能在存世的信文里感受到青年歌德情感的充沛和精神世界的丰盈。便是在与己独对写日记时,他也是那么"谈兴十足":"我感觉就像在跟人说话似的——我就是要直抒胸臆,一吐为快。"(1775年10月30日,记于埃伯施塔特)

　　青年歌德那情感烈焰的火光和思想结晶的光华是译者在译海苦行时企盼的灯塔,是马赛克中的玛瑙。而书信作为通信手段,传递信息是其核心功能,因此,与形形色色的对象所进行的涉及纷纷繁繁的人事的笔谈,不可避免地呈现出庞杂、琐屑的面貌。但正是这些交错、杂乱的马赛克碎片,在映现出青年歌德与其周遭人事交往、处理日常实务的诸多细节的同时,也折射出歌德这一形象的诸多面相。得益于法兰克福版《歌德全集》的翔实评注,译者能或多或少了解到看似孤立的(因往来信件散佚)信件背后的故事,这有助于理解、把握信函内容。另外,透过学者尽力搜罗的相关通信对象回复歌德或与他人言及歌德的书信(参见本卷译作的注释部分),我们得以读到时人对歌德的评价。存世的此类信件虽寥寥无几，却也拓展了后人看待歌德的角度。

青年歌德书信的驳杂还体现于其中所使用的语言的多样性，这源于他自幼接受的外语教育及博览群书的求知欲。在本卷书信原稿中，以英语、法语、拉丁语写就的段落比比皆是，尤其在记录其大量阅读及感悟的"歌德日志"部分（编号69，1770年1月至3月）出现了相当数量的拉丁语、法语及各种缩略语，对这些内容的解读与注释十分费时耗力。在诊断各种翻译的疑难杂症的过程中，我们有幸得到魏玛古典基金会古典研究中心主任法尔克教授（Prof. Dr. Thorsten Valk）及德意志学术交流中心的专家奥托女士（Dr. Gabriele Elisabeth Otto）的热情相助。于我们而言，他们不厌其烦的答疑解惑，好似暗夜里的光束，照耀我们继续披荆斩棘。在此，谨向德国友人表示我们诚挚的谢意。

当青年歌德已听见命运的召唤，要摆脱"庸常的存在"而"走南闯北，浪迹天涯"（致奥古斯特·楚·施托尔贝格女伯爵信，1775年8月3日），竭力去攀登那存在的"金字塔"（致拉瓦特尔信，约1780年9月10日）时，作为译者的我们只能凭"不允许自己泄气，不允许自己喘息"（前辈陆谷孙语）的意志期待早日走出这书信的迷宫。

最后交代一下三位译者承担此卷书信翻译任务的具体分工情况：书信编号1-49、384-410由郑霞译出，书信编号50-158由陈虹嫣译出，书信编号159-383由殷瑜译出；另外，由郑霞负责整卷的统筹。留有遗憾，甚或遗恨，是译者难逃的宿命。恳请读者诸君赐教、指正。

郑霞

2017年11月记于上海

编后记

　　本卷主要收录青年歌德1764年至1775年间致亲人与友朋的信札及本人日记,也包含少量他人涉及歌德的书信。一如"译后记"所言,这卷中"英语、法语、拉丁语写就的段落比比皆是",无疑给以德语为专业的译者,带来众多挑战。读毕译文,对三位译者"披荆斩棘"般的经历,可说"感同身受"。谨致敬意。

　　对于读者,则觉得有必要补充说明:歌德这类文字往往言简意赅,具有断片及提示的特点,而译者大多遵循直译方法,避免扩展性解释。所以,译本中个别难解之处,实由原作特点导致,非因译者"失误"造成。另外,本书排版体例,也尽量以德语原作为准。对于原作中偶尔出现(日期和地点等)的重复乃至上下偏差,译文基本照搬而不作变动。因为该翻译项目,意在尽可能用汉语复现德语原作的内容,没有对原作勘误纠错的意图。

　　另有余言,已见本卷"译后记"大体涉及,不再赘述。

卫茂平

2018年10月30日